Anthony Trollope

1815-1882

特罗洛普文集

斯卡伯勒的婚约

[英] 安东尼·特罗洛普 著　吴信强 译

MR. SCARBOROUGH'S FAMILY

Anthony Trollope

上海译文出版社

Anthony Trollope

MR. SCARBOROUGH'S FAMILY

本书根据 Oxford University Press 的
The World's Classics 第 503 号纸面本译出

图书在版编目(CIP)数据

斯卡伯勒的婚约/(英) 安东尼·特罗洛普
(Anthony Trollope) 著；吴信强译. —上海：上海译
文出版社，2023.3
（特罗洛普文集）
书名原文：Mr. Scarborough's Family
ISBN 978 - 7 - 5327 - 9021 - 0

Ⅰ.①斯…　Ⅱ.①安…　②吴…　Ⅲ.①长篇小说—英
国—现代　Ⅳ.①I561.45

中国国家版本馆 CIP 数据核字(2023)第 030594 号

斯卡伯勒的婚约

〔英〕安东尼·特罗洛普/著　吴信强/译
责任编辑/龚　容　装帧设计/柴昊洲
封面绘图/raccoon

上海译文出版社有限公司出版、发行
网址：www.yiwen.com.cn
201101　上海市闵行区号景路 159 弄 B 座
上海中华商务联合印刷有限公司印刷

开本 850×1168　1/32　印张 21.25　插页 6　字数 387,000
2023 年 4 月第 1 版　2023 年 4 月第 1 次印刷
印数：0,001—4,000 册

ISBN 978 - 7 - 5327 - 9021 - 0/I · 5607
定价：118.00 元

作　者　像

目　次

译　者　序

　　说起十九世纪的英国文学，我国读者立刻会想到狄更斯、萨克雷、乔治·艾略特、梅瑞狄斯、勃朗特姐妹、盖斯凯尔夫人等著名作家和他们脍炙人口的作品，但不少人恐怕还未听说过另一位其成就和声望堪与这几位大家相颉颃的现实主义小说作家——安东尼·特罗洛普。

　　安东尼·特罗洛普一八一五年出生在伦敦的一个出庭律师的家庭。父亲性格古怪，不善经营业务，以致家境窘迫，濒临破产。父亲曾一度让妻子去美国开办一家商场，结果尚未开张资金便已耗尽，只得空手而归。安东尼的母亲回伦敦后写了一部有关美国风情的文笔犀利的见闻录，发表后颇受欢迎。此后她继续从事小说和游记写作，用稿酬来维持一家生计。一八三四年，安东尼的父亲彻底破产，全家迁居比利时。他母亲照旧以写作所得供养全家，她还操劳家务，照料卧床不起的丈夫和患肺病的一子一女，后来这三人都相继去世。安东尼的母亲晚年家境好转，生活安定，但她仍孜孜不倦从事笔耕，直到她八十三岁去世为止，共发表了四十一部作品。她虽大器晚成，五十二岁时才发表第一部著作，但她含辛茹苦、奋斗不息的一生对安东尼产生了极深刻的影响。

　　促使安东尼·特罗洛普从事写作的重要因素固然是他母亲为他树立的榜样，但他父亲潦倒的一生和家境窘迫无疑也起了很大作用。安东尼十二岁时,进入他父亲曾经就读过的历史悠久的温契斯特公学念书,但三年后因拖欠学杂费而辍学,后来只得去哈罗公学走读,受尽了寄宿生富家子弟的歧视欺凌。他曾在《自传》中写道:"求学时代所受到的一些凌辱,我一辈子铭心刻骨,难以忘怀。"十九岁那年,特罗洛普经人介绍去伦敦邮政局当办事员,在那儿干了七年单调乏味的工作,住的是简陋的寄宿客店,他还经常去酒店喝酒,负了一身债。他自卑、孤僻,常与人发生龃龉,甚至得罪上司。这段生活经历后来真实地反映在他一八五八年发表的小说《三个办事员》里。后来他被派往爱尔兰从事乡镇邮务,生活才开始有了转机。他写道:"从我踏上爱尔兰的土地的第一天起,所有那些不幸就离我而去。"在爱尔兰,他发现周围的人都待他很友好,他不再成为人们眼中的"一钱不值的累赘";他不必再坐在办公室里在上司的监督之下没完没了地处理单调的文牍,他可以骑着马在户外独自驰骋于乡镇之间,工作变得得心应手。他开始喜欢骑马,打猎成了他的业余爱好。三年以后他结了婚,职务也得到了提升,不久他便开始创作第一部小说。他在爱尔兰一直待到一八五九年,这期间他一面从事写作,一面仍在邮政局当一名勤恳的职员。他曾被派往英国各地组织邮务,也去过埃及、美国、西印度群岛洽商邮务,他的工作使他有机会接触形形色色的人物和民间习俗,为他的小说创作积累了丰富的素材。一八五五年特罗洛普发表以乡镇教区为背景的小说《巴彻斯特养老院》,使他一举成名,一八六〇年他的小说《佛兰莱教区》连载问世,声誉日隆,从此奠定了他在文学界的地位。一八六七年他五十二岁时,因未被提升为邮政总稽查而愤然辞职。此后,他主编了三年文艺刊物,这期间他成了伦敦一些高级俱乐部里的常客,在那儿结识了不少英国上流社会和知识界人士。一八六八年他参加自由党议员席位竞选未获成功，但他在竞选中目睹的许多腐败的内幕，却成了他后期政治小说的绝妙素材。一八八二年十一月间一天晚饭后，特罗洛普和家人有说有笑地在读一本连环漫画杂志时突然中风，一个月后便与世长辞。他的一生成就卓著，由于早年生活中的种种坎坷，他对自己的成就尤其引以为豪，在他《自传》中有这么一句话："能成为一位知名人士，能成为一个安东尼·特罗洛普——倘若不能更声名显赫，我也心满意足了。"

特罗洛普一生勤于笔耕，每天拂晓即起，连续四小时修改文稿和创作，然后才吃早饭去上班，即使在出差和旅行期间也从不间断，他甚至为自己日写作量规定了定额。他三十二岁时才开始创作，但竟以每年完成一点七部的速度给后世留下了四十七部长篇小说和二十多部游记、传记和短篇集子。他的小说作品生前受到读者的欢迎，还得到不少同时代的杰出小说家的赞赏。萨克雷就非常推崇他的小说，曾在自己所办的刊物上连载以招徕读者；乔治·艾略特读了他的《我们现在的生活方式》这部小说后说："要没有特罗洛普的启发，我真不敢相信自己竟会为《米德尔马契》作出那么广泛的研究计划，或者竟会通过所有的情节坚持把它写完。"美国十九世纪著名作家纳撒尼尔·霍桑说他宁愿照特罗洛普而不照他本人那样写作，称赞他的小说"内容扎实而丰富多彩"。俄国大文豪托尔斯泰读了他的小说《贝特拉姆一家》后说："特罗洛普以他那高超的手法把我吸引住了。"他还赞扬特罗洛普的小说《首相》是一部优美的作品。

然而，特罗洛普在他的《自传》中坦率地叙述了他写小说的动机和对写作生涯的看法。《自传》一书写于一八七五——一八七六年间，直到他逝世以后的一八八三年才正式发表。特罗洛普在成名后思想上一直存在着一个让他深感苦恼的矛盾，即他力图通过写小说来使自己在社会上获得名望，但社会却对小说及写小说的人并不看重。他曾在从事创作的早期，打算写一部英国小说史来为"自己的小说家生涯辩护"，但最终没有写成。无怪他在《自传》里谈到小说创作时，会毫不掩饰地流露出一种近乎自贬的观点，认为写小说同社会上其他行当一样，都是为了赚钱养家活口，但也没有什么卑贱和不光彩之处。他写道："因为一个人鄙视金钱就认为他高尚，那就错了。这样做的人微乎其微，而这样做的人总是饱尝匮乏之苦。谁不想招待朋友周到些，对穷人慷慨些，待孩子大方些呢？谁不想堂堂正正地做人，不因贫困而忧心忡忡呢？"他甚至在《自传》中不厌其烦地交代了他和出版商打交道的细节，甚至列出了他发表的每本书的稿酬细账，最后还开诚布公地告诉读者他的全部稿酬所得的确切数字是六万八千九百三十九镑十七先令五便士。不料，他这种自嘲式的朴实态度却严重地损害了他身后的声誉，一些正统的评论家讥笑他是个写书匠，不是作家；二十世纪初的文学史家一般只重视他的早期作品而把他归入次要作家的行列，他作为小说作家的声望确实低落过一段时期。

二十世纪二十年代中期，一些英美评论家提出对他重新评价。M.赛德莱在他一九二七年发表的《特罗洛普评传》中说他的作品"尽管是些普通的主题，处理方法也很平凡，却有一股强大的吸引力，那股能够抓住各辈人和各类读者兴趣的魅力实难匹敌"。美国学者 B.A.布斯在他创办的《特罗洛普研究者》刊物（1945）上发表大量有分量的论文，从此学术界终于开始重新重视这位作家，发表了许多研究专著。英国二十世纪著名作家弗吉尼亚·沃尔夫、萧伯纳都对他的小说作品十分推崇：前者把特罗洛普的《阿林顿的斯摩府》和简·奥斯丁的《傲慢与偏见》相媲美；后者说他年轻时对英国乡镇和伦敦西区社会的印象全是从特罗洛普的小说中读来的。被誉为当代特罗洛普的小说家C.P.斯诺称赞特罗洛普为"十九世纪所有小说家中最优秀的、天生的心理学家"，认为他的作品达到了"现实主义小说创作的一个高峰"。七十年代中期，他的具有代表性的小说由英国广播公司录制成广播剧和拍摄成电视系列片后，受到广大听众观众的热烈欢迎，至此特罗洛普的声誉再度鹊起，成为深受西方读者喜爱的一位古典小说家。

特罗洛普所著的卷帙浩繁的四十七部长篇小说质量均匀，哪些是他的真正代表作，文学评论家和学者们说法不一，较难取得完全一致意见，但大都倾向于认为他的主要作品是前期发表的六部一组"巴塞特郡纪事"小说：《巴彻斯特养老院》(1855)、《巴彻斯特大教堂》(1857)、《索恩医生》(1858)、《佛兰莱教区》(1861)、《阿林顿的斯摩府》(1864)和《巴塞特的最后纪事》(1867)；后期问世的六部一组"巴里赛"小说(也称政治小说)：《你能原谅她吗？》(1864)、《费尼斯·芬恩》(1867)、《尤丝塔斯钻石》(1870)、《费尼斯回来了》(1871)、《首相》(1874)和《勋爵的子女们》(1876)；以及晚年所创作的《我们现在的生活方式》(1875)和《斯卡伯勒的婚约》(1881)。"巴塞特郡纪事"小说真实而集中地描写了英国乡镇牧师和中产阶级的日常生活，含蓄地揭示了教会人事倾轧和假仁假义的黑暗面，同时穿插了爱情故事。描写政界人士生活内幕的"巴里赛"小说情节更趋复杂、艺术手法也更臻成熟。其中《首相》一书评价最好，据说作者是以帕麦斯顿和约·罗素两位首相为原型塑造成主人公巴里赛首相的，而这个人物是特罗洛普所塑造的众多人物中他最满意的几个人物之一。《我们现在的生活方式》无情地讽刺拜金主义和资产阶级投机手段，作者对资本主义发展所带来的恶果颇有远见，对它的批判至今仍具有一定现实意义。《斯卡伯勒的婚约》嘲讽私有财产和继承权，其中多少反映了作者晚年对英国社会所产生的悲观情绪。特罗洛普在他的小说中塑造了众多的各阶层人物的形象，通过对他们的思想、感情、品格和气质的刻画，反映了维多利亚王朝中期的英国社会、政治、经济、思想、宗教、道德、风俗习尚等方面丰富多彩的内容。他的小说一向被誉为是英国维多利亚时代的风情画卷。

《斯卡伯勒的婚约》是特罗洛普探索道德问题的一部优秀长篇小说，写于一八八一年三月至十月间，是作者晚年的最后第二部著作，最初连载发表在一八八二年至一八八三年的《年初到岁终》刊物上，可惜作者本人未能等到全部小说连载完毕就溘然长逝了。小说主要写一个奄奄一息的老乡绅斯卡伯勒先生如何利用自己的婚姻问题大耍手腕，深思熟虑地玩弄被传统观念看作是天经地义的限定继承法（或称长子继承法），以满足自己藐视法律的逆反心理，表明英国的旧道德观念已经日趋薄弱。

《斯卡伯勒的婚约》描述了由于机缘而相互牵连着的三个家庭，每个家庭都有一个孤老头（或是丧偶或是终身未娶）一心想在生活中继续起主宰作用。特雷登庄园主人斯卡伯勒先生的毕生目标是千方百计使支配他遗产处理的限定继承法失效。他有两个儿子：大的叫蒙乔依，小的叫奥古斯塔斯。根据限定继承法，家产应该由蒙乔依继承，但他却想出了一个巧妙的办法来逃避这么做，从而能自作主张决定由哪个儿子继承财产。他有意识与妻子在长子蒙乔依出世前后各举行一次婚礼,这样他就能用两次婚礼中任何一次的证明来证实蒙乔依是婚前或婚后所生,从而确定他是私生子或婚生子,以及能不能成为合法继承人。斯卡伯勒把婚姻这一基本法律变成用来摆布法律和他亲生儿子的手段。另外两个是由格雷先生和巴斯顿庄园主人普罗斯珀先生为一家之主的家庭,他们两家都身不由己地渐渐卷入斯卡伯勒策划的阴谋中去。格雷是斯卡伯勒的家庭律师;普罗斯珀是个老鳏夫,他已打算立他外甥哈里为巴斯顿庄园继承人。哈里与斯卡伯勒的外甥女弗洛伦丝相爱着,但斯卡伯勒家庭早有打算要把弗洛伦丝许配给蒙乔依,尽管弗洛伦丝并不爱他。奥古斯塔斯·斯卡伯勒耍的花招产生了一个副作用——哈里在他舅舅普罗斯珀的心目中声名狼藉,以致舅舅决定结婚成家来剥夺他外甥的继承权。除了写这三个家庭之间的关系之外,作者还剖析了一连串的人际矛盾:蒙乔依与奥古斯塔斯兄弟之间的势不两立,格雷律师的女儿多丽与俗不可耐的卡罗尔姐妹之间的格格不入,弗洛伦丝和干预她婚姻大事的伯父母之间的各不相让,还有傲慢而愚蠢的普罗斯珀先生与不善处事的外甥哈里之间的剑拔弩张,等等。作者通过并行铺叙、对照类比的手法充分展现了这三个家庭的相似之处和它们之间的纠葛。

小说的主要情节是通过家庭纠纷展开的,每个人物由于家庭关系的安排在故事中占一席之地。然而,贯穿全书并支配一切活动的主线,却是如何确定斯卡伯勒先生和他亡妻以及两个儿子之间确切的法律关系。《斯卡伯勒的婚约》好比是一幅家谱图,它展现了斯卡伯勒—蒙乔依家系,同时也显示了普罗斯珀—安斯利家系和格雷—卡罗尔家系,进而探讨了斯卡伯勒废黜蒙乔依,立奥古斯塔斯为"长子"继承人,此举给这三个家系带来的混乱和动荡。

当这三个家系的成员都或多或少卷入斯卡伯勒巧布骗局所产生的后果中去时，他又在酝酿新的花招，搞得关系扑朔迷离，矛盾错综复杂。小说中几乎每个事件都是斯卡伯勒企图摆脱限定继承法对他的束缚而引起。在他的大半生中，他显然打算让老大蒙乔依继承产业，但后来蒙乔依嗜赌成性，债台高筑，他父亲意识到家产会落入债主手中，于是就出示了第二次婚礼的证据来，家产得救了，奥古斯塔斯被宣布为合法继承人。不料，父亲要花招，奥古斯塔斯也亦步亦趋；既然他成了继承人，表妹弗洛伦丝就该非他莫属。为达到这一目的，他不择手段地造谣诽谤哈里，害得哈里处处遭到麻烦：弗洛伦丝的母亲厌恶哈里，普罗斯珀认为他不配再当巴斯顿庄园的继承人。事态的这一发展是斯卡伯勒当初策划骗局时所未曾料到的。为了避开哈里，弗洛伦丝的母亲带女儿去了布鲁塞尔，在那儿又出现了一场精心布置的企图让弗洛伦丝嫁给先是安德森、后是格拉斯库尔的闹剧。而奥古斯塔斯同时也在忙碌着，为了防止有关财产问题可能出现的一场官司，他决定少许花点钱了结他哥哥的债务，偿还了债主们实际向蒙乔依所贷之款的本金。奥古斯塔斯得意忘形，俨然以特雷登庄园主自居，对病入膏肓的老父迟迟不赴黄泉显得极不耐烦，甚至还当面对父亲说他该死了。斯卡伯勒忍无可忍，决定施行报复。如今债主们的钱已还清，他们就无权再来占有原来作为抵押的家产，蒙乔依也就能接受任何遗赠财物。老父决定立遗嘱把除"光秃秃的土地"之外的所有财物都留给蒙乔依。接着他进一步使出最后一招，出示了第一次婚礼的证明，重新确立了蒙乔依的长子地位，使他成了特雷登庄园确定无疑的继承人。奥古斯塔斯给彻底毁了，他的美梦成了泡影。斯卡伯勒还去信巴斯顿证明哈里是无辜的，促使普罗斯珀放弃了结婚的念头,哈里就此恢复了继承人的地位。

如果把斯卡伯勒这个人物看作是个诡计多端的无赖而加以批判,那是对作者塑造的这个人物的本意的误解。他不该简单地被认为是个用心险恶的坏蛋。小说中不少人物想对他的所作所为从道德的角度下一个断语,结果都感到颇为棘手,不知把他归入哪种道德范畴好;一些律师想从法律的观点把他纳入一定的框子也同样失败了,因为他没有触犯法律。他只是向社会坦白他曾打算把非婚生的蒙乔依立为继承人从而欺骗了奥古斯塔斯。后来他又推翻了自己的坦白,然而对坦白所造成的后果他是不负任何法律责任的,尽管读者看得很清楚,所造成的后果都直接与他所采取的行动有关。小说中的律师常常提醒读者,公开坦白自己已放弃了的诈骗企图不能算犯诈骗罪。他身边的大夫牟顿在他去世的第二天写信道:"谁也无法为他辩护,除非他准备把真理、道德全抛到九霄云外去。不过,假如你能为自己设想出一种既不必考虑真理,也不必考虑道德的场合,那斯卡伯勒老先生会成为你的英雄。"然而,对读者来说,斯卡伯勒先生并非是个英雄,尽管作者把他描写成足智多谋勇气非凡,甚至还在很大程度上对他策划的最后一招表示赞赏。他的两个儿子是他棋盘上的兵卒,同时也是他的牺牲品。他从不对儿子进行道德教育,他曾对人说:"大多数男子心眼里爱来点专制,我就没有。……我听凭自己两个孩子想干什么就干什么,只希望他们日子过得快活。我从来不强迫他们听训诫,……也许我错了。"他的两个儿子是他本人的一面朦胧的镜子,他们俩身上隐隐约约地反映出父亲身上表现得非常突出的东西:蒙乔依嗜赌成性只是斯卡伯勒先生长期胡作非为策划骗局的小小翻版;奥古斯塔斯诡计多端,但与老父相比只是小巫见大巫。

然而,斯卡伯勒先生虽病魔缠身朝不保夕,却能轻而易举地把他的一切对手搞得晕头转向,读者不禁对他的精明和生命力表示钦佩。也许格雷律师的年轻合伙人巴里说的几句话最合乎世俗观点,他认为斯卡伯勒是"他所认识的最优秀的律师",还说"他这个人太聪明乖巧了,所以他的卑劣行为应该受到宽恕"。格雷本人自然不会同意这种观点,因为巴里本人道德心不强,也常爱耍点花招。小说确实花了不少笔墨写斯卡伯勒的精明,但这种精明与传统道德观念无疑是格格不入的。斯卡伯勒在临终前对奥古斯塔斯说:"什么尽不尽本分,我才不当回事儿呢。""或者说得确切些,我不是按照世间的陈规旧习来尽自己的本分。"作者强调了他性格的这一方面,他的一生乐趣在于"不屈从于世间的陈规旧习"。斯卡伯勒还对他满怀敬畏的牟顿大夫说:"可是我希望你明白,一个人可以违反法律,但人们未必一定得把他当作是坏人。"那位大夫后来和蒙乔依谈起这位乡绅时说了下面这段话:

　　……我觉得他身上有一种爱的本能,一种无私的感情,几乎可以抵销他的不诚实。他对习俗和法律怀有一种奇特的反感情绪,正是这种反感情绪十分有趣地使这两方面保持平衡。我一直把你父亲看作是一位不可多得的好人;但他极端的不诚实。他会抢劫任何人——可是目的经常是为了保住他想要赠送给别人的东西。所以在我看来,他是个非常富有浪漫色彩的人。

　　斯卡伯勒是个庄园主,可他对待农民的态度是开明的,经常在生活和教育方面给予他的佃户们以帮助。
　　可是,斯卡伯勒从根本上说是个"无法无天"的人,"要与法律对着干！这一直是老乡绅雄心壮志中的一个重要目标。他想把所有的事情作如此安排，以致让人看到他把一切法律都不放在眼里！这一直是他莫大的骄傲。"作者还就斯卡伯勒对代表统治阶级意志的法律的根本看法写了如下一段话：

> 在他眼里，法律也不见得比宗教荒唐得好一些。它是由许多错综复杂、令人眼花缭乱的条文所组成，这些条文串在一块儿，就能使少数人在让大多数人受罪的情况下过舒舒服服的日子。所谓抢劫罪，如果你能弄清楚的话，就像一切暴力罪一样坏；可是，征税是抢劫，收租是抢劫，只根据销售商的欲望而不按公道来规定价格，也是抢劫。

斯卡伯勒从根本上否定法律，但他没有感到内疚；他认为法律是为弱者制订的。他成功地否定了法律的精神但仍屈就地尊重法律的字面意义，他花了三十年时间，精心策划，巧布骗局，最后得以按自己的心愿选择继承人，不受法律束缚。然而，斯卡伯勒随心所欲地与法律对着干实际得到的仅仅是心理上的满足：他让放高利贷的犹太人受骗上当，他对逆子奥古斯塔斯实施了毒辣的报复，他终究让他所宠爱的蒙乔依继承了产业，可是蒙乔依立即又沦为无可救药的赌徒，那份家产顷刻之间就可以化为乌有。但读者不难看到，斯卡伯勒藐视法律、耍诡计搞骗局的真正牺牲品却是为人正派、诚实、执法如山的格雷律师。一个忠实地维护法律，一个却存心对法律不屑一顾，这两个人势必针锋相对毫无妥协余地，而后者的胜利必定意味着前者的失败。不过，斯卡伯勒选择忠厚的老格雷作为牺牲品也许最初是无意识的，但后来看到了这一点为时已晚，只能照干不误了。尽管斯卡伯勒"无法无天"，格雷却没有真正把他看作是个坏蛋,甚至他知道自己内心深处"还保留着对斯卡伯勒先生的一点爱的火花,这一点连他本人都难以解释"。作者显然想告诉读者,整个英国社会的旧道德观念正在动摇,连像格雷这样忠诚的卫道士也不由得产生无可奈何花落去的心情。

斯卡伯勒的道德观也令因循守旧者目瞪口呆,请看作者对他的描写:

> 他极端鄙视诚实人的声誉,他不相信有什么诚实,只相信有虚伪的诚实。然而,他会怀着敬佩的心情谈起一位诚实的人,这儿他指的是一种与人们通常所说的截然不同的诚实。世界上常说的诚实,在他看来全是装模作样,即使不是装模作样,也是为了借诚实来博得好名声。……所有的美德和恶行都被他归到所谓"本性善"和"本性恶"两大类中。那种上教堂做礼拜的癖好(根据他估计,这种癖好十分普遍),他从心底加以藐视。

小说中对斯卡伯勒这个人物世界观、道德观的探索,在一定程度上反映了特罗洛普世界观中某些激进思想火花的闪现。然而,特罗洛普在《自传》中却自称是个"先进而稳健的自由党人"。他赞成社会改革,但又不是激进派;他既承认特殊阶层的存在,又主张人人都应为自己创造机会的"自由"。特罗洛普世界观上的矛盾在他许多作品中都得到了反映。在《斯卡伯勒的婚约》这部他晚年所写的小说中,他一方面流露出对英国社会腐化堕落现象的某种程度的悲观情绪,另一方面却通过明贬实褒肯定了斯卡伯勒这么个人物,对于他针对法律和旧道德的"胡作非为",非但没有加以谴责,反而抱着同情甚至赞赏的态度,并在一定程度上通过对斯卡伯勒世界观和道德观的描写来抒发作者自己的胸怀。

小说中还有一个贯穿始终的有情人终成眷属的情节——弗洛伦丝和哈里的纯洁、高尚的爱情故事。弗洛伦丝为了追求自己真正的幸福所经受的考验是严峻的,她既受到以她母亲为首的一群长辈们的无情的逼迫,又受到蒙乔依、安德森、格拉斯库尔对她紧紧追求的困扰,但她仍坚定不移地与传统观念和习惯势力作巧妙的斗争。特罗洛普显然是抱着赞赏的态度来写这么一位品格纯净得像水晶一般的姑娘的。当阴谋家奥古斯塔斯企图通过大肆诽谤哈里来拆散这一对情人时,弗洛伦丝斩钉截铁地表态说:"即使我相信他们说的事实,我也不会背叛他。一个姑娘对自己以身相许的男子彻底信赖是一件了不起的事——我就是这样的姑娘。我了解自己所爱的人,我宁愿不相信天堂也不会不相信他。"斯卡伯勒先生在弗洛伦丝婚姻的问题上也表现出他的高尚与无私。他十分钟爱这个外甥女,曾认为她"要是能成为自己家庭中的一员,那真是再称心如意不过了"。可当他儿子蒙乔依堕落到不可收拾的地步时,他却一心为弗洛伦丝着想,不愿让这个浪荡子去毁掉这位天使般的姑娘。正是斯卡伯勒亲自给哈里的舅舅普罗斯珀写了信,还派蒙乔依去当面向他澄清事实真相,推翻了别人阴谋加在哈里头上的一切诬陷之词,最后才促使普罗斯珀主动提出接受哈里和弗洛伦丝在巴斯顿庄园安家,成全了他们的美满姻缘。

老年与青年两代人之间的矛盾和孤独是渗透全书的两个重要主题,也恰恰是特罗洛普晚年所十分关注的两个问题,在他后期的好几部著作中都有所涉及。本书中,作者通过斯卡伯勒、普罗斯珀、格雷这三位地位、性格、气质、处世观各不相同的老人到头来无可奈何地退出生活舞台(斯卡伯勒去世,普罗斯珀让位给哈里当巴斯顿庄园的主人,格雷律师愤然离开事务所退休,让巴里去做主),表现出老一代的衰亡不可避免,新生力量的必然崛起。孤独这个主题在小说中以各种形式反复表现出来:斯卡伯勒在他自己亲手搭建的道德樊笼里离群索居(这是全书中体现孤独主题的主旋律);蒙乔依债台高筑逃亡国外,回国后在特雷登庄园的宅邸里形影相吊;弗洛伦丝被带往布鲁塞尔与情人哈里天各一方;安德森向弗洛伦丝求婚未成打算只身前往遥远荒凉的堪察加;普罗斯珀却处于喜剧性的孤独之中,他与索罗本小姐的亲事失败后装病闭户不出拒绝见客,这与斯卡伯勒濒临死亡的悲剧性孤独恰成对照;哈里除与意中人分隔两地之外,他的亲朋因听信诽谤都疏远他;多丽的孤独感则更为严重,他父亲为人诚实已使父女俩与世俗产生了距离,多丽的过分爱挑别的脾性使她孑然一身,她感到自己与她讨厌的追求者巴里先生之间"有一堵高高的黑漆漆的墙"隔离着,等等。这些反复变奏的孤独主题多少是特罗洛普晚年孤独心情的一种微妙的反映。

特罗洛普的小说文笔清晰隽永,平淡中见幽默;故事发展自然流畅,文字毫无着意雕琢之感,但对人物刻画和情节的道德含意则十分重视。他曾以"谁的衣着不引人注目,则是穿着最讲究的人"来比喻文风,意思说作家不要有意识地让读者觉察出他的风格,这种作品才是上乘的。特罗洛普认为自己是位现实主义作家,对十八世纪英国小说创作中的浪漫主义倾向未敢苟同。他不主张在小说中设计耸人听闻的情节,认为作家应该有意识地排除一切浪漫虚幻的事物。作家不要凭空臆想,要"选一个日常生活中的简单故事"来写。特罗洛普小说中众多的人物和事态,几乎个个都是他从熟悉的生活中汲取源泉的。他在《自传》中写道:"我可以说我知道他们每个人的声调、发色、眼神、穿着打扮。"亨利·詹姆斯说特罗洛普了不起的长处是"他完全赞赏普通事物"。

特罗洛普的小说通常都采取平铺直叙的手法,没有故弄玄虚的离奇布局,没有哗众取宠的技巧。有些西方评论家因此而说他无技巧,缺乏想象力。殊不知这正是特罗洛普匠心独具的创作风格,他不靠技巧来吸引读者,而是凭借他本身写作手法的质朴和自然美,这可以说是艺术上的一种高超境界。特罗洛普的小说还喜爱采取故事叙述者夹叙夹议的手法,认为这种作者和读者之间的直接思想交融,能更有效地使读者对小说中的人物及其境遇有所了解。特罗洛普写小说就像讲故事,往往把情节发展和人物命运预先向读者交代清楚,他不赞成采用悬念手法,这样可以使读者保持清醒的头脑,不致一头扎进小说的人情事态中去不能自拔,从而无法冷静而理智地思考作品的真正道德寓意。这也许是特罗洛普的小说作品的最独特之处。

当然,特罗洛普的小说也不无缺点。也许由于他的许多作品最初都是在一些文艺刊物上连载发表,所以故事情节重复交代之处屡见,篇幅也嫌长了些。列夫·托尔斯泰赞赏他的小说卓越,但也不无遗憾地说"要是不冗长就好了"。但这并不妨碍他的小说能吸引广大读者,在二次世界大战中曾经一度成为英国人民和士兵在防空壕里阅读的最热门的书。七十年代以来,随着特罗洛普的"巴塞特郡纪事"小说广播剧和"巴里赛"小说电视系列片的播放,他的小说作品不仅受到英国读者,而且受到美国和其他国家读者的欢迎。

特罗洛普逝世后的这一百多年来,他的作品的价值和他本人在英国文学史上的地位，一直是英美文学批评界颇有争议的问题，我国对他的作品历来介绍得极少，解放后，仅五十年代后期在上海出版过他的《巴彻斯特养老院》（主万译，最近修订再版）和《尼娜·巴拉特加》（吴人珊译）；八十年代起才先后有朱虹和梅绍武等专家撰文介绍特罗洛普其人及作品。看来，对于这么一位十九世纪英国文学史上有重要地位的小说作家的进一步介绍和评论，还有待于我国英国文学研究和翻译工作者的努力。拙译《斯卡伯勒的婚约》如能在其中起到一点微薄的作用，将是本人莫大的荣幸。

本文多处得益于梅绍武先生的评论文章《"'特罗洛普'问题"初探》（《世界文学》1982 年第 6 期），特此致谢。

囿于译者水平，本书译文如有疏漏不当乃至谬误之处，恳请翻译界新老同仁与广大读者指正。

吴信强
一九八七年二月

第一章　斯卡伯勒先生

　　为了故事叙述方便起见,我有必要不止一次地打故事开头的那个时刻往回追溯一些事情,这样我在对出现的一些情况作交代时,也许就不至于感到十分棘手。而正是这些情况导致了我下面打算叙述的一些事件。因此,不妨这么说,本书开头的四章仅仅是个开场白,不过在那些巴望从故事中读到他们所感兴趣的事件的读者看来,也许这四章可算最趣味盎然了。

　　人们至今未曾忘却斯卡伯勒老先生宣布他那个遐迩闻名的大儿子不是婚生子的当儿,社会上产生强烈反应的情形。斯卡伯勒先生早年没有什么名气。他是斯塔福德郡① 当地一位乡绅的独子。由于在这位乡绅的田产上修起了一座镇,还开办了几家陶器制造作坊,那原来不怎么殷实的家产价值大增,待到斯卡伯勒先生继承这份产业的时候,他发觉自己已经是个富翁了。后来,他去了国外,娶了一位英国贵妇人为妻。几年后,他返回了特雷登庄园(他的府邸就叫这个名儿),也就在那儿他的太太亡故了。他归来时带来了两个儿子:蒙乔依和奥古斯塔斯;他一直就住在特雷登庄园,然而每年相当大一部分时间,他是在奥尔巴尼② 的单人套间里度过的。他属于这么一种类型的人,他们多年来结交了一些与自己趣味相投的朋友;不过,我前面提到过,他在社会上没有多大名气。他生活奢侈,纵情享乐,对周围的舆论置若罔闻。可是对自己的两个孩子却十分钟爱;对于他们的利益,更确切地说对于他们的幸福,他比什么都牵肠挂肚。有关他的收入,流传着一些离奇的

1

说法。由于他的庄园的土质和水质的原因，主要在他的庄园上盖起来的几座特雷登白釉蓝彩陶器工场，以及特雷登镇，就成了他的经济收入增加的主要来源。由于经营得法，他老父生而有之的原来四千英镑年收入，实际上已增长到二万英镑。然而，四千英镑也罢，二万英镑也罢，法律上严格规定全部都得按限定继承法③处理。自从小儿子出世以来，斯卡伯勒先生一直急于想为他也创立好一份丰厚的产业。不过凡熟悉斯卡伯勒其人的都清楚，他对限定继承权比什么都深恶痛疾。

两个孩子都在伊登④受的教育。老大在学习期间被允许去欧洲学习了一年语言，之后他便进了皇家禁卫队，后来又当上了科尔斯特利姆骑兵团⑤的旗手。打那时候起，他便过起挥霍无度的日子来。他的兄弟奥古斯塔斯却在同时间上了剑桥大学，后来成了一名出庭律师。他的律师头衔只保持了两年，他就获悉他父亲发表那则不寻常的声明的消息。此后，他觉得没有必要再操讼业，因此就再没有听到人们把他称作律师。不过大名鼎鼎的拉格比先生的律师办事处里认识这位后生的诸君断言说：命运的突变把一位

---

① 斯塔福德郡(Staffordshire)：在英格兰中西部。
② 伦敦的地名。
③ 指英国当时法律上规定长子对父母遗产具有全部继承权。
④ 即伊登公学，英国的一所培养贵族和富家子弟的中学，创立于1440年。
⑤ 即科尔斯特利姆皇家骑兵团(The Coldstream Guards)。科尔斯特利姆原来是苏格兰东南部与英格兰接界的伯维克郡的一个自治镇。1660年蒙克将军在该地招兵买马建立军队，后来进军英格兰使查尔斯二世得以复辟掌政。后来那支军队便成为著名的皇家禁卫部队的科尔斯特利姆骑兵团。

才能出众的律师的前程给断送了。

外界广为传布的有关他哥哥蒙乔依，即斯卡伯勒上尉（早年就逐渐为人们所知的称呼）的流言蜚语更为离奇，令人难以置信。不过，有一点倒是千真万确的：他过的那种日子似乎让人觉得，他手中的财富是取之不尽用之不竭的。有那么好几年，他父亲耐着性子容忍着他，给他的津贴加了个倍，还几次三番地为他偿还债务。他父亲颇为遗憾地认为，既然小儿子凭他自己那点学问今后肯定能够自食其力，他为小儿子的利益所做的事已经足够了。可是后来，情况发展到非动用那笔已经积蓄起来的存款不可；接着终于出现最后那场灾难——他发现斯卡伯勒上尉已把他死后的遗产作抵押，从一些犹太人那儿取得了大笔借款。那帮犹太人干脆要求老父还这笔钱，或者还其中一部分；如果立即付清，他们会感到心满意足；不然的话——他们给他说得明明白白——整个家产在他死后将全部落到他们手中。谈判令人十分沮丧地拖了整整一年，这儿不必细说；但是后来终于出现了这么一个时刻：斯卡伯勒先生坐在他奥尔巴尼的套间里大胆地把自己的意图公布于众。他差人把自己的私人律师格雷先生请来，向他宣布斯卡伯勒上尉是私生子，把那位律师先生惊得目瞪口呆。

格雷先生起初根本就不愿相信向他宣布的那则声明的真实性。他十分熟悉这个家庭的事务，甚至代表这个家庭的女主人处理过婚后夫妇财产契约的事情。他熟悉斯卡伯勒先生——或者不如说，对他还不甚了解——不过他听到过有关他的不少传闻，因而对他有所怀疑。格雷先生是位不折不扣的正人君子，而斯卡伯勒先生虽然在许多事情的处理上还算光明正大，但毕竟还够不上是位不折不扣的君子。他有时跟他妻子住在一起，有时又不住在一起，就像人们常说的时断时续。虽说他为了上面提到的目的，积蓄了许多钱，但也花掉了其中不少；对于这种花钱的方式，格雷先生还颇有异议呢。格雷先生对斯卡伯勒先生的大儿子一百个不喜欢，而且简直见他有点怕。在迫不得已的几次会晤中，上尉曾盛气凌人地对待这位律师，后来终于发生了口角；说实话，在这场口角中，老子曾亲自出马为儿子帮腔。于是格雷先生火冒三丈了好一会，他简直希望斯卡伯勒先生能把他辞了，另请高明。然而，他没有这么做，事情毕竟还没有闹到非得毁约的地步。斯卡伯勒先生就是在这种情况下把他请到奥尔巴尼寓所来，在病榻上宣布他的长子为非婚所生。格雷先生开头认为这则声明是无稽之谈；在发表自己的看法时，竟然也使用一些有失礼仪的言辞。斯卡伯勒先生坚持说他的声明内容确有其事的当儿，格雷先生答道："这事儿我宁可不管。"

斯卡伯勒先生用手按着一小叠文件说道："可是这儿证据俱在啊。怎么使蒙乔依取他兄弟的地位而代之而又为人们所接受，这才是原来的困难和风险所在。我是在蒙乔依出生以后才正式结婚，这一点无庸置疑。"

格雷先生的好奇心给激起了，他开始提出疑问。首先，斯卡伯勒先生为何干出如此欺人瞒世的事来？当初他为何不与他妻子正式结婚？后来为何又娶了她？假如，如他所说，他可以毫不费力地提供证据，那他怎么会如此胆大包天，竟敢跟国家的法律对着干？他这辈子为何要如此为非作歹——为何仅仅为了蒙骗斯卡伯勒上尉的债主们，竟如此跟与他结发为妻的女人作对，如此跟他称之为私生子的儿子为敌，还如此跟他眼下打算恢复其地位的另一个儿子过不去？

斯卡伯勒先生眼下正患着大病——病情严重，人们都认为他活不长了——尽管如此，他还是尽量和颜悦色地回答了这些问题。他认为他待妻子很好，当初是她同意以一种新的关系跟他一起生活之后，他才娶她的。他待大儿子也很不差，曾打算把全部财产留给他。他也没有亏待老二，曾为他积了一笔钱。他如今的首要责任是保住家产。照他本人的观点看，他认为自己毫无自私自利之心，却不乏与人为善之德。

尽管他等着第二天动大手术，可是格雷先生提到国家法律的当儿，他只是报以微笑。对于婚姻大事，他从来就不把它放在眼里，认为只是一种使男人和女人得以舒舒服服在一块儿生活的模式。至于格雷先生屡次提到的"违反国法"一说，他毫不在乎——事实上，在对待人们就他的行为所表示的看法上，他也持同样态度。如今他即将离开人世，他决意竭尽所能为儿子奥古斯塔斯谋利益。另外那个儿子已经没有一点希望了。他满有理由对老大的所作所为暴跳如雷，可他几乎已没有什么火气。他最后披露有关老大身份真相的明显动机，与其说是为了惩罚两个儿子中的一个，同时公正地对待另一个，还不如说是有意让那些犹太人受骗上当，因为他们在他面前说起话来太张牙舞爪神气活现了。然而，即使谈起他们这些人，他态度也和和气气，至多带点儿冷嘲热讽而已，因为他一想到自己在他们面前已彻底占了上风，心里可得意呢。

"格雷先生，当我想到人们完全有可能在我死后发现这一切，就感到安慰。我本当应该把这些东西全毁掉，"他双手按着那些文件说道，"即使如此，真相仍旧有可能被发现。"

格雷先生禁不住想道，二十四年来——也就是老二出世到现在那段时间——他从来没有想到过事情的真相会是这样。

后来，他到底同意将这些文件接受下来，并答应仔细地看一遍。他作了这样的允诺后便拿走了这些文件，还保证说他隔一天就把它们送回来——假如斯卡伯勒先生到时候还健在的话。

　　斯卡伯勒先生此刻看上去精神很好，他坚持要补充下面一段话。

　　"你知道，那位外科大夫明天就来这儿，他的到来也许事关重大。你把文件拿去，上面都写得一清二楚，你准知道该怎么办。今儿晚上我要亲自见见蒙乔依。他不清楚让他来的原因，所以我想他会乐意来见我的。"

　　接着，这位父亲又微微一笑，律师便离开了。

　　斯卡伯勒先生虽然本性刚毅，可是等到与儿子会面的时刻来临之时，他委实有几分担忧。这次不得已的谈话自然是举足轻重的。他儿子已有好些时候一直怂恿他去接受那些所谓"家族债权人"（上尉胆大妄为，竟如此称呼他们）提出的条件。

　　"我这辈子从来不欠别人一文债，在我以前，我父亲也没有欠过债，现在却弄出什么家族债权人来，真是咄咄怪事。"父亲说道。

　　"不管怎么说，咱们的家产是有债权人了。"儿子怒气冲冲地说。

　　然而，这是十二个月以前的事，当时人们（包括那帮犹太人）还未得悉斯卡伯勒先生病魔缠身的消息。如今，斯卡伯勒先生跟这些先生打交道时无疑是处于有利的地位，因此，他知道即将向儿子宣布的这桩有失体面的事，不会像原来认为的那样令人难堪。他认为现在披露有关孩子母亲的事不至于会给儿子心灵上带来极大的痛苦。若不是意味着丧失遗产继承权，非婚所生并不是什么了不起的事情，他这样想。他对于长子毕竟是长子这种优越感没有予以足够重视，而想到自己作为家庭的一员保全了产业却感到颇为得意。奥古斯塔斯只是上尉的兄弟，可他是斯卡伯勒老先生的儿子。到目前为止,哥儿俩相处得还算融洽,因为小的常能借点钱给大的,而大的也觉得他弟弟为人也挺随和,不斤斤计较。要是让他们之间的关系完全颠倒过来,那他们会如何相处呢? 对此,斯卡伯勒先生没有费心去问个究竟。上尉因自己肆无忌惮的愚蠢行为而失去了财富——失去了原来作为父亲的长子而传给他的全部财产。事到如今,婚生或非婚生,对他说来又能有多大关系呢? 弟弟成了特雷登庄园的主人,可望比原来以职业谋生带来大得多的好处。

斯卡伯勒先生花了两年时间全盘考虑了这个问题,在第二年中他逐渐拿定主意按照自己的计划行动。过去,他曾以假充真,无所顾忌地把他的头生儿子当作婚生子①;如今把真相端出来公布于众,他照样会无所顾忌。眼看自己已风烛残年、行将就木,还有什么必要瞻前顾后呢?

至于说到那次父子会面的情形,对蒙乔依·斯卡伯勒上尉颇为熟悉的那些个俱乐部和协会里,倒有不少传说;可是真实情况到底如何,简直没有怎么透露过。人们获悉,斯卡伯勒上尉是在药剂师和仆人们的共同督促下才离开了屋子,而那老人则在会见之中昏厥了过去。他无疑就像当时对格雷先生宣布的那样,跟儿子谈了那些简单的事实,可是认为没有必要拿出任何证据来进一步证实他的声明的真实性。其实,所谓证据(指的是书面证明文件)此刻在格雷先生手中,而且这位做父亲的最后已把儿子交托给格雷先生了。但是,儿子有好一会根本拒绝相信这段故事的真实性,还

---

① 指合法婚姻所生的孩子。

断言说他老子和格雷先生沆瀣一气,阴谋剥夺他的继承权,毁坏他的名誉。会见终告结束;斯卡伯勒先生刚才还痛心得死去活来,这会儿却给丢在那儿独自寻思。

斯卡伯勒上尉离开父亲的卧室后,发觉自己出了奥尔巴尼寓所,走进皮卡迪利大街①,这当儿他既怒火中烧又垂头丧气。他确实认为这是一宗预先策划好的阴谋,因而决意要竭尽全力粉碎它,不管这么做会给那笔财产带来什么样的后果,他都在所不惜;尽管如此,他心中还是有这么一个强烈的感觉——这场骗局到头来会得逞。有谁还比他眼下的处境更糟糕呢?他知道自己不单单是欠了几个债主的一大笔钱,尤其使他烦恼的是,他欠的是赌账,而这些账他除了指望他弟弟来帮他偿还之外,别无他法。想到这里,他确信弟弟在这宗阴谋中肯定跟老父和那个律师串通一气。他还觉得,要是见到格雷先生或者他弟弟的面,他准会破口大骂他们一顿。世界上的人都可以死尽灭绝,而他就是剩下最后一口气,也要宣告他蒙乔依·斯卡伯勒上尉是特雷登庄园主人。虽说他心里明白,除非他能从弟弟那儿筹借到五百英镑,不然到时候他自己准得完蛋(就其跟伙伴们厮混的社交生活而言),他还认为,倘若让他去见弟弟,他准会扑上去卡住他的脖子,大骂他是个卑鄙无耻的坏蛋。

这当儿,他走到了邦德街的拐角,真的碰到了他兄弟。

"这是怎么回事?"他恶声恶气地说。

---

① 伦敦市中心的一条著名街道。

“你说啥?”奥古斯塔斯心平气和地说,“出了什么事啦?”

“我刚从父亲那儿来。”

“老头子怎么啦? 要是我换了他,准会吓得魂不附体,准会成天想着那个明儿带着一大把刀子来的人。可他却那么镇静自若。”

这几句话虽然没有彻底消除上尉原来的想法,但立刻起了动摇的作用,于是他提起财产的事儿。接着是有问有答,这时上尉没有透露他已被告知的那件事的始末,可这位律师却明确表示,到目前为止他没有听到过什么重要消息。关于特雷登庄园一事,与其说是弟弟的言词,倒不如说是他的神态,更能使上尉感到信服。这位出庭律师实际上确实尚未听说过别人打算为他做好事。

会面结束后,两人一起去俱乐部吃了一顿饭,就在那儿上尉把父亲捏造出来的那桩丑事原原本本给弟弟说了。

奥古斯塔斯听的时候几乎一声不吭。对哥哥的这一通咄咄逼人的谈话,他报以沉默。这一切对他说来闻所未闻,然而他也似乎觉得这一切确实难以令人相信。他丝毫没有让自己认为格雷先生参与共谋,但他倒也没有因为顾念父子之情而觉得父亲毕竟是父亲,不会策划这种阴谋。父亲此举是为了免遭阿美尔克的后裔①的抢劫,他把自己的这种想法确实在哥哥面前稍稍露了点口风。

“我决不答应他们干出这种事来!”上尉说。

“呃,不,”这位出庭律师答道,“我想他们不会来征得你或我的允许;看来好像是一场被授意安排在可怜的老父坟地上演出的闹

---

① 指中东西奈半岛、死海和地中海之间地区的土著居民,这儿泛指犹太人。

剧。老父准备了一段浪漫故事,至于这故事是真是假,你我俩都不可能被叫去作证人。"

上尉心里明白,按他兄弟的想法,这个阴谋计划是由于他们的父亲自知寿终在即而亲自炮制的。不过,有了弟弟的帮助,老大急需的日常开销也就不愁没有着落了。

第二天是令人提心吊胆的一天,然而无论在那天,或是在接下来的那周里,有关老乡绅的计划的事儿没有听到进一步的情况。不出两天,人们得知他可能已命在旦夕;可是到了第三天,据说由于小儿子对他说了不少孝顺话,他也许会"出现起色"。小儿子一直守候在父亲身旁,但却只字不提财产的事儿。老大心境不好,不见人影;其实,在接下来的那一周里,他有好几天不在伦敦。奥古斯塔斯·斯卡伯勒果真去拜访了格雷先生,不过从他那儿得知,那段故事的的确确是他父亲亲口所述,如此而已。格雷不愿多说,只表示有关此事他暂且无可奉告。

奥古斯塔斯离开律师办公室时说道:"对于您说的无可奉告,本人不得不承认颇感惊讶。看来我只能等待,看看命运之神究竟打算怎么处置我。"

两个星期刚过去,斯卡伯勒先生的体力已恢复到足以能够移居特雷登庄园的程度,于是他就去了那儿。这以后没几天,"外界"才初次获悉斯卡伯勒上尉不是他父亲的继承人。"外界"听到这则消息后,表面上显得一片惊讶,内心却无不感到高兴——人们高兴的是放债的竟然给骗走了钱;像斯卡伯勒上尉这么个赌徒竟然一下子成了一个无足轻重的私生子;更有趣的是,一位家道富裕、品行端正(虽然实际上并不受人尊敬)的乡绅,竟然证实自己是个厚颜无耻的流氓。这一切使社会上普遍感到乐不可支。起初,只出现没有指名道姓的三言两语的议论；几小时之后，那些个好事之徒连名带姓都打听到了；没隔多久，这些姓名甚至在整个上流社会中不胫而走，那些大人先生们发觉自己让人以异乎寻常的方式欺骗了。

我没有必要在这儿把那种欺骗行径的全部原始情况重新叙述一遍，因为一场十足的骗局早已展开了。当初，那欺人瞒世的计划一定是斯卡伯勒先生独出心裁地准备了一些文件，同时将事情作了如此安排，即要不是他本人亲口道破真相，大儿子本该毫无疑问地继承那份产业的。眼下这帮债主们正在大吵大嚷，格雷先生的办公室外间被包围了，而他的办事员只是声明说，一俟斯卡伯勒先生去世，会向他们彻底澄清事实真相的。咒骂这位老乡绅的话既尖刻又恶毒，可是在这期间，他的生命恐怕仍然处于朝不保夕的情况之中，实际上连他本人也知道自己在世的日子已屈指可数。那帮债权人自然认为那段故事纯属虚构。他们谁都没法儿见到斯卡伯勒上尉，因为他没隔多久就从场面上销声匿迹了。不过，他们全都认为在这件事情上，上尉跟他老子是串通好的。

有那么一个人，他除了贷款给一个赌徒（条件是以一位当时已风烛残年的绅士死后的遗产作抵押，利率是借四十英镑还一百英镑）之外，还期望一些更好的事会发生。因为后来人们证实，这位梯利特先生曾经向老乡绅的底下人详详细细地打听过有关他们老爷的健康状况。他提供了四万英镑的贷款（所以待老乡绅一死，他就可以拿到十万英镑），同时却声称自己肯定难以如数收回这笔钱。然而，他收的这笔账利率要比他的伙伴们优惠，于是他在这桩事情中成了一个明显令人憎恶的角色。

大约一个月以后，人们普遍认为斯卡伯勒先生把事情处理得相当妥帖,因而他的计划会奏效。有人力争要把事情诉诸法律解决,但这一企图暂时无法实现。据说这位乡绅住在特雷登庄园目前病情严重,但等他情况一有好转就要对他提出起诉。谣传他会被拘留,甚至有人断言特雷登庄园宅邸里已经出现两名警察。然而,不久人们获悉,那儿没有什么警察,老乡绅行动完全自由,他愿去哪儿就去哪儿,或者说得确切些,只要他体力允许,他可以随便走动。说实话,尽管有人想整他,甚至想使他身陷囹圄,但谁也没有办法伤他一根毫毛。

接着有人宣布:他丝毫也没有违反法律——没有证据说明他有过任何不轨行为;尽管他曾不正当地希望他的大儿子能继承遗产,但也只是希望;而现在他不过让自己的愿望跟法律保持一致而已,他放弃了原来只是想干而没有干的违法行为。当梯利特先生搞的勾当渐渐为人所知时,社会上确实普遍对老乡绅产生了怜悯之情。因为不少人认为,梯利特先生企图独占特雷登庄园。

然而,这帮债主却照旧吵吵嚷嚷,牢骚满腹。他们和他们派出的密使在特雷登庄园周围转来转去,想弄清楚上尉的影踪。老父对上尉的去向全然不知,甚至连他是否还活着也说不上;因为上尉事实上已从社会生活中消失,所以他的债主们无法获得有关他的任何消息。这期间,而且在以后好长一段时期里,他们凭想象以为上尉跟他父亲狼狈为奸,因而决意待老乡绅一断气就把上尉出生的合法性问题提出来打官司。可是这位乡绅没有死。尽管别人猜测他性命难保,可他照样活着,而且还渐有起色呢。不过,他待在特雷登庄园闭户不出,断然拒绝会见任何债主派来的任何密使。说句公道话,得承认梯利特先生倒没有派出他的密使,因为他宁可把这桩事情委托一位非常精明的讼师来经办。不过其他债权人都派出了密使，但不久全都从庄园园林里给撵了出来。

你瞧，斯卡伯勒先生在这儿照旧活着。在炎热的七月天里，他还到户外草坪上，坐在安乐椅里边抽雪茄烟边读法国小说呢。老实说，他根本不把那些来访的密使当回事儿，只是对这伙人竟被允许来打扰他本人的安宁颇为不满。这期间，他让人从伦敦把他的几位好朋友请来乡间，跟他一起凑成一桌惠斯特①；但他发现小儿子的偶尔来访成为他生活中的主要关注。

"依我看，蒙乔依全完啦。"他说。

"不过他事实上是完啦。"他的另一个儿子回答道。

"这我不在乎。可我不信一个人被谋杀了会一点儿不留痕迹，就是从船上投河自杀也不可能不被发觉。他的去向我不清楚——一无所知。不过，我得说他的失踪让我松了口气。现在这世界留给我的唯一安慰是你，还有那些我仍旧能得以享用的物质财富。"

老乡绅一而再再而三地对他所挑选的继承人声明说，他对老大的情况全然不知，因为他觉得奥古斯塔斯完全有可能持有他所得知的普遍看法。当时有一种观点无疑非常盛行：老乡绅与上尉沆瀣一气欺骗债主，有关他长子的情况老头儿比谁都清楚（在这段时期，他获得了——虽然极不相称——具有马基雅维里②式的诡计

---

① 惠斯特（whist）：类似桥牌的一种纸牌戏。
② 马基雅维里（1469—1527）：意大利政治家兼历史学家，以只求目的不择手段的政治手腕而著称。

多端的名声）。但实际上他起先确实不甚了了，而眼下他对小儿子就此所作的种种保证也完全是白费了口舌，因为对于这件事，小儿子肚里全清楚。

第二章 弗洛伦丝·蒙乔依

斯卡伯勒先生有个外甥女，名叫弗洛伦丝·蒙乔依，家里已有打算让斯卡伯勒上尉和她成亲。当初作此打算的时候，丝毫没有考虑到钱财的问题。因为这位小姐名下的财产不到一万英镑，在有关这门亲事的主意刚萌生之时，这种财产状况跟上尉的前途相比简直微不足道。不过斯卡伯勒先生对他的家族成员都很喜欢，所以对已故的妹夫蒙乔依将军怀有深厚的感情。他发觉外甥女长得又漂亮又端庄，要是能成为自己家庭中的一员，那真是再称心如意不过了。弗洛伦丝本人最初听到母亲给她提起这门亲事时才十八岁；她对此与其说感到高兴或者讨厌，不如说有点害怕。在她看来，蒙乔依表兄始终是位英姿飒爽的人物。他只大她七岁，不过他早年时就风度翩翩，而成年人的一些癖好他也都爱，所以在姑娘的眼里赫然是个又有钱又风流的公子哥儿。那是他父亲发布那则声明三年以前的事。当时，他无疑已债台高筑，不过一般人还不太清楚，而他父亲却依然认为让他和表妹成亲——用他肚里一句常用的话来说——或许有助于使他安分守己。打那以后直到现在，求婚一直在进行之中，老乡绅一厢情愿地以为，这对表兄妹的婚事大局已定，就欠尚未正式订婚而已。至少有两年时间，他确实是这么考虑的，直到最后的那一年里，他才下决心抛弃上尉。即使在这一年里，还出现过几段有希望的时期，因为直到最后采取行动前的一刻，他还在犹豫不决呢。他确实竭尽所能地钟爱着外甥女。他常常拍拍她，抚摩她的头发，乐意让她亲近他。这么一位姑娘，他的确打心眼里喜欢。他性情温厚，大胆无畏，但并不是一个私心很重的人，因而对这位招人疼的姑娘的一生命运关怀备至。

他的大儿子在性格的某些方面跟父亲很相像，但就是性子暴躁。他确实以他自己特有的方式真心诚意地爱着表妹。不管表妹有没有那一万英镑财产，他愿意娶她——因为天下人中间就数他最为所欲为的了。然而，他内心存在一种他父亲所不了解的廉耻感。有人给他谈起他母亲美好的名声将受玷污时（对于母亲，他只是朦朦胧胧地有点儿记忆而已），这种威胁本身确实给他带来了异乎寻常的痛苦。可是对此，老乡绅却毫无觉察。那位夫人早已作古，别人怎么议论她，对她本人来说好歹也没有多大关系。但对上尉来说却并非如此，他宁肯相信不诚实的是父亲，而不是母亲。他对表妹弗洛伦丝的爱无论如何是情真意切的；听到那段故事的当儿，他首先想到的是表妹得知这个消息后如何忍受得了。

据说，那次谈话以后不到两三天，他就离开伦敦。他这么做的目的无非是想立即能上切尔顿讷姆镇去见表妹。蒙乔依小姐和她母亲就住在那儿。

弗洛伦丝·蒙乔依对表哥一向怀有崇敬之心；说实话，她虽然从未爱过他，但也几乎有点动心了。谣传散布开来，甚至在她的生活圈子里也有所风闻；她虽天真无邪，到底也渐渐明白斯卡伯勒上尉不是一位她能稳稳当当与之相爱的男子。可是，对另外一位男子，她的感情也许就迥然不同了。她起先无疑以为自己到头来会心甘情愿嫁给表哥，不过她只是心里这么想，连对自己都从没有说过这句话。如今她心里对他却很反感。

斯卡伯勒上尉在去切尔顿讷姆镇的路上，心里反复琢磨着这件事，暗自盘算着如何能顺利地实现自己的计划。他打算获得表妹对他的爱情的保证,还让她答应,他父亲可能谈起的有关他的任何事情都不会使她的爱情动摇。为此他必须把父亲所说的那段故事告诉她,同时让她知道他本人对那种说法压根儿就不相信。他还得向她透露其他许多事情。他多少得承认一点他负债的情况,还得给她解释父亲采取这一行动的目的是为了蒙骗那些债权人。凡此种种,做起来都困难重重;不过他应该相信她是天真无邪慷慨大度的。他觉得谈有关他本人的情况要讲究点方式方法,这样那段故事就会有助于使得她对他产生更亲昵的感情,而不至于反而让她变心。她母亲至今一直对他怀有好感;说实在的,在切尔顿讷姆这座宅邸里,他简直被当作阿波罗①来接待。

"弗洛伦丝,"他说道,"我得单独跟你会面几分钟。我知道你母亲会放心让你和我待在一起的。"

他一到切尔顿讷姆就说这句话,于是蒙乔依太太立刻离开了屋子。她让自己相信,她女儿跟表哥结婚是应尽的本分;虽然她得知上尉的所作所为已给那份家产带来了麻烦,但她却认为结婚成家是使上尉安分守己的最有效手段。照她看来,特雷登庄园的继承人是一位了不起的人,什么考验他都会经受得住。

表兄妹之间的会晤持续了好长时间,后来蒙乔依太太没有打招呼就回到这间屋子来的当儿,发现女儿在掉眼泪。

"咦,弗洛伦丝,怎么啦?"母亲问道。

可怜的姑娘没有吭声,照旧在哭,而上尉却脸色阴沉地在旁站着。

---

① 希腊神话中的太阳神。

"怎么回事,蒙乔依?"蒙乔依太太冲着他问道。

"我跟弗洛伦丝谈了我自己的一些麻烦事儿,"他说,"她似乎因此对我变心了。"

这句话中有某种意味让弗洛伦丝觉得反感——他刚才对她赌咒发誓迫使她最后不得不坦白表示她不爱他,可是他竟偷天换日,不公正地把她的表态和他自己的困境挂起钩来。她知道自己之所以不爱他绝不是因为他目前的困境(她只知道这种困境非常糟糕,可她实在对他的困境并不了解)。他不顾体面把事情原原本本全说了——他父亲如何给他谈了有损母亲名誉的那段故事,他本人如何在社会上变得无足轻重,他又怎么面临失去全部财产的威胁,还有他怎么陷入债务累累的境地。最后他还补充说,他确信这一切都是父亲捏造出来的,所以他父亲实在是个十足的流氓。可是,有关他负债的真实情况他只字不提;他倒并不是事先就打算瞒她,而是因为要让一个人承认自己的愚蠢行为把自己彻底毁了,确实难以办到。姑娘当时听到这段故事感到不理解自然不足为奇。他为什么要为他母亲辩护?他为什么谴责父亲?对她来说,那些针对她所熟悉的舅舅的指责比起那些加在她素昧平生的舅母身上的不可思议的罪名来(尽管她儿子在袒护她),更让她感到胆战心惊。可是接着他情绪激动地吐露了自己的爱衷,她也领会了。他恳求她表白对他的爱,于是她立刻变得执拗不驯。"表白"两字的含义激起了她的反感情绪。这个词儿的意思似乎说他相信她爱着他。她可从来没有这么对他说过,而且她肯定目前情况并非如此。他逼人太甚,所以她只得哭。可是即使在掉眼泪,她也丝毫没有退让一步。她决没有吐露片言只语使他得以从中找到一点希望。接着,他脸色越来越阴沉,态度也越来越粗暴,表露出不达目的誓不罢休的样子。后来,他终于诘问她,既然她不可能爱他,那她爱的是谁?他很清楚自己怀疑的是谁,她心里也明白。可是他没有权利要求她就这个问题作出答复。她并不认为那个人爱着她;她也不知道对自己的感情该怎么说怎么想。如果另外那个人真的到她跟前来,她也会打发他离开;但她为什么得让他走,自己心里也不十分明了。然而,现在这位皮肤黝黑、留着小胡子的上尉,皱着眉头,摆出一副丘八老爷的面孔,不可一世地威胁起另外那个人来啦。

他说道:"他是作为我的朋友来特雷登庄园的,老天在上,如果他妨碍我的话,如果他胆敢站在你我之间,我准要他的命。"

他没有指名道姓;可是弗洛伦丝感到可怕极了,她只好哭。

他不愿留下吃晚饭便走了,但却说隔天下午他会再来。在小镇的街道上他碰见了他的一个债主,此人发现他前来切尔顿讷姆,便一路尾随着他。

"唷!蒙乔依上尉,在伦敦大家谈——谈论的究竟是怎么回事?"

"谈论些什么?"

"继——继承权呗!"那汉子是地地道道的犹太人,他带着不安的神色抬起头说道。

那人让上尉接受了一笔为数可观的借款,同时得到保证说这笔钱待他父亲去世后偿清,为此他已付了上尉大约二千英镑的现金。

"你应该去问我父亲。"

"可到底有没有这回事?"

"你应该去问我父亲。我向你保证,我无法向你提供更多的情况。他编造的那段故事,至少我本人根本就不相信。几天前他才不怕丢丑地把事情跟我说了,可以前我从未听说过这件事。这事儿是真还是假,哈特先生,你我俩处境相同,都无法回答。"

"可你借了我——我的钱哪。"

"我不是写给你借据了么?你老缠着我有什么用呀?我爸爸看来是想出了一个鬼点子,能把你们掠夺一空;可在同时间,他也会把我搞得一个铜板都不剩呀。这事儿信不信由你;不过你会发现我说的全是实话。"

接着,哈特先生便走了,但对上尉说的那番话自然连半点儿也不信。

弗洛伦丝只得把自己不愿意嫁给表哥的坚定的意向对母亲说了。蒙乔依太太仍然为上尉的显赫财富迷了心窍,为上尉说了不少好话。这门亲事大家一直都这么打算着的,这种姻缘顺理成章。上尉负了一大笔债,那可以用弗洛伦丝的收入来偿还嘛。这位可悲的太太对上尉的境况是多么无知。当有人告诉她上尉跟他父亲大吵了一架时,她却说成了亲一切都会妥善解决的。

"可是,妈妈,斯卡伯勒上尉不再是那份家产的继承人了。"

蒙乔依太太对财产限定继承权深信不疑,声称天老爷也无法取消它。

"可是这无关紧要,"女儿说,"假如我——我——爱他,他没有财产那我更愿意嫁给他。"

蒙乔依太太接着说,对此她根本无法理解。

次日,斯卡伯勒上尉说来真的又来了,可任凭他好说歹说,弗洛伦丝就是不愿出来见他。她母亲说她身子不舒服,不忍心去打扰她。

第三章 哈里·安斯利

奥古斯塔斯·斯卡伯勒在剑桥大学求学时曾经有一个叫哈里·安斯利的同窗。就是针对这个哈里·安斯利,上尉在大发雷霆的当儿曾赌咒发誓说,假如他胆敢插入他和他的意中人之间的话就要结果他的性命。哈里·安斯利是经上尉兄弟的介绍结识上尉的,此后两人渐渐过从甚密。上尉曾在弗洛伦丝在场的情况下带哈里去过特雷登庄园,打那以后,哈里亲自造访过切尔顿讷姆镇,还想方设法自己编一套理由作借口呢。他是按英国的那套绝妙的老办法行事的,据说这套办法有点儿笨,可还是颇行之有效。他打量她的模样,跟她跳舞,还戴上最时髦的手套和领带;他通过许许多多明白无误的暗示让她知道,为了得到真正的幸福,他一定得接近她。他觉得她戴的手套、插的花朵和她的其他小玩意儿,比任何香水还芬芳馥郁;在他眼里,这一切比珍珠宝贝更名贵。然而到目前为止,他实际上还没有向她求过爱。不过弗洛伦丝对于语言的反应十分灵敏,对于他所作的种种表白的含义领会得分毫不差。在她看来,表哥斯卡伯勒上尉风度翩翩、威风凛凛,可就是令人望而生畏。她曾问过自己千百回:她是不是会有可能爱上他并成为他的妻子。对于这个问题,她连对自己都从未干脆地答复过,后来她表哥过于自信地要求她表白对他的爱情时,她终于突然发现自己被迫回答了那个问题。至于说到哈里·安斯利,她甚至对自己都从来没有承认过什么。她也从未想过,他有可能会向她提出诸如此类的问题。她有一个难以控制的模糊而可怕的感觉:虽然她可能做到拒绝表哥,但只要表哥渴望娶她之心不死,她就不可能和任何其他人结为伉俪。如今斯卡伯勒上尉对哈里·安斯利加以威胁,虽然没有指名道姓,可针对的是谁已再清楚不过了。因而,她在那个方面所存的任何愿望都无疑是痴心妄想。

由于哈里·安斯利将成为咱们这个故事中的人们常称为男主人公的角色,我有必要把他到目前为止的生活经历的详细情况作一些交代。读者会发现,他并没有什么了不起的英雄业绩。他属于咱们常见的那一类后生,总少不了有那么一点小伙子的傻劲——不妨也可以称作是小伙子的弱点吧。不过,本人观点倾向于,他稍许有一点小青年的那种自顾自的脾性,但却丝毫没有弄虚作假或诓骗哄人的行为;因此,我倒蛮有兴致要讲讲有关他的故事。

他是一位牧师的儿子,在那个多子女的大家庭中,他是老大。然而,据认为他无须操业谋生,因为他已被确定为他舅舅的继承人,而他这位舅舅正是他父亲当主持牧师的那个教区的一位乡绅。他舅舅虽是巴斯顿庄园的主人,却不是个富翁,全部产业的年收入不超过二千英镑——这点进项,在五十年前供一位家道中等的乡绅过小康生活倒也绰绰有余了。巴斯顿镇在赫特福德郡①,离伦敦不到四十英里路,所以不算十分偏僻;尽管如此,普罗斯珀先生过的却是离群索居、与世隔绝的生活,因此对他的继承人活似公爵大人或者酿酒厂老板的公子那样过着十足游手好闲的日子的情

---

① 赫特福德郡(Hertfordshire):在英格兰东南部。

形,显然一无所知。不过,读者可别以为普罗斯珀先生特别喜爱他这个外甥。这孩子在查特豪斯公学①念书时就是舅舅付的学费,毕业后给送到剑桥大学去上学,每年给他的津贴是二百五十英镑,而眼下舅舅供给他的生活费仍然是这个数字,不过他得保证无论如何不能再要求增加了。他在剑桥大学学习期间学业优良,毕业时获得了大学研究员的职位,这样他离校时收入增加了一百七十五英镑,因此在巴斯顿教区,大家都把他看作是一位有钱的小伙子。可是哈里本人却发现,他的双重收入给他带来的财富,还不足以使他能跻身于有闲阶层。他舅舅在巴斯顿庄园给他谈起节俭的必要性。普罗斯珀先生五十上下,体弱多病,个儿长得矮小,可是他谈起自己的时候总给人一种印象,好像他还打算活上半百年纪。他难得步行穿过庄园园林到教区牧师住宅里来,不过他每礼拜一回(每逢礼拜天)把牧师一家请来款待一番。对牧师家子女中几个大孩子来说,这种款待往往是一种令人沮丧的活动,因为他们不得不因此而离开自己家里的那种其乐融融的热闹环境,来到这座庄园大宅,在肃穆的氛围中敛声屏息地过礼拜天。那倒并不是因为这位巴斯顿乡绅的信仰特别虔诚,而那位教区牧师却恰恰相反;而是因为教区牧师是个性情开朗的人,而另一位却生性一本正经。据说这位乡绅有病在身,所以他从来不上教堂做礼拜。为了弥补这一点,每当孩子们来大宅的时候,他总是表现出虔诚非凡。晚饭

---

① 查特豪斯公学(Charterhouse):原来设在英国卡尔特修道院内的一所著名公学,后迁至古德明。

后,他念一段经文,内容晦涩难懂,甚至声音也低得听不清楚。这当儿,他妹夫当然是不会在场的,因为他得在自己教堂领晚礼拜;不过安斯利太太和几个女孩子都在场,还有几个年岁更小的孩子呢。然而,哈里·安斯利却总是断然拒绝出席,后来他舅舅发现,虽然他总是和父亲一块儿离开庄园大宅,可他从来不去教堂做礼拜,便因此而跟他吵了嘴。普罗斯珀先生猜忌心重,性子又急躁,后来事情终于发展到几乎对他外甥不理不睬的地步;那二百五十英镑钱还是照给不误。不过,牧师与乡绅之间却为这事儿争个不休。有一回乡绅曾谈起中止津贴,哈里的父亲当即提醒他说,这孩子完全依照他舅舅的愿望,一直过着无所事事的闲日子。这位乡绅听后口气强硬地否认了这一点;不过哈里至今倒也没有负债的情况,也没有表现出随心所欲不服管教的举动。他的继承人身份已肯定无疑,所以津贴也就被允许照给不误。

有一位贵妇却认为哈里·安斯利一无可取之处,据她说,原因是他既无职业,又无固定年金收入。这位贵妇就是弗洛伦丝的母亲蒙乔依太太。弗洛伦丝本人完全听出了哈里使用的语言的含义,尽管说老实话,她还搞不清自己是不是真正理解了,但她照旧一字不漏地听进去。蒙乔依太太也听到这些话,虽然不全理解,但也懂了八九分;哈里公然以情人的身份出现,让她担煞了心。在她眼里,斯卡伯勒上尉是位气宇不凡,又英俊又威风的人物;可是她感到忧虑:由于另外那个微不足道的求婚者的干扰,弗洛伦丝在受到诱惑,因而不愿再忠于这位君主了。与特雷登庄园产业的取之不竭的财源和显赫的名声相比,巴斯顿庄园和二千英镑的年收入算个啥?斯卡伯勒上尉蓄着两撇小胡子,风度翩翩,一表人才,准是个当爵爷的料儿。她一直听说他会有三万英镑一年的固定收入。有了这三万英镑的年收入,就算欠点债怕个啥?这些都是斯卡伯勒上尉来访以前她头脑里的想法,上尉这次来切尔顿讷姆镇是来向弗洛伦丝求婚的,但方式却有点粗暴。他说了一些含混不清但却让人感到担忧的话,说他和他父亲之间发生了一场两败俱伤的争吵;不过这些话尽管听来令人忧心忡忡,却全被蒙乔依太太误解了。她知道那笔财产会按限定继承法处理,她还知道属于限定继承的产业将来怎么处置和现在的产权人毫无关系。斯卡伯勒上尉对于这门亲事心情无论如何是热切的,尽管眼下他父亲大发雷霆对事情进展有所妨碍,蒙乔依太太还是宁可接受他也不愿意要倒霉的哈里·安斯利。

七月间,哈里来到了伦敦,在他自己的俱乐部里听说了有关斯卡伯勒老先生和他儿子的奇怪传闻。斯卡伯勒先生已宣布他儿子是私生子,如今人人都知道他儿子身无分文,外加债台高筑。哈里好几个月前就得知上尉的境况十分窘迫,而眼下又听到了一则普遍认为确凿的消息:上尉现在不是,过去也从来不是特雷登庄园的继承人。人们寄于莫大希望的那笔仍在不断增长的特雷登产业,将属于他的兄弟。哈里听到这件事,就立即把它跟弗洛伦丝联系起来。这以前,他自然知道上尉在追求弗洛伦丝,曾经有一度,他觉得自己准是没有什么希望了。后来他渐渐相信,弗洛伦丝并不爱那位不可一世的武士,甚至见到他害怕,简直把他当作凶神恶煞。现在要她怀着这样的恐惧心理去嫁给他,那真是太可怕了。接着哈里又听说,那位武士已经去切尔顿讷姆镇了,于是他坐立不安,便也跟踪而去。他到达切尔顿讷姆镇时,那武士已经离开了。

"产业肯定是限定继承。"蒙乔依太太说。他径直去她家,并立刻见到了这位母亲,不过这个危险的后生被允许进屋的当儿,弗洛伦丝已让人谨慎地送进她自己房里回避。

"他根本不是斯卡伯勒先生的长子，"哈里说，"就是说，从法律观点来看。"于是他不得不把事情的来龙去脉给她说个明白，对一个毛头小伙子来说，这差使颇为棘手。

然而，他说了半天，这位太太还是没弄懂，因为所谈的情况给她思想上带来的震动太大了。"你的意思是斯卡伯勒先生没有跟他太太正式结婚？"

"起先没有正式结婚。"

"他当初就知道自己没有正式结婚？"

"肯定知道。他本人如实承认啦。"

"那他真是可恶。"蒙乔依太太说道。哈里只得耸耸肩。"难道当时他有意想剥夺奥古斯塔斯的全部权利？"哈里又耸了耸肩。"假如他真是那么心怀鬼胎，那更有可能的是他想通过剥夺大儿子的继承权来赖债，不是么？"

哈里只得回答道，实际情况正如他自己所说的，或者至少全伦敦城的人都这么认为的。他还说斯卡伯勒上尉嗜赌成性，输个精光，那笔财产他连一个子儿都休想拿到手，显然身为弗洛伦丝的母亲，蒙乔依太太有责任拒绝这样一位求婚者。

谈话是渐渐地进行到这个地步的。到目前为止，哈里无论对这位母亲，还是对她女儿，都还没有坦露过自己的感情，眼下他似乎只是以一个叙述者的身份来讲述这一段令人惊骇的故事而已。但事到如今，他似乎觉得自己应该以另一种姿态出现。

"说实在的，蒙乔依太太，"他说着蓦地站了起来，"我本人爱上您的女儿啦。"

"所以你就来这儿造谣诽谤斯卡伯勒上尉。"

"无论怎么说，我是来向你们说明真相的，"他说，"要是我所说的情况属实，那你就不该把女儿嫁给他。且不谈我本人，但那种事你无论如何做不得。"

"这跟你无关，安斯利先生。"

"不过我倒欣然以为她的事就是我的事。"

可是任凭他好说歹说，他到底没有能说服蒙乔依太太，无论是当天还是第二天让他见见弗洛伦丝，后来终于一无所获地被迫离开了切尔顿讷姆镇。

第四章　斯卡伯勒上尉失踪

前面两章中叙述的切尔顿讷姆之行后没几天,哈里·安斯利在清晨两点钟穿过"青年俱乐部"旁边的一条通道,正想拐入查尔斯街①的当儿,突然碰见了斯卡伯勒上尉。半夜三更,哈里究竟刚才在哪儿,这儿不必细说。但是,咱们不妨假定,他没跟自己的女亲眷中的哪一位在喝茶。

斯卡伯勒上尉刚从附近某一家俱乐部里出来,不用说,他准是在那儿赌钱;再瞧他模样,就知道他在那儿也喝了酒。街上连一个警察都没有,这没有什么奇怪;可是周围连一个人影都不见,所以这两个人一起待着的五分钟里究竟发生了什么事,就谁也说不清楚了。哈里当时对这个不期而遇感到十分意外,他完全可以不声不响地打上尉身边走过,如果可以由他这么做的话;可是上尉认出他来了,猛地拦住了他,还用手粗暴地扯住了他的领子。哈里见此情景自然冒火了,于是连一句解释的话都还没等得及说,两个小伙子便吵起架来。

这以前,斯卡伯勒上尉收到过蒙乔依太太的一封长信,要求他把这些无法解释明白的情况澄清一下,信中再三声明,她所得知的情况全都出自哈里·安斯利之口。

上尉骂哈里是个爱管闲事、惹是生非的白痴,边骂还边抓住他使劲地摇晃。哈里再也忍受不了这种侮辱,接着两人便挥拳扭打起来。上尉揪住他的猎物不放手,借着酒性发疯似的连连摇晃他,哈里终于怒从心起,火气大得跟他的对手不相上下,他把上尉猛一

28

下甩了出去，撞在那家俱乐部围栏的拐角上，那冤家倒下了在地上趴着，倒下时头猛烈地撞在地上。据人们后来说，哈里当时就径自离开回家睡觉去了，对他的敌手是死是活根本没有放在心上。这一切也许就在五分钟时间里发生的，可是谁也没有亲眼看见。

那天夜里发生的事后来竟被用来当作对哈里·安斯利严厉指责的依据，因此上面我把情况作了较为详尽的交代，目的是为了表明，为他的行为辩护也罢，对他的行为加以谴责也罢，可能会有怎么个说法——也就是说，假如要把真相公布于众，可能会有怎么个说法。因为说实话，由这件事引起的一些争论中，许多说法都不真实。那天夜里哈里干了一架之后就走了，压根儿没有去想一想那个对挑起这场冲突理应负全责的人受伤是否严重。假如哈里当时能好好控制感情，耐着性子，仅仅出于自卫而把斯卡伯勒上尉击倒，假如他没有被对方的挑衅行为惹得火冒三丈（这种挑衅行为令人忍无可忍，哪个小伙子遇到了都会怒不可遏），那他见到那冤家趴在他脚跟前，肯定会弯下腰来把他扶起来，瞧瞧是不是摔伤了。然而，哈里可不是那种性格的人（我所认识的后生中谁也不会有那种个性）。要是把那五分钟里所发生的情况公布于众，许多人显然对他的行为并不感到意外。不过从另一方面说，假如他当时没有感情冲动得不能自制，假如他当时没有把对方攻击他的挑衅行为看得过于严重而觉得已毫无必要客气相待，他也就不至于把那个人丢在那儿，死活由他去了。当时他怒火中烧，拔脚便走，确实把

---

① 伦敦市中心的一条街。

那个人丢在人行道上,没有把他当回事儿,或者说得确切些,他没有怎么去考虑他的手下败将是死是活。

第二天,哈里·安斯利没有听到有关上尉进一步的情况就离开伦敦去了巴斯顿镇。他挨到下午较晚的时候才出发,他在城里各处逛了一天,不厌其烦地有意让自己抛头露面;可是有关斯卡伯勒上尉的情况,他什么都没听到。他沿着查尔斯街走了两回,还瞧了瞧隔夜那场激烈的冲突中他待过的地方。接着,他暗暗对自己说,他本人倒一点儿也没有受伤,那个凶相毕露的疯子不过想揪住他猛摇而已,受损害的只是自己的衣服,而不是自己的身体;而相反地,他确实狠狠地揍了上尉。他似乎有点儿后悔,不过有关这件事他对谁都没提一个字,就这样离开了伦敦。

连着三四天没有上尉的消息,也没有听到谁谈起过他。他在城里租有几间房间,但那儿肯定没有他人影;他在营房里也有宿舍,可他很少上那儿过夜,不过大家认为他很可能第二天早晨去那儿。到那天傍晚以前,他肯定是失踪了;不过有好些时候,外面社会上没有特别提到他失踪的事儿。接着,在他平时常去光顾的那些个地方,人们开始对他眼下究竟人在何处提出了疑问,得到的却是含含糊糊的回答:他已有六十或者七十个小时不见人影,音讯全无了。

大家可别忘了,这时候有关斯卡伯勒上尉出生问题的传闻仍然是社会上街谈巷议的话题。他父亲宣布他为非婚所生,从而把他的债主们抢劫一空。斯卡伯勒上尉是个非同寻常的人物,如今跟这类传闻挂起钩来,自然引起人们普遍瞩目;而眼下,私生子的问题之外又加上人失踪。起先倒并没有人认为他被谋杀了。不久,人们获悉,大家所谈论的那天夜里,他在自己常去的一家惠斯特俱乐部里输了一大笔钱,按那家俱乐部的规矩,他当场没有付钱。

命运攸关的礼拜一到了，不用说，钱自然没有付。接着他被宣布是个违章分子，由于出现了大量有关他声名狼藉的传说，不久他的名字就从俱乐部的名册上给勾掉了。

在过去两周或两周多的日子里，对斯卡伯勒上尉的名字议论颇多，名声给搞得很臭。不过，据认为这一回惠斯特俱乐部的赌账未能偿付是个转折点。一个人完全有可能被宣布为私生子，也完全可能由于这种或那种情况欺骗他的债主。为了干这种诓骗哄人的事儿，一个人也完全可能跟他老子串通一气，斯卡伯勒上尉的老相识们大半认定他准是那么干的。这一切他完全可能干得出来，但只要他的三朋四友仍然愿意理睬他，跟他打牌，他还不至于显得声名狼藉。可如今他既然坐到牌桌上来，却付不出赌注钱，那才真是丢尽了脸呢。所以，他的失踪谁也不觉得奇怪。

这就是在上尉的知心朋友之中流传的有关他失踪的原因；可是这种说法渐渐地在他知心朋友的圈子之外流传起来。不久，他的名字上了各家报纸，同时伦敦的警察也全都为这件事儿伤透脑筋。伦敦警察厅的全体警察和警官忙得不亦乐乎。林肯法学协会①的格雷先生也为这事儿煞费心思。事情真相一步一步地在他头脑里变得清楚起来，他终于弄明白上尉是在他的当事人结婚以前出生的。对那位老乡绅在这件事情上所采用的恶劣手法，他的震惊程度难以言喻；尽管如此，凡有人公开跟他谈起这件事，他便断言说，他想不出有什么办法可以让这个罪人受到惩罚。他丝毫

---

① 林肯法学协会(Lincoln's Inn)：伦敦四大法学协会之一，曾译作林肯法学院。

不认为那父子两人同谋策划这一阴谋;他也不相信小伙子的失踪是他们俩有意安排的,目的为了更彻底地让那帮债主上当受骗。人们无论如何不能去伤害一个连影踪都不知道的人,再说他说不定已经死了。不过,读者看得明白,格雷先生的这种推测是毫无根据的。

上尉失踪三个星期之后,奥古斯塔斯为了跟父亲商量这件事,又去了一次特雷登庄园。

奥古斯塔斯心里怀着坚定不移的目标,心安理得地做起长子来了。他对老父原来有意识给他带来损害装作毫无怨气,只是对自己的权益应该得到确认这一点,表示极为关切。他发现在这个问题上没有什么大障碍。如果父亲去世,那帮债主会来向他的权益挑战;不过对于这种挑战,他胸有成竹。他对自己所处的地位满有信心,可是他觉得与其赔钱去跟债主们打没完没了的官司,还不如花点费用收买他们,让他们从此默不作声来得保险,而且这么做兴许钱还可能少花一些呢,因为那种官司不可能一次就打成,而且到头来输赢也很难预料。

或许需要付的钱数目不太大,这样花的钱无论如何不会太多。不过,不让他哥哥出场和他所蒙骗的那伙人面对面打交道,事情进行起来肯定要容易些。

老乡绅在特雷登庄园仍然患病在身,但他还没有病得神志不清。有些人说他根本没有病,只不过在目前情况下,隐居对他比较合适而已。但也有不少人对他所动的手术的性质比较了解,眼下都不愿去打扰他。其实,他也只能拒一切来客于门外,同时要求他的命令得到执行,以阻止令人讨厌的闯入者。

"你的意思是说,一个人竟可以干出这种事来,而别人却无法去碰他一下?"这是梯利特先生对他的律师所发的感慨,口气愤愤不平,满怀厌恶。

"他什么都没有干,"那位律师说,"他只不过曾经想干某事,现在悔悟了。你总不能因为某人曾经打算掏你的口袋,而特别当他现在已表示决定不掏了时,你却去把他抓起来。"

"就我所知,至今没有听到有关他的任何消息。"儿子对父亲说。

"泰晤士河布莱克弗兰尔斯桥附近打捞上来的那些个肢体不是他的吧?"

"它们是两个月前被谋杀的一个癞子的四肢。"

"那么约克郡①山里发现的那具尸体呢?"

"是个商贩。没有迹象让人相信蒙乔依自杀或被杀了。如果是自杀,那他死成了,尸体就会被发现,死不成人也就会失踪。如果是被杀,目前没有明显的理由来作这种猜测。"

"那他人究竟在什么地方?"父亲忧心忡忡地说道。

"唔,这正是问题所在。不过我认为,一个人处在他现在这种境况免不了会躲起来。他眼下在各方面都名誉扫地,输了那些钱之后,他几乎无法在伦敦露面啦。早知今日,你是不会替他付赌账的,对不?"

"当然不会,"父亲说,"一切都该告个段落了。"

"我也不可能那么做。几个月来,他把我手头的每个铜板都给拿走了。"

---

① 约克郡(Yorkshire):在英格兰北部。

"你干吗给他呢?"

"很难说清这些道理。那时他是我哥哥,让他稍稍受我一点控制正合我的心意。无论怎么说,我当时确实是那么干了,可现在我没有能力再这么干。我想来想去,一旦人们得知他是个微不足道的人,我看谁也不肯借给他一镑钱。"

"他今后怎么办?"父亲说,"我不想让他挨饿。没有一点生计他怎么活下去?"

"天无绝人之路,"儿子说,"像他这样一头羔羊,老天爷似乎总会给他提供一片草地什么的。"

"你不会乐意不得不靠这种草地来过日子的。"父亲说。

"那我也不愿意让人来把我绞死呀;要是我犯了谋杀罪,那就该让人给绞死嘛。你想想他过去机会多好,再想想他是如何滥用这些机会的。尽管是个私生子,可他肯定可以得到全部财产,其实这笔财产一个子儿都不属于他;他不是因为这笔财产不属于他才丢失它的,而仅仅因为跟那帮犹太人赌博输掉的,如此而已。一个人在这种情形下的境况,跟一个人突然成为落基山里的猎手或者澳大利亚的淘金者的境况有什么两样?在最近那回冒险中,他似乎是孤注一掷,输了三千多英镑。你不会替他付这笔账了吧?"

"不,不再替他付了,决不再替他付账了。"

"那末他除了躲起来之外还能有什么办法呢?我想过几天我得给他点生活费,只要他能躲着悄悄地过日子,我倒乐意这么做。"

他的话音之中流露出他父亲在世的日子不长了,虽没有明说,但双方心照不宣,这种做法也够冷酷无情了;然而父亲听了却不作理会,也没有显示丝毫不快的表情。他确实心里有愧于小儿子,所以愿意以沉默来补偿。但愿他们两人都忍耐着点吧。他想到小儿子时,心里老爱说这句话。奥古斯塔斯现在确实待他不错。对于父亲企图篡改证明文件的可耻做法,他连一句责怪的话都没有说出口。小儿子的这种表现让老乡绅十分感激,不过在内心深处,他还是喜欢老大。

"他把我的钱用个精光,所以我得要求你偿还一点给我。"奥古斯塔斯说道。

"我也给他掏得所剩无几了。这么一个挥霍成性的人,我想哪个做父亲的都不会容忍的。"

"你受够了,今后不会那么做了。"

"我说不上。只要我还活着,要是他让我知道他的下落,我不能眼看着他身无分文,不去管他。我的确感到对待他太不公正了。"

"你这话我实在有点不明白。"奥古斯塔斯说。

"因为你这个人心肠太硬,不会去设身处地替别人想想。他曾经是我的长子。"

"他原先就自认为是长了嘛。"

"如果他这个人还有一点希望的话,那他现在还是长子。"老先生微微有点动怒地说道。奥古斯塔斯只是耸了耸肩。"不过现在谈这件事也没有用了。"

"的确一点也没有用了。我想,格雷先生现在到底知道真相了。我得问你要三千到四千英镑,要不然我也得去求助于那帮犹太人了。我要向他们借钱的话,处境无论如何比哥哥好。"

后来终于作了某种让这个儿子感到满意的安排,不过咱们得设想这种安排是父亲所能容忍的。于是,儿子便告辞回伦敦,理所当然地去进一步打听他哥哥的死活和下落。

斯卡伯勒上尉突然失踪,下落不明,把蒙乔依太太吓得六神无主。她起先怎么也不相信蒙乔依·斯卡伯勒上尉,这位科尔斯特利姆皇家骑兵团的军官和公认的特雷登庄园继承人,会像一个无家可归的清道夫,或者某个女帽店的打杂女工那样一下子消失了,音讯杳然。但后来所有的报纸上都登载了启事,各处的墙壁上都贴了布告,于是蒙乔依太太终于相信上尉确实失踪了。不过到目前为止,她还不太相信他不再是特雷登庄园的继承人了;在就这件事和弗洛伦丝进行的一些不可避免的三言两语的讨论中,她宁可对上尉的所作所为不表态。然而,当别人要她承认弗洛伦丝和上尉的这门亲事如今只能作罢时,她总是寸步不让。上尉人不在的这段时间里,这件事似乎应该像悬案那样暂时搁置起来;不过小姐的看法绝非如此。蒙乔依太太不是一个沉默寡言的女人,她无疑一直在她的朋友中间悄悄地大谈其女儿的事。对此,弗洛伦丝感到非常不满;然而母亲照旧在这么做。在切尔顿讷姆镇,人们普遍把她看作是位定了亲的小姐,她怎么否认也没有用。在这种事情上,大家觉得母亲的话比她本人的更可信;如今,人们心目中那个跟她如此休戚相关的人,在身败名裂的情况下打社会上销声匿迹了。但是,她把眼下的麻烦情形解释给母亲听的当儿,母亲要她暂时保持沉默,什么都别说。她母亲似乎仍旧抱着一种希望,认为上尉到头来会恢复原先的地位也未可知。

"让他们去给他恢复地位什么的,我心里永远也不会对他有什么好感,妈妈。"于是蒙乔依太太只得噘起嘴摇摇头。

哈里·安斯利在街上干了一架之后的第二天傍晚,便去了巴斯顿,在那儿待了两三天,对那天夜里的惊险事儿只字不提。在巴斯顿他对谁都不会透露那些情况。不过,他觉得在那天夜里的事件中他本人的行为似乎有点不光彩的味道,所以他干脆把嘴给封了起来。随着越来越多,也越来越公开的有关上尉出走的消息传到他耳中,他便越来越强烈地感觉到自己有责任把知道的有关这件事的情况公开出来。各种念头和恐惧感纠缠着他。他先想到那天是不是自己那狠命的一拳把他给揍死了,或者他的死亡是因为摔倒所造成的。接着他觉得斯卡伯勒上尉不可能被杀害,因而不会出现尸体找到之类的说法。最后,他让自己相信,他当时不可能致他于死命,而同时间他却肯定上尉的下落不明或多或少和那天发生的事有关系。要是上尉还活着,那他眼下一定明白所发生的冲突的性质,情况只能是如此。哈里大半是从报上得悉有关上尉私生子身份的详细报道的;他听到了有关他跟债主之间出现的紧张关系;他还听说他在俱乐部欠着许多笔赌账未还的情况。他看到报纸上反复声称,那就是那人失踪的原因。一个人在如此焦头烂额的情况下躲起来,或者说试图躲起来,是可以想象得到的。根本无需将他哈里和他的暴力行为提出来作为外加因素。说真的,要是那人在那场遭遇战之前有意想逃之夭夭的话,按常情他会因为那场冲突所造成的情况而走不了。即使他把事实真相全部告诉伦敦警察厅,那次打架也不足以而且也绝对不可能成为上尉失踪的外加原因。那天他受尽凌辱,后来只不过是用自己的力量来摆脱这种凌辱。尽管如此,他仍然觉得,假如他把真相端出来,人们都会把他的名字和那个人的失踪联系起来;而且,更糟糕的是,弗洛伦丝的名字也会牵连到这件事情中来。开初一两天,他一个钟点一个钟点地克制着自己,避而不谈他所知道的一切,接着一两天过了,一个星期一下过去了——两个星期又太太平平地过去了——这么一来,他就不可能不开口了。

他在巴斯顿心神不定,闷闷不乐,动不动就跟他父亲、母亲和妹妹们,尤其是跟他舅舅发脾气。这以前,舅舅已经有几个月拒绝见他了;这时却差人把他叫到庄园大宅里去,天天就这件事向他打听。普罗斯珀先生知道,他外甥和奥古斯塔斯·斯卡伯勒关系密切,想必了解不少有关那个家庭的事。普罗斯珀先生对上尉的私生子身份,他分文莫名的窘境,和他最后下落不明等情形尤为关切。在反复盘问之中,他准发现哈里吞吞吐吐,不愿回答他的问题。他头一回发现哈里跟上尉认识,他还尽量想听到他提起蒙乔依小姐的名字。然而哈里不愿多谈这件事,所以他一无所获;哈里闭口不谈这件事本身就很说明问题。大家得知道,在这些交谈中,哈里的态度颇有点不恭。他让舅舅明白,他认为舅舅这样盘问他是欠妥的,后来终于宣布说,他最近不打算再上庄园大宅来了。于是普罗斯珀先生悄悄地对他妹子说,哈里·安斯利对斯卡伯勒上尉的下落肯定知道得很多,可就是不愿意说。

"我的好彼得,"安斯利太太说,"我确实认为你让可怜的哈里受委屈了。"

安斯利太太为了使她的一家子跟这位乡绅之间能保持某种亲亲热热的关系,总是很小心谨慎。

"我的好安妮,你看问题目光没有我敏锐。绝对没有。"

"不过,彼得,你实在不该说哈里这些话。眼下警官们正在四处搜寻,碰到点什么就抓住不放,要是他们听到咱们郡的地方长官发表这种看法,那他们随时都会把他给抓起来。"

"那他为什么不把事情告诉我?"普罗斯珀先生说。

"他没啥好说嘛。"

"哈!这是你的看法;那是因为你感觉迟钝的缘故。我告诉你,哈里对这个斯卡伯勒上尉的情况比谁都了解。他们过去打得火热。"

"哈里只不过认识他而已。"

"好,你等着瞧吧。我说哈里的名字准会跟斯卡伯勒上尉的名字纠缠在一起,可我希望这种瓜葛可别牵涉到太丢人的事儿。但愿别出现这种情况,我要说的就这些。"这时候,哈里已回伦敦去了,为的是避开他舅舅,也为了使自己身临现场,这样也许有可能亲耳听到些什么消息,因为这时有关上尉的秘密已经公开了。

以上就是本故事开始阶段的情况。

第五章　奥古斯塔斯·斯卡伯勒

　　哈里·安斯利回到伦敦之后,老是忧心忡忡,坐立不安;蒙乔依·斯卡伯勒的命运是凶是吉,让他牵肠挂肚放心不下。他每拿起一份报纸,就先寻找报道有关那个下落不明的人命运的段落(当时的报纸都少不了有一个专栏,报道这方面的消息)。那几天里,他总是去某个俱乐部吃早点,免不了跟邻座的吃客谈起令人不可思议的斯卡伯勒事件。这段时期,人人都对这个话题津津乐道,所以哈里对此感到了兴趣,似乎并不会让人觉得有什么异常;可是,人们逐渐了解到,哈里和这个失踪的人相识;如果哈里不希望自己牵涉到这桩事情中去的话,他就该说话谨慎些,然而他却说了许多不该说的话。人们向他提出问题,以为他很可能什么都知道;他回答时,总是声称自己一无所知;然而,他还是给人以他知道的情况比他愿公开承认的要多的印象。这时,天天有人去伦敦警察厅打听上尉的消息。不用说,去探消息的主要是那些债主和他们的伙计。不过,哈里·安斯利在那些打听消息的人中也渐渐出了名,他们管他叫剑桥大学圣约翰学院的哈里·安斯利先生;甚至警方也渐渐认为,哈里对这件事深表关切,值得注意。

　　来伦敦的第四天,哈里应奥古斯塔斯·斯卡伯勒的邀请去神殿①,在他的套房里一块儿进餐。这时正值一年之中人们离城度假的季节,那些个衰朽的国会议员正在那儿怨天怨地发牢骚,因为他们得在这八月盛暑的日子里,给留下来等待议会最后的表决分组②。哈里接受邀请时得知,那儿没有第三者,所以他心里想必清楚,这位特雷登庄园的继承人打算找他谈谈他兄长的事。自从上回来伦敦以后,他一直没有遇见过他,也不想见他;可是接到邀请的当儿,他想他最好还是接受邀请,他可以让他的东道主就这件事想说什么就说什么,而他本人可以缄口不言嘛。然而,一个人有满肚子的话要说时是难以保持沉默的,倒霉的哈里对这种情况不甚了了了。来伦敦时,他原来就打算默不作声,可实际上却一直在谈论那个失踪的人,尽管事先他宣称自己一定守口如瓶。

这儿,我得请读者诸君别忘了下面的事实:奥古斯塔斯·斯卡伯勒对他哥哥的遭遇心里一清二楚,所以他准知道其中那场街头斗殴。因此,他知道哈里在隐瞒自己所知道的情况,还大致可以猜出这个可怜人的想法。

他自忖道:"他准会觉得当时他没有把那个人打死丢在地上,否则地上那具尸体本身就可以说明问题了。不过他一定对自己在那场冲突中所扮演的角色感到丢脸,所以拼命想隐瞒这件事。不用说,蒙乔依准是先惹起了是非,但总是发生了某种情况,安斯利才不愿让他舅舅、他父亲和我知道,也不愿意让老乡绅或者弗洛伦丝知道。"

奥古斯塔斯邀请哈里·安斯利和他一起进餐的当儿,心里就是这么推理的。

---

① 神殿(Temple):伦敦四所享有鉴定律师权力的法学协会中的内殿法学协会(Inner Temple)和中殿法学协会(Middle Temple)的所在地。
② 指英国议会表决时为了计算票数,分成赞成和反对两组。

奥古斯塔斯·斯卡伯勒的朋友们都认为,他不会再来住在他眼下在神殿法学协会所住的那套大小适中的套房里了;不过至今还没有迹象表明他打算搬走。这个套房在楼上,要爬两段楼梯,规格并不大;不过给一个单身汉住,是够舒适,甚至相当阔气的了。

　　"我请你单独来,"奥古斯塔斯说,"是因为有许多有关可怜的蒙乔依的事情要跟你谈谈,可这些事儿实在不便当别人面谈。"

　　"嗯,说的是。"哈里说,可他不怎么明白,这位财产继承人干吗必须和他商量关于他那倒霉哥哥的事呢? 不错,他们俩关系确实相当密切,但有关上尉的麻烦情况有什么必要非得让他知道呢? 他最关注的无非是他们两人都爱着弗洛伦丝·蒙乔依这个事实;不过哈里认为,现在这个场合是不会提到弗洛伦丝的。

　　"你曾听说过这个糟糕情况吗?"奥古斯塔斯问道。

　　"没有,实在没有听说过。这么说不单单是他失踪的事——"

　　"跟这个传奇式故事中的所有其他事件相比,失踪一事还算不上什么呢。可这确实是其中唯一让人感到合乎情理的事。假定其他情况我事先都有所了解的话,我准会预言他的失踪事出必然。一个人处在这种情形下要是能逃跑怎么会不逃之夭夭呢?"

　　"可是他怎么跑掉的呢?"哈里回答道,"他跑哪儿去了? 现在人在哪儿?"

　　"啊,假如你能回答这些问题,把这些情况报告给伦敦警察厅,那你准能从那帮债主那儿得到一笔数目相当可观的钱呢。这倒不是说,要是明儿他们瞧见他在逛圣詹姆斯大街,就准能从他那儿拿到一个子儿。不过,这些手里握有债据的都是些乐观自信的家伙,我确实相信要是他们能遇见他,准会跟他亲亲热热地拥抱一番。现在咱们吃晚饭吧,待小匹彻不在身旁的时候,咱们就可以谈谈可怜的蒙乔依的事儿。小匹彻是我雇的洗衣女工的儿子,由于我已被宣布为特雷登庄园的继承人,我就把他也雇来给我当差。"

接着,他们坐下来就餐,奥古斯塔斯·斯卡伯勒让自己显出挺亲热的样子。这顿简单的晚餐菜肴精美,喝的酒也是最上乘的。席间没有提到过一句有关蒙乔依的话,也没有谈起半点有关家产的事儿。奥古斯塔斯年纪轻轻却很老成,他在伦敦的生活环境里已混得很熟,知道如何使自己跟人处得融洽一点。小匹彻打屋子里进出出的当儿,他们聊了不少东西,因此菜一道接着一道地上来,这当儿没有尴尬地出现过冷场。天气好热呀,松鸡的味道可真诱人,人人都显得很呆滞,那些个国会议员更是比谁都蠢——他们就这样聊着天;可是,机会终于来了。哈里是不是愿意去特雷登庄园见见老头子?那儿没有什么可以娱乐消遣的,可是一到九月份,山鹬可多啦。哈里口气不太肯定地说愿意去特雷登待上一个星期,于是奥古斯塔斯·斯卡伯勒表示出非常高兴的样子。这当儿,哈里想不出什么理由认为自己不该去特雷登,所以就让自己答应下来了;不过他后来觉得,当时他什么地方都可以去,就是去不得特雷登庄园。

后来小匹彻拿起干酪走了,斯卡伯勒少爷便拿出雪茄烟来。

"我喜欢一吃完饭就抽烟,"他说,"我不但爱边吃饭边喝酒,还爱边抽烟边喝酒,所以没有必要停止喝酒。好吧,跟我说说,安斯利,你对蒙乔依的事怎么看?"

问题问得颇为突兀,哈里一时竟吃了个闷棍,答不上来。即便他不想撒谎,让他谈谈对蒙乔依·斯卡伯勒的看法,他怎么说呢?他知道,或者说得确切些,他自以为知道,蒙乔依·斯卡伯勒是个十足的无赖,一个不顾廉耻、挥霍无度的家伙,目下他正恬不知耻地参与掠夺他的债权人的勾当——因为哈里思想上认为，蒙乔依和他父亲为了保全那份产业串通一气，想把它从那帮犹太人手中抢救出来。对于老乡绅，他完全可能有类似的看法，只是这位老人在弗洛伦丝·蒙乔依的问题上没有来干涉他罢了。

接着，他脑际出现了自己在街头受到野蛮袭击的情景。按照他的观点，蒙乔依·斯卡伯勒肯定是个无赖；不过，他觉得自己还不想对那位兄弟这么说，因为对于他这位东道主为人是否诚实，他还没有十分把握。这三个斯卡伯勒一家子都勾结在一起也未可知；这当儿他想到，如果情况真是如此，那他自己答应要去特雷登真是大错而特错了。因此，那个问题提出来的当儿，他只能默不作声。

"我知道因为他是我哥哥，你谈起来有顾虑。这一点你可以完全放心。"

"我觉得，他的经历，小说读者会称之为富有传奇色彩，可我不这么看。我认为，他的经历可以说是不幸的。"

"啊，说的是；总的说来，是挺倒霉的。我不是个软心肠的人，可我也禁不住可怜他起来了。最糟糕的是，要是我父亲没有出于极不诚实的动机最后道出真相来，他的处境也不会比现在好多少。我怀疑他出走的那天是不是又借了几千英镑钱。假如他是借了钱，以后越借越多，达到你愿意想象的巨额数字，对他说来完全是一回事。"

"我想是这样。"

"他嗜赌的欲望是个无底洞，赢再多钱也难以填满。假如他去俱乐部，在庄家那儿押上五千英镑，他准不会碰到倒霉事儿。他如今就是这么个人，哎呀！说不定他过去也是这个样，——所以那笔财产能被保住，不能不说是件非常幸运的事儿。我尤其不想多谈自己的事儿，虽说这世界上谁也没有像我受到如此严重的不公正待遇。"

"我不理解你的父亲。"哈里说。说实话,斯卡伯勒在谈论他父亲时的某种腔调,几乎使哈里头脑里产生某种想法。他开始怀疑奥古斯塔斯是否参与这一阴谋。

"是啊,我想你是理解不了。堂堂一位英国绅士,竟胆敢策划这样的阴谋,还花心思去把它付诸实现,真是难以理解。假如蒙乔依一向行为正派,或者只要他不过分地胡作非为,我也就一直做弟弟,在法学协会里当律师一直当到老死。以扫和雅各的故事①跟这相比是小巫见大巫了。可这还不是最令人不可思议的情况呢。我父亲出于他自己的一些目的(其中包括让蒙乔依的债主们彻底落空),改变了计划,乐意重新给予我他本来决定从我这儿夺走的东西。哪个父亲对儿子干了这种诓骗勾当还有颜面见他呢? 可是我父亲给我说这事儿的时候,抿着嘴发出轻轻的笑声,对蒙乔依的破产和我的重新得到好运气,竟流露出一种近乎无动于衷的神气!把这桩事情和盘托出,他连脸都没有红一下。对于社会上的舆论,他只字不提,或者根据我的了解,他连想都没有去想一下。当然,大家都认为他活不多久了。我可以肯定,不过三四个月,他就完了。在这种时候,他却对这件事安之若素,好像他只不过从我口袋里掏了五镑钱给了蒙乔依似的。"

"无论怎么说,你会得到财产的,不是吗?"

---

① 指《圣经·旧约·创世记》第25章中记载的有关孪生弟弟雅各采用欺骗手法冒充哥哥以扫,让双目失明的父亲以撒把他作为长子来祝福的故事。

"嗯,不错;那正是他见到我的时候提出的论点。他很乐意把我叫到特雷登庄园去;说实话,我倒一点儿也不恨他。但是,我瞧着他的当儿,觉得他真是这世界上最不可思议的老人。我对他满有理由怨恨,但他对这一点并不怎么清楚。"

"你父亲也许认为你哥哥的出生问题不会妨碍他的前程。"

"可是咱们的法律,老弟,"奥古斯塔斯·斯卡伯勒说着打椅子里站了起来,食指与拇指间夹着一支雪茄,"法律可不这么看问题。这个世界一切问题的是呀非呀,都得取决于法律。我口袋里的半个五先令硬币是我的,只是因为法律说它属于我的。我父亲确实是在我出生以前娶我母亲,可是他没有在我哥哥出生以前举行婚礼仪式。这在你看来,或者对于我的道义感来说,也许是件鸡毛蒜皮的事儿;可就因为这件微不足道的事儿,整个特雷登就成了我的财产,而他打算剥夺我的继承权就像他想破门闯进一家银行见什么就抢一样。对此他肚里跟我一样清楚;可出于他自己的目的,他这么干了。"

这小伙子谈起他父亲和母亲时的某种口气,哈里听了身上尽起鸡皮疙瘩。他不由得想到自己的父亲,自己的母亲,想到他本人对双亲的感情。可这人在这儿大谈其父母一方或另一方的过失时,神态坦然自若到了极点。"我当然全明白了。"哈里说。

"一个人为非作歹时显出若无其事毫不在乎的样子,这样就完全消除人们对此产生的普遍恶感。有人用漫不经心的口气对你说他谋杀了一个人,于是你就觉得杀人这种事没有什么大不了。我想我父亲不会因为企图剥夺我二万英镑年收入而受到惩罚,所以他在给我谈这件事时简单的像是在说笑话。不仅如此,他还希望我也把它当作笑话来听。总而言之,他成功了。我发觉自己一点儿也不生他的气,非但不生气,而且还对他允许我成为他的长子而对他感激不尽呢。"

"那蒙乔依该作何感想呢?"哈里说。

"一点不错,蒙乔依该作何感想呢?我没有必要去考虑我父亲的想法,而应该考虑可怜的蒙乔依的想法!我想他不可能死了。"

"我想不会吧。"

"一个活人自己可以爬起来走掉,可一个死人至少得需要一个人,也许需要两个人来把他搬走。人们不希望偷偷摸摸地来干这种差使,除非他们自己跟这桩谋杀案有牵连;再说,总该听到点什么声音,或者看到点什么血迹呀,而且人们最后总是会发现尸体,或者某些毁尸的迹象。我认为他不可能死了。"

"但愿如此。"哈里声调平淡地说,他这样假惺惺地表达愿望不免有点心虚。

"你最后见到他是什么时候?"斯卡伯勒冷不防提出这个预先准备好的问题,可是哈里听了却没有感到怎么吃惊。

"大概三个月前——是在伦敦。"哈里说道,他在回忆老乡绅把自己的意图公布于众之前的那次会面。

"噢,那么说,自从他知道自己是个无足轻重的人的时候起,你就没见到过他了?"由于并不急于想暴露他的意图,问这话的当儿他语气漫不经心,不过他这么做是因为他相信哈里思想上是有准备的。

"自从他听到那个消息以来,我没见过他面。他听到那个消息时准比谁都感到吃惊。"

"我不知道弗洛伦丝·蒙乔依心里是怎么个滋味。"奥古斯塔斯说。

"我也没有见到过她面。我去过切尔顿讷姆镇,可他们没有让我见到她。"他说这话时心里打定了主意,尽管在某一细节上说了假话,可是他不愿在其他事情上再扯谎了。

"我猜想这一切准让她感到十分痛心。我有点想对自己说,她仍然有机会成为特雷登庄园女主人。她以前总是有点怕蒙乔依;可我不清楚,她是不是爱过他。对嫁给蒙乔依这么个念头她已习以为常,所以完全可能出于纯粹的顺从而委身于他。我还觉得她可能是个挺不错的妻子,我要是成为她的丈夫自然比蒙乔依强。"

"对任何有幸娶她为妻的人来说,蒙乔依小姐确实是位挺好的妻子。"哈里说这句话时,声调里带有某种赞叹的味道,他当时就觉得这声调有点过分紧张,也有点可笑。

"啊,对。当然,谁娶了她都会觉得她像你所说的那样。你的话说明你也是追求者之一。那是你自己的想法。我只能谈我本人;我可以明确地说,弗洛伦丝·蒙乔依要嫁给特雷登庄园的继承人这件事,一向被看作是咱们家早先作好的一种安排。我现在就处于继承人的地位,所以我只是来点暗示,表明我可能有意执行咱们家的这个安排。当然,如果半途上发生什么其他情况,那也就作罢。请进!"

因为有人敲门,所以他说了最后那两个字表示允许。门开了,进来的是一个名叫普罗杰斯的便衣警察,从他的神态来看,似乎跟奥古斯塔斯·斯卡伯勒很熟。

这段时期警方一直在加紧搜索蒙乔依·斯卡伯勒的下落,可是至今没有能搞到任何线索。警方办这类案件,不花点钱是办不成的;人们了解到在目前这桩案件中,斯卡伯勒老先生不愿提供经费。起初,他还提供一点资助,但后来连捐一点钱都表示拒绝。据他自己说,他根本就不想把儿子找回来让他露面,特别是目前他儿子下落不明的情况下,他已明确表示他本人极力希望置身事外。"干吗让我来付给那些家伙钱?这不关我的事儿。"他对儿子说。打那以后,他除经别人提议他才出钱捐那第一笔款之外,就此拒绝提供费用。然而警察还是忙得不亦乐乎,人们得知经费主要是由梯利特先生提供的。他是个办事果断,不达目的誓不休的人,只要钱能帮他解决问题,他是下定决心要把蒙乔依·斯卡伯勒——用他的话来说——"追捕归案"。正是他,为了达到这个目的曾向老先生呼吁求助,老先生向他表明了自己如下的想法:由于他似乎不急于想把儿子找回来,所以这件事他不打算插手。

"唔,普罗杰斯,今儿有什么消息吗?"奥古斯塔斯问道。

"斯开伊岛①上有个人在各处逛来逛去,问他是干什么的却说不清楚。"

"那家伙是什么模样?"

"噢,是个小个儿,没有上尉的那些特征;不过说不定他化了装。我觉得伸那两条腿不像上尉,人的腿是没法换的。"

"斯卡伯勒上尉不会呆在斯开伊岛东逛西荡的,秋天去那儿旅游的人半数见到他都会认出他来。"

"我跟威尔金森就是这么说的,"普罗杰斯说,"威尔金森似乎认为,一个人只要别人不知道他是谁,那他就谁都可能是。我说:'那可不是上尉呀。'"

---

① 斯开伊岛(Skye):苏格兰西海岸以外内赫布赖兹群岛的主岛。

"恐怕他已经离开英国了。"上尉的兄弟说道。

"他可能被搜寻的地方不外乎纽约呀,巴黎呀,或者墨尔本。这些个地方他们这样的人最可能去了。这三个城市还有其他十几个地方,咱们都发了电报。逃到国外的,咱们多半能把他们抓到手;可要是他们还待在国内,那就麻烦多了。有人在唐尼格尔郡①逛来逛去。那地方咱们国内管它叫爱尔兰,因为自从土地同盟②事发以来,咱们跟他们的警察部门常有联系;可那个家伙不过是个付不起账的画师。你对这事儿怎么看,安斯利先生?"那警察突然回过头来问哈里道。那警察竟然会知道他的姓名,这是怎么回事?

"谁?你问我?我压根儿没有想这件事。我也没法儿去考虑它。"

"你往伦敦警察厅跑得可勤呢。我想既然你有那么些问题要问,你对这事儿也许挺感兴趣。"

"我的朋友安斯利先生以前和斯卡伯勒上尉认识,就像他现在跟我这样交往。"奥古斯塔斯说。

"虽说是这样,他好像对这事儿特别关心。"那警察说。

"我是特别关心,"哈里回答道,"可我知道我不会跟你说明其中的道理。至于说他现在的下落,我一无所知。"

"恐怕你是不清楚。假如你真有什么可靠的消息,我想你总会来给我们讲的。好吧,斯卡伯勒先生,你可以放心;只要有可能,咱

---

① 唐尼格尔郡(Donegal):爱尔兰最北部的一个郡,靠近英国的北爱尔兰。
② 指十九世纪爱尔兰的佃户发起的要求保障租户权利的运动。这些佃户是从英国土地所有者那里租地自行经营农业的。

们一定会找到他的下落,我想咱们会找到的。他失踪后的第三天,所有的港口全都在咱们的监视之下了,还有些港口待英国的船只一靠岸,也都在咱们的监视之下,一个港口也不会漏掉。咱们把那些眼线都派出去了,打算让他们帮着干。晚安,斯卡伯勒先生;晚安,安斯利先生。"说着他跟咱们的哈里朋友点了点头。"你说你有道理不想让人晓得,也许这种事儿不会永远瞒得住吧。晚安,先生们。"普罗杰斯警官说着便离开了屋子。

那警察的几句话说得哈里有点惊慌,待他跟奥古斯塔斯·斯卡伯勒单独在一起的当儿,脸上立即呈现出仓皇失措的神色。

"恐怕你觉得那个人说话有意那么傲慢无礼。"奥古斯塔斯说。

"那还用说,不过他这种身份允许他那样傲慢无礼呗。"

"当然,他把人人都看作是仇敌,不管这个人装作比实际知道的多还是确实一点都不知道。你刚才说什么你有自己的道理,于是他立刻把你跟蒙乔依的失踪联系起来。这种家伙你少不了他,不过从我所见过的为数不多的几个来看,我觉得社会上谁都不喜欢跟这号人打交道。让普罗杰斯先生去为雇他的人——具休说,梯利特先生——干差使吧,我才不管这事儿呢,我劝你也别管。"

不一会,哈里·安斯利告辞了,但他无法摆脱这么一个念头:无论是那个警察,还是他的东道主,都认为他多少知道一点有关那个失踪的人的情况。虽然奥古斯塔斯没有明说,可他的神态中有那么一种味道,使哈里心里生了疑。还有,奥古斯塔斯说出了他要带着那份财产去向弗洛伦丝·蒙乔依求婚的打算。蒙乔依刚刚从场景上消失——他竟然马上要向弗洛伦丝求婚?再说,他干吗要和他哈里说这些事呢?他禁不住认为奥古斯塔斯一定知道自己爱着那位姑娘。他回到住处时感到心烦意乱,于是决定第二天去切尔顿讷姆镇。

第六章 哈里·安斯利吐露真情

哈里急匆匆地去了切尔顿讷姆镇,到了那儿自己打算做些什么,说些什么,心里几乎没有个底。他走进一家旅馆,就在那儿独自吃饭。

"蒙乔依上尉到底出了什么事啦?"一个陌生人走到他桌子跟前来悄声悄气跟他说话。

这个陌生人几乎可以算是个陌生人,不过哈里却知道他姓甚名谁。他是巴斯克维尔先生,是个打猎的。巴斯克维尔先生不怎么有钱,也没有什么特别名气;他又没有什么特殊爱好,不过每年冬天,他总爱骑着两匹小个儿马,跟随着几只猎犬,在切尔顿讷姆镇的那些道路上驰骋。眼下还是夏天,那两匹马在伦敦干了点活儿,这阵子正歇着稍稍恢复点体力,或者用巴斯克维尔先生的话说,在休养生息,恢复元气。这段时期,巴斯克维尔先生睡睡觉,打打网球,尽量自得其乐。他间或在旅馆吃晚饭,这样俱乐部里的人可能会以为他给朋友们请去赴宴了;不过,只要他能花上五六个先令吃顿饭,喝上半品脱老酒,旅馆也罢,俱乐部也罢,对他说来几乎没有差别。过空虚寂寥(或者人们爱把它称作缺乏乐趣)的日子,谁都忍受不了;可是巴斯克维尔先生总是穿得体体面面,面带笑容,口袋里也总有那么五六个先令的晚饭钱。现在他问起斯卡伯勒出了什么事,至少说明他对于社会上的消息是极不灵通的。

"我想他失踪了。"哈里说。

"噢,说的是,他是失踪了。人人都知道;他好久以前就失踪了。可他现在在哪儿?"

"如果你去伦敦警察厅说得出他在哪儿,他们准会感谢你呢。"

"警察在搜寻他,这消息不假吧?天哪!四千英镑一年!关于那笔财产的传闻真太离奇啦,不是吗?"

"这事儿我不怎么清楚,所以我说不上什么离奇不离奇。"

"可那小儿子怎么回事?大家都在说那老子在搞花样,想让小儿子拿到那笔财产。我听到的却是那笔财产要分成两份,只要上尉躲开些别来干扰,他可以拿到一半。不过我想,你准比我知道得多。你过去跟这兄弟俩都挺熟的,我瞅见过你跟上尉一块儿在这儿。他现在人呢?"他又在哈里耳边悄悄说。可是他什么话题不好找,偏偏谈起这桩让人讨厌的事儿,哈里只得不太客气地回绝了他。

"岂有此理!你瞧那个人那副神气,"他对另外一个跟他同类的伙伴说道,"这是小安斯利,赫特福德郡的一个微不足道的教区牧师的儿子。这些家伙现在摆起架子来真让人受不了了。他连一匹马都置不起,哪有福气骑马;可听他那说话的口气,你倒以为他一个礼拜要骑三天马呢。"

"他是巴斯顿庄园老普罗斯珀的继承人。"

"怎么回事?他真是继承人?我没听说过。巴斯顿庄园的财产值多少?"于是巴斯克维尔先生打定主意,下回见到哈里·安斯利时得礼数周到些。

那天晚上,哈里不得不琢磨着,第二天他该以什么方式去跟弗洛伦丝·蒙乔依会面。他到切尔顿讷姆镇的街道上到处溜达的当儿,满肚子自怨自艾。到目前为止,在谈起斯卡伯勒上尉失踪的问题上,他不但只字不提他本人在什么时候,什么地方,以何种方式跟他见过面,而且干脆说了谎。他已经跟那个人的兄弟说,过去几周里他一直没有见到过他,而他明明知道这件事却加以隐瞒,这本身就很可恶。他感到内疚,由于他无法跟任何人公开谈论这件事,这种内疚的心情就变得尤为强烈。他好像感觉到他所遇见的人都在问他有关那人失踪的事,他们似乎都对他疑团满腹。那个人,他所作的孽,或者他老子,跟他哈里有什么关系,非得把他给搞得日子难过呢?蒙乔依·斯卡伯勒当时对他发动的攻击实在凶猛——真是兽性大发作,所以当哈里得以从他手中挣脱出来时,出于无奈才让他醉醺醺地倒在街上躺着,而现在这件事却成了他的精神负担。哈里对巴斯克维尔品格之低劣了解得很,可连这么个呆头呆脑的家伙竟也来就蒙乔依·斯卡伯勒的事冲着他问长问短。他认为巴斯克维尔的怀疑不可能有什么根据,然而那种探三问四的声气却老是在他耳际萦绕不去。

第二天上午十一点钟,他叩了坐落在蒙特佩利亚广场的蒙乔依太太寓所的门,要求见那位太太。蒙乔依太太出去了,于是哈里便立刻要求见弗洛伦丝。那仆人似乎先犹豫了一下,可是后来还是把哈里给带进了饭间。他在那儿等了五分钟(可是他似乎觉得等了有半个钟点),弗洛伦丝便来见他。

"你妈妈不在家?"他边说边伸出了手。

"不在家,安斯利先生,不过我想她马上就会回来的。你愿意等她么?"

"我说不上自己是不是觉得她不在更好一些。弗洛伦丝,我有事情要跟你谈。"

"有事情要跟我谈!"

他直接称呼她弗洛伦丝的情况,过去曾有过一回;他清楚地记得,那是在一个令人愉快的下午。可现在他不想去回忆那天下午的事。他心里老惦念着她的名字,所以刚才他自然而然地脱口唤了出来;在目前他非得进行的这场重要谈话的时刻,他似乎没有工夫去选择什么称呼了。

"对。我想你从来没有与你表哥蒙乔依正式订过婚。"

"没有,绝对没有订过婚。"她干脆地回答道。哈里·安斯利当然是个相貌俊秀的男子,不过天下的年轻小伙子谁也不会比他更不重视自己的仪表了。他长着一头金黄色的鬈发,可他经常让理发师替他修剪,可怜的弗洛伦丝嘴上不说,心里对他那头头发老大不顺眼;因为在她心目中,人们头发留得越长就越漂亮。他的额骨、眼睛、鼻子,都长得很端正,正是:

> 太阳神的鬈发,天神的前额,
> 像战神一样威风凛凛的眼睛。[①]

若不是他那张嘴给人以优柔寡断的感觉,他那双罕见的炯炯有神的眼睛,似乎完全会让人觉得他是个性格非常了不起的人。他那两片可以说是哆嗦着的嘴唇,把他脸容上的男子汉气概一扫

① 莎士比亚的悲剧《哈姆莱特》第三幕第四场中哈姆莱特在谴责王后母亲时所说的话:瞧这一幅图画,再瞧这一幅;这是两个兄弟的肖像。你看这一个的相貌多么高雅优美:太阳神的鬈发,天神的前额,像战神一样威风凛凛的眼睛,……这是你从前的丈夫。现在你再看这一个:这是你现在的丈夫,像一株霉烂的禾穗,损害了他的健硕的兄弟。……(参见《莎士比亚全集·哈姆莱特》,朱生豪译,1978 年人民文学出版社出版)

而光。弗洛伦丝认为他的脸长得几乎像天神似的,可总觉得他那张嘴有一种她难以形容的怯生生的味道。然而,她不知怎么的已习惯于他说话含含糊糊,吞吞吐吐,不肯和盘托出自己完整思想的脾性。他身高六英尺,身材不宽也不窄,不胖也不瘦;在弗洛伦丝眼里,是个不折不扣的阿波罗太阳神。认识他的那些年岁较大的人认为,他的俊美秀逸之处尤见于他本人对此毫无觉察。他这种人绝不会仗着自己的仪容去达到自己迫切想达到的目的。眼下,他个人幸福所必不可少的是要得到弗洛伦丝·蒙乔依;然而,他确实从未想到过,他是由于自己有六英尺的身量,或者是因为他那头鬈发让人看了舒服,才较有可能达到那个目的。

"我也这么想。"他针对她最后那句明白无误的话说道。

"对这一点,你应该很清楚。我的意思是,要是我跟表哥订婚,那在目前这种时候我一定会非常难受。我绝不会因为他在财产问题上受到极不公正的待遇而抛弃他。然而现在他可怕地失踪了,我想我准会伤心死的。事实上,我只能这么想,因为他是我表哥呀。"

"这事儿是挺可怕的,"哈里说,"你知道他可能出什么事吗?"

"一点儿也不清楚。你呢?"

"也一点儿不清楚。不过……"

"不过什么?"

"我是最后见到他的人。"

"你是最后见到他的!"

"至少我知道在我以后谁也没有见到过他。"

"你跟他们说了?"

"没有,除了你,跟谁都没说。我是特意上切尔顿讷姆镇来跟你谈这件事的。"

"干吗跟我谈?"她问道,听了他那句话,她似乎吃了一惊。

"我一定得把这件事告诉别人,可除了你,我没有人可谈。他父亲似乎根本不急于想知道儿子的情况。他兄弟我根本就不信任。要是让我去找那伙光想着自己的钱的人,那我就等于在跟他的仇人打交道了。你母亲早已把我看作是他的冤家对头。假如去跟警察说,那我干脆会给带进法庭,在那儿我会被迫提到你的名字。"

"怎么会提到我的名字呢?"

"话得从头说起。有一天深夜,约莫两点钟的时候,我正打算回伦敦的住所去,蓦地在街上遇到一个人,他不是别人,正是蒙乔依·斯卡伯勒。事后我弄清楚,当时他刚从赌场出来;不过,他跟我突然撞见的当儿喝得醉醺醺的。他冷不防地抓住了我的衣领,狠命地摇晃我,对我横施粗暴。当时他说了些什么,现在我记不起来了;不过他当时对我所干的事完全是野兽行为。我就在街上跟他打起,就像一个人遇到一条疯狗袭击会跟它拼命一样。虽然对于当时发生的情况我印象模糊,记忆不全,不过当时他确实没有说出他对我恨之入骨的原因。不过当时我心里非常清楚,他为什么要跟我吵架。"

"究竟为什么呢?"弗洛伦丝问道。

"因为他认为我竟敢爱上了你。"

"不,不会的,"弗洛伦丝大声说道,"他不可能想到那一点。"

"他的确是那么认为的,而且他完全说对了。如果过去我从没有说出那句话,今天我无论如何也要对你说了。"他停顿了一下,可是她没有对他作出任何反应。"我们打架的当儿,他撞着了一根围栏,便倒在人行道上——接着,我把他丢在那儿自管自走了。"

"后来呢?"

"打那以后他便杳无音讯。第二天下午,我离开伦敦去了巴斯顿;不过就在那时候也仍旧没有听到一点儿有关他下落的消息。我既不知道也没有去猜测他是怎么失踪的。问题是,当时别人都在搜寻他,我是不是非得挑这种时候去警察厅,跟他们说那天夜里我吃了他的苦头?我干吗要把他的出走和我受到他的粗暴对待联系起来呢?"

"可你为什么就不能把情况原原本本谈清楚呢?"

"他们完全可能会问起他跟我吵架的原因。难道我可以对他们说我不知道吗?难道我可以假装说不存在什么原因吗?事实上我是清楚的,确实事出有因嘛。原因是他认为自己被父亲剥夺了婚生子的身份,成了一个乞丐,所以如今我就有可能赢得你。"

"我决不会因为那个原因才拒绝他的。"弗洛伦丝说。

"可是你难道不明白你的名字很可能被牵连进去吗?你难道不明白我也完全可能不得不提到你的名字,因为我仿佛觉得你可能爱着我。"接着他又停顿了一下,弗洛伦丝默默无言地坐着。然而,这时他头脑里忽而又出现了一个念头。他想到,假如这事要提出诉讼让他出庭,那他绝不会说出她的名字来。他知道为了他自己的缘故,他多么希望避免提起那天街上发生的事;而且,看来他是以担心她的名字会被牵连进去为借口,在试图避开这件事情。"可是,就算不是因为那一点,我也看不出干吗非得让自己被在街头受到袭击这种讨厌事儿搞得满城风雨呢?现在时机已失。当初他失踪的时候,我没有想到这件事会如此重大。现在太晚了。"

"我想你应该把这事儿和他父亲谈一下。"

"我觉得自己应该这么做。不过无论如何我已经来这儿把一切告诉你了。我有必要把这件事告诉别人。看来似乎没有理由怀疑那个人被谋害了。"

"哦,但愿没有,但愿没有发生那种情况。"

"他是让人给悄悄弄走的——弄到那帮债主找不到的地方去了。我本人认为,这一切都是在他父亲的默许下进行的。他兄弟是否参与这桩秘密勾当,我可说不上,不过我疑心有他的份。斯卡伯勒上尉已债台高筑,除非立刻交出全部产业,不然他怎么也别想还清他欠下的赌债,这一点看来是肯定无疑。几个月前,他们都以为老乡绅死期不远,所以他除了卖掉早晚得归蒙乔依所有的那份家产来还债之外,别无选择。可是这个奄奄一息的人偏不罢休,他好比是从坟墓里跑了出来,剥夺了那个儿子的继承权(那个儿子自己也已落到将继承的产业付诸东流的地步)。这一切都是为了尽力保住特雷登的产业。"

"可这是欺骗。"弗洛伦丝说。

"不错,是欺骗。无论从哪个角度看都是欺骗行为。这份遗产要么仍旧属于蒙乔依,要么被允许来给他作借款抵押,那就不可能成为他的财产了。"

"我不懂这里边的道理。我原来以为那份产业是作为限定继承而传给他的。当然,这对我说来无关紧要,我从来没有当它一回事。"

"但现在那些债权人说他们受骗了,还断定蒙乔依被藏了起来,以有助于斯卡伯勒老先生的骗局得逞。我只得说我认为情况是这样。可是就在他即将出走的当儿,他干吗要来攻击我,或者说得确切些,他干吗在攻击我以后马上出走,这我就不清楚了。我跟他本人或他的财产毫无瓜葛,虽说我希望——希望自己能一直和你保持密切的关系。哦,弗洛伦丝,你一定了解我的心思。"

对哈里的这番话,她没有作出任何反应;有好一会,她坐在那儿考虑,在蒙乔依·斯卡伯勒本人和他惹的麻烦问题上,自己说些什么好。

"你说的这些都要让我保密吗?"她最后问道。

"这你自己考虑吧。我没有强求你对这件事保持沉默。你愿意告诉谁随你的便,我不会因之而产生责怪你的想法。当然,我为自己考虑,我不希望这事儿张扬出去。我已受到很大损害,我不想让自己给牵扯进这种事情中去再受一次损害。我怀疑奥古斯塔斯·斯卡伯勒实际知道的情况比他表面装出的了解要多。我不希望自己被他的狡诈伎俩给推入这一团糟的境地中去。要不要告诉你母亲,这得由你自己决定。"

"我对谁都不说,除非你要我这么做。"这当儿,门开了,蒙乔依太太皱着眉心走了进来。她到现在还抱有希望——蒙乔依说不定会回来,特雷登庄园的事儿也许会弄清楚。

"妈妈,安斯利先生在这儿。"

"我看见了,亲爱的。"

"我到这儿来跟您的女儿说,我是多么深深地爱着她呢。"哈里大胆地说。

"安斯利先生,在跟我女儿说话以前,你应该先来见我。"

"要是那样,我就见不着她了。"

"要是见不着,你也只能如此了。一位年轻先生背着一位年轻小姐唯一的长辈,来找她说话,这无论如何不太妥当吧。"

"我是说要见你,可我不知道你不在家呀。"

"那你就应该马上离开——立刻就离开。你知道咱们的蒙乔依表兄遇到了这么一件很不幸的事,家里人都为这痛心极了。蒙乔依·斯卡伯勒很早就和弗洛伦丝订了婚。"

"不,妈妈;没有,绝对没有那回事。"

"不管怎样,安斯利先生对此一清二楚。既然知道这种情况,那在目前情形下他就不该来嘛。我得请他马上就离开。"

于是,哈里拿起帽子走了;不过他觉得弗洛伦丝没有拒绝他的爱情,心里颇感安慰,因为要是她真的不爱他,她肯定会表示拒绝的。她虽然没有说过一句表示绝对赞成的话,可从她的神情来看,赞成的成分要远远大于拒绝的成分。

第七章　哈里·安斯利去特雷登庄园

　　哈里答应过要去特雷登庄园，待说定的日子一到，奥古斯塔斯·斯卡伯勒逼着他非去不可。他对他解释说，照他父亲目前的健康状况来看，身边不会有朋友跟他在一起消遣；屋里只住着他父亲的一个未出嫁的妹妹；他打算让一个叫塞普蒂默斯·琼斯的人跟他一块儿去乡下，此人在伦敦跟他住在同一层楼的单人套房里，据安斯利所知，他是斯卡伯勒少爷最知己的朋友。"咱们上那儿打几回猎，"他说，"我置了三匹马，你跟琼斯都可以骑。坎诺克狩猎场是英国景色最美的去处之一，你喜欢观赏风景，那可以在那儿好好乐一下。你会见到我父亲，准会听到他给你大谈其自己的情况。他总是毫无保留地谈起我哥哥的事情。"

　　这里有个非常麻烦的问题。斯卡伯勒小姐既是老乡绅的妹妹，也是蒙乔依太太的妹妹，在这个家庭里，她是急于想促成弗洛伦丝和上尉这门亲事的那些人中的一个。人们都认为已故的蒙乔依将军是个了不起的、有独特个性的人，可是他去世的当儿，特雷登庄园的产业的价值还没有今天这么可观。因此，那个大儿子受洗时就用他的姓作为教名。就这样，蒙乔依的声望至今仍给这个家庭增添光彩。不过，哈里对这个家庭的事，只要不牵涉到弗洛伦丝，是不怎么放在心上的。再说，他跟塞普蒂默斯·琼斯之间也并没有什么特别的友情，因为此人一贯对奥古斯塔斯阿谀奉承；如今奥古斯塔斯成了富翁，连马都能购置，他准会比以往更低三下四。

九月初,哈里独自一人去了特雷登镇。到达庄园时,他发现那两个年轻人出去打猎了。他要求给带到他自己的卧室去,但却立刻让人带去见了老乡绅。他发觉老乡绅在小梳妆间的一张睡椅上躺着,他妹妹就在他边上,在给他念些什么。寒暄一番之后,哈里对自己不揣冒昧来打扰病人说了几句措词笨拙的道歉话。

"哎呀! 是我吩咐他们把你请来的,"老乡绅说,"怎么能说是打扰呢? 只要他们还没有把我给钉进棺材,我不想让自己与世隔绝。"

"咱们都宁愿那个日子来得晚些。"他妹妹说。

"算了吧,这是你的愿望,可我知道别人谁都没有这种想法;我本人就没有那种愿望嘛。即使有,又有什么用呢? 我身患多种疾病,其中任何一种病都足以致人死命。"接着他便谈起自己所患的特殊疾病来,那模样让哈里感到毛骨悚然。"眼下伦敦城里人都在谈论些什么?"他问道。

"都是些老话题。"哈里说。

"我想这些人对我本人和我的罪孽都谈腻了,不是吗?"哈里只得笑了笑,摇摇头。"这样复杂的浪漫离奇的故事是不会轰动一时就让人遗忘的。"

"大伙儿确实还在谈论蒙乔依的事儿呢。"

"他们都说些什么呢? 奥古斯塔斯说你对此事特别感兴趣。"

"我不明白为什么我会对这件事特别感兴趣。"哈里说。

"我也不明白。一个人弄到在这世界上一无用处的地步,我不知道还有谁会对他感兴趣? 我想你不见得借过钱给他吧?"

"我不可能借钱给他,先生。"

"那么他人在伦敦还是在堪察加①,我想你都不会感兴趣。我也丝毫不感兴趣。假如他现在在这儿露面了倒是件麻烦事;可他们却指望我多出点钱把他给找回来。就是把他找到了,对我有什么好处呢?"

"哦!约翰,他是你儿子呀。"斯卡伯勒小姐说。

"要不是后来他明显地变坏了,他不是跟奥古斯塔斯一样是个好儿子么?对于他的出身问题,我一点儿不抱成见,我认为自己对这一点表白得相当清楚了。可他一意孤行,不可救药,所以我只得把真相公布于众,如此而已。"

听了老乡绅这一通话,哈里觉得自己一句话也答不上来,他只得回到自己的卧室去,匆匆穿上晚礼服准备去餐厅。这当儿,奥古斯塔斯仍旧穿着猎装走进屋来。

"你见到我父亲了。"他说。

"嗯,见到了。"

"关于蒙乔依的事儿他跟你说了些什么?"

"几乎没有说什么要紧的事。他似乎认为让他出钱把蒙乔依找回来的做法不明智,因为他觉得一旦他给找回来露了面,那帮债主就会指望从中捞到好处。"

"他这个想法是对的。"

"唔,说的是;不过他总归是他父亲呀。想来他也许到头来会说服自己去把他找回来的。"

---

① 堪察加(Kamchatka):西伯利亚东北部鄂霍茨克海和白令海之间的一个半岛。

"说实话，我可不同意你的说法。就是花上一千英镑一年让蒙乔依销声匿迹，我认为也值得。"

"可你不是跟警察方面采取统一行动吗？"

"哼，警察！警察懂个啥？当然，我全一五一十地给他们谈了。可他们对他的下落一无所知，也不知道采取些什么措施去找到他。我说父亲厚着脸皮拒绝回答一切问题的做法是不明智的。他应该稍稍装出有点儿焦急的样子——就像我那样。这倒并不是说表面上来点装模作样在目前还会有多大用处。他已宣称自己对法律鄙夷不屑，对世俗利禄也极为蔑视。别把它当回事，老兄，咱们好好吃一顿晚饭，不过我得去准备一下。"

哈里发觉跟他一块儿吃晚饭的只有塞普蒂默斯·琼斯、奥古斯塔斯·斯卡伯勒和他姑妈。斯卡伯勒小姐大谈其哥哥的事儿，说他健康大有好转。

"当然你是知道的，奥古斯塔斯，威廉·布罗德里克爵士已来这儿两天了。"

"你想想，让威廉·布罗德里克爵士到乡下来待两天得花多少钱哪。"他答道。

"这有什么？"这位慷慨大方的老小姐说。

"花费好几百英镑钱难道没有什么？不过话得说回来，要是他的医道是值几百英镑，那谁也不会去吝惜这点钱的。"

"无论怎么说，今后情况准会表明我们得到了最好的诊疗。"那小姐说。

"不错，情况会这样的；人们目前关心的正是这件事。威廉爵士是怎么说的？"

于是，晚餐的前半段时间里，他们长时间地谈论着斯卡伯勒先生患的各种疾病和威廉爵士对这些病的治疗意见。威廉爵士说，斯卡伯勒先生的体质是他医疗经历中遇到过的最最惊人的。尽管斯卡伯勒先生的身躯伤痕累累，布满了刀疤和创口，尽管他靠着他勉强使用着的那些器械在维持生命，然而人们还是给他提供了他个人享受的设备，因此威廉爵士宣称，只要他严格遵照嘱咐行事，他可能还会活上五年。

"可人人都知道，他从来不按别人的嘱咐行事。"奥古斯塔斯说，声调中丝毫也没有一点儿痛惜的味道。

他把谈论父亲的话题转到大谈其打山鹑的事来了，表示他相信只要稍微劳点儿神，破点儿费，就可以在特雷登搞起个很像样子的狩猎比赛会来。

"我想不会花很多钱。"琼斯说，因为他不管参加什么样的狩猎，除了付给猎场看守十个先令之外，从来没有多出过一个子儿。

"我不清楚你说的很多钱指多少，"奥古斯塔斯说，"可我想有那么三四百英镑一年也许就行了。我倒想算一下，照那样的话，威廉爵士口袋里该装回不知有好几千只山鹑呢。"

"这又怎么啦?"斯卡伯勒小姐问道。

"这不过是推测而已。当然，我父亲活着的时候，只要他愿意，他可以把全部收入都给那些大夫也行;不过人们一谈起他，准会说他好像在用不属于他的钱干这干那。"

"你不能这么说话，奥古斯塔斯。"

"我并不打算像他那样吵吵嚷嚷，我的好姑妈。我只是想表明他打算对我干些什么，而我本人对此又是怎么逆来顺受的。"

"我觉得对于这件事我不该说三道四。"哈里·安斯利说。

"我想要是你处于我的地位，你不会默不作声。从你的本性来看,你几乎不可能保持沉默。你的正义感公然受到了侮辱,于是你会身不由己地跟一些知心朋友谈论起你所受到的不公正待遇。可要是你跟自己父亲争吵,那你们就会没完没了地永远吵下去。我从中得不到什么好处,老实说,只要他决意闭口不谈这事儿,我也决不会多嘴。"

"可是就算他在说三道四,你干吗非得跟他一样呢?"哈里说。

"他干吗不住嘴呢?"塞普蒂默斯·琼斯说,"说老实话,我看这太不公平了。"

"我不是在谈什么公平不公平,我谈的是感情的问题。"

"哎呀,我求你们别谈这事儿了,至少待我转过身子走开时再谈。"那位老小姐说。

接着,奥古斯塔斯说出下面一段话,结束了谈话。

"我打定主意把这一切当作是开了一个玩笑,那种让人觉得谈起来很轻松的玩笑。那种企图剥夺我两三万英镑年收入的做法,怎么说也是个重大措施。不过这种措施的采取对我哥哥有利,所以我也就作罢,不去追究。我一点儿也不明白,我父亲的钱都拿去干什么用了。这五六年来,他给蒙乔依的钱无论如何不会超过他收入的半数,而且他本人的开销也很小嘛。可他对我说,眼下他筹一笔一千英镑的款子也困难重重,所以在目前的拮据情况下,他断然拒绝给我原来的年度津贴再增加五百多英镑。世界上哪一位对儿子毫无保留地尽到本分的父亲,会没有商量余地,说出那种冷酷无情的话呢? 但是,他很清楚,待他一死,每个先令都将成为我的了。"他说这番话的当儿,侍候他们的那个用人打屋子里进进出出,想必听到了不少。不过奥古斯塔斯似乎对此满不在乎。老实说,这座宅邸里的用人谁个不晓得这个家庭的内情。那些雇了一班用人的老爷太太们，一般也确实不愿意在全屋子的人面前谈论他们的私事，即便这些私事也许已经不是秘密了；不过这座宅邸里的底下人在这方面却与众不同。不论是内房的丫环，还是马厩里管马的，哪个不知道他们的老爷是个十恶不赦的人？

"你打算在睡觉前去见你的父亲吗？"斯卡伯勒小姐离开屋子时对她侄儿说。

"当然，要是他差人来跟我说他希望见面的话。"

"他肯定希望见你，还非常迫切呢。"

"我认为这是你自己想象出来的。不管怎样，我会去见他的——再过一个钟点，怎么样？为这事儿，他会乐意见哈里·安斯利呢，还乐意见格雷先生，或者警察厅的探长。无论谁，只要对他那些个古怪的见解感到震惊，或者装出震惊的样子，他都愿意见一见。"可是，这时斯卡伯勒小姐已离开了屋子。

接着，那三个人就坐在那儿聊天，泛泛地议论了这个家庭的事务。新的土地租赁契约刚获批准，特雷登镇上又将增添几家制造厂；从表面迹象看，一切都显得繁荣昌盛。"不用多久，那片草坪上准会盖起一座水车磨坊，"奥古斯塔斯说，"那些个机匠什么的都自作主张，要是明儿早晨他们来对我说，他们打算在我卧室里盖起一座磨坊，我也只得客客气气地对他们说声请便。有人给你开价百分之五，而你只肯出百分之四，他一下就对你吆五喝六起来。光凭这一点，你总不能说他卑鄙无耻，也不能说他蛮横或者苛刻什么的。人与人之间的各种温情脉脉的关系，一遇到生意经也就化为泡影了。可我认为，咱们这座庄园的西北角外面的那块猎场暂时还没有受到威胁。我想我这就得去见父亲，看看他有何吩咐，不然人们会说我对慈父没有尽孝道。"

他们的东道主一走,琼斯便说:"奥古斯塔斯·斯卡伯勒真是个呱呱叫的人。"

"我和他在剑桥是同学,他在那儿也挺受人欢迎。"

"他现在成了特雷登产业的继承人,今后名望会更高。我跟斯卡伯勒比谁都合得来。我觉得在关于他父亲的问题上你对他太苛刻了,你也知道。"

"他处于这种地位就不该说三道四嘛。"

"这是我这辈子经历中出现的最最奇怪的事了。你想,倘使他不谈出那些情况,人们对他老子的所作所为咋会知道呢?这不过是公众舆论的问题,而且不用说,那帮债主确实相信,一俟老斯卡伯勒去见上帝,他们就可以进来占据财产了。奥古斯塔斯一定得让社会上的人都认为他是继承人,这样做大有用处。你可以放心,他眼下这么谈问题不是没有道理的。依我看,别人做事可能会冒冒失失,他绝对不会,他干什么都有道理。"

夜晚的时间过得慢吞吞的,琼斯一直在谈论他的好朋友的性格。可是奥古斯塔斯·斯卡伯勒没有回来;钟刚敲过十点,哈里不想再抽雪茄烟,还说他喝了葡萄酒以后不想再来杯掺水的白兰地了,于是就去就寝。

第八章　哈里·安斯利去散步

第二天早晨,奥古斯塔斯对哈里说:"昨晚我去父亲那儿之后,他又犯病了。他感到一阵阵疼痛,大家想尽了办法也没有止住他的痛。不过,我从来也没有见到过像他那样的勇气。"

"今天早晨好一些了吗?"

"很虚弱,一点力气都没有。不过我不能说他病情反而更糟了。今天上午你不能见他;可是明天,或者后天,你将见到他。他让人来请你的时候,你尽管去见他,不用顾虑。他喜欢让人们看到他泰然自若地在忍受着病痛,让人们知道他即使明天就溘然长逝也决无遗憾和痛苦。那个差人去请人来目睹一个基督徒是怎么离开人间的人叫什么来着? 我可以想象,我父亲在干着同样的事儿,只不过其中没有涉及基督教教义而已。他会请你去亲眼看一下一个非教徒是怎么安然谢世的,而且当他想到你因为参加仪式晚饭都没有好好吃,心里还会难过呢。好吧,咱们下楼去吃早饭。吃罢早饭,咱们去打猎。"

哈里在特雷登庄园待了三天,吃饭、喝酒、打猎、骑马,干什么都由斯卡伯勒少爷陪着。这段时间里,他没有见到老乡绅,斯卡伯勒小姐也不见人影,因而他知道老乡绅最近那回毛病发作至今还没有恢复。他做客的日子被延长了一天,还被告知就在那天老乡绅会召见他。

"天天打山鹑,腻味死了,"奥古斯塔斯说道,"人们谁也不会接连两天打山鹑。琼斯可以自个儿去嘛。这外加的一天他不用给猎场看守人付小费,这对他说来是占了大便宜了。午饭后,你得去见我父亲,现在咱们去散一会步吧。"

哈里就出发去散步了,他的同伴立刻谈论起财产的事儿来了。"我开始觉得老头儿几乎没有什么希望了,"他说,"他病一次次地发作,身体状况一天比一天糟,每回发病总是把他折腾得半死不活。他无法防止病的发作。为了使自己的生命得以延长一个礼拜,他一个钟点也不会容忍自己出现泄气的心情。你知道,这该需要多大的勇气呀!"

"在我心目中,他无论从哪方面说都是个勇士。"

"他极端蔑视上帝呀凡人呀这些观念,可总是非常彬彬有礼地来表示他的这种蔑视。昨天他还为你感到很不安呢。"

"他谈了我些什么啦?"

"决不是什么有伤大雅的事儿;不过他脑子里存在一种想法,怎么也难以摆脱,若不是你亲口向我保证的话,我准会觉得他那种想法有道理。"哈里听他说这句话的当儿,纹丝不动地站在山腰上,正视着他那位同伴的脸。这时他觉得,他所说的什么想法似乎是指蒙乔依·斯卡伯勒和他失踪的事。他们俩这时已经逛了约莫十到十二英里路,一块来到了四面没有围墙围着的开着石楠花的坎诺克狩猎场。"他认为你知道蒙乔依的下落。"

"我怎么会知道呢?"

"或者至少我们中间随便哪一个最后见到他之后,你还跟他见过面。我父亲自称对蒙乔依本人和他的下落根本不放在心上,还声称对设法让他离开本地的人感恩不浅呢。不过话得说回来,他还是迫切想知道一些情况的。"

"我跟蒙乔依·斯卡伯勒有什么相干?"

"这正是问题所在。你跟他有什么相干？他提出你们俩为了弗洛伦丝的事吵了嘴，他的失踪是由吵嘴引起的。此外的情况我无法解释，我不想不懂装懂——说句老实话，我也没有说我同意父亲的说法。可是奇怪的是那个叫普罗杰斯的警察头脑里竟也有同样的看法。"

"那是因为我去过伦敦警察厅，在那儿我对你哥哥表示关切。"

"正是这样；普罗杰斯说，你跟我哥哥只是一般的相识，可你表现出的担忧心情却甚于别人。我确实承认，普罗杰斯是个你会在大热天偶尔碰见的那种笨头呆脑的蠢货；可那是他的看法。我本人亲耳听到你作出保证，所以决不会怀疑。"哈里一言不发地漫步走着，他在考虑，或者确切些说，他在拼命地考虑，在目前情况下他该立刻采取些什么行动才好。他心里想把事情真相和盘托出，他暗自思忖，自己根本不在乎奥古斯塔斯·斯卡伯勒会想些什么，说些什么。他心里有这么一种感觉：他的这个同伴正在对他耍不正当的手段，在某种程度上说，他正在千方百计设下圈套，把他推入困境。然而，他可以说是已经下定了决心，说他不知道有关蒙乔依·斯卡伯勒的任何事情，就当街头那五分钟里发生的事件从未发生过一样。他受到了野蛮的袭击，然而却认为对这件事还是守口如瓶为上策。他不想让自己这个秘密逐渐被别人探听了去。奥古斯塔斯·斯卡伯勒竭力想迫使他把力图隐瞒的东西说出来；可他最后却打定主意决不听凭任意摆布。"我不懂你对这事儿干吗那么死心眼儿。"斯卡伯勒说。

"我也不懂。"

"不管怎么说，你在再三矢口否认这件事。最好让我父亲明白他的看法错了，还有那个笨蛋普罗杰斯。当然，我父亲纯粹是出于好奇。说老实话，假如他认为你把蒙乔依给关着，那他对你这种保护蒙乔依的聪明做法赞扬还来不及呢。任何跟法律对着干的大胆行动都自然而然使他感到满意。不过，普罗杰斯心里却暗暗地希望把你抓起来。"

"抓我干吗？"

"就因为他觉得你了解某些情况，而他本人对此却一无所知。他是个侦探，所以单单这种想法就足以使他把任何人拘留起来。那么我不妨向他保证说他搞错了。"

"为什么你向他作保证必定比我作的保证更管用呢？你别这么对他打包票吧。"

"我至少可以向他保证说我相信你的诺言。"

"如果你果真相信，你可以这么做。"

"不过你再重复一遍：蒙乔依刚失踪以前你肯定没有见到过他，行吗？"

"你这样反复盘问，我不干，也不会屈服。"斯卡伯勒听了装模作样地哈哈大笑起来。"我对你哥哥的情况什么都不知道，而且也不怎么关心。他声称爱上一位对我也颇具吸引力的年轻小姐，而且我相信他已经表示要娶她。他同时又是她表哥，这位小姐不用说一直对他颇感兴趣。她这样也是很自然的嘛。"

"确实是理所当然的——她跟他订婚有一年了。"

"这我可不清楚。不过我是因为她才关心起你哥哥的事来的。关于你哥哥的事你爱怎么解释就怎么解释吧，要不你也可以别去管它。可我不想再回答什么问题了。要是那个普罗杰斯认为他可以逮捕我，让他来试试吧。"

"我尽可能想把这一切跟你谈清楚，瞧你倒光起火来了！无论如何,你已亲口对我断然否认这件事,这样我就可以对付我父亲和普罗杰斯了。"哈里听了这话没有吭声,于是这两个年轻人便默默无言地一块儿走回特雷登庄园去。

哈里回到宅邸以后约莫有半个钟点,他刚绷着脸气呼呼地吃罢中饭,斯卡伯勒小姐就让人传话要他去见她。他便去了斯卡伯勒小姐那儿,她告诉他说斯卡伯勒先生现在就想见他。据他所知,斯卡伯勒先生没有见过塞普蒂默斯·琼斯,现在却差人来把他叫去,似乎有点不寻常。一个被认为只有几周好活的人,为什么迫切想见一个对他说来相当陌生的人?

"我很高兴你能在晚饭前来我这儿,安斯利先生,因为我哥哥非常想见你,我想明儿一大早你就要走了。"于是他跟着她进去,发现斯卡伯勒先生仍旧在他最初给引见的那间屋里,躺在一张睡椅上。

"上回见了你以后,我的病发作得可厉害啦。"病人说。

"都听说了,先生。"

"很难预料还得发多少回,或者不如说,不知道只消发几回,就可以把我给送终了。不过,我想我这个人目前还值得稍稍给抢救一下。今天上午,特雷登镇上的那个药店掌柜来过了,我觉得他的医术跟威廉·布罗德里克爵士简直不相上下。他收我十个先令的出诊费,可威廉爵士要求给三百英镑哪。不过,外出走走的时候边上只有这位特雷登镇药房掌柜在照料,真有点寒酸相。"

"我想威廉爵士的学识多少有点用处吧。"

"他用刀动起手术来可灵巧啦。这么说,你跟奥古斯塔斯为蒙乔依的事吵嘴了。"

"据我所知没有那回事。"

"他说的；在这件事上我宁肯相信他的话，不相信你的。你这个人很可能吵了嘴自己却没有意识到，而他可不是这样。他认为你对蒙乔依目前的情况是清楚的。"

"他那么认为的吗？我跟他说了我什么都不知道，他干吗还要那么认为呢？我跟您说，我确确实实不了解他的情况。他现在是死是活，我一无所知。"

"他没有死。"这位父亲说。

"我也认为他没有死；可他的情况我不清楚。你的小儿子为什么——"

"你指的是根据法律是我长子的那个儿子——说得确切些，我唯一的儿子。"

哈里接着说道："奥古斯塔斯·斯卡伯勒为什么会这样一味地疑心我知道他哥哥的情况，我说不清楚。他谈起过有关一名警察的荒唐可笑的事儿，声称他认为这名警察对自己的业务一窍不通。他说，这个警察很想把我给抓起来。"

"要你在地方法官面前提供证据嘛。"老乡绅说。

"他没有胆量跟我说他本人怀疑我。"

"瞧——我知道你们吵了嘴啦。"

"我绝对否认。我没跟奥古斯塔斯·斯卡伯勒吵嘴。假如他愿意持怀疑态度，那就请便吧。要是他没有把我弄到特雷登庄园来，拼命想摸我的底，探听我的虚实，我本当可以对他多一点好感。今后谈起蒙乔依·斯卡伯勒的时候，我要多留点神；可对您，我明确作出保证：有关他的情况我一无所知。我肯定，你准会相信我的话。"他说这些话的当儿，眼中闪烁着怒火；不过他那张嘴仍然流露出一种犹豫胆怯的表情，这种表情弗洛伦丝能够看得出来，但却无法解释。

"是的，"老乡绅稍歇一会儿说道，"我相信你。你不够机灵，让你说谎还要你一口咬定到底，你办不到。我就能行。假如一个人有可能遏制自己爱说谎的癖好却仍然能这么做，那是一种了不起的才能。"哈里听了老乡绅的自供，不禁笑了起来。"你想想，在蒙乔依的事情上，我是怎么把人们骗得晕头转向的；要不是他自己干了蠢事，我那个骗局完全可能成功。"

"人们现在确实有点儿把你说得一无是处。"哈里说。

"那有什么奇怪？人们怎么说我，我不在乎。我想尽办法要公平地对待自己的孩子，而且几乎做到了这一点。我要纠正人世间一个极其不公道的做法，差点儿获得了成功。就为了仪式稍稍推迟一点举行（对此他没有发言权），就把他的财产所有权给剥夺了，为什么？我决定让他得到特雷登庄园，同时我也决定让自己省吃俭用，积起钱来，补偿奥古斯塔斯的损失。现在事情的进程中出了问题，那并不是我本人做错了事嘛。蒙乔依所干的愚蠢勾当我无法加以阻止；难道你以为我会因为社会上知道了我的所作所为而感到无地自容吗？你认为我在死亡将临之时想起自己扯过谎而感到格外痛苦吗？不，绝对不会。我为两个孩子已尽了最大的责任；在这么做的过程中，我让自己放弃了许多利益。自己挥金如土，却置自己孩子于不顾，进坟墓时竟因为身为一贯信奉基督教的父亲而备极哀荣。这两种人中，我宁可选择做我自己的那种人；然而，我知道自己一直是个说谎话的人。"

哈里·安斯利听了这一席话能回答些什么呢？他面前的这个人躺卧在床上，形容憔悴，脸色苍白，皮肤布满老斑，髭须久未修刮，眼睛里充满着怒火，可说起话来却声音微弱，有气无力——他，胆大妄为,桀骜不驯,常常自鸣得意却毫不自私自利。他活了这一辈子,一直怀着一颗不可动摇的决心:在财产分配问题上,他要跟法律对着干;而他采取这一行动的主要原因是,他认为法律太不公道了。接着,他面临由于大儿子的挥霍放荡所招来的意外事件,于是他千方百计地想保全他的第二个儿子,而对于那帮债权人蒙受损失毫无怜悯之意。这一切他干得非常巧妙,据哈里所知,尽管社会上人人都知道他干了缺德的事,但法律却碰不到他一根毫毛。这会儿,他躺在床上在夸耀自己所干的事情。哈里打椅子上站起身的当儿,觉得自己有必要说些什么,于是他不痛不痒地说了句表示希望斯卡伯勒先生早日康复的话。"不,老朋友,"老乡绅说,"人处于我这么个情况是康复不了的。我也不希望自己病好。假如我还活着,奥古斯塔斯会觉得这又是一种不公正的待遇,因此感到不可容忍。对于我所作所为的意图,他感到大惑不解。他觉得他和那份财产的关系只有待我尽早一命呜呼之后才得以完全纠正。假如他得知我还会活上十年,我想他准会把我害死,要不就自己发疯。"

"可是你们家财产丰厚,足够你们两人花用。"哈里说。

"咱们这个语言里可没有'足够'这个词儿。一份产业只能有一个主嘛。我丝毫没有责备他的意思。做父亲的曾经表现出那么无所顾忌地要牺牲他的权益,那他干吗非得希望保全父亲的权益呢?再见,安斯利。你要走了,多可惜,我喜欢跟忠厚老实的人聊天。你别以为我干了这件事就对外面的飞短流长满不在乎了。尽管我决意跟世俗的各种偏见对着干,不过我还是希望别人把我看作是善意的。"

于是,哈里就从屋子里逃了出来,跟奥古斯塔斯·斯卡伯勒和塞普蒂默斯·琼斯一块儿消磨晚间余下的时光。他们的谈话大半是有关打山鹬和骑马的事;后来塞普蒂默斯冲着哈里说了一些咄咄逼人的话,而斯卡伯勒的谈话却显得彬彬有礼到了极点,可听起来却更让人觉得恼火。

第九章　奥古斯塔斯疑团满腹

第二天早晨,载着哈里·安斯利去车站的轻便马车刚离开庄园大门,塞普蒂默斯便说道:"这小子没有规矩,不知天高地厚。"咱们不妨这么设想:要不是他的朋友奥古斯塔斯·斯卡伯勒在谈话中提到哈里的当儿说了同样意思的话,琼斯先生是不会说这种话的。也不妨这么认为:要不是奥古斯塔斯有意识想让他的朋友知道哈里这个人该骂,他也不会露这样的口风。奥古斯塔斯·斯卡伯勒全面地分析了目前的形势之后决定:对于哈里今后骂他比捧他更有利。

"这小青年准自以为很了不起呢。"

"他把自己看得比谁都高明得多,"琼斯接口说,"就拿我来说吧,我就不以为然。瞧他那副神气,好像装做要跟他的同伴平起平坐了,也不看看他们是谁,真让我恶心。他对你一肚皮怨气,对令尊也耿耿于怀。当然,令尊企图干一桩极其欺世瞒人的事情,可这跟他有何相干?"另外那个青年一语不答,只是微笑着。琼斯先生就哈里·安斯利所发表的看法只不过是奥古斯塔斯·斯卡伯勒的观点的一个反映而已。然而,这个反映是千真万确的,正如一面镜子总是正确地反映真实一样。

斯卡伯勒认识哈里·安斯利的时间相当久了(按常情,少年时代的交往也该算在内),他逐渐地变得对他恨之入骨。他比他年龄稍大,所以起初曾企图在他这位朋友面前作威作福。可这位朋友不愿就范,还毫不畏惧地跟他斗争,想取得他所认为的朋友关系中的平等地位。"斯卡伯勒,你听着,我现在就给你说清楚,你休想在我面前说话耍威风。假如你要这么干的话,你可以去找沃克,找布朗,找格林。在他们那儿消遣得腻了,再回来找我吧。"安斯利一贯用这样的口气跟他朋友说话。然而,他这位朋友别有用心,一直想让这个小伙子对他言听计从;他意识到对方的性格中有某种弱点,使他自认为这么做不成问题。可是,所说的弱点不属于那种性质,所以他失败了。后来,蒙乔依和哈里之间出现了竞争,奥古斯塔斯似乎觉得这种争风吃醋的情况极不体面。很久以来,人们一直要他把他兄长蒙乔依看作是一位出类拔萃的青年,具有锦绣的前程和显赫的地位;弗洛伦丝·蒙乔依已经许配给他。至于奥古斯塔斯本人起初如何渐生羡慕之心,后来又怎么对这门许配的亲事垂涎三尺,这儿就不必多说了。可是慢慢地出现这样的情况:奥古斯塔斯打定主意要把他那位挥金如土的哥哥置于他自己的控制之下,还决意把那位新娘弄到手作为报偿。为什么哥儿俩会专心一意地爱上同一位姑娘,尽管他们的性格如此迥然不同,在为人自私这一点上又如此相像;为什么品格跟这哥儿俩有天渊之别、毫不自私的哈里·安斯利,竟然也爱上了她,这儿暂且不作解释。随着后面描写姑娘性格的情节的展开,这些疑问就会不说自明。然而,好几个月来,奥古斯塔斯·斯卡伯勒一直因为弗洛伦丝·蒙乔依这件事对可怜的哈里怀恨在心。他比他哥哥心里还清楚,姑娘真正喜欢的是谁。他也一直自以为占有优势(自以为然,其实不然),他还认为要是哈里的性格真正为人所知的话,那说实在的,哪个姑娘都不会看上他。他没有能用弗洛伦丝的眼光去看待哈里;也没有从别人的角度,而只从自己的角度来看待他自己。后来就发生了蒙乔依和哈里在街头撞见的事,他所听到的只是事情发生后半小时蒙乔依亲口告诉他的被歪曲了的事实真相。从一个喝得醉醺醺的人——此人一脸血污,身上青一块紫一块,满身酒味,连自己都不知道自己在说些什么——的胡言乱语的叙述中,奥古斯塔斯得知他哥哥跟哈里·安斯利之间发生了一场剧烈的争吵。接着,蒙乔依失踪了——读者将会得知,他的失踪得到了他兄弟的协作;人们在各处寻找他的下落的当儿,哈里没有站出来公开说他知道那天夜里发生的情况。奥古斯塔斯密切地观察着他的一举一动,起初他以为这么做可以弄明白他哥哥在什么情况下给丢在街头的,可后来他却打算摸清楚哈里为什么如此讳莫如深。接着,他诱使哈里扯了个无可挽回的谎,不久他发觉他今后可以利用这桩秘密来达到他自己的目的。

"咱们倒要等着瞧,看看这小子会干出什么事情来。"他后来对塞普蒂默斯说。

"当然,当然,那还用说。"塞普蒂默斯说;可是,塞普蒂默斯不太明白,他们干吗非得要看看那小子会干出什么事来。

"你别声张出去,我认为他存心要干扰我,我才不允许他来干扰我呢。"

"就是么,是不能让他来干扰你。"

"他得回巴斯顿镇去当他的镇民,要不我就要跟他光明正大地斗个明白。我宁可凭真功夫跟他比个高低。"

"说的是。这么个眼里没人的家伙活该给揍一顿。"

"关于蒙乔依的情况他扯了谎。"奥古斯塔斯说。于是琼斯就等着被告知哈里扯谎到底是怎么回事。他感觉到有某桩秘密他闻所未闻,因而急于想知道。莫非哈里知道蒙乔依的藏身之处;真是这样的话,他是怎么知道的? 社会上大家都不清不楚的事儿,他怎么会得知的？琼斯的看法是，老乡绅对于这一切肚里全明白，他还认为很有可能老乡绅跟奥古斯塔斯双方对这桩秘密订了攻守同盟。不过，情况真是如此的话，怎么哈里·安斯利竟然会知道？

"他就像小流氓那样撒了谎，"奥古斯塔斯稍稍停顿了一下又说道。

"哟，他果真撒了谎？"

"这我可饶不了他。"

"是不能饶了他，我也这么想。"接着两人停顿不语了片刻，后来琼斯按捺不住问了一句，"他扯谎到底是怎么回事？"奥古斯塔斯微微一笑，摇了摇头，另外那一位猜想：关于这桩说谎事件的性质眼下暂且还不打算让他知道呢。"扯谎的家伙真是不可容忍。"琼斯说。

"我才不会容忍他呢。你听说过咱们家的一个表妹，人称蒙乔依小姐的年轻姑娘吗？"

"就是蒙乔依家的那位蒙乔依小姐吗？"琼斯问道。

"不错，就是蒙乔依家的那位蒙乔依小姐。当然，那门亲事现在算是完了。蒙乔依自己弄到这般田地，哪里还有资格得到蒙乔依小姐呢？看来，她得和咱们家剩下的财产一起转到真正的继承人手中才恰当呢。"

"你娶她！"

"目前咱们还不必谈论这事儿。我说不上自己是不是已经拿定主意了。无论怎么说，我不想让哈里·安斯利得到她。"

"说的是，不能让他得到她。"

"这讨厌的家伙自己让人给引见到这个家庭里来，所以咱们愈早把他弄走愈好。我想，那位小姐一旦得知他是出于想把她过去的情人挤掉的动机而撒了谎，就再也不会对他抱有什么好感了。"

"啊,那还用说,准不会对他有好感了。"

"要是社会上渐渐弄清楚,人们在各处寻找蒙乔依的当儿,哈里·安斯利却对他的情况全清楚——他是在伦敦最后见到过蒙乔依的人——可就是没有站出来说一个字儿,那我看社会上的人不会再给那个白璧无瑕的哈里·安斯利好脸色看了。他舅舅已经和他吵了嘴啦。"

"哪个舅舅?"

"就是那个住在赫特福德郡的绅士,哈里少爷就是凭借他那点儿田产到处招摇,过着游手好闲的日子。我眼睛不瞎,别人看得清,我会看不清?哈里在我面前说我父亲的不是,在我父亲面前又说我的不是,让人觉得他自己就是块没有瑕疵的白玉了。我想他会发觉白玉也不是一尘不染的。"奥古斯塔斯发现自己所说的已差不多满足了塞普蒂默斯·琼斯的需要,就离开了他的朋友,去忙自己家里的事情了。

第二天上午,塞普蒂默斯·琼斯告辞了。接下来的那一天,奥古斯塔斯也走了。他去向父亲辞行的时候,父亲对他说:"这么说你要走了。"

"嗯,对,要走了。有许多事情要照料,在这儿待着什么都办不了。"

"我不知道你有哪些事要办,可你自己全清楚。我不打算要你留下来。不过你是不是想到,你这一去从此就见不着我啦?"

"好难回答的问题!"

"再难回答,你也总得回答呀。"

"我确实这么想过;不过我觉得可能性不大。"

"为什么不可能呢?"

"特雷登镇和伦敦之间有电报线路,打伦敦来这儿路也不远。再说,威廉·布罗德里克爵士说的话也让我觉得可能性不大。当然啰,人人都有可能暴卒嘛。"

"特别是动过许多外科手术的人,更是朝不保夕。"

"你妹子不是陪着你吗? 先生,她会比我给你更多的安慰。你的境况在某些方面说对你有好处,蒙乔依的那些个债主就不能硬要来见你嘛。"

"你这话说得不对。"

"难道他们没有这么做么?"

"即使我和你一样健康,他们也不该来见我嘛。蒙乔依的债主跟我有什么相干? 他们手中没有一张我的字据,连口头许诺都没有给过他们中间任何人。他们想用五分的利率贷款给他的当儿,压根儿就没有来见过我么。他们什么时候听到我说过他是我的继承人来着?"

"也许是没有听到过。"

"谁都没有听到过。当年我不是对他们说了谎,而是对你,对格雷。由他们去破产完蛋吧,这些个放债的,我才不去管他们呢!"

"说的是,根本不用去管他们。"

"你干吗跟我谈起那些个放债的? 你无论如何是了解内情的。"

奥古斯塔斯接着便离开了屋子,把父亲丢在那儿独自发火。然而实际上,他对所说的内情一无所知。他认为自己成了继承人,可是会不会有这么一种可能性:他父亲策划这一切的目的是为了保全那份财产,以免落入蒙乔依的那伙贪婪的债主手中。格雷肯定是了解真相的。可是格雷在第一桩事情上受了骗,为什么在第二桩事情上就不会再受骗呢？奥古斯塔斯偶尔会产生这样的想法：他父亲的鬼主意是层出不穷的。他是上个星期头脑里出现这个念头的；对于他目前的处境前思后想，把自己搞得心烦意乱。但有一点他蛮有把握：他父亲和蒙乔依没有串通一气。蒙乔依对自己被剥夺了财产权无论如何是相信的。蒙乔依认为他唯一可能拿到钱的地方就是他兄弟那里。蒙乔依如何会失踪的情况他父亲无论如何是不知道的。

第十章 马格纳斯·蒙乔依爵士

弗洛伦丝·蒙乔依的性格有个与众不同的地方：她责己严，对人宽。这倒并不是说她给自己定了个高标准，于是就对自己说她没有权利要求别人也相应提高标准。她没有定什么高标准，也没有意识到自己尽量依照崇高的准则在做人。她丝毫没有认为自己比别人好；随着岁月的流逝，她自然而然地形成了无私、宽容、对人信赖、天真无邪的品性。人们可能会把这些品性看作是女性的美德；人们也许还会说，这些品性也会带来一些女性所特有的弱点，从而使它们本身显得黯然失色。为人无私会成为缺乏个性；待人宽容实质上会变成一团和气；对人信赖会形成懦弱；天真无邪则会让人觉得乏味。弗洛伦丝·蒙乔依的力量在于：她心里十分了解自己要达到的目的，虽然嘴上她不愿明说。她会信赖别人，可是心里却挺有主见而不响。虽然她本人天真无邪，可很少对别人的所作所为感到震惊。她待人真心诚意，别人却需要装模作样这么做。

她身段优美，体态窈窕，容貌秀丽，却从不搔首弄姿，卖弄风韵，去当场博取别人的爱慕。可是，一旦哪个男子让她迷人的丰采给吸引住了，往往会魂牵梦萦，久久难以自拔。她说起话来声调优美，别有韵味，让人听了心摇神荡。她的嗓音柔和低回，悦耳动听，说话又总是那么融洽凑趣；她的笑声像和风拂动无数只银铃。在男子眼里，她的神采风貌之中有某种几乎是天赐神授的东西。对此她本人可丝毫没有觉察，不过正如她舍不得失去自己的手指头一样,要她去掉自己身上那种仙子般的气质似乎也难以办到。

说到身量,她也不过比一般的女子稍高一点,可是她端庄的举止却使人们禁不住要打量她的身段。世上不乏体态不凡引人注目的女子,不过人们知道她们风姿绰约与众不同,而且看上去一目了然。她们对自己的举止风度是费过一番苦心的,因而效果十分明显。然而,弗洛伦丝似乎从来也没有花过这种心思。旁观者觉得,她优雅的风度准是打她在幼儿园里玩娃娃的时候起就具备了。她的美貌也是同样情况。她的五官并没给人以经过特别精雕细刻的感觉。假如你能把她的脸蛋根据某些标准来量度一下,你准会发现她的嘴嫌大,鼻子也长得不够端正。她那口牙齿微微露着;皮肤也绝不是晶莹光润的,让男子们普遍见了都觉着舒服。不过,她那双眸子却特别明亮,笑的时候,似乎流露出某种超凡入圣的乐融融的光芒。她真的放声大笑的当儿,仿佛泉水给开了闸,一股亲切体己甜如蜜糖的泉流便奔流出来。于是你当即会产生这么个想法:这位姑娘已把你给带进了她的内心世界;你会感到自豪,因为她给予你如此之多。你会觉得,既然她允许自己这么做,那说明你本人也有某种可取之处。她的头发和眉毛都是深褐色的,这是一种一般男女所常有的毛发颜色,没有什么奇特的地方;不过她那头头发柔软、光滑,而且总是梳理得整整齐齐,但却从没有搽得异香扑鼻。一般说,在她的那些男性朋友看来,弗洛伦丝·蒙乔依的头发本身就美得无懈可击了。

有一回,一位先生谈起她说:"说到底,她也算不得是个了不起的美人儿。"咱们不妨可以设想,弗洛伦丝没有费过神打算引起谁的特别兴趣。另一位先生说:"说的是,是算不上是个美人。可是,天哪,我就不愿意让她变个模样。"这就是一般的男子们对弗洛伦丝·蒙乔依的看法。真让他们来对她品头评足,他们倒也说不上哪儿还有欠缺,需要改进。

今后的生活,对弗洛伦丝来说(对大多数女孩子来说也是一样),是个大伤脑筋的问题。她该嫁谁?她该拒绝嫁谁?一个姑娘家,别人蓦地向她提出要她的生活来个彻底改变:出门离家,去让自己置于一位新主人的监护之下,去给自己找个新家,找个陌生的伴侣,去寻得新的事业与新的抱负,这种变化准是太彻底了,以致她几乎给吓得六神无主。然而,这件事总得考虑不可,而且一般说来也总得要做。可是,弗洛伦丝所面临的那种变化却比一般所说的更让人感到难以忍受。早在少女时期(当时她自然尚未开始认真考虑结婚成亲的事儿),家里就自作主张把她许配给蒙乔依表兄。这姑娘个性倔强,当下就没有同意——去委身于一个她实际上并不了解的人,去接受他的温存与恩惠。不过,她也提不出什么站得住脚的理由来,于是就拖延着日子敷衍着。打那以后,曾经有几回她差不多想屈服了。别人在她面前总是那样谈起蒙乔依·斯卡伯勒,以致她几乎觉得服从就是自己应尽的本分了。不止一次,话到了嘴边又缩了回去;但是这句话始终没有说出口。她承受了可以说是非常无情的压力。她母亲不管适时不适时,成日价给她谈起与表兄结婚是她的应尽本分之类的话。她为什么不肯嫁给表兄?这儿得跟大家交代清楚:这些问题提出的当儿,她还没有得知斯卡伯勒上尉生活中的那些骇人听闻的事呢。不妨这么说,她不肯嫁给他是因为她不爱他。不过,那时她心里对哪个男子都还没有怀有恋情呢,她对于自己的事考虑得很少,所以也就没有想用谁都不爱这一点来作挡箭牌,去扫别人的兴。渐渐地,在他们家的熟人中间,大家提起她时总是称她为蒙乔依·斯卡伯勒的未婚妻。

尽管对于这类令人难堪的话她一概否认,可是姑娘的内心却有一种既十分伤心又非常严肃,但却不得不承认的感觉——事情也必然如此了。后来,哈里·安斯利挡住了她的去路,于是那个问题终于差不多可以回答了,疑虑也差不多可以消除了。起初,她还说不上自己是否爱上了哈里·安斯利,不过有一点她几乎可以肯定:她不可能嫁给蒙乔依·斯卡伯勒作妻子。

在接着的近一年时间里,她心绪怅惘不知所措,度过了她这辈子中最郁郁寡欢的时期。为了回绝这段业已确定的姻缘,让她这位妙龄的姑娘家不得不在自己母亲面前寸步不让,真是难为她了,何况别人给她谈起这门亲事时,把一切都说得那么非同寻常,令人向往。而且,就她表兄的风度相貌来说,似乎也没有哪一点足以证明姑娘所抱的厌恶态度是有道理的。他是个皮肤黝黑,容貌英俊,具有军人的威武气概的男子。在他的表妹看来,他的主要可恶之处是:他似乎要她爱他,崇拜他,顺从他。她没细细去分析他的性格,可是她凭感觉有所得知。后来,有关他负债累累的飞短流长传到她耳中时,她觉得高兴,认为这下可有了借口了,虽说她心里清楚,假如她果真喜欢他的话,那这个借口也就不会起什么作用。接着,她知道他已债台高筑,还明显地觉察到他专横跋扈的脾气。她可以同意嫁给一个把财富和家产挥霍殆尽的男子,可是决不愿给一个在婚前就要求她顺从的男子做妻子。她认为在婚后这种顺从即使不经要求她也会自愿表现出来。哈里·安斯利待她的态度与此截然不同,因而顺利地赢得了她的心。她知道他对她怀有爱慕之心,但却并不急于向她吐露。她也知道自己爱着他,可是对是否有朝一日她可以表白自己的爱情抱怀疑。直到他来向她承认自己面临蒙乔依迫使他陷入的困境时,他才头一回不揣冒昧地明确袒露了自己的感情;即便在这时,他也没有要求她作出答复。眼下在她前思后想的当儿,仍然有选择的余地,然而她终究对自己说:让母亲去想什么就说什么吧,反正她说什么也不愿跟蒙乔依表哥并排站在圣坛上①。

　　如今上尉已被宣布不再是他父亲的继承人,社会上也全都得知他销声匿迹的消息,可是即便在这种情况下,蒙乔依太太也没有完全抛弃他。她一半是不相信自己哥哥的话,一半是觉得情况不太可能像大家所说的那么糟。好端端地一枚含苞欲放的限定继承权花朵,就这么枯萎凋谢了,这在她这个不是身处伦敦交际社会,而是住在切尔顿讷姆镇的那种太平环境里的女人看来,似乎是不可能的。限定继承权是天经地义,不可动摇,不是任何人,任何法律条文所能左右的,不然为什么把它称做限定继承权呢?在她心目中,蒙乔依·斯卡伯勒是位叱咤风云的人物,什么事情到头来都会不得不依照他的愿望来办。说实话,蒙乔依太太最近也听到过一些令人安慰的话——倘使由于她哥哥存心耍了心怀叵测的手法把社会上搞得乱哄哄,那出现一点能安抚人心的言论也未尝没有必要,而且说不定在目前情况下,这类言论还有助于使僵持的局面出现一点松动呢。奥古斯塔斯悄悄地给她说了一些话;由于他精明能干,一表人才,好摆威风,蒙乔依太太一向把他和蒙乔依视同一人。为什么弗洛伦丝就不能和剩余的财产一块儿转让呢?从蒙乔依太太的感情来说,这一想法乍一看来似乎有点卑鄙。她不

---

　　①　指去教堂举行婚礼。

愿对她那位花花公子的侄儿干出不忠实的事儿来。可是,正当她心里在琢磨这件事情的时候,出现了一些情况,促使她改变想法——假如她改变想法原来就事出必然的话。弗洛伦丝已愚不可及地明确表示不喜欢那个大儿子,那小儿子干吗就不能走运呢?可是,当蒙乔依太太想到任凭那个耍魔法的人如何吆喝,她女儿准会捂住耳朵不听时,她的心就凉了半截。另外一个她最最不入眼的魔术师也登场了,不过据她认为,女儿也没有对他说过一句表示欣然同意的话。奥古斯塔斯在他的朋友们中间,早就以一位能言善辩的青年律师而著称。让他来对表妹施展一下他的口才何妨?只是有一点首先得弄清楚:老乡绅干那桩缺德的事确确实实是干定了,绝对不会打退堂鼓。

一天,她对女儿说:"宝贝,我觉得如今他们家最近出了那些事,咱们不如上哪儿去躲起来,过一段隐遁不受打扰的日子。"说这句话的那天,正是塞普蒂默斯被隐隐约约地告知有关哈里·安斯利可恶的欺骗行径的日子。

"哎呀,妈妈!我们不是一直过着隐遁的日子吗?"她全明白了——母亲所说的躲起来过日子的用意是打算把哈里干脆甩开,而让她表兄有可能放开手脚向她大施花招。

"不,我不是那个意思。你可怜的舅舅快死了。"

"不是听威廉爵士说他病有好转么?"

"话是这么说,不过我怕他是活不多久了,虽说或许还会拖好些日子。再说,可怜的蒙乔依下落不明。我想在蒙乔依失踪之谜真相大白之前,咱们还是避人耳目为好。而且,这事儿多丢脸呀!"

在目前情况下,弗洛伦丝不愿意让自己给关起来,便说:"我看这事跟我们家无关。"

"咱们要无动于衷也办不到呀。他把自己的大儿子说成是什么——哎哟,反正是跟原来大不相同了! 这太可怕了,我连想都不敢想。听说事实真相究竟怎么样谁都不清楚。"

"我们跟这件事根本没有一点儿牵连。"

"跟我们就是有关系嘛。他无论如何是我哥哥,蒙乔依是我侄子,——或者说,至少过去曾经是我侄子。可怜的奥古斯塔斯日子也很不好过哪。"

"我听说他发觉特雷登庄园将属于他而高兴得了不得。"

"谁跟你说的? 有关这些个近亲的事儿,你没有权利相信任何外人的话。对你说这话的那个人真是缺德。"蒙乔依太太准是认为这缺德话是哈里·安斯利说的。"奥古斯塔斯对他哥哥,也就是说对年龄比他大的那个兄弟,一直是爱戴和尊重的。"蒙乔依太太补充道,可说这话的当儿,对于斯卡伯勒兄弟俩目前的身份如何称呼,觉得颇为难。"假如你指的是特雷登庄园产业的话,那他当然宁可自己来当家,也不能让别人来占有这份产业。家庭的名声他看得很重。"

弗洛伦丝口气严厉地说道:"我不知道这个家庭还能有什么干净的名声留下来。"

"亲爱的,这话你可说不得。在斯坦福德郡,斯卡伯勒家可一向是堂堂正正的人家呀,这些年来更其如此。我说的不是最近,而是特雷登庄园变得举足轻重的时候以来。好吧,你听我说,依我的想法咱们该怎么办好。咱们上布鲁塞尔你伯父家去待上六个礼拜,他可一直硬要咱们去他家呢。"

"哦,妈妈,他不会欢迎我们的。"

"你怎么能说这话呢? 你怎么知道他不欢迎呢?"

"我肯定马格纳斯爵士不会乐意让我们去的。再说,上那儿去怎么可以算是过隐遁不受打扰的日子呢?马格纳斯爵士是当大使的,他家里老是门庭若市。"

"他不是大使,亲爱的,是全权公使。这不太一样。他是咱们家最近的亲戚了——当然,至少在目前是最亲了,这当然是因为我的嫡亲哥哥现在远避尘嚣,拒不见客。咱们的目的是为了躲开他,那就不能上他那儿去嘛。"

"妈妈,干吗要到别处去呢?不能就待在家里吗?"但是她母亲主意已打定,弗洛伦丝怎么恳求也白搭。当天,她母亲到底把女儿给说通了,一俟接到马格纳斯爵士的回音,母女俩必须一起添置的行头也准备就绪,弗洛伦丝就要给带到布鲁塞尔去了。

马格纳斯·蒙乔依爵士是已故将军的哥哥,近四五年来,他是英国驻布鲁塞尔的公使。好长时期他差不多一直在某地当公使,所以在人们的记忆里只知道他当过公使,据说他因之而遐迩闻名。历届政府都一贯重视让可怜的马格纳斯爵士有所得,因此他从没有受到过半点冷遇。他不是一个会默不作声地让人给抛在一边坐冷板凳的人,也许人们的这种看法跟他无庸置疑的声望一样,对他来说都产生了所希望的效果。无论怎么说,可怜的马格纳斯爵士一直是颇受器重的,目下他正埋头苦干,再过一二年就可以获得自己事业上让他朝思暮想的成就了。马格纳斯爵士有位太太,据说在本国她差不多跟她丈夫一样出名,不过布鲁塞尔的社交界对此却众说纷纭,莫衷一是。有些人说女人中间要数蒙乔依爵士夫人最专横跋扈好摆威风了。不过,说这话的多半是布鲁塞尔的英国侨民,他们迁居到这里是因为这里孩子上学的学费比本国低廉。关于这些人,人们听到蒙乔依夫人说过:因为她是公使夫人,就非

93

得让她款待所有伦敦二流社会的人,她认为天下没有这等道理。当然,读者得明白,她说这番话也实在情有可原,因为英国在布鲁塞尔的侨民社会十分庞大,不可能人人都指望受到这样的接待。可是有几位居住在上流社会高级地段的太太,认为她们有权受到接待,因而对自己吃闭门羹感到牢骚满腹,愤愤不平。因此,咱们不能说蒙乔依夫人当时颇得众望;不过她是个身材高大、爱浓妆艳抹的女人,满身珠光宝气,大有那些个特别受到她青睐的人称之为华贵的风度。你瞅见她乘马车在大街上辚辚驰过的当儿,准会觉得这是位与众不同的人物。大体上可以这样说,她在生活中成功地扮演了一名特殊的角色。据人们暗示,马格纳斯爵士怕老婆;不过他实在也希望别人知道,公使馆内出现的所有那些麻烦事情,都是蒙乔依夫人,而不是他本人惹出来的。他没有拒绝那些太太们上他家里来打牌。他可以不跟妻子商量把几个男人请来跟他凑成一桌牌;不过谁都明白,只有在另一种情况下才会把太太们请来。他很清楚,邀请一位有妇之夫而不邀请他太太,一般说来是不恰当的;可是,要找点借口还不容易,而且男人们大体上也没有异议。马格纳斯爵士是位年已六旬的老绅士,身材魁梧,体格结实,有点儿发福;让人扶上马的时候真够费劲,可是坐在马鞍上看上去功架倒不错。在两个钟头的骑马活动中,他几乎很少策马小跑,专门派来陪他骑马的两名随从官觉得,这是他们干的这份差使中最乏味无聊之处。然而,一些绅士先生们却巴不得见到马格纳斯爵士的面,陪他一块儿骑马呢,他因此而名声遐迩,颇得众望。这一点对他立身处世很有裨益,比他所具备的一切外交手腕还管用。

他手里拿着蒙乔依太太的信,走进妻子的卧室说道:“你怎么想的?”

"我没有想什么呀,亲爱的。"

"你从来就不想问题。"蒙乔依太太还没有化妆,看上去一脸不高兴,想使性子的样子。"不管怎样,萨拉和她女儿提出要上这儿来。"

"天哪!马上就来吗?"

"对,马上就来。当然,我几次三番邀请过她们来,今年秋天曾经说起过,咱们打平帕林根回来的时候就请她们来。"

"你当时干吗不告诉我?"

"扯淡!我不是跟你说的吗? 这类事儿总是到最后一刻才提出来的。她是个非常正派的女人,她女儿也是个要多好有多好的姑娘。"

"当然,她准会跟安德森勾勾搭搭。"安德森就是两位骑兵随从官中的一个。

"安德森知道如何检点自己的,"马格纳斯爵士说道,"无论如何她们得来这儿。过去她们从来没有来打扰过咱们,这一回咱们应该容忍着她们点儿。"

"可是亲爱的,外面流传的有关她哥哥的事情究竟是怎么回事?"

"她不去把她哥哥一块儿带来嘛。"

"你怎么能保证得了呢?"这位忧心忡忡的夫人说道。

"他快死啦,动不了。"

"可他的那个儿子——蒙乔依呢? 他到头来成了个无足轻重的人,现在连人也下落不明,整整一个月来报纸上全是他的新闻,真让人伤心哪! 假如他在咱们这儿露了面,你打算怎么办? 你知道,那姑娘跟他订了婚,当他自己的老子宣布他为私生子时,那姑娘就把他给甩了。伦敦城里从来没有出现过目前这么一团糟的情况呢。"

马格纳斯爵士接着说,不管蒙乔依·斯卡伯勒和他老子怎么恣意胡来,斯卡伯勒先生的妹子一定得在布鲁塞尔受到接待。这里有一桩小小的家庭麻烦事。马格纳斯爵士曾经向那位将军大人借过三千英镑钱,后来这三千英镑钱就成了将军的遗孀名下的财产了,但利息老是没有按期偿付。这儿得为蒙乔依太太说句公道话,当初她给她这位姻兄写信的时候,根本就没有考虑到这一点。可是,这对马格纳斯爵士来说却是一桩心事,于是他一直重提以往发出的邀请,因为蒙乔依太太曾把这种邀请看作是兄弟情谊的一种表示。她自己的收入已足够满足自己的需要,因而马格纳斯爵士该付的那一百五十英镑她不怎么当回事儿。"好吧,亲爱的,如果你非得请她来,那你就去请吧——只是我可不知道怎么跟她相处。"

马格纳斯爵士对这种抵触情绪开始有点光火了,说道:"带她乘马车兜兜风呗。"

"那个女儿呢?女儿往往比她们母亲难伺候多了。"

"把她交给艾博特小姐不就行了。看在老天爷分上,别尽没事找岔子啦。"接着马格纳斯爵士便走开去,让妻子打铃去把侍女唤来,她可以继续涂脂抹粉,而他自己却去从事一桩不寻常的工作——给弟媳写一封充满深情厚谊的信。这儿我得说明一下,马格纳斯爵士膝下没有子女;那位艾博特小姐在他家除了管吃管住外,还拿一笔二百英镑一年的相当不差的酬金,自然见了蒙乔依夫人总是满面春风,尽说些讨人喜欢的话儿。

马格纳斯爵士的信是这样写的:

亲爱的萨拉：

蒙乔依夫人嘱我告诉你：我们将于十月一日在英国公使馆内欣然恭候你和贤侄女的到来,并希望你们能与我们一起待到月底。

你至亲至爱的

马格纳斯·蒙乔依

蒙乔依太太对女儿说："我收到马格纳斯爵士的一封极其亲切的来信。"

"他说些什么?"

"说他将在十月一日欣然恭候我们。我说过咱们一周之内就该准备动身嘛,因为我知道他一般总是在九月中旬度完秋假回到家。但我肯定他家里宾客盈门,要到他说的那个日子才有空呢。"

弗洛伦丝问道:"你跟婶娘熟吗,妈妈?"

"曾经见过一面,但说不上熟。她原先可是个非常漂亮的女人,看上去挺和气的;可是马格纳斯爵士一直住在国外,还是在你可怜的爹去世的那会儿,他回来奔过丧,除此以外,我很少见到他。"

弗洛伦丝说:"我只是在那时候见过他一回。"

于是,事情就这样定了:她和母亲要去布鲁塞尔待一个月。

第十一章　蒙特卡洛

当时正是接近九月尾上的日子,法国南部天气十分炎热,除了那些打定主意决不更改的旅游者之外,谁都不会去那儿游览。可是,有那么一位衣冠不整的英国绅士,却在摩纳哥王国(或者称做公国)蒙特卡洛城的赌场大厅里逛来逛去。那家赌场是当今欧洲剩下的唯一赌博去处,因此那些本性好投机冒险的游手好闲之徒还可以来这儿纵情玩乐,消磨时光。这种娱乐消遣自然也不会把那些个无所事事的太太小姐们拒之门外——有二三位穿着讲究、经常混迹于此的老主顾,对此可是亲眼看见的——这会儿她们正在把披巾和阳伞递给听差呢。赌房总是在时钟敲十一下的时候开放,这种娱乐着实丰富多彩,人们争分夺秒,连几分钟都不容浪费。不过,这位绅士先生却不是这儿的常客。这会儿,这里一群那儿一簇聚拢在一块儿的人群之中,谁也不知道他姓啥名甚。但他们中间不少人却知道,他前一天曾"福星高照",走了好运,赢了四五百个英镑才打那张"鲁瑞恩瓦"[①]牌桌离开的。

天气依然热不可耐,所以在场的英国人寥寥无几,赌注也还没有开始往上加码呢。那儿只有两三个英国人——都是些吃拌糖砒霜只顾甜嘴之辈。对这号人来说,只要管账赌头和他面前放着的一封封硬币还在,只要他还能掀牌判输赢,天气热呀冷呀,大伏天也罢,零下二十度也罢,他们都不在乎。他们明知自己赢钱的希望微乎其微——比如说,只有二十分之一,而从长远来看,这二十分之一的希望意味着他们彻底破产的可能性是百分之二百。就像这位先生那样，今天他们可以从二十分之一的不利形势中挺过来，他们或许可以接连二天、三天，或者一个星期，挺住了，可是他们知道毁灭的日子终究会到来（这种结局总是不可避免），然而他们还是照赌不误。不过咱们这位手气不错的英国朋友，至少从摩纳哥人的眼光看来，还不属于那种人。昨天，他头一回露面就一炮打响，旗开得胜。此君神色难看，穿着不整——照一般的说法，可以用"衣衫褴褛"这几个字来形容。他皮肤黝黑，下巴没有蓄胡须，一头浓密的淡发一直拖到肩背。他着一身横条纹的淡色粗花呢套装，胸前的纽扣全部都紧紧地扣着，好像因为内衣打了补丁而有意把它们遮盖住似的。这么一位完全是一副落拓相的先生竟然赢了钱，那些亲眼看见的人——大半是法国人和意大利人——都凑在一块儿说他准是交了鸿运了。人们注意到，他还有个同伴，老是形影不离地待在他身边。人们还肯定说，这个同伴老是在催促他离开赌房。但是，只要赌头还在赌台旁，他就待在那儿继续成天价赌钱，而且手气几乎总是很不错。据那些赌哥儿们猜测，他进赌房那会儿口袋里至多只有二三十个小硬币，可是打烊的时候，他是攥着六百个拿破仑金币②离开的。"瞧，他又来了，准会连本加利把钱都还给布兰克太太。"一个法国人对一个意大利人说道。

"那还用说。不出一个礼拜，他准会开枪把自己脑袋打开了

---

① 鲁瑞恩瓦（rouge-et-noir）：在画有红、黑菱形标记的牌桌上玩的一种牌戏。

② 1805 年由拿破仑一世发行的一种法国金币，值二十法郎，一直通行到第一次世界大战前夕。

花。他就是干这种事的那号人。"

"这些个英国佬总是像发了疯的公牛那样往火坑里跳,"那个法国人说,"他们花了钱却得不到别人那样多的娱乐消遣。"

"别着急,慢慢来嘛,"①那个意大利人说道,一边叮叮当当地拨弄着他口袋里的金币,这些金币昨天上午还有六枚,而现在只剩下四枚了。然后,他们慢吞吞地踱到那个英国人跟前,两人都举手触帽檐向他行了礼。那英国人只打了一下招呼还了礼,就和他的同伴一块儿走开去,那个同伴还一个劲儿地在跟他耳语。

那个法国人说:"我看,和他在一起的那个人是个宪兵,只是他走路的时候总是哈着腰。"

谁人不知蒙特卡洛那家豪华的赌场的前厅和里面的那座金碧辉煌的音乐厅?哪个不晓那高耸入云的屋顶,那舒适的躺椅,那种雇有满屋子着号衣的仆人供人使唤的奢侈气派,那些类别齐全的报刊,再加上所有那些只有王孙公子才能获得的阔绰享受?提起那里面演奏的管弦音乐,谁个不说曲调优美,余音绕梁,赛过在欧洲的那些个京城都会里又花钱又费力气才能听到的音乐?试想一下那些倒霉的一家之长,因为放他们的娇妻爱女去爱乐音乐厅和圣詹姆斯堂听音乐所忍受的苦恼吧!再想象一下咱们那些个剧院里的骇人景象:空气闷热,过道狭小,进场时要花力气去轧,出场时又挤个水泄不通,几乎难以走脱。为了吃这些苦头,你得付钱,票价又昂贵,而且还得早早提前订票,不然还不能保险买到呢。日

---

① 原文为意大利语:Che va piano va sano。

常的那顿丰盛的晚餐——做父亲的常常只能孤单单地一人享用了——必须得提前,变成一顿让人难以忍受的便餐。后来事情总算忙完了,苦头也尝够了,可听到的音乐却并不总是像本当应该的那样悦耳动听,因为剧院本钱不足,请不起第一流的乐师。可是在蒙特卡洛,你可以带着你穿着晨礼服的太太走进那座音乐厅,雍容华贵地坐进一只为你空着的前排软座椅里,舒舒坦坦地让自己沉浸在十足的享受之中。在持续两个小时的音乐演奏中,你会感到周围一切都悠哉游哉尽善尽美。任凭你多爱挑剔,也找不到一丁点儿让你恼怒的事。上楼梯的时候你不用使劲去挤,包厢的听差也没有问你要一个先令,下马车的当儿也没有哪个为你打火照明的小厮——其实他在你车门跟前站那么一会儿也毫无必要——来跟你纠缠不清;你也不会因为自己得在局促窄小的座位里坐上三个钟头而惊恐万状,事后也不会老是心有余悸。你也不用非得难受地等上二十分钟,规定的时间一到,音乐演奏就开始。在这两个钟点里,要是你心里还不觉得快活,那只能怨你自己了。火车把你直接载到通向花园的台阶跟前,那些具有王宫气派的人厦就建在这座花园里。音乐会结束时,火车又把你送回府上。蒙特卡洛的音乐厅真是尽善尽美,无与伦比;可是要享受这一切却不用你付一个子儿。

那么究竟是谁——也就是说,是谁掏的钱——提供所有这些美好的享受呢? 在蒙特卡洛,人们会告诉你,在漆黑的夜晚,或在苍茫的暮色中,要是情势严峻,事出必要,也可能在光天化日之下,你不时地会见到一些心事重重的人,走到某处去了此残生,从此杳无音讯。人们把这些“凡人的躯体”搬走,而他们就是为你的音乐享受付钱的人。为此,此君已倾家荡产,所以就用枪把自己的脑袋打开了花。这是许多煞风景的事件中的一起,对于这类事件,那种供人寻欢作乐的赚钱行业是有责任的。这类事件今后还会重演。一家赌场的老板能用赢来的钱维持与赌场毗邻的那座庭院的庞大开销,还得以开设一座装饰得金碧辉煌的音乐厅,请来世界上最优秀的乐师,提供比人们所知的任何歌剧院更舒适的享受,出于善心不收分文地向那些心安理得地愿意接受这种盛情的人们开放——这家赌场必定对几起诸如此类的惨剧负有不可推卸的责任。我说过,谁会接受这种盛情而不感到亏心呢?因为我本人最近就光顾过那儿,玩了个痛快!不过,我没有放任自己弄到非得割断自己喉管的地步,正因为如此,我打那儿出来的当儿,似乎觉得自己有点寒酸相。我感到害臊,因为我没有往赌台上押下几枚金币的注。道德心阻止自己去这么做,而且我也不想失去自己的钱财。可是这种道德心怎么没有能阻止住我去享受自己不花一文钱所得来的快乐呢?当初去蒙特卡洛之前,我没有想到这一点;然而,现在我倒想奉劝别人不要上那种地方去,倘使去了,那就至少得丢下半个金币作门票钱。那地方人不算太挤,因为不少人的道德心比我强。

咱们应当感激摩纳哥的那位尊敬的国王陛下,他允许一位富有事业心的人为咱们大家开办这么富丽堂皇的欧洲只此一家的公共赌场。摩纳哥公国地域窄小,恰好装下小小的摩纳哥京城里的王宫和蒙特卡洛城这家唯一的合法赌博行业。假如外界的报道没有对亲王诽谤中伤的话,那他确实跟一个赌徒一样,依靠从别的赌徒那儿掠夺来的赃物过日子。人们常常看见他带着王妃,乘坐他那辆御车辚辚驶过——看上去好一副夫子的气派!他那块王国领土像只小茶杯,或者不如说像个法国面包卷,因为它外壳坚硬,花样别致——如今四周为法国所围绕。西面就是尼斯,东面是门托恩①,整个王国领土都在步行范围之内②。法国境内的门托恩离王室住地无论如何不超过五英里。地球上还留着这么一块宁静无扰的乐土,真是谢天谢地!

不过,眼下天气炎热,还不是蒙特卡洛大显豪华风采的时候。再过一个月,那些英国爵爷、国会议员、高级律师——凡是不怕有损名誉,愿意上蒙特卡洛消磨一个月时光的人——都会去那儿;到时候,那儿乐声回荡,人们甩牌掷骰,景象准会热闹非凡。不过现在拥进蒙特卡洛那些大厅里去的只是些正儿八经的赌客,他们迫不及待地想赢钱,可惜他们大半都运气不佳,注定要输。可是咱们这位留着淡色长发的朋友,面对着这喧喧嚷嚷的情形却等得不耐烦了。这当儿赌房门已打开,赌台的伙计正慢悠悠地在整理钱币和纸牌,没有像他那样沉不住气。咱们这位朋友找了个位子,坐了下来,眼睛死死盯住了牌桌,他已经在打主意该先往哪儿押赌注。他右手握着一袋金币,左手悄悄攥着他打算用来下第一注的十二枚金币。昨天,虽然有一二回他滥下了赌注,可还是在十二点钟前停了手。此君近来似乎一直不太顺利,因而他觉得现在他眼前好像展现了一个新的天地。人们对他初登赌场时手头拮据状况的猜测多少有几分道理。不过,谁会想到他过去曾经一掷千金,那种挥金如土的状况决非眼下所能比拟;而且当时跟他一起聚赌的赌伴们把他的赢钱和输钱简直看作是理所当然的。

---

① 尼斯(Nice),门托恩(Mentone):均为法国西南部濒临地中海的游憩小城。
① 尼斯(Nice),门托恩(Mentone):均为法国西南部濒临地中海的游憩小城。
② 摩纳哥的领土面积仅为1.51平方公里。

103

不一会,正式开赌了,那十二枚拿破仑金币如数押了下去。他又旗开得胜,把赌注赢到了手,这是一天的好兆头,他乐开了怀。他又押下了十二个金币,接着又押了第三回,这两回他又都是胜家。他独自痴心妄想起来,认为如今他时来运转,手气不错,不必再为自己的命运去操心了。这儿命中注定是他在备遭灾祸之后得以弥补损失的地方。说实话,此君过去是倒了大霉了。他的同伴又在他耳根悄悄地说些什么,可他一句也听不进,把赌注从十二枚金币加码到十五枚,又照样赢了。他举目四顾的当儿,头上似有一圈凯旋的光环,照得他容光焕发。他已经把自己的命运绑在他自己的凯旋车的轮子上了;好时光既已到来,他要坚持干到底。挨在他身边的那个家伙算得个什么呢? 他一边小心翼翼地用手指拨弄着将用作下一局赌注的金币,一边在想着金钱能重新给他带来的那些奢侈的享受。尽管他眼下很穷,但以前可挺阔气的呀;一个人口袋里有六百个拿破仑金币这么一笔数目可观的钱怎么可算穷呢? 何况这笔钱目前正如此迅速地在增长,它的数目实在是无穷无尽的。下一局他又赢了,可是当他正把管账赌头向他跟前推过来的全部金币耙拢来的当儿,他一下子出神地回想起另一个场所和另外的那些人。他手气再好,赢得再多,过去他常去光顾的那些去处,如今大门已对他关上啦。眼下他无可奈何被迫过着这样的日子,钱再多对他又有什么用处呢? 他这样独自思量着,这当儿赌桌上那二十五个金币都给人拿走了,可他几乎一点也没有觉察。

这时,他耳畔响起了一个人的声音,不是他的那个跟差的声音,而是一种说话带咬舌音的令人讨厌的声音,他觉得非常耳熟:"唔,斯卡伯勒上尉,我早就猜想你有——有可能上这儿来。这——这地方挺不错呀。"咱们这位朋友掉过头来,瞪眼瞧着这个人,心想自己不可能再在他眼前继续干这老行当了。"不——不错。我早就想到有——有可能。你觉得蒙特卡洛这地方怎么样?你现在钱很多吧——多得很呢!"此人个儿瘦小,长着一头黑发,一勾鹰爪鼻,为人圆滑,老是堆着笑脸,只有偶尔光火的时候,才拉长了脸,把笑容一扫而光。他是当代犹太人中间最最不折不扣的犹太人;然而此人生性胆气十足,干什么事都有股彻底劲儿,不达目的誓不休,决计不会让倒霉的事儿临到自己头上。他白手起家,打定主意要在自己呜呼哀哉之前成为一个阔人,而且看来他很可能达到自己的目的。这当儿,他满脸和颜悦色,丝毫没有一丁点儿怒气,谁见了都会让他给征服的;然而,假如你凑近他的脸蛋,细细打量一番,那你准会发现他那种和颜悦色并不是地道的。

"咦,这不是哈特先生吗?"

"不——不错,是我。我一直跟着你来着。唷,尾随着你旅行可真快活。当——当初我的鼻——鼻子一闻到踪迹,我就肯定你准上——上蒙特卡洛来。现在果真不错,蒙特卡洛。你瞧,我猜得多准,斯卡伯勒上尉?"

"是啊,这儿当然是蒙特卡洛。那就是说,咱们现在都到蒙特卡洛来了。我不懂你喋喋不休说那干吗?"接着他从牌桌边走开去,哈特先生紧紧尾随着,而他的跟差也隔着一段距离跟着他。他边走边想起昨天赢到手的那六百个金币今天稍稍增加了一些,这笔钱还在自己手中。只要钱还藏在自己口袋里,伦敦那帮犹太人不是谁都可以来碰它一下的。

"那——那个人是谁?"哈特先生问道。

"这关你什么事?"

"他好像老——老是紧紧钉住你。"

"那无论如何也没有你钉得紧呀！他跟着我说不定能捞到点好处，可你什么也不会捞到。"

"哎呀，得啦！得啦！要是他比我还拿得多，那他准陷得不浅哪。还有梯利特先——先生呢。除了梯利特先——先生之外，谁也不会比我拿得多。嗨，斯卡伯勒上尉，你在那儿玩——玩的那种牌，那种小本经营的赌博，比起我跟你之间玩的牌来，真是微——微不足道哪。你瞧着赌台上那些闪光的金币，就觉得钱可真不少；可跟我的小小赌博相比，那是小巫见大巫啦，虽然我这儿只有笔和墨水，没有金光灿灿的钱币。笔和墨水立时立刻可以写下一万英镑来，可你在轮盘赌中赢了二百镑就觉得了不得了。"

咱们的朋友斯卡伯勒上尉却说："我才不把它放在眼里呢。"

"这些钱装进了你的口袋，你不去还那些长期以来向你提供大量金——金钱的可怜的人们的债，却把它用来请那些个太太小姐们喝香槟酒。"

这场谈话就在赌房里远离赌台的地方进行着，不过尾随这位赌徒不放的那个跟差还是听得清楚的。眼下这个时刻上尉的日子不好过，尽管那价值六百个金币的钞票还在他上装的胸袋里放着。那个充当他跟差的汉子把这个犹太人的话一字不漏地都听到了，然而这并没有给上尉的烦恼心情带来半点儿轻松。看来，这个跟差此行有特殊使命，所以他既伺候上尉，也管着他。"哈特先生。"斯卡伯勒上尉压住自己的怒火，尽量放低嗓门说，但仍然让周围一些人听到了。"我不明白你干吗老跟着我，这对你有什么好处？你手里有我的债据，可不等到我父亲去世你休想让我付你现钱。"

"哈，你这话可大错特错了。"

"这些债据只能靠那笔财产来偿还，当初借债的时候，我自认为是那笔财产的继承人。"

"你现在还是特雷登庄园的继——继承人嘛。这里一丝儿疑问也不存在。"

上尉说道:"希望到时候你能证明自己的话是算数的。"

"当然,那还用说,一定算——算数。怎么会不算数呢? 我觉得你爸爸和你兄弟都是挺精——精明的人,不过再精明也赛——赛不过塞缪尔·哈特先生。梯利特先生也是个精——精明人。你父亲办事情的那套手法,他可能是清楚的。也许梯利特先生是不会吃亏的,我敢保证,我也决不会吃亏。什么时候回伦敦,斯卡伯勒上尉?"

接着赌房里发生了一场怒气冲冲的争吵,哈特先生丝毫没有打算压低嗓门。斯卡伯勒上尉坚持维护他自己作为一个自由人的权利,宣称从法律上来说他可以愿上哪儿就上哪儿,这与哈特先生无关;他还告诉这位先生,他的任何干涉将被看作是极不礼貌的行为。

"可我的钱——我的钱呢? 如果我想要你还,你现在马上就得付我。"

"你借给我二万五千英镑不是有抵押的么?"

"算到此刻为止,应该是四万五千英镑。"

"你去拿,拿吧,拿了藏进你口袋去。你不是有许多手写的借据么? 那快去把它们兑成现钱呗。拿到伦敦另外一些犹太人那儿去出售嘛,瞧瞧是不是能把它们卖二万五千英镑——或者二万五千先令。在我这儿,你休想凭这些东西来拿我二十五个便士,就算咱们这个王国的整个警察机构都撑你的腰也白搭。我父亲说,我给你的那些债据连它们本身纸的价钱都不值。要是说你受骗了,那我同样也受骗了呀。要是说你遭劫了,我还不是一个样。可我没有抢你的钱呀,你能拿我怎么样呢?"

"我会像蜂——蜂蜡那样黏——黏住你。"哈特先生说,有一会儿他脸上那种和颜悦色的表情不见了。"就像蜂——蜂蜡一般!你别想从我这里逃脱。"

"这么说你得随我去君士坦丁堡①了。"

"我会一直跟你到地狱去。"

"你可能比我早去那儿。现在我可要去君士坦丁堡,打算从那儿再往高加索山去旅行,然后再进入西藏。你要跟我结伴同行,我非常荣幸,可你得自己掏钱。到时候你跟你那帮子伙伴舒舒服服地在特雷登庄园安顿下来,我倒乐意上那儿去拜访你们呢。这事儿你先得跟我兄弟交涉,如果我可以冒昧地把那位出身名正言顺的先生称做兄弟的话。再见,哈特先生。"他说着便出了赌房,走进大厅,又打那儿走下台阶,进入这幢楼宇前面的花园,他那个随从在后面跟着。

哈特先生也跟了上去,不过他没有立即想继续谈话的意思。假如他当真想表明要兑现自己发出的威胁——像蜂蜡那样黏住他的话,那就该马上付诸行动才是。有好一会,上尉在小院子里边散步边起劲地和那跟差在聊天。哈特先生就站在台阶上瞅着他们。对上尉来说,这一天的赌局无论如何算是结束了。

"斯卡伯勒上尉,你不觉得自己上这儿来太轻率了吗?"那随从说。

"我觉得自己没有干等着从我兄弟那儿领那点鸡零狗碎的钱,而是给自己口袋里搞到了六百五十个金币。"

"不过要是他得知你上这儿来,会把那点钱整个儿给吊销的。

---

① 土耳其的海港城市。

他现在肯定要知道了。那家伙准会告诉他。他还会让整个伦敦城全知道。你到蒙特卡洛这种人们常来常往的地方来,别人自然会知道的。"

"常来常往! 你真以为他来这儿是为了到一个人们常来常往的地方吗? 你不觉得他是在钉我的梢,不管我去墨尔本,去纽约,还是去圣彼得堡,他都会照钉不误吗? 奇怪的是,他干吗要花这笔钱白白地来跟踪我呢?"

"唷,上尉,是不是白白地,你还不清楚。可你兄弟乐意让你隐蔽一段时间不露面。"

"我兄弟乐意,见他的鬼去! 我干吗要根据我兄弟的意愿行事呢?"

"因为他提供你津贴,给你衣帽让你穿戴,供你酒肉让你享用。"这当儿,斯卡伯勒上尉把裤兜里的散金币弄得叮当作响。"啊,不错,那太好啦,但这些钱也不是花不完的呀。说真的,除非你离开蒙特卡洛,不然这点儿钱一个礼拜都维持不了。"

"我今天下午就搭火车去热那亚①。"

"那下一个地点呢?"

"你不是听到我跟哈特说去地狱吗? ——要不就上君士坦丁堡,然后再去西藏。我想我仍然非常乐意让你做我的伴儿!"

"奥古斯塔斯先生希望我跟你呆在一起,而且你本人也说这样也许再好也没有了。"

---

① 意大利西北部濒临地中海热那亚湾的一个港城。

第十二章 哈里·安斯利的胜利

离开特雷登镇后的一两天,哈里·安斯利就上切尔顿讷姆去,因为他接到一封去那儿参加舞会的请柬,请柬中还暗示弗洛伦丝·蒙乔依也将出席舞会。假如我打算跟大家说,举行舞会并邀请弗洛伦丝参加仅仅是对哈里表示的友好之举,那么人们也许会认为,当今人与人之间的友情怎么会慷慨到这种程度。然而,无庸置疑的是,舞会举办人阿米塔奇太太是哈里的一位挚友和崇拜者,而且阿米塔奇先生跟他的交情也非同一般。不过,读者不要以为弗洛伦丝是知道内情的。阿米塔奇太太认为最好不让她知道把谁请来跟她会面。哈里曾经有一回对阿米塔奇太太说:"让我去蒙特佩利亚街,那还不如让我去敲牢门。"蒙乔依太太就住在蒙特佩利亚街。

"我想也许我们能想办法为你们安排一次会面。"阿米塔奇太太回答道。现在她到底设法安排好了。

哈里一进屋就急切地悄悄问阿米塔奇太太:"她会来吗?"

"来了有半个钟点了——请你把雪茄烟掐灭了,去和她见个面吧。"

"她还在吗?"哈里问道,想到她要走就几乎张皇失措了。

"还在。她在屋里像一尊耐心之神的塑像那样正襟危坐着,脸上挂着微笑,心里却在伤心呢。她有个可怕的消息要告诉你。"

"哦,老天! 什么消息?"

"我想她会告诉你的,不过关于您阁下的事儿她从没有对我提起过。那消息只是说她母亲打算带她去布鲁塞尔,在那儿的气派非凡的大使馆里跟马格纳斯爵士和夫人待上一段时期。"

哈里掉过头来,意外地发现蒙乔依太太正在跟另一位切尔顿讷姆镇上的太太在聊天。其实,蒙乔依太太虽说要过隐遁的生活,但原来也没有打算排斥像阿米塔奇太太家举办的舞会之类的少量社交活动。他笑容可掬地和她打了招呼,不过蒙乔依太太却不那么和蔼可亲地回了礼。她一向觉得哈里·安斯利可怖可畏,而且今天她又听到了一桩她认为让他名誉扫地的传闻。"您女儿在这儿吗?"哈里不露声色地装模作样问道。蒙乔依太太只得承认她女儿在里屋,于是哈里就走开去追寻自己的目标。

"哟! 安斯利先生,你什么时候来切尔顿讷姆镇的?"

"一听说阿米塔奇太太打算举行舞会,我就立即想到要来啦。"于是弗洛伦丝的脑海里头一回闪过这样的念头:她的朋友阿米塔奇太太是个爱使诡计的女人。"哪支舞你还没有定好舞伴? 今天晚上我有一件事一定得跟你谈。难道你不想跟我跳一支舞吗?"这纯粹是情人的猜疑和忧虑,因为弗洛伦丝没有立即回答他的话。"我听说你要去布鲁塞尔。"

"妈妈打算去我伯父那儿做客。"

"你一起去?"

"我当然和妈妈一起去。"

这几句谈话都是在跟大伙儿隔开一段距离的地方进行的,这当儿一位金发少爷正等着要和弗洛伦丝跳舞,没精打采地抚弄着自己的大拇指。后来,她从紧身胸衣里把那本小名册拿了出来,于是哈里就把自己的姓名签了上去。下一支是瓜德利尔舞[①]，他发现舞名后面的地位空着；于是就大胆地在两个舞蹈名称后面都签上了自己的姓名。我本人几乎认为，弗洛伦丝一定是猜到哈里·安斯利那天夜晚准会到场，否则那两个地位干吗要空着呢？

"好吧，你说说你们上布鲁塞尔到底是怎么回事？"他开了腔。

"我伯父在那里当公使，我们只不过是去做客的。"

"可是为什么偏偏现在去呢？我肯定其中必定有特别的原因。"弗洛伦丝不愿意说其中没有特别原因，所以她只能反复说她们肯定要去布鲁塞尔。她本人心里十分清楚，让她去布鲁塞尔是为了回避哈里，她人不在的这短短一个月中，预期会出现某种对他——同时也是对她——不利的情况。然而，她不能对他说这些；她也不能对他说，她母亲是用斯卡伯勒家事态发展的总的情况作为此行的借口的。她不想跟这位情人说，她对另外那位追求者没有一点儿感情可言。"那你们打算在那儿待多久？"哈里问道。

"我们要在马格纳斯爵士那儿待一个月；不过妈妈谈起过那以后再去意大利游湖的事儿。"

"老天！这么说你们过了圣诞节还要待上许多日子才能回来？"

"我说不上。一切还没有定呢。我不知道该不该对你谈这事儿。"这时，哈里抬起头，跟蒙乔依太太目光相遇，她在对面的门口站着。从蒙乔依太太的表情来看，她肯定不愿让哈里·安斯利得知有关弗洛伦丝未来行踪的消息。

---

① 旧时欧洲流行的一种四对舞。

接着,轮到他跳舞了,他可以有那么一会儿集中思想考虑问题。如今无论自己做什么说什么都无法阻止她离开,他只能尽量有效地利用眼下这个时刻。于是,他想起自己至今还没有从她那儿听到一句鼓励的话,还认为这句话如果真的要向他说,那也应该在今天晚上说。一位在意大利的湖畔香气扑鼻的树荫底下欢度圣诞的少女,什么事情不会遇到呢?哈里这当儿对意大利的湖泊景色的概念实在有点模模糊糊。不过在他看来,未来的那几个月是冗长的;只有眼前这个时刻才是属于他的。这时,舞曲结束了。哈里说:"来,去散一会步吧。"

"我想我要到妈妈跟前去。"弗洛伦丝瞅见母亲眼睛盯着她。

"哎,得啦,怎么也别到你母亲跟前去,"哈里说着已让她用手挽着自己的胳膊,"一个人谈五分钟话总没有问题吧,我还要回来跳下一个华尔兹呢。"

"哦,不行。"

"可我非得跟你谈,现在事情已由不得你了。哦,弗洛伦丝,你愿意回答我一个问题——就一个问题吗?我以前问过你,可是你没有给我答复。"

"你没有问过我什么问题呀。"弗洛伦丝说道,可那一回谈话的内容,她心里字字句句都记得清楚。

"我没有问过你吗?我肯定你知道我打算问什么。"弗洛伦丝禁不住想道,对他打算问些什么自己心里是不是清楚,那是另外一回事。"哦,弗洛伦丝,你能爱我吗?"假如让她不顾一切表态的话,当时在感情冲动之下,她完全可能对他坦露真情。可她知道,母亲的眼光打门口穿过屋子,一直在盯着她。倘使妈妈就这件事来问她,她准会干脆地回答说她确实爱上哈里·安斯利,而且要永远真心诚意地爱他。要是哈里紧追不放,她准会进而表态说,她已经把他当作是自己的郎君了。然而,眼下她没有对他吐露一个字儿。她只知道他现在已经向她表达了自己的誓愿,而她本人也打算使他的誓愿得以实现。"难道你不愿意对我说一句话么?"他问道,"就一句话也不行么?"

为什么他非得让她说出一句话不可呢?弗洛伦丝想道。眼下,她的沉默不就等于是说话吗?不过,如果他确实要求她进一步表态,她会以自己特有的方式给他答复的。于是,哈里·安斯利感觉到她那纤柔的手指在自己的膀子上很轻很轻地按了一下,他顿时觉得自己腾驾着蓝莹莹的云雾,进入遥远的幸福天堂了。后来,他纹丝不动地站着,用手指梳理了一下头发,飘飘欲仙地晃起脑袋来。她现在已经庄严地给了他许诺,任何语言都不会比这有更大的约束力。"哦!弗洛伦丝,"他唤道,"我得让你单独跟我待一会儿。"干吗要她单独跟他待一会儿?弗洛伦丝想道。母亲的眼光仍然盯着他们俩;可是为了她,哈里丝毫不在乎。他原来对那些波光荡漾的意大利湖泊几乎到了深恶痛绝的地步,可现在他不再对它们抱有什么恶感了。"现在你是属于我的了,弗洛伦丝。"他又感到她的指头在自己膀子上轻按一下;按得很轻很轻,可比任何语言都管用。

"我讨厌跳舞。一个人在目前情况下怎么会跳得好舞呢?我跟谁都会跳得格格不入。跟谁跳都不行。我一定会使自己出丑。不,我甚至不想跟你跳。不,绝对不跳!你跟我订了婚,我却让你去跟别人跳舞,那怎么行?好吧,一定要让我跳,我当然得跳。我说,弗洛伦丝,尽管你有好多话该跟我说,可你至今没有说过一个字啊。你得说些什么?这个问题多重要啊!你一定得对我说。

哦,你心里清楚该说什么。你说出这句话的声音是一个男子所能听到的最悦耳动听的音乐之声。"

"我要说的话你全清楚,哈里。"她悄声悄气地说。

"可我想亲耳听到这些话。哦,弗洛伦丝,弗洛伦丝!我想你理解不了我现在欣喜若狂的心情。我跳不了舞啦,也不想再跳啦。哦,我的妻子,我的妻子!"

"嘘!"弗洛伦丝说道,她生怕隔墙有耳,会听到哈里的说话声。

"即使让全世界都知道了又有什么关系呢?"

"啊,说的是!"

"我竟然会这么走运!连我自己都弄不懂。可怜的蒙乔依!我确实觉得他可怜。他比我起步早了好多时候,可到头来一无所获!"

"是一无所获。"弗洛伦丝轻声地说。

"而我却大有所获。我感到十分自豪,我觉得自己现在看上去几乎像个男主人公。"

这当儿他们已走到屋子头上靠近一扇敞开着的窗户旁,于是弗洛伦丝觉得此刻可以说一句话了。"你就是我的男主人公。"听到这句话,他高兴得几乎发狂了。他把一切的烦恼——那个警察普罗杰斯,奥古斯塔斯·斯卡伯勒,还有他恨之入骨的塞普蒂默斯·琼斯——全都忘了。这些人现在对他说来算得个什么呢!他决心要得到一件宝贵的东西,而且他已经得到了。弗洛伦丝已经答应嫁给他,他肯定她决不会对他失信。然而,他觉得为了充分享受自己胜利的喜悦,他必须在什么地方单独和弗洛伦丝待上五分钟。其实他没有对自己说明为什么要这么做,可他只知道自己希望跟她单独在一块儿。眼下没有迹象表明他能指望得到这五分钟;不过他必须预先说定,以后有机会再找这五分钟。也许第二天会有机会,可是他现在看不到这种可能性,因为他知道蒙乔依太太准会请他吃闭门羹。而且,这会儿蒙乔依太太已经在屋子里到处寻找她女儿啦。哈里瞅见了她,这当儿他正把弗洛伦丝带到对面的一扇门口,就在那儿跟她一起甩开了蒙乔依太太,待了好一会儿。哈里说:"你说,你们去布鲁塞尔之前,我怎么想法子再见你一面呢?"

"我知道你是无法再见我一面了。"

"你是说你会给关在屋子里,不准我来见你?"

"是这样。妈妈当然仍然喜欢她那个侄儿。"

"什么?难道发生了这一切事情之后还喜欢他?"

"干吗不呢?他父亲干的事总不能让他来受过。"哈里觉得在那桩事情上指责斯卡伯勒时总是无法对他采取宽容的态度。虽然他曾经对弗洛伦丝谈起过那次半夜三更的冲突的事,但对于这件事他无法进一步再说些什么了。"当然,妈妈总是认为我傻。"

"可为什么?"他问道。

"因为她不是从我的角度来看问题,哈里。现在我们不必再谈论这事儿了。事情就是这样,我就要去布鲁塞尔了。在我没有动身以前你给自己找到了今天这个机会。也许我是很傻,竟然丧失了警惕。"

"别这么说,弗洛伦丝。"

"除非你能做到谨慎小心,不然我会这么想的,你得等待,哈里。你得记住,我们必须得等待;但是我决不会变心。"

"我也决不变心,决不。"

"我想你决不会,因为我信赖你。妈妈过来了,我这就得离开你。不过睡觉以前我会把事情全跟母亲说的。"

接着,蒙乔依太太走上前来,神态极其鄙夷不屑地跟哈里打了个招呼,便把弗洛伦丝带走了。

　　待弗洛伦丝一走,哈里感到太阳、月亮、星星都沉落下去了,屋子里面一片漆黑,所以他还不如溜到街上去,在那儿,除了警察谁也不会瞧着他欢欣若狂地把帽子丢向空中。不过,他先得打阿米塔奇太太身边经过,对她的一番盛情好意表示感谢;因为他心里明白,在目前的处境下,她真是帮了他大忙。

　　"哦,阿米塔奇太太! 我真不知如何来感激你。要说起朋友之间的感激之情,那要数我对你最深厚了。"

　　"事情进行得怎么样? 蒙乔依太太已把弗洛伦丝带回家去了,怎么回事?"

　　"啊,不错,她母亲把她带走了。不过她这是马给偷了才去关马厩——迟了。"

　　"噢,马已经偷到手了?"

　　"对,是这样。我认为确实到手了。"

　　"那个失踪的可怜虫至今不知人在何处呢。"

　　"失踪的人总是无处可寻的。不过,我不是自夸,依我看,即便他仍旧拥有那份产业和财富,结果还会是一样。"

　　"恐怕是这样。"

　　"阿米塔奇太太,你别以为我在洋洋得意。我难以想象,弗洛伦丝究竟怎么会爱上我这样的人。"

　　"是啊,是难以想象。"

　　"你想嘲笑就尽管嘲笑吧,阿米塔奇太太,不过这些日子来我对这件事前思后想,有时会感到悲观失望。"

　　"可现在你不再悲观失望啦。"

"对,的确是这样;我这才打了个胜仗。过去我常常想,出现了那么些对我不利的事,我爱上她是干了件傻事。"

"可你还是照常继续进行,我一直就感到奇怪嘛。我总觉得你似乎一丁点儿成功的希望都没有。阿米塔奇先生曾经让我彻底放弃这事儿,他肯定你的境况永远也改善不了。"

"不管你怎么讥笑我,我也不在乎,阿米塔奇太太。谁胜利了,谁就能笑。"

接着他奔了出去,冲进了珍珠街,真的欣喜若狂地把帽子丢向了空中。

第十三章　蒙乔依太太怒火中烧

哈里在舞会上开诚布公地向弗洛伦丝吐露了心意。舞会结束后,弗洛伦丝和她母亲一起乘马车回家。路程不长,但她一路上心里不太高兴。像蒙乔依太太这类女人天生有这么一种高超的能耐:她们干什么事都只凭愿望,不用意志;靠的是痴心,缺乏的是谋略。不过,像她这种女人一旦给冒犯了,却会处处跟你过不去。她女儿现在终于下定决心:如果要她出嫁,那她就非嫁给哈里·安斯利不可。她曾经用手指紧按他的膀子表示同意,那就等于是以身相许了,因为她认为如今任何规劝与忠告都不可能使她改变主意;她比起母亲来有更大的能耐来实现自己既定的目标。可是她母亲有时候会变得很固执,很任性。特别在目前这种情况下,会让人觉得难以相处。弗洛伦丝曾向她的情人保证,说她在那天晚上睡觉以前会把事情原原本本告诉母亲。然而蒙乔依太太却等不及让人告诉她些什么了。她们俩在马车里一坐定,她便开口问长问短起来。"那个人都给你说了些啥?"她盘问道。

弗洛伦丝听到母亲这样称呼她的意中人,顿时给激怒了。她不能再像原来打算的那样,把自己接受哈里求婚的事告诉母亲,却说:"妈妈,你怎么这样称呼他?"

"因为他是个流氓。"

"不,他不是个流氓。你明知道他和我之间的亲密关系,却使用这种词儿来谈起他,你太刻薄了,妈妈。"

"你们之间的关系我不清楚。他根本就不该跟你这么亲密。

你已经许了人,这事儿几年前就定了。"一想到自己竟然被人认为已许配给人了,弗洛伦丝觉得难以忍受。她立刻决定要跟母亲说清楚,此类一厢情愿的安排是枉费心机。不过这当儿,她还只能默不作声地坐着。半夜三更坐马车回家,还不是自己该表示决心的时候呢。"我说他就是个流氓,"蒙乔依太太说,"人们到处在寻找你表哥的下落,他对内情却全清楚。"

"他对内情并不清楚。"弗洛伦丝说。

"你跟我顶撞,好没规矩。你不可能知道当时的情况。在伦敦最后见到你表哥的就是亨利·安斯利①,可他至今就是一声不吭,让别人四处去寻找。他是在极其可疑的情况下见到他的,要是让警察知道这些可疑点,准会把他给抓起来。当时他是用极其粗暴的方式对待斯卡伯勒上尉的。"

"不,妈妈;这不对,情况不是这样。"

"你怎么知道的?你哪来的根据?"

"我就是知道,我就是有根据。采用粗暴手段的是另一方。"

"这么说你也是一个知情人,可就是什么也不说,是吗?那天半夜他们俩见面时动了武,你也知道,是吗?你对几乎跟你订了婚的表哥所遭遇的事非常清楚,显然,是亨利·安斯利唆使你守口如瓶的。唉!弗洛伦丝,你也会让警察给抓走的。"这当儿,马车已驶近蒙特佩利亚街那幢宅子的大门,两位贵妇只得下车,走上台阶,进入门厅,太太的贴身丫环便上前来道了安,说太太今日打舞会早回了,真难得。

---

① Harry 是 Henry 的昵称。蒙乔依太太称"哈里"为"亨利"是有意疏远关系。

"妈妈,我要去睡了。"弗洛伦丝刚走近母亲的房间便说道。

"好吧,你去睡吧,亲爱的。天知道夜里会出什么乱子。"蒙乔依太太这句话意思是,那个叫普罗杰斯的警察说不定马上就会来逮捕蒙乔依小姐,因为她在斯卡伯勒上尉失踪的事情上采取了一些手段。她是从哈里·安斯利那儿听到那天夜里在伦敦的街道上上尉野蛮地袭击了他的事的;按她母亲的说法,就为了这一点,警察会来把她从床上拖起来,而且这事儿也许不用等到天亮就会发生。这种说法十分荒谬可笑,令人难以置信,然而却出自她母亲之口,也不免太冷酷无情了。弗洛伦丝睡下的当儿,只觉得哭也不是,笑也不是,心里不是个滋味。

可是第二天早上,她考虑还是应该把自己的态度对母亲说清楚——如今她已经对自己的意中人立下了山盟海誓,那就有必要公开说出自己的打算和不可改变的决心——这当儿,蒙乔依太太走进了屋子,站在她床跟前,气呼呼地绷着一副吓人的脸。大凡头戴睡帽,满腹怒气的老太太总少不了有那副模样。

"怎么啦,妈妈。"

"弗洛伦丝,咱们之间应该互相理解才是。"

"但愿如此。我早就觉得我们是互相理解的。妈妈,我从来对斯卡伯勒上尉没有好感,我不愿嫁给他,这一点你肯定是清楚的。我想你也知道我喜欢哈里·安斯利。"

"什么喜欢不喜欢,全是扯淡!"

"不,妈妈。如果你觉得'喜欢'两个字不恰当,那我可以用'爱'这个字。你很清楚,我没有爱过表哥,我爱的是另一个人。这不是说着玩的;如果世界上存在着什么千真万确的东西的话,那就是不可改变的现实。"

"不可改变！你愿意这么说就这么说吧。"

"我的意思是坚定，不妥协，不因外界因素而屈服。要是安斯利先生昨晚没有对我表白的话——他也就从此不可能再有机会向我表白了——那我就会是个很不幸的姑娘，即便如此，我对他的爱情仍然不可动摇。我会照常生活，可是心心念念忘不了这件事，一辈子郁郁寡欢。然而，他向我表白了，我真高兴极了。我说的不可改变就是这个意思。这一切至少对我说来是至关重要的。"

"我现在可以告诉你，这不可能。"

"好吧，妈妈，那日子总得往下过，我们等着瞧吧。"

"我得让你知道，他现在名声很臭。"

"没有的事！我不信。你不了解情况。"弗洛伦丝喊道。

"装模作样地硬说自己对情况了解得比我清楚，你太放肆了。"她母亲怒气冲冲地说道。

"事情经过是他亲口跟我说的。"

"不错，那他没有对你说实话。"

"你这样看他也太使我伤心了，妈妈；我不由得感到难受。我没法儿知道你是从哪儿听来的消息。可我敢说我所知道的情况确实是别人亲口一五一十告诉我的。"

"不管怎样，我有责任照管你，有责任不让你受到损害。我只有尽自己一切能力来履行自己的职责。依我看，安斯利是个非常让人讨厌的小伙子，我相信不用多久他准会给警察逮去的。到时候他不得不提供证词，你的名字会被提到，那太糟糕了。"

"干吗要提到我的名字？"

"审问的时候，要他一声不吭是办不到的。他会招认他曾经把事情对别人泄露过。他准会说出他把事情真相告诉过你。如果真的出现这种时刻,那时候咱们最好已经离开这个国家了。我打算下礼拜的今天就动身。"

"下礼拜马格纳斯伯父还没法儿接待我们呢。"

"咱们得在路途上多消磨一点时间。我看咱们俩无论如何得在八天之内离开英国。"

"可你打算上哪儿去呢?"

"你不用担心。到现在为止我还没有决定上哪儿去呢。不过可以告诉你,下礼拜的今天咱们就打切尔顿讷姆镇出发。贝克将随咱们一块儿去,我把另外两个仆人留下看屋子。我暂且还无法告诉你更多的打算,不过有一点是肯定的——我决不会同意你跟亨利·安斯利先生结婚。这一点你最好要记清楚,这样咱们之间的不愉快情况就会少一点。"这个头戴睡帽的凶神恶煞边说边大踏步地走出了屋子。

几乎不用解释,读者也知道,蒙乔依太太的有关伦敦事件现场的消息是从奥古斯塔斯·斯卡伯勒那儿听来的。奥古斯塔斯告诉这位太太,安斯利是在伦敦最后见到他哥哥的人;他还描述了当时他们之间所发生的那场争吵的性质。可是,他说这些话的当儿,准是把他本人在事件发生后曾跟自己兄长见过面这件事给忘了。他在叙述这个事件时自然没有必要提及他本人,——因为在他编造那天夜里发生的那场悲剧时,无需这么一个角色嘛。按他的想法,当时无疑只有他们两人在场。哈里将他哥哥打伤了,便把他丢在街上。接着蒙乔依失踪了,而哈里向谁都没有提起过所发生的那场冲突。奥古斯塔斯告诉他姑妈说,哈里是蒙乔依失踪前见到他的最后一个人,其含义就在于此。在蒙乔依太太看来,这件事是最能说明哈里人格之卑下了。人们在忙着搜寻蒙乔依,而他哈里却存心守口如瓶,一声不吭。蒙乔依太太认为,完全可能是哈里那致命的一击让她侄儿给断送了性命。这件案子中所有那些不可能的事,她连想都没有想过。她没有想到蒙乔依不可能被杀害;如果真的被害了,他的尸体也不会那么轻而易举地被弄走。那个"流氓"也不至于会干出这种事来拿自己的性命和名誉冒险。不过,那个流氓肯定是个流氓,即便他没有干过谋杀的事儿,不然他干吗知道内情却默不作声呢? 实际上蒙乔依太太对奥古斯塔斯的话都信以为真,这样正中了他的下怀;正因为她相信了他的话才打定主意让女儿去上刀山下火海,也决不让她嫁给哈里当老婆。

然而,她女儿却正巧下了截然相反的决心。她确确实实了解那天夜里发生的事,而她母亲却蒙在鼓里一点儿不了解。对于母亲在这件事上的无知程度她很清楚,可是对于母亲的消息来源她却一无所知。她觉得哈里的秘密无意中落到了别人手中;准是另外有谁谈起过那场冲突的情况。弗洛伦丝这时认为消息一定是从蒙乔依本人那里传出来的,因为她相信,而且是确凿无误地相信——蒙乔依是当时在场的唯一的第二者。所以倘若他对谁透露了,那这个"谁"必定知道他的下落,知道他是怎么销声匿迹的。而对她母亲披露这个事件的目的肯定完全是为了搞臭哈里的名誉,阻止哈里的婚姻。

想到这一切,弗洛伦丝觉得有人正在策划一场肮脏的勾当来损害哈里——她前思后想确实认为这种企图肮脏不堪。有人在把一种莫须有的罪名加在哈里头上,而这种罪名纯粹是混淆是非颠倒黑白的产物,目的要使哈里声名狼藉。可这决不会对她产生任何影响。她当即下定决心,慎重地暗暗对自己说,她将信守誓言,不为所动。要搞臭哈里这种打算是针对她而来的;然而,策划者恰恰对她的性格一无所知。弗洛伦丝这时心里充满信心,她一定要以自己特有的方式来表示对哈里·安斯利的非同一般的忠贞。一个姑娘在通常情况下理所当然应该为自己的意中人出力,而在目前这种非常时刻,她更应该为哈里·安斯利效劳。如今哈里被人诬蔑、诽谤,遭到恶劣的对待,自己母亲受人蒙骗,也把哈里说成是流氓,还一五一十地把原来就阴错阳差的事实披露出来,表示她对哈里的看法有根有据,而她本人显然相信所说的情况是千真万确的。想到这里,弗洛伦丝觉得她有责任给自己的情人写一封信,把自己听到的有关这件事的传闻告诉他。也许目前非常有必要让他知道实际情况。她要写封信,并亲自去寄——这么一来,她母亲就完全无法干预了——接着她会告诉母亲她给哈里写了信。开初,她想她会把信另抄一份,交给母亲看。可是真的写好了,她又觉得不行,因为信的开头那些字儿是写给情人看的,她还从来没有亲手写过这样的词句呢;这些信首的词句要是让母亲瞅见了,不知会引出她什么刻薄的话儿来,她可受不了。

她的信是这样写的:

亲爱的哈里:

　　昨晚才会面,今天就收到我的信,你一定会觉得很意外。不过你可千万别认为我这么做不恰当。要不是我觉得写这封信对你有利的话,我是不会动笔的。我写这封信不是为了表达自己的爱情,因为我觉得对于我的爱情也许你早已确信无疑,无需我再写什么书信了。昨夜我对母亲谈起了我们之间的关系,不出所料,她非常恼火。只消对她如何为我表兄蒙乔依的事忧心如焚有所了解的话,你就不难理解她为什么要为此恼火。妈妈从来就袒护他,我认为她没有因为他落难而抛弃他,会因此赢得美名。不过,哈里少爷,说句公正话,要是我一直对他怀有那种感情的话,我也决不会见他遭难而抛弃他。

妈妈既然支持可怜的蒙乔依,自然就会说你坏话。她谈起我表兄失踪以前,你是最后一个见到他的人。她还得知你们之间好像干过一架。实际上,她对那夜发生的详细情况都清楚,可就不知道是蒙乔依动手打了你。她把事情全弄颠倒了,说是你打了他——这么一来,你可以想象,整个事件的面貌就与原来截然相反了。有人(是谁我难以猜测)就是这么跟妈妈说的。此人利用这件事处心积虑地想害你,促使妈妈对你抱恶感。妈妈还说,你先打了他,还惨无人道地折磨他,接着就把他丢弃在街道上,事后却矢口否认跟他见过面。你一定看得出,有人拼命在捏造事实,毁坏你的名誉,所以我觉得应该让你知道。

不过,你千万别认为我会相信别人诽谤你的种种说法。在目前情况下,对你的诽谤也就是对我的诽谤。我心里明白,你待人真诚,心地善良,决不会干这种卑鄙的勾当。也正因为我了解你的为人,我才爱你,永远爱你。任凭妈妈和别人怎么说你,你现在对我来讲比世界上什么都重要。哦,哈里,我现在这么想的时候,心里是多么认真,又是多么高兴呀!我因为有了你而欣喜若狂,我永远会这样,让别人去对你说三道四吧。这一点你永远可以放心,难道不是吗?

可是,眼下你别给我回信,甚至也没有必要表白一下你的誓愿。今后,比方说十年以后,我们终将会相见的,到时再向我表白吧。我会告诉妈妈我写了这封信,看来在目前情形下我非得这么做;我还会向她保证,你不会写回信给我。

哈里,你一定会明白我这封信中对你表示的一片情意。

你的

弗洛伦丝

待把信写妥,誊清,将那份誊清稿丢进附近的邮筒之后,她发现自己无论如何不能把信拿给母亲看。尽管她煞费苦心,处处留神,结果还是将信写成了情书。哪个姑娘会把货真价实的情书给人看,即便此人是自己的母亲也不行,不过弗洛伦丝立刻把写信的事对母亲说了。"妈妈,我给哈里·安斯利写去了一封信。"

"真的?"

"是的,妈妈。我认为我应该把你听说的有关那天夜里的事告诉他。"

"没有征得我同意,你就给他写信——事先连说都没有跟我说起过一声?"

"跟你说了,你会不让我写的。"

"当然,我决不会让你写的。天哪,事情已发展到这种地步——你明知道我不会同意,竟擅自跟一位年轻人通信?"

"妈妈,这一回是事出必要。"

"由谁来判定必要还是不必要?"

"倘若他今后要成为我的丈夫——"

"他不会成为你的丈夫。不准你再和他说话。不准你再和他见面;你必须给送到国外去,在那儿待着,绝对不让他再听到你的任何音讯。如果他企图给你写信——"

"他不会给我写信的。"

"你怎么知道?"

"我让他别给我写信。"

"好一个让他别给你写信!不让他写,他还会不高兴呢!我一定得全跟你马格纳斯伯父说,征求他的意见。他是位有名望的人,也许你认为服从他比较适当,你娘的话你是半句儿也听不进的。"谈话就此中断。可是,弗洛伦丝在跟母亲告辞时暗暗对自己发誓说,在这种事情上,她决不会对马格纳斯爵士百依百顺。

第十四章　到达布鲁塞尔

阿米塔奇太太家那次舞会结束之后,弗洛伦丝就把情况向母亲讲明。此后的几周里,她不得不经受许多难受的事儿。先说她们动身前的那个礼拜,也许可算是最糟的一段日子了。尤其令人难以忍受的是,蒙乔依太太拒绝透露一丝一毫她自己的打算。离她可以在布鲁塞尔受到接待的日期还有两周,可是有关这两周的安排,她只字不提。也许因为她对于人心颇为了解,她懂得自己眼下的做法最能折磨女儿。她想折磨女儿倒不是出于报复心理;她打心底里明白,她的所作所为完全出自对女儿的疼爱。她对女儿感情至深。可如今她本人受到了挫折,就自以为折磨女儿是为女儿利益着想所采取的最有效手段。她这种报复手段并没有经过深思熟虑;不过往往是这种未经多加考虑,贸然产生的报复手段最最厉害。"我要让她如坐针毡,不得安逸。"或许她心里暗自就是这么盘算的。结果,弗洛伦丝确实如坐针毡;母亲的做法使她日子难熬。然而,当她发觉母亲所作所为的意图时,她也不抱怨。她提了一些听来似乎挺自然的问题,而得到的回答却是有意回避透露任何情况,她便忍着。"妈妈,你决定我们什么时候动身吗?""还没呢,亲爱的。""妈妈,我们上哪儿去?""现在还没法儿告诉你,我自己还没打定主意呢。""你最好能告诉我这次出门该带点什么东西,妈妈。""就跟平时出门所带的一样。"于是,弗洛伦丝便住了口,思念起哈里来聊以自慰。

终于这一天到来了。她得知自己要给带往布伦①去。在这以前,她收到哈里的信,充满了柔情蜜意,充满了感激之情,是一封地地道道的情书;这封信把她弄得坐立不安。信是通过寻常的途径送到她手里的,她完全可以瞒过母亲,因为那些个底下人都是站在她一边的。但这种做法不符合她为自己定下的行事方式,于是她对母亲说了。"信里只提到他收到我的信了。这原来就在意料之中,尽管如此,我还是觉得很遗憾。"

"我不要求你把信拿给我看。"蒙乔依太太怒气冲冲地说。

"我不能让你看信,妈妈,不过我认为应该让你知道这件事。"

"我不要求你把信拿给我看,你听着。我永远不想从你嘴里听到他的名字。可我知道信里写些什么——我当然清楚。我不能容许事情这样下去,必须制止你们。"

"我们不再通信了,妈妈。"

"可是你们已经在通信。你对我说他给你写信了。跟一个我所不满意的青年通信,你难道不觉得不恰当吗?"弗洛伦丝拼命在思考通信是否恰当的事。她觉得自己全心全意爱着哈里·安斯利这一点无论如何没错;可是对于保持通信联系的事她却把不准是不是恰当。蒙乔依太太接着说道:"我不准你们通信,你无论如何要明白这一点。我们在国外期间,任何来信必须交给我;任何从他那儿来的信,都得给我退回去。我不想拆他的信,可也不让你收到

---

① 布伦(Boulogne):法国西北部濒临英吉利海峡的滨海城市。

他的信。到了布鲁塞尔，我要和你伯父商量这件事儿。很遗憾，弗洛伦丝，咱们之间会因为这个原因而产生龃龉；可这全是你造成的。"

"哎哟，妈妈，你心肠怎么会这么硬？"

"我心肠硬，因为我不想让你跟一个我认为行为卑鄙而且身无分文的年轻人相好。"

"他是他舅父的继承人。"

"大家都知道这事儿结果会怎么样。蒙乔依是他父亲的继承人；再没有比特雷登庄园的限定继承权更可靠了。咱们大家都清楚那儿的限定继承产业的事闹成什么样了。普罗斯珀先生会想方设法逃避这件事。那份限定继承的财产现在算是完了；我还听说这位先生对他外甥印象坏极了，甚至已经跟他发生了口角。再说，他本人还只是个乳臭未干的小子。我无法想象你怎么会这么傻的；你表哥不再继承他父亲的财产了，所以你就宣布抛弃他。"

"哟，妈妈，不是那么回事。"

"那好啊，亲爱的。"

"我绝对不许别人用我的名义说，我已经跟蒙乔依订了婚。"

"那好，我也不许别人以我的名义说，你得到我同意与亨利·安斯利先生订婚了。"

六七天之后，她们便在布伦的一家非常蹩脚的旅店里住了下来。蒙乔依太太之所以要上这儿来，是因为她实在别无他处可以让她把女儿带去隐避，而且她早已横下一条心要把女儿送到哈里·安斯利行踪所及之外的地方去。她起初曾打算去奥斯坦德①；然而，她好像记得这个地方是属于马格纳斯爵士管辖范围之内，所以从那儿再转移到马格纳斯爵士所直接管辖的京城里似乎不太妥当。这好比让你在一座庄园的围墙大门外待上三天，然后再让你进入宅子受到款待。就这样她们母女俩在布伦住下了；虽然当时正值多风多雨的秋分时节，海水凉彻肌肤，蒙乔依太太还是尝试着去洗海水澡，因为这么一来她来布伦似乎也就有了理由了。为了跟母亲做伴，同时心里也希望跟母亲保持一点良好关系，弗洛伦丝也去洗了海水澡。"妈妈，他没有再给我写过信。"一天，弗洛伦丝打海滩走上前来说。

"我想你是耐不住了。"

"我们干吗要吵嘴呢？我没有什么耐不住呀。只要你能信任我，我们俩完全可以客客气气。过去你总是对我很信赖。"

"那是在你认识亨利·安斯利先生以前。"

这句话的含义似乎促使气氛变得更加紧张——大有特意惹她生气的味道，可是弗洛伦丝决意忍受这一切。"我觉得你会信赖我的，妈妈。我是你的亲生女儿，不会欺骗你的。我确实认为自己已经和安斯利先生订了婚。"

"你不用跟我说这种事。"

"可是只要我和你待在一起，我一定答应没有你的许可，我决不让他给我写信。假如有信寄来，我一定不拆封就交给你，听凭你

---

① 比利时西部濒临北海的一个城市，当时该地的英国侨民事务属于驻布鲁塞尔的英国公使馆管理。

来处理,就像这封信原来就是寄给你的一样。关于这件事我伯父会怎么看,我不在乎。他怎么说都不可能对我起什么作用;可是你的话确实对我产生很大影响。我一定答应三个月之内既不写信给安斯利先生,也不让他给我写信。这下你总该满意了吧?"蒙乔依太太不愿说出口她的确感到满意了,不过她对待女儿的态度似乎缓和了一些,后来她们俩便到达了马格纳斯爵士的府第。

她们由三名穿号衣的男仆带领着穿过一间大厅,走进了内廊,就在那儿遇见了那位了不起的大人物本人。当下他正准备让人给扶上马,而那位蒙乔依夫人则早已乘马车出去了,她每天习惯要去户外兜一回风——可是这一回,说句老实话,她是有意想回避这两位乍到的客人。

"亲爱的萨拉,"马格纳斯爵士说,"见到你和侄女身体都很好,我心里真高兴。让我想一下,你的名儿叫——"

"我叫弗洛伦丝。"姑娘回答道。

"啊,对了;一点不错。我很快会把自己的名字也给忘掉的。假如有人叫我马格纳斯,后面不加上'爵士'两个字,我会不知道他们指的是谁。"接着,他打量起侄女的脸蛋来了,他觉得安德森也许不至于会不成体统地跟她调情。安德森是经常陪他去骑马的骑兵随从武官,蒙乔依夫人曾预料他准会跟公使的侄女儿眉来眼去。这当儿,安德森本人走了进来,彼此少不了介绍寒暄一番。安德森是个满头金发、模样挺俊的小伙子,一脸傲慢、洋洋自得的神气,那是一种一个随从武官所不配有但却往往容易流露出来的神态。因为一个布鲁塞尔的随从武官所干的不是那种要求具备高度才智的工作;不过干这种职业往往使一个青年觉得自己了不得。

"很抱歉,蒙乔依夫人刚出去,她原来以为你们晚一班车才到呢。你们一直待在布伦。你们怎么会在布伦逗留的?"

"洗海水澡。"蒙乔依太太低声说道。

"噢,对。我想你们是去洗海水澡了。那干吗不来奥斯坦德呢? 那儿的海滩比布伦的好,而且我也可以为你们做点什么。你说什么? 马准备舒齐了,是吗? 我得出去露露面,不然那些人会认为我死了。要是每天这个辰光我没有出现在那条林荫道上,报纸准会登我的消息。理查兹太太人在哪儿?"于是,两位客人和她们特地随身带来的面包师傅就被移交给公使大人的管家,马格纳斯爵士自己便骑马去兜风了。

"那姑娘挺标致的,我是说我那个侄女儿。"马格纳斯爵士说。

"确实容貌不凡。"那随从武官答道。

"不过我相信她已经跟人订婚了。我记不清是跟谁,但我知道有人追求她。所以,年轻人,你最好安分守己些,别胡来。"

"我不明白,为什么因为另外有人在追求她,我就得安分守己呢?"安德森说道,"先生,你这岂不是在激起我的热情去干一番新的英雄业绩么。在这种情形下,一般人都倾向丁认为,只能让追求者自己照管自己了。我说这话并不是因为自己现在忽而觉得蒙乔依小姐会看上我了。"

当下蒙乔依太太下了楼走进客厅,那儿似乎给召集了"一大帮子"人,来领受马格纳斯爵士的盛情好意,不过说是"一大帮子"其实也不比平时经常在场的人多多少。他们是蒙乔依夫人,艾博特小姐,和两位随从武官安德森先生和蒙哥马利·阿布思诺先生。蒙哥马利·阿布思诺先生对自己的姓名特别感到自豪,不过他在随从武官中算是一位身份比较低微的年轻人,因为他在马格纳斯爵士手下干差使才三个月,正巴望在安德森的指点下多学点外交部里的规矩呢。公使馆的秘书官布劳先生没有在场。他是个举止稳重的有妇之夫；老实说，有关外交部门的知识方面，他自视甚高，还瞧不大起他的上司呢。他是驻比利时公使团里"挑大梁"的人，他有时也很愿意让人们知道这是事实。无论是他本人，或者是布劳太太，在公使馆里并不太受人欢迎；或者可以说得更确切些，布劳夫妇对公使馆没有好感。这儿也不妨提一笔，使馆机关还雇有一名办事员邦德唐先生，他在那儿已经干了好些年了，那些英国侨民都乐意把他当作是三等随从官。蒙哥马利·阿布思诺先生则千方百计让人知道这是个错误。在公使馆里的那些无足轻重的事务中——这些事务无疑不会越出使馆范围——邦德唐先生一般站在布劳先生一边。蒙哥马利·阿布思诺先生是公使馆公认的二等骑兵随从武官，虽然或许是因为他自己没有马，他不像安德森先生那样经常在林荫道上陪着骑马兜风。在场的还有其他人。带着夫人同来的汤姆斯·特赖谢姆爵士，是给派遣来调查比利时钢铁贸易行情的。此君是个颇有学问的自由贸易主义者，他怎么也不能同意马格纳斯爵士的那个众所周知的老观点——马格纳斯爵士认为，比利时生产的铁越多，那从英国进口的铁就越少。不过，汤姆斯爵士的见解比他棋高一着；马格纳斯爵士知道自己无论如何也辩不过这位政治经济学家，只能接二连三地设宴来款待他，还对他太太礼数十分周到。汤姆斯爵士肯定觉得，马格纳斯爵士所做的一切可以说是竭尽所能了。特赖谢姆夫人是位文静、个儿小巧的女人，对蒙乔依夫人摆起的那种屈尊俯就的架子，她倒颇能忍受，没有表示出什么不快之意。在场的还有比利时外交部的格拉斯库尔先生，此人英语说得比在场的哪位先生都漂亮，陌生人也许会以为他是位教书先生，专门到英国公使馆来教授他们自己的语言。

宾客们到齐之后两分钟，蒙乔依爵士夫人边扭着腰肢走进客厅边说道："哎哟！很抱歉，让你久等啦，蒙乔依太太。"她走路的姿态自有特色，据熟悉她的人说，她其他风度概不具备，就是爱走路扭扭摆摆。她还有一点爱"扑"的一声吐口气的习惯，有意引人对她特别注目。"每天这个时候我得出去兜一会风。要是咱们俩不去的话，不知别人会以为我们怎么样了呢。"说着她嘴里又"扑"的一声，腰肢一扭把身子转向艾博特小姐。"刚才特赖谢姆太太跟咱们一起待着呢。"蒙乔依太太喃喃地说了几句，似乎对蒙乔依夫人没有耽误马车会①表示高兴；她还想起方才马格纳斯爵士本人用的推托和他夫人简直一模一样。接着蒙乔依夫人又稍稍地"扑"了一声，便对弗洛伦丝说，她希望她会觉得布鲁塞尔这个城市非常丰富多彩，——"当然，不是说它可以跟巴黎媲美了。"

　　"我家住在切尔顿讷姆镇，"弗洛伦丝说，"那儿完全不像巴黎。其实，我这辈子也只在巴黎待过两夜。"

　　"那咱们这座布鲁塞尔城一定会让你觉得挺不错的。"

　　话音刚落，她又一扭一摆地走开去了，走到一半碰到了马格纳斯爵士便停下来。马格纳斯爵士一本正经地要她作好准备，入席就餐的庄重仪式就要开始了。不用说，英国公使馆内真正重要的时刻便是每天的晚餐。

　　弗洛伦丝发现自己坐在安德森先生和格拉斯库尔先生之间。安德森先生刚才亲自扶她入席，而格拉斯库尔先生则为爵士夫人

---

　　① 指旧时欧洲上流社会的女子相约乘马车兜风的活动。

尽了同样的礼。"我肯定您一定会非常喜爱这个小小的京城的，"格拉斯库尔先生说，"这座城市比较小巧玲珑，不像巴黎那么花哨，比巴黎美多了。"弗洛伦丝只得表示同意。"您不用多久就能学会我们的一些风俗习惯；可在巴黎，除非你生来就懂得他们那些礼仪习惯，不然半辈子还不够您学呢。"

"我们会帮助您适应这儿的风尚的。"安德森先生说道。正如他后来所说，他当时不愿让这块鲜美的肉让人从他口中给叼走。

"我想我自然而然会适应这儿的一切的，用不着什么指点。"

"让您了解一点这儿的实际情况对您总没有什么坏处吧。您自己没有马吗？"

"对，没有！"弗洛伦丝说。

"我刚才是想说，我可以想办法为您弄匹马。比利邦有匹好马，去年斯蒂利亚公主骑过。"有关马的事情，安德森先生可以说是样样精。

"可是我没有骑装，这事更加马虎不得。"

"啊，您说得对，比利邦那儿不备有骑装。但我希望他那儿有。不过咱们可以想办法嘛。布鲁塞尔专门有制作骑装的人。"

"布鲁塞尔肯定有做女子骑装的地方，"格拉斯库尔先生说，"要是蒙乔依小姐不相信比利时裁缝师傅的手艺的话，这儿有铁路供您用，可以让人送一套英国骑装来么。"

"去年桑托尔夫人待在这儿的时候，就是让人给她送一套来的。"蒙乔依夫人隔着她的邻座凑过来说道，嘴里又轻轻地"扑"了两声。

弗洛伦丝回答道："我根本不需要什么骑装，因为我没有马，而且说实话，我从来就不习惯骑马。"

"那请告诉我您都玩些什么呢?"安德森先生发现格拉斯库尔正在和爵士夫人交谈,便乘机悄悄地问她说。"打网球吗?"

"对,我打网球,可不怎么喜欢。"

"那么弹子球呢?我想您准喜欢。"

"这辈子还从来没打过一棒弹子呢。"

"唷,真新鲜哪!您压根儿就没有任何娱乐活动吗?切尔顿讷姆镇的人真的都是这么虔诚吗?"

"我想咱们那儿的人是呆头呆脑的。我从来就不知道玩点什么让自己消遣娱乐一番。"

"咱们一定得教教您,真的,一定得教教您。我觉得我本人在这方面是个顶呱呱的教练,不是我吹嘘。您愿意让我亲自教您么?"

"你会发现我是个最难教好的学生。"

"不,哪能呢?我一定保证您学得样样都精通。跳背游戏运动量不大,插杆游戏也不算太轻微。从十五子游戏①到科蒂伦舞②,我样样都在行,——不过从我的兴趣来说,我还是喜爱跳科蒂伦舞。"

"或者是玩跳背游戏,对吗?"弗洛伦丝问道。

"啊,太对了,当年在歌特尔学校念书的时候,大家都爱玩跳背游戏,我想现在咱们干吗就不能重新时兴起来呢。为此女子当然

---

① 一种双方各有十五枚棋子,掷骰子决定行棋格数的游戏。
② 十九世纪时盛行的一种不断更换舞伴的轻快交谊舞。

就得着一种特殊的游戏装。不过,我就喜爱玩需要穿特殊服装的游戏。难道你不喜欢来一点别出心裁的东西吗?我就喜欢这样。"弗洛伦丝回答道,他们两人的兴趣完全格格不入,因为她就喜爱平平常常的东西。后来,安德森对格拉斯库尔先生说(这当儿马格纳斯爵士正在和汤姆斯爵士聊天):"她就是我常说的那种出类拔萃的漂亮姑娘。你瞧我的眼力!"

"不错,她的确挺可爱。"

"的确如此,那还用说!瞧瞧她那肩膀的线条!我不想探究英国人或者比利时人的审美标准到底怎样,但无论英国姑娘还是比利时姑娘,很少有人能和她相比。"

"安德森,你能告诉我一下,利日①每周能生产多少吨钢轨吗?汤姆斯爵士问我这个问题的时候,那口气好像说这是天下最简单不过的问题了。"

"四千万吨,"安德森说,"大概那个数字。"

"可能是二万吨,这个数字比较接近吧,"格拉斯库尔先生说,"不过明天我会给他送上确切的数字的。"

---

① 比利时东部利日省的首府,素为比利时的钢铁业中心。

第十五章　安德森先生堕入情网

　　蒙乔依夫人曾预言,安德森先生准会爱上弗洛伦丝的,她肯定说对了。在布鲁塞尔的第一周相当太平无事地过去了。一个青年很难在一个星期之内就表白自己的爱情,在那种细节上,安德森先生的行事方式是众所周知的。马格纳斯爵士和蒙乔依夫人一般说来对他是有几分纵容的;每当他因朝三暮四的行为而出名时,唯一逆耳之言却往往出自布劳先生之口。"又飞来一只金凤凰,"布劳先生会说,"要是这些个鸟儿少几只,或许安德森还可能会干些什么。"然而,那个星期的末了,有一回连马格纳斯爵士都看出安德森马上会干出不寻常的事来。一天上午,马格纳斯爵士走进办公室,吩咐当天骑马兜风的事儿,他刚离开办公室的外套间,安德森便说:"从全面来看,我还没有见过比蒙乔依小姐更合适的姑娘呢。我说的可是实话!"这句话说得极其异乎寻常,因为按安德森通常的习惯,他肯定会称呼她弗洛伦丝,而他现在用的称呼显示他对她特别恭敬。

　　"你说一位姑娘合适是什么意思?"布劳先生问道。

　　"我的意思是说她样样都好,而别的姑娘大都远远不及。"

　　蒙哥马利·阿布思诺先生拼命想找句俏皮话,于是就说:"圣女弗洛伦丝——"

　　"你这小子最好给我住口,别用那种词儿谈论年轻小姐们。"

　　"我相信他准会堕入情网。"布劳先生说。

　　"我说蒙乔依小姐是我多年来所见到的最十全十美的姑娘;要

是哪个自以为了不起的小子把她称做圣女弗洛伦丝,那他是在信口胡言。"

"布劳先生说她是凤凰,你干吗不冲着他发火?"阿布思诺先生说,"把一位妙龄女郎称做圣女弗洛伦丝远不会比把她叫作凤凰来得失礼。圣女弗洛伦丝就是神圣的弗洛伦丝的意思,可是凤凰却是毫无价值的东西呀。"

"布劳先生是个有妻室的人,"安德森说,"他有那么一点自由想说什么就说什么。倘若他出言不逊,那坏事就会临到他自己头上。好吧,要是你愿意,咱们换个话题谈谈吧。"

由此可见,安德森先生真的爱上蒙乔依小姐了。

虽然对马格纳斯爵士和蒙乔依夫人来说,那个星期平安无事地过去了——所谓平安无事指的是他们的侄女和他们那位随从官之间没有出现任何不良情况——但毫无疑问,弗洛伦丝本人却多少感到一些烦恼。安德森先生表达自己的爱慕之情的方式比往常来得克制,他尽量悄声悄气表白自己,没有大声嚷嚷——尽管如此,他对弗洛伦丝的倾慕仍然溢于言表,弗洛伦丝本人尤其感到这一点。马格纳斯爵士对他这位随从官跟谁调情他都不会介意。安德森是一位从男爵的小儿子,有一个体弱多病的哥哥,还有一笔财产。要是他想娶这位姑娘,那算她有福气;假如不打算娶她,那青年男女一起玩乐一下也无伤大雅。他需要安德森在规定的时间里扶他上马,陪他出去骑马兜风。他招待安德森吃晚饭,拿酒供他畅饮,作为酬谢。他们之间关系融洽,因而马格纳斯爵士不想干扰这个小伙子的乐趣。可是弗洛伦丝哪里肯让自己成为一个青年谈情说爱的对象,于是就在母亲跟前抱怨这件事。

且说自从母女俩到达布鲁塞尔以来,有关哈里·安斯利的事还一个字没有提起过呢。蒙乔依太太曾宣称,她将就这件事跟她的大伯子商量,可是至今还没有这么做。说真的,要不是安德森先生老是讨厌地找她说些悄悄话,弗洛伦丝觉得待在布鲁塞尔过日子还挺愉快呢。她本人一直对这些悄悄话付诸一笑,不把它们当回事儿;不过后来她终于发现别人可不把这一切看作是闹着玩儿的。"妈妈,你不觉得安德森这个小青年挺让人讨厌吗?"她对母亲说。

"不觉得,一点儿也不觉得,亲爱的。他哪儿让人讨厌来着?他性格活泼,是格雷戈里·安德森从男爵的小儿子,有一笔相当可观的财产。"

"哎哟,妈妈,这又说明什么问题呢?"

"嘿,亲爱的,这就是说明问题。首先,他是一个有身份的人;其次,他有权向像你这样身份的任何一位小姐表示关心。我不想多发表什么意见。我对安德森先生没有什么特别的好感。不过倘若他上我这儿来,要求我准许他跟你谈话,我就会让他直接去找你。我的意思是,要是他能设法找你自荐,我是不会拒绝他的。"

接着,这个话题暂且中断。不过,弗洛伦丝感到很吃惊,她发现母亲在谈论安德森先生的事的当儿,不仅不提起哈里·安斯利,而且压根儿就没有想到蒙乔依·斯卡伯勒。想到母亲竟会装作若无其事地认为,自己亲生女儿可以随便接受另一个追求者的求爱,她觉得很苦恼。她独自思量着,想到母亲对哈里如此恶感,竟宁可自作主张地代女儿接受任何一个找上门来的求婚者。即便女儿果真接受了这个求婚者,成了一个没有心肝的人,对于母亲来说,任何另外一个人总要比弗洛伦丝自己选择的、并立志要以身相许的那个人强。

第二天，她又提起那个话题来了，说："妈妈，如果打算让我在这儿再待三星期——"

"对，亲爱的，是打算让你再待三星期。"

"那就该让谁跟安德森先生关照一声。"

"我看除了你本人之外谁都难以开口。据我看，他没有什么失礼的地方。"

"我希望你能跟伯父说一下。"

"让我说什么呢?"

"就说我已经订了婚。"

"那他就会问我你跟谁订了婚，可我不能告诉他。这么一来，我就得把整个事情向他和盘托出，征求他的意见。你总不见得让我跟他说你打算嫁给那个臭小子吧。那待你表哥多残忍呀，这件事人人都知道。他揍了他，就把他丢在街上死活不管。打那以来，蒙乔依杳无音讯，连警察都不知道他的命运怎么样;——更奇怪的是，他受到如此对待完全可能一命呜呼，可安斯利先生对发生的事居然一声不吭。他甚至不敢把那天夜里发生的事报告给一位警官。而那位年轻人就是你表哥，大家都知道你许配给他已有两年了。"

"不，没有的事!"弗洛伦丝说。

"我说这是事实。你已经许配给你表哥蒙乔依·斯卡伯勒了。"

"我没有同意过。"

"你所有的朋友——有血缘关系的朋友——都知道这是事实。而你现在竟要我接受这个简直就是谋害你表哥的凶手。"

"不，妈妈，这不是真的。你不了解真相，你所说的情况与事实恰恰相反。"

"你哪儿听来的？是那小子自己跟你说的？那还会是真相么？要是我把事情告诉马格纳斯爵士，他会怎么说？"

"我不知道他会怎么说，可我清楚事实真相是什么。为了摆脱我自己的为难处境，我现在就该心甘情愿地接受这个傻里傻气的后生，你认为我会这么干吗？"她随即离开了母亲的屋子，回到自己房里，坐在那儿独自寻思了几个钟点，想到自己倒霉的处境，她感到又气愤又伤心。母亲提起的有关哈里的境况，现在确确实实让她感到害怕，她开始真的意识到，人们会怎样议论他，对于他的缄口不言人们会有什么反应，尽管她自己已发誓要对他永远忠贞不贰。现在她确实需要发挥一点勇气。她渐渐懂得外界会怎么谈论哈里·安斯利——她全心全意爱着的人。这么说母亲是对的。她想着想着，开始觉得母亲说的话有道理。有关这个事件的情况，不管母亲是从哪儿听来，她信以为真是很自然的。她头脑里对事实真相存在着几分怀疑。她承认自己对奥古斯塔斯表哥非常憎恨，认为他是给自己带来不幸的原因之一。然而，对于事实真相她不甚了了；她甚至没有怀疑到哈里与表哥冲突之后奥古斯塔斯曾见到过他哥哥，也没有怀疑到奥古斯塔斯是一手策划让他哥哥销声匿迹的人。但她知道自己不喜欢他，还在某种程度上把哈里的不幸遭遇跟他的名字联系起来。

不过，有一点她非常肯定。不管蒙乔依家族的人，普罗斯珀家族的人和其他任何人对哈里怎么看，怎么评论，她将忠诚于他。她懂得他的名声会受到损害，可是在她的心目中他的人格依然如故。说得再透彻一些，即使他名誉扫地，也不会对她的爱情、她的忠贞产生丝毫影响。她没有对自己说出这句话。甚至说出这句话本身也会是对忠贞的某种违背。甚至连内心里她都没有悄悄地这么说过。但是,在她心灵深处,有这么一种感情——不管哈里所干的一切是对是错,不管人们为了使自己满意最后证实:哈里确实丧心病狂地把那个人揍昏了丢在人行道上(正像母亲所叙述的细节那样),可对她说来,哈里比世界上任何一个男子更勇敢、更高尚、更有男子汉气概,更值得她爱。她意识到自己即将遇到各种麻烦,也预见到哈里可能面临的不幸处境,可她对自己说,哈里至少有一位待他一片忠诚的朋友。

"蒙乔依小姐,我是替您伯母给您捎口信来的。"这句话是安德森先生说的,那是弗洛伦丝和她母亲那场谈话后三四天的事。当时午餐刚用毕,他设法尾随这位年轻小姐走进一间小客厅。至于安德森捎的到底是什么口信,咱们读者无需知道。不过,咱们可以肯定那是安德森先生特意为了见小姐而编造出来的。当时,他东张西望,探头探脑,发现小客厅里只有蒙乔依小姐一个人在。安德森先生当时那种鬼鬼祟祟的举止,咱们认为完全是无可厚非的。目前他首要的任务是谈情说爱,这种任务是压倒一切的,其他种种考虑都可以退居其次。按诸位的做人观点来看,为了达到那个目的,甚至布劳先生撰写的报告他都尽可以搁在一边,不用急着去誊清了让马格纳斯爵士签字。一位年轻小伙子在向一位妙龄女郎求爱,而且正是情切如焚的当儿,天大的公干也不该成为他的绊脚石。这就是眼下安德森先生的想法,所以咱们认为他胡编乱造什么为蒙乔依夫人捎口信是情有可原的。谈情说爱这类事情总是允许情人们任意编造谎话的。"哦,蒙乔依小姐,能单独见到您我非常高兴。"读者得知道,这时这位多情的少爷认识这位小姐还不满两个星期呢。

"我正想要上楼到母亲那儿去。"弗洛伦丝边说边站起来打算离开屋子。

"嗳,你妈真讨厌!啊,请她原谅,也请您原谅。我说这话确实是无意的。外面厅里大家尽在说些俏皮话,不管你爱说不爱说,你会不自觉地卷进去。"

"我母亲不会介意的,不过我确实该上楼去了。"

"哦!请别走!我想您待五分钟总不成问题吧。我不想留您超过五分钟。可是一个人想找个机会说几句话可真难哪。"

"你要跟我说些什么呢,安德森先生?"她神情十分惊诧地说,似乎完全无法想象他下面会说出什么话来。

"是这么回事,我曾希望您也许会了解一点我的心情。"

"一点都不了解。"

"您现在还不清楚?我想我应该相信您,虽然我怀疑自己是不是真的相信您的话。请原谅我这么说,可我还是直说的好。"弗洛伦丝觉得他对她所说的话抱怀疑态度应该原谅,因为她现在很清楚,他接下来会说些什么。"我——我——,好吧,我就说吧,我爱你。如果让我转弯抹角地等上十二个月,到头来也只能是这句结论。"

"也许到那时候你会考虑得更成熟一点。"

"绝没有的事。您想想,这类事情能让你考虑十二个月而不说出口么?我可做不到,——十二天都不行!"

"我看得出你是做不到,安德森先生。"

"唔,您心里已经非常肯定这一点了,这时你最好一吐为快,不是么?假如我保持三个月沉默,我怎么知道是不是可能有别人插进来呢?"

"可你不能指望我也该这么仓仓促促,对吗?"

"咱们说到点子上了。我自然不指望。不过姑娘们也得速战速决么。"

"她必须得那样么?"

"让人问到了,她们就得马上答复嘛。我这么说并不想对您无礼,而只是打算表明我的话有几分道理。当然,如果您想说你得用一个星期的时间来考虑这个问题,我是作好这样的准备的。不过请先让我把自己的想法告诉您吧。"

"我可以让你把自己的想法告诉我,安德森先生,不过恐怕这不会有什么效果的。"

"别这么说——请别这么说,就允许我对您说吧。"接着,他停顿了一下,可是见她沉默不答,不一会便又重新滔滔不绝地提出他的要求来。"说真的,蒙乔依小姐,我给弄得神魂颠倒,茫然不知所措。您让我迷得魂儿都出了窍,前后判若两人。连马格纳斯爵士本人也说他从没见到我变得这样。我说这些只是想表示自己是认真的。我不是那种连跟姑娘谈情说爱的权利都不具备的人。除在外交部供职外,我有四百英镑一年的收入。当然,我还有别的机会。"这儿所说的机会暗指他哥哥日益恶化的健康状况,关于这一点,眼下他无法跟蒙乔依小姐细说。"我不是想说这笔收入可观得了不得,或者说我要向您进献的还要加个倍。不过我的收入充裕,足以让人过舒适日子。"

"金钱和这毫无关系,安德森先生。"

"那什么跟这有关系呢? 也许问题在于您不喜欢这个人本身喽。女孩子一般都喜欢别人待她们全心全意,我可以起誓,我对您是真心诚意的。您脚踩过的每一寸土地对我来说都是甜蜜的。说到美貌——我不懂怎么才算美貌,可是根据我的审美观,您是我见到过的最美的美人儿。您正是适合我的人——哎,老天简直是为我造了您。我知道别人也许会用更美丽的词句来赞美您,但没有人能比得上我情真意切。蒙乔依小姐,我衷心地爱着您,我想要娶您为妻。现在您总领会我的心意了。"

他一大套道理说得倒还挺不错呢,弗洛伦丝也这么觉得。不过,他这一席话白费了劲是理所当然的。然而,他没有惹起弗洛伦丝的任何恼怒情绪,却使她产生一种温和的关切之情。他很诚实,到底设法使她相信了他。他没有达到她心目中的理想爱人的标准,但比起蒙乔依·斯卡伯勒来,他更接近于那个标准。他的话深深地打动了她,所以她决定立即把事情真相告诉他,心想这样做也许是最能一劳永逸地让他死掉这颗心。"安德森先生,"她说道,"刚才虽然我明知道你说什么都是徒劳的,可我觉得还是听一下好,因为你请求我这么做。"

"我确实非常感激您。"

"我应该感谢你对我表达的感情。说实话,我确实感谢你。我相信你说的每一句话。向你表示相信你说的是真心话,总比满口自歉心里却认为你言不由衷的好。"

"说得对,说得对——一点不错。"

"不过我已经订了婚。"接着,这位年轻人脸色陡变,让人看了可怜。"自然,姑娘家一般是不跟陌生人谈自己个人琐事的,不然我早就会跟你说,这样也就不至于发生今天的事情了。可我确实订婚了。"

"马格纳斯爵士或者蒙乔依夫人知道这个情况吗?"

"我想他们是不清楚的。"

"你母亲呢?"

　　"你现在利用我对你的信任,刨根究底问得太过分了。不过我母亲是知道的。我愿意再告诉你一点——她不同意这件婚事。但这件事已经定了,海枯石烂也不会变更。我完全可能无法跟我所说的那位先生结婚,那我很可能从此不出嫁。我给你说这些,是因为看来这对你必然有益,有助你克服自己一时的感情冲动。"

　　"这决不是一时的感情冲动。"安德森先生略带几分悲伤的声调庄严地说道。

　　"不管怎么说,我现在已经把自己的情况向你摊开啦。别忘了,我相信你是位正人君子才告诉你的。我让你知道这一切是有目的的。"说毕,弗洛伦丝走出了屋子,把这位可怜的小伙子丢在那儿陷入片刻的绝望之中。

第十六章　格雷父女

现在正是十月中旬。不妨这么说,自从斯卡伯勒老先生宣布他打算公布他两个儿子中的老大没有财产继承权这件事以来,格雷律师因经办斯卡伯勒家的事务忙碌得不可开交,简直没有什么空闲去考虑其他的事情。他有一个合伙人,这四个月里实际上就是这个人在应付日常律师事务。斯卡伯勒家的事务繁复,麻烦层出不穷,格雷先生全部的时间都给占去了,头脑里考虑的也尽是斯卡伯勒老先生的事(一个人得经办如此非同小可的事务,相比之下损失一点时间也就无足轻重了)。蒙乔依·斯卡伯勒的地位问题最初是六月份提交给他的。现在已经是十月份了,格雷先生出城去待了两周,在此期间他集中全部精力忙于解开那个谜。起先,他曾干脆拒绝经手调查这件事,希望让别的律师来干。不过,后来他渐渐地把整个身心都扑到这件案子里去了;他虽怀着对斯卡伯勒老先生的种种诅咒,心里却对这个案件产生了莫大的兴趣。他开始调查的时候,满怀希望能发现蒙乔依·斯卡伯勒是真正的财产继承人。虽然他从来就不喜欢那个年轻人,而且在调查过程中他逐渐弄清楚,假如他成功地证明蒙乔依是继承人,整个产业就会落入债主手中;尽管如此,为了真正做到实事求是,他满心希望事情就该这么办。他一想到他本人与其他律师让特雷登庄园乡绅老爷这种人使诡计耍花招给欺骗了,心里就难以忍受。要他承认那份产业将归奥古斯塔斯所有是完全违背他愿望的。可是,事实确实如此,他也确实承认下来了。因为尽管在这案件中他查阅了大量的证明文件,结果却证实了老先生是在他长子出生后才和他妻子正式结婚的。他正式确认了这一点,还无所畏惧地说事实也必然如此。接着,一大帮子仇人,打着受害的债权人的幌子,来找他格雷兴师问罪。这伙人全都认为,或者说得确切些,他们佯称认为:他格雷先生和老乡绅狼狈为奸,打算剥夺他们的权益。假如有证据表明蒙乔依无权继承财产,那这份财产就自然成为奥古斯塔斯所有;倘若果真如此,按照这帮人的说法,奥古斯塔斯也是共谋者之一,那份财产就该分而得之,不该全归他所有。不用多久,老乡绅就会去世,然后这几个共谋人就可以侵吞产业,倒霉的梯利特先生、塞缪尔·哈特先生和其他债权人就一个子儿也捞不到啦;是一名律师耍了花招骗了他们,剥夺了他们的权益,抢了他们的钱。梯利特先生那伙人就是在这种情绪支配之下责骂格雷先生的;格雷先生感到着实有点受不了。

接着,另外一件事也让格雷先生觉得难以忍受。如果事态正如他眼下所说的那样,老乡绅犯了诓骗罪,那该如何来惩处他呢?"蒙乔依被宣布是无罪的。"梯利特先生在向自己雇的律师提出诉讼的当儿,边哈哈笑着边说这句话。"奥古斯塔斯自然是无辜的。"又是一阵哈哈大笑。那么格雷先生呢?"格雷先生,那还用说,当然是清白的。"又是一阵更激烈的笑声。是不是想让人这么认为:这类编造的故事能轻而易举地骗过任何人。这里有他梯利特先生——谁不知他是个厉害人;有塞缪尔·哈特先生——此君眼下正外出旅行;还有其他诸位,都是精明强干之辈。难道要让人相信,这么一帮子竭尽全力想获取自己利益的先生们,会成为这类花招的受害者?不可能,假如他们知道这是花招的话。要是梯利特先生了解内情,这种花招也休想得逞。

这就是传到格雷先生耳中的有关这件事情的说法。于是,人们接着问,倘若事实果真如此,那些骗取梯利特先生正当权益的人该当何罪? 梯利特有一回直接去见格雷先生,当面要他回答上面的问题。格雷先生神情严肃地答复道:"此人快要死了。"

　　"快要死了! 从我听到的消息来看,他跟你一样,不像快要死的样子。"这时有关斯卡伯勒老先生健康状况有所改善的传闻,伦敦的那些债权人都听说了。梯利特先生开始认为,斯卡伯勒先生病情恶化的说法是这场骗局的组成部分;什么外科大夫带去大批手术刀啦,动了几回大手术啦,一度几乎濒临死亡啦,全没有那回事儿。"我根本就不信他有病。"梯利特先生说。

　　"你要这么认为,我也没有办法。"格雷先生说。

　　"可是总不能因为一个人没有死成,又康复了,就可以去欺骗人而不受到惩罚,我本人就受到他欺骗。"

　　"我不打算为斯卡伯勒先生辩护,可是事实上他并没有欺骗你。"

　　"那谁欺骗了我? 你说。你是不是要对我说,如果事情就这样发展下去,我不会给骗走十万英镑的?"

　　"你找过斯卡伯勒先生谈过这件事没有?"

　　"没有,没有必要。"

　　"那你有他亲笔签字的任何凭据没有? 你有任何证据能说明他儿子在向你们借钱的时候,老乡绅本人是知道的? 他当时对儿子的所作所为一无所知,这一点不是再清楚不过吗?"

　　"当然,他是一无所知,——至少在当时。可是他那场骗局是后来才开始的。当他发现那份产业处于危险的境地,便编造起谎言来了。"

"噢，梯利特先生，我只能说，我不能同意你的话。我得说说自己的看法：假如你用那个口实设法通过打官司要取得那笔钱，那你准会败诉。假如你能证实你所说的那种骗局，那犯诈骗罪的人肯定会受到惩处，我也在其中。"

"我没有这么说过。"梯利特先生说。

"可是，如果我的当事人曾企图采用非法的手段证明一个私生子是婚生子，后来出于某种目的又改变主意，你因此而被迫陷入目前的困境，我不知道你怎么个惩处他法？这是犯罪未遂，但没有构成犯罪行为。而且他的行为只牵涉到他的儿子，跟你毫无关系。"

"跟我毫无关系？"梯利特先生尖叫道。

"从法律观点看，当然毫无关系。你无法证明他当时知道他儿子向你们贷款是用庄园的地产作的抵押。他实际上一点儿也不清楚。"

"咱们倒要弄弄清楚。"梯利特先生说。

"你们是该弄弄清楚，可别指望我会来给你们帮忙。事实上刚才我已经把自己知道的情况全跟你说了。要是我能办到的话，我明天就会证明蒙乔依·斯卡伯勒是他父亲的继承人。老实说，在这件事上我完完全全站在你们一边，——如果你们相信的话。"这当儿梯利特先生又哈哈大笑起来。"不过你们是不会相信这一点的，我也不要求你们这么做。实际情况是，我们双方必然是针锋相对。"

"那小伙子现在人在哪儿？"梯利特先生问道。

"啊，这个问题即使我知道也没有义务回答你。这件事我无可奉告。你借给他钱放的是高利贷。"

"没有的话。"

"不管怎么说，我似乎是这么认为的；你休想让我帮助你通过打官司去弄回那笔钱。你是自己冒风险去干的，我又没有让你去干。再见，梯利特先生。"于是，梯利特先生便离开了；临走时，对斯卡伯勒一家子说了种种威胁恫吓的话。

格雷先生听了觉得难以忍受，因为他确实是个为人正直的人，他之所以承办这件案子，目的是想弄清事实真相。近一二天来，有人悄悄告诉他，最近有人发现蒙乔依·斯卡伯勒还活着，在蒙特卡洛狂赌滥花。别人告诉他时只说可能有这回事；可是他相信这是确实的。不过，对蒙乔依失踪的微枝末节，他不甚清楚；但他并不觉得意外，因为他从来就不相信这位年轻人会被谋杀或者自寻短见。而在此之前，他曾听说过蒙乔依跟哈里·安斯利在大街上吵了一架。别人在对他讲述这件事情的时候，拼命往哈里·安斯利脸上抹黑，把他说得一无是处。按照他听到的说法，哈里·安斯利那天夜里动手揍了他的对手，接着便死活不管把他丢在人行道上。接着蒙乔依·斯卡伯勒就失踪了，可是哈里·安斯利对人只字不提这场冲突。其中还牵连到某个姑娘。格雷先生听到的不外乎就是这些，所以他自然倾向于认为，哈里·安斯利的行为无疑非常恶劣。然而，蒙乔依后来到底用什么方法逃走的，他没有听说什么。

这时格雷先生住在富勒姆的一栋临河①的，名叫"采邑别墅"的老式房子里。他准会告诉你，他每天习惯于下班搭公共马车回家，可是实际上他却似乎总是在他的办公间里待得很迟，以致回家

---

① 指泰晤士河。

时非得雇出租马车不可。他家里只有一个女儿,没有其他人要他供养,所以家道还算小康——这儿所谓没有其他人要他供养,指的是他没有抚养其他什么人的义务。可是,他实际上有个已成家的妹妹、她的窝囊废的丈夫,还有他们的六个女儿要他抚养。卡罗尔太太怀着世界上最可称道的善意,搬来靠近格雷先生家住下。她住在富勒姆路博尔索弗街的一幢体面的新房子里,离她哥哥的住处大概四分之一英里光景。格雷先生那栋陈旧的"采邑别墅",虽窄小而欠舒适,却濒临河水,有一块漂亮的小草坪,是个僻静的去处。这地方作为一位有身份的绅士的住宅当然远不够舒适,不过格雷先生倒怎么也没有考虑到要卖掉它。房子里只有两间起居室,其中一间一般不住人。楼上的客厅摆设着家具,可只消稍许扫一眼,谁都可以看出这间客厅从来不使用。难得光临的"贵客"也许会给带上楼,到那间客厅去,可是这类身份的客人是难得来到格雷先生家的。要不是卡罗尔太太来打扰的话,格雷先生亲手张罗布置家里,倒也觉得这栋房子很称心。几年前,他曾表示过,虽然卡罗尔先生——或者叫卡罗尔上尉,当时大家都这么称呼他——是个花钱如水,酗酒无度,不干正经事的爱尔兰佬,但他却不愿看到自己妹子缺衣短食。结果,卡罗尔便带着老婆和六个千金搬来,在靠近他家的一幢屋子里住下了。人在世界上总免不了要遭受"鞭笞和嘲弄",格雷先生的一生的基调不得不因之而发生变化。这位英雄好汉却无畏地忍受下来,从来不对周围的人抱怨这事。这个寻常人喊叫,退缩,讨饶;周围的人都知道他在受到不寻常的迫害。在这一点上,格雷先生可算是位了不起的英雄。他给朋友们谈起卡罗尔太太的时候,总是让他们相信他和他妹子的表面关系是非常融洽的。无怪从和格雷先生过往甚密的人中间传出消息说,卡罗尔先生——其实这位上尉先生从来就没有获得过比中尉更高的军阶,而且这个中尉军阶也早就卖掉了,所以咱们还是称呼他卡罗尔先生吧——是个穷光蛋,一个不干正经事尽惹麻烦的人。不过我倒有点怀疑,住在富勒姆的街坊邻居中间是不是有谁知道,卡罗尔太太和卡罗尔小姐们平均每年要花掉格雷先生六百多英镑呢。

在格雷先生的家庭中,有一个他十分钟爱的人,为了待她好,他可以把整个卡罗尔一家子都弃之不管;可是这个人却不愿意他这么干。她对卡罗尔一家人几乎恨之入骨,所以连她本人都有点感到内疚,天天拼命想悔改,可只是徒然。让她不恨他们,她办不到;可要她让父亲停止供养保护他们,她也办不到。她就是格雷先生的女儿,他家里唯一亲近的伴儿。这儿的街坊邻居都熟悉多萝西·格雷小姐,大家见了她又敬又畏。咱们这个故事常常会提到她,所以我现在不妨把她清清楚楚展现在读者眼前。首先得让大家知道的是,她没有母亲,也没有兄弟姐妹。她是格雷先生的独生女,母亲去世已十五六年了。她现在三十岁光景,可一般人都认为她的年纪介于四十到五十之间。"要是她不是快五十,而是四十刚出头,我准把自己那双老皮鞋吃下去,"街坊里的一位女士对一位先生说,"我认识她有二十个年头了,她一点儿也没有变。"多丽①·格雷二十年前才十岁,这位女士准是搞错了。不过一个人能从一些事物的现状出发去编造对这些事物往昔情形的回忆,倒

---

① 多丽(Dolly)是多萝西(Dorothy)的昵称。

不失是一种绝技。多萝西本人显然不想去纠正街坊有关她本人情况的错误见解。别人说她年纪三十、四十或者五十，她似乎都不在乎。她对把青春年华当作找情侣的手段极端鄙视。她心里明白，不会有什么情人找上门来；不过真的有人找上门来，她真不知道怎么来对付。唯一让她稍感尊敬的人就是她父亲。她对住在附近的几位妇女，确实也显示了虽不那么热烈，却是非常恰如其分的感情，不过这些妇女大半不是贫穷，有病，就是孤老。然而，话得说回来，凡得到这种关怀的人必须得谦恭顺从。可是，格雷先生的妹妹卡罗尔太太一贯不那么谦恭顺从，她那几个千金也一个样。老大长得很丑，说话尽冲人，体格高大，举止粗野，这时候大概有十八岁了。老二年纪十七，据说长得像个美人儿。可在她们表姐的心目中，这两个姑娘究竟哪个更让人讨厌，那就说不清楚了。

多萝西·格雷小姐只让她父亲唤她多丽。要是别人敢于冒昧地这么称呼她，她准会立刻跳将起来，那模样就像一个被激怒的五十岁的老姑娘。连让她见了头疼的姑妈，也觉得不能这么称呼她。她姑夫试了一回，结果她一个月不愿见他；她想让人明明白白地懂得她受到了侮辱。

不过，据我看来，格雷小姐无论如何不能算作其貌不扬一类的年轻女子。不错，她鼻子上是架着一副眼镜；而且因为她老是想用眼睛东看西瞧，所以除非上床睡觉，她那副眼镜是从来不脱下来的。但是，有不少德国姑娘也老爱架着眼镜，而她们可并没有被人说成模样丑嘛。格雷小姐是个高个儿，体格匀称——咱们几乎可以用"健壮"这个词儿来形容她。她手足勤快，从不羞于亲自动手干家务。我认为她不该让人瞅见在自己小花园里推小车；她想以身作则与世俗传统的荒谬观点对着干的过程中，她那双手肯定是吃了不少苦。不错,她在花园里干活的时候是戴手套的,不过这是她父亲要求她这么做,她只不过是遵命而已。她长着一双明亮可是间距似稍嫌过宽的眼睛,体格匀称、健康,相貌端正。她鼻子大,嘴巴阔;可是她的鼻和嘴却给人一种具有非凡智慧的感觉,在谈话时说到来劲处,它们还显得蛮有幽默感。她对自己那头头发太不加修饰啦,所以很难让人说是美丽动人;不过她一天梳理两回,所以头发稠密,而且常常显得很光洁。说句老实话,要找一个从头到脚都整整洁洁的人,她可算是个典范。"她很整洁,不过这对于她几乎没有什么意义,"这句话出自一位爱挖苦人的老太太之口,其意思指的是多萝西·格雷小姐不经常去教堂,不过这位爱挖苦人的老太太对情况并不了解。除非她父亲要她待在跟前,早上那场礼拜多萝西·格雷从来不缺席;要是她有那么一二回缺了席,那她准会连着三四个星期带着父亲去做早礼拜——这儿得承认,她这么做是违反父亲意愿的。

但是,我仍然想提一提这位女士仪表方面的最独特之处。她老戴着一顶边儿耷拉着的女帽,为了贴切起见她管这顶帽儿叫做"阔软边呢帽";她戴着它模样很怪,让人觉得好像是用它来盖住整个儿身子,不受风霜雨雪侵害似的。她这顶帽子主要是用黑草编成,圆圆的,四周的边都一样宽,还系着褐色的宽缎带。周围街坊都猜想这是顶地地道道的风雨帽。富勒姆是个缺乏想象力的地区,因而住在富勒姆的人是不会推测到格雷小姐同时有两三顶这样的帽子。不过,这几顶帽子肯定是一模一样,她会无所顾忌地在她所居住的比较冷僻的城郊地区戴这种帽子,上伦敦市中心时也戴。说实话,她总是戴着它乘公共马车来来去去,她自管自这么做,从不把邻居街坊的议论当回事儿。卡罗尔家的几个姑娘总是在她背后嘲笑她,不过人们从来没有见到卡罗尔家的姑娘因为这位表姐的古怪相而当面取笑她。

然而,写到这里,我还没有提到也许是格雷小姐性格上最根本的一个特点。谁想了解她个性,无论如何必须知道这个特点。一旦她清楚地意识到,她有义务必须做些什么,说些什么,那她就去做,就去说,不管会出现怎么样的后果。即使她父亲因之而感到不快,她还是照样去说,去做。多丽·格雷就是这么一个人。

第十七章 格雷先生在家用晚餐

　　梯利特先生来访那天，格雷先生闷闷不乐地雇了出租马车回家。在和梯利特交谈时，虽说他占了上风，但这次会面拖了老大一会儿，使他觉得很恼火。梯利特先生对他本人加以指责，所说的情况他认为是不真实的，然而由于这些情况原来就是掩盖着的，没有明确向外透露过，所以他也无法加以驳斥。有人会以某种方式说你是贼，是无赖，你却无法去卡他的脖子。"自然你不会是个贼，也不会是个无赖。"此君会这么对你说，可那种腔调让你觉得，他认为你既是贼又是无赖。咱们大家都清楚议会里的那套手法：当面指责你的对手说谎，这样连议长都无法来干预。梯利特先生用的就是这种手法来对待格雷先生。格雷先生性情敏感，容易激动，脾气暴躁，如今又得去花心思对付那些没有必要由一位律师来承担责任的事儿，所以他满肚子不高兴地回了家。说真的，斯卡伯勒家的事务自始至终伤透了他的脑筋。他认为目下他经办的事情不可能加到他的收费账单上去。对此他倒一丁点儿也不在乎，可是他那位年轻的合伙人认为，在原来理该休假的日子里，事务所的其他事情都扔在他的肩膀上，他可有点受不了；事实上他确实把自己的想法明明白白地跟格雷先生说了。格雷先生心地正直，觉得他这位合伙人言之有理，表示愿意助一臂之力，可他却不同意合伙人提出的一条建议。"让他去别处请律师吧。"他的合伙人说。他们两位都清楚，斯卡伯勒先生一向极不诚实，可是他是这位律师的老当事人。在他之前，他父亲早就是格雷先生父亲的当事人了。所以这样去对待那位老人是不符合格雷先生的原则的,何况他已经对这件案子满怀兴致。首先,他肯定蒙乔依·斯卡伯勒是继承人,尽管蒙乔依·斯卡伯勒本人一点不对他的胃口,可是他还是准备为他去斗争一下。然而,经过一番费力的调查,眼下他心里却认为,奥古斯塔斯是继承人。在调查过程中,他逐渐觉得这个行为诡谲、爱钱如命的奥古斯塔斯远比那个挥金如土的赌徒蒙乔依来得可恶;尽管如此,为了维护诚实、正义和实事求是的原则,他照样为奥古斯塔斯跟整个社会作斗争,甚至跟一大帮债权人发生了争执,后来终于出现了这样的情况:社会上以及那帮债主开始认为,他格雷跟奥古斯塔斯串通一气,这样他就能成为通过这种不正当的勾当捞取大笔钱财的许多人当中的一个。这可把他给惹火了,回到富勒姆的当儿,他心情坏极了。

这儿得提一笔对格雷先生名誉很不利的一桩事情,这件事如果公开出来,他的许多当事人就会认为他不适合处理他们的家庭秘事。他将所有那些秘密全告诉了多丽。像他那样的人是不可能仅仅局限在自己办公室里处理律师事务的。回到家里后,这些事务就成为谈话的中心。他甚至深更半夜会把多丽从被窝里唤起来,到他房里商量某些法律对策——这是些他忽而想到的按法律条文行事但却是正当的策略。也许,他没有想到自己这种做法正当不正当,他只是想听听多丽对那个问题有什么看法。多丽披着睡衣进房来,坐在他的床沿上和他讨论起问题来,俨然是一个和邪恶作斗争的真理辩护士。有时候她会被说服;更常见的是她坚持己见,寸步不让。不过,他们讨论的问题以及双方辩论之激烈,准会把那些个当事人、合伙人、办事员和那位偶尔给请来支持这一方或那一方的辩才出众的出庭律师惊得目瞪口呆。那位能说会道的出庭律师,或者可能是那位当事人本人,有时会对格雷先生的辩论热情感到惊讶,但他们连做梦都不会想到,那位身裹睡衣的年轻小姐竟使用那种语言来说话。说句老实话,格雷小姐对这些个辩论还挺喜爱呢,不管辩论是在草坪上或餐室的安乐椅里进行,还是发生在万籁俱寂的深更半夜。这些辩论可以说是构成了她整个生活的饶有兴趣的部分。她把自己看作是那家法律事务所的"良心"。她父亲是"理性"。而那位合伙人——用她自己的话来说——是"邪恶"。大家得知道,多丽·格雷这个人有那么一点诙谐感,在这一点上她父亲有过之而无不及。她除了在父亲跟前把他的合伙人称作"邪恶"之外,决不会在任何第三者面前提起。对于这一点父亲心里清清楚楚,因为他知道这个诨名是在怎样的含义下使用的。他认为他这位合伙人不比别人坏,并且觉得他女儿也这么认为。这个合伙人——他姓巴里——在为人诚实方面属于一般,他偶尔会对格雷先生在某件案子已在办公室里辩论了一二天之后,为了做到彻底公正仍然加以仔细探究的做法感到诧异。然而,尽管巴里先生有幸结识格雷小姐,但对她在事务所里所尽责任的性质一无所知。

"这件讨厌的事几乎伤透了我的心。"格雷先生走上楼梯到自己穿衣间去的当儿说道。晚饭通常在六点半开。今天他七点半才到家,刚才他还多给那车夫一个先令让他把马车驾得快些呢。可是那车夫使的是匹跛马,一拐一瘸慢吞吞地走着,这可让格雷先生顿时觉得恼上加恼。车夫多得了一个先令,而格雷先生却反而增加了一分不快。"我可以肯定说,世界上再没有比那个老头儿更坏的人了。"这句话他是对紧跟着他上楼的多丽说的;不过多丽比她父亲谨慎,她对所提到的那个坏心眼的老头儿不作评论,免得让仆人们把话听了去。

　　五分钟之后,格雷先生"梳洗打扮"好下楼来——这儿"梳洗打扮"指的是他脱下了领饰,洗了洗手和脸,还换上了软底拖鞋。家里人都知道,尽管六点半是规定的开晚饭时间,但实际开晚饭时间往往是七点半。格雷先生固执地不愿意改时间。"还是照老样子办吧①。"有人向他提出改时间的建议时,他斩钉截铁地这么说道。他这句话的意思是说,二十年来他让人强制在六点半而不是六点整用晚饭,所以他不想让人再沿着这个方向把他往前推了。结果,他的厨师不得不什么时候他人到就什么时候开始张罗晚饭,时间没个准儿。

　　除了偶尔问及格雷先生爱吃点什么,怎么调味才合他的意之外,吃晚饭的过程中没有什么交谈。他女儿知道他在事务所里干了八个小时,也知道他已是上了年纪的人了,所以总是给他各种体贴入微的照料。晚餐的菜中有野鸡,多丽认为最好让他先趁热吃翅膀,再吃腿,吃腿也要趁热,而在吃翅膀和腿时蘸用的面包粉调味汁也应该是热气腾腾的。至于她本人,即使晚饭吃的是老乌鸦,她也无所谓。有一杯茶,加上涂黄油的面包,她就觉得是一种享受了;而且三个小时前她就喝过茶吃过面包了。

　　"我觉得腿上的肉的味儿好。"

　　"那你干吗不把两只腿都吃掉呢?"

　　"这样我不成了馋嘴了吗? 虽然要我吃我准吃得下去。不过

---

① 原文为拉丁语：stare super vias antiquas。

尽吃腿就没有比较了。我就爱两样味儿都尝尝,这样我就可以发表意见说腿上的肉味儿比翅膀鲜美。好吧,给我一点苹果布丁怎么样?你不是说过我应该吃点苹果布丁吗?"由此可见,格雷先生还是让自己受到早餐时当他面商定的晚餐菜单约束的。苹果布丁端来了,他显然吃得津津有味。在两只盘子间,还留下了一大块布丁。"这是给格赖姆斯太太留的,"格雷先生提议道,"不知格赖姆斯太太是不是愿意吃。"

"要是你得知这份留下的布丁不用花你丈夫工资里的一文钱,你会想吃的。"

谈论布丁的事结束后,格雷先生就吃干乳酪,之后便悄然无声地坐进安乐椅里烤火,让别人去收拾饭桌。

"我可以肯定说,他是天底下最恶劣的人,"门一关上,格雷先生便开了腔。他重复了刚才自己已经说过的话,表明他脑子里一门心思考虑的是斯卡伯勒先生,而不是野鸡肉。

"你干吗不跟这家人断绝来往?"

"说得倒容易;要是你也跟他们打了一辈子交道,你也不会愿意和他们断绝来往的。"

"我才不愿意把时间和精力花在为一个坏蛋洗刷罪名呢,"多丽劲儿十足地说道。

"你并不清楚自己愿意怎么干。总不能因为他是个坏蛋就见死不救嘛。难道你愿意让一个凶手在没有人为他辩护一下的情况下给绞死吗?"

"对,我愿意这么干。"多丽不假思索地答道。

"他毕竟还不太可能是个凶手;或者说法律还不足以证明他是个凶手。从法律角度看,这是一回事儿。"

这就是他们之间经常争论的一个问题,不过格雷先生和多丽不想在目前这件事情上争论得太过分。"这件事我一清二楚,"她说,"这不是件生死攸关的案子。那老头儿只不过想保住财产,而把这桩棘手的事情全丢给你,让你去办。你说什么他都从来没有赞同过。"

"牵涉到法律条文,他总是同意我的意见的。"

"可是他老是让你没有好日子过,还干那么多缺德的事,我真想从此不再跟他打交道。他诡计多端,现在你几乎说不清谁是真正的继承人。"

"不,我知道,"律师说,"我肚子里清清楚楚。可是,我觉得很遗憾,因为情况竟然会是这样。不过我倒情不自禁地同情起那个坏蛋来了,因为他那些欺人瞒世的勾当是为了自己儿子的缘故才干出来的。"

"他干吗非得那么干呢?"多丽两眼火辣辣地问道,"从整个事件来看,他一开始就不道德。他当时为什么不娶那女子为妻呢?"

"啊,不错,他为什么没有那么做? 可要是他的罪孽仅在于此,我也就不至于会想到拒绝再当他们的家庭律师去帮助他们了。那他所干的事也就算不上是什么罪孽了。"

"一错铸成,很难挽回。"多丽说教似的说道。

"别管那一套。要是什么事都得追溯到亚当和夏娃,那世界上还能办成什么事呢?"

"人们就是很少联系到过去的事。"

"别说了,"格雷边说边把他第二杯,也就是最后一杯葡萄酒一饮而尽,"别老是固执地抓住那个问题争论不休了。如果你想给一位法律代理人当顾问,建议他如何去对付一位当事人,你光想到亚当和夏娃是办不好事的。奥古斯塔斯是继承人,我有义务去为他保护那份财产,不让它落到那些放债的贪婪鬼手中。我们只要给他们一寸立足之地,那么老头儿一断气,他们准会放手侵吞起那笔财产来。所以有关他婚姻问题的细节必须搞个水落石出;而且这一切必须在面对着过去那些虚假声明的情况下完成。"

"据我看,这些放债的贪婪鬼倒是此案涉及的人当中最诚实的。"

"法律不在他们一边;他们没有权利。那份家产待老父一死自然属于奥古斯塔斯所有。斯卡伯勒老先生竭尽所能为他这个被当作长子的儿子出力。这种手法非常狡猾;他这么干是罪上加罪。他肆无忌惮,目无国家法纪。可是他成功了;他想为自己的孩子保住财产,于是就来蒙骗我。他千方百计为小儿子积起另一份财产,来弥补小儿子的损失。他毫无自私之心;我不由得同情他。"

"可是你不是说,他是世界上最坏的人吗?"

"因为他对这事件自吹自擂,毫无悔悟之意。他指示我去怎么怎么干,似乎在这件事情上他始终是位可敬可佩的人物;我说个不字,他还嘲笑我呢。然而,他心里一定清楚自己命在旦夕。他只是希望把这件事赶快了了,就可以毫无牵挂地死去。他只要能说一句对自己的所作所为表示歉意的话,我就会既往不咎,彻底地宽恕他。可是他现在俨然摆出一副德高望重的老祖宗的架势,认为自己一死就会给装进大理石的棺材里,还认为他完全应该睡大理石的棺材享尽哀荣呢。"

"这是他跟他的上帝之间的问题。"多丽说。

"他哪里有什么上帝。他只信奉自己的理性——躺在那儿等死,还觉得这么做挺心满意足呢。他对自己感到满意,因为他觉得自己并不自私。他对自己使周围的人都遭受损失丝毫不放在心上。他对财产和支配财产的法律毫无尊重之意。他与生俱来的仅仅是一份非世袭的财产终身所有权；他已决意要把这份财产权当作是继承者身份不受限制的不动产权。正是由于他极端地目无法纪，对法律所规定的东西置若罔闻，我才认为他是世界上最坏的人。"

"是他对真理的漠视才促使你这么看待他的。"

"他根本不把真理放在眼里。他蔑视真理，嘲弄真理。可在那些世俗的小事情上，他却希望别人像对待其他正人君子那样相信他说的话。"

"我才不信他的话呢。"

"不，你会信的，你会发现自己信他的话没有错。假如他说明天要给我一百英镑，或者一千英镑，我会像相信任何其他所立的契约那样相信他的话。可是，他迫使我相信他结了婚，但事实上并没有举行过婚礼，这可完全把我给牵了鼻子走了。我想喝点茶。"

"你不去睡觉吗，爸爸？"

"嗯，对，我要睡觉去了。我给弄得心烦意乱的，很想喝点茶。"

格雷先生常常感到心烦意乱，每当处于这种情况下，他总是在半夜三更把多丽叫起来商量。

一点钟光景，多丽听到房门上有熟悉的敲门声，接着是跟往常一样的邀请声：她是不是可以去父亲房里几分钟？她父亲说毕便匆匆走回去上了自己的床，多丽把衣服穿妥后自然就立刻跟了过去。"亲爱的，现在的实际情况是他要我马上去特雷登镇。"

"你干吗早不告诉我？"

"我觉得自己早打定主意不去了；或者说得确切些，我觉得我应该下决心不去。可是，去那儿是不是有可能取得点有益的结果呢?"

"他让你去干吗?"

"有件大事，要筹一笔钱，奥古斯塔斯想用它来买通那些债权人，让他们不再作声。"

"他能弄到这笔钱吗?"多丽问道。

"我想他能弄到。目前这份产业还没有处于抵债状态。替斯卡伯勒先生说句公道话，他从来没有在任何纸条上签过什么字。他还没有遇到过让他签字的情况。特雷登镇上那些开陶器厂的人需要更多的土地，或确切些说，他们需要更多的水源，所以从这当中将可以得到一大笔钱。可是，他认为梯利特先生连一个便士也没有必要给，当然哈特先生也休想得到。他会毫不犹豫地把他们轰走。现在奥古斯塔斯却想和他们和解，其中的原因我也不清楚。可是他希望他父亲不要对他所做的事加以干涉。实际上，他跟父亲在财产问题上的观点截然不同。老乡绅认为财产是他的，而奥古斯塔斯却认为这笔财产到手的日子已屈指可数。事实上他们俩几乎闹到吵嘴的地步。"然后，经过好大一会的争论，多丽终于同意父亲去特雷登庄园，扮演——如果可能的话——一个和事佬的角色。

第十八章　卡罗尔一家

"卡罗尔姑妈今天来吃晚饭。"第二天多丽表情严肃地说道。

"我知道她要来。给她准备一顿丰盛的晚餐,我想她在家里从来就没有吃过一顿好饭。"

"三个大女儿也一起来。"

"三个!"

"你自己礼拜天邀请她们来的。"

"对。她们说爸爸要外出办事去。"他们彼此肚里很清楚,卡罗尔先生是从来不给邀请到"采邑别墅"来的。

"办事!他加入了一个俱乐部,每月在那儿吃一顿,还喝个醉醺醺的。这才是他的例行公事呢。"

"不管怎么说,她们一定得来吃晚饭,"格雷先生说,"总不见得他爱喝酒,其他人就活该受罪。"这是他们之间经常争论的话题,可是眼下格雷小姐不想继续这场争论。她雇了辆出租马车把父亲送走(那辆马车是想法子特地雇来的,因为格雷先生那天晚一刻钟上班),然后便着手去购买晚餐食品。

前面说过,格雷小姐不喜欢卡罗尔一家子;而且她觉得几个女儿比母亲更让人讨厌,世界上她所讨厌的人中间,要数爱米丽亚·卡罗尔最让她深恶痛疾了。爱米丽亚是卡罗尔家的大女儿,她认为自己在众人心目中比她表姐名气响——她参加的宴会比表姐多(只要她赴过宴,这一点也就是事实)——她穿的衣服比表姐漂亮,这也是确实的;还有,她有一位情人,而多丽·格雷(她背后就是这样称呼表姐的)却没有。她那位情人干的行当跟马有点关系,在"采邑别墅"里,只是听到他的姓名被提起过,可人还从未见到过。索菲也够让人讨厌:她今年十七岁,是个举止孟浪,爱卖弄风情,心眼儿促狭的妞儿,刚从约翰舅舅为她付学费的那所中学毕了业。老三乔治娜还在上中学(也是舅舅给付的学费),是个爱吵吵嚷嚷蹦蹦跳跳的姑娘,因念她年纪还小,这些个讨厌之处也就不作计较了。她十六岁,浑身是使不完的劲。"我敢说,她们全像她们的父亲。"有一回这三个妞儿一块儿离开"采邑别墅"时格雷先生说道。

六点半一到,她们便来了。多丽听到四个人在门厅里脱木屐挂斗篷时好一阵叽叽喳喳的谈笑声,这会儿她正在原来空关着不用的小客厅里坐着,不想出来。贝茜在楼底下摆餐桌;好在没有让她在三个女孩子面前张罗餐桌,否则她可真够受的了。因为大家都知道,对卡罗尔家这几个姑娘,贝茜并不比她女主人尊敬多少。"哎哟,卡罗尔姑妈,你过得好哇?"

"糟透了。你有十天没来看我了。"

"我可没有数日子;不过我真的去了往往也帮不了什么大忙。明娜、布伦达和波茜都好吗?"

"波茜真可怜,胳膊底下长了个讨厌的疖子。"

"这是她乳脂糖吃得太多的缘故,"乔治娜说,"我早告诉她会长疮的。"

"你们真讨厌!"卡罗尔小姐说,"别提小妹长疮的事了,行吗?"

"可怜的爸爸身体也不怎么好。"索菲说道,她可算是她父亲最宠爱的孩子了。

"但愿他的身体状况不会妨碍他今晚跟朋友们一块儿吃一顿。"格雷小姐说道。

"你老是说爸爸坏话。"索菲说。

"他这个人是什么饮宴都有请必到的,什么也阻挡不了他。"这话出自他深受其苦的妻子之口,不管他有多潦倒,他这位妻子谈到丈夫寻欢作乐的事儿竟总带着几分敬意。"今晚他去赴宴,身体确实不太舒服,不过他答应了人家,这也就算了。"

她们等待了三刻钟,爱米丽亚开始抱怨起来——当然不是毫无缘故的。"我不懂约翰舅舅干吗老是这样让我们等。"

"很遗憾,爸爸有事要花时间去办,根本不是他本人的事。"这句话本身倒并没有多大威力,不过谁听了那句话的口气——除了冥顽不灵的爱米丽亚·卡罗尔之外——准会哑口无言,不敢再说什么了。

"她们来了吗?"父亲问道。

"来了!"她答道,边把手套和围脖从父亲手中接过来,边亲了她父亲一下。"楼上那姑娘快饿坏了。"

"我这就来。"满怀歉意的父亲说,一边匆匆地走上楼,照例去更衣梳洗一番。

"我才不愿意为了她去赶三赶四呢,"多丽说,"可你当然得赶紧些。你总是这么赶的,不是吗,爸爸?"然后,他们坐下来就餐了。

"好哇,女孩子们,有什么新鲜事儿吗?"

"今天我们上布朗姆普顿街去了,"那大女儿说道,"瞧见契塔科夫亲王的四匹红棕马拉的大马车驶过来。"

"契塔科夫亲王? 我不知道有这么一位亲王。"

"嗯,是有这么一位亲王。他蓄着一嘴挺拔的小胡子,两端的胡子梢还高高地往上翘着呢;他两颊红润,头戴一顶轮廓鲜明、式样时新的帽子,身穿浅灰色的外衣,手上戴一副淡色手套。你肯定知道这位亲王。"

"哎呀,我可从来没有听说过他,亲爱的。这位亲王当时都在干的啥?"

"他亲自驾着马车,驾驶座旁边还有一位贵妇人和他并排坐着。我从来没见过比她穿的还时髦的衣服——绛红色的绸子全用细巧的蓬松皮毛滚了边。我不知道她是谁。"

"也许是契塔科夫太太。"律师说。

"我想亲王还没有结婚呢。"索菲说。

"一般说来,他们这种人从来不结婚,"爱米丽亚说,"所以她不会是契塔科夫太太吧,约翰舅舅。"

"不是契塔科夫太太,那她是什么人呢?你们两人中间谁能告诉我,契塔科夫亲王的妻子怎么称呼她自己呢?"

"当然是契塔科夫公主喽,"索菲说,"就是威尔士公主。"

"可是她的称呼不是基督徒公主,不是泰克公主,也不是英格兰公主。我不明白,如果真有这么位贵妇的话,为什么她就不能叫做契塔科夫太太呢?"

"爸爸,别跟她胡缠了。"他女儿说道。

"可是,"律师接着说,"为什么这位夫人就不该是他的妻子呢?结过婚的女子不总是穿用细巧蓬松的皮毛滚边的衣服吗?"

"约翰,我希望你别跟孩子们用那种腔调说话,"她们的母亲说,"实在不太恰当。"

"说那位贵妇是那位先生的太太不恰当?"

"我刚才想说,"爱米丽亚继续说道,"亲王驾车经过的当儿,给我们丢吻来着——他真的那么干了。我和索菲尽量装作一本正经地朝前走着。我这辈子从来没有那么慌作一团过。"

"他真的给我们丢了吻，"索菲说，"我从来没听说过那么鲁莽的行为呢。要是父亲当时亲眼目睹这种事儿，准会立刻把亲王从马车上拖下来。"

"那幸好你父亲没有亲眼目睹，亲爱的。"律师说。在这席关于那位亲王的谈话中，可怜的多丽气呼呼地坐着一语不发，独自失望地思量着。她想到自己的表姐妹竟会干出这种十恶不赦的鄙俗勾当来；她还想到自己得跟这么一位姑娘同桌就餐——她竟会吹嘘一个外国的浪荡子从一乘时髦的四匹马拉的大马车的驾驶座上给她丢了吻！对于这件事，格雷小姐就是这么看的。"你们除了跟那位亲王难忘的不期而遇之外，还有其他奇遇吗？"

"没有像这件事那么有趣的了。"索菲答道。

"那真是预先难以料到的，"律师说，"简，来杯葡萄酒怎么样？孩子们，在遇到那位亲王那种令人扫兴的事之后，你们一定得喝杯葡萄酒提提神。"

"我们当时一点也没有觉得扫兴。"爱米丽亚说。

"请别再谈这件事儿了，行不行？"多丽说道。

"那是因为亲王没有给你丢吻嘛。"索菲说。格雷小姐给吃了个闷棍，便又沉默不语。

晚上，餐桌收拾干净之后，他们便谈起正经事来，不再提什么亲王和他的小胡子了。卡罗尔太太非常急于想知道，她哥哥是否可以"借"她二十英镑这么个小数目的钱。谈话之中让人得知，那一小笔钱是用来付一名裁缝师傅向卡罗尔先生紧紧催逼的工钱的。"你知道，他得添置衣服，"可怜的女人边哭边说道，"他衣服不多，总归得添几件。"最近以来，已经几回提出添衣服的事了；说实话，在这件事上，格雷先生确实需要讨价还价一番，怕的是要是他随随便便就给钱,事后他女儿会嘀嘀咕咕说话。这种贷款得在私下里悄悄进行,不然卡罗尔太太会发现难以让她哥哥听到她所提的要求。不过,她最怕她侄女听到这类事情。这当儿,格雷小姐干脆拿起一本书来看,表示她对这种事毫无兴趣;然而她毫无疑问确实在倾听关于这件事的全部谈话内容。"帕特里克①添置衣服的问题一直没有得到解决。"卡罗尔太太轻声轻气地说。这些话让她自己的孩子听到再多她也不在乎,可是她知道要想瞒过多丽不让她听到,却是枉然徒劳。

"我看到时候总会想法子解决的。"格雷先生说,他知道这个夜晚度过之后有人会对他说,只要有人求他,他准会把自己的家当全都给那个人的。

"爸爸今年就没有添过新裤子。"索菲说道。

"只有那条赛马时穿的绿裤子是新的。"乔治娜说道。

"住嘴,小姑娘,"她母亲说,"那条裤子是我亲手给他做的,还送去让人烫呢。"

"当时说定给我们大家一百英镑一年添衣服时,并没有提到爸爸,"爱米丽亚说,"爸爸真让人头疼。"

"我看不出他哪儿比别人更让人头疼,"索菲说,"约翰舅舅总不会喜欢别人没有衣服穿。"

"对,我不会这样的,亲爱的。"

"爸爸自己的收入全贴在家里的日常开销里了。"索菲这句直

---

① 卡罗尔先生的教名。

截了当的话真是说得一针见血。所谓他"自己的"收入包括从他老婆的收入中节省下来的钱;之所以这样来称呼这笔钱,是为了跟格雷先生付给卡罗尔太太的那笔数目更大的钱区分开来。还有一百五十英镑一年的收入来自一份依法继承的财产,这笔财产一直由一名律师负责保管着,在这个家庭里被看作是"爸爸自己的"财产。

让一位男子汉从他自己的收入里划出一笔钱来添置衣着服饰,确实是件体面攸关的大事;虽说这么来指派那笔钱的用途似乎有点不成体统,但要不是多丽想到那笔钱早已跟那条绿裤子一起进了跑马场,她也不至于会提出异议。有关卡罗尔家的情况她自有她获得消息的渠道。如果她这个家还想保持一点自主权的话,她这么做是非常必要的。"我看谈论姑夫怎么花钱是谈不出什么名堂来的。"这是多丽开口说的第一句话。"如果他真需要钱,就给他钱,不过尽量少给一点。"

"我从来没有听到谁像你那样老是对爸爸怒气冲冲。"索菲说。

"你表姐多萝西真是幸运,"卡罗尔太太说。"她不知道什么叫缺乏。"

"她从来不在自己身上——花费什么钱,"她父亲说道。"多丽从来不这样,这是她唯一的缺点。"

"那是因为有别人在为她操心么。"爱米丽亚说道。

多丽又照旧看起她的书来,她觉得不屑进一步再回答了。她父亲觉得有关这件事要说的都说了,便准备给她们二十英镑钱,心想现在别人总会认为他在这个问题上已经力争了一下。"他的的确确急需这笔钱——是为了体面的缘故。"那位可怜的做妻子的用这句话来结束她的请求。接着格雷先生掏出支票簿来,开了一张二十英镑的支票。不过,他把受款人的名字写作卡罗尔太太,而不是卡罗尔先生。

"爸爸,我看不能再便宜卡罗尔先生了。"那一家人一走多丽便这么说。

"你说的'便宜'是什么意思,亲爱的?"

"再给他去付账呗。"

"他会照样那么花钱,亲爱的。"

"这是在预料之中的。"多丽说。

"接着他照样会找上门来。"

"那我们就一个子儿也不该给他。即使她们会说他去赛马场没有裤子穿也罢,就是一个子儿也不给。"

"亲爱的,"格雷先生说,"世界上的蚊子你是无法驱除的,它们会嗡嗡地叫着来叮你,讨厌极了。可怜的简比你和我更受这只小虫子之害。忍着点吧,作好思想准备,假如他再来要二十镑钱,你还得给他。你不用这么对他说,可到头来就是这么回事。"

多丽沉默了十分钟开口道:"假如按我的意思做,我会让他吃点苦头。他是个坏东西,应该受到应有的惩罚。倒不是我想推卸对别人的责任;可是公道总得维护啊。卡罗尔姑夫和斯卡伯勒先生这两个人都让我讨厌,我说不上谁更可恶一点。"

第二天是个礼拜天,早饭前多丽很想劝父亲同意和她一起去教堂做礼拜;但是他似乎难以被说动,照旧搬出老一套的借口来作挡箭牌,说什么他隔天要上特雷登庄园去,所以必须得事先看一些斯卡伯勒的文件。"爸爸,我想假如你能去的话,准会得益匪浅的。"

"嗯,说得对;是会有益处的。意图是这样,但有时候对我好像不太灵验。"

"你是不是觉得你不去做礼拜时厌恶某些人,可你去了心里照样厌恶他们?"

"我很难说自己是不是非常厌恶什么人。"

"我就是厌恶某些人。"

"那你去做礼拜似乎蛮有道理。"

"不过,你不厌恶他们是因为你不想惹麻烦,这也不是正确的态度嘛。假如你愿意去教堂做礼拜,那你各方面都会得益。你会比现在更加对卡罗尔姑夫的游手好闲、放浪无度的行为深恶痛疾。"

"实际上我对他并没有好感,亲爱的。"

"我不该对他那么恨之入骨。昨夜我似乎觉得自己可以立即从床上爬起来去把他给杀了。"

"那你当然应该去教堂做礼拜了。"

"而你认为他无关紧要,好像他不过是只蚊虫,你得尽量容忍他似的。你忘了他会对六个不幸的孩子产生怎么样的影响。你可知道,你给了姑妈二十英镑钱,仅仅是为了摆脱一件令人不快的事情而已。"

"刚才要不是你瞪眼瞧着我,我早就把钱给她了。"

"我知道你会这么干的,你这位可亲、可爱、软心肠的人,可却是最不具备基督徒精神的父亲。你应该去教堂,这样基督教教义的某些观点会渗入你的心田。问题不在于牧师会说你什么,而在于你脑子可以清静那么两个钟点,不受另外那个讨厌的家伙和他的事务的打扰。"于是格雷先生长长地叹了口气,让人把他的靴子、手套,还有他去教堂的帽子,去教堂用的伞给拿来。说实话,多丽不得不忍着性子听凭父亲抱怨给他拿来的东西这也不是那也不是。

读者或许会怀疑,那天教堂的礼拜仪式是不是对格雷先生有很大帮助;不过,对他女儿倒似乎产生了点影响,因为那天下午,她措词友善地给她姑妈写了封信。"爸爸要去特雷登镇,我将于星期四上你们家去。我给波茜捎上一件上衣作礼物;我会让她亲自动手缝上纽扣。告诉明娜我会将我对她提起过的那本书借给她。关于靴子的事,我会跟乔治娜一块儿去制靴匠那儿跑一趟的。"不过,对于爱米丽亚和索菲,她怎么也无法让自己说上几句好话,在契塔科夫亲王这件事上她们犯了罪,她心里怎么也饶不了她们。

那天夜里,她和父亲就斯卡伯勒家的事务讨论了好长时间。谈话是在餐厅里进行的,因此咱们不妨设想这场讨论是预先就安排好了的。那些夜里在格雷先生自己房里进行的讨论,往往是心血来潮临时举行的。"我想给他立一条规则。"多丽开口便这么说。

"法律就是规则。"她父亲说。

"我的意思不是指那种意义上的法规。我会毫不含糊地把自己的意见告诉他,然后让他知道如果他不照我的话去做,我就得辞职不干。倘使他儿子愿意偿还那些放债人实际所贷之款,而且他果真设法凑足了那笔钱,那就让他去偿还呗。既然斯卡伯勒先生自己做了手脚,以致那份家产到了老大手中,那从那笔家产中取钱去偿还原来贷给那笔家产的款项,本来也似乎是合情合理的。尽管那个大儿子跟那帮债主都是些恣意挥霍,荒淫无度之辈,可那么做总还是公平合理的。你得自己有个定见后才去那儿。但如果那个做父亲的或者他儿子不愿接受你的意见,那就毫不客气一走了之,从此不再进他们的家门。"

"你把这事整个儿都计划好了,好像干起来挺不费力似的。"

"不费力气也罢,难以解决也罢,我是不会在损害公道的情况下讨论任何事情的。"

这场磋商结果在格雷先生思想上产生什么影响,他没有公开说。然而,他决意接受女儿向他提出的全部建议。

第十九章 格雷先生去特雷登庄园

格雷先生带着一大包文件上特雷登去了。虽然他曾经对女儿说出发前他得审阅这些文件，为此还把它们带回富勒姆，可实际上他连看都没有看。这里还可以交代一下，实际上那包文件直到他打特雷登回到家之后才打开的。文件他看过了——无论怎么说，该看的他都看了。他对问题了解得很清楚，那位老乡绅对问题也了如指掌。格雷先生去特雷登庄园，不是为了去告知事实真相或者解释法律条文的，而是去看看父子双方他可以支持哪一方。斯卡伯勒先生把律师请来是想让他支持他对这件案子的观点；而那儿子也同意会见律师，这样他可以更不费力地把父亲击败。

就在最近，格雷先生得知了一件以前他给蒙在鼓里的事，——也就是说，他目睹了这桩错综复杂的弄虚作假案中的一个他过去无法预见到的方面。奥古斯塔斯怀疑他父亲还有其他更进一步的背信弃义的行为。格雷先生认为，奥古斯塔斯自然对于自己那么多年来被剥夺了长子继承权——而且连知道都没有让他知道——感到愤慨。是他亲生的父亲对他干了件极不公正的事，或者至少已打算这么干；因而，受到这样对待的人对此愤愤不平，原来也在意料之中。然而，直到最近格雷先生才发现，这个儿子不是因为这个原因才情绪激动的。他表现出来的不是愤怒而是怀疑；他把父亲过去给予他的待遇作为依据，来证明他眼下头脑里暗暗给父亲定的罪是有道理的。一个老头儿过去的所作所为已是明确的事实,而他还会干些什么就很难预料了。所以无论从他的谈吐中,还是从他的行为中,都可以看出他是在表达这么一种猜疑,而且公开地当他父亲面这么表示。格雷先生没有同时见过他们俩,不过从他们给他的来信中,他得知情况确实如此。老斯卡伯勒对儿子的猜疑采取轻蔑的态度,对于所提的有关他过去的所作所为根本就不当一回事。他同意,或者说有点同意,把蒙乔依的债务给结算掉,而不是偿还。不过他只同意按他的主张来采取这一步骤,否则他就不干。只要他一息尚存,财产总还是他的,他要别人把他当作是这笔产业唯一的主人。如果奥古斯塔斯想采取用"死后偿还借据"①的形式干点什么,那就让他自讨苦吃吧。"根据这笔财产的目前情况,看来奥古斯塔斯是难以通过死后偿还借据的方式筹到什么款的,"他给格雷先生的信,字里行间流露出讥讽和嘲笑,大有对自己的诡计要得顺利而沾沾自喜的味道。他似乎在告诉别人,在斯卡伯勒先生会用他的财产耍什么样的花招的问题上,那些放债人已受够了教训,决不会再冒一次风险。

　　奥古斯塔斯一直在等他父亲去世,实在等得非常不耐烦了。一个人曾经干过那种见不得人的事,而且还让大夫开了那么几大刀,竟然还活在世上,真是没有道理。他父亲的遗产继承权问题实际上已对他,也对外界保证过了。在对情况有所了解的各方面人士中间,大家都知道斯卡伯勒老先生活不了一个月了。以前某个时候,大家是这么认为的,眼下大家也这么看;可是,斯卡伯勒先生

---

　　①　指以父亲或某指定人死后的遗产做抵押的借据。

照旧活着——不用说，虽然是活着，到底是个病入膏肓、行将就木的人，但仍然神志清醒，脑筋灵活，足以想出促狭的主意来。奥古斯塔斯对父亲满腹狐疑，现在开始担心起来，生怕他活得太久。他哥哥销声匿迹，现在继承人是他了。倘若他父亲现在就死去——这是他起初的想法——他便可以抢在任何有关他哥哥的下落传来之前立刻与债主们了却那些债务。然而，如今消息已经传出来了。他哥哥在蒙特卡洛让哈特先生瞧见了，尽管哈特先生还没把消息传回来让其他债主知道，可是奥古斯塔斯自己出钱雇的那个给他哥哥当跟差的，早已不失时机地把消息传到他那儿了。哈特先生玩的什么"小手法"，他还不知道详细情况，可是他肯定哈特在耍花招。

奥古斯塔斯丝毫没有想为他母亲洗刷污名的意思——在她仍然活着的丈夫所叙述的故事里，那桩不名誉的事都推在她的身上。倒不是说他相信母亲是诚实的，因为他从来就不认识她，对于她死后的名誉他也不怎么当回事儿；可是他充分相信他父亲是个寡廉鲜耻的人。当他父亲彻底弄清楚蒙乔依已把那份家产整个儿给卷进债务中间去了，以致待债据一偿清整个家产就剩下一个空架子时，他便着手干起来；凭着他足智多谋的脑袋，他决意要把斯卡伯勒家的那份产业从倒霉的境况中拯救出来。奥古斯塔斯就是这么认为的。他头脑里有这么个观点：他父亲竟如此工于心计，格雷先生竟如此懵懵懂懂，连哈特先生和梯利特先生也竟如此轻而易举地上了当，真是不可思议。然而，实际情况就是如此——或者说也许可能是如此。他觉得心里没有把握，而眼前却出现了严重的险情。可是，父亲所安排的事态发展形势可以由他来正式加以确立。只要他能在人们对他父亲的那场骗局仍然信以为真的时候，让那些债权人放弃债据,那就万事大吉了。他渐渐得知,在要求偿还的款数中,实际上只有一小部分预付给了蒙乔依,所以他决定由他自己来偿付这一笔钱。这么做在目前来说也许会让人感恩万分;那份价值在不断增长的家产完全可以担当得起,不至于会给搞得破产。不过,这事儿得乘蒙乔依仍然影踪不见,梯利特先生还没有得知蒙乔依并没有被谋害的时候,刻不容缓地进行。接着,发生了蒙乔依在蒙特卡洛和哈特先生不期而遇的事。他雇的那个监督人是个蠢货,竟然没有能阻止蒙乔依去赌场。不过哈特先生至今没有对人提起过这件事。哈特先生在耍他自己的花招,可是他的花招肯定会成为泡影。由于他父亲卧床不起,格雷先生又给蒙在鼓里,奥古斯塔斯目前牢牢控制着局面;不过事情得尽快解决为妙。要是他父亲去世,问题早就解决了;奥古斯塔斯的确打心眼里认为,老乡绅应该以死来完成他的业绩。如果他现在向人们讲述的故事是确凿的话,那他自然就该去死,可以早点赎他的罪。如果那段故事是假的,那他更应尽快去死,这样谎言就可以奏效。他每多活一天,就增加一分出现真相大白的危险。奥古斯塔斯觉得,他必须马上把财产弄到手,这样就可以收买债权人,使自己放下心来。

格雷先生并没有像奥古斯塔斯认为的那样懵懵懂懂,他把这一切看得很清楚。奥古斯塔斯既怀疑老乡绅也怀疑他。他心里反反复复地在考虑这些疑点。老乡绅在策划这一切时,得到这个律师的帮助比得不到他帮助的可能性大些。他们两人勾结在一起,力量可能会非常大。不过,格雷先生几乎没有这么干的胆量。他父亲知道自己活不长了;可是格雷先生在事情一旦败露的时候,却没有这么现成而不费力气的逃避方式。再说,他父亲天生有那么一股既特别又了不起的胆气。他认为格雷先生不像他父亲那样是个勇气非凡的人。不过,接着他查出了付给格雷先生一笔不大的款子——在这种情况下,贿赂完全需要有这么一笔款子。奥古斯塔斯就这样对格雷先生忽而疑心重重,忽而又疑虑全消。不过,格雷先生却认为奥古斯塔斯怀疑的是他自己的父亲。到目前为止,格雷先生对一件事倒是蛮有把握——奥古斯塔斯确实是合法继承人。老乡绅起初竟然把他格雷先生给蒙住了,这一方面是因为他本人太敏锐了,另一方面是由于他和他事务所里的人的粗枝大叶,再有便是那些看来特地为此目的而准备的证人所提供的假见证所造成的。然而,以后就不可能再发生被蒙骗的事了。格雷先生在职业敏感性和诚实性方面的声誉是名副其实的。他知道那个年轻人心里所抱的怀疑是毫无必要的;可他也清楚,这些怀疑存在着,他对这个后生如此疑神疑鬼觉得可恶。

到达特雷登庄园后,他首先瞅见了塞普蒂默斯·琼斯先生,他跟他不熟。

"斯卡伯勒先生会径直上这儿来。他好像是去马厩了。"琼斯先生说,用的是家里的一位客人——一位来消遣作乐的客人——对另一位来办事的客人说话时的口气。大家知道,在这种情形下,来消遣作乐的客人不可能很有教养,同时必须设想那位来办事的客人也不会彬彬有礼。

格雷先生心想刚才提到的斯卡伯勒先生不可能指的是老乡绅,便纠正琼斯先生道:"我想见的是斯卡伯勒老先生。时间还早呢,斯卡伯勒小姐肯定马上会下楼来。"

"我想你是格雷先生吧。"

"对,我就是。"

"我的朋友奥古斯塔斯·斯卡伯勒特地想在你去他父亲那儿之前先见见你。你知道老人家健康状况很糟。"

"我对斯卡伯勒先生的身体状况很清楚,"格雷先生说,"所以还是让他自己决定我什么时候去见他吧。也许最好是明天。"于是他就打铃;而仆人却在同时间进了屋,召他到老乡绅房里去。斯卡伯勒先生也想抢在他儿子之前先见到格雷先生,所以一直留意着他的到来。

在楼梯平台上他遇见了斯卡伯勒小姐。

"他看来有点体力不支,"这位小姐说道,"牟顿先生眼下就住在这座房子里,密切地注意着他。"

牟顿先生是威廉·布劳德里克爵士派到这儿来的一位年轻住院医生,他负责照管好医疗设备,以备病人急需时立即可以使用。格雷先生随即给带进房里,他发现老乡绅正斜靠在一张沙发上,在他手够得着的地方堆着许多书,边上还放着各种各样的助读器具,凡是能工巧匠凭他们的聪明智慧所能制作出来的为富户病家解除痛苦的设备他应有尽有。

"你能来真太好了,格雷先生,"老乡绅兴冲冲地说道,"我早就很希望你能来,不过我没有想到你真的会驾到。你知道,奥古斯塔斯在这儿。"

"我从楼梯下那位先生那儿听说了。"

"是琼斯先生?我还从来没有见过琼斯先生呢。琼斯先生从外表看是个怎么样的人?"

"和其他人没有多大两样。"

"大概如此吧。最近一段时间,他经常待在我的宅子里,我真不胜荣幸。奥古斯塔斯每回总带他一块儿来。我把他当作是奥古

184

斯塔斯的'忠实的阿凯蒂斯①'。奥古斯塔斯从来不要求让他来见我。当然,这无关紧要。一个人成了长子,而且可以说是独子了,那他就会在他父亲的家里无所顾忌地想怎么干就怎么干。很遗憾,处在我目前的情况下,我无法尽主人之谊,好好招待他们。我想他是一位让人尊敬的、为人谦逊的小伙子吧,是吗?"格雷先生上特雷登庄园来,既不是来侦查琼斯先生,也不是来回答有关他的问题的,所以他闭口不答。"好吧,格雷先生,这事儿你怎么看啊?"这是个笼笼统统的问题,但格雷先生很清楚其中的含义。对于特雷登庄园的事务以及斯卡伯勒先生本人和他的两个儿子所造成的事态,他格雷先生有何高见? 他对早就失踪而目前仍然杳无音讯的蒙乔依有什么看法? 他对那个对别人为他做了好事而不知感戴的奥古斯塔斯有什么看法? 还有,对这位在病榻上用尽心计自行其是——干尽了违法勾当却能逃脱通常所要受到的惩罚的老乡绅本人,又有什么看法? 老乡绅提了问题之后便停顿不语,等候回答。

自从有关蒙乔依不是继承人的事公开宣布以来,格雷先生没有和老乡绅会过面。于是有人说了些口气严厉的话。格雷先生一开始就发誓说,别人给他说的这些话他一个字都不信,还表示不愿再插手管这事儿。如果格雷先生的话真的兑现,斯卡伯勒先生就得把案子送到其他律师事务所去经办了。打那以后,双方通过书

① 原文为拉丁语: Fidus Achates。阿凯蒂斯是古罗马诗人维吉尔的著名史诗《埃涅伊德》(*Aeneid*)中一位忠于友情的英雄,后人常把"忠实的阿凯蒂斯"作为"忠实的朋友"的同义语。

信进行交谈,为此斯卡伯勒先生不得不雇了个抄写员来,向他口授了不少信件。终于,格雷先生渐渐表示同意干下去,先是说代表蒙乔依,后来又代表奥古斯塔斯。不过,他之所以同意这么做,是打算从此不想再见到这位老乡绅。别人也曾向他担保说,这位老先生活不多久了,因此他觉得整个事务最好由品格诚实的人(如他本人)来处理,或者说最好由那些了解内情的人来处理,而不能丢给那些对内情一无所知的人,或者那些为人可能不太老实的人来经办。然而,老乡绅到底没有死,他如今又来到了特雷登庄园,成为老乡绅的座上客。"我认为,这些事太复杂了,还是少说为妙。"格雷先生说。

"你这自然是句概括性的责备话,不过我是料到的。就到此为止吧,就当它已经说清楚了。你不了解主宰着我这个人心灵的东西——它拼命想摆脱陈腐习俗的羁绊。同样,我对你心灵中的东西也不甚了了,它们怎么会对陈规旧俗那么百依百顺,还去加以维护呢。"

"我维护的是国家法律,人们普遍认为遵照法律行事最安全。"

"对极了;人人都喜欢安全可靠。也许对我说来,面临一点险情倒颇有点乐趣。这有点蠢,但事实也许就是如此。不过你不用管它。绳索是套在我脖子上,而不是套在别人的脖子上。最近或许我已想到,倘使危险果真临头,我可以靠外科大夫的帮助逃避它。现在这些个大夫手术真是高明,你想让他们来送你终也不可能。那你对蒙乔依和奥古斯塔斯怎么看?"

"我认为蒙乔依受到了不公正的待遇。"

"可我曾竭尽全力为他谋利益。"

"奥古斯塔斯的待遇更糟。"

"可无论怎么说,他还是及时地给恢复了地位嘛。要是他是作为长子给抚养大,说不定他的行为也会跟蒙乔依一样。"老乡绅觉得他的话足以回答格雷先生所提的问题,于是脸上泛起了一丝满意的笑容。"但是他们两人谁都感到不高兴。"

"你不可能走歪道去取悦人嘛,即便你是从他们的利益出发也罢。"

"我倒不这么以为。假如你想说,咱们不可能为别人的利益走正道去让他们满意,那你也许差不多说准了。你认为蒙乔依现在人在哪儿?"格雷先生早已听到过这么个传闻,说有人在蒙特卡洛见到过蒙乔依,但传闻毕竟是传闻,没有个准儿。实际上斯卡伯勒先生也听到了同样的说法,不过他觉得自己知道就行了,不想对别人提起。说实话,他听到的传闻还不止于此呢。

"我想他会平安归来的,"律师说,"我认为如果他觉得值得,他马上会回来的。"

"他人不在这儿不是事情更好办一些么?"格雷先生耸了耸肩膀。"让他回到这黄蜂窝里来有什么好处呢? 我一直认为他的失踪是干了件好事。要是他回来了,你让他住哪儿? 让他来这儿住吗?"

"在他俱乐部里欠的赌账没有了结以前,不能让他上这儿来。"

"那笔账不然早就了结了。可是,说真的,他的赌欲简直好比是个无底洞,这人简直不可救药,只能彻底抛弃他了。不过,这两兄弟中间,还是他人好,好多了。可怜的蒙乔依!"

"可怜的蒙乔依!"

"你知道,要是我没有剥夺他的继承权的话,我会照样继续给他付账,直到整个家产在我有生之年全部消耗光为止。"

"从你说话的口气来看,好像在法律上你有权剥夺他的继承权似的。"

"对,是这么回事。"

"而却没有权给予他继承权似的。"

"我这么做自己承担责任,我本人就大于法。现在我只不过是自谦地请法律来帮我一下忙。结果奥古斯塔斯却肆无忌惮地教训起我来了,还大发其牢骚。他不是因为我为蒙乔依多做了点什么而对我发火,倒是因为我死不了而跟我吵架。我才不愿为了使他高兴而去死呢。我倒觉得现在是紧要关头,我应该活着。"

"那你打算让他弄到那笔钱去付那些债权人的账吗?"

"这正是我想谈的事情。倘使我能见到需要偿付的款项清单,倘使你能保证我付清了他们的钱以后就可以收回蒙乔依给他们的用遗产来抵押的债据,能保证通过我跟奥古斯塔斯共同签名盖章而生效的抵押借款形式,立即筹到那笔款子,那我是愿意这么做的。不过,首先得让我知道数目。没有你的同意,我不会与奥古斯塔斯一起干些什么的。他想亲手执掌大权。说实话,他最希望我死去。只要我活着,那他干啥都得依靠我的合作。我明天再见你和他;现在你可以去用晚饭了。你能来,我真是说不出有多感激。"于是,格雷先生便离开了屋子,到他自己的卧室去,隔一会儿,他又去了客厅。

第二十章　格雷先生心目中的
斯卡伯勒一家

假如奥古斯塔斯果真想在格雷先生去他父亲那儿之前先见见他，他也许早就设法这么做了。他并不总是把什么事情都告诉琼斯先生的。"这么说，这位老兄一进屋就急着去见老头子了。"他说。

"他现在正在他那儿呢。"

"那还用说。没有关系，终究我跟他在一起的时间多。"隔了一会儿，他一见到律师就假客气地跟他招呼："一路上辛苦啊，格雷先生。"

"没有什么。"

"咱们家的这些麻烦事真是劳你神啦。琼斯，是不是这就开晚饭了？我想格雷先生该用晚饭了。"

"不迟，不迟。"律师说。

"你是该用晚饭了，格雷先生。这是咱们能做的最起码的事嘛。"

格雷先生感到他说话的声气里尽带着侮辱，所以就特别注意听清那些腔调，把它们深深记进脑海里去。晚饭后，他就隔天上午要举行的会面提了一些无关紧要的问题，于是立刻遭到了反驳。"我不知道是不是有必要让咱们的朋友来费神操心咱们家的私事。"他说。

"没有什么费神，"格雷先生说，"关于那些事情，你在我和他面前都谈了。我必须有一份债权人的名单才能给你父亲提建议如何行事。"

"我看没有必要;不过无论如何,这得由你自己去决定。我真不懂,父亲在哪些问题上用得着你来当参谋。这种名单一般都是由律师来提供的。"接着,格雷先生拿起一本书来看,不一会,两个年轻人走了,把格雷先生一个人留在那儿。

上午,他出去到花园里去走走,这样可以有一段空闲时间来思考问题。他跟奥古斯塔斯之间没有进一步再提到过一句有关他们家的事务。吃早饭时,奥古斯塔斯先和他朋友谈论了有关赛马赌注的情况,接着又对某几位小姐的性格评论了一番。奥古斯塔斯肚里明白,没有再比这些话题更让格雷先生感到乏味的了。他们是十点钟用的早餐,会面的时间定在十二点钟,所以格雷先生有一个到一个半小时时间用来散步,这样他就可以好好考虑那些许多天来一直在头脑里翻腾着的问题。

有二三桩事实他是清楚的。奥古斯塔斯是他父亲的合法继承人。关于这一点,他已见到了足够的证明文件。不是斯卡伯勒本人说的话,他比什么都信,——所以对那桩事实,他很肯定。老乡绅是否知道一点蒙乔依的情况,他不清楚;不过,他可以蛮有把握地说,奥古斯塔斯肯定知道。他说不上那头替罪羊外出旅行的盘缠谁给付的账,不过他认为很可能是奥古斯塔斯提供的钱。把蒙乔依弄走,就是为了避开债权人。所以,他认为这是奥古斯塔斯一手策划的,这样他就可以毫不费力地把那些债据赎回来。可是,既然奥古斯塔斯明知道到头来钱得从他衣兜里掏出来,那他干吗会去花钱赎回债据呢?因为——格雷先生就是这么认为的——奥古斯塔斯不信任他父亲。假如那些债权人在蒙乔依父亲一死那些债据全变成有效支付的单据时,能把蒙乔依抓到手,那他们就可能随意解释事实真相,宣布那笔财产是属于蒙乔依的。这不仅是格雷先生本人的想法,而且格雷先生认为奥古斯塔斯就是这么算计着来支配自己的行动。根据格雷先生所读到的有关这个案件的全部材料来看,奥古斯塔斯对这件事的疑虑就在于此。不然,为什么他竟会如此迫不及待地想采取仅仅对债权人有益的步骤?他非常肯定,奥古斯塔斯无论如何不会为了真正满足这些债权人的要求而去付钱的。

然而,他步行穿过花园的当儿,还有一件事伤透了脑筋。他干吗要弄脏自己的手,或者至少让如此肮脏、麻烦、纠缠不清的事来烦扰自己的良心呢?他为何非得上特雷登庄园来让那个恶小子(他认为奥古斯塔斯就是个恶少)给侮辱一顿呢?他知道奥古斯塔斯·斯卡伯勒对他疑心重重。不过他对奥古斯塔斯·斯卡伯勒也满怀戒心。那些债权人怀疑他;蒙乔依也怀疑他。老乡绅虽对他没有什么疑心,可他却对老乡绅疑团满腹。他怎么也无法再和这位拿自己婚姻开玩笑的人保持互相信赖、融洽的法律关系。既然如此,他为何不干脆洗手不干,一走了之呢?没有哪条国会法令在强制他非得参与这件肮脏的勾当不可嘛。

这就是他心里的想法。然而他知道自己是迫不得已。他确实觉得自己有责任照管他已经照管了好些年的权益。他有义务——或者说他手下人有义务——查清有人企图采取欺骗手段来剥夺应属于奥古斯塔斯·斯卡伯勒的遗产。也曾经有一度,他有义务保护蒙乔依,也保护借钱给蒙乔依的那些债权人,不受他所认为的某种无耻阴谋的算计。后来,待他一发觉那种罪恶阴谋原来是为蒙乔依的利益而策划的,便又认为他有义务保护奥古斯塔斯,尽管他本人从一开始就不喜欢这个年轻人。

后来,他无疑是给这件事情中业已发生的,以及可能会发生的一些奇特情况吸引住了。他对自己说过,这个事件中的曲直是非必须得搞清楚,他一定要把它搞个水落石出。所以,在花园里散步的当儿,他下定决心要坚持不懈地干到底。

十二点钟的时候,他准备好让人带到病人的房间里去。他在斯卡伯勒小姐的引领下走进那间屋子的时候,发现奥古斯塔斯已经在那儿了。老乡绅正坐着,脚底下垫着东西,一眼可以看出他情绪很不错。"啊,格雷先生,"他说,"跟奥古斯塔斯把事情谈妥了吗?"

"没有。"

"他压根儿没有跟我谈过这件事。"奥古斯塔斯说。

"我跟他说我需要一份债权人名单,他说提供这种名单应该是我的义务。我们就谈到这个地步。"

"他认为当我朋友琼斯先生的面谈到这个地步是得计的。琼斯先生这个人不错,可是他对我的事情并不是样样都了解。"

"斯卡伯勒先生,你儿子没有向我提供任何情况。"

"不,先生,格雷先生没有打算向我了解什么情况。"在这段短短的对话进行的当儿,斯卡伯勒先生一语不发地微笑着,把脸从一个人转向另一个人。"要是格雷先生有什么建议要提的话,那就请他提吧。"奥古斯塔斯说。

"好吧,你提吧,格雷先生。"老乡绅依然微笑着说。

"等我了解到更多的情况再说,"格雷先生说道,"现在我能作的建议就是昨天我向你提出的那一条。"

"看来你得再重复一遍,好让他也听到。"老乡绅说。

"假如你能得到一份你儿子蒙乔依的债主的名单,同时还弄清楚单子上的款项确实是他几次三番向他们借的——我的意思说,实际的数字——那么我认为,假如你和你儿子奥古斯塔斯两人都愿意付清那些账的话,你就可以在你力所能及的范围内,最大限度地弥补你想方设法让人相信蒙乔依是婚生子所确实造成的损害。"

　　"你不必谈论什么我所造成的损害,"老乡绅说,"我毫无疑问已造成了许多损害。"

　　"不过,"律师接着说,"在付账之前得先查清实际过手的款项。"

　　"咱们肯定受骗了,"老乡绅说道,"我对塞缪尔·哈特先生真是佩服得五体投地。我相信咱们休想从哈特先生嘴里得到什么真实情况。塞缪尔·哈特先生没有从可怜的蒙乔依身上捞钱,那才怪呢。"

　　"实际情况是可以查明的,"格雷先生说,"你得请个会计师来查支票。"

　　"每当我记起在自己的婚姻问题上,我多么轻而易举地把一些货真价实的聪明人给骗了。"斯卡伯勒先生开始说道——他话说了一半,便耸耸肩膀把话咽了下去。在这些轻易地受了骗的货真价实的聪明人中间就有格雷先生,如果他实际上不那么举足轻重的话,那至少在名义上是名列前茅。

　　"实际情况是可以查清的。"格雷先生怒容满面地重复了一句。

　　"唔,对;我想是可以查清的。跟塞缪尔·哈特先生打交道可不容易哪。"

　　"你无论如何应该满足了。这些人会明白,在其他情况下他们休想拿到一个先令。"

"要说服这些人不容易哪，"老乡绅说，"你知道，他们自以为是地认为假如他们能把蒙乔依弄到手的话，这样，待我一断气，那些债据真正到期可以支付时，蒙乔依就控制在他们手里了，——到那时，就可能会出现他是真正的继承人的说法。"

"咱们知道情况并非如此。"格雷先生说。奥古斯塔斯听了淡淡地一笑。

"就咱们所知是这样，但这不等于塞缪尔·哈特先生也这么想嘛。实际上，哈特先生从来不想让自己去弄懂什么事情，他就知道自己在银行里存了多少钱。再有，要说服梯利特先生也很难。他认为我们大家，你，我，蒙乔依，还有奥古斯塔斯，串通一气在欺骗他和其他人。"

"我觉得这不奇怪。"格雷先生说。

"也许是不奇怪，"老乡绅接着说，"情况确实让人猜疑。但他准会发现自己猜疑错了。奥古斯塔斯很想把钱偿还给这些倒霉的人。奥古斯塔斯的这种感情是高尚的，你得承认，格雷先生。"老乡绅说话的神情与声调都明显地流露出一种挖苦的味道。奥古斯塔斯只是轻声地笑笑。律师面无表情一动不动地坐着。他不打算就那句话去争辩，也不想对这种挖苦表示附和而发笑。"我看总数会超过十万英镑。"

"我看是八万英镑，"奥古斯塔斯说，"债据上的数字要比那大得多——加个倍。"

"让他自己去断定吧，"老乡绅说，"他是不是出于面子，非得去把那么一大笔钱付给那些我想他本人也不怎么喜欢的人。"

"这份产业能负担得起嘛。"奥古斯塔斯说。

"不错，这份产业能负担得起，"律师说，"他们花掉多少钱就偿还多少钱。这是我的看法。令郎认为只要他们能不作声，付这笔钱还是划得来的。"

"你怎么会得出这个结论的？"奥古斯塔斯责问道。

"只是我个人的看法。"

"我觉得这是对我的侮辱。"

"是否请你给咱们解释一下你打算这么做的理由？"格雷先生问道。

"不，先生；我拒绝谈什么理由。可是你强加于我的那些说法是侮辱性的。"

"你打算否认吗？"

"从你嘴里讲出来的话，我一句也不会同意——我也用不着否认什么。你完全是站在律师的立场上把一些动机硬加在你的当事人身上。你能立刻筹到一笔款子让我们可以马上办这件事吗？这才是问题所在。"

"只要得到令尊的许可，再由你签字，我想我能办到。不过我这个答复不一定能兑现。最好的办法是卖掉一部分产业。只要你们父子俩意见一致，蒙乔依也同意，那是可以办成的。"

"蒙乔依和这件事有什么关系？"那位父亲说。

"你们最好让蒙乔依也参加一起干。人们可能对继承人的头衔还有些疑问。你要了那么些花招，人们自然会这么看。"这话是律师说的；老乡绅听了只是放声大笑。他总是为自己所施的计谋奏效而显出沾沾自喜的样子。法律界千方百计想用限定继承权的条文来处置他的产业，可是他已让法律界明白，要处置与他有关的任何东西决非易事。

"你们怎么去把蒙乔依弄到手呢？"奥古斯塔斯问道。于是两位长者只能面面相觑。两人都相信,奥古斯塔斯对他哥哥的情况比谁都知道得多。"我看你们最好派人去把安斯利先生请来问问。"

"安斯利会知道些什么情况?"老先生问道。

"他无论怎么说是在伦敦最后见到他面的人嘛。"

"你敢肯定?"格雷先生说。

"我想我可以这么说。不管怎样,我知道他们俩在街上大吵了一架,两人动了武,安斯利狠命地揍了他,之后就把他丢在人行道上死活不管。接着那小子自管自走了,打那以后人们就没再听到蒙乔依的音讯,或者至少没有再见到他了。一个人会这么狠心地揍人,接着在当时情形下考虑到自身的安全丢下他的对手走了,这我能理解。尽管换了我本人,也是不愿被人指控这么对待他人的,但我能够理解。我所不能理解的是,那个人竟然会失踪,而过后安斯利竟然对这件事守口如瓶。"

"你怎么会知道这一切的?"律师问道。

"我知道就是了,你不用问我怎么知道的。"

"这种说法我一点儿也不信。"老乡绅说道。

"你这么反驳,当然我就得忍受,"奥古斯塔斯说,"别人这么说我可不答应。"于是他朝律师瞅了一眼。

"人们有权问你,根据在哪儿。"父亲说。

"我不能说出根据来。这事儿牵涉到一位小姐,我不想提她的名字。可这并不十分重要,因为他自己一些亲友对于他所干的事情的性质很清楚。你们两位先生对这件已成为街谈巷议的话题竟如此稀里糊涂,实在有点令人奇怪。他舅舅打算剥夺他的继承权。"

"他难道也在搞限定继承权的事?"老乡绅问道。

"他还是个中年人,还可以结婚。他打算要那么做,所以就非常讨厌他外甥。他已经停止了给这个年轻人的津贴,还发誓说,假如他有办法的话就一个子儿也不给他。警察方面有好些时候一直在迟疑,是不是要逮捕他。我觉得我说他是个十足的坏蛋是有道理的。"

"你哪儿有什么道理?"父亲说。

"我只是说出自己的看法,我还乐意告诉你们,社会上都同意我的看法。"

"让人恶心,真让人恶心,"老乡绅说道,把脸转向律师,"你是不会相信——"

可是他话说了一半咽了下去。

"格雷先生不会相信什么?"那儿子问道。

"谁也不会比你更清楚,那天街上的那场冲突——我相信是蒙乔依先动手打的人——之后,还另有人跟他见过面。我痛恨这样搞欺骗耍诡计。"这时奥古斯塔斯微微笑着。"你笑什么,你这蠢货?"

"笑你对搞欺骗耍诡计痛恨呗,先生。实际情况是,一个玩阴谋的高手是不喜欢看到有人跟他匹敌的。但愿老天宽恕,我想说这儿就有一个对手。你是最先耍花招的人,手法高明得谁也奈何你不得。"说着他发出好一阵声音压低得难以让人听清,带有挖苦味儿的笑声。这当儿格雷先生一声不响地坐着。

"你竟敢这样对我说话。"父亲说。

"好啊,先生,你想跟我来这一套。你过去背着我搞的那些事我既往不咎。可现在你倒骂起我来了,我可不是好惹的。那些事就没有，没有先例了吗？听着，这笔钱怎么办，你到底打算不打算付？"

"钱的事我才不管呢，跟我有什么关系？我又不欠这些债权人一文钱。"

"我也不欠他们。"

"那就让他们死了心，想干什么缺德勾当就让他们去干吧。不过，从整个情况来看，格雷先生，"他停顿了片刻接着说，"我想咱们还是把钱偿还他们为好。他们在我面前太张牙舞爪了，所以我对他们提出的要求不加理会。我对他们说，他们想干啥坏事就尽管干出来好了。假如我这儿的这个儿子赞同筹款偿债的提议，还有蒙乔依——因为有必要让他也参与其中——也赞成的话，那要求我怎么做我就愿意怎么做。假如八万英镑能解决问题，那不会有什么困难。你可以查一下确切的数目是多少。假如他们想把债据抓在手里不放，那就休想拿到一个子儿。我要说的就这些。"

"太好了，斯卡伯勒先生。接下来我想知道一下怎么进行。我知道斯卡伯勒少爷是属于赞成的一方，是吗？"

斯卡伯勒少爷点点头表示赞同。

"那行，我觉得有点累了。"接着老乡绅在沙发躺椅里转过身去，好像想打个盹儿似的。格雷先生离开了屋子，奥古斯塔斯跟在他后面走了出去；可是他们之间没有说过一句话。格雷先生提早吃了晚饭，就搭晚车去伦敦。奥古斯塔斯后来怎么样，他没有去过问；他径自要人给他准备晚饭，还让人给他备车去火车站。这两件事一一办了，他便在那天夜间回到了富勒姆。

多丽给他拿来了拖鞋，还给他沏了茶，便问："怎么样？"

"说实话，我但愿自己没有跟姓斯卡伯勒的任何人见过面。"

"当然,你但愿如此——可你都干了些什么呢?"

"那个做父亲的是个大坏蛋。他目无国家法纪,应该受到严厉惩罚。蒙乔依·斯卡伯勒的所作所为证明他不配手里掌握钱。这么个挥霍无度的人比疯子也好不了多少。不过跟奥古斯塔斯相比,他们两人真是和蔼可亲得让人肃然起敬。那位父亲颇有点善心,蒙乔依只是头脑糊涂。奥古斯塔斯跟他们一样不诚实,可在各方面都令人憎恶。"接着,他详详细细地叙述了他所得知的情况,以及他所提的那些建议。最后,他否定了多丽提出的现在应该把斯卡伯勒一家子整个儿给抛弃掉的建议,便上床睡觉去了。

第二十一章　斯卡伯勒先生的自我认识

且说斯卡伯勒先生一个人给留在屋里,但他并没有像刚才所说的那样要睡了,却在那儿躺了一个钟点,考虑自己的处境,对他第二个儿子心里充满着怒火。说实话,他从来没有喜欢过奥古斯塔斯。奥古斯塔斯设计骗局、耍弄阴谋诡计的本事与他父亲不相上下,他工于心计,所以他本人的愿望往往和他周围人的愿望背道而驰。然而,他们俩要达到的目的是完全不同的。斯卡伯勒先生不是个私心很重的人。奥古斯塔斯这个人就是自私。斯卡伯勒先生讨厌法律——因为法律总是设法来约束他和别人。奥古斯塔斯喜爱法律——除非法律在某个具体问题上干扰了他的行动。斯卡伯勒先生认为自己能干出比法律更公道的事来。奥古斯塔斯却希望利用法律干缺德的事。除非遭到失败(这种情况不多),斯卡伯勒从来不对自己试图干的事情感到羞愧,可是他无时无刻不得不为他儿子感到害臊。而奥古斯塔斯却对任何事,任何人,都毫无羞愧之感。刚才斯卡伯勒先生和律师谈起奥古斯塔斯作出牺牲,行为高尚,理应受到表扬,奥古斯塔斯完全明白这些话的意思,于是决意进行报复。他之所以要这么做,不是因为父亲把这种想法说了出来,而是因为他竟当着律师的面这么说。斯卡伯勒先生也认为他有权报复。

斯卡伯勒先生独自在房里待了一个钟点之后便打铃(铃就近在身边)把牟顿先生叫来。

"格雷先生人在哪儿?"

"他要了辆轻便马车让人送他去车站了。"

"那奥古斯塔斯呢?"

"我不清楚。"

"琼斯先生在哪儿?我想他们总不见得去车站吧。你给我诊一下脉,牟顿。我现在恐怕很虚弱。"

牟顿先生替他按了脉搏,摇了摇头。"是不是没有脉搏了?"

"有的,只是跳得没有规律。要是你老这样使出全部力气来——"

"说得很有道理。可是一个人有时就得使出全部力气来办事情,不管会产生什么样的不良后果。你认为威廉爵士什么时候会来?"威廉爵士来的时候会带着手术刀,所以他老是害怕他的到来。

"这很大程度上取决于你自己,斯卡伯勒先生。我想他不可能经常来,不过你可以做到让他多来或者少来。你不应该再亲自办理什么事情了。"

"全是胡说八道。"

"我有义务这么对你说。不管什么样的事需要办理,得由别人去办。当然,假如你还要像你今天上午那么干,我可以建议你用点镇静剂。我可以给你滋补药,再增加一点剂量。不过你给你自己造成的损害我可没法儿防止。"

"这我全懂。"

"你再这么下去会让自己完蛋的。"

"我不想再这么干了——不再像今天那样;至于要我放弃办那件事,那是扯淡。我有财产要处理,只要我还活着,我就想亲自来处理。不幸的是,出现了一些意料不到的情况,有时给问题的处理带来一点麻烦。今天我就经历了一次这种麻烦时刻;不过,我不允许再出现这种时刻了。这一点我可以向你保证。可是别劝我放弃我要办的事。好吧，现在我要吃你给的滋补药了，过后请你把我妹子叫来行吗？"

斯卡伯勒小姐总是时刻准备着侍候哥哥，她立刻就进了屋。

"玛莎，"他说，"奥古斯塔斯人哪儿去了？"

"我想他是出去了。"

"塞普蒂默斯·琼斯先生呢？"

"他跟他在一块儿，约翰。他们俩老在一块儿。"

"你是不是跟琼斯先生打声招呼，告诉他他住的那间房间要用。"

"他的房间要用！这儿多的是房间，都没人住着嘛。"

"这是暗示我要让他离开的意思，他准懂。"

"是不是跟奥古斯塔斯说更妥当些？"这位贵妇问道，她对自己是否有能耐执行给她发的这条命令感到怀疑。

"他会告诉奥古斯塔斯的。你知道，我并不是对琼斯先生有什么恶感。我不想跟他结识。我知道这小伙子挺讨人喜欢，可是让我招待一位讨人喜欢的青年，而在那件事上却一句话也无法跟他交谈，这我不干。奥古斯塔斯甚至连在我面前提起他都觉得不值得。我只能活个把月，也许只有一两个星期了，当然啰，我死了以后，他爱怎么干就怎么干吧。"

"别这么说，约翰！"

"可是实际情况就是如此。只要我活着，我还是——至少还是这座宅邸的主人嘛。我不能见琼斯先生，也不想和奥古斯塔斯再吵一架。牟顿先生说，我发一回火就给威廉爵士增加一次使用手术刀的可能性。所以我觉得也许你能办这件事。"

于是，斯卡伯勒小姐答应说，她会去办这件事的；由于她心里十分关切她哥哥的健康，因而她确实去办了。当这事儿传达给奥古斯塔斯的当儿，他微笑地站着，一句话也没有回答。这位小姐把话说完时，他点点头表示知道了，于是小姐便离开了。

　　"我收到逐客令了。"十分钟之后他对塞普蒂默斯·琼斯说。

　　"我不明白你的意思。"

　　"你不明白吗？那你准是个笨蛋。我父亲传话说你得离开。自然这话是针对我说的。他不想让我有机会说他把我这个他早就剥夺其权利的人，这个让他感激不尽的人（因为此人没有受他蒙骗而去惩罚他），从他的屋子里给赶走。而且，他知道我之所以不采取惩罚手段是因为他命在旦夕，活不了多久了。"

　　"不过，即使他不是命在旦夕，你也不会去惩罚他，是吗？"

　　"不会去惩罚他吗？这是你的看法。不过，听着，我明天早上就走，除非你留下想见见他，否则你还是跟我一块儿走的好。"

　　琼斯先生暗示他打算依从他的话，这样斯卡伯勒小姐就完成了使命。

　　斯卡伯勒先生就这样给孤零零地留在屋子里，接着他把大半时间花在考虑他两个儿子的处境上。老大蒙乔依一直是他所宠爱的儿子，从小就受到他竭尽所能的溺爱，如今却成了个堕落的人。除了欠那些放债人的钱之外，他所有的债务都给偿清了。然而，不可能因此他就不是一个堕落的人了。眼下他人在何处，他父亲一无所知。社会上都知道，他为了这个儿子的利益干了不道德的勾当；社会上也都知道，他的这种努力已告失败。现在他又成功地设法把他全部财产重新归给他的合法继承人。然而，这小子竟然反过来盼他死，还几乎当面对他说出这样的话来。在奥古斯塔斯还是个少年的时候,他曾为他感到自豪过,可是他从来没有像爱蒙乔依那样钟爱过他。现在他明白,他与奥古斯塔斯今后必然成为势不两立的冤家对头。只要这份家产仍旧是他的,他丝毫不想放弃对这份家产的控制权。即使只有一个月,甚至只有一个星期,他也会牢牢地抓住这份家产不放。他这个人就是这样的性格。他把牟顿先生给的滋补药吞下肚的当儿,心里怀着这么个念头:他吃补药与其说是为了维持自己的生命,还不如说是为了不让他儿子来控制这笔家产。按照他的想法,他已为奥古斯塔斯谋了许多利益,如今却受到这样的报答!

说实话,他确实为奥古斯塔斯尽了不少力。这些年来,他一直抱着这么个目标:要为小儿子留下和传给大儿子一样多的钱财。他从不把自己的收入花在自己身上,却不断地为老二积钱。这事儿格雷先生一清二楚,可是他没有什么好说的了,因为他曾经口气严肃地和斯卡伯勒先生谈过,而他总是设法一笑置之。不过,尽管斯卡伯勒先生本人一谈到法律总要嘲弄一番,他还是觉得格雷先生的话不公道。他有两个儿子,出自同一个娘胎,他决心要使他们都成为富翁,使他们在自己的同胞中间跻身于门第最煊赫的那类人的行列,他的家产状况完全可以帮助他做到这一点。收入年年在增长:特雷登的磨坊和特雷登镇在他的地产范围内发展、扩大,还有通过格雷先生之手进行的拍卖营业也属明智之举。目前产业的总收入比斯卡伯勒先生当初继承时翻了一番。这份产业肯定全部根据限定继承法来处置;可是,二十年来他一直对自己能为小儿子攒一笔钱而感到高兴,——或者说,要不是这笔积蓄被动用来偿付蒙乔依的欠债,他本当会感到很高兴。要让蒙乔依来还这笔钱的打算是徒劳的。蒙乔依照旧借债,赌钱,过混天胡地的日子,后来斯卡伯勒先生发现自己只得废黜这个私生子,而让那个婚生子恢复原位。

他对采取这个措施本身心里倒并不觉得怎么难受,可是导致他非得这么做的情况却让他痛心疾首。不过,有一件事倒真正让他感到快慰:他这样干表明他不屈从于世间的陈规旧俗。奥古斯塔斯尚未占据实际上与生俱来的地位,而这时蒙乔依却出走了——对他的影踪,他一无所知。不断地有人来催还赌账,他都拒绝偿付。他觉得现在他自己的生命朝不保夕,他还是和奥古斯塔斯和睦相处为好。蒙乔依他只能让他听天由命了。对于这么一个放浪不羁、不可救药、令人绝望的儿子,他真是无计可施了。他至少为自己能让那些倒霉的债主得不到一文钱而感到幸灾乐祸。对此,他既觉得高兴,又感到有所安慰。他所做的就是这些,可是现在他的继承人却反过来跟他作对。

他躺在那儿前思后想的当儿,内心十分凄楚。他是个无论从性格或者心地来说都乐意为自己钟爱的人作出巨大牺牲的人。他极端鄙视诚实人的声誉,他不相信有什么诚实,只相信有虚伪的诚实。然而,他会怀着敬佩的心情谈起一位诚实的人,这儿他指的是一种与人们通常所说的截然不同的诚实。世界上常说的诚实,在他看来全是装模作样,或者即使不是装模作样,那也是为了借诚实来博得好名声。他知道格雷先生是个诚实人;他也知道格雷先生说的都是真话;不过他认为格雷先生之所以采取这种可笑的做人方式,是为了用行高于众来蒙骗他的左邻右舍。所有的美德与恶行都被他归到所谓“本性善”和“本性恶”两大类底下。那种上教堂做礼拜的癖好(根据他估计,这种癖好十分普遍),他从心底加以藐视。在对待诅咒的问题上,那种把某些字眼看作比另一些字眼坏的观念,在他看来不是伪善、迷信的表现,便是女性懵懂无知的标志。他认为女子在智能方面仅仅比犬类稍胜一筹。当他妹子玛莎听到他大发感慨而直打哆嗦的当儿,他只是悄悄地在心里说,她是女人,不是白痴,也不是伪君子。他对女人,无论老少,都十分喜欢,待她们的态度非常温和;可是当一个女人智力达到和他本人相仿时,她就不再是像他所说的那样意义上的女人了。对于这种女人,他十分反感。她把自己降低到一个带脂粉气的男性而已。在他眼里,法律也不见得比宗教荒唐得好一些。它是由许多错综复杂、令人眼花缭乱的条文所组成,这些条文串在一块儿,就能使少数人在让大多数人受罪的情况下过舒适的日子。所谓抢劫罪,如果你能彻底弄清楚的话,就像一切暴力罪一样坏;可是,征税是抢劫,收租是抢劫,只根据销售商的欲望而不按公道来规定价格,也是抢劫。"这么说你是个最大的抢劫犯。"他的朋友会这么对他说。他准会承认这一点,因为他认为在这样的社会里,只要可以避免,他才不会到外面去待在街上喝西北风呢。然而,他为自己占了法律的上风而高兴,还对自己在处理儿子的问题上所干的邪恶勾当感到乐不可支。

他就这样生活着:慷慨、大方,对许多人都和和气气。不过他这个人也会疾恶如仇,他最痛恨那些他认为行为卑鄙龌龊之辈。格雷先生一直当着他面说他是个无赖,可是他丝毫不记恨。他认为格雷先生在某些方面很愚蠢,所以反倒很尊敬他,而且几乎对他抱有好感。他十分信赖格雷先生,认为他老是毫无必要地说老实话,真是个呆子。他爱他的儿子蒙乔依,尽管他净干坏事;他却一直供养着他,直到最后不可能再供养他为止。后来他设法让自己的爱心倾注在奥古斯塔斯身上,没有因为这个儿子经常指责他干了缺德的事而对他少一点怜爱。他不在乎别人说他坏,即使是自己儿子说他也罢。不过奥古斯塔斯除了所指责他的那些事之外,还怀疑他另有歹念,所以就千方百计待他苛刻,打算耍手段来阻止他得逞。他儿子嘲笑他,奚落他,把他看作不过是个暂时的累赘,用不着花多少心思去对付,因为他活不长了。因此,他对奥古斯塔斯非常之恨。然而,奥古斯塔斯却是他的继承人,他知道自己在世的日子肯定没有多久了。

可是,他还能活多久呢?死以前还能干点什么呢?天下没有比斯卡伯勒先生更勇敢的人了——也就是说,谁也不会比他更视死如归了。这是否就是真正的勇气也许是个疑问,不过这确实是他的勇气,而且他的勇气还表现在另一方面,也值得一提。他并不畏惧死,也不畏惧生。可是他最怕的是自己以失败而谢世。在他生命的最后时刻,令他感到伤心的是,他相信自己不能在功成业就的情况下与世长辞,而是在灰心丧气中了此残生;或者说自己预见到这种情况势在必行,对他来说——即便在快咽气的情况下——也让他感到痛苦万分。他还有多少活力能让他去重新取得一些成就呢?还有多少时间剩给他去这么做呢?

他无法入睡,便打了铃,又让人把牟顿先生请来。"我已吞下了你给我服的药。"

"那太好了。"牟顿先生说。因为他并不总是相信这位古怪的病人会按他的嘱咐服药的。

"我一直想法要睡着。"

"那没有那么快。你自然不会一吃药就入睡。"

"我一直在考虑你提到的有关料理事务的事。我有一件事必须得做,此后我可以安静两个星期,除非死神来打扰我的安宁。"

"希望不会出现这种情况。"

"听其自然吧，"病人说，"现在我要你帮我给格雷先生写封信。"牟顿先生既承担大夫的职责，也承担秘书的职责，他认为这样可以有利于自己为病人自身的利益对病人行使职权。但他发现这并没有给他带来什么权威性。这时他在靠床的一张小桌边坐了下来，开始依照斯卡伯勒先生的口述写信。"我觉得格雷——就是那位律师，你知道——是个好人。"

"据我听到，社会上人都说他是个诚实人。"

"我才不去管社会上人怎么说呢。他们说我这个人不诚实，可我就是个诚实人。"牟顿只得耸耸肩膀。"我这么说并不是想让你改变看法。你怎么看我都不在乎。可我跟你说的是事实。我怀疑格雷是不是真像我那么绝对诚实，不过一般来说他是个好人。"

"的确如此。"

"可是我看外面会说我儿子奥古斯塔斯也是个诚实人。"

"嗯，对；我想也许是这样。"

"如果你已仔细地了解过他这个人，并因此而发现他正好相反，那我佩服你的精明。"

"我刚才的话没有什么特别的意思。"

"恐怕你是没有什么特别的意思，如果是这样的话，我说你精明也没有什么特别的意思。他少说也是个流氓。至于说蒙乔依，你认识蒙乔依不？"

"从来没见过他。"

"我觉得蒙乔依不是个流氓——从全面来看不是。他没有钱还赌账却照旧去赌，这很坏。要钱的时候许下满口诺言，拿到了钱就说话不算数，这也很坏。他因为和那些达官贵人过往甚密，就认为自己是个了不起的人,这一点更坏。他欠自己裁缝的钱是不是付了从不放在心上。我不是说他仅仅是欠债不还的问题,这种情况发生在他这样的年轻人身上是不可避免的。可是,他对自己穿的裤子到底是他自己的还是别人的也毫不在意,这一点也很坏。他如痴如醉地迷上女人,只是为了满足自己的欲望,而不是真正爱上她们,这一点很恶劣。他有许多事要改邪归正才能上天堂。"

"但愿他早日改邪归正才好。"牟顿说。

"他这些问题不可能一下子都改过来,你知道。但是蒙乔依还是有可能改好的。我认为奥古斯塔斯却本性难移!"说到这儿,他停顿了一下,可是牟顿没有打算加以评论的样子。"你是不是碰巧认识一位姓安斯利的年轻人——哈里·安斯利?"

"我是从你儿子那里听到过他的姓名。"

"从奥古斯塔斯那儿?我肯定你不会听到什么对他有利的话。你听到他大声嚷嚷地给你大谈可怜的蒙乔依失踪的事儿,对吗?"

"我听说他的确失踪了。"

"在跟那个安斯利吵架之后。"

"在跟人吵架之后,我听的当儿没有注意到姓名。"

"他的姓名就是哈里·安斯利。现在奥古斯塔斯说哈里·安斯利是蒙乔依失踪前见到的最后一个人——最后一个知道他的人。他这句话的意思是,安斯利有意识或无意识地造成了他的失踪。"

"唔,是这样。"

"当然是这么回事。警方和其他一些笨蛋还认为蒙乔依被人杀害了呢——说他的失踪是由于被杀或自杀导致的,于是就认为安斯利肯定和这件事有牵连,不是么?"

"我想是的。"牟顿说。

"这显然是奥古斯塔斯所作的推理。从他亲口和我谈起这件事的口气来看,你会觉得他怀疑安斯利杀害了蒙乔依。"

"我希望不至于如此。"

"反正是诸如此类的怀疑。他打算让人相信,安斯利出于他自己的目的把蒙乔依给搞掉了。他千方百计想让警方相信这一点。一般说来,警察是伦敦、整个英国乃至整个世界所出产的最大的笨蛋,正因为是个大笨蛋才给选中当警察的。因此,警方对安斯利怀着一种神秘莫测到了绝妙程度但却毫无根据的怀疑。这就是奥古斯塔斯出于他自己的目的所干的事。现在我来跟你说一下,安斯利遇见过蒙乔依之后,奥古斯塔斯也见过他,对这一情况他自己肚里是清楚的,而且正是奥古斯塔斯设法让蒙乔依失踪的。所以,你觉得奥古斯塔斯这个人怎么样?"这个问题牟顿觉得不容易回答,可是斯卡伯勒先生却等着他回答。"嗯?"他提高嗓门问道。

"我不想就这个问题发表什么意见。"

"请便。你自然知道,我想让你说出奥古斯塔斯是你闻所未闻的最可恶的坏蛋。要是你想帮他说几句,你可以说嘛。"

"我只是想说,你可能搞错。你住在这儿也许不了解实际情况。"

"说得有理。不过我确实了解实际情况。奥古斯塔斯很机灵;可别人也有和他一样机灵的嘛。他可以花钱办事情,我就不能吗?他想把蒙乔依弄走,别让他来碍事的做法是明智的。蒙乔依身败名裂,还是溜之大吉好。可是,他干吗处心积虑地把责任一股劲儿地往安斯利身上推呢?这使我十分诧异——只是我不想多管这事儿。我现在头一回听说,他把安斯利少爷给毁了,这种手段看来的确非常可怕。可是他为什么打算付债权人八万英镑钱呢？我愿意这么干的想法可以说也是明智的——反正钱是从不用多久就肯定属于他的那份财产中拿出来的。我也许确实有点喜欢蒙乔依，再说毕竟不是让我从自己口袋里掏钱么。你懂这道理吗？"

"一点也不懂。"牟顿说，实际上他对这件事不怎么感兴趣。

"我也不懂；——我只知道这一点：假如他能还那些人钱，从而剥夺了他们继续要求偿付的一切权利，那么谁来继承这份产业他们无论如何是无话可说的。奥古斯塔斯现在是我的长子，也许他觉得自己不可能一直这样做长子做下去。假如我人不在了，又偿清了债权人的债，他认为蒙乔依就无机可乘了。让他去付这八万英镑钱吧。蒙乔依确实是没有什么机会了；可是奥古斯塔斯得承担一切不良后果。"

说罢，他往床上一靠，牟顿先生请求他暂时别费神去考虑写信的事了。可是不一会，他又用肘子撑起身子来，吃了几片药。"我是个大傻瓜，"他说，"去帮助奥古斯塔斯耍花招。要是我立刻死去，那他就成为活着的人中间最幸运的人了。好吧，咱们开始吧。"接着，他口授了下面的信：

亲爱的格雷先生：

我一直在考虑那天我们之间所谈的事情。奥古斯塔斯看来迫不及待地想偿清那些债权人的钱，现在这笔钱有着落了，我看他没有理由不感到满意。我想，在圣诞节前即能完成的拍卖，大致可以使我们有可能把他们的嘴给封住。我能理解应该劝使蒙乔依同我和奥古斯塔斯一起干，这样，处理偌大一笔钱的事就得到了所有各方——我本人，继承人，和不久以前还算是继承人的他——的认可了。我想你可以从奥古斯塔斯那儿得到蒙乔依的地址,在这种事情上他精明得很呢。

　　但是,你得保证把所有的债据都拿到手。假如你能得到梯利特的帮助,那你办这件事就有把握了。和他的交涉最举足轻重,因为他牵涉的数目最大。自然,他会要价很高;不过当他发现除了拿到本金之外不可能拿到更多时,我想他会和你协作的。

　　恐怕我得让你和奥古斯塔斯保持通信联系。我承认,他是个目空一切的流氓;可是没有他,我们无法办成这件事。我想他现在觉得,在我死之前把这一切都办妥对他有利,不然我一断气,那些人就会手握债据来大吵大闹。

　　　　　　　　你忠诚的

　　　　　　　　　约翰·斯卡伯勒

　　"行了。"信写完时他说道。可是当牟顿先生转过身想离开屋子的当儿,斯卡伯勒先生又留住了他。"总的说来,我对自己的一生并没有什么不遂心如意之处。"他说。

　　"我看你是没有什么让你感到不遂心的时刻。"牟顿先生回答道。他这完全是扯的谎,因为按他的想法,斯卡伯勒先生一生中有好多让他感到遗憾的事情。对于大儿子的出生情况,以及接踵而来的结婚;对于斯卡伯勒先生包了这么些年的骗局,以及后来为了保全财产他重新兜出真相,把自己以父亲的身份企图从小儿子名下夺走的全部财产重新留给了他,等等,他全都了解。整个伦敦城都谈论过这件事,大家都说,这么个坏心眼儿的、专搞欺人瞒世勾当的老人真是闻所未闻。现在他重新恢复事情本来面目无非是为了骗过那些债权人,保全这个家庭的产业。这位老先生显然应该对自己的一生感到比什么都不遂心如意;然而,老乡绅刚才对牟顿强调说那句话时,他不知拿什么其他话来回答好。

"我确实认为自己这辈子没有什么不遂心的时刻,我不知道还有谁会得到老天爷赐予的如此洪恩。这辈子我为自己干了些什么呢?"

"你这辈子干了些什么,我不太清楚。"

"我出生在一个有钱人的家庭,后来结婚了——当时我还没有现在那么富有,可是有足够的钱娶太太。"

"那是在蒙乔依出生以后吧。"牟顿说,他无法对情况装作一无所知。

"唔,对。我对婚姻之类的事有自己的见解,这些见解可能跟你的有出入。"牟顿听了点点头。"我太太真是绝世无双,在我干的所有事情上,她都和我不谋而合。我曾经完全在国外生活,我对佃户们极其宽容,给他们户户都盖了农舍,你不信可以亲自去看看。我让随便什么人来打猎,后来蒙乔依出世了,一直到让狩猎场控制在他手中。陶器工厂的人要盖房子,我尽自己一切可能给予他们帮助。我主动提出要出资办一所学校,只是想让那些人们称做不信奉国教者可以有个去处。于是教区牧师到国外来散布谣言,说我是个离经叛道之徒,结果那所学校成为纯粹为那些不上教堂的顽童而开办。校董会成立了,他们把学校办得挺不错,可是那位教区牧师照样散布流言蜚语。如果他了解我也像我了解他那样,他准会明白,比我还离经叛道呢。我给孩子们提供了最理想的教育,我在他们身上花的钱,超过了那些收入是我双倍的人所花的钱的一倍多。我的兴趣都非常朴实,都不怀什么特别的恶意。我甚至不知道自己给谁带来过不幸。后来我的产业更丰厚,同时蒙乔依却越来越挥霍成性。我开始觉得无论我怎么善于理财,也无法让家产的增长赶上他的花费,我无法为奥古斯塔斯攒起什么钱来。于是,我不得不暗自考虑,如何保全这份家业,不让那帮无赖来占据。"

"你就采取了特殊手段。"

"我就是一个常采取特殊手段的人。换了别人处于我这样的身体状况下准会认输,让像梯利特和塞缪尔·哈特这些卑鄙无耻的犹太人把特雷登庄园的财富搞到手而洋洋得意。我不想让他们感到得意。梯利特是知道我厉害的,哈特也终将会明白。在我断气之前,他们休想为所欲为。现在我打算马上让他们各人都拿到各自的钱,而这份产业将仍旧掌握在这个家庭手中。"

"这是为了奥古斯塔斯·斯卡伯勒吗?"

"啊,不错,是这么回事。不过这不是我存心想干的事。我知道自己没有什么理由对自己感到不满意,不过我不得不承认,我并不快活。可是我希望你明白,一个人可以违反法律,但人们未必一定得把他当作是坏人;一个人对宗教信仰问题有自己的看法,也不等于他一定就是个无神论者。我是为了别人的利益而尽力,在这么做的时候,我没有让客观的情况来左右我。好吧,我觉得倦了,想睡了。"

第二十二章 哈里·安斯利被叫回家

"现在我真高兴极啦。"哈里·安斯利在离开切尔顿讷姆镇珍珠街阿米塔奇太太家时对女主人说。他的确洋洋得意,高兴得什么似的,竟把帽子抛向了空中。因为他没有想到自己会如此顺利,那姑娘今后肯定属于他的了,对此他真是喜出望外。现在有不少年轻人,倒不是认为小姐们中间很少有值得他们去求爱的,而是认为要赢得她们的心不能通过启口请求的方式(这往往带来麻烦),只要用目光瞧着她们就行了。你可以从这些年轻人的脸上,看到那种脉脉温情。他们大半是些个儿不大、但身材长得匀称小巧的男子,他们知道自己身上有值得自豪的地方;他们头戴制作得很玲珑的闪闪发光的小帽子,这样他们看上去个儿似乎增高了那么一个多丘比①;他们天生有某种他们所特有的——也许我可以把它称做"高贵相",虽然这个词儿用得似乎有点过分。从他们的外貌看,好像他们的谈吐准会是得体的;可当他们的思想用语言表达出来时,却往往带点儿刺。他们对谁都毫无尊敬之意;对待他们的长辈尤其如此。这种人首先想到的是马,要是他们养马的话;然后是狗;然后是手杖;接下来便是他们恋着的情妇。不过,他们的差错不全是他们自己造成的。因为他们摆出一副高人一等的模样——这副模样让社会上人看了,即使不觉得有点愚蠢,也有点让人讨厌——于是那些小姐便宠着他们,任他们去干蠢事。但是,他们往往不结婚。不知是因为那些小姐最后摸着他们的底了,还是因为他们本人看不大到今后会有什么晚宴在等待他们,这谁说得清楚呢？他们在家里大多是小兄弟，所以不管这世界会留给他们点什么残羹剩菜，他们也许已找到了遁世逍遥的最佳办法了。然而，哈里·安斯利的短处却完全是另一种性质的。他对那位名叫弗洛伦丝的年轻姑娘态度过分谦卑了。现在他心里的得意劲儿完全是多余的。弗洛伦丝对他说她全心全意地爱着他，于是他走起路来得意得飘飘然了。对于我刚才提到过的那类后生来说，一旦对方表示了信誓旦旦，他们便立刻本能地开始考虑如何摆脱吃残羹剩菜的命运。经常是连这些都没有，因为当一位职业收入丰厚、几乎濒临秃顶的上了年纪的人②朝这边走过来的时候，咱们这位微不足道的朋友总是给忽略了，老人一声不吭地从他身边走过去了。不过，在这个不寻常的夜晚，哈里倒是信心十足的，他决不可能给忽略，他自己也决不会忘记。他顿时心里充满了异乎寻常的自豪感。整个世界现在就在他脚下，满天的星星也都为他闪烁着光芒。他开始稍稍有点看出，奥古斯塔斯·斯卡伯勒打算干些什么了；不过奥古斯塔斯·斯卡伯勒的心思眼下对他无足轻重。他已经披戴起全副盔甲，什么武器都抵挡得住。至少在那个夜晚和整个第二天，他一直处在这样的心情之中。

接着，他母亲从巴斯顿来信要他去。他母亲敦促他立刻去教区牧师住宅③。"你舅舅和你父亲见过面，对他说了你不少吓人的

---

① 丘比(cubit)：英国旧时的度量，指从肘到中指指尖的距离，一般约为十八至二十二英寸。
② 这里似指律师。
③ 哈里的父亲是位教区牧师，这里即指他自己父母的家。

话。你知道我哥哥不是个自己能拿主意的人，要不是很多事情都掌握在他手中，我才不在乎他说些什么呢。我不知道他到底说了些什么，不过你父亲说他一个劲儿地威胁。他谈到要把限定继承权搁置一边。限定继承权过去一向是固定不变的东西，我想；可是自从斯卡伯勒老先生干出那种事以后，大家好像都不再把它当回事了。但即使这个限定继承权仍然有效，你打算怎么来处置那笔津贴费呢？你父亲认为你最好来一次，稍稍商量一下这个问题。"

这是自从他感到欣喜若狂以来受到的第一个打击。哈里心里十分清楚，尽管斯卡伯勒先生在变更限定继承权的问题上似乎取得了成功，但他的限定继承权是不能改变的，普罗斯珀先生不可能把它给废弃掉。然而，他也意识到，他目前的收入主要依赖他舅舅的善意。如果津贴费减少，让他靠研究员的薪金过日子，那就糟糕了。那点收入实际上只够让他单独过拮据的日子。他清楚地知道，过去两年来，他已逐渐养成了游手好闲的习惯。处于这种思想状态下的年轻人总是首先想到要搞法律，然后转而又想去从事写作。他觉得自己在法律界不可能有多大的机遇。首先，他进入法律界为时已晚；再说，他相当自卑，认为自己不具备当法官或律师的特殊才能。也许他得知需要干上六至七年才能当上正式律师这一点也起了阻挡作用。

从事写作也许立即可以得到报酬。这就是他的想法。不过，他另外还有一个想法——也许跟第一个想法同样是错误的——即这个职业和一位将要成为巴斯顿庄园主的绅士的身份不相称。他曾见到过二三个过着放荡不羁生活的人，他不想让自己去步他们的后尘。其中有一位姓奎弗代尔的，在圣约翰学院①时他就跟他很熟,他在报界工作。奎弗代尔跟自己那位也是当牧师的父亲发生了激烈的争吵,后来他只得完全靠自己挣钱过日子,于是就开始给《未来时刻报》撰稿当起作家来了。他过着有时忙忙乱乱,有时懒懒散散,却老是不稳定的日子,才挣了五六百英镑一年;哈里·安斯利认为,他是他所熟识的人中最邋遢的了。他不信奎弗代尔真的挣六百英镑一年,不然他完全可以多换换衬衣,偶尔添条把新裤子么。他人挺有趣,老是无忧无虑乐呵呵的,没有什么心事,可就是个穷光蛋。安斯利从来没有听说他缺少钱去大吃大喝一顿,可是这些花在吃喝上的钱就是不够去买顶新帽子。把奎弗代尔作为前车之鉴,安斯利怎么也不想让自己选择写作作为职业。收到母亲的信的当儿,他就这么前思后想着;他内心确信,弗洛伦丝也不会乐意他去专门从事写作。

他回信说他五天之后会去巴斯顿镇的。父母说什么就立即照办,是跟一位身为大学研究员和将成为财产继承人的儿子身份不相称的。不过,他把这几天时间用来考虑他和舅舅之间出现的情况,还要和奎弗代尔——他和往常一样,正好在城里为《未来时刻报》编辑稿件——商量他的前程的事。"他要是来打扰我的话,我就吩咐他去睡觉。"奎弗代尔说。这儿的"他"自然指的是普罗斯珀先生。

"我和他关系没有这么随便。"

"我会自管自把话说清楚,然后他有什么手段尽管让他使出来

---

① 指剑桥大学的圣约翰学院。

吧。他有什么手段可使呢？如果他真打算吊销那可怜巴巴的二百五十英镑，他当然准会那么干的。”

“我想我自己的确对他有欠尊敬之处。”

“如果他拿钱的问题来威胁你，你就没有必要尊敬他嘛。去尊敬他会出现什么情况呢？你就得去他脚跟前叩头，求他给你以前不用讨他也乐意给的那一点点钱。换了我，就会这么跟他说：‘好吧，老兄，你什么时候想吊销就吊销吧。过去你出于自己的某种目的，即让你的继承人可以过某种方式的生活，你给我这些钱。我从孩子的时候起就拿这笔钱了。假如你现在中断这笔钱在良心上说得过去，那你就那么干吧。’这一来，你准会发现他得好好考虑考虑了。”

“他准会中断这笔钱的，那我怎么办呢？我能在你们这些个报社里找个空缺干干吗？”奎弗代尔吹了一声口哨——这种表示听到他的提议的方式让安斯利感到不快。“我想这种活儿并不需要什么高超的学问吧。”安斯利有一个大学研究员的职位，而奎弗代尔在大学里什么职位都没有弄到。

“你难道不能去制鞋吗？当制鞋匠收入挺不错哩。”

“你说些什么？你这个人让你正正经经地说两分钟话都办不到吗？”

“我一辈子没有像现在这么正经过。”

“让我去当制鞋匠？”

“不，我不完全是那个意思。我看也干不了。你得先当学徒，看看你手艺行不行。”

“那么说，我也得先让人看看我的手艺，才能为《未来时刻报》写稿喽。”话音中带有挖苦味道，奎弗代尔也听出来了。

"你当然得这么做；你得显示出你比我这个已经在职的人强，或者比另外某个将不得不丢掉饭碗的倒霉人强。《未来时刻报》需要的人数量有限。当然，伦敦有许多家报纸，还有许多家杂志，动笔头的活儿有的是。你可以去找一份差使干干嘛，不过你得先把某个比较差劲的人先给挤走，才能开始干那份差使。开始干之前，你得先当学徒。"

"你是怎么干起来的？"

"就是那样干起来的。开始的时候只拿二十四个先令一个星期，当时你却是一副绅士派头在伦敦城里到处逛呢。"

"我能挣二十四个先令一星期吗？"

"你不行，因为你已经有了研究员的薪水嘛。当年，你擅长用希腊文写抑扬格的诗，所以就得到了研究员的职位。而我却在同样那段时间里，渐渐学会把英语的词儿串起来①，我还学会怎么挨饿。现在我不常挨饿了，我已经熬过来了。我看你准无法跟我那位编辑大人相处得好的。"

"你指的是不愿意受约束。"

"对，不错。我给他干活，拿他给的报酬，所以就服从他的吩咐。假如你觉得你也行，那就来试试呗。这儿没有空缺，别处肯定有。你得先当学徒，就像干别的行当一样；可是我认为即使你当过了学徒，你还是干不了。咱们不需要希腊文的抑扬格诗嘛。"

哈里满肚子不高兴地走了。奎弗代尔跟别人一个样，认为他

---

① 指学会写文章。

干的那一行需要特殊的才能和机智。哈里相信他自己的能力不比奎弗代尔差,至少写一篇社论是没有问题的,希腊文的抑扬格诗并不碍什么事。不过,他想到自己爱整洁的习惯也许会成为障碍,于是就暂时放弃了那个念头。他认为他的这位朋友本该慷慨地欢迎他进入写作行业;也许实际情况是,奎弗代尔把那种一接到通知就要根据任何一个题目写出通顺易读的文章来的技能看得太了不起啦。

可是,巴斯顿方面的事他可怎么办呢? 有三个人他得对付:父亲、母亲和舅舅。他和父亲关系一直很不错,但跟他说话时仍不免稍稍带点挖苦。他有研究员薪金,还有一份津贴收入,所以就不太把父亲的威严放在眼里。他父亲非常鄙视他那位大舅子,把他看作是个十足的蠢货。不过他说话十分谨慎,只是偶尔露那么一两句,这也许是出于对他太太的尊重;他还觉得不能鼓励儿子去嘲笑他的恩人,不然他说不定会对恩人缺少应有的礼貌。哈里打剑桥大学毕业的时候,他曾提起过让他找个职业的事,可是他的话没有起到什么效果。当时,那个当舅舅的还拼命嘲笑这种想法呢,而那个当母亲的十分溺爱这个身为大学研究员和财产继承人的儿子,也一股劲儿地反对。这位教区牧师是位相貌堂堂、爱享福、爱放纵自己的人——他读书不多,但却读得很精深;他考虑问题也不多,但却考虑得很周到;可是他对什么事都怕麻烦。想让偌大一家子人靠那么菲薄的收入过舒舒服服的日子,他的奢望也够大的了。他的大儿子打一开始就没有给他带来什么麻烦。哈里免费受了教育,得了个研究员的职位。他从来没有花掉过父亲一文钱。眼下,他两个已成年的女儿中的大的,已跟邦廷福德镇上的酿酒商的儿子定了亲。这也是件幸运的事儿,让牧师觉得感恩不尽。他还有个成年的女儿,也长得挺标致;第三个女儿尚未成年,还有两个男孩目前在劳埃斯顿小学里念书呢。尽管身上有这么一副担子,尊敬的牧师安斯利先生照样尽量逍遥自在地过日子,很少把自己的烦恼放在心上,可是见到有什么好处他是尽量不放过的。说到好处,哈里的地位(只要他小心保持)是最了不起的了。要是那位乡绅吊销他现在给哈里提供的那二百五十英镑一年的费用,他可怎么也没有办法为哈里弄到什么钱。

接下来是哈里的母亲,她对哈里命中注定要碰到的那些好运气老是持怀疑态度。她是个待人亲切、心地善良、贤妻良母型的女子,所以这一群鸭子在她眼里自然都成了天鹅。而这些个天鹅之中要算哈里的羽毛最洁白了;而大女儿玛丽——就是让邦廷福德酿酒商的少爷看中的那个女儿——在羽色的纯度方面得第二位。哈里的津贴费给吊销,几乎就跟索罗本先生带着帕克里奇猎犬队出去打猎(酿酒商们的消遣,索罗本先生大有仿效的味道)时折断了脖子一样,是场大灾难。安斯利太太出生在庄园大宅里,之后在巴斯顿镇待了一辈子。她是牧师的贤妻,是一家人的良母,因为她又当妻子又当母亲,比她丈夫更多地操劳家务。然而,她对哥哥确实怀有某种尊敬,虽说她打心眼里知道他很蠢。不过,他生来就是巴斯顿庄园主人这一点非同小可,而如今他年已半百却尚未娶妻,所以就把继承人的地位留给她的儿子,这一点就更加举足轻重。她儿子将要得到一笔可观的财产,可是对于这笔财产哈里却不怎么热中。得和哈里谈一谈,非常严肃地谈一谈,他老是得罪那位动不动就生气的舅舅,可能的话要把他从这种大逆不道中拯救出来。最近她丈夫对她提到一种可怕的想法。那限定继承权可能由于她哥哥结婚而整个儿给取消。这是个吓人的主意,可是一旦她哥哥

222

想到这一点,他也许真会那么去干。过去,谁连做梦都没有想到过对安斯利的利益有如此大威胁的事情,安斯利太太觉得如果继承人表示出适当的屈服态度,事情或许还可以挽回。

可是,这位乡绅老爷本人就是哈里最害怕的冤家。哈里心里十分明白,别人会要求他顺从,可是即使他愿意这么干,他也不知道如何来演这样的角色。为了弗洛伦丝的缘故,现在他愿意忍着点。如果普罗斯珀先生要求他晚饭后应该坐着洗耳恭听一番训诫,他愿意坐下来听到底。虽然这种训诫非常枯燥乏味,但为了他所爱的姑娘,他不妨忍受一下。然而,他非常担心引起他舅舅不快的原因不止于此。有消息传到他耳朵里说,他舅舅曾说他对蒙乔依·斯卡伯勒的行为非常可恶。他没有亲耳听到舅舅说些什么,不过从他母亲那儿,也从舅舅的法律代理人那儿听说舅舅对他发出了威胁。他当然要去巴斯顿庄园,尽可能装出毕恭毕敬的样子去见舅舅。可是要是舅舅谴责他,那他只能对舅舅说,他对他所说的事情一无所知。即使把整个儿巴斯顿庄园都给了他,他也不会承认自己干了卑鄙无耻的事。他很肯定,弗洛伦丝也不希望他这么干。要是弗洛伦丝希望他这么干,她也就不成为弗洛伦丝了。他觉得他可以查查人们的手,或者说确切些,查查人们的舌头,看看谁把这种造谣中伤传到庄园大宅里去的。他要立刻到庄园去,把全部事实真相告诉他舅舅。他要向舅舅说清楚,当时自己受到了恣意侮辱。不错,他是把那个人打翻在地;可是没有迹象表明那个人受了重伤;两天以后,那个人失踪了,可是很明显,他不可能不用腿走路就能销声匿迹的。要是他自己离开了——这完全可能——那他哈里何必要自找麻烦去帮助他躲起来呢?要是另有某人帮助他逃之夭夭——这也完全可能——那人们在各处询问打听他的时候,这个某人为何不站出来把情况谈清楚呢?为什么非要他来谈这次冲突的情况呢?这种情况要谈也只能给斯卡伯勒上尉本人的名声丢尽了丑。再说,要他谈这件事,他不可能不提到弗洛伦丝·蒙乔依的名字。他舅舅听到事实真相后,一定承认他哈里确实没有干过什么恶劣的事情。可是,哈里在这么前思后想的当儿,对自己的做法还是有于心不安之处。在下面两点上,他无法认为自己是清白的:一是当别人问及他关于那天半夜的冲突时,他隐瞒了全部的事实;二是他对奥古斯塔斯·斯卡伯勒佯称他对此事一无所知。然而,他知道他决不会承认自己有什么过错。

第二十三章　有关普罗斯珀先生的传闻

哈里·安斯利到巴斯顿去的时候才十月份,那时蒙乔依母女俩刚刚到达布鲁塞尔。格雷先生则已去过特雷登庄园,回到了伦敦。哈里回家的当儿曾说定——至少他母亲是给他这么说定的——他得在那儿待到圣诞节。但是,他心里觉得很不愿意待那么久。要是庄园大宅和园林对他开放,他也许会忍耐地待下去。他会从书架上拿下二三本内容呆板的书来(他自然一本都不会去看),会去打几只山鸡,还可能会带着一群猎狗,骑上他未来妹夫的一匹马。然而,他担心会发生一场争吵,于是他就会被禁止去庄园大宅和那座园林;他还知道,一旦他的收入被中断,他哪里还有什么兴致去打猎呢? 他有必要立刻采取某种重大步骤;不过要这么做,也有必要得到弗洛伦丝的同意才行。他在伦敦有一个极普通的住处,离开那儿以前,为了对可能发生的情况有所准备,他预先给了房东要退掉房间的通知。"我现在还说不上肯定要搬,不过我不妨告诉你一下有这种可能。"这话他是跟布朗太太说的,布朗太太是出租房间的房东,她接受了这个预先通知,就像任何一个叫布朗太太的肯定会做的那样。可要是他在布朗太太那儿的住处给退掉了,那他上哪儿去住呢? 他认为,让他在教区牧师住宅里无所事事地待着,他会受不了。接着,他闷闷不乐地搭火车去了斯蒂文尼奇,教区牧师家的一辆小马车在那儿迎接他。

母亲跟他拥抱的时候,他就从她的眼神里把情况全看出来了。有某桩糟糕的麻烦事即将发生,这事除了和他舅舅有关之外,还会有其他什么可能呢？"怎么，妈妈，是怎么回事？"

"哦，哈里，庄园大宅里边发生了让人难过的事儿啦。"

"舅舅死了？"

"死了，不是的！"

"那你的脸色为什么显得那么忧伤？

　　正是这样一个人，这样没精打采，这样垂头丧气，这样脸如死灰，这样满心忧伤，在沉寂的深宵揭开普里阿摩斯的帐子。[1]"

"哎！哈里，别开玩笑。你舅舅说了那种吓人的话。"

"他说些什么我不在乎。问题是——他打算干什么？"

"他宣布说要完全剥夺你的继承权。"

"这谈何容易。"

"不错，哈里；可他会那么干的。哦，哈里，来，你坐下，咱们谈一下。我刚才让你父亲出去了，这样我就可以跟你单独在一起；几个乖妞儿去邦廷福德了。"

---

① 莎士比亚的历史剧《亨利四世下篇》第一幕第一场中诺森伯兰伯爵在他的仆人毛顿从索鲁斯伯雷战场奔回禀报伯爵的公子战死的消息时所说的话，原文为：我的儿子和弟弟怎么样了？你在发抖，你脸上惨白的颜色，已经代替你的舌头说明了你的来意。正是这样一个人，这样没精打采，这样垂头丧气，这样脸如死灰，这样满心忧伤，在沉寂的深宵揭开普里阿摩斯的帐子，想告诉他，他的半个特洛亚已经烧去；可是他还没有开口，普里阿摩斯已经看见火光了；你还没有告诉我你的消息，我已经知道我的潘西死了。（参见《莎士比亚全集·亨利四世下篇》。）这里，诺森伯兰借用了荷马史诗《伊利亚特》（Iliad）中的故事，以特洛亚王普里阿摩斯自比。

"哦,她们就干那种事。索罗本准会见了她们烦的。"

"现在他是咱们唯一的幸福所在。"

"可怜的索罗本! 他得为咱们一家人的幸福负责,真可怜。"

"乔舒亚是个非常出色的小伙子。要是没有了他,真不知道咱们会落到什么地步。"

这位风华正茂的酿酒商少爷的名儿叫乔舒亚,哈里认识他有好些年了,虽然直到现在他才成为他的妹婿。

"我想他是个出色的小伙子;尤其是因为他选择了莫莉①当他妻子。他正是那种应该娶老婆的小伙子。"

"他当然应该娶老婆。"

"因为他有能力赡养一个家庭嘛。好吧,现在谈谈舅舅的事吧。他打算一本正经地提出剥夺我的继承权。会不会他过去早有妻室儿女了? 我毫不怀疑老斯卡伯勒能干成这种事情,可我不信舅舅会有那个能耐。"

"不过问题是今后他要那么干。"这位郁郁寡欢的母亲擦着眼睛摇摇头说。

"你的意思是说他要成家?"

"这一切都操在上帝的手中。"牧师的妻子说。

"对,说得有理。他年纪还不太大,完全可以成为普里阿摩斯第二②,让他的帐子朝另一个方向揭开。这是他玩弄的小小手法,

---

① 莫莉(Molly)是玛丽(Mary)的昵称。

② 参见 226 页注①。

是吗?"

"外面已经到处流传那是可能的说法。"

"那位女士是谁?"

"你可以放心,只要他打定主意要这么做,那还愁没有女人!我曾经暗自反反复复地想过,后来想到的是玛蒂尔达·索罗本。"

"是乔舒亚的姑姑!"

"对,不错,是乔舒亚的姑姑。我真的把这想法悄悄地跟乔舒亚说了,他说她人傻,什么事儿都干得出来。她名下有二万五千英镑财产,可是她完全靠自己生活。"

"我知道她住哪儿——就在邦廷福德镇的郊外,你去劳埃斯顿的路上会经过。不过她不是一人独居。舅舅是不是也打算要娶蒂格尔小姐?"蒂格尔小姐是一位受人尊敬的女子,跟索罗本小姐一块住,给她做伴。

"我不清楚这事儿她们会怎么安排;不过这个问题她们总得考虑,哈里。我们只知道你舅舅上邦廷福德镇去了两回。"

"那女的至少得五十了。"

"还不到四十呢。她对别人说三十六岁。他可以通过生前指定由妻子继承财产的方法把财产赠与她,这么一来那笔财产就不属于你了。"

"那我怎么办?"

"是啊,亲爱的,你怎么办呢?"

"他干吗要这样来打乱我的一生,还有他自己的一生的安排呢?"

"你父亲也正是这么说的。"

"我想他可以这么干。法律会允许他。可是,这是极其不公正的做法！当年我还是个孩子的时候，我并没有请求他搀住我的手，把我带到现在这种特殊的生活模式里来。这全是他自己要这么干的。他怎么会有脸瞧着我，对我说他打算娶个老婆？我会把眼睛直盯着他，对他说我也要娶老婆。"

"可你这事定了么?"

"是的，妈妈，定了。你应该祝贺我找到了世界上最好的女子。"他母亲为他祝福了，可一个字也没有说到那位最好的女子——因为目前在她心里最好的女子该是乔舒亚·索罗本先生的新娘。"假如我对舅舅说情况就是这样，他会对我说什么呢？他还会有脸对我说，我将被剥夺巴斯顿庄园的继承权吗？我不信他会有这种胆量。"

"他早想到这一点了，哈里。"

"他怎么想到这一点的，妈妈?"

"他已经吩咐说他不想见你。"

"不想见我!"

"他就这么说的。他给你父亲写了封长信，信中说他不想见你面，以免弄得不愉快。"

"什么？事情真的都干出来了?"

"你父亲昨天收到信的。这封信一定花了我那可怜的哥哥一个星期才写成的。"

"他把整个打算都谈出来了;玛蒂尔达·索罗本，还有今后成家的事?"

"不，他没有提到索罗本小姐的事。他只说起他得把财产作重新安排。"

"他不可能进行重新安排;也就是说，在他的儿子出世之前，他没法儿这么干。别的不说,这就可能要等好长时间呢,你知道。"

"那他会采取生前指定妻子继承财产嘛。"

"莫莉对这件事怎么看?"

"莫莉气得要命,乔舒亚也一样。乔舒亚提起这事儿时的口气,好像他就是咱们家的人似的。他说邦廷福德镇的老一辈不会同意的。"所谓老一辈,指的是乔舒亚的父亲、母亲和玛蒂尔达·索罗本小姐的一个同父异母兄弟。"可是他们能有什么办法呢?"

"他们毫无办法。只要玛蒂尔达小姐喜欢普罗斯珀舅舅——"

"喜欢,我亲爱的! 你真是年纪太轻了,她自然会喜欢弄一座乡间宅子住住,还有园林,还有当地的社交界。她还喜欢除蒂格尔小姐外还有人跟她做伴么。"

"比如说我舅舅。"

"对,你舅舅。"

"假如让我选择的话,我宁可挑蒂格尔小姐。"

"那是因为你是个傻孩子。好吧,现在你自己怎么办?"

"他给父亲写的那封长信中难道没有提到什么原因吗?"

"你父亲会让你看信的。他当然谈到了原因。他说你对可怜的蒙乔依·斯卡伯勒干了极其不应该干的事。"

"这白痴,他怎么知道的?"

"哎哟,哈里!"

"唔,还要我说他什么才好呢,妈妈? 他把我从小就领去抚养,又为我安排好了一生;他说那份财产将属于我,还给我生活津贴费,把我当成是他的长子;他不止一次地说——当时他说的话比我说的话更有效验——我不必去找什么职业。他已经和我立了契约,让社会上都知道我是他的继承人。现在他听到某个荒诞无稽的说法——其中的真相他一无所知——便把我给抛弃了。我除了说他是个白痴,还能说他什么好呢?他准是个白痴,要不就是个没有心肝的无赖。他说他不想见我——他曾亲自干预我的一生安排,结果没有给我带来幸福,反而把我的前程给毁了,现在他打算把我赶出去,就像把一条不称心的狗扔出去一样。因为他知道自己无法回答我的问题,就宣布他不愿见我。”

“事情的确让人难以忍受,哈里。”

“所以我只叫他白痴,没有说他是无赖。可是我不甘心就这样顺从他的意愿而败下阵来。我一定要见他。除非他们把他锁在房里,不然我一定得强迫他见我!”

“那样做有什么用呢,哈里?这只能让他更加对你抱敌意。”

“你不知道他的弱点?”

“唔,对,我知道。他这个人很软弱。”

“他不想见我,原因是如果他亲耳听到我为自己辩护,他准会屈服的。他对这一点很清楚,所以就不得不躲避我。有人为什么要挑唆他来对我怀恶意呢?”

“说真的,他怎么会受人唆使的?”

“因为有人想害我,此人比他厉害,已把他给捏在手里了。这个人在我背后散布了谣言。”

“干这种事的是谁?”

“啊,那正是问题所在。可是,我心里清楚是谁干的,现在我不想提他的名字。我的这个仇人,了解我舅舅性格软弱——知道他是个白痴,就把他控制在手中,唆使他干出这种事来。他对别人给他讲的那段故事信以为真,于是就乐意甩掉一个沉重的包袱。不错,我待他的态度一向不够温和——不过,说实话,我也没有对他生硬。我老是躲着他,所以他对此耿耿于怀。可是,他却怕当着我面说他对我不满。姑娘们打邦廷福德镇回来啦。莫莉,你这个艳丽多姿的新娘子,但愿你对你那位酿酒商挺满意。"

"他对我也挺满意么,哈里少爷。"他的大妹子说。

"那更好啦,——真的太好啦。要是他不是个酿酒商,你会怎么样呢?不管怎么说,我真心诚意地祝贺你,好妹子。我认识他很久了,我确实知道他人挺好的。"

"谢谢,哈里。"她亲了他。

"我希望范妮和凯特都会有门好亲事。"

"会有的,别急。"范妮说。

"我想嫁个银行家,——全由我管。"凯特说。

"你能嫁半个银行家就很不错喽。"哈里说。

"我想告诉你,"莫莉这时兴冲冲地接下去说道,"只要你待在这个家里,他总可以给你一匹马骑骑。这不是哪个妹夫都能办到的。"

"也不是哪个舅舅都能办到的。"凯特晃了晃脑袋说,从中哈里可以看出,他跟舅舅不和的事在这个家庭里早就是大家随便议论的话题了。

"舅舅叔叔什么的,情况就很不一样,"母亲说,"你不能指望他们像恋爱之中的人那样行事嘛。"

"想象一下彼得舅舅谈恋爱的模样。"凯特说。几个女孩子把普罗斯珀先生唤作彼得舅舅,显然总是带点儿打趣的味道。接着,另外两个姑娘神情严肃地摇了摇头,哈里看出有关挑选玛蒂尔达·索罗本小姐作庄园大宅女主人的事儿,也是当着她们的面讨论的。

"我又不是跟他们整个一家子结婚。"莫莉说。

"比方说,不跟玛蒂尔达小姐结婚。"她哥哥笑着说。

"不,尤其不是跟玛蒂尔达结婚。乔舒亚跟咱们家里的人都一样,对她姑姑很生气。你会发现,与其说他是索罗本家的人,还不如说他是安斯利家的人。"

"亲爱的,"母亲说,"你丈夫今后自然而然会为他自己的家着想,你也应该多为他的家着想,那个家也是你的。一个女子嫁了人就应该常常多想到自己丈夫的家嘛。"这位做母亲的就这样给女儿讲了她将来要尽的本分;可这当儿凯特在母亲背后帮着她姐姐范妮做鬼脸,以此来表明她认为在血统问题上——即她所说的门第贵贱的问题上——索罗本家的人是不能和安斯利家的人相提并论的。

"妈妈还不知道这事呢,"莫莉后来悄悄对他哥哥说,"不过你可以想当然地认为,彼得舅舅已来过邦廷福德,向玛蒂尔达姑姑求过婚。我一下就看出来了,因为今天她目光很机警地瞧着我。乔舒亚说,从她的表情来看,肯定有这么回事。"

"你认为她会要他吗?"

"要他? 她当然会要他。干吗不要呢? 一个可怜巴巴的老姑娘有那么个伴儿待在一块儿,碰到谁都会要。"

"她有很多钱。"

"她会当心好自己的钱,这一点你不用费心。她会住到他的宅子里去,还会出现生前指定妻子继承财产的契约。当然,如果有了孩子——"

"啊,别说了!"

"也许不会有孩子。不过情况同样糟糕。我们连看都不想去看他们;我们觉得这件事真是恶作剧。一旦事情公开宣布了,我们会让他们知道一点我们的看法。"

第二十四章 哈里·安斯利的苦楚

那天晚上,哈里跟他父亲间的那席谈话,虽然没有什么特别重要的目的,但使用的语言却是一本正经的。"这是个坏消息,哈里。"教区牧师说。

"对,是这样,先生。"

"毫无疑问,你舅舅可以随心所欲这么做。"

"你说的是他给我的津贴费?"

"什么津贴费!我说的是那份财产本身。干等着别人死,好去继承产业,这日子不好过。"

"可世界上大家都这么等呗。谁也不会说,我等舅舅去世继承他财产等得心急死啦。当年是他先对你说,他永远不打算结婚,于是这份财产正式限定由我继承,他就把我当儿子抚养。"

"他是那么做的。"

"一点不错,先生。对于这情况我没有什么好说的。据我所知,过去十二年来,他一直给我二百五十英镑一年的津贴费。"

"自从你去查特豪斯公学上学以来。"

"那时候,你不能指望我对这件事能发表什么意见。打那以后,他一直就那样提供我费用。"

"对,打那以后他一直给你津贴费。"

"我打剑桥大学毕业的时候,他就要求我别去从事什么职业。"

"不完全是那么回事,哈里。"

"据我所知,情况是这样:他不愿意让他的继承人因操业而劳累。这是他亲口对我说的。"

"不错,那正是在他心里得意的时候说的,因为当时你刚刚获得大学研究员的职位。不过当时确有那么一个默契,如果没有正式立下契约的话。"

"什么契约?"哈里表情惊讶地问。

"就是你过继给他当儿子。"

"我绝对不接受。以那个作代价我是不会接受的——任何代价也不干。我从来没有觉得自己对他有像对待自己父亲那样的尊敬和爱戴。对我亲生父亲,我确实满怀着尊敬和爱戴。这种感情是某种无法转移的东西。"

"这种感情可以分享嘛,哈里。"教区牧师说,他听了儿子的话感到高兴。

"不,先生。在对待他的问题上,不可能。"

"他在给他妹子、外甥女们念训诫的时候,你完全可以坐在那儿嘛。你知道他有虚荣心,却明知故犯地去伤害它。我现在不想责怪你,可这是个灾难。现在咱们得正视它,看看该怎么办才好。你母亲已经跟你说了,他给我写了信。这就是他的来信,你会看得出他写这封信是有明确目的的。"接着,他递给哈里一封写在一张大信纸上的信,念一遍需要花好长时间,所以哈里就坐下来读信。

这儿没有必要把信的内容原原本本地重复一遍。这封信语句繁复,用词却斩钉截铁。信中没有提到哈里没有尽到本分,也没有提到他念训诫时总是缺席,以及诸如此类的错处,却把他外甥在某一特定事件中的不良行为——他所认为的不良行为——作为他决定中止津贴费的依据。不幸的是,尽管哈里准备否认他那天的所作所为应受到谴责,可是他却无法去反驳促使普罗斯珀先生构成他的看法的那些事实。所谈的事实经过只提到了蒙乔依·斯卡伯勒,可对整个事实真相却只字不提。"我了解到那天深夜在街上发生了一场冲突,结果斯卡伯勒少爷被当作死人那样丢在那儿的围栏下面。""被当作死人那样丢在那儿!"哈里叫道,"谁说他被当作死人那样给丢在那儿? 当时我不认为他已死亡。"

"你最好把信念完。"他父亲说,哈里便念下去。那封信继续叙述了蒙乔依·斯卡伯勒是如何从他常去的地方失踪的,警方是如何各处寻找他的,报纸上是如何连篇累牍地登载有关这件怪事的消息的,以及他哈里是如何对所发生的事守口如瓶的。"然而,事情还不止于此,"信中继续写道,"他在和那位先生的兄弟谈话时,断然否认在上面提到的那个晚上,他跟那位先生之间发生过任何事。假如情况像他所说的那样,那他绝对是在撒谎。他明知自己有罪,把那个人打得几乎丧了命——因为那天深更半夜,他在伦敦街头把他丢在围栏下死活不管——却公然对这位先生的兄弟声称,那天夜里他没有见到过这位先生,而实际上他明明知道自己送了他的命——这种行为可能算作也可能不算作谋杀罪——一个在这种情况下还满嘴谎话的人,是不配作为我的继承人的。"信中其他句子也同样写得冗长烦琐,普罗斯珀先生力图用这些词句来把故事叙述得具有悲剧效果,可是指的都是同一件事。他没有提到那份财产的最后去向,也没有提到他自己的那桩婚事。假如他有儿子,那个儿子自然就会是那份财产的继承人。假如他没有儿子,那就得由哈里来继承,即使他的行为十分可恶。为了防止社会正义受到严重损害,结婚——其结果众所周知——是他所能采取的唯一步骤。这些话他没有必要明说。不过那二百五十英镑津贴费就提供到圣诞节的那一季度为止,今后想他不能再在庄园大宅里接见亨利·安斯利先生了。

哈里念完信后，便光起火来。他真正意识到，这个人大大地侮辱了他。普罗斯珀先生把他说成是个撒谎者，还暗示他是个杀人凶手。"你拿他毫无办法，"他父亲说，"他是你舅舅，你靠他养活。"

"我没法子把他喊出来跟他干一架。"

"你不能那么干。"

"我可以自己进宅子里去见他呗。"

"我看你连这一点也办不到。你会发现自己连大门都进不去，我劝你放弃这些念头吧。你能对他说些什么呢？"

"那件事是假的。"

"哪件事是假的？尽管实质上是假的，可说起来还是真的嘛。你确实否认过你曾见到过他。"

"我不清楚当时我们之间是怎么说的。奥古斯塔斯·斯卡伯勒拼命想盘问我有关他哥哥的事儿，我不想让他那么盘问。根据我了解的情况，撒谎的正是他自己。他在他哥哥跟我发生冲突后见到过他。"

"他否认此事了么？"

"他实际上是通过盘问我这种方式来否认这一点的。他盘问我的目的看起来想弄清他哥哥的情况，而他本人明明知道他的情况。"

"可你无法证明这一点。他明确地说，你否认那天夜里见到过他哥哥。我不想谈论奥古斯塔斯·斯卡伯勒，我只想谈你舅舅的事。他说的情况是确实的，所以你最好由他去。想想别的办法把事情真相装进他的脑袋里去。"

"对这么个蠢人有什么办法好想呢？"

"把你所知道的事实经过写下来，让他去看嘛。让你母亲送去。我想他会见你母亲的。"

"就这么去求他情。"

"你不必去求情嘛。要不然那桩婚事成功了——"

"你听说那桩婚事了，先生？"

"对，我听说了。我相信他打算那么做。你把有关实际发生的情况和你的动机写下来，把它交给那位女士的亲戚，他肯定会读到它。"

"那管什么用呢？"

"是不管什么用，但可以让他感到问心有愧。你阅历不深，得好好学点人情世故。他认为自己跟你闹翻是因为那个伦敦事件，可实际上是因为你拿了他的钱却不愿听他念训诫。"

"所以说，说谎的是他，不是我。"

"我是个喜欢折衷的人，我想说你们俩谁都没有说谎。正如你所说，你不愿意让人盘问，于是就说了那些话。这种做法合情合理，不必多追究。他因为你待他不够恭敬而感到恼火，可要他说出受冒犯的理由，那他什么理由都可以用，就是不能提那一条。他心里有气，所以对什么事都信以为真。这位斯卡伯勒少爷在某种程度上把他给捏在手里了，让他相信了那种无稽之谈。如果所有这些主日的夜晚，你能准时坐在那儿，你认为他还会相信那些说法吗？"

"所以，我就因此得受这样的惩罚吗？"教区牧师只得耸耸肩膀。他不想责备儿子。在这个屋子里谁也没有责备哈里的习惯。他是大学的研究员，又是巴斯顿庄园的继承人，因此大家觉得他是不该受到责备的。不过，教区牧师认为他儿子是自食其果，哈里也知道他父亲有这种想法。

　　有两三天,他垂头丧气地在乡间游来荡去。几个女孩子天真烂漫的笑闹声让他感到难受。像他这样满肚子苦楚的人怎么能跟她们一块儿去笑笑闹闹呢?他这个一家之栋梁——别人就是要他这么来看待自己的——正在遭受冷酷无情的待遇的当儿,她们却笑呀闹呀地乐着,她们的心肠也太狠了。有一两天,他对索罗本也恨得要命,尽管索罗本一直对他和和气气。他冷冰冰地向他祝贺之后,便躲开了他。"听着,哈里,圣诞节之前,你要用我的马尽管用好了。'颠茄'和'橘皮'①,随便哪一匹都行。你会发现那匹母的跑得稍稍快些,不过那匹公的可能比母的跳得高。""哦! 多谢。"哈里说着便自管自走了开去。索罗本非常喜爱他那两匹马,爱跟人谈论它们。他心里清楚,哈里·安斯利待他态度生硬。可是,他这个人脾气随和,也就不声不响地忍受下来了。甚至对莫莉都没有说过一句抱怨话。然而,莫莉可没有这份耐心,她对哈里说:"他那么好心地待你,你也许得讲点礼貌。不是人人都愿意把马借给你打两个月猎的。"哈里摇摇头,便闷闷不乐地往田野间信步走去。在这些日子里,那座庄园园林的泥土他连踩都不想去踩一下。"他早就不打算跟我再打什么交道了,"他对教区牧师说。"无论怎么说,你可以去教堂做礼拜嘛,"他父亲说,"你待在牧师住宅这段日子里,他准不会去那儿。"啊,不错,哈里可以去教堂。"我至今不得不认为普罗斯珀先生是那座教堂的主人,可是教区牧师住宅通向

----

　　① "颠茄"、"橘皮"都是给马取的名字。

教堂的那条道无论如何是公家的路嘛。"因为巴斯顿镇的那座教堂耸立在庄园园林的一个角上。

情况就这样持续了两三天,在这期间全家人谁都没有再提起哈里的烦恼事。哈里给布朗太太寄去了一封信,告诉她那套租屋他不再要了;接着哈里便忧心忡忡起来,他今后上哪儿去住呢?他想到自己得回剑桥大学去,在圣约翰学院租一套房间,再在学院里找份工作。尽管他快快活活无所事事地度过了命中注定的这两个年头,但他仍然认为他的想法也许可能实现。除此以外,还有什么机会向他敞开着呢?于是,在田间漫步的当儿,他自然情不自禁地想念起自己恋着的姑娘来了。如今他再有什么脸去见弗洛伦丝呢?问题倒不在于他失去了二百五十英镑的年收入。真要结婚,那一小笔钱也无济于事,而且姑娘自己的那笔收入他从来没有把它考虑在内。然而,他宁可指望得到巴斯顿乡绅老爷这个位置,并且理所当然地认为不用多久就会有人让他填补这个位置。虽然他对弗洛伦丝从未提到过钱的事儿,可是对这件事,他心里就是这么认为的。如今,目前的这位乡绅老爷打算结婚,这么一来,这件事就不会像他想的那样了。他眼前出现了六个小普罗斯珀睡在六个小摇篮里,还有一套几间幼儿保育室在庄园大宅里建立起来。普罗斯珀这个姓会在巴斯顿固定下来,这个庄园从此跟他哈里无半点缘分。

在这种情况下,弗洛伦丝希望他允许她解除婚约,难道不是合情合理的吗?现在他只是一位穷牧师的身无分文的儿子,除了可怜巴巴的一点津贴费之外他一无所有,而且一旦他结了婚,这点津贴也就终止了。他知道他应该让她收回她的山盟海誓。不过,想到这么做,他对她感到愤慨。难道爱情的结局就该如此么?她对他的情意难道就这么一笔勾销了吗？他有什么权利指望她跟其他姑娘不一样？他对自己说，她毫无疑问准会这么做。想到这儿，他心情更加忧伤。多雨的十月天，田野泥泞不堪，他漫步穿越的当儿，一阵骤雨把他打得湿淋淋的。咱们之中谁不清楚，当一个人觉得连大自然都来跟他作对，他心里会有何种感触：他会扣紧衣服，呼唤苍天来审视他那虔诚的心灵。

> 吹吧，风啊！胀破你的脸颊，猛烈地吹吧！
> 你，瀑布一样的倾盆大雨！①

一个人怀着那种心情淋了雨，自然会这样对着绵绵细雨说起话来。在目前这种情景下，哈里把自己和李尔王联系了起来。他发现自己浑身湿透，仿佛觉得尖塔被浸没，屋顶上的风标被淹沉②。他就在这样的情况下回到了家；他在这世界上所遭受的不幸太使他伤心了，但他宁可忍受着也不会让自己说出口来。可是，他走进客厅时，他母亲向他问了安便交给他一封信。这封信是日班邮件送到的，母亲在把信递给他的当儿，怜悯地瞅着他的脸。信是从布鲁塞尔寄来的，她准能猜出是谁的信。它可能是一封充满柔情蜜意的情书；不过鉴于哈里目前的处境，此信也可能既无柔情

---

①② 莎士比亚的悲剧《李尔王》第三幕第二场中，李尔王在雷电交加的荒野所发的感慨：吹吧，风啊！胀破你的脸颊，猛烈地吹吧！你，瀑布一样的倾盆大雨，尽管倒泻下来，浸没我们的塔尖，淹沉屋顶上的风标吧！……（参见《莎士比亚全集·李尔王》，朱生豪译，1978年人民文学出版社出版。）

也无蜜意。他接过信瞧了一下,可当下他不敢拆开它。他一语不发地上楼到自己房里去,把信撕开了。他心里想,信里准会转弯抹角地提到他少得可怜的津贴费和他手头拮据的情况。信是这样写的:

最亲爱的哈里:

　　尽管母亲不准许,我想我还是应该给你写信。不过我对她说,在目前情况下我非得这么做,但我会恳求你不要回信的。虽然我是出于不得已才写这封信的,因为我们之间不得有书信往来。我在这儿听到一些非常有损于你名誉的谣言。(哈里念到这里气得咬牙切齿)人们谈论着有关你在伦敦跟斯卡伯勒上尉相见的事,我知道其中仅仅部分情况是真实的。妈妈说就因为这些传闻,我应该解除婚约;我伯父马格纳斯爵士也断然劝我这么做。我对他们说,人们谈论的有关你的情况部分是假的。然而,不管这些传闻是真是假,我永远不会解除婚约,除非你要求我这么做。他们告诉我说,就经济前景来看,你破产了。我说只要有我的收入,你就不可能破产。虽然我的收入不大,但我觉得够我们花的了。

　　所以,你现在尽可以照你自己的意愿行事。你可以放心,不管人们说你好还是说你坏,我一定忠诚于你。无论妈妈说些什么,我都不会改变主意;当然,对马格纳斯爵士的话也一样。

　　如果你真的忠诚于我,我现在并不需要你对我作任何表示。我已经答应妈妈,我不会让你回信的。希望你能为我遵守诺言。假如你想摆脱我,那你就应该写信来向我说明。

　　但是,你不会希望这么做的,因此我是属于你的;永远,永远,永远属于你的

　　　　　　　　　　　　　　　　　弗洛伦丝

哈里站在屋子中央念信,半分钟之后,他脱去了湿淋淋的外套,还用脚一踢,把一只湿靴子甩到屋子远处的角落里去。接着,有人敲门,他母亲走了进来。

"告诉我,哈里,她说些什么。"

他全身湿漉漉的,光着一只脚,朝母亲奔了过去,把她搂抱在自己怀里。"哦,妈妈,妈妈!"

"怎么啦,亲爱的?"

"你念一下这封信,然后告诉我天下还有比她更好的人吗?"安斯利太太果真念了一遍信,但觉得她自己的女儿莫莉也跟她一样好。弗洛伦丝只是做了任何一个有志气的女孩子都会做的事。不过,她看到自己的儿子这当儿兴高采烈的样子,而他过去几天里却是垂头丧气,所以她很乐意分享儿子的快乐。"要我一个字都不要写给她。哈!谁会照她那么做?"

"可她似乎说的是正经话。"

"正经话!我也说的是正经话。让我缚住手,不写信,你说可能吗?对,我是给我自己的情人写信,我觉得我 定得写几句。要是我不写,我不知道她会怎么说呢。"

"我认为她是想要你别作声。"

"她真是在开一个稀奇古怪的玩笑。让我为她遵守诺言。我的宝贝,我的天使,我的命根子啊!可就是那件事我做不到。哦,妈妈!你知道我有多快活。有了这么位好姑娘,却偏偏遇到普罗斯珀舅舅、索罗本小姐等等这号人,这到底在搞什么恶作剧呀?"

第二十五章　哈里和他舅舅

几个女孩子没头没脑地亲着哈里,还对他情人的天使般的美德大加赞扬。只要他不发脾气,她们是完全可以待他慷慨大度的。"你当然应该给她写信。"他换了干衣服打楼上走下来的当儿莫莉对他说。

"我想我应该给她写信,妈妈。"

"只是她这么要求你,看来十分认真。"安斯利太太说。

"我看她宁可读到一行字说他也十分认真。"范妮说。

"她干吗不像别人那样爱念情书呢?"凯特说,她有自己的看法。"她自然得全跟她妈妈说,可这有什么必要让他担心呢?妈妈当然认为乔舒亚不必给莫莉来信,可真的来信了,莫莉才不会介意呢。"

"我可没有这么想过,小姐。"

"再说,乔舒亚住在相邻的教区,有话要说,可以骑着马儿上门来嘛。"范妮说。

"我无论如何得写信,"哈里说,"即使惹她生气也在所不惜。"于是他真的写了下面这封信:

巴斯顿镇

188×年 10 月×日

我亲爱的好姑娘:

　　要我不写几句来回答你,我办不到。你设身处地想想:

244

你要是换了我,你做得到么? 你想想,你收到一封非常高尚,非常真挚,洋溢着深情厚谊,而且真正让你感到无比欢欣的信,然后你说你就打算到此为止,不想写片言只字表示一点谢意,这绝对办不到。我怎么也不会要求你解除婚约——在我目前的麻烦处境中,这婚约是我唯一的安慰。一个人有那么大一块立足之地,他还会有其他什么愿望呢? 一个人只要有一位他幸福所系的人信赖他,那无论别人怎么来恶意中伤,他都可以忍受下来。你在我心中的重要性胜过世上的一切。

我当时不想把自己的秘密让奥古斯塔斯·斯卡伯勒探听了去。现在我可以把全部真相告诉你。蒙乔依·斯卡伯勒当时对我说,他把你当作是他的未婚妻,因而要求我表态与你断绝来往。你知道情况完全可能是那样。当时他喝得醉醺醺的——有意耍酒疯,这样就可以随心所欲,爱怎么干就怎么干——他用手杖打了我。接下来是一场混战,他给打翻在地。一个清醒的人在这种冲突中总是占上风的。(**笔者认为,哈里这儿用"清醒的"这几个不起眼的字儿自有他的目的。要声明他本人当时没有喝醉酒,现在这个机会难得,不可坐失。**)我把他丢在那儿自管自走了,他肯定没有死,也没有明显地伤得厉害。可要我把这些全对奥古斯塔斯·斯卡伯勒说,那你的名字就非提到不可。现在我不会介意这么做了。如果事出必要的话,现在我也许会把有关你的事全如实说出来——还因此感到无比自豪呢。然而,当时我不能那么做。两个人在大街上为一个姑娘而大打出手,而这两个人谁也没有权利以她的名义去打架,社会上会怎么议论呢? 我没有说实话,就是为了这个原因——因为我不想落进奥古斯塔斯·斯卡伯勒给我设下的圈套里去。

假如你母亲对事情真相完全了解,我想在那个问题上她不会再对我抱什么反感了。假如她确实是跟我这个人过不去,那她只不过是在为斯卡伯勒卖力气,那我肯定要反抗她。依我看,事实上,她之所以宁可站在斯卡伯勒一边帮他忙,决不是因为我干了什么不道德的事,而是因为源远流长,她早有这个心思。

可是奥古斯塔斯已经把普罗斯珀舅舅捏在手里,把我搞得好苦啊。舅舅是个没有主意的人,由于其他原因,他原来就不喜欢我。他认为我不把他放在眼里,于是别人说我什么坏话他都信。他已中断了给我的津贴费(二百五十英镑一年),还准备通过娶老婆来报复我。这真荒唐,他要娶的那个女人是我妹妹要嫁的那个男子的姑妈。事情弄得真是一团糟。当然,如果他成了家,当了父亲,我便没有立足之地了。我不是该找个职业干干才好吗?可我干哪一行呢?去当律师为时已晚。我必须得见到你,和你商量一下这些事。

你命令我不准写信,可我现在却写了封长信!这叫作一不做二不休。可是当一个人的名誉处于岌岌可危之中,他总认为应该为自己辩护一下。我没有遵照你的意思去做,你不会生我的气吧?我非常有必要告诉你的是:我不想要求你解除婚约。我只要说这一句话,其余的意思也就不言自明了。不过,还有一句话比什么都重要,那就是:我最亲爱的,我是属于你的。

全心全意爱着你的

哈里·安斯利

“行了!”他把信纸往信封里装的当儿暗自说道,“她也许会觉得信写得太长了,可我想要是我只字不写,她准会不高兴的。”

那天午后,乔舒亚来到了教区牧师住宅。他在酿酒厂下班后骑着马刚赶到,因为他有要紧事要悄悄跟莫莉说。他到马厩去骑马出去的当儿，哈里有意向他迎了上去。"乔舒亚，我得向你道歉。"他说道。

"干吗？"

"你那么好心要借马让我骑，我却对你非常无礼。"

"没有什么。"

"可是我确实对你没有礼貌。实际情况是，我遇到了倒霉透顶的事，在这种情况下，一个人是难以一下子就振作起来的。让我受罪的倒不是我舅舅，那类事本当应该容忍的，我认为我能像对待别的事情一样把它忍受下来。可现在有人攻击了我，把我打得遍体鳞伤。"

"我全知道了。"

"反正你和莫莉就要结合在一块儿了，我全跟你说了也不要紧。我爱上了一位姑娘，他们想设法阻拦她。"

"把她给阻拦住了？"

"谢天谢地，没有！现在我完全正常了。我原来以为她也许——也许会屈服，你知道——我就觉得一切都完了。我本来就不该疑心她。"

"这么说她没有动摇？"

"没有，一点没有动摇。我想今后你见到她准会喜欢她。假如不那样，那依我看你的审美力可算是最最平庸的了。你的那匹马怎么样？"

"我有四匹马，你知道。"

"当酿酒厂老板真是太棒啦！"

"其中两匹你可以骑，另外两匹载不大起你那分量。"

"你今年还没有出去打过猎吧？"

"噢,没有,没有正式去打过猎。我爸爸真棒,他画了一条线,要等到猎小狐季节开始才让去打猎。他说十一月份之前就得好好地做生意。哎哟,我觉得他的话有道理。"

"猎小狐节之后你们每礼拜打几天猎?"

"嗯,一般三天。有时我还多捞到一天上爱瑟克斯郡①去打猎呢,爸爸睁一眼闭一眼装作看不见。"

"你爸爸出去打猎的次数跟你一样多吧。"

"啊,不! 爸爸每周打三回猎就够了,他开始喜欢天寒地冻的日子,还乐意让人告诉他那几匹老马中有一匹不像往常那样有精神。他这样的锻炼正像人们所说的,愈锻炼身体愈糟。好,再见吧,老兄。别忘了十一月七日出来打猎。"

哈里接到弗洛伦丝的信后虽然觉得很高兴,但心里仍然有许多烦恼事。第一桩烦恼事跟他舅舅有关。他似乎觉得他在接受舅舅作出的有关取消他的津贴费的决定之前,至少得设法见到普罗斯珀先生一面才行。要不然,让人看起来好像他哈里理应接受这个既成事实似的,好像他舅舅可以不让他申辩,就能中断他的津贴似的。对于那桩打算中的婚事(如果有这种打算的话),他不会说什么的。他舅舅对他许下了不少诺言,但从来没有答应过他不结婚呀。他觉得,他自己正打算做的连商量都没有和舅舅商量过的事,如今却不让他舅舅自己去做,那也未免有点卑鄙。他这么前思后想着,便暗暗问自己,他为什么要求舅舅为他效劳,而他自己却

---

① 爱瑟克斯郡(Essex):在英格兰东南部。

从不为舅舅干点什么。人们曾对他说,他不是他舅舅的继承人,而是巴斯顿庄园的继承人,于是他逐渐不由自主地把巴斯顿庄园看作是自己的权益,好像那份产业中他真有一份不容剥夺的所有权似的。现在他发觉根本就没有那回事。当时,就他的问题是达成过某种默契,但他本人一直就拒绝接受这种默契对他的约束。可是,由于舅舅答应给他津贴,他就不能去从事任何职业。对于他舅舅打算结婚的事,他觉得自己无法对他抱怨什么;不过他确实认为自己可以就津贴的事向舅舅提一两个问题。

他没有跟自己家里人说一声,就步行穿过园林,出现在巴斯顿庄园大宅的大门前。穿过园林的时候,他不想在草坪上走,因为他曾对父亲说过,他不愿意再走进那座园林,所以他就沿着道儿走。他今天的穿着打扮是稍稍费过一番心思的,就像一个人觉得自己要去执行一项重要使命的时候,往往会这样。要是他想去见老索罗本先生的话,就不会穿得那么整整齐齐。他在大门口打了铃,而没有从他所熟悉的许多边门中的一扇走进宅子里去。管家听到打铃声,就穿上号衣来应门。

"我舅舅可在家,马修?"他问道。

"您是说普罗斯珀先生吗,哈里先生①? 噢,他不在家。俺没法儿说他这会儿就在家呀。"老人说完话便满脸愁云边呻吟边喘起气来。

"这个时候他一般很少外出的。"马修又呻吟起来,气儿呼哧呼

---

① 哈里是名,不是姓。管家文化程度低,把它当作姓来用了。

咻地喘得更厉害了,表情也越发闷闷不乐。"看来你是想说他下了命令不允许我进来。"管家不答,光愁眉苦脸地瞧着这个年轻人的脸。"这一切到底是怎么回事,马修?"

"哦,哈里先生,您不该问俺,俺只是个底下人啊。"

哈里虽然觉得他的埋怨确有道理,但他不想就此罢休。

"你胡说,马修。你跟别人一样知道得清清楚楚。事情就是这样。他不愿见我。"

"俺想他是不愿见您,哈里先生。"

"可为什么?你跟我父亲,或者我舅舅一样,对我家的事了解得一清二楚。那他干吗要让我吃闭门羹,还传话说他不想见我?"

"哈里先生,俺没法儿跟您说他干吗这么做——再说您是继承人。不过既然您问了,俺可以这么回答,那是因为听训诫的事儿。"说毕,马修表情严肃地搔起头皮来。

"我想是这么回事。"

"不错,恐怕是那样,哈里先生。咱们大家都不怎么爱听他念训诫。"

"我看大家是不怎么爱听。"

"俺说的是咱们这些在厨房里干活的人。可是咱们都得去听,不然就得丢饭碗。"

"所以现在我就得丢饭碗了。"管家一言不答,可脸上呈现赞同的神色。"有点让人不好受,不是吗,马修?不过我希望和舅舅说几句话——不是来为听训诫的事向他道歉,而是想问问他打算要干什么。"这时马修慢吞吞地摇了摇头。"他已明确下了命令,不让我进去吗?"

"除非您从俺的尸体上跨过去,哈里先生。"他用手挡着门站着,大有一旦情况需要他就准备牺牲生命的架势。不过,哈里没有打算考验他一下,只是说了几句他忠于职守之类的打趣话,便回教区牧师住宅去了。

那天夜里,他上床前给舅舅写了一封信,有关写这封信的事,他对父亲、母亲和几个妹子没有提过一个字。他认为这封信写得很得体,如果要让他拿出来给大家看,他准会感到自豪呢。但是,他怕无论父亲或者母亲,都会劝阻他寄出这封信,再说让他把信念给莫莉听的话,他还会感到不好意思呢。于是第二天早晨,他差花匠把信送到庄园去。

信的全文如下:

亲爱的舅父:

父亲把你写给他的信给我看了。当然,我觉得自己有义务对此信稍加注意。由于不想劳你神读信,所以今天上午我去见你,可是马修对我说你不愿意见我。你在给父亲的信里严厉地指责了我的行为,那我也不能不申辩一下就让事情这么过去,我想你准会同意这一点吧。

你说蒙乔依·斯卡伯勒和我在大街上吵了一架,结果他被当作死人那样"给丢在那里"。当我离开他的时候,并不觉得他伤得很重,打那以后我也没有理由认为他当时受了伤。他攻击了我,我只不过是自卫罢了。他对我突然袭击,我把他甩开后就走开了。两三天之后,他便失踪了。假如他被杀,或受了重伤,那人们也会听到这消息呀。可是人们只听说他失踪了,要是他果真受了重伤,就不太可能出现失踪的情况。

接着你说我在和奥古斯塔斯·斯卡伯勒谈话时,矢口否认那天夜里见到过他哥哥。我确实否认了。奥古斯塔斯·斯卡伯勒显然对整个事件了如指掌,我认为是他帮助他哥哥销声匿迹的,所以他想从我这里打听我干了些什么,目的是为了掩盖他自己的所作所为。他想让我为他哥哥出走的丑事承担责任,我就是不想中他的圈套。他问我话的当儿明明知道他哥哥安全无恙。针对这种情况,我觉得你"说谎"两字用得太重了。一般说来,一个人不一定非得把他本人的一切情况告诉第一个问他话的人。假如你请教任何一位通晓人情世故的人(比如说我父亲),他准会告诉你这种做法没有什么不对。

不过我无论如何有必要问你一声,你打算怎么来安排我今后的生活?别人告诉我,你想中断我一直在领用的生活津贴费。你这么做对我是不是体谅?(在信的第一稿里,哈里使用了"是不是公正"的问句,后来他换了一个语气比较缓和的词儿。)我当年拿到学位的时候,你亲口对我说,我没有必要去操职业谋生,因为你会答应给我津贴费,以后会正式提供给我。我没有遵照我父亲的意见,却遵照了你的意见去做,因为当时我似乎依靠的是你,而不是他。你无法否认,假如现在你把我抛开不管,那我今后的日子肯定十分艰辛。

如果你愿意的话,我将乐于前来见你,以免劳你神写回信。

你的外甥

哈里·安斯利

如果说对他舅舅不愿见他这一点过去哈里还没有拿得很准,那他在信中加上最后一段话的当儿,心里可能非常肯定了。普罗斯珀先生平生有两爱:一爱遁世隐居,过神秘的生活,二爱和人书札往来。普罗斯珀先生从不写长信,但信中文字矫揉造作,而他自己却以为语句动人呢。他认为自己写书信颇有功夫,所以对写信特别起劲。在目前这种情况下,要他屈尊见外甥,或者说让他放弃花整个上午使用笔墨的好机会,那是不可能的。结果,他写了一封短束,不过他认为写得很满意。

"先生。"他开始写道。他对这件事考虑得很周密;由于这件事与他本人生活的整个前程息息相关,他觉得必须让自己显得既庄重又严肃。

大函收到,仔细拜读了。悉汝承认曾明知故犯,对奥古斯塔斯·斯卡伯勒说了假话。此岂非直言不讳者(喜用朴素之词语表达思想,本人亦一贯如此)所谓"谎言"者是也!本人不愿死后让此份菲薄家产落入说谎之徒手中,故必须采取措施防止之——成乎,败乎,且待分晓。

然而不论成败如何,措施必得采取。所说之津贴费,原意乃为汝取得另一候补地位作准备,如今已无此可能,故津贴费亦理所当然不再提供。

您恭顺的仆人

彼得·普罗斯珀

这封信最初的效果是在教区牧师家里引起一阵哈哈大笑。哈里无可奈何,只得把它拿给父亲看;一两个小时后,他母亲和妹妹也知道了,他还给乔舒亚·索罗本先生看,不过要他发誓严守秘密。如今玛蒂尔达·索罗本小姐对未来的希望成了大家考虑中的问题,这件事就不能一笑了之了。

"我不懂你们有什么可笑的,"凯特说,"不就是彼得舅舅用词儿有点滑稽么。"但安斯利太太却光起火来,尽管她是个少有的好心肠的女人。"我不懂这当中有啥好笑的。彼得手里掌握权力,他既能给哈里带来前程,也能毁掉他的未来。"

"他没有那种权力。"哈里说。

"或者说他不可能有。"教区牧师说。

"一切都操在神的手中。"安斯利太太说道,她觉得一定要离开屋子,同时把女儿也带走。

不过,等到只剩下父与子单独在一块儿时,他们俩的火气便上来了。"我永远跟他一刀两断,"哈里说,"无论发生什么情况,我决不见他,也不跟他说话。什么'谎言','说谎之徒',他在干缺德事,所以就写下这些词儿来安慰自己的良心。他明知道我没有扯谎。他不可能懂得什么样的人才算说谎之徒,不然,他准清楚,他本人就是那号人。"

"人很少有这种自知之明。"

"仅仅为了给自己找个借口,就这样来污蔑我,这难道不说明他本人在扯谎吗?他想抛弃我,很可能是因为我过去没有坐着洗耳恭听他念训诫。这一条就不算吧,我也许不对,他可能有道理,但他不能因为那一点就可以真的认为我是个说谎之徒了——把我说谎的事说得那样斩钉截铁,以致我不配当他的继承人了。"

"他是个傻子,哈里。说到底他就是那个样。"

"我不认为说他是个傻子就到底了。"

"你不能把他说得更糟嘛。咱们不得不依靠一个傻子,不得不信赖一个不知好歹的人,那就够糟的了。你舅舅一向想当个好人。如果他清楚地意识到自己在干错事,他决不会去干的。他不会去抢,不会去偷,也决不会去杀人,决不会去干诸如此类的事儿。不过,他是个傻子,他干这些事的当儿自己并不清楚。"

"我要和他断绝关系。"

"对呀,他也会跟你断绝关系。你不像我这样了解他这个人。

他忽而傻乎乎地认为,你对那个人没有说老实话,所以你就是个犯了弥天大罪的人(而看来实际上那个人才是真正的罪人),他怎么也无法驱除这个念头。他会去和那个女人结婚,因为他觉得这样最能达到自己的目的,接着他会渐渐地后悔。过去我老是跟你说,你最好去听他念训诫。"

"所以现在我得为此付出代价喽。"

"好吧,我的孩子,事情已经不可挽回了,懊悔也没有用。正如我刚才所说,遇到了傻瓜是最倒霉不过了。"

第二十六章　马默迪尤克别墅

接下来的那个月七日,发生了两桩都很重大的事情:一是帕克里奇乡间狩猎开始了,哈里骑着那匹闻名的母马"颠茄"到了场;二是乡绅普罗斯珀老爷乘着自己的马车来到了邦廷福德镇,礼数周到地向索罗本小姐求了婚。家里所有的人,包括管家马修,还有厨子、马夫、听差和两名女仆,都知道他打算干什么。很难说清楚他们是怎么得知这个消息的,因为他们的东家是个守口如瓶的人。在这类事情上,他是英国最不可能把自己管家当作知己的人。他从来不和任何一个底下人谈与他们所干的活儿无关的事情。他认为这样做会大大损害他的尊严。尽管如此,等到他吩咐备车(每年的这个时候他很少让人备车),还让人到农场去牵马——这两件事他都提前二十四小时通知一切有关的人;特别是那天清早,他吩咐把他最好的衣服准备好,他要穿,而且当那个时刻渐渐接近时,他的神情变得愈来愈一本正经,于是大家都明白,那天他要去求婚了。

他对自己要干的事既自豪又担心——自豪的是他这位巴斯顿的老爷就要采取如此重大的步骤;他还想到自己准会作为一位胜利的求婚者归来而感到洋洋得意,然而他也有点儿担心自己会不成功。倘使失败了,那这种失败对他说来太可怕了。他心里清楚,当地所有的人都会知道这件事。在这个家庭的秘闻中还有一桩至今从未提到过的事:他过去曾经干过类似的事。当时,他还是个二十五岁光景的小伙子,他曾将他自己和巴斯顿庄园献在二十五英里外的一位从男爵的千金的脚下。她长得很美,据说拥有一笔可观的嫁妆;不过他从那儿回来后便把自己在屋里关了一个星期。打那以后,他从来没有对任何人说起过他跟科坦妮小姐会面的事儿。他对自己那天的所作所为讳莫如深,不过巴斯顿镇和毗邻的一些教区里的人全知道,科坦妮小姐拒绝了他。从那一天以后,他从未再出去执行过这一类使命。

有人说他对科坦妮小姐的爱情深如大海,经久不衰,他一直难以自拔。科坦妮小姐已嫁给了一位家道更为殷实的情人,还给带到了五彩缤纷的社交界去。不过他从此没有再提起她的名字。他妹子倒对他久久地爱着那位小姐的事深信不疑,每当教区牧师在家里说他傻的时候,她总是要谈起这件事赞扬他几句。但是教区牧师总是少不了要说他因为自尊心受到伤害而从此沉默寡言,还说他或许不愿让人知道他失过恋。总之,他从此没有再谈情说爱过,而且正式对他妹子说,他不打算结婚,所以就把哈里当作儿子。后来哈里取得了研究员职位,他还为自己的继承人感到高兴呢,觉得从某种程度上说就是他本人取得这个职位,因为一直是他在负担各种费用。然而,现在一切都变了,他又打算去求婚。

乡间一直流传着这么个说法:他的求婚已经被接受;但是事实并非如此。他甚至连口都没有开过。他在邦廷福德镇心情忐忑地走来走去,日夜思念着,可就是从来没有把问题提出来。在他看来,要提这件事,总得有某种仪式才恰当。巴斯顿庄园的产业总不能在瓜德利尔舞的旋转中,或是在日常交谈的三言两语中就这么给端走了。他不太可能,不,他就是不可能对任何人提这样的事;然而,他显然仍然得为此作好准备。本人认为,他当时心里明白,周围的人是知道他到底想干什么的。

索罗本一家知道,玛蒂尔达·索罗本小姐本人心里也清清楚楚。邦廷福德镇上的人也全都知道。当年他向从男爵的女儿求婚时,从男爵女儿,从男爵夫人和从男爵本人事先都知道,虽然普罗斯珀先生自己认为秘密仅仅藏在他自己的心坎里。眼下他照旧做梦也没有想到,哈里,哈里他父亲,他母亲和几个妹妹,竟对于他所发出的威胁的显而易见的严重性一笑置之。引起有关"行动业已采取"的说法,其流传的原因不是别的,正是人们对于这件事的普遍感觉。然而,他一只手戴着一只新的灰色小山羊皮手套,另一只手拎着另一只手套下楼来的当儿,实际上他还没有采取任何行动呢。

"送我去邦廷福德镇。"乡绅说道。

"是,老爷。"马修答道,手把着打开的马车门。

"去马默迪尤克别墅。"

"是,老爷。"于是马修便对马夫说了,其实他早已听清了吩咐,甚至还没有听到吩咐就已经知道了。老爷上了马车便往座背上靠,独自拼命地思索自己该如何采取行动了。说老实话,他还没有怎么研究过要使用的措词;用什么方式表达,他压根儿就没有考虑过。他提起一只脱去手套的手捂住了眼睛(这样那只手套可以由另一只手拿着而不至于弄脏),便集中全副心思考虑起这个任务来了。他那只手一直捂着眼睛,直到马车打弯向那扇大门驶去的当儿才放下。马车驶进马默迪尤克别墅的大门只消很短时间,他还没有来得及平整一下背心,梳理一下颊须,马车就停住了。他很快被告知说,索罗本小姐在家,不一会他发现自己确实无误地站在她面前的地毯上。

有关索罗本小姐年龄问题的传闻很不讲情面。对于已超出姑娘阶段的未婚年轻女子的说三道四往往是刻薄无情的。人们普遍有这样的想法：她们希望把自己说成比她们的实际年龄小，因此传说就往往给她们加上一点年纪。索罗本小姐让人说成有四十五岁了，甚至还有人说她有五十了。她眼下的确切年龄是四十二岁；普罗斯珀先生才五十，所以从年龄上说这门婚事是相配的。要不是在他身上出现越来越喜爱打扮得过时的味儿，他本当可以年纪见轻一点。除此以外，他人又瘦又干瘪，颧骨高耸，一双眼睛很大却毫无神采。不过，他外貌整洁，举止庄重，处事有条不紊——总之，对一门心思想成亲的女子来说，确实是位很理想的丈夫。索罗本小姐皮肤白皙，长得很丰腴，根据她自己说今年正好四十，她对自己的美貌并非无知，而且她的自我评价也是恰如其分的。然而，她对那二万五千英镑的财产特别放在心上，迄今这笔财产一直是她找夫婿的障碍。邦廷福德镇当地人普遍说，她明知自己不过是个姓索罗本的人，名下至多只有那么二万五千英镑钱，所以真有点眼高手低。

不过，这当儿蒂格尔小姐也在屋子里。要不是普罗斯珀先生觉得她的在场可以临时缓和一下紧张气氛，让人好受一点，他说不定还会嫌她碍手碍脚呢。蒂格尔小姐至少长索罗本小姐二十岁，世界上所有奴仆中间要数她最低三下四让人讨厌了。她从不向人索取什么，但老是自己表功。老爷在对自己心爱的女人问候致意后便说道："想来蒂格尔小姐这阵子身体不错吧。"

"挺好的，谢谢，普罗斯珀先生。我真为玛蒂尔达的身体担足心思呢。"玛蒂尔达还是个小姑娘的时候，蒂格尔小姐就唤她玛蒂尔达，如今她不打算放弃这种年代久远的亲密关系所给她带来的好处。

"我想没有什么诱发原因吧。"

"我可说不上。昨晚上她稍微有点咳嗽,不想吃晚饭。咱们一般总是稍稍吃一点晚饭。昨晚吃的是蟹肉,她不想吃,我就知道事情不妙。"

"胡扯!你真是大惊小怪!噢,普罗斯珀先生,你见到过你外甥没有?"

"没有,索罗本小姐。我也不想见他,这小伙子给自己丢尽了脸。"

"哎哟,多遗憾哪!"

"我看这些个年轻人哪,的确老是给自己丢丑。"蒂格尔小姐说。

"对不起,我们不谈这事儿了,行不行?因为这是家庭事务。"

"啊,不。"索罗本小姐说。

"至少目前还不是。它可能会成为家务事——可是没关系;我不希望对任何事情过早地说些什么。"

"我一直对玛蒂尔达这么说的。她总是那么容易冲动。你和索罗本小姐有事要商量,我就不奉陪了。"

"多谢你的好意,蒂格尔小姐。"

接着,蒂格尔小姐便走开去,由此可见,有关这次会面中可能发生的情况,在这两位女士之间已经议论过了。一待普罗斯珀先生跟他的意中人单独在一起时,他深深地吸了口气,又清晰可闻地把它呼了出来。他真想知道,人们在这种情况下,是不是人人都会生气勃勃喜气洋洋的。他又叹了口气便开了腔:"索罗本小姐!"

"普罗斯珀先生!"

事先准备好的话全从他脑子里飞走了。他连自己应该怎么开头都想不起来了,而且更糟糕的是,他还得非常注意表达方式。不过,那笔财产的事倒不怎么令人难堪,索罗本小姐觉得她或许可以被允许按自己的意愿来处置她的钱。她对这件事已经反复考虑过了,现在她颇有想接受他的意思。她正是抱着这个想法把蒂格尔小姐从屋子里打发开的,现在她认为自己一定得竭尽所能帮助这位先生。"哦,索罗本小姐。"他说道。

"普罗斯珀先生,你我之间是很好的朋友,所以——所以——所以——"

"对,确实如此。你没有比我更真挚的朋友了。甚至蒂格尔小姐都不如我。"

"哎呀,干吗提起蒂格尔小姐!蒂格尔小姐不是挺好么?"

"可不是,蒂格尔小姐很不错,是位非常值得尊重的人。"

"咱们现在不谈她行吗?"

"当然行。咱们现在最好暂时不提她,虽然我对她十分关切。"普罗斯珀先生说这话的当儿,肯定还没有考虑到将来打算让蒂格尔小姐干些什么差使。

"我也对她十分关切,不过咱们现在不谈她了。"于是她便停顿不语,他也住口不吭声。"你今天恐怕是因为咱们这个酿酒商家庭里有人跟你们家的人攀了亲,前来向他们道喜的吧。"普罗斯珀先生听了皱了一下眉头;不过她没有把他皱眉头当回事。"乔舒亚这个人很踏实,酿酒行业又很赚钱,所以那姑娘能找到这门亲还挺不错呢。"

"我但愿他能有一个人品好一点的大舅子。"这位情人说。他说这句话影射安斯利时,不觉忘记了自己的爱情要考虑的事。这个问题事先他已经考虑过了,要找个合适的对象不容易,因此他决定容忍这种联姻关系所带来的弊端。不过有那么一会儿,这件事对他显得利害重大,所以那二万五千英镑变成二万英镑的话,他完全可能让自己爱上帕弗尔小姐。帕弗尔小姐家住在萨弗朗瓦尔登附近,待她父亲一去世,她就是斯密卡姆庄园的女主人。据说其中牵涉到财产的问题,况且帕弗尔小姐肯定已经四十八岁了。由于在他看来财产继承问题事关重大,所以就下定决心选择玛蒂尔达·索罗本,尽管新的姻亲关系中会出现一些弊端。他确实认为,他若要抛弃哈里,那就不得不抛弃整个安斯利一家子,还不得不在他自己和索罗本小姐以及索罗本一家人之间划一条界线。

"你不该对可怜的莫莉太狠心了。"索罗本小姐说。

普罗斯珀先生不喜欢人家说他狠心,便按捺不住表示他不喜欢别人这么说他,也顾不得当时这个场合的重要性了。"我觉得咱们没有必要谈这个问题。"

"嗬,不谈就不谈吧。那也没有必要谈凯特和蒂格尔小姐喽。"

普罗斯珀先生讨厌别人说话放肆,尤其讨厌被人嘲笑,但是索罗本小姐这当儿确实在嘲笑他。于是他挺了挺身子,更加慢悠悠地晃动起他那只手套来。"这么说你不是打算去酿酒厂给他们道喜的?"

"当然不是。"

"我原来不知道。"

"我的目的就是来马默迪尤克别墅。除了索罗本小姐之外,我谁也不想见。"

"你这是在恭维我。"

接着,他忽而想起那些预先编好的话当中的一句。"本人有愿视索罗本小姐为吾今后一生幸福之所系。"他的确认为自己这当儿说这句话最恰当不过了。这句话原本打算紧接在她表示接受他的求婚之后表达的。不过,现在说确实也恰到好处。他安慰自己说,这句话表达了他的心意,同时必定促使她表白自己。

"哎呀,普罗斯珀先生!"

这种忸忸怩怩的态度是原来就预见到的,于是他便继续说出另一段事先准备好的话来,这时他表达得流利多了。不过,这是原来安排在较前面的一段话,但这对索罗本小姐来说全是一码事,因为它清楚地表明了这位先生的心意。"是否劳您倾听本人一言:本人认为自己乃是赫特福德郡最幸福的人。"

"哦,普罗斯珀先生!"

"本人有意将自己整个身心与巴斯顿庄园产业一起献给您。"他又回过头去说这句话,但在目前情形下说话的顺序已无关紧要。求婚的意思已统统表达出来,对方也完全明白了。

"这类事情总得让女方好好儿想一想才是,普罗斯珀先生。"

"当然。我并不想催您在还没有考虑成熟之前就表白您的心意。"

"可还有其他的一些事要考虑,普罗斯珀先生。你可知道我财产的事儿?"

"不怎么清楚。这个问题对我来说并不重要。"说这话时,他神情稍显不快。他是位绅士先生,而索罗本小姐几乎算不上是位上等人家的闺秀。她的财产问题是一件值得斟酌的事,他如何会不加考虑呢?不过,他知道这个问题不该草率从事,而必须通过她的律师来申明他的想法,尔后让律师去处置。可对于她来说,这件事非同小可,所以对这么一桩迫在眉睫的问题,她决不会保持沉默。她迫不及待地提出来了。

"可是这个问题必须得考虑,普罗斯珀先生。这笔财产全属我所有,每年约莫有一千英镑收入。我想确切数字是九百七十二英镑六先令八便士。当然,牵涉到这么一大笔钱,就得有个法律什么的加以保证一下。"不用说,普罗斯珀先生听了很反感,这当儿假如他有办法退回去的话,他准会把爱情转移到帕弗尔小姐身上。"这一点你当然是清楚的。"

到此为止,她还没有接受他,也没有说过一句话来表示对他的尊敬之意。让人觉得似乎这件事根本就无足轻重。他已站了好几分钟,现在还照样站在那儿,眼睛瞅着她。两人谁都不说话,于是他不得不开口。"我认为一位小姐和一位先生处于这种情况下应该立一个财产处置的文契。"

"对极了。"

"我也有一些财产嘛。"普罗斯珀先生说,声调里带一点傲气。

"哎哟,那还用说。不然的话,你怎么会上门来呢?你的巴斯顿庄园,我看一年有二千英镑收入吧。无论如何名义上是那样。可这笔财产不是你的,不是吗?"

"不是我的?"

"对,不是你的。你没法儿把它留给你的遗孀,在你死后听凭她乐意给谁就给谁。"听到这话,这位乡绅老爷双眉紧锁,表情阴沉,心里想道,还是帕弗尔小姐配做他太太。"这一切都得考虑,这么一来,巴斯顿庄园就不是完全由你支配得了的。要是我生了个女儿,她就得不到这份产业。"

普罗斯珀先生依然感到莫名惊讶,一个女人家对这类事务竟如此了如指掌,便答道:"对,女儿就是不能继承。"

"哎,要是生了个儿子,那就没问题了,我那笔钱就会给几个年纪小的孩子，让儿子们跟女儿们平均去分嘛。"普罗斯珀先生发现自己突然有了个又富裕、人丁又兴旺的家庭，只是摇头。"我想，文契就该那么立，还得规定把巴斯顿田产的某一部分收入归我用。还应该考虑到我得有一所房子住。这座房子是我哥哥的，我付他租金一年四十英镑。我应该有一座比这儿舒适一点的房子。"

"亲爱的索罗本小姐，律师会处理这些事的。"他忽而想到，她这个人处事精明，会是个挺不错的内助。

"让律师来处理固然不错，不过办这类事情遵循相互谅解的原则最最要紧。年轻女子的钱财如果全听凭男人们处理，那准会给抢个精光。"

"抢个精光!"

"别误会，我不是指你，普罗斯珀先生。我所说的抢钱也不能完全算是什么不光彩的行为。我说的男人们指的是那些个做父亲的，做兄长的，叔叔伯伯什么的，还有那些个律师。他们按照他们的父辈、叔辈的惯例办事，想务求公正。可是现在女子的权益问题开始出现啦。"

"我讨厌女子的权益。"

"可这个问题开始出现啦。现在的年轻女子不像过去那样容易受骗。"她见到普罗斯珀先生连连皱了几回眉头，便说:"我没有冒犯你的意思，请勿见怪。既然目前大家都在议论女子的权益问题，年轻妇女如果能自己站出来斗争，那就更好了。"

普罗斯珀先生乐意承认索罗本小姐相貌不错，不过她人很胖，而且少说也有四十岁了。她几乎没有必要在谈话中间屡次三番提到自己年轻时候得不到保护的情形。"普罗斯珀先生，我想把自己的收入留作自己花——这是既成事实。"

“噢,当然是这样。”

“对,我就得这样。假如我想买双袜子,就得去向丈夫要钱,我才不在乎这么做呢。”

“你要的是一份津贴费。”

“还要我自己的那份收入。”

“难道家里的开销你就一文钱也不贴补么?”

“啊,对了。可能有某几项支出我愿意付钱。我想养两匹小马驹儿。”

“我有一辆马车,还有两匹马。”

“可是我要的是两匹小马驹。我还愿意付自己贴身丫鬟的工钱,香槟酒钱,添衣服钱,当然我还愿意付鱼账。还有蒂格尔小姐。你说过,你会喜欢蒂格尔小姐的。我得付她的工钱。我想这几项就差不多了。”

普罗斯珀先生反感到了极点。可是他离开马默迪尤克别墅的当儿,也没有说过半句要取消求婚的话。她声称她会把这些条件写成文字交给她的律师,由她的律师再和格雷先生打交道。普罗斯珀先生发觉她连他的律师(他其实就是咱们的老朋友)的姓名都知道,感到很吃惊。于是,趁他还在逡巡不前的当儿,她便用她特有的方式结束了会晤,这可把他给吓了一跳,甚至连魂儿都出了窍。她站了起来,伸开双臂搂住了他的脖子,热情洋溢地跟他亲了嘴。这么一来,普罗斯珀先生就没有说出要取消求婚的话来,无论如何在目前情况下是不能马上说出口来的。他只得退出屋子,坐进了马车,让人尽快把他送回家去。

第二十七章　求婚

他有生以来头一回遇到这种情况。普罗斯珀先生坐进马车之后出现的第一个念头便是：他有生以来头一回遇到这种情况。他倒并没有认为自己听凭她这么做；可是，这会儿，一种奇怪的感觉支配着他。他问自己其乐如何，但是他发觉自己被迫给了否定回答：这种事完全应该由他采取主动，可是目前还不到时候呢；也许在几个星期之内他还不能这么做。然而，事情已经干出来了，她这么一招就把他彻彻底底给束缚住啦。现在他已没有办法摆脱她了。他确实感到，既然已发生了这类事，他就不应该再想摆脱她了。他不敢说这位小姐是否出于那种意图才策划这么干的；但他可以肯定，事态已发展到如此严重的地步，因此只要他试图摆脱，就会被当作赖婚论处。陪审团怎么不会判他从巴斯顿的田产里掏钱付损害赔偿金呢？于是，索罗本小姐就会投到索罗本家属其他人和安斯利家属的人那一边去，他的处境会变得难以忍受。他坐马车一路回家的当儿，有好几回他真的有点怀疑，这一切是否是安斯利一家针对他搞的阴谋诡计。

他从马车上下来的当儿，马修就知道他东家此去情况不妙，不过他猜不出到底出了什么事。在厨房里，大家对这事儿进行了充分的争论，结果认为索罗本小姐肯定会以巴斯顿庄园未来的女东家的身份给带回家来。他们的老爷采取的这一步骤在巴斯顿庄园大宅的厨房里不得人心。大家认为哈里少爷应该成为他们未来的东家，还异想天开地认为这马上就会成为现实。马修年纪比乡绅大多了，乡绅身子虽不硬朗，但也不能算是个病人；尽管如此，马修心里早抱有这样的想法——哈里先生将以巴斯顿乡绅老爷的身份来做他们的东家。因此，当马修听说索罗本小姐将要来巴斯顿庄园当女东家时，他还稍稍露出一点反抗的迹象呢。"他们那儿不需要玛蒂尔达·索罗本什么的。"太太应该是怎么样的太太，老爷应该是怎么样的老爷，他们心中自有看法，而且在这种情况下，他们的看法往往无比正确。他们知道他们的老爷很蠢，不过深信他是位正人君子。他们听说索罗本小姐是个精明的女人，但是认为她不是一位贵妇。马修曾跟厨娘谈起过去斯蒂文尼奇镇开爿小酒铺的事儿，那厨娘要他这个老头儿别干傻事，还说他准会蚀本的；尽管如此，她自己也想到过开小酒铺的事。整个宅子里出现了一种反叛情绪。马修扶着老爷下了马车，心里猛地感觉到事情发生了突变。那个"肥得像啤酒桶的废物"（马修就敢这么称呼她）把他老爷完全给拒绝啦。

普罗斯珀先生心情凄然地边想心事边走进屋子。真有点遗憾，事情并不像马修所设想的那样。实际情况是他中了圈套，给缚住了手脚，他得全力以赴面对逆境。他想到她提出的今后怎么过日子的所有具体细节，还在自己脑子里把它们扼要地重新罗列一下。两匹马驹，她的贴身丫头，香槟酒，鱼账，还有蒂格尔小姐。换了帕弗尔小姐是万万不会提出这些个花钱的奢侈要求来的。香槟酒和鱼还得请客人来一起把它们消耗光。两匹马驹子的问题简直有跟他原来的打算针锋相对的味道。他扪心自问，自己是否愿意和蒂格尔小姐在同一所房子里待上一辈子。以前纯然出于礼貌，他曾表示过喜欢蒂格尔小姐；可是对一个出了嫁的女子来说，有什么必要再让一个蒂格尔小姐陪伴在身边呢？接着他又想到她曾经答应要给他生的五六个孩子的教育问题！他自己原来想到的仅仅是继承人——仅仅是一个继承人——的问题，目的是要把十恶不赦的哈里抛弃掉。他已经看得分明，那位女士的私房钱不会给他的财产增加哪怕一个先令。再说，夫妻俩各执一个钱包各自开销，真是又麻烦又丢脸。让人知道说他家喝的香槟酒和吃的鱼不是他，而是他老婆付的账，他的脸往哪儿搁？要是那位女士特别偏爱喝香槟酒怎么办？对此他一无所知，以后也不会弄清楚，除非见到她满脸绯红才明白。晚餐还得有蟹肉呢！他本人总是钟敲十点上床，睡以前让人给他送一杯大麦茶加上几滴柠檬汁。

他发觉自己面临倾家荡产。毫无疑问，她善于理财，但她不过是善于为自己理财罢了。干脆让自己接受赖婚的起诉，然后再去找帕弗尔小姐，这么做是不是更有利？不过帕弗尔小姐年纪已经五十了，而毫无疑问，太太总应该比老爷年轻几岁。他心里烦极了。假如他打算跟索罗本小姐断绝关系，是不是应该趁她还没有来得及把事情提交律师之前马上就下手？那用什么口实呢？那天夜里他上床以前，真的动手起草了一封信，不过这封信后来根本没有送出。

　　亲爱的索罗本小姐：
　　　　今天上午我们双方就今后的生活方式问题提出了各自的看法，看来彼此分歧殊深，难以达成谅解。小姐容貌出众，年华方富，迫切想过无忧无虑的快活日子乃人之常情。您提到添置小马驹，还附带提及其他一些项目（他觉得再具体说出鱼啊香槟酒啊什么的很不妥当），已把您想象中的未来生活图景勾勒得十分清楚。倘使对于这种既称心如意又天真无邪的想法放肆地加以挑剔，一定为天理所不容！不过，本人对生活的展望与小姐您迥然不同。我之所以不胜荣幸欲与您结为伉俪，无非想寻找一位性格娴静之伴侣，以解朽年之寂寞。此伴侣亦可能怀孕当母亲。承蒙您在我离别之际对本人明白无误表达了感情，当时我正欲向您说明这一切。由于当时双方情绪均甚激动，本人难以启口，万望见谅。本打算向您说明的是——（但是他发觉自己对当时曾开口想说的事难以说清楚，第二天上午，他正打算写下去，有人告诉他一则消息，把他给纠缠了一天，他因而从此失去了写这封信的机会。）

第二天早晨，马修九点钟端着他的茶出现在他床跟前，给他带来了消息。他拿来了一份《邦廷福德报》（该报两周出版一次），当时马修打开这份尚未阅读的报纸，放在经常放报纸的老地方，便提起那则肯定是从报上看来的消息。"俺想您还没有听说这事儿吧，老爷？"

"听说什么事儿？"

"帕弗尔小姐的事儿。"

"帕弗尔小姐怎么啦？我什么也没听到。帕弗尔小姐出了什么事啦？"他这会儿正一直在想念帕弗尔小姐——她在好多方面都比索罗本小姐强啊！于是他打床上坐了起来，端起那杯还没有喝过的茶。

"她跟庄稼汉塔兹尔赫斯特的儿子私奔啦。"

"帕弗尔小姐私奔了，而且是跟他父亲佃户的儿子？！"

"对，正是这样，老爷。这十年来，她跟父亲一直在争吵，现在她走啦。她过去常常跟他们那伙人在一块儿，还带着狗，在乡间骑马呀闹呀；现在她走啦。"

"哦，天哪！"乡绅叫道，心里想起自己也想逃走的事儿。

"是的,真是这样,老爷。谁也说不上她们这号人会干出啥事来。这些人哪,除非三十岁前就嫁人,至多到三十五岁,要不她们少不了会动出这种别人大半都会摇头的脑筋来。"马修有意说这些话来告诫他东家,但实际上效果适得其反。他当时就下结论认为,后面那部分话不适用于索罗本小姐。

他把马修说了一通,让他碰了个大钉子,打发他走出屋子去。"你好大胆子,竟敢这样来谈论你的上边人!这位小姐的父亲帕弗尔先生是我多年的老朋友。关于这位小姐我不想说些什么,也不想为她的所作所为辩护。当然,在楼底下仆人的屋子里,你可以想什么就说什么。可在楼上,当着我的面,不准你用这种语言来对一位你只配伺候她的小姐说三道四。"

"是,老爷,小的不敢。"马修假装低声下气,边说边退了出去。不过他已经把箭射了出去,还自认为干得很成功呢。他东家跟索罗本小姐之间实际上发生了什么事,他并不清楚;但他确实认为自己的一席话可能有助于阻止他东家再次去求婚。

帕弗尔小姐跟佃户的儿子私奔啦!这个消息使他对自己的婚姻大事更加感到风险重重,但却把驱策他给索罗本小姐写信的主要动机给勾销了。现在他无论如何不可能再回过头来转向帕弗尔小姐了。他还觉得索罗本小姐无论受到怎样的诱惑,也不可能跟酿酒厂里的一个赶车的去私奔。她纵然有缺点错误,但决不是那种性质的。爱喝香槟酒,爱骑小马驹,就算是缺点吧,也不是严重得了不得。

帕弗尔小姐跟塔兹尔赫斯特的小子私奔——一位年纪已五十的小姐和一位才二十五岁的小伙子私奔!而且她是大名鼎鼎的斯密卡姆庄园的继承人!他记得斯密卡姆庄园只是在目前主人的父

亲手里才买下的，这使他感到宽慰。因为普罗斯珀家族从乔治一世①的时候起就待在巴斯顿了。真是朽木雕不成美器！他一向自认为这种说法有道理，现在这句话比以往任何时候更加千真万确。况且年纪已半百！真让人惊诧。只要她家里人赞成，跟他这么个稳重的中年人结婚完全是可以考虑的。然而，如今却搭上了这么个冒里冒失的佃户家小子，他根本算不上是个有身份的人，这种人光知道骑着马儿越篱跳沟，想到这一层，心里真是厌恶到了极点。普罗斯珀先生年纪已经不轻了，所以他一想到别人在他这把年纪时还仍然一副老天真，就觉得难以忍受。依笔者看，天底下像帕弗尔小姐那样的女人有的是，她们喜欢让一个小伙子领着或跟着在乡间骑着马到处跑，从来不去想想自己年已半百了。

　　不过，那则消息确实给他的感情带来很大变化，他把隔天写了一半的信装进了信件夹，从此就没有把它写完。他立刻又想起索罗本小姐来了，暗自觉得自己对她的不满之处也许在某种程度上都是琐碎小事。她无论如何是一位胜过帕弗尔小姐的女子。她决不会跟庄稼汉的儿子私奔。虽说她可能会爱喝香槟酒，不过他认为她主要是为了招待别人。她欲望不小，想养两匹马驹子，但这种欲望是完全可以加以约束的。她至少能自己出钱养她自己的马，而帕弗尔先生却是位体格健壮年已七旬的老人。他对自己说，帕弗尔先生成亲早，今后还可能会活上十年，二十年。普罗斯珀先生的想象力不丰富，所以对他说来这世界目前能向他提供的就只两

---

① 英国汉诺威王朝的开国国王（1714—1727 年在位）。

位小姐。她们是帕弗尔小姐和索罗本小姐,既然帕弗尔小姐已经放弃竞赛,看来索罗本小姐可以轻而易举取胜了。

两三天过去了,他没有采取进一步的行动。在这期间,他确实考虑过要是自己不结婚情况会怎么样。要是从图个人舒适来说,一生不娶对他有极大的诱惑力。他可以过优哉游哉的日子。然而,他的责任感要求他必须结婚,说句毫不夸张的老实话,他确实是个常常想到自己的责任感的人。他轻信别人的话简直到了可笑的程度;他还有一股子固执的牛脾气。可是凡是正确的事,他就是要去做。有人让他相信哈里·安斯利是个满口谎言的无赖,还促使他发誓,哈里不再是他的继承人了。有人曾几次三番往哈里脸上抹黑,而每回由于他舅舅想起他不愿听念训诫的事,他的脸便黑上加黑。现在他平生的头等任务是生出个继承人来,为此他得娶个太太。

要是撇开那两匹马驹和香槟酒的事不算,还有吃蟹肉的事儿(这个要求听上去是蒂格尔小姐提出来的,所以比起那两个要求来还令人讨厌),他依然觉得索罗本小姐能满足他的需要。在她身上不存在什么"雕成美器"的问题;但是那个打算要生出来的"儿子",不仅是她的,而且也是他的儿子,说不定像父亲的成分更多一些呢。这几天,他手里常常翻着一本《贵族世家录》,发现优秀血统往往通过与次等门第出身的人通婚才得以保持的,因此而感到很高兴。健康是件大事,母亲的健康比什么都重要。还有谁能比索罗本小姐更健康呢?接着,他想起了那天热烈拥抱的事儿。也许在他对她表白心意后,她拥抱了他归根结底是做对了。

三天刚过,他还在考虑下一步该怎么办,却收到了邦廷福德镇的律师索姆士和辛普森两位先生发来的一封信。过去二十年来,他曾听说过索姆士和辛普森两位先生,也熟悉他们的大名,但是他做梦也没有想到过他自己的私人事务会通过他们的事务所来协商解决。他自己的律师是林肯法学协会的格雷先生和巴里先生,这两位都是有身份的正派人。他倒没有听说索姆士和辛普森两位先生有什么不是之处,不过他认为,一般来说他们的事务所只经办本地的债务索还事宜。现在他们给他的信中却详详细细写到了他今后的生活问题。他们的当事人索罗本小姐已把他求婚的事告诉了他们。他们对这位女士的情况十分了解,她已要求他们做她的顾问。他们向她建议,她本人收入的使用权应立契规定属于她本人,其中某一部分将作为贴补家庭的开销,这是个可以通过协商而取得一致的问题。他们还建议,普罗斯珀先生应以遗孀抚恤金的名义拨出年金每年一千英镑给他们的当事人,以防万一他比她先去世。庄园的产业当然应归长子所有,而母亲的遗产则应由其余几个孩子平分。在长子未到二十四岁以前,巴斯顿庄园的宅子应是孀居母亲的居住处,以后——普罗斯珀先生无疑觉得有这么个意思——他们的当事人得自己找地方住。索姆士先生和辛普森先生认为,对这些建议普罗斯珀先生都不会有什么异议,如果情况果真如此,他们就会立刻准备依照法律来处理这件事。"那女人毕竟没有说反对那件事嘛。"马修把律师的信交给他东家的时候心里想道。

这封信把普罗斯珀先生气得发了火。说实话,这封信无非是原封不动地重复了那位女士自己早先提出的条件;可是如今通过这些个本地律师提出来,格外让人感到恶心。他下一步该怎么办呢?他觉得要他立刻答应是不可能的。老实说,让自己去跟这些邦廷福德镇地方律师打交道,他觉得极其反感。要是换了别的事,他准会上教区牧师那儿去问问他的意见。教区牧师经常为他当参谋。但是目前这么做是不可能的。他去邦廷福德镇以后曾见过他妹子一面,但关于这件事他对她只字没提。其实,当时他待安斯利太太很周到,可就是不愿跟她说话,结果安斯利太太感到恼火,便不得不离开了他。在他住的地方他找不到能帮他忙的人,于是就只能给格雷先生写信,请他来帮助解决困难。

他真的给格雷先生写了信,请求他立刻费神处理这件事。"就是那个呆子普罗斯珀打算跟邦廷福德镇酿酒商的女儿成亲的事儿。"格雷先生对他女儿说。

"他六十岁了吧。"

"还没有呢,孩子。他看上去有那个年纪,其实才五十岁。一个五十岁的男子要结婚年纪还不算太老。他有个外甥,他把他当作继承人抚养大;事情难办就难办在这儿。这个外甥和斯卡伯勒家的事有些牵连。"

"是不是想娶那位年轻小姐的那个人?"

"我想是他吧。不过眼下有人在当中搞鬼。我不想插于这件事。"

"不过你会牵涉进去的,不是吗?"

"我不想插手。普罗斯珀先生想娶老婆,那就让他去娶呗。关于那位小姐的陪嫁钱问题,他们给他提出了让人受不了的条件;至于她要丈夫生前立契指定由妻子继承遗产一事,我得尽力去制止。不过我认为他不会那么傻,不会就此屈服的。"

"他这个人软弱吗?"

"不完全如此。他爱自己的钱财。可他是个正人君子,他要的无非是他自己的或者说应该属于他的东西。"

"现在像他那样的人不多。"

"他就是这样的人。可从另一方面说,他不知道什么是他自己的或者说应该属于他自己的东西。他是个少见的大傻瓜,纯粹出于愚昧无知,他会对那个孩子干出不公正的事来的。"接着,他便起草给普罗斯珀先生的回信,还递给多丽看。"这便是我要提的建议。让事务所的文书再用恰当的措词写出信来。他打算给多少钱不该直说,开价要少嘛。"

"这么做诚实吗,父亲?"

"在我来说自然是诚实的,因为我了解自己所要对付的那种人。假如我精确地定下他所能同意的最低数目,那他准会加进其他项目来,这样他就没法按我的意见来行事了。我得估计到他会干出蠢事来——这种所谓'留有余地'的做法不能算作是不诚实吧。要是他叫她的律师来当面找我的话,我完全可以做到像你希望的那样又严厉又诚实。"这番话并没有使持有严格诚实观念的多丽感到十分满意。

"所提的条件是那位女士的收入应对分,一半留给她自己作个人开支,另一半给丈夫用作家庭开销;那位女士的孀居保证年金则减少到每年二百五十英镑,这笔钱加到她自己的财产中去之后,她的收入应该是很可观了。至于子女财产处理可按索姆士和辛普森两位先生的建议办。"

"假如没有子女,怎么办,爸爸?"

"那双方各自拿各自的财产呗。"

"因为很可能出现这种情况。"

"不错,亲爱的;非常有可能。"

第二十八章　哈卡威先生

十一月的头一个星期一到来时,哈里仍然住在教区牧师住宅里。说真的,不住在这儿他还能住到哪儿去呢?除开他舅舅之外,他的其他朋友也对他躲躲闪闪。过去他收到别人许多请帖是家常便饭。现在的年轻人啊,只要继承了一笔遗产,他们饱食终日无所事事也会成为富翁,他们肯定希望这儿来请他的客,那儿来邀他光临——于是他们就自以为了不得。"这儿有位琼斯少爷,长得还算俊,可就是话不多。他跟爱饶舌的史密斯小姐配成一对儿倒挺合适。他连个草堆都打不中,不过凑个数还是蛮可以的,山鸡本来就不多嘛。只要请他,他准会来,准会跟咱们一块儿去。"于是琼斯受到了邀请,便自认为是伦敦城里名声赫赫的人了。我并不是说哈里过去所受到的邀请都不折不扣属于那种性质;不过他的确一直自以为名声很响,如今他大有这类友好的表示都被收回的感觉。他收到过肯特郡①的英高尔兹比家给他的一封要他"推迟"赴约的信。他在六月初曾答应十一月去那儿。英高尔兹比家的小女儿长得挺美,不用说他也显得彬彬有礼。她知道他当时对她没有什么特别的意思——也不可能有什么意思。但是,他说不定渐渐地会对她产生点好感,对方还死乞白赖地要他表态呢。九月间,有来信说,英高尔兹比家原来为他准备的房间失火烧毁了。英高尔兹比太太表示十分歉意——还说"女孩子们"也表示了同样的意思!哈里是能把这种情况刨根究底弄清楚的。英高尔兹比家认识格林家,而格林太太是塞普蒂默斯·琼斯的姐姐;塞普蒂默斯又是奥古斯塔斯·斯卡伯勒的一个不折不扣的奴才——一个不折不扣的奴才,哈里用强调的口吻对自己重复着这几个字。他感到不快,绝不是因为他心里对英高尔兹比小姐有点什么好感,而是因为他开始觉得自己在受到冷落。

但是,乔舒亚·索罗本还是会和他来往,真是谢天谢地! 他面露笑容,心里打定主意要高高兴兴跟他妹夫见面,然而他内心的创痛却没有因之而得到一丝一毫的缓解。在他看来,本郡不如外郡,近邻不如远邻。邦廷福德镇上全都是索罗本家族的人,他们都是天底下的大好人,但还没有达到他心目中的好人标准。普罗斯珀本人是头大蠢驴! 韦尔温镇的人,伦敦城市气太浓。斯蒂文尼奇镇住的是教区牧师家那类人。博尔道克镇全是些死气沉沉的"窝囊废"。劳埃斯顿镇只有在赶集的日子里才有点生气。对于他自己父亲家,甚至对于她母亲和几个妹子,他都有想稍稍加以贬低的念头。然而,好在他这个人既自傲又自卑,这使他不致犯某种如不加以挽救与治疗就会导致他人格声誉彻底扫地的毛病。"我父亲比他们这些人强十倍,我母亲跟妹妹比她们强二十倍。"假如他真的在那间一旦他去住就会烧毁的屋子里上床睡觉的话,他准会这么评论英高尔兹比家的人。他对那句话深信不疑。他们家都是些老实人;他们从不自私;他们从不装腔作势。他妹子莫莉公开承认,她把自己的那个酿酒厂少爷看得比世界上什么都重要;她是一位襟怀坦白、活泼可爱的姑娘,祈祷起来很诚心,对上帝赐给她乔

---

① 肯特郡(Kent):在英格兰东南部。

舒亚感恩不尽。她常常哈哈大笑,声气大得你站在教区牧师住宅的花园外,穿过庄园园林一半的地方也能听见。哈里知道他们都是心地善良的人,他确实打心眼里懂得,哪儿有牧师,哪儿也就可能有美德。

一天上午,索罗本少爷来约他去卡姆伯卢绿地的时候,他正处于这么一种精神状态:善良、宽容将他朝一边拉,邪恶的妄自尊大又把他推向另一边。卡姆伯卢绿地是那个郡的一个有名的狩猎集会地,大凡这类狩猎会之所以遐迩闻名,往往是因为组织者的良好服务态度而不是狩猎会本身的缘故。这种郡未必是个风景宜人、地势平坦、适合于跑马的地方,帕克利奇的狐狸也肯定是一副凶相。但是,帕克利奇人对待陌生人却礼数周到,他们互相之间相处得也算和睦。说到莱斯特郡①的猎手,那就更不用说了,他们穿着色彩鲜艳的马裤,脚登乌光闪闪的靴子,昂着头骑在马上,好不威风。"快,咱们要跑四英里地,只有二十分钟时间。喂,莫莉,你好哇! 踩上踏板来让咱们亲一下吧。"

"去你的,瞧他那张嘴多粗鲁啊!"莫莉说着便奔回屋子里去。

"这有什么?"凯特说道,"谁不知道你们的事?"那辆载着两位猎手的轻便马车便驰走了。后来莫莉悄悄对她妹妹说:"他穿桃红的外套真帅,不是吗? 你想想,自从他属于我以来,我还从来没见他穿红外套呢。四月份猎季结束的时候,他还没有对我开口提出呢。今天是他今年头一回穿红的。"

---

① 莱斯特郡(Leicestershire):在英格兰中部。

哈里一到达狩猎地，就留神注意起周围的人对待他的态度来。好端端一位品格诚实、风度翩翩的青年，得花这份心思去注意周围的人，天下有比处于这种心境更让人痛苦的吗？有人会说，要是他真的该被抛弃，那情况可能会更糟。不，绝非如此。那样他的精神状态就不同，他会拼命抑制自己去判断别人待他的态度，这里就没有什么痛苦可言了。这是人生斗争的天然组成部分，人们并不因之而心里难受——当然，除非你因为别人对你深怀敌意而怨恨起自己来，那情况就不同。反省总是痛苦的，也理应如此。没有痛苦也就不会有反省。然而即便如此，这种痛苦比之你瞅见那些谴责你的人的呆板目光，木然的面部表情和有意表示出来的冷漠态度而产生的委屈感来，那就算不上怎么厉害了。

　　哈里从轻便马车上下来的当儿，发现自己跟猎犬队主人哈卡威先生站得很近。哈卡威先生经营这些猎犬有四十多年了，他为人们提供了这个郡所能提供的最令人满意的乐趣。他养猎犬虽属业余爱好，可他的猎犬真不赖。他的那些马跑跑赫特福德郡的小道，跳跳赫特福德郡的树篱，还挺管用的。他的目的不是想让人们按比赛规则来把他放出的狐狸杀死。他设置了许许多多限制性规则来阻止人们弄死狐狸——比如，你不允许拿碎砖块来砸狐狸的头——这些规则在哈卡威先生看来都具有宗教般的威力。狩猎的规则多如牛毛，那些来打猎的人没法儿都记住。可是，成文的规则，或者沿用的条文，他全都记得一清二楚。对他来说，违反这些条文就是破坏行为。一个小伙子违反了规则，他便念他年轻作无知论处，但少不了态度粗鲁地教训一顿；假如犯规的是成年人，他就说他是个笨蛋，应该待在家里，或者说他是明知故犯，那就该按有意犯规来处理。他对待明知故犯者十分严厉。四十年来的经营经历使他深信自己是具有无上权威的人,在他自己的猎区里他确实是主宰一切的。此君对社会习气从无多大影响,至多跟一二位猎手同伴喝上一杯红葡萄酒,然后早点上床睡觉。他有一间小藏书室,可是书架上的书除了涉及兽医和"狩猎"专著之外,他一本都没有动过。他是个单身汉,别人花在妻子儿女身上的时间,他用来养猎犬。他足不涉马厩,因为他认为马匹对狩猎来说固然缺不得,但养马太费钱,太麻烦,容易出危险事故。如果有人就他的马恭维他几句,他准会扭过头去咕哝个不休。这几年来,谁也没有瞧见他骑马跳过篱。他老是守着他的猎犬,要是有人对他说上一句这些猎犬棒极了之类的客套话,他会觉得受到了称赞。整天在干活的就是那些狗,人和马只能在边上旁观。此君待人诚恳,作风正派,说话不多但却富有感情;谁冒犯了他,他有时也会暴跳如雷。他知道自己有多大能耐,超出他能力范围的事,他从不去尝试。"你好哇,哈卡威先生!"哈里说。

"你好,安斯利先生,你好!"这位猎犬队主人尽量装作宽宏大量地答道。可是,哈里从他的声调里听出一种他认为不太乐意的味道。说实话,哈卡威先生早已听说那则传闻——哈里在深更半夜把一名男子揍倒在地之后扬长而去,所以他在巴斯顿让人给抛弃了。哈卡威先生说毕便一摇一摆地走开去;哈里坐了下来,双眉紧锁,心里越发难受起来。

"嗨,麦芽蛇麻子①,你好哇!"这句话出自住在附近的一位放

---

① 麦芽蛇麻子(Malt-and-hops):谑称,指乔舒亚·索罗本家是酿啤酒的。啤酒通常用麦芽作原料,但还需加一种叫蛇麻子的作料,使啤酒带点苦味。

浪不羁的年轻银行老板之口,他用这种口吻说话是想表明他跟这位酿酒厂老板交情不浅;但是他一瞥见安斯利便掉转身去,策马走开了。"这家伙那天耍了个卑鄙的把戏,他把一个人揍倒了,肚里明知他死了,还一个劲儿地拼命扯谎呢。"这些话哈里都听清了。他心里暗暗说,他一向就深恶痛疾这个钱庄老板。

"你干吗让这么个家伙叫你麦芽蛇麻子?"他对乔舒亚说。

"你说谁,小福洛林吗? 他是个挺不错的人,说话有口无心。"

"我看是个俗不可耐的小子。"

接着,他一语不发地骑着马朝前走,后来当地的一位和他父亲有三十年交情的老绅士跟他打招呼。这位老绅士开口以前,哈里对他倒既不讨厌,也不喜欢;可是他一开口,哈里反倒对他反感起来。

"您好,安斯利先生!"老绅士说着便策马朝前走去。

哈里心里清楚,这位老人跟别人一样认为他犯了罪,不然他决不会称呼他安斯利先生的。他觉得自己不仅在肯特郡被英高尔兹比一家给弄得名誉扫地,而且在他自己的郡里也给"搞臭"了。

他们那天仅仅进行了适度的体育活动,为了追寻猎物他们跑了一大段路,后来发生了一件事使上场的猎狐手们普遍觉得很有趣,但几乎让乔舒亚·索罗本陷入了困境。他们在那块无疑是属于他们自己猎区寻找猎物的隐蔽处——说确切些,他们正打算要拨开树丛寻觅——这当儿,他们突然发现所有的猎犬都在那儿搜索。哈卡威先生一反冷冰冰、死气沉沉的常态,立即全力以赴地投入行动。不过,凡熟悉他的人都能看出,他那种情绪激动决不是出于高兴。他猛地变得精神十足,充满活力,但决不是那种表示他的事业顺利的活力。他坐立不安,闷闷不乐;替他饲养猎犬的那个叫狄龙的,沉默寡言,为人狡黠,不太讨人喜欢,但对他主子却唯命是从——他这当儿也开始迅速地来回奔走,不知所措。那些年纪较轻的也准备好追赶,那是一种瞬间迸发出来的当机立断的冲动,在这种时刻,一个对情势的急迫性还认不太清的人,是很容易给抛在后面的。不过,经验丰富的老手们把眼睛直盯住哈卡威先生,他们知道出岔子了。就在这时,突然跑出来另一队出场的猎狐手,先是一个人带头冲来,接着其他几个人都跟了过来,之后是落了一大段距离的一小群,最后是一大批。凡对猎狐有所了解的人这时都看得明白,有两队猎犬混杂到一块儿了。这些是被敌队称做"希庆猎手"的狗,是属于猎犬队主人费劳恩先生率领的希庆猎狐队的。费劳恩先生也是位上了年纪的人,在他那个郡里肯定也颇有点名气,可是哈卡威先生却不怎么把他放在眼里。哈卡威先生过去老是提起三十年前,费劳恩先生在一些共同搜寻猎物的活动中行为非常恶劣,当时事情还闹到非得由猎狐队长理事会去解决的地步。如今谁也不清楚当年吵架的事儿,或者即使了解了,也没有人当回事。两个猎队的队员都成了好朋友,除非他们在双方领队的共同监视下相遇,这时他们就得互相把对方当作冤家对头。现在两队相混,而他们之间争夺的狐狸只有一只。

那只狐狸没有给他们招来太多麻烦。它差一点让一队猎犬给逮住了,可是不一会却从两队猎犬的牙尖下逃脱了。两队猎犬见了对方觉得陌生,都想弄清出现这种奇怪情况到底是怎么回事,于是都完全丧失了搜索猎物的动力。十分钟之后,约莫有四十对猎犬在那儿奔来奔去,两名猎犬总管和四名赶猎犬的帮手怪声怪气地骂着狗群,两位老先生针锋相对地各自对自己的猎队发号施令。接着,两队猎犬几乎在同一块猎地上混杂在一起,所以有必要采取某种措施。哈卡威先生等待着,看看费劳恩先生是不是会马上策马向他自己的乡区跑去。只要有可能避免,他绝对不愿意和费劳恩先生说话。费劳恩先生住在离这儿乡间几英里地光景的地方。要是他就这么离开了,那这一天的猎狐活动他也就输定了。但是一英里外的地方还有一个狐狸隐蔽处,他认为他的某一只猎犬已"嗅到踪迹",或者说他声称自己这么认为的。在追猎一只狐狸时,只要你的猎犬紧追不放,那这只狐狸跑到任何荒僻的地方你也可以钉住它,这是众所周知的事情。只要有一只猎犬能做到紧追不放,那它就抵得上三十头猎犬。但如果有一只猎犬仅仅"嗅到踪迹",那它也会被强迫停止追踪。费劳恩先生非常肯定他的一只猎犬嗅到了踪迹,但被哈卡威先生的一个手下人用鞭子给赶走了。那个手下人一口咬定说他只是在把自己的猎犬赶拢来。听到他用这么个口实,费劳恩先生吩咐把他整个的猎犬队带进格利斯盖特树林,也就是哈卡威先生正打算去搜索的那座密林。"你有种,那我就是狗娘养——!"哈卡威先生手执鞭子站在路中央说道,他想阻止对方的猎犬总管带着猎犬从他身边经过。事后有人说,人们有十五年没有听到哈卡威先生赌咒骂人。"我没有种,我就是狗娘养——!"费劳恩先生驱马上前说道。哈卡威先生比对方长十岁,看来要打架他准会差劲些。可是大家也没有见到他退缩或让步。当时瞅见他脸色的人都说,他气得嘴唇煞白,嘴巴激动得直哆嗦。

要说清楚这两人接下来互相骂了些什么话,得要有荷马的怜悯心和想象力才行。两位老人怒目相对,破口大骂,倘若费劳恩先生企图夺路通过的话,哈卡威先生准会用鞭子抽他。一群帕克利奇人在乔舒亚·索罗本的带头下聚集在他们猎犬队主人的身后边。费劳恩先生对自己的猎手说道:"带它们绕个圈打文尼佩格小道去那座密林。"那猎犬总管便准备带他的狗群打文尼佩格小道绕过去,这会增加一英里的路程。不料,他刚刚往左侧移动了一小段路,人们就瞧见他一下子驱马越野直朝密林方向飞也似的奔去,其他十来个猎手紧紧跟上,猎犬群也跟了上去。不过,老哈卡威亲眼目睹这个景象后,由于他原来就占据了路面,这时便沿着大路驰骋起来,速度快得谁也没法儿追过他。所有在场的猎手都说,他们没有想到他们的队长行动会如此迅猛。于是狄龙,那几个赶猎犬的小厮,索罗本和安斯利,还有其他五六个人都紧紧地跟随着他。他们不愿坐在那儿,眼看他们的猎犬队主人由于自己一方毫无准备而被对方挫败。他们先到达了密林,就收起马鞭准备等待第二批猎犬到来。接着,一只猎犬没有奉命擅自进入了密林;但他们对自己的猎犬不太放在心上。它们或许会找到一只狐狸就追住不放,但谁也不愿跟它们去,因为这儿密林边缘的事态更要紧,更有吸引力。

接着,索罗本先生差点遭了殃。另一批猎犬,即费劳恩先生的猎犬,这会儿是不是在密林里捣鬼,或者是不是在帮它们自己或它们主人的忙,不用说,这是不可能的事。因为作为它们对手的那一群狗,早已趾高气扬地在那儿只顾管别的事儿,根本没有想到去追踪狐狸;而这另外一群叫做"希庆猎手"的狗也很疯狂。但是,费劳恩先生的保镖出了个主意,说何不抢在哈卡威先生前头搜索密林,为此一名赶猎犬小厮认为他可以带上两只猎犬骑马穿过帕克利奇猎手的马队,也许这样就可以取胜。

然而,为了防止敌方获胜,乔舒亚·索罗本准备牺牲自己。他扬起马鞭向那赶犬小厮冲将过去,若不是那小厮蓦地掉转马头,绊了一跤摔倒在地拼命挣扎,若不是索罗本人连人带马撞到他的身上,他准能轻而易举地赛过他。

　　经常有这样的情况,在某一方发生了一点小小的危险,或造成了一点轻微的损伤,往往会使一个引起更大危险、造成更严重伤亡的行动停下来。眼下就出现这种情况。当时希庆猎队的赶犬小厮狄克摔倒了,索罗本又连人带马压了上去——两个人,两匹马,在地上扭做一团——于是继续对抗的愿望消失了。猎犬总管上前来,后来费劳恩先生也过来了,他们觉得有责任把狄克搀扶起来,狄克让乔舒亚·索罗本的身子重量压得失去了知觉;帕克利奇一方也感到应该来帮这位英勇的酿酒商的忙。于是谁也没有心思再打算去搜索密林了。双方的统帅都灰溜溜一声不响地撤走了各自的队伍,可是事后却都认为自己打了胜仗。狄克给救醒过来时,硬说他的一只猎犬进入了密林,而哈卡威老爷曾"发——发誓发得——震——震天响,说啥'意庆猎队'①的猎——猎犬休——休想把鼻子探进来。可他的一只猎——猎犬就是进——进去了,哈卡威老爷准会——"。好了,狄克说他不想说出哈卡威先生会碰到什么倒霉结局。

---

　　① 原为希庆猎队,这里哈卡威念成"意庆猎队"。

第二十九章　骑马归去

两位老人骑着马各自朝着自己的方向闷闷不乐、不声不响地走去。两人谁都没有说半句话,连跟各自的手下人都没有开过口。这儿离哈卡威先生家约莫有二十英里路,整个这二十英里路他默默地骑马走着。"他今天火冒三丈,"索罗本说道,"他发火的当儿不说话。"不过说实话,哈卡威先生感到丢脸。他是个七八十岁的老人,应该尽量去娱乐消遣,如今却让自己身不由己地使用起粗鲁不堪的语言来。他的猎犬没有"嗅到踪迹"又怎么样呢?他这把年纪了,还犯得着在路上为维护比赛公正这种芝麻绿豆的事去跟人吵架吗?不过,话得说回来,他老是觉得自己受到了严重损害。那个叫费劳恩的下流坏子,是天底下最最不足挂齿的小人,竟然说什么他要抢在他哈卡威先生前头去搜索他哈卡威先生的密林!于是他就咬牙切齿地驱着他那匹老马往前奔去,接下来他便干出那种丢脸事来。"苍天岂能容忍如此狂怒①!"

不过索罗本却是兴高采烈地回家去,他觉得自己干了一件光彩的事,心里非常得意。他一直非常想在打猎比赛场上在众人面前露一手,他心里明白自己现在已表现得十分突出。哈里·安斯利骑着马在他一边走着,那位银行掌柜福洛林先生在另一边。索罗本说:"这家伙吹牛皮真可恶,混账透顶!"他指的是"希庆猎队"的那个赶犬小厮,他在盛怒之中差点没让他去见阎王。"他说他的一只猎犬进了密林,可我当时在场看得清清楚楚。哪儿有什么猎犬通过田野和密林之间隔着的那条小田埂。"

"如果他到了那儿,你准会瞧见猎犬的。"银行掌柜说。

"我当下镇定自若,他带的猎犬数目我都知道。一共是三条,带头的是条满身黑斑的雌狗,我差点没压在它身上。那人摔倒的当儿,那条狗便不知所措地停住了。它哪里知道该怎么办?不然那家伙准会进密林去了,我确确实实把他给阻挡住了!"

"你当时怒气冲冲地驱马向他奔去目的是什么?"哈里问。

"阻止他进去呗。这就是我决心要达到的目的。我后悔没有用马鞭把他从马上揍下去。"

"但要是他把你揍下了马呢?"银行掌柜说。

"会不会发生那种情况也难说。我当时压根儿就没有想到可能会发生什么情况。一个人要干那样的事,一般说干就干,不会去考虑那么多。"

"你就这么干了?"哈里说。

"不错,我就这么干了。我想他准摔得浑身骨头疼。我知道自己骨头也摔疼了。可我一点儿也不在乎。以后人们谈起今天这个日子——我敢说那准是好多年以后的事——谁也不可能说希庆猎队曾经进过那座密林。"索罗本具有英国人地道的谦逊品格,所以他嘴里不会说自己的英勇行为给帕克利奇猎队争了光,可是他打心眼儿里完全是这么认为的。当时要是他没有赶到,那赶犬小厮保管就进了林子,这样在以后的一些年月里——这当儿他怀着欣

<hr />

① 原文为拉丁语:Tantaene animis caelestibus irae! 出自古罗马诗人维吉尔的史诗《埃涅伊德》(Aeneid)。

喜的心情在期待这些日子——人们谈论的就会是一则迥然不同的故事。他把那些入侵者给冲倒在马蹄下；他阻止了那只带头闯进来的猎犬。不过，尽管他老是没完没了地谈论这件事，他倒没有尽说是他的功劳。他的"我来了，我见到了，我胜利了^①"的话只是在自己心里说说的。

大家一块儿骑马回家的当儿，索罗本身边渐渐地聚集起一小群人来，他们对他夸奖了一番，他自然受之无愧。不过人们一个个地打安斯利走的那一边道上离开去。他很快就觉得谁也不跟他说话。也许他自己显得太低三下四了，以致人们都不屑和他谈话。是他自己在疏远别人，自己招来了冷遇，到头来心里反而在责怪别人。当然，他的责怪也不是完全没有道理；可是换了一个不像他那么敏感的人也许就采取主动来挽回局面了。现在人家冷淡他，他却半点儿也不想迁就一下，光在心里暗自抱怨世态炎凉。他说："这些人就像旷野里的野兽，哪一只野兽受伤了，它们就会扑上去撕它的肉，把它咬死了才罢休。"他未来的妹婿是天底下少有的好心眼儿的人，这时他无忧无虑地只管朝前走着，把哈里孤零零地抛下了三四英里路，而他的伙伴们还尽在他耳畔喝他的彩呢。乔舒亚心里光想着那小厮的一副狼狈相，他没有想到，他尽为自己的荣誉得意之时，莫莉的哥哥给丢在一边了。哈里心里想道："他跟别人没有两样。由于那个人造了我的谣，还精心编造一些情况来配合他的谣言，于是他就觉得自管自骑着马走，把我抛开的做法对他

---

① 古罗马大将恺撒向元老院报告战绩的文字，原文为拉丁语：veni, vidi, vici。

来说比较恰当。"接着他心里暗暗对自己,也对乔舒亚·索罗本,提出一些愚蠢的问题,不过他没有回答这些问题,因为他想到自己这会儿骑的还是索罗本的马,再说他妹子将要嫁给索罗本当妻子的。

乔舒亚有半个钟点时间沉浸在凯旋的欢呼声中,后来他记起他的大舅子来了。他特意返回去找他。"你怎么啦,哈里?干吗不跟咱们大伙儿一块走?"

"我不想听你们谈论让人讨厌的吵架事儿。"

"噢,你说吵架的事儿吗?哈卡威先生干得对极了。如果一个猎队今后还要存在下去的话,那进入密林的权利一定得保留给拥有这些密林的猎队。当时猎犬并没有嗅到什么踪迹。你得记住,这是毫无异议的事。咱们与他们会合的当儿,猎犬都迷失了方向。他们当时是不是把他们自己的狐狸带进那第一座林子,这里面大有问题。有人认为博特金仅仅为了搜寻狐狸才穿越帕克利奇地区的。"博特金是费劳恩先生的猎犬总管。"假如你允许出现那样的事,那你会落到什么地步呢?这么一来,一个狩猎郡就不成为其狩猎郡了,你这个猎手也就算不得是个猎手了。这种恶劣的欺骗行径必须加以制止。我个人的想法是,费劳恩先生猎队队长的职位应该撤换。我承认自己的这种愿望很强烈。不过对于打猎我一向是喜欢的。"

"一点不错。"哈里绷着脸回答道,他对乔舒亚滔滔不绝在谈的事丝毫不感兴趣。

这时,普鲁克特先生打边上经过,这位先生今天早些时候称哈里为"先生",让哈里听了很不舒服。"普鲁克特先生,你倒听听,"乔舒亚继续说道,"我问你哈卡威先生刚才做得对不对?在一个狩猎郡里,你要是不维护你自己的权利——"可是普鲁克特先生对他们说了声"再见",尽管朝前走着,他极其无礼地拒绝听这位酿酒商想要表达的观点。"他急着想回去。"乔舒亚说。

"你最好跟上他,一块走。你会发现你们俩在一块时,他会听你说话的。"

"我不想要他专门听我说话。"

"我觉得你是想让他听你说话。"接着,有半英里的路程,两人默默地朝前走着。

"你怎么啦,哈里?"乔舒亚说道,"我看得出来,一定有什么事让你生气了。我知道你是你们大学的研究员,除了猎狐这种稀奇古怪的事之外,你还有许多其他事情要操心。"

"大学的研究员!"哈里说道,他要是心情好的话,准会更多地想到跟一伙猎狐手一起玩,很少会去考虑学院里得优等生奖学金的事儿。

"嗯,对! 我觉得当大学里的研究员真了不起。让我老是拼命用功也当不了。"

"当大学研究员也帮不了我什么大忙。你刚才没有瞧见那个叫普鲁克特的老头打我们旁边经过吗?"

"啊,不错。他在户外待久了就待不住了。"

"你没有瞧见福洛林,哈卡威先生,还有其他许多人吗? 连你自己在刚才一个钟点里也自管自在前头走着,一句话都不跟我说。"

"你说我刚才没有跟你说过一句话?"乔舒亚蓦地转过头来说。

于是哈里·安斯利意识到自己这样来说他这位未来的妹婿是不公正的。"也许我错怪你了。"他说。

"是的,你错怪我了。"

"请原谅。我认为你是赫特福德郡唯一诚实可靠的人,可其余那些人——"

"那么你认为是蒙乔依·斯卡伯勒的事引起的?"乔舒亚问道。

"对。那个叫彼得·普罗斯珀的大笨蛋就是想让大家知道,他之所以抛弃我,是因为他听说的那些事情。蒙乔依·斯卡伯勒的弟弟为了达到某种目的,造出了这么个肮脏的谣言来,我舅舅的那个聪明脑袋瓜儿竟然信以为真。实际情况是,他认为我应该对他恭恭敬敬,可我却没有做到。所以现在他就用这种方式来泄怨。他打算娶你姑妈当老婆,这样他可以有许多子女,也就能把我抛弃掉。为了证明他的做法有道理,他就在我周围的人中散布这些谣言。现在你已看到后果了——本地人谁都不愿跟我说话。"

"我倒认为你说的大半是你的猜测。"

"你去问问哈卡威先生。他是个诚实人,会如实告诉你的。你还可以去问你这位新攀的亲戚普罗斯珀先生。"

"我一点儿也不知道他们打算配成一对。"

"你去问我父亲好了。你想想,这么个窝窝囊囊的不中用的白痴,听信了别人纯粹编造出来的谎话,竟然会干出这种损人的事来。他可以剥夺我的津贴费,尽管这是他自己把我抚养大之后答应给我的。他可以大笔一挥便干成了。他可以威胁说他要像古代特洛伊王那样生上几个儿子。这一切他可以心里爱怎么想就怎么想嘛。可是为了在社会上证明他的做法有道理,他竟从奥古斯塔斯·斯卡伯勒这号人那儿拣来了恶意中伤的谣言加以散布,结果本地人便立刻都不理睬我了。我说,这也太伤人心了——单单受点损害,还可以忍受得了,可是还要受冤屈,是可忍,孰不可忍? 他给的那点可怜巴巴的津贴谁稀罕? 他的钱爱怎么处理就怎么处理嘛。我决不会伸手跟他要钱。可是他这样在本地到处散布谣言,谁也受不了。"

"到底发生了什么事呢?"乔舒亚问道。

"那个人喝醉了酒,在街上碰见我,他打了我,还对我肆意侮辱。当然,我就把他揍倒在地。这种事谁遇上了会不这么干呢?后来他兄弟在什么地方发现了他,或者找到了他,就把他送出了国,于是就到处说我把他丢在街头,事后却默不作声。不错,我是默不作声。蒙乔依这种人有什么值得我谈的?后来奥古斯塔斯问了我一些转弯抹角的问题,我当时不想一五一十都跟他说,所以他就指责我说谎。整个事情就起源于此。"

正谈着,他们已到达了教区牧师住宅。哈里吩咐人给两匹马好好喂点稀饲料,之后便闷闷不乐地上楼到他自己房里去了。可是,乔舒亚还想跟牧师家里的一个成员说几句话呢。他觉得不给点时间给他那头牲口喂点稀饲料就骑着它回家不太恰当,因此就走进那间小早餐厅去,莫莉已在那儿为他沏好了茶,准备了涂牛油的烤面包。他自然劈面就告诉她这一天发生的了不起的事——诸如两群猎犬是怎么混杂在一块儿啦,双方的队长如何发生了激烈的争执,后来又如何险些互相用鞭子抽打起来啦,哈卡威先生如何破口大骂啦(还提到人们以前从没听到他骂过人),后来有人是怎么企图攻占另一座密林,而最后他本人又如何立了大功啦。莫莉听了问道:"你是说你真的骑马撞倒了那个倒霉人吗?"

"真的。我的意思并不是说那个人就遭了大殃了——我是说他摔得比较厉害。当时咱们两人都栽了下来,两匹马也倒了,都跌做一堆了。"

"天哪,乔舒亚,我想你准给马踢了!"

"在那种情形下我完全可能遭马踢的。"

"可让一匹发狂的马踢一下那还了得!"

"那匹马没有怎么发狂。那人已把它骑得筋疲力尽了。"

"你准会笑我,乔舒亚,因为我在想象你会遇到多么吓人的事啊。现在你有人在依靠你,在为你牵肠挂肚,你为什么还要这样冲在前头去冒险呢? 你这样干真太不应该了。"

"总得有人去这么干啊,莫莉。从总的狩猎活动的利益来看,不让那些猎犬进入那座林子是最重要不过的事情了。我觉得局外人理解不了维护正当权利的必要性。这不仅是个人得失的小事,咱们整个儿郡的声誉也有赖于此啊!"

"那为什么不让一位没有年轻女子需要照料的人去干呢?"莫莉用哭中带笑的声调说道。

"谁先到达那儿谁就应该那么干呗,"乔舒亚说道,"在那种情形下,他哪里还可能停下来想一想自己有没有年轻女子呢?"

"我看你是不肯去想一想。"后来这场小小的口角就像往常一样通过说几句顺耳的话而告终。乔舒亚接着又跟她谈论起另外一件麻烦事——她哥哥地位的一落千丈。"哈里心里难过极了。"酿酒商说。

"你是说他舅舅的事情吗?"

"对。他伤心的倒不是钱的问题,或者财产的事,而是人们都斜着眼睛瞧他。你们大家应该待他亲热一点。"

"我们是待他很亲热。"

"其中有件事使他很苦恼。你们那位蠢透了的傻瓜舅舅——请原谅,我这么称呼他。"

"他是个蠢到极点的老傻瓜嘛。"

"他干的事也太缺德了。我不知道他是不是应该像那座密林前的那个家伙一样让我给治一下。"

"骑马撞倒他?"

"差不多。哈里心里自然不好受;一个人心里难受时特别容易烦躁。至于说邦廷福德镇我那个姑妈的事儿,看来当中有点疙瘩。要不然我早就会说,只要那位'老绅士'向她求婚,她准会嫁给他的。"

"别这么说话,乔舒亚。"

"可是出现一点问题啦。辛普森昨儿来找爸爸谈这件事,后来老头子不小心说漏了嘴,我终于明白事情不像她希望的那样顺利。"

"那么说他已经提出求婚了?"

"提出了,这一点我可以肯定。"

"你姑妈会接受他吗?"莫莉问道。

"在钱的问题上有点分歧。这一切的目的都是为了损害可怜的哈里。假如他是我的亲兄弟,我的伤心程度也不过如此了。说起玛蒂尔达姑妈,她也很蠢。他们俩是一对蠢货。他们想结婚,咱们也无法阻止他们。不过现在出现了一点问题,如果这对老天真的情人还在犹犹豫豫下不了决心,那么事情最后也许还有挽回的希望。"接着这位幸运的酿酒商又说了几句讨好话之后便离开了。

第三十章　迫害

同时间,弗洛伦丝·蒙乔侬在布鲁塞尔的日子也不好过。她也遇到了各种各样的麻烦事儿。她周围的亲朋个个都不赞成她和哈里·安斯利的亲事。在马格纳斯爵士和英国公使馆里众人的嘴里,哈里·安斯利这个姓名已成为极其令人不快的词儿了。蒙乔侬太太把自己的伤心事跟她的大伯子说了,他完全支持她,蒙乔侬爵士夫人也不遗余力地参与其事。必须让人人都明白哈里是个"不祥之物"。人们就是这么称呼他的,大家心里也就是这么认为的。马格纳斯爵士给伦敦的朋友们写了信,伦敦的朋友们都证实了那些传说。有关那场半夜冲突经过的传闻对倒霉的哈里极为不利,因此马格纳斯爵士与他夫人认为有必要保护他们的侄女不受像婚姻之类的事情之害。但是,弗洛伦丝非常坚定,所以大家都认为她很固执。对母亲,她固执而亲热。对马格纳斯,她固执之中带有几分恭敬。可是对蒙乔侬夫人,她既不亲热也不恭敬。她非常恨蒙乔侬夫人,这位夫人对她总是摆出一副盛气凌人的样子,有另外两个人撑腰,她待她实在非常严酷。她主张强迫姑娘抛弃那个男的,于是蒙乔侬太太发现自己不得不依照她的话去做。她确实疼爱自己的女儿,她只有这么一个孩子。她生活中的主要心思集中在她女儿身上;她这辈子剩下的唯一抱负寄托在女儿的婚姻大事上。她早就痴心想望成为特雷登庄园主的丈母娘。她一直为女儿的美貌而感到自豪。后来哈里·安斯利来到蒙特佩利亚街,受到了弗洛伦丝的欢迎,这是她受到的第一个打击。在弗洛伦丝本人尚未觉察之前,蒙乔依太太就早已看出名堂来了。哈里的第一次来访远在斯卡伯勒上尉身败名裂之前——至少在他名誉扫地的消息传到切尔顿讷姆镇之前。在那些犹太人插手之后——甚至在那些犹太人被迫松手之后,蒙乔依太太依旧渴望得到特雷登庄园。直到目前也很难说蒙乔依太太对她侄子完全失去了希望,她想既然财产是限定继承的,其中某一部分到头来肯定还是属于他的。她听说奥古斯塔斯将继承产业,于是她的愿望便在这两个人中间举棋不定。接着,哈里明确地表了态,同时奥古斯塔斯却告诉她哈里的行为十分肮脏,十分卑鄙,十分可恶。他还清清楚楚地让她知道哈里今后将分文莫名。她以前明确知道,巴斯顿庄园——跟特雷登庄园相比真是微不足道——将属于哈里。但是限定继承法现在不管用啦。这是英国目前所遭遇的主要①头痛事之一。现在连巴斯顿庄园都将不属于哈里·安斯利了。他舅舅给他的那笔小小的津贴费也中断了。他落到只能依靠自己的研究员薪水过日子的地步——就连这笔钱一旦他结婚也就会终止。她甚至因为他是个大学研究员而瞧不起他。她一直为女儿在寻找的夫婿应该是位地位显赫的人,大学里哪里出得来这样的人物。她跟女儿作对决不是因为缺乏母爱;她把女儿交到蒙乔依夫人手里由她任意摆布,决不是表明她本性残忍。

由于她人在布鲁塞尔,新的希望出现了。另一种逃避哈里·

---

① 作者在这里使用了一个双关语,Radical 在英语中既有"主要的"含义,也有"激进的"含义。

安斯利——这颗她心目中最可怕也最可恶的灾星的方式出现了。公使馆的二等秘书官安德森先生（他的日常差使是陪马格纳斯爵士去林荫大道骑马兜风）已正式表明了他的心意。"从来没见到一个人这么丧魂落魄过。"马格纳斯爵士说这话指的是安德森先生眼下正身陷情网。他悄悄对弟媳说："我以前有十几回见到他恋爱了，可从来没有像这一回那么痴情。他曾经追求过好多姑娘，可总是不出一个星期就吹了。他已经给自己母亲去了信。"安德森先生明白无误地表达了他的爱情。马格纳斯爵士和蒙乔依夫人显然站在安德森先生这一边。马格纳斯爵士认为目前再去等待他的侄子（即上尉）是徒劳的，而对他另外那个侄子奥古斯塔斯他没有什么好印象。马格纳斯爵士最近跟奥古斯塔斯通过信，不用说他没有支持他。然而，他把安德森先生的前程描绘得如此绚丽多彩，蒙乔依夫人也在一边帮腔，以致大家似乎觉得如果弗洛伦丝乐意跟安德森这小伙子配成对，那对她来说再好不过了。

"你知道，他有朝一日肯定会成为从男爵。"马格纳斯爵士说。

"我看弗洛伦丝未必会同意。"她母亲答道。

"应该不会有什么问题的。你到社会上去看看，这种事都进行得挺顺利的。他会是第五代的从男爵。"

"可他哥哥还活着呀。"

"是个世界上少有的怪物，活不多久了。他患着一种糟透了的病，叫'恋旧狂'什么的，一分钟都安逸不下来。他什么都吃不下，光喝牛奶。肯定要上西天——这可以包在我身上。"

"我不想让弗洛伦丝寄希望于那种事情上。"

"再说，咱们这个休·安德森经济收入确实挺不错，他在这儿拿四百英镑薪水，自己还有五百英镑年收入。弗洛伦丝也有，或者说将来准会有她自己的四百英镑收入。依我说，他们真是阔得要命啦。刚成家就拿那么多的钱，确实是够阔气的啦。我这儿可以给她提供两匹马，她还觉得什么不满足呢？"

这番话确实把蒙乔依太太给说动了，还有一层原因是她素来把马格纳斯爵士看作是位很有威望的人。他至少是布鲁塞尔城里最了不起的英国人，除了跟英国人商量她还能去找谁呢？她哪里知道这位马格纳斯爵士从他公使馆的二等秘书官那里借到了一大笔钱呢。

"把她交给我，就把她交给我吧。"蒙乔依夫人说。

"我不想严厉责备她。"母亲为她不听话的女儿求情说。

"不会太严厉的，不过得让她明白过来。你想想，发生了那么些倒霉事。蒙乔依·斯卡伯勒是没有什么希望了。"

"你是这么认为的?"

"完全如此。人失踪了，还会有什么好结果？巴尔梯鲍埃勋爵的小儿子失踪了，后来不是发现他在法国步兵部队里当大兵吗？当然，他们到底把他给开除了，可后来不是去了美国当传教士了么。这种事你完全可以想当然，如果一个人完完全全从那些个俱乐部里销声匿迹，那他就休想再做新郎官娶老婆了。"

"可他还有一个兄弟呢，据说财产由他继承了。"

"是个冷酷无情的小子，他对自己家的事死人不管。"马格纳斯爵士曾开口向他借过钱，可他的态度十分苛刻。"据我了解，他还从来没有向弗洛伦丝表示过什么好感。你不能把希望寄托在奥古斯塔斯·斯卡伯勒身上。"

"我倒没有单单指望着他。"

"而咱们这里却有着一位安德森少爷，他是我认识的青年中最有绅士气派的。你们来这儿,还来得及把他给抓到手,算是你们运气。"

"我不知道这是否算是运气。弗洛伦丝自己就有一笔可观的财产。"

"因此她想把这笔财产奉送给那个道德败坏的穷光蛋吗?事到如今,你就得对一个姑娘家狠一点。得吓她一下,那才做得有道理呢。"

这以后,蒙乔依夫人到底把弗洛伦丝弄进自己的房里跟她单独待着。当她母亲告诉她说她伯母想见她,她冲口便回答说她没有特别想见伯母的意思。母亲说她如今住在伯母家,伯母要见她,她就得去。弗洛伦丝不以为然。她认为,她是在伯母家做客,但不能因此而样样听凭她召唤呀。不过,她结果还是服从了母亲。她已决定除一件事情外,她愿意什么都听母亲的。就这样,一天上午她去了伯母的房间。

不料,她走了一半路,却先碰到了她伯父,于是就给带进了她伯父办公室后面的一间小小的私人书房里。伯父说:"亲爱的,就进这儿来待一二分钟。"

"我上楼到伯母那儿去。"

"我知道,亲爱的。蒙乔依夫人把事情全跟我谈了。说实在的,你和安德森少爷好是最最理想了。"

"不行,我不能这么做,马格纳斯伯父。"

"为什么?是因为可怜的蒙乔依·斯卡伯勒?他已经走上歧途了。"

"这不牵涉到我表哥的问题。"

"奥古斯塔斯也好不了多少。"

"跟奥古斯塔斯也没有关系。"

"至于另外那个人,他不是个好人——真的不是个好人。"

"你是说安斯利先生?"

"不错;那个名叫哈里·安斯利的。他两袋空空,一文钱都没有;或者说他要是娶了你便会分文莫名。"

"可是我有点钱。"

"依我看,你这点钱不够两个人用。他那个舅舅已经剥夺了他的继承权。"

"他舅舅是无法剥夺他继承权的。"

"他年纪还不老,还可以结婚成家,这样安斯利就会给剥夺继承权。不管怎么说,他已经中断了他的津贴费,你怎么也不能考虑他啦。不久以前他干了一件极其不光彩的事,虽说事情真相到底怎样我不太清楚。"

"他没有干过什么不光彩的事,马格纳斯伯父。"

"当然姑娘家总是袒护自己意中人的,可是你无论如何得与他断绝关系。我不是个对人苛求的人,可这件事换了谁都不会容忍的。他以为那个人死了,因为害怕受到追究便一声不吭。后来还发誓说他压根儿没有见到过他。好像就是那么回事。"

"他从来没有担心自己被人怀疑过。"

"可现在安德森少爷已提出求婚。我刚才不该说另外那些话,不过我有义务把安德森少爷的情况给你说一下。他无论从哪方面看都是一位有身份的绅士。"

"安斯利先生也是。"

"可安德森没有遇到什么麻烦事。他在这儿工作很出色。我跟别的小伙子都不怎么合得来,唯独跟他关系不错。对他我用不着管教——或者说用不着花很大劲儿去管教;再说他本人的收入也很可观。你们俩的收入加在一块儿那就会更丰厚了,你们可以先住这儿,以后再找公寓安家。两匹马给你正合适,可以骑了到处去兜兜,为英国方面做点有益的事。你好好想想,亲爱的;你会发觉我的话是对的。"接着弗洛伦丝从那间屋子里逃了出来,上楼去受她伯母的一顿厉害得多的训话。

"进来,亲爱的。"蒙乔依夫人声色俱厉地说。她在自以为威风的时候,说话的声气就会严厉起来。弗洛伦丝进屋的当儿,艾博特小姐打另一边那扇门走了出去。"坐在那张椅子上,弗洛伦丝。我想跟你谈几分钟话。"弗洛伦丝便坐下了。"女孩子打算出嫁的时候,有许多问题得考虑。"这话似乎说得颇实事求是,弗洛伦丝觉得没有必要作什么回答。"当然,我知道你是在考虑结婚的事。"

"嗯,对。"弗洛伦丝答道。

"那跟谁呢?"

"跟哈里·安斯利呗。"弗洛伦丝说道,口气里大有此事尽人皆知的味道。

"我不希望你嫁给他,我不希望。老实说,这是根本不可能的事。别的不说,他是个要饭的。"

"他没有向谁要过饭。"弗洛伦丝答道。

"一个青年想结婚却身无分文,这不叫要饭的叫什么?"

"我不是个要饭的,我拥有的财产就是他的。"

"亲爱的,你在谈论的事你自己还不懂。一位有身份的姑娘家不能这样把自己的钱送掉。这种做法是不允许的。无论你母亲,还是马格纳斯爵士和我,都不会允许。"弗洛伦丝克制住了自己,不过她坐在椅子里把身子挺了一挺,似乎如果逼不得已的话,她是准

302

备把自己的心里话亮出来的。蒙乔依夫人不允许！她心里觉得自己完全可以对蒙乔依夫人说，她在这件事上既不可能使用权力，也不可能施加影响；然而她自己决心保持沉默，等会儿再作声。"首先，一位真正的绅士是决不会因为觊觎一位小姐的钱财才娶她的。"

"可是一位有钱的小姐比她处于分文莫名情况下更能清楚地表白自己的观点。"

"我不怎么懂你的意思。"

"安斯利先生向我求婚的时候是他舅舅产业公认的继承人。"

"那点财产，不足挂齿。"

"对我来说完全足够了。所以我接受了他的求婚。"

"那点财产对一位大家闺秀来说微不足道。你接受他的求婚当然是根据当时的情况决定的。"

"确实是这样——根据我自己的意愿。既然接受了他，而且我的意愿依旧和以往一样强烈，我当然不会因为他舅舅会干些什么事而后退。我说这些无非想说明他当时向我提出求婚是十分正当的。他并不是因为我这笔小小的财产才来找我的。"

"我倒并不认为是这么回事。"

"不过假如我的钱能对他有什么用处的话，他尽可以花我的钱。马格纳斯爵士刚才对我提起两匹马的事。我宁可要他，不要两匹马。"

"我正想说这事儿呢，就是关于安德森先生。"

"啊，不错；这儿是有位安德森先生。"

这句话的声调一听就可以知道其中带有一点不耐烦的味道。她似乎在说，安德森先生在动这种脑筋，她毫不奇怪为什么他老是在这儿出现。安德森先生一直想法让自己惹人注目，目的为了可以常常让她看见。蒙乔依夫人这当儿正打算把安德森先生夸奖一番，听到这句话觉得有点不对劲。

"我不明白你的意思。安德森先生完全像一位绅士那样行事，倘若他对你表示了关怀和爱恋之情，你应该为此感到自豪。"

"不过我决不会用同样的表示去回答他。"

"那些对你的行为负有责任的人要你这么做的话，你就得考虑。"

"你是说我妈妈？"

"我是说你伯父马格纳斯·蒙乔依爵士。"她还没有胆量说她指的是她自己。"我想你会承认马格纳斯爵士是一位善于判断青年人品格的人，不是吗？"

"他也许能判断安德森先生，因为安德森先生是他的伙计。"

使用"伙计"这个词有某种有意贬低的味道。无论对安德森先生本人的价值，还是对就她所知公使馆所办的日常事务，她都不怎么放在眼里。对于布鲁塞尔公使馆里的人都必须像马格纳斯爵士本人那样，娴熟符合绅士派头的细微而特别的繁文缛节这一点，她一无所知。她不知道除开纯粹属外交性质的公务可以放心地让布劳先生和邦德唐先生去办之外，所有那些细致微妙的事务，诸如面露笑容呀，皱眉蹙额呀，全脱帽或者半脱帽呀，显示温和可亲的表情呀，或者摆出傲慢冷漠的架势呀，等等，这些就构成了马格纳斯爵士本人以至他的下属安德森先生所办的特殊公务的内容。她不了解，甚至那两匹答应供她使用的马，也负有重要使命，她将以那位了不起的人物的帮办的帮办的身份来执行这种使命。然而，现在她竟然把那位了不起的人物的帮办称做"伙计"！

"安德森先生不是这么个身份。"蒙乔依夫人说。

"那么就是他宠爱的年轻帮手——或者私人秘书,别人才是他的伙计喽。"

"你说话很没有礼貌,很不讲情面。安德森先生是公使馆的二等秘书。我们这个官邸里没有比他更举足轻重的官员了。我觉得你是有意说这些话来惹我生气的。你把这位先生去和那个没有人愿意理睬的安斯利先生相提并论。"

"我愿意理睬他。"假如哈里本人能亲耳听到这句话,即便在烦恼之中也会感到高兴的。

"你愿意! 你能帮他什么忙?"

弗洛伦丝点点头,动作轻微得几乎让人难以觉察,可是她确实点了点头,其中的意味不是言语所能表达的。她觉得如果她能在他身边,她肯定能帮他的大忙;尽管眼下他远在异地,她仍然可以给他一点帮助。假如她能跟他在一起,她就可以挽住他的胳膊——说不定再过一些日子还可以搂住他的脖子——告诉他尽管别人都会转过脸去不理他,她仍然会忠诚于他。不管她人在何处,她会照样对他忠贞不渝,虽然目下她无法亲口说这些话去安慰他。接着她决定写那封信。他肯定已经得到他不在她身边的情况下她可能给他的一点点安慰。"你听着,弗洛伦丝。他是个十足的坏蛋。"

"我不愿让别人这么来说他。他不是坏蛋。"

"他行为如此恶劣,全英国都在大声骂他。他干了那种事,任何有身份的人都不会理睬他。"

"那么他更需要有一位女子去理睬他。不过你说的不是事实。"

"你对他品格的了解和马格纳斯爵士所知道的正好相反。"

"马格纳斯爵士对这位先生并不了解,而我了解。谈这个问题有什么用呢,伯母? 我已经向哈里·安斯利发过誓:海枯石烂我也决不动摇。即使他真像你们所说的那样,我还是会忠诚于他。"

"你会那样吗?"

"当然会。我不会去爱上一个我明知道品质恶劣的人;但是,我既然已经爱上他了,就不会因为他品格卑下而变卦。我不会干出那样的事来。这会是一场很大——很可怕的灾难,我会无可奈何地忍受下来。可现在——你所说的那件事我全清楚。"

"我也清楚。"

"我肯定地说,品质恶劣的不是他。他保持沉默是为了维护我的名誉。要是当时他了解全部真相的话,他也许早就和盘托出了。不管当时和现在,我都是属于他的。将来某一天,我将完全属于他了。"

"你是说嫁给他?"

"对,我肯定要嫁给他。要是办不到,我从此不出嫁。如今他穷了,我得等到二十四岁拿到自己那笔钱,我看得等到那个时候才行。"

"难道你母亲的话你也不听了吗?"

"可怜的妈妈! 我自然知道妈妈因为自己给我带来了痛苦,所以她自己也很痛苦。至于我和妈妈之间会发生些什么情况,我想我没有义务告诉你。我们不久就要离开,到时候就剩下我和妈妈两人了。"

以后就剩下做妈妈的和她的女儿了,蒙乔依夫人想道。一定得把她们留住,这样安德森先生就有可能成功。

这次逗留原定一个月，可现在已无限期地延长了。在蒙乔依夫人跟她侄女之间的一席谈话之后，发生了二三桩跟咱们这个故事有很大关系的事。弗洛伦丝立即写了信。假如在英国的哈里·安斯利境况很糟，那他至少会因为知道她的实际感情而感到宽慰——如果这能给他带来宽慰的话。"也许他根本就不把我说的话放在心上。"她暗自想道；不过她这种想法只不过是假定，不一会便干干脆脆否定了自己所说的"也许"。接着，她特别强调让他不要回信。她应该给他写信这一点事关紧要。他应该收到她的信，事情就该到此为止。她十分肯定他会理解她的。他不会给她带来麻烦，让她不得不在自己的亲人面前承认她与他仍旧保持着通信联系；因为如果回了信，就会带来这种后果。尽管如此，待到回信应该到达的时候，她数着钟点等待着。所以当马格纳斯爵士差人来请她去，把一封信交给她的当儿（他跟她母亲商量过后才这么做的），这一切全在她的意料之中，于是心里对伯父感激至深。她也期望得到一点宽慰；读了信之后，她知道自己确实得到了。

弗洛伦丝与蒙乔依夫人会晤以后，两位太太之间谈过几句话。

"她是个非常任性的姑娘。"蒙乔依夫人说。

"当然，她深爱着那位情郎。"蒙乔依太太答道，她但愿能为女儿辩解几句。这姑娘尽管惹的麻烦真不少，可是女儿毕竟是女儿呀。"我知道他们俩彼此都一往情深，要不然也就一文不值了。"

"要是你这样来看待这事儿，萨拉，她准会占你上风的。要是她嫁了他，她也就完了；你应该这样来看问题。你应该考虑到她的一生幸福——还有体面。这姑娘很倔强，所以你也得对她辣手一点。"

"你会怎么做？"

"我会好好给她点厉害看看。"

"可让我怎么办呢？我总不能打她，总不能把她关起来吧。"

"这么说，你想打退堂鼓了？"

"不，我不会打退堂鼓的。你别生气。"可怜的蒙乔依太太说道。谈话到此，两位太太又变得亲昵起来。"我倒不是想打退堂鼓，可你让我怎么做才行呀。"

"在这儿再待一个月——折磨折磨她；同时让安德森先生有机会接近她。当她发现，要是她接受安德森先生，那就百事顺遂；要是她仍钉住哈里·安斯利不放，那她日子就会非常难熬。这么一来，只要她不是个与众不同的姑娘，准会回心转意的。当然，咱们不能强迫一个姑娘去嫁一个男人；不过，要是讲究点方式方法，还是可以办到的。"蒙乔依夫人这里所说的方式方法指的是应该采用一种极其残忍的手段——一顿丰盛的早餐和晚餐，和一间卧室。现在蒙乔依太太终于明白自己是无法这么干的，同时她也清楚，或者说她认为自己清楚，这种手段未必会奏效。

"你们要在这儿待下去——待到圣诞节也行，如果你们愿意的话，"马格纳斯爵士对他弟媳说，"就让她每天见到安德森，这样保管会见效。当然她会尽量装出不屈服的样子，这些个女孩子来这一手是在行得很呢。你也对她来个寸步不让。咱们自有对付她的办法。你谈到虐待的事，谁也没有让你用链子去锁住她嘛。宰一只猫也有不同的方法呗。你可以让朋友从英国给你写信谈谈安斯利的情况，我也会这么做——我的意思自然指让他们谈谈那桩事情的真相。"

"没有比那桩事情的真相再糟糕的了。"蒙乔依太太伤心地摇摇头说。

"一点不错。"马格纳斯爵士说,他听到有关那位得宠的求婚者干的那种恶劣行径时全无伤心之感。"然后,咱们会把信念给她听,她总不能捂住耳朵不听吧。就把事实念给她听,知道吗? 这种做法很公正;谁也不会说残忍。接下来,如果她屈服了,照咱们的要求去做了,那咱们全都会用慈母般的亲热态度去待她。我还会见到她乘着两匹小马驹拉的马车在林荫大道上到处兜风呢。"蒙乔依太太觉得,马格纳斯爵士谈到什么弗洛伦丝会依照他的话去行事,真是对她女儿的脾气一无所知。不过,她也无计可施,只得服从马格纳斯爵士。因此,她决定在布鲁塞尔再待上六个星期,还把这个决定告诉了弗洛伦丝。对弗洛伦丝来说,眼下待在布鲁塞尔和待在切尔顿讷姆镇完全是一码事。

"让她们待这么久,真烦死啦。"蒙乔依夫人可怜巴巴地对丈夫说。在马格纳斯爵士跟前,她丝毫没有在跟自己的一些朋友们在一起的时候所表现出来的那种泼辣劲。

"你老是对什么都觉得烦,怎么回事?"

"那我怎么安排她们呢?"

"带她们乘马车兜风呗。老天爷,你马车空着干吗呀?"

"可是艾博特小姐也去的话,车里就没有座位了。"

"那你就不能让艾博特小姐待在家里吗? 老是跟我提艾博特小姐干吗? 我看我兄弟的闺女嫁给谁你都无所谓,是吗?"蒙乔依夫人并不认为这事关重大;不过她说她已经表示了最亲切不过的关怀了。"那就坚持下去呗。用不着让这姑娘天天出去,就把她单独丢在安德森能接近她的地方。"

"他老跟你去骑马。"

"不,没有的事,他没有老出去骑马。把艾博特小姐留在家里,这样就有两个空位子,正好够另外两个人。别老是找麻烦。安德森自然是期待我帮他点忙喽。"

"就为了那笔钱的事。"蒙乔依夫人压低嗓门说道。

"我还得为她做点事嘛。"这儿马格纳斯爵士倒是说了一点老实话。他知道他没法儿立即偿清那笔欠款,所以他就用其他方式来补偿。债还是欠着,不过那件事要看老天爷的旨意了。

接着哈里来信了,这事让人磋商了老半天。从邦廷福德的邮戳来看,信肯定是哈里发来的。蒙乔依太太提出要跟蒙乔依夫人商量,可马格纳斯爵士不同意。"她现在火气大得很,可能的话她准会扒下她的皮来。"这位丈夫说。不用说,他对自己太太的脾气是颇为了解的。"当然她以后会知道这封信的事,于是就会因之而责怪我们。她不会相信说信在投递中搞丢了。这么一来岂不是她理足了吗?"所以,他们决定还是把信交给弗洛伦丝。

第三十一章　弗洛伦丝的请求

他们就作了如此安排,让弗洛伦丝待在便于安德森先生找到的地方。正如马格纳斯爵士所说,安德森先生不再经常出去骑马。有时候他还被允许不上班。马格纳斯爵士设法稍稍比平时提早一点去骑马,这样他回家的当儿那辆马车仍在兜风。蒙乔依夫人自然也在执行她的任务,每天带蒙乔依太太出去,一般还带上艾博特小姐,所以弗洛伦丝实际上就给留在那儿,任凭安德森先生摆布了。当然,她尽可以把自己关在卧房里,不过事情毕竟还没有发展到如此严重的地步。安德森先生没有让自己在她眼里成为一个可怕的人物。说实话,安德森先生举止彬彬有礼,满口恭维赞扬,所以她一点儿也不怕他;这时她已决定,假如安德森先生继续追求她,她就会把实际情况原原本本告诉他,她觉得他是个有教养的人,年纪又轻,会对她抱同情心的。最让她害怕的对手倒是蒙乔依夫人。她也感觉到,正如马格纳斯爵士所说的那样,她"会扒下她的皮来"。她虽然没有亲耳听到这句话,可是她知道伯母准会那么干的,因此她对蒙乔依夫人也非常恨。她其实并不害怕,但也不想听任她伯母亲手扒她的皮。如果伯母胆敢扒她的皮,那她坚决以牙还牙,决不退却。虽然她不善于用马格纳斯爵士那种生动形象的语言来表达,但她已作好准备来对付诸如此类的进攻。马格纳斯爵士到底同意把信给了她,所以她确实对他怀有几分敬意。

在英国公使馆(人们一般称它为大使馆,虽然它还不够格被称做大使馆)的后面有一座大花园,马格纳斯爵士和蒙乔依夫人不常使用，但却被看作是公使馆的颇有价值的附属部分。这儿就是弗洛伦丝散步活动身子的地方；可是一天下午，安德森先生把骑马时溅到的泥迹刷去之后，就在这儿找到了她。读者得知道，天下的年轻人中间谁也没有比这位安德森先生更认真的了。他通过马格纳斯爵士给他预备的那枚透镜往前瞧，觉得他看到了在不远的将来，一位被称呼为休·安德森太太的女子，乘着一辆两匹灰马拉着的马车沿着林荫大道兜风——这幅景象让他感到不胜欣喜。到此，他的雄心壮志也已到达了顶峰。在他心目中，弗洛伦丝真正是具有他这种地位的人所应该娶的姑娘。在异国小小的京城里的一位公使馆的秘书，总不能像好比说外交部里的一名小公务员那样，去讨一个邋里邋遢的老婆。一位公使馆的秘书——一位二等秘书，他对自己说——如果要结婚的话，必定得娶一位漂亮的、容貌出众的妻子。他对奇特地落到他肩上的那些错综复杂的使命了若指掌。布劳先生不妨去讨一个南海岛民做老婆，这对于他的公务毫无妨碍。布劳先生不需要他老婆来帮他刺探和汇报比利时钢铁业的行情嘛，他干的那种公务谈不上什么复杂，也谈不上什么精细。安德森先生间或开玩笑时把那种工作称做"苦差使"，倒是很有点道理。他不敢妄称自己具备干这种差使的才干；不过在他自己干的那种特别差使方面，他觉得自己是个能手。然而他那种差使非常累人，所以他认为自己有必要有一位内助。有一些微妙的使命只有夫人才能完成。他对马格纳斯爵士非常敬佩。马格纳斯爵士在宫廷上下和布鲁塞尔的外交使团中都颇有一点威望。但是蒙乔依夫人，说句老实话，帮不了什么大忙。她只知道成天价乘马车出风头。所以，结婚对于他安德森来说是义不容辞的责任啊。

他感情丰富，是个情种。他的感情太容易冲动了，他自己也知道有这么个弱点,所以常常对此存有戒心——一位干他那种差使的青年非得这么才行。他老是一见钟情,过后便运用他的外交手腕来避免后果。他发觉,有些姑娘在蜡烛光下看上去楚楚动人,可是经不起光天化日的考验。还有些姑娘不能老是保持优美雅致,换句话说,她们在跳华尔兹舞的当儿谈吐不凡,可到了清晨三点钟却无话可说。再说,他不得不考虑到这一点:娶一位身无分文的姑娘会铸成大错。"除非一个人对自己的地位挺有把握,不然就不能去干那种事儿。"这是他面临那种情况时跟蒙哥马利·阿布斯诺说的话,其中特别暗示了他哥哥的健康状况。每当安德森先生提到他自己不明确的地位时,别人总是认为他指的是他哥哥的健康问题。他就这样几次三番让他那条小船险乎撞在礁石上,给马格纳斯爵士带来了一些麻烦。但是,现在他心里感到挺扎实。他不止一次地对阿布斯诺说,"一切都尽善尽美。"阿布斯诺说那确实是"尽善尽美"——她的容貌在烛光下和在日光里毫无二致,她的仪态总是那么端庄。安德森说:"目光敏锐的人都不会怀疑这一点。"阿布斯诺回答道:"啊,那还用说!""至于谈吐,你休想挑出她一点毛病来,休想。""那自然更不用说啦。"阿布斯诺说。他是个三等秘书,是个谦卑的厚道人。"再说她的经济状况也不错。当然,人都得需要一点钱才能过日子嘛。我的地位很难预料,所以没有这一条不行。""当然不行。""可是有些姑娘真见鬼,你就是无法查个明白。你听说她有笔钱,可到时候却说要等她老头子死了才能拿到手,可那老头儿却偏偏不想死——妈的,就是不想死。""这些家伙从来就不想死。"阿布斯诺说。"可现在这件事,你瞧,我心里全有底。等她到了二十四岁——只要等到二十四岁,就会有一万英镑归她所有。我讨厌见钱眼开的家伙。""啊,对,这种人是让人讨厌。""可谁也不能这么来说我嘛。在我目前的处境下,我需要点钱来帮助维持生计。她有钱,还不少呢,尽可满足我的需要——确实不少,这一点我确实了解得一清二楚。"那一小笔一千五百英镑借款,马格纳斯爵士把利息和欠着的押金都付清了。"马格纳斯爵士跟我说,只要我紧紧钉住她不放,肯定会成功。英国有个小子刚刚让她动了心——才刚刚让她动了心,你懂吗?""我懂。"阿布斯诺显出会意的样子说。"他是个不足挂齿的家伙,"安德森说,"属于那种行为不端又缺乏胆量,但却相貌堂堂的那种人。""这号人我看得多啦。"阿布斯诺说道。"他姓安斯利,"安德森说,"我从来没有见到过他,这些都是马格纳斯爵士告诉我的。他干了件大丑事,实际情形我不太清楚,不过反正由于这件事他不适宜当她的老公了。还有谁能比马格纳斯爵士更通晓人情世故? 他说情况确实到了这个地步。"阿布斯诺说:"对呀,还有谁能比马格纳斯爵士更通晓人情世故呢?"谈话就这样结束了。

这场谈话后不久的一天,他发觉她在花园里散步。这当儿她母亲和艾博特小姐还跟蒙乔依夫人一起乘马车在兜风呢。马格纳斯爵士骑马骑累了,刚回来躺下,打算睡上半个钟点再吃晚饭。"就你一个人,蒙乔依小姐?"他说道。

"对,就我一个人,安德森先生。我就喜欢一个人清静些。"

"啊,是这样。可要是我在这儿,你就不是单独一个人了,是吗?"

"你跟我待在一起,我就不是一个人了。"

"我就是这个意思。不过要是从整个世界的角度来看,两个人也可以算是单独的了,不是吗?"

"我不太懂这些词语上的细微差别,所以说不上。咱们做孩子的时候,大家总有那么一个问题:一只野兽能在空穴里吼叫吗?这情况跟你说的类似。"

"它干吗不能叫呢?"

"因为如果这只野兽在里面,那洞穴也就不能称作空穴了。你可曾见到过女孩子把鸡蛋用袜子裹着往墙上砸,后来她显得大吃一惊,因为她把蛋给砸破了?"

"我不理解这个笑话。"

"有人曾跟她说,一只鸡蛋放在空袜子里是砸不破的。结果别人要她往袜筒里瞧,她发现自己花了力气把蛋给敲碎了。我不明白自己怎么会给你讲这样的故事。"

"非常有趣的故事。今晚我准让艾博特小姐来试一下,她这个人什么事都信。"

"她什么人也都相信吗?那她真是个幸福的女人。"

"但愿你也对谁都相信。"

"我是这样,几乎对人人都相信。但有那么几个顽固不化的说谎家,谁也不会相信他们的。"

"我希望我没有被看作是其中的一分子。"

"你!当然不是!倘使有人背着你这么来说你,我会比谁都忠心耿耿地来为你辩护。不过没有人会这么说你呀。"

"这话很有点道理。这么说你相信我爱你?"

"我相信你认为自己爱我。"

"那就是说,我并不了解自己的感情喽?"

"这种情况很普遍,安德森先生。十二个月以前我对自己的感情也很没有把握,可是现在我心里明确了。"听到这句话,他觉得自己的希望几乎要落空了。她过去没有在他面前提到过他的情敌,他也没有说起过。他知道——或者说确切些，他认为自己知道——正如他对阿布斯诺说的那样，"她已经动了心。"不过，假如她觉得自己按捺不住要对他提这件事，那说明她的心是被深深地"打动"了。他一直希望略过安斯利先生，在他们之间从此不再提起他的名字。"你刚才谈到了你自己的感情问题。"

"嗯，对，我确实谈了。我看谈这种问题有点蠢。"

"我想和你谈谈我的感情，希望你不要认为我在干蠢事。我这么做是因为我相信你是一位正人君子，一位有身份的人。"听到这句话和她说话的腔调，他脸红了；而他的心却更加凉了。"安德森先生，我已经订了婚。"说到这儿，她停顿了一下，可是他没有搭腔。"我已经订了婚，要嫁给一位我全心全意爱着的先生。我对他情意很深，无论什么东西都无法把我跟他分离，或者至少无法阻止我对他的思念。要是从生活中的各方面兴趣来说，我觉得自己好像已经是他的妻子了。如果我打算出嫁，我可以对你发誓，我非他不嫁。"于是，安德森先生觉得全部的希望彻底落空了。她说她相信他是个实事求是的人。他自然相信她是个说真话的女人。他诘问自己，发觉在这个问题上他不可能对她有任何怀疑。"好吧，我愿意继续讲下去，让你知道我的困难处境。我母亲不赞成那个人。马格纳斯爵士坚决表示不同意，蒙乔依夫人尤其反对。对于马格纳斯爵士和蒙乔依夫人的看法，我丝毫没有当回事儿。蒙乔依夫人这么来干涉我，只是表明她的粗暴无礼。"她说这些话的当儿，脸上呈现了某种表情，安德森先生不由得觉得，要是他能成功地得到她和两匹马驹，他准会比驻巴黎的大使还要自豪。然而他清楚，这是绝无希望的。"至于说母亲，那确是一件让我伤心的事儿。她是我最亲的亲人，她把自己能得到幸福的唯一希望寄托在我身上。

天下没有一个母亲待孩子像她那样慈爱了,要是我违背她的意志,我会成为世界上最忘恩负义的女儿。可是,从我小时候起,她就一直希望我嫁给一个我所无法爱的人。你听说过斯卡伯勒上尉吗?”

“是那个失踪了的人吗?”

“就是他,他是我表兄。”

“他跟马格纳斯爵士有点亲戚关系吗?”

“通过我妈妈。妈妈是斯卡伯勒上尉的姑妈,她嫁给了马格纳斯爵士的兄弟。对,他失踪了,被剥夺了继承权。这事儿我不懂,所以说不清楚;不过他是倒了大霉了。我不愿意嫁给他决不是因为这个缘故;原因有两方面:一方面是我不喜欢他,另一方面是我遇到了哈里·安斯利。我愿意原原本本把事情经过讲给你听,因为我想让你了解我的情况。可是妈妈不喜欢安斯利先生,因为他干扰了我的表兄。”

“这我完全理解。”

“有人让她相信安斯利先生行为非常恶劣。斯卡伯勒上尉的一个兄弟插手这件事,所以我无法把事情解释清楚。对斯卡伯勒上尉,我从来没有爱过他;可对另外那个人,我很厌恶。他散布了这些谣言。斯卡伯勒上尉失踪了,可是在失踪前他觉得有必要对安斯利先生报复一下。他深夜在街道上攻击了他,想揍他。”

“为什么要那么干呢?”

“一点儿不错,为什么要那么干呢? 为了一个姑娘的爱情这种区区小事,竟会对这么一个人产生这样的作用。”

“我懂了;哦,真的,我懂了。”

“我相信他当时是喝醉了酒,他一直在赌博,把钱输个精光,还欠着账呢。他是个堕落的人,肆意妄为,令人讨厌。我可以宽恕他,哈里也这样。当时在厮打中哈里占了上风,就把他丢在大街上。斯卡伯勒上尉带着一根手杖,除此之外谁也没有使用过什么武器。没有什么理由认为他受伤了,或者伤得很厉害。他行为粗暴,于是哈里就离开了他。要是哈里去找警察,他也只能把他交给警察看管起来。那个人没有受伤,看来他是自己走掉的。"

"当时报纸充满了有关那件事的报道。"

"对,当时报纸登的尽是那件事的消息,因为他失踪了。我不知道他后来怎么样了,但我有一些疑问。"

"他们说有人在摩纳哥见到过他。"

"完全可能。不过这与我无干。他虽然曾经是我表哥,可是我心里却另有向往。我怀疑斯卡伯勒先生的小少爷对他哥哥的情况全知道,他竟然一本正经地盘问起安斯利先生来。安斯利先生不愿吐露有关街头打架的任何情况,还否认他曾经见到过那个人。实际上,他不想提到任何人的姓名。我认为奥古斯塔斯提出那些问题的当儿对所发生的事心里完全清楚。弄虚作假的是他。可现在他成了特雷登庄园的继承人,自以为是个了不起的人物了,为了坑害哈里·安斯利,就在国外到处散布这儿人们都在传说的那种谣言。"

"可他为什么要这么干呢?"

"他就是在这么干;我所知道的仅此而已。但我不会做伪君子。他竭力想阻止我与哈里·安斯利结合。我不能进一步再跟你说些什么了。他已经说得让妈妈相信了,还到处对人谈这件事。他永远休想说服我。"

"大家似乎都信他的话。"安德森先生说,他并不想表明他现在还相信他的话,而是说他曾经相信过他的话。

"人们当然都相信了。他简直把哈里给毁了。哈里现在给剥夺了财产继承权。我不清楚他们用什么手法干这些事儿的，可是事情已经干出来了。他舅舅忽而对他反了目，把他的津贴费全部吊销了。不过他们休想让我也信他们的话。即使我相信他们说的是事实，我也不会背叛他。一个姑娘对自己以身相许的男子彻底信赖是一件了不起的事情——我就是这样的姑娘。我了解自己所爱的人，我宁愿不相信天堂也不会不相信他。即使他真的像他们所说的那样，他仍然得成为我的丈夫。我会伤心欲绝，但仍旧忠诚于他。不过感谢上帝——我真要感谢上帝——他至今清清白白，今后也不会做出让我为他感到羞耻的事来。现在你对我的情况都清楚了吧。"

"是的，现在我全清楚了。"这个可怜人回答的当儿眼泪几乎掉了下来。

"为了我，你会怎么做呢？"

"我会怎么做？"

"对，你会怎么做？我相信你是位性格温厚的正人君子，所以就把自己的事全告诉了你。是马格纳斯爵士促使你产生某种幻想的。你愿意答应我从此不再对我提这件事吗？你愿意大大地为我排除烦恼吗？你可愿意，你愿意这么做吗？"接着，他掉过身来走开去，她便跟了过去，还用双手挽住了他的胳膊。"你愿意为我做到这么一件小事吗？"

"一件小事！"

"我已经以身相许于另一个人，什么都不可能使我动摇，相比之下，难道这不是件小事吗？不管是件小事也好，是件大事也好，你愿意做到吗？"她仍旧挽着他的胳膊，可是他把脸掉开去不让她看见。眼泪,不折不扣的眼泪,打他脸颊上往下淌。作为一个男子汉大丈夫,他该怎么办？难道他应该相信她现在所发的誓言,于是就同意她的请求,然后去让她委身于某个第三者,把哈里·安斯利也给忘个精光？到那个时候,他心里会怎么感觉？意志软弱者是永远赢不了一位美人的。在爱情与战争这类事情上,机会是均等的。你要吃樱桃,不能光张着嘴呀。他一时冲动,脑海里出现了许许多多诸如此类的明智念头。然而她的手依然挽着他的膀子,他无法拒绝她的请求。"你不愿为我做到这一点吗？"她又问道。

"我愿意。"他答道,依旧背着脸。

"我早就知道,早就知道你会做到的。你是个高尚而正直的人,不会冷酷地去对待一个可怜的姑娘的。今后,我成了哈里·安斯利的妻子,我们会有机会彼此见面的——我们很愿意见到你——一定让他对你表示感谢。"

"我不需要他感谢我。他的感谢对我有什么用处呢？你不认为我会以沉默来回答他吗？"接着他径自走出花园去,她终于没有见到他的眼泪。不过,她确实知道他在哭,心里怪可怜他的。

第三十二章　安德森先生病了

那天大家下楼去吃晚饭的当儿,得知安德森先生不打算跟他们一起就餐。"他闹头痛了!"马格纳斯爵士说,"他说他有头痛病,以前我可从来没有听说过这回事。"显然,马格纳斯爵士认为他的中尉的头不会痛到无法来吃晚饭的地步,他不太相信他当真闹头痛了。晚餐准备就绪,十分丰盛,提供这样的晚餐是他的任务。他总是保证提供这样的晚餐,而且还不辞辛劳地保证做到菜肴丰富,味道鲜美。"跑遍布鲁塞尔城你找不到这么丰盛的筵席。"他经常这么自夸。不过,当他做了自己的分内事以后,就指望安德森和阿布斯诺也该尽他们的本分——特别是安德森。谈到上馆子吃饭的事,有时会出现点龃龉,虽然还没有到吵架的地步,但也几乎属于那种情况了。马格纳斯爵士只是跟皇亲国戚,内阁大臣以及其他国家的外交官去上馆子。即使在那种情况下,他也很少吃到　顿满意的饭——或像他所说的一顿丰盛的美餐。他常常把安德森一起带去。安德森是布鲁塞尔外交官中的宠儿,他对他有点溺爱。因此,他认为自己待安德森如此真诚,安德森也就应该这样来待他。他这么做并不是为了安德森,说句老实话,安德森对自己被牵着鼻子走还觉得很讨厌呢。而且,马格纳斯爵士知道他这位部下有时心里对他颇有微词。可是美餐毕竟是美餐——何况这还是布鲁塞尔城里最高级的筵席呢,因而马格纳斯爵士觉得应该得到一点报答。他对人并不完全信赖,因为对人轻信无疑是头脑简单的表现。他肚里念头很多。要是安德森在自己房里请上两三个朋友,吃顿舒适的便餐,马格纳斯爵士不至于会这么光火。他很少大发脾气。不过他想找出原因,以显示他这个人的精明程度。刚才外出骑马的当儿安德森还是好好儿的,他不记得他从前闹过什么头痛。"他痛得很厉害吗,阿布斯诺?"

"打骑马以后我还没有见到过他人呢,先生。"

"谁见到他来着?"

"他刚才在花园里跟我在一起。"弗洛伦丝毫无畏惧地说道。

"那也不会让他闹头痛呀。"

"我没有发觉。"

"晚饭都准备好了,他却闹起头痛来,真怪!"马格纳斯爵士继续说道。

"那个小伙子你还是让他去,不用去管他的好。"蒙乔依夫人说。

凡是对英国使馆里的日常生活规律有所了解的人准知道,马格纳斯爵士听了这句话是不会不去管这个小伙子的。他这个人颇有点心计。他似乎仍旧觉得有一个小宴会在举行,蒙乔依夫人对此却一清二楚。他对管家说:"理查德,你到安德森先生房里去一下,瞧瞧是不是病得很重。"理查德回来后就跟这位大人物耳语说,安德森先生人不在屋子里。"这倒奇怪了,说是头疼得厉害,人却不在房里待着!他上哪去了?我一定要弄清楚安德森先生人上哪去了?"

"你最好别去管他。"蒙乔依夫人说。

"他病了,你让我别去管他。他说不定会死。"

"要我去看一下吗?"阿布斯诺说。

"你去,那太好了,找到了他把他带到这儿来——如果他身体吃得消的话。我不赞成年轻人不吃晚饭,情况没有糟到连晚饭都不能吃嘛。"

"他准会吃点东西的,马格纳斯爵士。"蒙乔依夫人说。但是马格纳斯爵士坚持要阿布斯诺去照料他的朋友。

眼下已是十一月的天气,八点钟天已经很黑了,不过那天天气晴朗,秋天的温和气息似乎依然存在。没多久,阿布斯诺便发现安德森先生又在花园里散步。刚才他把弗洛伦丝丢在那儿,自管自进屋去了,可是他发觉自己心情凄凉痛苦极了。她逼他许下了诺言,而这种承诺和他目前渴望得到的幸福毫不相容。别的不说,首先布鲁塞尔城里的人谁不知道他爱上了弗洛伦丝·蒙乔依。他认为这件事在布鲁塞尔已家喻户晓。而且,人们还得知在这桩爱情中他的态度始终是认真的。他深信整个布鲁塞尔城都称道他这么严肃地对待爱情。可现在,人们准会得知他忽而中止恋爱了。人们说不定会认为这跟他好色的本性有关——那位小姐准是给甩了。然而,他意识到自己不是个十足的伪君子,还不至于去掩饰自己心痛欲绝的感情。他知道人们会弄清楚是他遭到了惨败。可是他在考虑自己的处境时对自己说,他还有比这更难以忍受的痛苦呢。本来,他还指望有两匹马,让弗洛伦丝驾着它们,后面有穿着号衣的男仆伺候着,在林荫大道上出风头。现在这全成了泡影,永远不会实现了。他又想到,他生活的另一部分缺少了这位姑娘会更让他感到伤心。他确实感到这一回他心里怀的是真正的爱情。她越是跟他谈她如何爱哈里·安斯利,他越发觉得这种爱的价值。为什么那个人可以得到这种爱,而他就不能呢?他没有给剥夺继承权。他没有在大街上跟人打架中挨了揍。他没有让人逼着说了谎:明明自己把一个人打翻在地却矢口否认见到过他。弗洛伦丝说哈里说谎情有可原,他很同意。可是这姑娘因为这一点而更加爱他,这怎么说得通呢?再想想今后,他可以看到有出现某种情况的可能性——如果当真出现这种情况,他准会陷入窘迫和耻辱之中。假如弗洛伦丝结果没有嫁给哈里·安斯利,而嫁给别的什么人,那怎么办?到时候他准会觉得如今作的承诺真是太愚蠢了,他不该如此轻信,如此爱面子。姑娘们干这种事是家常便饭。他倒许下了诺言,而且认为必须遵守自己的诺言;可是她却没有受到任何诺言的约束。想到这里,他觉得即使现在他还可以让她对他作出保证。

不过,到了吃晚饭的时候,他确实因为失恋——或者说因为失望——而觉得身体不舒服。他觉得吃晚饭时让马格纳斯爵士像发连珠炮似的嘲笑他,他受不了;于是就对仆人说,他想晚些时候在自己房里用饭。这时已是黄昏时分,他便走了出去,在花园的树木下面散步。在那儿他遇到了穿了礼靴系着白领结的阿布斯诺。“老兄,你在这儿搞什么鬼?”

“我不舒服,头痛得要裂开来似的。”

“你不在,马格纳斯爵士在大发雷霆哪。”

“去他的马格纳斯爵士!我头痛成这个样子怎么去吃饭?我没有换礼服。就是给我五英镑钱我也不会去换礼服的。”

“你真的不会那么做吗?要不要就这么去跟他说?可是你总得吃点什么。我不清楚发生了什么事,可马格纳斯爵士在发火呢。”

“他老爱发火。我有时觉得他是个地地道道的大笨蛋。”

“蒙乔依小姐边上那个位子空着。格拉斯库尔先生想坐那儿,可夫人不准他坐。我可是挨着艾博特小姐坐的,因为我不想妨碍你。"

"你就跟格拉斯库尔先生说,让他去坐那个位子好了,你自己
也可以坐那儿嘛。这于我都没有什么关系。"他说这句话时心痛欲
绝,他决不是有意要吐露自己的秘密,可是他无法把这件秘密深藏
心底。

"怎么了,安德森?"另外那位怜悯地问道。

"我伤心极了。我不顾忌跟你说这些,我知道你是个老好人,
我愿意把情况全告诉你。这件事全完了。"

"跟蒙乔依小姐的事——全完了?"接着,安德森开始把事情经
过一五一十地谈出来;但是他还没有谈到一半,或者确切些说连四
分之一都没有说完,马格纳斯爵士又差人捎口信来了。"马格纳斯
爵士脾气真的越发越大了,"管家悄声悄气地说,"他说让阿布斯诺
先生回去。"

"我还是回去好,不然会轮到我挨骂了。"

"他怎么啦,理查德?"安德森问道。

"哎,假如您让我回答的话,安德森先生,他有点……有点
怀疑。"

"怀疑什么?"

"我想他认为您也许玩得正欢呢。"理查德认识他主人有好些
年了,所以几乎猜得出他的心思。"我不是说他肯定这么着,可我
是这么猜想的。"

"你对他说我没有在玩。你对他说我头痛得要命,花园里的空
气对头痛有好处。你对他说,待我头痛好一些,我想在楼上吃点东
西,——请你给我弄点吃的行吗?再准备好一瓶红葡萄酒。"

听到这些吩咐,那管家便回去了。阿布斯诺也回去了,离开前

又提了一个问题:"真遗憾,你和蒙乔依小姐的事并不那么风平浪静是吗?"

"是的,不那么风平浪静。现在你别管它了,可是事情确实并不风平浪静。别再提起她了;她已经回绝了我。我想我要请假离开两个月。老兄,骑马兜风的事全劳你啦。我要离开——不过我不知道要上哪儿。你回到他们那儿去吧,跟他们说我头痛得不知如何是好。"

阿布斯诺回去了,发现马格纳斯爵士跟那个管家吵得很厉害。"我认为他没有在干他不应干的事。"那管家看透了他主人家心里的想法,悄悄地说道。

"你这话是什么意思?"

蒙乔依夫人也了解她丈夫的心思,而且发现管家也跟她一样,便说:"这事儿就算了吧。一个小伙子吃不吃晚饭这种事不值得这么去操心嘛。"

"这事不能就此罢休。他说他没有在干他不应该干的事是什么意思? 他干任何事情我从来没有说过什么。"

"他没有换礼服,马格纳斯爵士。他现在觉得自己稍稍好一些了,想在楼上吃点东西。"于是,大家吃晚饭的时候出现了一片难熬的沉默。马格纳斯爵士对实际情况一无所知,只是心中怀疑所说的闹头痛是一个谜。蒙乔依夫人凭一个女人特有的敏感,认为弗洛伦丝和他未来的情人之间已经谈过一些话了,由于她不喜欢弗洛伦丝,便倾向于把一切问题都归咎于她。蒙乔依太太听到女儿说了这么一句话:"我想他不会再来让我烦心了,妈妈,"蒙乔依太太不怎么明白这句话的含义,不过她把这句话跟那小伙子没有出席晚宴的事联系了起来。然而弗洛伦丝对此心里是一清二楚的,便对安德森增添了几分好感。难道他真是因为爱她才不吃晚饭吗？难道他真的因为失去了一位姑娘的心而如此心碎肠断吗？他饿着肚子在户外黑暗而寒气逼人的夜色里徘徊，就因为她热烈地爱着哈里·安斯利致使他丧失了机会吗？姑娘家一般对男子爱情的忠贞程度总是不太相信，所以一旦见到真挚感情的流露便由衷地感动不已。可怜的休·安德森！她想到他在黑暗中游荡，不为别的，就为了爱她，眼眶里便涌出了泪珠。之后，大家便在默不作声的气氛中吃晚饭，马格纳斯爵士虽然喝了不少酒，竟然也觉得话不投机，几乎没有和格拉斯库尔先生聊上几句。

第二天上午吃午饭前的一会儿，弗洛伦丝在后院的一个廊下被安德森先生截住了问话。"蒙乔依小姐，请您允许我和您稍稍谈几句话。"

"可以。"

"您是不是能到花园里去一下？"

"可以，不过你得给我点时间去换一下鞋，戴上围巾。我们女子不像你们先生，说出去，不用准备立刻就走。"

"上哪儿都行，请跟我来。"他带路走进一间不常使用的小客厅。

"昨天晚上听说你不舒服，我很难过，安德森先生。"

"我的不舒服完全是晚饭前听了您那一席话引起的。"他没有对她说眼下他已经复原了，还在自己房里喝下了一瓶红葡萄酒，抽了好几支雪茄烟呢。"您自然记得昨天发生的事。"

"记得？啊，我记得。我不会那么容易把它忘掉。"

"我向您许了诺。"

"对，你许了诺——多谢你的好意。"

"我一定恪守这个诺言。"

"我肯定你会恪守——因为你是一位正人君子。"

"我现在觉得我本不该向您许下这个诺。"

"哦! 安德森先生!"

"我认为我不该那么做。你想想我作出的牺牲。"

"你没有牺牲什么——至多是牺牲了你打扰我的权利。"

"可要是除此之外还有别的人呢? 别发火——可我是那么的爱你,脑子里当然尽想着这么个念头。我许了诺,所以就必须得默不作声。"

"那也就消除了我的一个大烦恼了。"

"不过,倘如我在六个月以后听说你跟另一个男子结婚了,那怎么办?"

"你是说跟安斯利先生。我们六个月里还结不了婚呢。"

"跟别人,不是安斯利先生。"

"没有什么别的人。"

"可是说不定会有。"

"不可能。我跟你说了那么些话,你还不明白?"

"可假如你打算跟另外一个人结婚怎么办?"这个可怜虫神情哀伤地提出了这个问题。"如果你有这个打算的话,我认为你应该对我许下诺言: 我将是这另外一个人。这么做只是为了更公平些。"

她停顿不语,蹙着双眉,思索了片刻。"我决不许这种诺!"

"决不许这种诺?"

"我不能许下这种诺言,你也不应该要求我这么做。我不想允诺说,在某种情况下我愿意成为你的妻子,而实际上我知道自己在任何情况下都不愿意这么做。"

"在任何情况下都不愿意?"

"在任何情况下都不愿意。你想让我怎么说呢,安德森先生?设想一下,你本人跟一个姑娘订了婚——"

"我但愿自己订了婚——跟你。"

"跟一个爱你的姑娘,同时也是为你所爱的姑娘。"

"我对她的爱情是不容怀疑的。"

"你可以按照我的意思去考虑,我希望你会这么做。假如你听说一旦你抛弃了她,她就答应嫁给别人,那你会这么想? 这是绝对不可能的事。我决意要成为哈里·安斯利的妻子。要是你说这不可能实现,那你简直是毁了我。有一点我可以肯定:我要么就嫁给他,要不我就一辈子不出嫁。我让你许诺,不是因为少了你的许诺我就做不到那一点了,而是因为在那时刻到来之前我可以免掉不少烦恼。我很感激——非常感激。"接着她离开了他,让他又去闹起头痛来。

那天午后,她伯母问道:"昨天你跟安德森先生谈过话吗?"

"问这干吗?"

"因为我有必要知道。"

"我不觉得有这种必要。安德森先生无论如何是得到你的允许才这么来跟我谈一些随心所欲的话的,可是绝不会因为那个缘故我就非得告诉你他所说的话。不过,我可以告诉你,他已经答应不再来打扰我。我对他说,我和安斯利先生订了婚,他就像一位正人君子那样向我保证他将就此罢休。"

"就因为你要求他这么做?"

"对,伯母,就因为我要求他这么做。"

"他暂时不会受这种诺言的约束。要是那样的事今后允许存在下去的话,哪个姑娘都可以有权利要求一位年轻先生一经要求就不准提起婚姻的事。"

"有些姑娘也许不在乎这种事。"

"不准那么无礼!"

"我决不会成为这类姑娘中的一个,伯母;就因为我已经订婚了。"

"当然,姑娘家会提出这种要求来——不过再提也徒然。我从来没有听说过这么荒谬的事。你不但想有拒绝的权利,还打算要有权不许一位先生开口提出这种要求。"

"他已经许下了诺言。"

"啐!这种诺言无足轻重。"

"这是他和我之间的事。我让他这么做是因为我希望自己不再受到打扰。"

"至于另外那个人,亲爱的,根本是不可能的。据我听到的消息说,他有可能给抓起来吃官司。我相信他确实是罪有应得。马格纳斯爵士收到不少信中提到他的情况,读起来可真吓人。他干的那些事情啊——哎哟,准会判个终身劳役呢。这事早晚会临到他头上。我从来没有见到过这号人会逃脱惩罚。可你现在还来对我们说,你打算嫁给他做老婆!"

"我就是这么打算的。"弗洛伦丝点点头说。

"你伯父跟你说的话都白说了?"

"对,都白说了;伯母的话也白说了。我认为你们两人谁也不清楚自己到底在说些什么。你们诽谤了一位人品卓越的先生,一位大学的研究员,一位心地善良、情操高尚的人,就因为……因为……因为……"她说着哭了起来,奔出了屋子;不过她忍不住哭出来之前,眼睛瞪着她伯母,说了一通满腔怒火的话,这一切足以使蒙乔依夫人暂时不再提起这件事。

第三十三章　巴里先生

"再见，先生。你不该生我的气。我想咱们两人还是维持原状的好。"这是那位先生跟多萝西·格雷小姐分手时打富勒姆的"采邑别墅"大门走出来的当儿，那位小姐对他说的话。此君向格雷小姐求了婚，她拒绝了。求婚者是位人品高尚的人；他不是别人，就是小姐父亲的合伙人巴里先生。

大家或许还记得，多丽·格雷在和父亲商量律师事务所里的事的当儿，曾习惯于把这位合伙人称做"邪恶"。她倒没有觉得这位合伙人有什么特别可恶之处；实际上他并不可恶。格雷小姐的目标一直是想用律师同行们称做吉诃德式的公正来处理事务所经办的案子。她把父亲称做"理性"，把她自己称做"良心"；不过他把巴里先生称做"邪恶"时倒并没有想表明他比一般律师事务所里的人有更严重的不诚实行为。事实上她是很喜欢巴里先生这个人的。他偶尔会跟她父亲一块儿出去吃晚饭，他彬彬有礼，对人尊重，办事也挺勤奋。他完全靠自己挣钱养活自己，但也并非完全如此；他没有把这世界看作是让人们来玩乐的地方。他四十还不到一点，穿着整洁，头有点秃，不过总的来说，身体很健康。他身上看不到有邪恶的迹象，不过他的道德观念不特别重视抽象的诚实和美德。依他看，这世界上总免不了有"得"和"失"；可是在他干的职业中，他的"失"远远超过"得"。他把自己看作是一位公正的开业律师，然而和她父亲在家里进行的那些业务讨论中，巴里先生一直是格雷小姐所说的"邪恶"。

关于像目下提出的这种求婚的可能性,过去多丽和她父亲早就议论过。多丽说过,那种想法很荒唐。格雷先生却没有觉得其中有什么荒唐之处。他说过,一位年轻的合伙人跟一位年长的合伙人的女儿结婚是再普通不过的事了。"这难道是合伙契约里规定的吗?"多丽回答道。不过多丽从来不相信这个时刻会到来。现在这个时刻终于到来了。

到目前为止,巴里先生至多只拥有这个事务所四分之一的营业权。当年合伙时他没有带来任何本钱,所以对这四分之一的营业权他一直觉得很满意。可是现在他向多丽提出,他们一结婚,事务所的营业权就应该平均对分。而且他把他们俩要住的那座宅子的事都提出来了。在河①对岸的普特尼有一栋舒适而时髦的住宅。格雷小姐提出说,业务不妨分配得让他巴里先生负担轻一点。至于房子的事么,——她不能离开父亲。总而言之,她觉得他们两人还是维持原状的好。格雷小姐这句话的意思并不是让巴里先生就此当光棍了,不过如果他光想打格雷小姐的主意的话,那他就得如此了。

巴里先生走后,多丽·格雷在下午余下的时间里一直在考虑,要是她同意和这位巴里先生结为夫妇,她的境况会怎么样。后来她得出结论说,她的境况简直会难以忍受。她的天性中丝毫没有一点浪漫的成分;可是,由于她把婚姻看作是给人生带来极大幸福的事情——和巴里先生结婚也不例外——所以她对自己说,她宁

---

① 指泰晤士河。

肯死也不嫁给他。"我了解自己,"她说,"我会渐渐对他深恶痛疾,接下来我会因为自己待他如此苛刻而怨恨自己。"她继续往下想,到后来她确信只有一个人她愿意与之一起生活,此人就是她父亲。接着,她头脑里又出现其他一些问题,这些问题都不是那么容易回答。她父亲去世后她怎么办? 他现在六十六岁,她才三十二。就他的年纪来说,他还算健康,可是他对自己干的业务总是颇多怨言。她知道按照自然规律他必须先离开人间。他也许再能活上十年,而她也许就得再熬三十年光阴。"我得孤单单地去熬这些岁月,"她说道,"孤单单地一个人——没有伴侣,没有人可以谈谈心事。不过要是我和巴里先生结婚,"她继续往下想道,"我会立刻觉得无法跟他谈心里话。我看我会像别人那样熬过这些年的。"后来,她着手做起准备工作来,因为她父亲快要回家来了。只要他还活着与她一起生活,她会尽量从他那儿得到快乐的。

"爸爸,"他进屋的当儿,她搀住他的手说,然后把他带进餐厅,"你猜谁来过了?"

"巴里先生。"

"他对你说起来过了?"

"没有,连打算来都没有对我说过。不过我看到他离开办公室的。他穿着件新上衣,还戴着颜色鲜艳的帽子。"

"这么说他认为他这副打扮会使我动心。"

"我不知道他要使你动心。你刚才让我猜,我好像猜准了。"

"对,你猜准了。"

"他来干吗?"

"来求我嫁给他呗。"

"那你跟他怎么说,多丽?"

"你想知道我跟这'邪恶'说了些什么吗？"她仍旧挽着他的手，这时她瞧着他的脸发出轻轻的笑声。"你难道猜不出我跟他说了些什么吗？"

"我感到遗憾——如此而已。"

"感到遗憾？哦，爸爸，别这么说。难道你想失去我吗？"

"我不愿意想到我是为了自私的目的才留住你的。这么说他向你求了婚？"

"对，他向我求了婚。"

"你已经明确地答复他了！"

"再明确不过了。"

"是为了我的缘故？"

"不，爸爸；我没有那么说。刚才我问你是不是愿意失去我是说着玩的。你当然不愿失去我。"于是，她用胳膊搂住了他的脖子，仰起脸来让他亲。"好吧，用你的话来说，去打扮得体体面面的，晚饭已经迟了。我们饭后再谈这件事吧。"

不过刚吃过晚饭，谈话内容却转到斯卡伯勒先生和斯卡伯勒先生家的事务上来了。"我要去见奥古斯塔斯，他打算和我谈谈蒙乔依本人及一些跟他有关的事情。他们说蒙乔依眼下人在巴黎。假如他同意签署那份转让财产的契约，现在就可以给他们付款了。但是，那些人之中还有人不同意接受以单利偿还欠款。那个叫哈特的家伙闹得特别凶，说他宁可失去全部欠账也不干。"

"那他准会失去全部欠账的。"多丽说。

"可是老乡绅却非要他们全部都同意接受了才允许付款。奥古斯塔斯在大谈他自己如何如何慷慨。"

"他是很慷慨么。"多丽说。

"他总是从自己的利益出发,虽然我不太明白他到底得到什么好处。他跟梯利特说,虽然他的财产有了很大增长,他愿意为了保全家庭的名声偿付实际所贷的全部款子;不过他十分急切地希望趁他老父在世的时候了结这件事。我想他怕以后会出现打官司的事,他们这些人也许会打赢。我真怀疑他会不会因此而感激他父亲。"

"可是既然他们现在关系这么糟,那他父亲干吗还要为了他的缘故去编谎话骗人呢?"

"这是因为他编谎话的时候跟蒙乔依的关系更糟嘛。我觉得奥古斯塔斯就是这么想的。不过他父亲当时并没有说谎;而现在他无法再来一次弄虚作假。我的看法是,如果奥古斯塔斯相信情况确实如此的话,那些人的债他连一个先令都不会愿意去付的。他也许能阻止住一场官司——他们完全有可能打官司,尽管他们准输。假如蒙乔依结果成了继承人——这不可能——他就可以反过来说,由于他的努力才使这份财产保全得那么好。"

"我都给搞糊涂了,"多丽说,"我还没有怎么听懂。"

"我觉得我懂,不过我只是猜测他的心理。他已经让梯利特收下四万英镑,这正是他实际所贷的款数。这个赌注也太大了,那个人如果拿不到这笔钱必定得倾家荡产。现在他可以拿回来了,也就保全了自己。可是哈特是个不达目的不罢休的家伙。他跟另外两人声称有权索还三万五千英镑的债,其中他用现金实付的只有一万英镑。他认为他可以从梯利特的得款中得到一点益处,于是就寸步不让。"

"他要多少钱?"

"要全部的债款,他跟我说;可我知道他是在打算跟梯利特讨价还价。我认为梯利特为了确保自己那笔钱尽快偿付,会愿意付他五千镑。接着,又有另外一大帮子人他们都愿意拿到他们预付贷出的全部款子;但要是哈特多拿了,他们不同意。其他还有一些幕后的贷款人。整个伦敦城的流氓恶棍都肆无忌惮地来缠住我,而哈特是其中闹得最凶的一个。”

“可假如他们不愿接受任何条件他们就什么都拿不到,”多丽说,“如果他们一旦想诉诸法律,那就会全部落空。”

“情况真是错综复杂。老人死的时候,蒙乔依本人也许会提出有权得到全部家产,他还会请某个律师来承办他的案子。”

“你不愿意承办是吗?”

“当然不愿意——因为我知道奥古斯塔斯是合法的长子。据我所知,奥古斯塔斯现在正为蒙乔依提供生活费用。他父亲没有提供。不过老人准知道奥古斯塔斯在供养他,尽管他装做什么都不知道。”

“可为什么哈特要问梯利特要钱呢?”

“为了确保偿清余款呗。梯利特先生非常想得到他那四万英镑钱,为了得到那四万英镑他愿意付出五千英镑。可是,除非他们全都同意不再抓住那份家产不放,不然一个子儿都不会付给他们。因此,那伙坏蛋中最厉害的哈特便企图大敲其竹杠,拼命从中捞一票。”

“你一定参与这种调停了?”

“没有。我不禁要推测会让我这么干:在处理财产现款时,我会上那些人那儿去,对他们说,你们实际上已失去了多少镑,多少镑,等等,等等。只要你们大家同意接受,钱就一定会偿付给你们。这不是说的实话吗?”

"我不清楚。"

"可我清楚。我当事人的儿子从他们那儿借的每一个先令我的当事人都愿意偿还。他们中间出现了某种争执，于是我便作了自己的推测。不过我跟他们没有来往。现在该他们自己来找我了。"多丽只是摇了摇头。"近墨者黑，近朱者赤。"多丽说了这句话，可是她只是心里在这么说。接着，她心里自管自往下说，竟然把巴里先生也称做是朱墨了。她得知巴里先生见过哈特，见过梯利特，而且一直在跟他们讨价还价。她原谅父亲，因为他是父亲；可是依她看，除非到了无路可走的地步，不然就不应该跟这伙人打什么交道。

"好吧，多丽，"她父亲停顿不语了好长时间后说道，"跟我说说巴里先生的事。"

"没有更多的事可说。"

"不是要你说跟他谈话的内容，而是让你谈谈什么原因使你下如此的决心。结婚不是对你更有利吗？"

"如果我可以选择丈夫的话。"

"你想选谁呢？"

"你。"

"扯淡。我是你父亲。"

"你明白我的意思。在我认识的其余人中间没有一个我愿意和他一起生活的。我宁死也不愿跟任何其他人一块儿生活。既然我对这件事有这么一个总的想法，所以要我突然培养起和巴里先生这样的人保持亲密无间的习惯来，似乎是绝对不可能的。他早上出门的当儿我该跟他说些什么？晚上回家的时候我又该怎么来迎接他？我们的早餐会怎么样？我们的晚餐又会是什么样子？你想想你我之间的情况吧——遇到点什么麻烦互相分忧；彼此说话过分了点也不会放在心上；彼此都丝毫不怀疑长年累月培养起来的感情；彼此都对对方的内心世界有绝对的了解。"

"你们也会出现这种情况的？"

"跟巴里先生之间？你我之间经过这么些年的思想交流，这就是你对我内心的了解么？首先你觉得我是这样一个人：只要有谁来追求就会立即跟他走，是吗？"

"你也许慢慢地会这么做——至少这样你就能生活下去。不然你将孤零零地过一辈子。想想孤零零一个人过一辈子会是什么滋味！"

"我想过。我只知道要是你能带我一起离开这个世界那该多好啊。"

"这我可办不到。"

"是办不到。难也就难在这里：你必须得离我而去，我必须得孤零零地过日子。这一天早晚会到来。不过为了你，也为了我，只要我们可以在一起一天，就不妨在一起么。没有我你日子怎么过？你想想。"

"我会熬过去的。"

"你熬不过去的。你会伤心而死。你可以想象我在那儿的生活情形；想象一下我怎么给巴里先生倒茶，还得再想想我心里会怎么谈起你：'他自然会离开人世。他那么把年纪了，活着也没多大意思。'然后，我会照常给巴里先生倒茶。他出门时会走过来吻我，——我会，我会用刀子捅他。"

"多丽！"

"或者捅自己，这更有可能。想象一下那个人也唤我多丽。"说毕,她站了起来,到他椅子背后去站着,搂住了他的脖子。"在那种情况下,你会愿意去亲他? 或者亲任何别的什么人? 至于这个别的什么人,我还想不出来是谁,不过我觉得无论是谁我都会杀死他——要不就自杀。首先,我希望嫁的人应该是一位绅士。我周围这种人不多。"

"你太爱挑剔。"

"好吧,你说句老实话,咱们这位巴里先生算不算是一位绅士?"双方停顿不语,她在等回答。"你一定得给我一个答复。既然你提出要那个人成为我的丈夫,那我就有权要求你回答那个问题。"

"不,我没提出他来过。"

"可你因为我没有接受他而表示遗憾嘛。他是不是一位绅士?"

"嗯,——是的,我看他是一位绅士。"

"听着,咱们对天起誓,所以你一定得说真话。他有什么权利当绅士呢? 他父亲是怎么样的人? 母亲又是怎么样的人? 他童年是在什么样的环境中度过的? 他成为一个法律代理人,你也如此。可是,是不是有谁在教导他的时候悄悄地告诉他,干这一行跟干其他一切行业一样,得有一种高尚的职业荣誉感来指导自己? 他不应该弄虚作假,不应该干出任何不符合律师身份的事情来;可是他所干的事情哪一件不是以当事人的意愿为转移? 他哪里想到过什么职业荣誉呢? 这种人在日常生活的交往中难道会使我这种你所谓的爱挑剔的人满意么?"

"这世界上谁都做不到这一点。"

"你能做到。我同意你说的这世界上谁都做不到。可能做到这一点的人不会出现。这倒并不是说我可以想象出这么一个人来，而是因为我知道自己给宠坏了。当然，绅士不多，毕竟还是有的。不过，他必须长相既不能太丑，也不能太俊。他不应该看上去老态龙钟，自然也不应该显得满脸稚气。我不喜欢一个男子穿得破旧不堪，可他也不该服饰过于考究。他必须学识非凡，但决不能炫耀自己。他必须埋头于事业，但得准时回家吃晚饭。"说到这儿，她微微摇晃着脑袋哈哈大笑起来。"他还不应该在晚上谈有关自己业务的事。不过，要是他像你那样谈话，我亲爱的好爸爸，那就让他在晚上谈业务吧。还有，也是最难办到的一条，我至少得已有十年时间跟他心心相印。对于巴里先生这种人，即使结婚十年，我也不会和他心心相印的。"

"难道这一切都是我一手造成的？"

"正是如此。你自己做的事得自食其果。这是个苦果。"

"对我来说可不是苦果！我确实没有把它当成是苦果。"

"在目前情况下，对我也不是个苦果——只是这个果子咱们俩终有一天会突然吃到尽头的。也许先轮到你，我失去你还可以受得了，你怎么能失去我啊！"

"这是天意，情况必然如此。"

"这是自然规律，"她说道，"这是预料之中的事，正因为在预料之中，哀伤的程度也就稍稍好一些。我将不得不把照管卡罗尔家的那几个孩子作为己任。我有时候觉得，咱们命中注定要干那种令人不愉快的事。我对你孝顺，结果会得到什么益处呢？我想要是我待几个表妹好一些，是会有点好结果的。"

"这么说你无论如何不会容忍巴里先生啰？"父亲说。

"对，既然知道真相，我不会容忍他，"女儿答道，"而且，我觉得你这个老头心眼儿很坏,竟然提出这种建议来。"她说完后便和他道了晚安,径自上自己房里睡觉去,他们这席话几乎谈到了十二点钟。

可是,巴里先生回家去的当儿,却对自己说他的求婚之举一开始就像预期的那样进行着。他走过了桥,瞧着那座时髦的宅子,心里在盘算哪儿得稍许改建一下。那间屋子的窗子应该朝这个方向,儿童活动室得面对那个方向。走到铁路只消五分钟,打伦敦市内的神殿火车站①走出来也只有五分钟路。他觉得那样的家庭生活真是幸福极了。至于钱的问题,他能拥有事务所的一半营业权就挺不错了。于是下一步事态就会这样发展:他可以有权雇个小伙子进来,让他拿最少的钱,干最多的活儿——就像他自己过去一样。

不过,他没有想到那位年轻小姐拒绝他时说的话是当真的。这是年轻小姐们的惯技。当然,他倒没有指望得到热烈的爱情;他也不需要。他会等上三个星期,然后再一次去富勒姆。

---

① 指巴里所在的法律事务所附近的车站。

第三十四章　朱尼伯先生

多丽跟她父亲谈起自己婚姻前景的当儿——特别在说到她会用刀子捅巴里先生时——带有一点开玩笑的味道,而且几乎到了说蠢话的地步。尽管如此,她说的可全是非常严肃的正经话。她心情忧郁,精神沮丧。她知道自己别无选择,只能和父亲待在一起,以后再把自己的全副精力花在她几个表妹身上,虽然她知道自己见了她们讨厌得真想躲开。她同时也知道,如果能碰上合适的人,自己能结婚成家,自然也是件好事。这个合适的人得容忍她父亲,跟他在同一所房子里住到底。这个合适的人必须是个"正大光明无所畏惧的骑士"。这个合适的人应该精明强干,有主见;不过他的精明强干必须得表现在行善上。可是,她只不过是一名律师的女儿,貌不出众,还有许多怪脾气,上哪儿去找这么一位合适的人呢?她注定结不成婚了,结果唯一前来追求她的便是她父亲的合伙人——此人考虑到事务所营业份额的事,也许认为她挺理想。

献身于卡罗尔家几个表妹显然是她的责任。她极其讨厌那两个大女儿——还有她们的父亲。这个当父亲的,腐化堕落到了不可救药的地步,她讨厌他也许无可厚非;可是她讨厌那几个女孩子时,总觉得自己犯了某种深重的罪孽。她们的什么趣味都让她觉得格格不入。她们的娱乐啊,读的文学书籍啊,衣着打扮啊,举止仪态啊——特别在与男子交往的时候——她们的身体姿态,脸部表情,等等,都让她觉得反感。"她们用廉价的华丽服饰来掩盖她们的脏身子。"多丽对他父亲这么说过。他回答说她这种话太刻薄了。"你不能说我刻薄；遗憾的是我见到的情形确实令人作呕。"多丽自己很爱清洁，简直到了过分讲究的地步。她那件粗布外衣脱掉后，一位服饰考究的贵妇就显露出来了。"你瞧索菲穿的那双鞋的鞋跟，又细又高，走起路来真像踩高跷，你推她一把，她准得摔跟头。她们老是要我们给她们付鞋匠的账，可是就是不穿结实一点的鞋。"多丽有一天对爱米丽亚说："如果你答应以后这半年里穿我买给你的鞋，那我就给你付鞋钱。"可是爱米丽亚听了鼻子里哼的一声把头扬得高高的。她今后要为之奉献毕生的亲眷就是这样的一些货色！

第二天上午，她出门去博尔索弗街。她此去倒不是开始去履行自己的职责，而是想为了更恰当地履行这个职责而去作一番斗争。她带了一件衣服，打算送给那几个小女孩中的一个，不过这个女孩子自己得把它继续缝制完成。可是她走进客厅时，发现卡罗尔先生在里面，吃了一惊。这时钟快敲十二点了，卡罗尔先生从来不会在这种时候待在客厅里的。他不是人还在床上，就是在塔特索尔①，或者在——多丽才不去管他在哪儿呢。她早就打定主意，她跟姑夫之间的敌对关系决没有缓和的可能性，所以一般来说，她这个愿望是得到尊重的。很遗憾，现在他人在场，他老婆和他两个大女儿跟他在一块儿待着。多丽心里想道，自己得献身于这么一个家庭——除此以外没有人可以让自己去关心，真受不了！她亲

---

① 塔特索尔(Tattersall's)：伦敦著名马市场，创立于 1766 年。

了姑妈一下,碰了碰两个女孩子的手,接着冷冰冰地向卡罗尔先生点了一下头。接着她开始解开手中的包袱,吩咐交代一下,便打算离开。

可是,她姑妈却留住了她。"有一件事我觉得应该让你知道,多萝西亚。"

"那还用说,"卡罗尔先生说道,"完全应该让你们表姐知道嘛。"

"假如你认为恰当,我当然没意见。"爱米丽亚说。

"她不会赞成,我可以肯定。"索菲说道。

"她的情人来开口向她求婚啦。"卡罗尔先生说。

"而且非常认真。"爱米丽亚说。

"当然,咱们并不过多的期望什么,"卡罗尔太太说道,"虽然从门第什么的来说,咱们是高尚体面的人家,可是咱们穷。卡罗尔先生没有什么东西可以给她。"

"我是世界上最最潦倒的人。"卡罗尔先生说。

"现在别谈这个,"卡罗尔太太继续说道,"咱们现在是一无所有。"

"你们的门第还是体面的嘛,"多丽说,"至少有一方是如此。"因为她不相信卡罗尔这个家族门第体面。

"双方都是,双方都如此,"卡罗尔先生站了起来,用手按住自己的心口说道,"我可以夸口说我的祖宗有皇家血统呢。"

"可是现在咱们一无所有,"卡罗尔太太说,"朱尼伯先生是颇受人尊敬的人。"

"他属于这个王国的某几个大赛马会的成员。"卡罗尔先生说道。多丽曾听说过朱尼伯先生是个调马师①，可是她并不了解调马师的确切意思是什么。

"其实他差不多跟赛马的主人一样了不起。"爱米丽亚为自己情人美言道。

"他年纪不算轻，也许有四十了，"卡罗尔太太说，"他在新市场街有一座挺像样的房子。"多丽立刻开始盘算，这种情况到底对自己有利还是不利。新市场街很远，那姑娘会给带走。这么一大串女孩子，给弄走一个也许是件好事，即便给送到朱尼伯先生那儿去也罢。当然，将来这种亲眷关系的性质倒是让人讨厌。不过，多丽曾有一回对她父亲说过，这世上有不少责任得要他们父女俩承担，这便是其中之一。她的表妹得嫁给一个调马师。而她，一个动不动要大谈什么绅士身份的人，却必须得容忍这种情况。她知道，朱尼伯先生在他自己那个行当里仅仅是个微不足道的人，可是她决不会当面申明自己和他没有关系。他会成为她的表妹夫朱尼伯。不过，她希望自己也许不必非得经常去看他。说到底，他也许比卡罗尔先生正派得多。

"听说他有自己的房子，我很高兴。"多丽说。

"那座房子比富勒姆的采邑别墅还棒多了。"爱米丽亚说。

多丽火了，倒不是因为她把两座房子相提并论，而是因为这个姑娘如此忘恩负义，如此目空一切。"好哇，"她对姑妈说，"要是她父母满意的话，当然我或者爸爸是不会来反对的。值得考虑的是那个人是不是诚实，是不是勤劳——而不是房子有多好。"

---

① 指专门训练赛马的技师。

"你好像认为咱们就得去住猪圈喽。"爱米丽亚说。

"朱尼伯先生在赛马场里名气挺响的,"卡罗尔先生说,"利德比特先生的马跑起来总是拼命往前冲,'捕鼠手'①今年春天在两年一度的有奖赛马预赛中获胜,还让出了两个英镑给'博克斯—考克斯'②。他个儿高高的,相貌挺神气。你可记得今年夏天你在咱们这儿还见过他一面。"这话是对格雷小姐说的,不过格雷小姐已下定决心不和卡罗尔先生交谈。

"打算什么时候结婚,亲爱的?"格雷小姐转过身来对几个女的说,可是她心里是想跟爱米丽亚说话。她已决定原谅这位姑娘刚才谈起房子时的那种目空一切的态度。假如这姑娘将被带走,那她就更有理由饶恕她这一点以及其他一些事情了。

"哼!我看你根本不想跟我说话的样子,"爱米丽亚说,"你不理爸爸,莫非还要不理我不成。"

"爱米丽亚,怎么能说这种傻话?"她母亲说。

"要是你认为我会忍受这种情况,那你就错了。"爱米丽亚说。她有的不仅是情人,而且是未来的丈夫,她比表姐不知要强多少——据她所知,表姐既没有情人,也没有未婚夫。"朱尼伯先生的祖上虽然没有皇亲国戚,但他有一座很高级的房子,还有一笔可观的收入,对我说来是够称心的了。"她并不想嘲笑她父亲,但她知道表姐刚才谈起过祖上门第的事。"一位先生掌管马匹也几乎等

① 为赛马的名字。
② 均为赛马的名字。

于拥有这些马匹嘛。"

"可到底打算什么时候结婚?"多丽问道。

"这有点取决于我哥哥,"卡罗尔太太用比窃窃耳语稍大一点儿的声气说,"朱尼伯先生已经提起过日期的事儿。"

"那我看主要取决于那位先生自己跟这位年轻小姐了。"

"哎,多萝西亚,这里有钱的问题。这不用否认。"

"我但愿自己能把金子往她怀里倒,"卡罗尔先生说道——"社会上的那些风俗真该死!"

"讨厌,爸爸。"索菲说。

"就我来说,这是最后一回了。"爱米丽亚说。

"朱尼伯先生说过只要那么几百英镑就行了,"卡罗尔太太说,"那点钱不算多嘛。"

于是格雷小姐口气严厉地说:"这事儿你们得和我父亲去谈。"

"我看你是不会好声好气和我说话了。"爱米丽亚说。人有良心的话是怎么也不会忘记别人过去做过的事的,这些事哪一件不是在她的赞同下办成的。"一个姑娘家要求五百英镑做嫁妆不算十分过分吧,何况这是她最后一次,今后也不会再要什么钱了。"父母双亲都得要别人供养的六个外甥女中的一个,有什么权利提出这种要求! 多萝西亚就是这样在争辩着,可是只在心里争辩,没有声张出来。"我应该信赖亲爱的舅舅。我看你是不会答应我的。"

事态变得严重起来了。这六个千金中的长女,竟然亲口提出要五百英镑嫁妆。这样六个女儿嫁妆的总数就会达到三千英镑;随着她们一个个地出嫁,钱就会像现在那样提供给她们。另一方面,如果把她们的学费、衣着费算在内,给卡罗尔一家提供的必要款项总数达六百英镑一年。这只是固定的津贴费,还有其他费用,好比说卡罗尔先生要添条把裤子什么的。当多丽弄明白那笔要去添裤子的钱他一般用来去赌赛马时,她怒不可遏。而现在竟然堂而皇之地提出要五百英镑,用来引诱一位新郎官来娶这几个女孩子中的一个做老婆!她几乎有点后悔,过去那些年里她不该答应帮助父亲去搞好与卡罗尔这家亲眷的关系。"多萝西亚,请你到我房里来一下可以么?"这是卡罗尔太太说的,于是多丽勉勉强强地随着姑妈上了楼。

"当然你要说的我全清楚了。"卡罗尔太太开口道。

"那干吗还把我带到这儿来,姑妈?"

"因为我希望把情况稍稍解释一下,别那么爱生气,多萝西亚。"

"我实在耐不住了。"

"我知道你的心地很好。"这时多萝西亚摇了摇头,"你为我想想,想想我的这些苦衷!我弄到这等地步自有自己的苦衷。"接着,这个可怜的女人开始哭泣起来。

"我自始至终是同情你的,真的。"多丽说道。

"这倒霉人!我得一辈子跟他在一起,我总是尽自己最大努力去阻止他干出那些个混账事来。"

"一个饱食终日无所事事的人势必干出害人的事来。"

"对,他就是那样。但现在他能干些什么呢?还有那些孩子!我看得明白。我当然知道她们都没管教好。可是六个孩子,就靠我一个人来管,怎么管得好呢?她们是我的孩子,也是他的孩子呀。"听了她的话,多丽心里产生了怜悯之情,她知道她说的全是实话!"回你话的时候,她们老是口气有点冲人。她们对一个年纪和她们差得不多的人不太服帖。"

"她们之中任何一个对我说的话从来不在我爸爸跟前说出口，所以我爸爸倒不觉得她们怎么不好。你是这个意思吗?"

"对,他们就是跟你过不去。"

"我才不会对她们老是发火呢,一走出屋子就忘了。"

"现在谈谈朱尼伯的事怎么样?"

"这问题太大,我处理不了。要不要我把这事告诉我父亲?"

"我原来就在想——你是不是愿意这么做。"

"我不可能对他说他应该给朱尼伯先生筹五百英镑钱。"

"也许四百英镑就行了。"

"我也不可能和他去讨价还价。"

"他愿意给她多少让她结婚呢?"

"干吗非要他给钱不可呢? 他供她吃,供她穿。我正有必要把实际情况给你说明一下。女孩子家如果由自己父亲供吃供穿抚养大,那她们结婚时就不该带财产,不然就不该出嫁。索菲,乔治娜,明娜,布伦达长大时,都要对她们提同样要求。"

"可怜的波茜!"这位母亲说道,因为波茜这姑娘长得丑。

"假如现在让爱米丽亚拿到钱,那她们不是个个都该拿了吗? 爸爸虽不是个财主,可他一直挺慷慨。现在要他拿出五百英镑给——给朱尼伯先生,这么做公正吗?"

"现在的先生们不拿到点钱是不会甘心的。"

"那他们应该到拿得到钱的地方去呗。实际情况应该说清楚嘛,卡罗尔姑妈。我父亲非常乐意尽他的力量为你和女孩子们效劳,可是我认为他不会愿意拿五百英镑钱去送给朱尼伯先生。"

"就这么一次,也许四百镑就行了。"

"我认为他不会讨价还价做交易的——他也不会付给朱尼伯

先生钱的。"

"嫁一个女儿就会这么伤脑筋！她们以后会怎么样？一个女儿出嫁了,其余几个女儿也都得仿效。哦！多萝西亚,请体谅体谅我的处境吧！我知道你爸爸准会照你的话去办。"

多丽觉得如果她本人不去干预的话,她父亲很可能会这么去做。可是她不能说这句话。她确实感到这个要求完全是不合理的。她拼命把自己心里对那个女孩子的讨厌情绪驱走,并设想要是爱米丽亚是她的一位挚友她会怎么办,努力从这个立足点出发去对待这个问题。

"卡罗尔姑妈,"她说,"你最好去伦敦市里见我父亲——他在律师事务所,你现在就去会找到他的。"

"他一个人在?"

"对,就他一个人。你就把那女孩子的婚事告诉他,让他自己决定该怎么做。"

"你不能和我一块儿去吗?"

"不行。你不了解。我得为他的钱着想。让他自己说出他打算怎么用钱。"

"不跟你商量他是不会给钱的。"

"要是他真来跟我商量,那他就永远也不会给。你可以去说服他嘛。一个人可以随心所欲地扔掉自己的钱,可我不能对他说他应该那么干,你可以对他说你和我谈过了,是我让你去找他的。你还可以对他说,他想怎么干就怎么干,我不会去找他岔子的。如果你对我,也对他,都有所了解的话,你会明白我能为你做的只能到此为止。"于是多丽就动身回家去了。

这位母亲把刚才听到的话琢磨了一会儿,终于明白她外甥女的意思,便搭了公共马车尽快地赶到伦敦市里去。她在那儿真的见到了她哥哥;结果他比往常稍稍提早一会儿回到家吃晚饭。他对多丽说的第一句话便是:"你干吗让我妹子来找我?"

"因为这是你的事情,不是我的。"

"你怎么敢把我的事跟你的事分开来? 你知道我干了什么啦?"

"当场付了五百英镑钱给那姑娘。"

"比这还糟。"

"还糟?"

"糟多了。你干吗要让她上我事务所来找我呢?"

"你到底干了点啥事,爸爸? 你总不见得给那敲竹杠的家伙的钱比他要求的还多。"

"我不知道他是个敲竹杠的。一个男子汉讨老婆干吗不能要五百英镑钱呢? 巴里先生要娶你会要更多的钱,他有权利要更多的钱嘛。"

"你是我的父亲。"

"不错——可是他们一直让这几个可怜的孩子把我几乎当作父亲了。"

"你到底干了点啥?"

"我答应她们各人结婚的时候都可以拿到三百五十英镑——三百英镑给她们的新郎,五十英镑留作婚礼开支——条件是她们的婚姻都要得到我的许可。在这一点上我不会太挑剔,对她们如此,对你也一样。"

"这么说你已经同意朱尼伯先生了?"

"我已经开始在新市场街那儿着手进行调查;我破例对朱尼伯

先生特别优惠。他可以拿到四百五十英镑。简开头只提出要四百英镑。你不会找我岔子吧。"

"不会,这是交易的一部分。我不知道姑妈是不是懂得我干了一件不折不扣的善事。我们不能再吃什么布丁啦,你下班得去挤公共马车!"

"还没有到这种地步吧,多丽。"

"一个人过分大方地送掉钱就得自己尝尝拮据的苦处。可我的老好先生,你干吗随心所欲地把钱送给别人呢?我不需要钱,我才不会去担心自己今后钱是不是宽裕呢。可那姑娘一开口便要五百英镑也太随便了,好像她本该有权拿这笔钱似的,瞧她提起那个调马师时心里那种得意劲儿——"

"姑娘家应当为自己的郎君自豪呗。"

"你外甥女嫁个马夫有什么可以自豪的。可她刚才把我给惹火了,还有我姑妈——尽管我可怜她。后来,我觉得自己气得要命,就不让她们从我这里得到什么——我连一句好话都不答应为她们去说。所以我让她去找你。这无论如何是我当时能为她们做的最好的事情了。"格雷先生觉得确实是这么回事。

第三十五章　巴里先生和朱尼伯先生

卡罗尔太太回到了在博尔索弗街的家时，那儿立刻一片欢腾。乔治娜当即就预感到结婚的喜悦，便说："我们出嫁时都可以拿到三百五十英镑啦。"

"我要拿四百五十英镑，"爱米丽亚说，"我完全觉得他可以给五百英镑。要是换了我，就怎么也不会拉破脸皮去克扣后面那五十英镑。"

"可是他只能拿到四百英镑呀，"索菲亚说道，"还有那五十英镑是给你买东西的。"

"五十英镑叫我怎么够买东西，"爱米丽亚答道，"总不见得让我自己掏钱买嫁妆喽。"

"孩子们，你们怎么能这么没良心呀？"她们的母亲说道。

"我不是没良心，妈妈，"波茜说，"如果我拿到了三百五十镑，我准会感激得了不得。可得等多少年呀？"

"你得先找到你的小伙子，波茜。我看你永远也别想找到。"乔治娜说，她对自己的美貌非常得意。

这场谈话发生在卡罗尔太太去伦敦市里的那天傍晚，卡罗尔先生那天也在伦敦参加宴会，他始终把赴宴当作是自己的职责，毫不懈怠。第二天上午到钟敲十二点的时候，他还躺在床上。家里人都知道，这种时候他准躺在床上，在十二点钟之前，他准已拼命设法从他老婆藏着的为数不多的饮料中至少搞两瓶苏打水和两杯一般称做白兰地的搀水酒精饮料来喝。这当儿他想喝第二回酒，便说:"我想要一杯掺水的杜松子酒,索菲,快一点。我要你自己去跑一趟,那小妞老是偷喝我的酒。"

"你说什么?让她去酒店?"

"那家酒店老板人挺正派——就是街角上那家。"

"我决不会让她们上那种地方去。你对女儿真是心里一点儿也不疼。"但是索菲还是去跑了一趟——为了保护她爸爸的那点儿"老酒",她披上了斗篷出去监视那个小丫头。但我仍然认为那丫头离开酒店柜台的当儿呷了一口酒。这当儿,这个当父亲的头枕着双手在寻思着那"不愿为父亲效劳的女孩子摆的那副架子"。

谁料,朱尼伯先生跟杜松子酒和索菲一起到了家。他是位五官长得挺端正的高个儿,但一眼看上去就知道是个养马的,满身马厩味儿。不用说,他穿得挺体面,不过他那身衣服准是哪个专门给赛马迷做骑装的裁缝师傅缝制的。世界上有那么一班人,他们总是想通过他们的穿着打扮来显示他们是属马的,那他们总是达到了目的。朱尼伯先生就是他们中间的一位。他虽然相貌堂堂,年纪无论如何也不轻了,看上去要有五十岁光景。"他又喝酒了,索菲小姐。"朱尼伯说。索菲不想让人发觉她在尽孝女之道,便一语不发地带他进了屋子,接着又端着搀水的杜松子酒上楼去不见了。朱尼伯先生转身进了客厅,卡罗尔太太和其他几个女孩子在里边。她仍旧在生她丈夫的气,而且气得很厉害。那天早晨,这位丈夫让妻子告知她所做的事情时,他骂她哥哥是个"卑鄙小气的老色鬼",理由是他削减了给爱米丽亚的费用,本当该给五百英镑,现在剩了四百五十英镑。卡罗尔先生可能知道朱尼伯先生不如数拿到规定的款子是不会娶他女儿的,而且他也不准把这笔钱当中的一分一厘花费在做结婚礼服上。

"哦,狄克①,是你?"爱米丽亚说,"我想你是来听消息的。"朱尼伯先生的教名叫理查德。在这种场合,他没有感情冲动地去拥抱自己的未婚妻。

"对,是我。"他说,接着他跟她们一个个地握手,先跟卡罗尔太太,然后跟几个女孩子。

"我去见过格雷先生了。"卡罗尔太太说。但狄克·朱尼伯却没有接腔,他坐了下来把弄起帽子来。

"你从哪来?"乔治娜问道。

"从布朗姆普顿街来。我乘的公共马车。"

"你是从塔特索尔马市场来吧,小伙子。"爱米丽亚问道。

"恰恰不是。"不过说老实话,他是从塔特索尔马市场来。要摸清他脑子里到底想些什么,找出他说假话的原因,也许不容易。当然,人们都知道,他人在伦敦时多半是在塔特索尔上班。不过这位调马师一般非常警觉,不让有关他所干的行当的秘密无意中露出马脚来。也许他就是这样无缘无故地说起谎来了。

"舅舅答应给的比我料想的还多。"爱米丽亚说。

"他对所有的女孩子都慷慨大方极了。"卡罗尔太太说道,她感动得几乎掉眼泪。

朱尼伯先生对"所有的女孩子"并不感到多大兴趣,他认为眼下那位舅舅应该对那位已找到夫婿的女孩子特别厚爱,还认为如果真要得到这位夫婿,恰当的做法是要待他十分慷慨。爱米丽亚

---

① 狄克(Dick)是理查德(Richard)的昵称。

刚才说,她舅舅答应给的比预料的多。朱尼伯先生便从中得出结论,她舅舅还没有充分地满足他的要求,于是他当即大胆决定不让自己的要求落空。"五百英镑算得个啥!"他说道。

"狄克,别那么不知好歹。"爱米丽亚说。狄克听了只得笑笑。

他继续把弄了三四分钟帽子,接着便蓦地站起来说道:"我看我还是上楼去找老头儿聊聊。我刚才瞧见索菲小姐给他送去提神的玩意儿,看来他能聊天了。"

"谁说他不能聊天来着?"卡罗尔太太说。可是她肚里很清楚,朱尼伯先生说这番话的含义是什么。

"情况未必总是那样吧。"朱尼伯边说边踱出了客厅。

"看来这屋子里要大闹一场了,你们等着瞧吧。"爱米丽亚说。不过卡罗尔太太表示的看法是,假如那个人在目前这种情况下挑起一场争吵来,那他真是最最不知感恩的人了。"这我可不太清楚,妈妈。"爱米丽亚说。

朱尼伯先生拖着沉重的步履慢悠悠地上了楼,敲了一下那位丈夫的卧室的门。世界上有那么一类人,他们是爬不得楼梯的,好像是过平庸差劲的日子才要干这种爬楼梯的事儿似的。他们爬楼梯的模样让人觉得似乎他们三年里才爬了那么一回。人们得假定这类人总是在底楼睡觉的,尽管很难说清他们的卧室究竟在哪儿。索菲让朱尼伯先生进了屋子,他进去的当儿,她却出来了。"哈,伙计,是 B 加 S①,还不少呢,正好对胃口,嗯?"

---

① 即 B. and S. (＝Brandy and Soda):掺水的白兰地酒。

"今天这一上午我确实有点头痛。我想是抽了雪茄烟的缘故。"

"很可能——那玩意儿就正好把头痛给解了。这玩意儿你还有吗?"

"非常抱歉,"这个身体不适的人在床上用肘撑着身子说道,"恐怕没有了。说老实话,从老太婆那儿搞到这点儿还费了不少劲呢。"

"没有就算了,"朱尼伯先生心凉了半截说道,"只是我刚才在马市场院子里照料那些马,喉咙里弄得全是灰尘。这么说你太太去见过她哥哥了。"

"对,她去见过他了。"

"怎么样?"

"老格雷他生意么,还不赖——但不像原先那样了。当然,他是个律师。"

"我一向认为这些个当律师的家伙不怎么样。"

"有好有坏嘛,朱尼伯。我大舅肯定攒了 点钱。"

"一大笔钱呢——如果人们谈的是事实的话。"

"可人们谈的不是事实,他们那些话从来不准。"

"我看他是搞到了不少钱。"

"不错,是搞到了不少。"

"那他拿这些钱咋办呢?"

"他当场就给了那女孩子四百英镑,"——朱尼伯听了这句话面露轻蔑的样子——"还给了五十英镑做结婚礼服的钱。"

"他最好把那五十镑给了我。"

"女孩们都很重视做结婚礼服。"朱尼伯听了只管摇头,"说实在的,她完全有权利提出这个要求。"

"这不是什么权利不权利的问题,可是我,"——现在轮到卡罗尔先生摇头了——"我原先说过要五百英镑,现在还坚持要那个数。就是这么回事。要是他想把那姑娘嫁出去,那好——他就得把口袋打开呗。我要的数目不算怎么大嘛。如果我不缺钱用,我一个先令不拿也照样乐意娶她,我就是这么一种人。"

"可是你正是老缺钱用的那种人。"

"我现在是需要钱。还是说清楚的好,不是吗? 我得先拿到五百英镑才把脖子伸进套索里去,而且不得从中克扣准备裙子呀,皮大衣呀什么的。"

"格雷先生还说,他必须调查一下你的人品。"卡罗尔说。

"调查啥?"

"人品。不了解一个人本身的情况,他不会给钱的。"

"我在新市场街可是个正正派派的人。我不容许别人来调查我,你知道。我不像有些人那样经不起调查。他有一个姓巴里的合伙人,对吗?"

"有这么一位先生。我对这位尊敬的内兄干的那一行情况不太了解。我看巴里先生这个人还不错。"

"他现在是斯卡伯勒上尉的代理人。"

"真的? 依我看有可能。"

接着是一席长谈,朱尼伯先生谈到了他过去生活中的一些细节,还在某些问题上毫无保留地发表了自己的看法。看来一旦斯卡伯勒老先生像预料的那样,在初夏的某个时候一命呜呼,斯卡伯勒上尉按照惯例继承了遗产,朱尼伯先生就会成为许多人当中的一个,前来声称庄园产业中有一小部分是他的。他说,在上尉境况窘迫的时候,他曾借给他一笔钱帮助过他,所以他希望把钱收回来。后来为此进行了一些调查,朱尼伯还为此事感到很不愉快呢。不过,朱尼伯先生——用他自己的话来说——很善于审时度势,同意只要求归还他用现金预付的那部分借款。"这对我来说关系不大,"他曾说过,"就还我上尉拿到现金的那三百五十英镑吧。"接着由巴里先生进行了调查——也就是承担后来那些调查工作的同一个巴里先生——巴里先生对上尉借到手三百五十英镑现金这件事的说法感到不太满意。当时他作了一些似乎让朱尼伯先生觉得很不恰当的评语,如今有关朱尼伯先生是否有资格当人夫婿的人品调查事宜竟委托同一个人来进行,连咱们读者也会说这么做不太公正了。他把巴里先生看作是人类的仇敌,人们休想趁时势混乱之际从他那儿捞到好处。巴里先生曾问他要那张付斯卡伯勒上尉三百五十英镑的支票。朱尼伯说没有写过什么支票,这么笔小数目是在新市场街用现钞付的。他说他不可能,或者确切些说,他不愿意出示任何贷款的证据。巴里先生指出,即便是三百五十英镑这么个小数目,也不可能一来一去不留下一点痕迹。巴里先生怒气冲冲地提到一张由他填写的,上尉无疑也签过字的六百英镑印花税票。"这税票跟这张纸本身一样,一文不值。"巴里先生说。

"咱们等着瞧吧,"朱尼伯先生说,"待老乡绅一断气,咱们倒要看看,他儿子是不是就那样轻而易举地把债给赖掉。这难道不是上尉的签名吗?"他用手拍了一下那张单据。

于是巴里先生给他解释说,那份财产现在上尉连一个先令的继承权都没有了;这种解释现在已成了一种老一套的程式了。"奥古斯塔斯·斯卡伯勒先生出于他本人的好意,打算在向他提供无可争辩的证据的情况下偿还当时预付的那部分借款。"

"难道说这——这还不足以作为证据么?"朱尼伯先生说道。

"这张税票上写的是六百英镑。"

"当,当然是的。"

"你为什么不说你预付了五百五十英镑,而只说三百五十英镑?"

"因为我没有付五百五十英镑呗。"

"你为什么说你预付了三百五十英镑,而不说一百五十英镑?"

"因为我付了三百五十英镑呗。"

"我们不能光听你嘴上说说呀。根据这样的证据我们一个先令也不会付的。"接着朱尼伯先生便破口大骂,说让姓斯卡伯勒的人都上绞架不得好死。不过,巴里先生的事务所没有怎么把朱尼伯先生可能单独起诉的事放在心上。看来不会提出什么诉讼。所要拿回的款数不大,哪位律师都会认为不值得为这种官司去白白地花掉钱。在法庭上,巴里先生那一方会指出,那份财产目前的主人出于心地慷慨,在人们出示证据,表明曾预付过那个倒霉地被剥夺继承权的上尉的钱的情况下,已偿清了那些债务。他们会毫不心虚地出现在法庭上,而可怜的朱尼伯先生却得不到任何人的同情。对此,朱尼伯先生心里渐渐地明白过来,因而觉得自己已失去了对斯卡伯勒家财产的享有权。而如今,在他另一件小事情——婚姻的生意经上,竟然让同一个巴里先生来调查他的人品,可真让他感到难以忍受。

"这件事要是我忍下来,那我就不是人。"他坐在卡罗尔先生的床上用拳头捣着床说道。

"这事可不是我让干的。我对你一向说一不二。"

"我可弄不太清楚底细。"

"我干了些啥你不清楚？不就是我让她上她们舅舅那儿去，从他那儿得到了很慷慨的允诺吗？"

"允诺！他干吗不给现钱？光允诺有啥用？总共才那少得可怜的五百英镑，还得花那么大劲儿去跟他蘑菇，倒好像要让他拿出五千英镑似的。还要搞什么调查！当然他心里自然清楚自己干的是什么样的勾当。一位绅士先生居然去对别人的事刨根究底，哪里还像是个有身份的人哪。他又不是那位姑娘的父亲。他有啥权利去作这种调查？"

"我没有建议他去这么干。"卡罗尔几乎哭着说。

"准是个出身低贱恶心眼儿的讼棍。"

"他可是位真正的律师，"卡罗尔说，他从他那儿得到的许多恩惠在自己的记忆中难以抹去，"我承认。"

"呸！"

"可我不认为他是个恶心眼儿的，不，格雷先生不是那样的人。给了四百英镑，外加五十英镑做衣服钱；几个女孩子都照样给这么多或者稍许不到这点数目，能说他恶心眼儿吗？要是你什么时候也有了个家，朱尼伯——"

"我还早呢。"

"可当你成了家，生了六个孩子，要是你有一个像格雷先生那样的舅父能爽爽快快答应那样的事，你是不会说他心眼儿坏的。"

谈话又进行了一些时候，后来朱尼伯先生没有回到几个女的那儿去便径自离开了卡罗尔家。他说的最后一句话是，如果要对他作调查，那就全让他们——见鬼去吧！要是钱给了，他们准知道上哪儿去找他——不过五百英镑一个子儿也少不得，不准以做裙子呀，皮大衣呀什么的为理由加以克扣。说了这最后一番话后，朱尼伯踩着重重的脚步下了楼,走出了那座房子。

"他很粗野。"索菲说。

"不,他不粗野。你懂什么叫粗野吗?一位正人君子自然要为钱的事尽力地争一番嘛。"爱米丽亚当时说了这么句话;可是回到自己房里以后,她哭得很伤心。"他为什么不进来跟我说上哪怕一句话呢?我没有做什么错事呀。约翰舅舅吝啬不能怪我嘛。"

"他不算怎么吝啬啊。"索菲说。

"当然,爸爸是没有钱,他这个人是不会有钱的,即便你给他怀里塞满金子也白搭。"

"比爸爸糟的人还有呢。"索菲说。

"不过他心里全清楚,咱们的舅舅充其量是一位舅舅。他干吗就为那一百英镑钱斤斤计较呢?我觉得一位先生一个心眼儿钻在钱里是最让人瞧不起了。太太小姐就远没有那么坏的习惯。他没有权利指望全数得到那五百英镑。"

这真让人泄气,有四五天整个屋子都笼罩着一种郁闷的气氛,后来调查的结果出来了。于是就出现哭哭啼啼和咬牙切齿的情形。巴里先生来博尔索弗街报告调查结果,他和可怜的卡罗尔太太关门谈了半个钟点。他表示难以赞成这门亲事。"啊,太遗憾了——真太遗憾了,"卡罗尔太太说,"那姑娘准会大失所望。"她举起手帕捂住眼睛。接着,沉默了片刻,后来她问他,他的看法怎么会带有如此强烈的谴责性。

"太太,这位先生没有一点绅士味道。你可以相信我的话。我得请你别再让我重复对他的看法了。"

"哦,天哪,不。"

"可是也许我少说几句你会少难受一点。他没有一点正人君子的味道。"

"你是说——一位品格高尚的君子。"

"他连一个普通人所具备的品格都没有。我只能说到这儿为止。为了小姐的幸福,我不赞成她选这么个人当终身伴侣。"

"她很爱他。"

"这种情况令人遗憾。但她还是——悬崖勒马为好。我无论怎么说得把格雷先生的决定通知你们。他不能让自己把钱给朱尼伯先生,但对于其他求婚者他决没有扣住礼金的意思。"

"一点都不给吗?"卡罗尔太太问道。

"到朱尼伯先生口袋里的钱一个子儿都不给。"

于是巴里先生走了,博尔索弗街这座屋子里一片哭哭啼啼的声音。像格雷先生这么狠心的舅舅别说在历史上闻所未闻,就是在传奇故事中也没有听到过。"我知道准是多丽这老姑娘捣的鬼,"爱米丽亚说道,"她自己找不到老公,就不让别人嫁人。"

"乖孩子,"卡罗尔先生酒后伤感地说道,"我打心眼儿里可怜你。"

"我但愿让巴里先生去娶一个四十开外让人讨厌的老姑娘。"乔治娜说道。

"我才不管别人怎么说他,我准会马上带着他就走。"索菲说。

卡罗尔太太听了这话摇起头来。"我想他这个人总有点什么缺点。"

"我倒想知道,谁十全十美没有一点缺点来着?"

"可是我哥哥得按照他的判断来给钱。"这可怜的女人在说这句话的当儿想到了还有五个随着时间的推移将会提出要钱的人。不料,这时全家向她发起了攻击,几乎是逼着她承认她哥哥是个一毛不拔的老吝啬鬼。

第三十六章　格尼-马尔科姆森事务所

红狮广场上有一幢与它周围环境一样破破烂烂的房子,在这幢房子的二楼有两间屋子,门上写着"格尼"和"马尔科姆森"这两个念起来挺响亮的名字。临街的大门上也挂着格尼和马尔科姆森名字的牌子,这表明格尼先生和马尔科姆森先生所从事的业务比起同一幢楼里其他办事处来要重要得多。在这两间屋子中较小的那间里,常常坐着一位小青年,他大半时间都花在书写和寄发一些通知,这样就可以让外人得到格尼-马尔科姆森事务所的业务在不断扩大的印象。不过,在咱们下面打算提到的这一天,那间办事处的门却紧闭着,那个小伙子正警觉地在邮寄,或者可能亲自递送那些源源不断地在发出的通知信。这是梯利特先生老爱涉足的办事处,或者至少是他商行的一个办公机构。至于说格尼和马尔科姆森是何许人,咱们这本记事录中没有必要叙述。无论是格尼或者是马尔科姆森,当时压根儿就没有露过面;尽管咱们设想商行的部分业务是格尼和马尔科姆森经营的,然而在激烈的讨论中,他们的名字从未被提起过。

这天开过一个会,主持这个会的天才人物便是梯利特先生。从梯利特先生那种从容自在的神态来看,你几乎会认为,他就是格尼和马尔科姆森了。不过,会上还有一位也差不多像梯利特先生那样无拘无束,他便是塞缪尔·哈特先生,咱们上回见到他的时候,他刚在摩纳哥出其不意地向上尉——他的朋友作了自我介绍。他滔滔不绝地在为自己辩护,在整个会议进行期间,他一直戴着帽子坐在那儿,可以设想他对自己周围的伙伴们毫无敬畏之意。朱尼伯先生也在那儿。他坐在桌子的一个角上,没有发多少言。还有一位在谈到他自己和他本人事务的当儿,老把自己称做埃文斯-克鲁克。还有一个叫斯派塞的,老是闷声不响地坐着,面露凶相。然而,在所有事情上,他似乎总是同意梯利特先生的意见。我这里特地对他指名道姓,是因为他对所讨论的事务尤为关切。还有三四位的事务虽不那么举足轻重,但他们自己却觉得利害关系重大。这些会集在一块儿的先生们,便是向斯卡伯勒上尉预付了借款的那伙人。这是一次上尉的债权人会议,在会上他们要决定在偿清他们预付的实际债款后就放弃债据呢,还是坚持到底,待老先生一死就去跟庄园的新主人打官司。

咱们不妨假定这会儿自己给带进了会场,那就会听到梯利特先生神情紧张而迟疑,但措词却非常明确地对事态作了说明。"如果你们拿到钱的话,现在就会付款,我本人是主张收下的。"这是梯利特先生结束发言时讲的话。

"情况各不相同嘛。"戴着帽了的那个人说道。

"这我可不太清楚,哈特先生。"梯利特说。

"情况各不相同。你清楚不清楚,我拿你没办法。"

"怎么个不相同?"

"情况确实各——各不相同——就那么回事儿。你和其他几——几位先——先生各拿百——百分之几,也许你们是觉得恰——恰当。"

"对埃文斯-克鲁克来说不恰当。"代表埃文斯-克鲁克商行的那个人说道。

"可是埃文斯和克鲁克先生也许愿意保全他们的产业不受大

损失。"梯利特先生说道。

"他们希望得到应该属于他们的一切。"

"大家都希望如此嘛。"斯派塞先生咬牙切齿地摇头说道。

"可是咱们不可能全数拿到手。"梯利特先生说。

"你尽可发表你个人意见,梯利特先生,"哈特说,"我认为我自有我的看法。这是我有生以来遇到的一宗最最穷凶极恶的诈骗案。"除梯利特先生外,整个会场对这句话报以喝采。"我一生中过去从未见到过这么无耻下流、肮脏不堪的盗贼行径。我不知道用什么词语来谈论这件事才不至于感到羞于启口。这简直是彻头彻尾的抢劫。"

"我也这么认为。"埃文斯-克鲁克说。

"就是这么回事嘛!"哈特继续说道,"咱们主动帮助一位遇到麻烦的先——先生,想等他父亲去世好拿回自己的钱,可后来他一拿——拿到钱,那老子便翻脸说什么他——他儿子是什么——!天哪,太出乎意料啦! 我听——听到这事以后就没——没有睡好过觉,夜里老是睡得不安稳。现在我认为上尉本人没有参——参与其事。"

这时,朱尼伯先生搔了搔头皮,脸上呈现出疑惑的神色,还有一两位沉默不言的先生在搔头皮。埃文斯—克鲁克先生也在搔头皮。"我不想就这个问题发表这样或那样的看法。"梯利特先生说。

"我也不愿意多谈。"斯派塞说道。

"人人都可以畅所欲言嘛,"哈特往下说道,"这是我的看法。为了拿到现钱,让我稍稍放弃一点权利,就一千英镑左右,我没意见。不过那个老混蛋该死了,他活不了多久。我认为等他——他一死,我的处境就不同了,我要把钱全数收回。不管怎么说,我已经把自己的积蓄全部用来接济上尉,所以我要坚持拿到全部的钱。"

"结果会失去全部的钱。"梯利特说。

"咱们干吗不去把那老混蛋送进监牢去?"埃文斯—克鲁克说道。

"说得对,这么干才够劲。"朱尼伯说道,——整个屋子又发出了一阵响亮的喝彩声。

"先生们,你们不知道自己在说些什么,你们确实不知道,"梯利特说道。

"我也认为大家不知在说些什么,"斯派塞说。

"你们动不了老乡绅一根毫毛。他没有欠你们哪位一文钱,你们也没有拿到他半张字据。一位老乡绅卧病在床,让医生东一刀西一刀地割得不成样子,你们怎么去把他送进监牢去呢? 我不知道谁有本事动他一下。如果现在那种说法是假的,上尉也许会去动他;如果另外那种说法是真的,那个小儿子可能不会放过他。然而,他们得拿出证据来。格雷先生说谁也休想动得了他一根毫毛。"

"他跟他们是一伙的,也不是个好东西。"埃文斯-克鲁克说。

"那还用说,"哈特说,"不过人总根据自己的利益说话。我已经押上了赌注就得全部把它赢回来。"

"那没有问题。"埃文斯-克鲁克说。

"我宁可要么全数收回,要么全部放弃。梯利特先生,现在你总稍稍了解一点我的想法了吧。这是笔很大的数目呀!"

"我们知道你提的要求。"

"可谁也不清楚上尉手里到底有多少,我也没有指望谁会搞得清楚。"

"约莫有一万五千英镑，"屋子里有人悄声悄气地说。

"骗人，"哈特叫道——"就这点钱怎么够付呀？如果那位先——先生要维护自己的利益，我也要维护我的利益嘛。把上尉弄走了不让露面，他自己好像已捞足了油水——这事谁也弄不清底细。大家不妨看看，这八张小纸片上写着什么，"他说着从上衣贴胸口袋里掏出一只大皮夹，并从里面抽出厚厚一叠借据来。"每张借据上都写有五千英镑，我就是要为拿到各张单据的五千英镑而干到底，成功也罢，不成功也罢。要是哪位先生想找我谈，让我马上拿到现钱，那就按每张借据上扣去二千英镑的数目来拿。我跟别人一样喜欢现金嘛。"

"咱们都可以说同样的话，哈特先生。"梯利特说。

"那还用说。要是你现在认为你可能拿到现钱，我奉劝你钉住不放。要是你原先以为你能拿到现钱，那你准会说同样的话。可那老家伙，我真想把他脑袋揍扁！这贼骨头！这流氓！这老不死的！我不单单是因为自己要拿到那笔钱才这么说话的。我是在为全人类说话。他干出这种事真是违背了人的最美好的感情。"

"说得对，说得对，对极了！"一位一直沉默着的先生说道。

"这就是埃文斯-克鲁克的感情。"这家商行的代表说道。

"这当然是咱们大家的感情，"斯派塞说道，"可这有啥用？"

"半个便士都不值。"梯利特先生说。

"请您原谅，梯利特先生，"哈特说道，"可咱们今儿是债权人的会，大家都有一大笔钱要处理，我想他们不应该不以英国商界特有的方式来表达一下自己的看法就离开。依我看，把他钉死在十字架上还太便宜他了。"

"你连接近都无法接近他，怎么去把他钉上十字架？"

"这也难说。"哈特说道。

"好吧,"梯利特先生掏出怀表来说道,"现在我正等候奥古斯塔斯·斯卡伯勒先生来见大家呢。"

"你们可以把他钉上十字架么。"埃文斯-克鲁克说道。

"我指的是老的,事情不是两个儿子干的。"哈特说。

"斯卡伯勒先生,"梯利特继续往下说道,"将会来这儿,他希望知道咱们是不是接受他的提议了。他将在巴里先生陪伴下来到这儿。只要有一个人拒绝,那就等于都拒绝了。"

"不会完全如此吧。"哈特说。

"除非达成一揽子交易,不然他不会同意付钱。他将会牺牲很大一笔钱呢。"

"牺牲!"朱尼伯说。

"对,要牺牲很大一笔钱。不经他的同意他父亲是不能付这笔钱的。那位父亲很快就要死了,于是那份产业就全属于那个儿子了。你们之中谁都没有权利去向那个儿子索钱。他可能会认为你们会对那座庄园产业提出所有权——因为他不信任自己的父亲。"

"他就算是我的双重父亲我也不会信任他,连半点儿都不会信任。"这又是哈特先生说的话。

"我要和这两位先生说明一下目前的情况。"

"他们清楚。"哈特说。

"我要保全自己那笔钱。经过这么些风险,要办到这一点可不容易。哈特先生所谈的有关老乡绅的话,我十分赞同。这种预谋掠夺别人钱财的卑鄙勾当,我闻所未闻。真是坏透了!"

"这恶——恶劣的老混蛋。"哈特先生说。

"一点不错。不过半块面包总比没有面包强嘛。这儿有一张单子,是由格雷先生事务所列出的。"

"他——他和那个老——老混蛋差不多一样坏。"

"咱们的名字全在这张单子上,据他说上面的数字就是咱们借出的款额。咱们是不是打算接受?如果打算接受就得各自在自己的数额下签上自己的姓名。"

开会的人全拥过去瞧那张单子,朱尼伯先生也在其中。他拼命想挤过去看那张单子,把身子一股脑儿地压在埃文斯-克鲁克先生身上,几乎把他给压扁了,由此可见他迫不及待的心情。"你的名字不在里边呐。"埃文斯-克鲁克说道。接着,朱尼伯先生破口大骂,言词十分尖刻,十分恶毒,与他这位准备和一位有身份的年轻小姐结婚的青年的身份极不相符。"我跟你说你的名字不在单子里嘛。"埃文斯-克鲁克边说边企图挣脱自己被压着的身子。

"我知道怎么为自己去报复的。"朱尼伯又大骂了一通后说道。接着,他离开了屋子。

"那天上尉喝醉了酒,从他那儿借了两匹马。实际上根本不是两匹。于是朱尼伯逼着他签字写了张五百英镑的借据。当时人们都认为老乡绅第二天肯定要死,这一来朱尼伯就准会捞到好处。"

"我鄙视那种行为,"哈特先生说道,"我从来不在别人喝醉酒的时候去跟他打交道。当然,我经常遇到这样的机会,可我从来不这么干。"

这当儿,楼梯上传来了脚步声,梯利特先生打椅子里站了起来,这样在两位先生到来时他就可以履行司仪的职责了。奥古斯塔斯在巴里先生的跟随下走进了屋子。他们受到了相当隆重的接待,之后便坐进了梯利特先生右首的两把椅子里。"先生们,诸位大半都认识这两位先生。他们是奥古斯塔斯·斯卡伯勒先生和格雷-巴里法律事务所的年轻合伙人巴里先生。"

"咱们认——认识这两位。"哈特说。

"我的当事人向诸位提议,"巴里先生说,"假如诸位愿意放弃向他哥哥贷款的债据——这些债据实际上是废纸——"

"胡说八道!"哈特先生喊道。

"那我就会按单子上所写的款额开支票付你们钱。不过你们得全体一致同意,接受款子以后债务也就一笔了清了。我知道诸位还没有签字,时间紧迫,刻不容缓。实际上大家现在就得签字,不然我的当事人将收回他的提议。"

"他——他会收回,是吗?"哈特说,"要是咱们也要收回欠债呢?那你的当事人认为在目前情形下谁更诚实些呢?"

巴里先生似乎被这个问题问得有点儿窘。"没有必要讨论那样的问题,哈特先生。"他说。

哈特先生放声大笑了老半天,其余的先生们也都笑了起来。现在他们好比是立足于问题的另一边,似乎成了诚实的、受到损害的一方,这有点让他们觉得滑稽可笑极了。他们非常乐于看到自己处于这种地位,而哈特先生则是有意充分利用这种地位。"对,是没有必要讨论,是吗? 在整个这件事情中,根本不存在诚实与不诚实的问题。咱们充分理解这一点。"

接着,轮到奥古斯塔斯·斯卡伯勒出来说话了。他站了起来,这个动作本身把那伙人按捺不住的高兴劲给压下去了一会儿。"先生们,哈特先生给诸位谈到了诚实的问题。我不打算吹嘘自己的诚实。我到这儿来是为了表示同意支出一大笔钱,而我本人从中丝毫不到任何好处,要是这笔钱不付给你们,今后准会到我的口袋里去。你们有谁不信这一点也就不会上这儿来见我。"

"我们不相信。"哈特说。

"哈特先生,你应该让斯卡伯勒先生说话。"梯利特说。

"好——好吧,我让他——他说。这有什么要紧的?"

"我不想耽误诸位的时间,也不想耽误我自己的时间,"奥古斯塔斯往下说道,"我可以走——而且立刻就走。可我不会再回来。再讨论这种事也不会有什么用处了。"

"对,是没有用处——一点儿也没有。咱——咱们双方都不喜欢讨论这种事,不是吗,上尉?"哈特先生说,"可你不是那个上尉,对——对吗?"

"看来诸位没有意思要签那个文件,我要告辞了。"奥古斯塔斯说。接着,梯利特先生拿起了那张单子,将自己的名字实实足足地签在第一行上。他签字是为了拿到一笔数目可观的钱,不过这个数目是当初贷款时他和其他人希望拿到的一半都不到。早知道这样,格尼—马尔科姆森事务所也就没有必要去搞那些繁文缛节,那个小青年也肯定不再去发什么通知而去干别的活儿了。然而,整个事情是经过深思熟虑的,所以他在单子上签了字。后面就是哈特先生的名字,可他把单子往下传了过去。"我还没有考虑好呢。我也许得去找巴里先生谈谈。我不能光跟自己的合伙人商量。"接着,那张单子传到了斯派塞先生手中,他吓人地咧嘴一笑便签了字。埃文斯—克鲁克和其他所有的人也都签了。他们确实相信这是他们得以收回已付借款的唯一途径。这是一场大灾难,一个沉重的打击,不过这么一来他们就不至于彻底毁灭。他们心里清楚,斯卡伯勒打算偿清这笔钱无非为了逃脱今后可能针对他所提出的诉讼;不过他们自己也希望避免起诉。如果从全面来看待这件事,咱们也许会说,那天上午所干的事是最让那些个吃法律饭的人伤心了。他们全都坐在那儿签了字——只有哈特先生让单子往下传，他照常戴着他那顶帽子。

"你不同意签，哈特先生？"梯利特问道。

"我还没有同意呢，"哈特说，"我还没有考虑成熟。我的情——情况跟大家不同嘛。我不担心自己的钱会丢掉，我一定要把钱全数收回。"

"那我还是走吧。"奥古斯塔斯说。

"别着急，斯卡伯勒先生，"梯利特说，"这种事儿不可能一下子就办成。"可是奥古斯塔斯解释说，如果打算要办成的话，那就得马上就办。他不想坐在格尼—马尔科姆森的办公室里和哈特先生讨论这件事。他已经把意图向大家宣布了，他们想不想收下他的钱随他们的便。

"说得对，上尉，"哈特先生说，"只是我相信你不——不是上尉。上尉现在人在哪儿？我在蒙特卡洛最后见到过他一面，他赢了好多钱。在街头跟小伙子安斯利之间发生了小小的事件后，他看上去气色异乎寻常的好。"

梯利特先生设法让所有其他人都离开了屋子，只有他，哈特，奥古斯塔斯·斯卡伯勒和巴里先生留下来。然后，哈特果真在变更了数字的文件上签了字——只是增添的一笔款数最后达到了他同意接受的数字，同时从梯利特签字的那项款数中扣去了相同的数目。不过这是经过梯利特先生再三劝说下才办成的。他说一切牺牲得由他来作出，实在让他感到难以忍受。他会给毁了，彻彻底底地让这笔交易给毁了。话虽这么说，他到底还是在更改了的数字下签了字；哈特先生也在文件上签了字。"好吧，巴里先生，事情办成了，我想我要告辞了。"奥古斯塔斯说。

"整整五千英镑钱从我口袋里跑掉了，"哈特说道，"这一点我当时就很肯定，我这辈子一直有先见之明。上尉的钱比谁的都强。哎哟，哎哟！这世——世界真是个稀奇古怪的地方。"他就这么边说边随着奥古斯塔斯和巴里先生走出了屋子，把梯利特先生一个人愁眉苦脸地留在屋子里。

第三十七章　维多利亚大街

在维多利亚大街的一间小巧而装饰豪华的屋子里,蒙乔依·斯卡伯勒上尉懒洋洋地躺坐在一张安乐椅里。他兄弟坐在他的正对面,从外表看,他也同样舒舒服服地躺坐着,不过他的神态却没有上尉那么悠闲自得。这时候,钟快敲八点了,从敞开着的门中传来了隔壁那间屋子里准备晚餐的杯盘声。显然,或者说事实上,奥古斯塔斯对他哥哥的出现感到讨厌;同时这位上尉也显然有意对这套单人公寓的主人所表示出来的不满熟视无睹。"把门关上,蒙乔依,"那个年纪轻些的说道,"我不想让仆人听到咱们的谈话。"

"他要听我欢迎。"蒙乔依仍然坐着不动说。于是奥古斯塔斯便站了起来,砰的一下把门关上了。"我有时候会忘记自己不再被认为是你的兄长了,你别生气。"蒙乔依说道。

"别谈什么兄长不兄长。我想你关一扇门总能做的吧。"

"人有时会为情势所迫,不得不去考虑自己能还是不能做某件事。要是换了以前,我会立刻帮你去关门。我不清楚自己现在还会不会这么做。咱们不去吃晚饭吗? 八点了。"

"我想他们会给你准备的——我不打算在这儿吃晚饭。"两个都穿上了礼服,这以后他们有五分钟沉默着不说一句话。后来,仆人进来了,说准备开晚饭。

这一切发生在十二月。我得向大家交代一下,上尉是根据他兄弟的提议到伦敦来的,也是应他兄弟之请才来到他的住所的。咱们完全可以说,他是根据他兄弟的命令而到来的。在过去几个月中,奥古斯塔斯俨然以指挥上尉的行动为己任,虽然上尉并不是什么时候都俯首听命,不过总的说来,他达到了预期的目的了。他主动提出为上尉提供必要的旅费,还确实派了一名侍从伴随着这位旅行者。这位旅行者在摩纳哥赢了钱的当儿,曾一度难以控制,不过这种情况没有经常发生。咱们最后见到他面的当儿,他刚对哈特先生表示了他打算上高加索的一些地方去之后才回国去的想法。可是他去高加索的旅程在热那亚中止了。后来,他发现哈特先生不再尾随着他,便掉头返回了蒙特卡洛。现在这地球上,数蒙特卡洛对他最具吸引力了。无论在伦敦,还是在巴黎,没有一家俱乐部再对他开放,再让他动辄输赢一百英镑了。在蒙特卡洛,他可以照样这么干;而且,他这么干无需让自己降低身份去跟社会最底层的那些人厮混在一起。在蒙特卡洛,他过日子不再觉得无聊了。在蒙特卡洛,他可以躺到十一点钟才起床,然后一直玩到吃晚饭。在蒙特卡洛,总是有人愿意和他一起喝上一杯酒而不过分地打听他的经历。他开头就赢了一大笔钱。他还从自己兄弟那里得到几笔钱。不过,当他最后应召返回老家时,他已身无分文。要是他口袋里还装满着钱,咱们会怀疑他是不是会回来,尽管他十分清楚地了解被叫回来处理的那件事情的重要性。

他被召回是为了让他可以从格雷先生那里收到一份打算偿还债权人债款的内容明确的声明。格雷先生首先尽力向他保证,这桩案子实际上并不需要他的合作,只是为了消除某些人的怀疑才让他这么做的。要付出的钱款是他父亲和他兄弟的共同财产——这份财产对他父亲来说仅仅用于维持他的生命,而对于他兄弟来说则是让他一世受用。他们愿意付出那么大代价来赎回上尉给的债据。就这些债来说,上尉从此就会成为一个自由人了。毫无疑问,这么做给他带来的只有好处,没有坏处——仿佛他本人俨然就是继承人了。"虽然对于继承人的问题,我可以毫不含糊地告诉你,待你父亲一死,那份财产你连一个先令的继承权都没有。"上尉说他非常乐意这么做,于是就在契约上签了字。他感到高兴,这些债据竟然如此廉价地收回了。至于那份财产——谈到这个问题,他和格雷先生说话时情绪非常激动——他打算待他父亲一去世,就尽力重新取得自己的地位。他永远也不会相信自己母亲是——接着他便掉转头走了,尽管经历了那么一连串的事情,格雷先生还是很尊敬他。

然而,他在契约上签字以后就没有必要再露面了。他兄弟该怎么来安排他呢?他不能让他待在自己的寓所里隐蔽起来,或者随便露面。但总得采取某种措施,总得为他设计某种生活模式。出国!奥古斯塔斯对自己说——同时对他的心腹朋友塞普蒂默斯·琼斯说——蒙乔依一定得到"国外"去过日子。

"啊,对极了,他必须去国外。这毫无疑问。这是他唯一的去处。"塞普蒂默斯·琼斯这么说道,他虽是一位心腹朋友,可是没有被允许充当心腹参谋。奥古斯塔斯喜欢有一个地方来存放自己作出的决定,但他不允许别人提什么建议。塞普蒂默斯·琼斯完全成了他的奴才,对他简直唯命是从。

咱们常常会这么认为,如果我们要打发掉某人,那不妨让他出国;如果这个人是个分文莫名的穷光蛋,而且没有什么用处,那就把他送到那些个殖民地去——他可以在那儿当羊倌,喝酒喝个痛快。这两种做法的目的也许都是为了把这个人给毁掉,让他从此不再成为麻烦。然而,除非让上尉重返蒙特卡洛,否则要把他送出国可不是件容易事。按上尉的心思,他最愿意去的地方却是像伦敦俱乐部那样的蒙特卡洛,那儿赌注可以滥下,简直不受限制。不过,在他这个心愿背后,或者说与这个心愿并存的,却是迫切希望在特雷登庄园附近待着。按他自己的话来说,他还想在父亲去世以后"等着瞧"呢。他父亲肯定活不多久了,所以他对格雷先生说过,他想"等着瞧";除此之外,他还有一个愿望——和弗洛伦丝·蒙乔依见面。在那些思想苦闷的时刻——一个赌徒也会心情难受,也会有严肃考虑问题的时刻——他常常对自己说,假如他能得到特雷登庄园和弗洛伦丝·蒙乔依,他一定从此手不沾牌。他还得到保证说,他姑妈蒙乔依太太仍旧站在他一边。要是他能跟蒙乔依太太谈谈自己的情况的话,他觉得她会鼓励自己去重新取得一位英国绅士的地位。他在俱乐部欠下的债已经偿还了,他还偷偷地见过一位过去的朋友,这位朋友给了他一点希望,说他有可能被重新接纳。然而,此时此刻他的心思全向着布鲁塞尔。他已经得知弗洛伦丝和她母亲待在那儿的大使馆里;他很想上那儿去,尽管心里还在犹豫不决。不过,那儿可不是奥古斯塔斯打算让他去的"国外"。奥古斯塔斯认为,他父亲的私生子,因还不出赌账而被逐出伦敦的一家俱乐部,在失踪六个月后竟然出现在一个英国驻外使馆里,还自认为有权受到接待并认起亲来,那是很不恰当的。他也不希望哥哥见到弗洛伦丝·蒙乔依。他曾建议他去南美作一次漫长的旅行,说那是世界上最有趣的国家。这当儿,蒙乔依照旧在安乐椅里坐着,他边剔着牙边毫无惧色地说道:"我觉得我宁可去布鲁塞尔。"这是咱们现在见到他们时的前一天晚上的事。那天上午,蒙乔依和格雷先生会过面。

奥古斯塔斯刚才说他打算去馆子吃晚饭,那是因为讨厌哥哥的不良行为才这么说的。不用说,他只要提前十分钟通知就能吃到晚饭。他没有让人从俱乐部里给撵出来嘛。不过,那天他订的那份晚餐原来是想独自享用的,事实上他也达到了自己的目的。有人宣布说开晚饭了,上尉便站起身来,打算独自一人去餐室,可这当儿他兄弟说他"改变主意"了,上尉面露高兴的样子。"你刚才在关门的事情上表现得非常愚蠢,所以我就决定让你一个人去吃饭。咱们走吧。"于是他陪伴着上尉走进另一间屋子。

这是一席非常丰盛的小型晚宴——一位手头阔绰的人款待好朋友的颇为典型的晚宴——也完全可以是特雷登庄园的继承人会拿来款待他兄弟的那类晚宴。香槟酒是上乘的,还有里奥维尔出产的酒也美不可言。蒙乔依吃得津津有味,把所有的美肴佳酿都送下了肚,心里一个劲儿地在想,这顿饭本该由他来请弟弟的。后来谈到了去布鲁塞尔还是去南美的当儿,蒙乔依提出借钱的事。"我会付你去里约^①的路费,还会汇钱给你存在那里的一家银行里。"蒙乔依回答道,这么做一点儿也不合他的心意。于是奥古斯塔斯觉得,即使送他哥哥去布鲁塞尔也几乎比把他关在伦敦强。他已来伦敦待了三四天,连他的生活开销也已经成为他奥古斯塔斯的一个沉重负担了。这样的小型丰盛晚餐得天天为他预备,上尉一个人在的时候就由他独自消受,之后连一句道歉的话都不说。奥古斯塔斯开始有意地显示一下自己的生活方式。他想让哥哥明白当特雷登庄园的继承人有多阔气。他确实摆出一副地位显赫得让人炫目的架势,想以此来让他哥哥羡煞。不过蒙乔依对这一切

---

① 即巴西的里约热内卢。

看在眼里，明在心底；他回想不久以前自己还是继承人的时候，他认为自己从没有在兄弟面前炫耀自己。因此，他决定既不表示感激，也不表示谢意。这种小型晚宴他会照吃不误，就当是他自请自。生活自然是单调乏味的。他没有活儿可干，给他的零用钱少得可怜，不够花用。不过他渐渐地习惯于上街重新露面了，还去过一二家他老店主的商店。他跟自己的鞋铺掌柜谈过一回颇为推心置腹的话，还在他那儿定制了三四双新靴子。只要他老父不死，谁也说不准财产问题会怎么解决。他父亲待他无情到了极点，只有等死的份儿。他可以向那个鞋铺掌柜保证，时机一到他将争得自己的权益。他知道一般人都怀疑他和父亲、弟弟串通一气去欺骗他的那些债主。没有的事。他自己也受到了欺骗。他对那鞋铺掌柜发誓说，他深信他父亲在抢他的钱，等他一断气，他肯定会提出自己对特雷登庄园产业的所有权问题。他确信自己给鞋铺掌柜说的全是实话。谈话之中，他还添油加醋，这在当时情形下是情有可原的。临到他头上的打击来得那么突然，他说，以致他连牌账都没有能够付清，地雷就在他脚底下爆炸，他便灰溜溜地离了城。只要他同意在鞋铺掌柜那儿定制几双靴，鞋铺掌柜哪里会对他的话提出异议呢。

餐毕，哥儿俩各点燃了一支雪茄烟，走到火炉边去。"很可惜这种日子必须得告个段落，你知道。"奥古斯塔斯说。

"这样下去我自然也受不了。"蒙乔依说。

"你无论如何是享受到顶了。我尽了一切力量为你把这小酒吧间搞得舒舒适适。"

"菜很好，酒也不错。那还用说。不知哪儿有人说过，人不能光靠啃面包来过日子。我想要整整一张菜单才行。"

"你打算怎么办?"

"你刚才说——让我去国外。"

"我是这么说的——去里约。"

"里约可远呢——在赤道的那一边什么地方,是吗?"

"我想是的。"

"我觉得咱们俩最好打开窗子说亮话,奥古斯塔斯。要是咱们老父死的时候我人在里约热内卢,这不太适当吧。"

"他死了跟你有什么关系?"

"按常情说,父亲的去世当然和他的长子有关系——特别是关系到财产的问题。"

"你的意思说,你打算就你出生的问题进行争辩?"

"争辩! 难道你认为我会不加争辩就让人说母亲这样的话吗? 你认为我会不争辩一句就放弃英国最丰厚的一笔财产的所有权吗?"

"那么我还是不付那笔钱为好,让那些先生们知道你想代表他们提出那个问题。"

"那是你的事情。你的安排对我说来很合适;可这是你自己干的事。"

"你很清楚你现在这么威胁是无济于事的。你去问格雷先生。他你总能信任吧。"

"可我无法信任他。我让自己居心不良的父亲骗到这种地步,我还会信任谁呢? 要是这事儿是真的话,那格雷先生过去怎么没有把它弄清楚? 我告诉你,奥古斯塔斯,在让你占有那份财产前,律师们将不得不斗个你死我活呢。"

"可是你来这儿住,花我的钱却一点都没有感到不安。"

"是一点都没有。我花谁的钱还能像花你的那样更无所顾忌么？你至少没有像父亲那样剥夺了母亲的好名声。咱们家里唯一我不能与之待在一起的人便是老头子。我不能跟一个干如此不光彩勾当的人同桌就餐。"

"哎哟，承蒙夸奖，不胜感激。"

"这是我的感觉。他为非作歹干那种把戏给了你机遇，让你暂时占有了一些好东西。按理说它们是属于我的。"

"你赌牌跟这没有一点关系吗？"

"有，有关系。可是赌牌跟我是父亲的婚生合法长子这件事没有一点儿关系。我赌牌运气不好，但这没有影响我母亲呀。接着老头子给了我一闷棍；除了你之外，让我上哪儿去找饭吃呀？我想你肯定从老头子那儿拿的钱吧。"

"当然是。不过拿的不是你的生活费。"

"那他认为六月份以来我靠什么在过日子呢？也许借据里没有写上，可是我想他已经把我的生活费用估计在内了。你的意思是不是说我的面包和乳酪不再由特雷登庄园的财产提供了。"

"如果我把你赶出这套公寓，你就很难拿到特雷登庄园的钱。"

"我想你不会那么干的。"

"我可没准儿。"

"你在考虑这么干，对吗？我眼下不想走，因为我身边连一镑钱都没有。我刚才正想跟你谈钱的事儿。你一定得给我点钱。"

"哎哟，我很赞赏你的厚脸皮。"

"你可知道我究竟要去干什么事？老头子要我去特雷登庄园，我不能口袋里连一张五英镑钞票都没有就这么去呀。"

"老头子要你去特雷登？"

"干吗不能让我去呢？今天上午我收到他的信。"于是，奥古斯塔斯要信看，可是蒙乔依拒绝拿出信来。这引起了几句怒气冲冲的话，奥古斯塔斯对他哥哥说，他不信有这回事。"不信？你肯定信！你知道我说的全是实话。他请了我，像往常一样写了好多动听的话。可我拒绝了。我对他说，我不能到一个把我母亲的名誉损害到如此严重地步的人家里去。"

蒙乔依所说的打算去特雷登的事全是事实。老乡绅给他的信中只字不提奥古斯塔斯，并告诉他在目前情况下特雷登庄园是他最好的栖身之处。"我一定竭尽所能来使你快乐；不过你将见不到一张纸牌。"老乡绅的信中写道。蒙乔依不是想玩纸牌才不愿去的，而是因为他觉得今后他和父亲之间除了争吵是不会有什么别的东西了。要他接受父亲的款待而不把自己的意向跟他说清楚是不可能的；可他对父亲的情况不太了解，所以他觉得就这么对他谈出自己的意向来，准会影响他的身体。因此，他拒绝了。

接着哈里·安斯利的名字被提起了。"看来我已经让那小子完蛋了。"奥古斯塔斯说。

"你都干了些什么？"

"我把他给毁啦。首先，他舅舅已中断了给他的津贴费，还有，那老东西打算娶老婆啦。无论如何他已经跟哈里少爷闹翻啦。哈里少爷已回到他父母的教区牧师住宅里去住了，他在那儿喝粗茶吃淡饭，过苦日子呢。弗洛西·蒙乔依喜欢嫁给他就让她嫁呗。现在一个姑娘家可以不经任何人同意去嫁给一个男子。不过，假如她这么干的话，我亲爱的表妹准会饿肚子的。"

"你已经这么干了？"

"我单枪匹马地干了，老弟。"

"无耻到了极点！他什么地方损害你来着？我跟他吵架还有点道理,你和他无冤无仇。"

"我跟他也有争执嘛。"

"他跟他争吵——是有原因的。让我再跟他吵一架我也不在乎。我要尽量想办法不让他和弗洛伦丝·蒙乔依结婚。可是我觉得把别人的财产给剥夺掉,这是非常卑鄙的做法。"接着,奥古斯塔斯站起身来,走出寓所,进入了大街,蒙乔依紧紧跟上了他。

"我得让他明白,他必须立刻放弃这件事,"奥古斯塔斯心中自语道,"必要的时候我得下令中断他的生活费用。"

第三十八章 斯卡伯勒的书信

正如蒙乔依所说,老乡绅给他写了信,邀请他去特雷登庄园,还对他说,在他本人还在世、特雷登庄园尚未易手之前,那儿是他最好的栖身之处。蒙乔依曾经坐在他兄弟屋子里的一张安乐椅里反反复复考虑了这件事,最后终于拒绝了邀请。他写的那封信是他这个人的典型之作,我不妨在这儿抄录给读者:

亲爱的父亲:

　　我认为我目前前来特雷登不太恰当。不让玩牌我倒不在乎,而且我也并不怀疑待在你那儿你会使我比待在这儿更舒适。但是,我对你说实话,你向外界公布的有关母亲的事我半点也不信。今后总有一天,我打算就这件事和奥古斯塔斯争个明白。我不会老老实实坐着,眼看着特雷登庄园让人从我嘴里夺走。因此,我觉得还是不去特雷登的好。

　　　　　　　　你忠实的

　　　　　　　　蒙乔依·斯卡伯勒

这封信丝毫没有让这位父亲感到意外,也丝毫没有引起他的怒气。他反而因为儿子为母亲辩护而喜欢他,他绝对没有因为儿子表示了怀疑态度而生气。然而,未来的那场官司究竟会出现什么情况,竟然能阻止住他儿子前来特雷登庄园呢?关于那份财产无需说什么了。特雷登庄园远比维多利亚大街那套房间来得舒适;他知道维多利亚大街所给予的招待不会是心甘情愿的。"换了我是不会喜欢那儿的，"老乡绅静卧在沙发上自言自语，"我无论如何不会愿意低三下四地去当奥古斯塔斯的客人。奥古斯塔斯肯定会说出令人难堪的话来。"

老人对小儿子十分了解，他也知道大儿子的个性；可是他没有估计到，他这个做父亲的向大儿子披露这种出人意料的事所必然引起的变化。蒙乔依感到世界上人人都跟他作对，因此他要尽可能地利用所有的人——只是除了他父亲，因为他是天底下最最虚伪，最最残酷无情的人了。至于他兄弟，他要毫不留情地把他的血一点一滴榨干为止。蒙乔依认为，这个屋子里的每一瓶香槟酒都是属于他的，都是用他的钱买来的，因此完全应该由他来享用。可是，对于父亲，他怀疑自己是否能与他继续相处，因为他恨不得扑上去卡他的脖子。

两个儿子中，老人明显地偏爱老大。他发现奥古斯塔斯这个人一顺利就得意忘形，他先是讨厌他，后来便憎恨起他来了。他为奥古斯塔斯的利益能做的都做了，可得到的是什么报答！直到这一年的春天以前，奥古斯塔斯无疑一直是被放在次要地位，但这一点也没有对他造成什么损害。他父亲出于好意，花了九牛二虎之力，经过精心而富有成效的策划，力图恢复他被夺去的那个地位。奥古斯塔斯完全可能表示气愤，这也无可厚非。他没有这么干，而只是老跟他闹别扭，还始终表露出他极不耐烦地在等待父亲去世。曾经发生这样的情况：他们最近一次会面时，他几乎毫无顾忌地对父亲说，只要他不死，他便度日如年。这就是老人拼命想为他这个儿子提供一笔可观的，可供他过奢侈生活的费用所得到的报答！他现在照旧在给这个儿子津贴费，数目充裕得完全是一位大宗财产继承人所应该享用的；不过，他已下决心从此不再见他。他实际上几乎对他非常嫌恶,同时打心眼里鄙视他。

自从他大儿子出走并神秘地失踪之后,他又关心起那个浪子来了。大儿子显然已成了一个不可救药的赌鬼。他欠的账给一付再付。最后老乡绅得知,蒙乔依采取待父亲死后遗产抵押的方式借的钱,数字大得难以偿清。他已没有办法救他了。为了保全那份家产,他必须把自己年轻时的所作所为公布于众,并证明这个长子是非婚所生。他仍旧把那些证明文件保留着,于是就这么干了起来。此举引起了格雷先生的反感,把那帮债权人搞得垂头丧气,让奥古斯塔斯感到又惊讶又疑惑,还几乎把蒙乔依本人给毁了。然而,蒙乔依的行为实际上并没有伤害他的感情。蒙乔依的堕落很危险,具有破坏性,同时也愚蠢得可笑,可是倒没有让他父亲蒙受耻辱。他父亲讥笑赌博带来了刺激,不来点弄虚作假,谁也赢不了钱;赌牌时搞的骗局肯定会让人觉察。然而,他不是因为那个缘故才讨厌赌牌的。他也许在世的日子不多了,要是蒙乔依能来的话,没有理由不像以往那样成为他融洽的伙伴。可如今请了他,他却拒绝了。老乡绅接到上述的那封信后,倒一点儿也不生他儿子的气,只是下定决心,只要有可能,一定得把他弄到特雷登庄园来。现在蒙乔依的欠债已还清,应该为他做点什么。他非常生奥古斯塔斯的气,所以只要有可能,他会撤销他最后作出的决定——然而,这怎么可能呢?

他最近一回见到威廉·布劳德里克爵士的时候,这位爵士流露出某种希望——不是指他的病能够痊愈的希望,大家都认为这不可能,而是指据威廉爵士最近暗示,他还能在这块生活的土地上继续待三个月,或者六个月,他因而似乎觉得自己面前展现了无限的希望。"斯卡伯勒先生是我这辈子见到过的身体素质最最了不起的人。我从来没有听说过哪条狗能经受得住这样切切割割的。"斯卡伯勒先生点头微笑,接受了这种赞美话。要是他有在起居室里戴帽的习惯,他准会脱帽表示感谢。牟顿先生则走得更远些。他说他提出自己的看法,自然不是想跟威廉爵士唱对台戏,不过假如斯卡伯勒先生能严格按医生嘱咐生活的话,牟顿先生看不出他为什么不能活三个月或者六个月以上。斯卡伯勒先生回答说,他无法同意完全遵照医生的嘱咐来过日子;于是牟顿先生便摇了摇头。不过打那时候起,斯卡伯勒先生确实尽力服从给他规定的戒令。在余下的六个月时间里,他还有些事情值得去做呢。

最近他听说了许多关于哈里·安斯利的事,对这位青年所受到的虐待感到极大的愤慨。有消息传到他耳中说,有人蓄意要使哈里失去他所指望得到的财产,而眼下他已经拿不到日常生活津贴费了。这些消息都是牟顿先生告诉他的,牟顿和奥古斯塔斯·斯卡伯勒之间没有什么深厚的交情。老乡绅知道,哈里倒霉的原因出在弗洛伦丝·蒙乔依身上。他暗自承认,他儿子蒙乔依确确实实不配娶那位年轻小姐为妻。这位小姐保管得喝西北风。可是,他一想到奥古斯塔斯千方百计想把那位姑娘占为己有,心里便又气愤又厌恶。"什么!"他冲着牟顿先生叫道,"他既要财产,又要那姑娘。世界上什么东西他都要,这个人真是欲壑难填啊!"之后,他想尽办法逐渐收集有关哈里和蒙乔依之间那场夜半冲突的微枝末节,开始暗暗干起坑害奥古斯塔斯的事来。但是,他还是坚定不移地执行跟那帮债权人清算债务的计划;他认为,在格雷先生的帮助下,他已经完成了那件事。与奥古斯塔斯协作是必要的,而目的也已达到了。

要是说斯卡伯勒先生在他一生的这个时刻,心里一门心思想要坑害奥古斯塔斯，这也不太合乎实际。自从他跟小儿子打交道以来，他渐渐相信天下再没有比他更可恶的青年了。读者也许会同意斯卡伯勒先生的看法，不过我很难期望读者诸君会持与斯卡伯勒先生同样强烈的观点。奥古斯塔斯现在被公认为老乡绅合法婚姻所生的长子；那份家产由于是限定继承，无疑非他莫属了。然而，老乡绅正在动脑筋，千方百计想尽可能地剥夺那种状况给小儿子带来的荣誉。他刚听说哈里·安斯利受到损害的事时，他想把特雷登庄园积聚起来的所有的家具、珍珠宝石、书籍、瓶酒、牲口全留给咱们的主人公大儿子，让奥古斯塔斯去占有光秃秃的田地、荡然无物的空房子，而其他则一无所有。想到这里，他忽而意识到把这些东西全部留给蒙乔依也白搭。凡可能留给蒙乔依的东西事实上等于留给那帮债主；因此，如今哈里·安斯利受到了损害，老乡绅觉得他倒是一个很恰当的受惠人，这不是因为老乡绅的慷慨，而是他对自己儿子痛恨所带来的结果。

　　要与法律对着干！这一直是老乡绅雄心壮志中的一个主要目标。他想把所有的事情作如此安排，以致让人看到他把一切法律都不放在眼里！这一直是他的莫大骄傲。他已明显地这么干了，而且在他妻子和两个儿子的问题上，他干的手法巧妙得让人目瞪口呆。可是现在发生了另一种情况，他又可以来施展一下他的才智了。奥古斯塔斯一直非常迫不及待地要收回那些债权人手中持有的死后遗产抵押的债据，他觉得——这一点他父亲看得明白——这样就可以防止他们在老乡绅去世后再来质询了。既然一无所获，他们为什么还要为此事去诉诸法律呢？这些债据现在已经给赎回来了，保存在格雷先生处。债据名义上是由他买下来的，那就应该交给他。但由格雷先生保存，他手里至少有证据可以证明所欠的款子已经偿还了。这些债据不可能再被用来让奥古斯塔斯泄私愤了。所以,现在上尉可以享用留给他的任何钱财了。当然,这些钱财会全部跑到赌台上去。要是把它留给哈里·安斯利也许会更妥当些。不过,人血稠于水,自己人总归是自己人——即便这只是一个私生子的血也罢。老乡绅会用别的方式来为哈里效劳。所有的家具,所有的珍宝,所有的钱财都应该重新成为蒙乔依未来的财产。

可是,为了在他去世以前让这件事得到落实,他必须争分夺秒不让时间白白过去。他想到威廉爵士暗示他可能还有三个月时间好活,也可能延长到六个月。"威廉爵士说三个月。"谈到他可能活多久时,他口气极其从容地对牟顿先生说。

"他说过六个月。"

"噢,那是说如果我依照别人的嘱咐去做的话。可我不会不折不扣照办的。三个月还是六个月,还不是一回事。我只是想办好自己打算办的一些小事而已。威廉爵士的戒令会包括让我放弃办这样的事。"

"你要办的事愈少愈好。这样我看威廉爵士是不会只限你活六个月了。"

"我看三个月就差不多足够了。"

"我看人谁都不想死。"牟顿说道。

"对于这个问题,各人有不同的观念,"老乡绅答道,"许多人希望延长生命,可以多享受些日子。也许,我也有点那种想法;可当你看到我的活动能力已丧失到这种地步,我的乐趣仅仅限于呼吸空气,吃饭喝水,偶尔看几页书,你得承认,这样不可能有多大乐趣。跟你聊天是我最大的乐趣。有些人为老婆、孩子活着。从一般意义上来说,这句话对于我是毫无价值了。许多人希望活下去,因为他们害怕死。我可以向你保证,这种情况在我身上绝对不存在。我不怕去见咱们的造物主。然而,也有这么一类人,他们之所以要活着是为了可以达到爱的目的,或者是为了达到更强烈的恨的目的。我就是属于这一类人,不过在这些目的达到以前,我只是有这个愿望而已。我想睡一个小时;可是我想要你赶在邮件发送以前写几封信。"接着,斯卡伯勒掉过身去,考虑起他打算要写的几封信来。牟顿先生走了出去,十二月的花园里,半融的雪水把道路弄得泥泞不堪,他在那儿一边徘徊一边在头脑里竭力想得出结论来,他是衷心钦佩他的主顾的哲理思想呢,还是强烈谴责他缺乏普遍的原则性。

到了恰当的时刻他又出现了,他发现斯卡伯勒先生非常警觉。"除非我行动更加小心,不然我真不知道还活不活得到三个月呢,"他说道,"我一直在考虑这些信,几乎想动笔写了。有一些是关于一个儿子的事情,而他父亲不愿让别人知道。"牟顿只是摇了摇头。"我一点儿也不怕你,也不在乎让你知道自己不得不说出来的事情。不过有些话连写下来都不容易,要口授几乎难以办到。"然而,他果真试图这么做了,尽管他觉得自己无法把心里打算要说的话全表达出来。第一封信是写给那位律师的。

亲爱的格雷先生:

我写信让您再一次来到我的病榻旁,您准会感到意外。我知道当时我曾作过某种允诺,不再要求您来见我;但现在情势逼得我难以避免这么做。然而,假如您不愿意来,我将向您下达我的指示。我打算再立一张遗嘱,把自己所能留下的一

切全部给我儿子蒙乔依。您知道他现在已偿清了债务,可以
享用任何能到手的财产。鉴于目前情况,他待我一去世将分
文莫名,愿老天爷保佑这个得依靠奥古斯塔斯的仁慈过日子
的人吧。

我的全部财产是银行的存款结余,城里的那栋房子和特
雷登庄园里里外外的一切。我希望遗嘱中必须明确写明:财
产中一切可以想象得出的物品均属蒙乔依所有。我知道限定
继承权的威力,决不敢拿如此神圣的东西胡来。(他说这些话
的当儿露齿微笑,脸上泛现了满意的神情,他的文书也禁不住
哈哈大笑起来。)但是由于奥古斯塔斯必须得到地产,让他去
占有那些光秃秃的土地吧。("请你在那句话下面划条杠。"于
是那句话底下就画上了一条杠。"倘使我有时间的话,我还会
把所有的树木都砍光。""我看按限定继承法的规定您无法那
么干,"牟顿说道,"我会把所有的树干都拿去给农民盖谷仓,
为他们修补大门。我还会在宅子前面的土地上盖起一座大暖
房。我尊重法律,好兄弟,他们很难证明我哪儿违反了法律。
可是我没有时间去进行那种妙不可言的报复。"接着,他又继
续口授那封信。)您一定懂得我的意思。我希望把财产分一
下,这样蒙乔依就可以得到限定继承权所没有严格规定的一
切。您自然会说,这一切准会跑到赌台上去。那就让这一切
去给毁掉吧,这样奥古斯塔斯就什么也拿不到了。可是,这一
切也未必一定跑到赌台上去。假如您同意再到我这儿来一
次,我们也许可以想点办法保住这些钱。然而,不管我们能否
做到,我要求我最后这份遗嘱可按上述指示来写。

您非常忠实的

约翰·斯卡伯勒

"好,写另外那一封吧。"斯卡伯勒先生说道。

"您最好歇一会儿?"牟顿问道。

"不,一个人办这种事是不想歇的。他受到自己心里的焦虑和渴望的驱使。这封信很短,写完了我也许就可以睡觉了。"

第二封信全文如下:

亲爱的蒙乔依:

我认为你意气用事不让自己前来的做法很蠢。我很乐意让你来与我做伴;可是除此之外,我希望你来其实是想和你谈一件对于你关系重大的事情。我打算再立一个遗嘱;尽管我肯定会十分尊重限定继承权,决不会干出违法的事来,但我仍然有可能为你的利益做点事情。承你兄弟的好意干预,把你所欠债权人的债给了了;由于所有未付款的债据都给赎回来了,你现在——由于他的慷慨大度——可以享受任何可能留给你的财产。我手里还有一些<u>桌椅</u>,几颗宝石,还有一些零零碎碎的<u>书籍</u>,也许你想要。我已经就这件事给格雷先生写了信,希望你能去见他。不管你来不来这里,这一点你是可以做到的。不过,我还是希望你能来。

你的爱父
约翰·斯卡伯勒

"我认为那些零零碎碎的书籍准会把他给吸引来。他过去总是喜爱文学。"

"我想您指的是整个藏书室。"牟顿答道。

"他还喜欢桌子椅子。我觉得他准会来照管桌椅的。"

"干吗不来照管床呀,脸盆架呀。"牟顿先生说。

"啊,对;他也可以得到床呀,脸盆架呀什么的。蒙乔依不是傻瓜,准清楚地懂得我的话的含义。我真想把客厅墙上的糊墙纸全剥下来,就把剥得斑斑驳驳的客厅留给他兄弟,这丝毫不违背限定继承法嘛。不过我现在倦了,要休息会儿。"

可是,即使觉得倦了,他也没有歇下来,而是静静地躺在那儿,翻来覆去琢磨着财产的事儿。现在还有一封信要写,他不想再把牟顿先生叫来写信了。他有点不好意思再劳他驾,后来终于把他妹妹叫来。"玛莎,"他说道,"我想让你替我写封信。"

"牟顿先生已替你写了一上午了。"

"那正是现在我让你来写一封的原因。我仍然稍稍有点儿怕他的权威,可我一点儿也不怕你。"

"你应该心静下来,约翰;真的,你应该静静地休息。"

"为了让我平静下来,你必须写这封信。没有什么特别要紧的内容,不然我也不会让你来写。是封邀请信。"

"邀请某个人来这儿?"

"对,请某个人来这儿。我不知道他会不会来。"

"这人我可认识?"

"要是他来了,我希望你能认识他。他是一位相貌很俊的小伙子,如果值得提一下他的外貌的话。"

"别乱说一气了,约翰。"

"可是我相信他已和另外一位年轻小姐订了婚,我求你别去干涉这位小姐。你可记得弗洛伦丝?"

"弗洛伦丝·蒙乔依? 我当然记得自己的外甥女。"

"那小伙子和她订了婚。"

"她原来是许给可怜的蒙乔依的呀。"

"可怜的蒙乔依落到这种地步是娶不了老婆啦。"

"可怜的蒙乔依!"这位软心肠的姑妈差点要掉眼泪了。

"可咱们现在跟蒙乔依没有什么事了。坐下,开始写信吧。'亲爱的安斯利先生——'"

"哟!是写给安斯利先生的,是吗?"

"对,是写给他的。安斯利先生就是所说的那位俊俏的小伙子。你有什么意见吗?"

"只是人们在谈论——"

"谈论什么?"

"我自然不清楚;我只不过听人说——"

"说他是个流氓,对吗?"

"流氓两个字分量太重了。"老小姐吃了一惊说道。

"是个坏蛋,说谎的,是个贼,诸如此类的说法。你听到的准是这些。我知道向你提供消息的人是谁。不管直接还是间接,你是从奥古斯塔斯·斯卡伯勒先生那儿听来的。好,咱们重新开始写吧。'亲爱的安斯利先生——'"老小姐停顿了片刻,接着便严肃认真地开始执行任务。她写完的信全文如下:

亲爱的安斯利先生:

您曾光临寒舍,盘桓数日;而今本人颇想重温先生来访所给予我的快乐。不知您是否愿意再访特雷登,少则耽搁二三天,多则悉听尊意。如蒙允诺,将不胜感激。您的朋友奥古斯塔斯·斯卡伯勒不能在此与您会面,甚为抱歉。我另外一个儿子蒙乔依可能来这儿。假如您希望回避他,待收到大函后一定设法把时间叉开。但依本人意思,没有必要出现敌意。你们俩谁都没有干出也许让你们觉得亏心的事;虽然作为长者,我无疑是不赞成你们的做法。("他肯定觉得惭愧,"斯卡伯勒小姐说,"你别去管它。相信我的话,你对此事一无所

知。"接着,他继续让她写下去。)然而,我让您来不仅仅是因为
要享受与您做伴的乐趣。我有事关重大的话相告。

　　　　　　　　您忠实的

　　　　　　　　　　约翰·斯卡伯勒

第三十九章　收信人的反应

　　现在咱们得叙述一下斯卡伯勒先生的几位收信人收到信后的感觉。格雷先生一读信后便说,他无论如何不会去特雷登庄园。可当他进而扪心自问他为什么不愿去时,发现主要原因是他极其讨厌奥古斯塔斯·斯卡伯勒。对可怜的蒙乔依(他就是这么称呼他的)他怀有一种深切的怜悯之情——咱们都清楚因爱生怜这种说法。他知道,老乡绅的做法完全可能引起人们的深恶痛绝,而他本人心里对老乡绅仅仅稍稍感到有点厌恶。"我过去从来没有见到过像他这么卑鄙的人。"他一遍又一遍地对多丽、也对巴里先生说道。然而,他没有能像一位正人君子看待一个无赖那样看待他,因而对自己很恼火。他知道自己内心深处还保留着对斯卡伯勒先生的一点爱的火花,这一点连他本人都难以解释。自从他一开始承认奥古斯塔斯·斯卡伯勒是真正的合法继承人这一事实以来,他一直决意设法要把这个继承权确立下来。必须让人人知道,蒙乔依不是他父亲的长子,因而根据法律不能继承那份家产,奥古斯塔斯才是长子。在将这些事实公布于众的过程中,他逐渐地痛恨起奥古斯塔斯来,这种痛恨的程度对蒙乔依和他们的父亲都带来了好处。事情必然如此。奥古斯塔斯一定会成为特雷登庄园的奥古斯塔斯·斯卡伯勒老爷,可是对特雷登庄园以及一切跟它有关的人来说,却是遭了厄运。格雷先生心里的确打定了主意,这一天到来时,他和特雷登庄园的一切关系也就终止了。

　　他从来没有想到,待那些死后遗产抵押的债据一赎回,蒙乔依又能拥有和享用可能留给他的任何财产。按照特雷登的老传统，所有属于特雷登庄园的不动产当然都归继承人所有。特雷登庄园财产中的动产本身就等于是小儿子的财富。这部分斯卡伯勒先生可以这样遗赠的财产可能值三万英镑。那些赌债是用不动产的收益来偿付的。正因为奥古斯塔斯同意偿清债务，这些赋予特雷登庄园以魅力的动产才得以从他手里给骗走。正因为奥古斯塔斯替蒙乔依还清了债，蒙乔依才有可能夺走奥古斯塔斯的东西。这种恶毒的做法正是老乡绅一手策划的。然而在这种恶毒的做法进行之时，格雷先生曾犹犹豫豫不愿插手。不过，他想到此不由得认为他这位当事人实在精明。

"当然，那些东西全会跑到赌台上去。"那天夜里他对多丽说。

"这不关咱们的事。"

"不，人家找你律师商量了，你就得考虑财产的处置是否慎重。"

"斯卡伯勒先生可没有来找你商量呀，爸爸。"

"我得当他来找了我。他把自己打算干的事告诉我，我就得给他当参谋。我不能建议他把这些都加在奥古斯塔斯头上，尽管我觉得他是这个家庭里最最坏的人。"

"你不必去管这件事。"

"这儿又是这么个问题，"格雷先生继续往下说道，"什么叫责无旁贷？奥古斯塔斯是长子，有资格获得法律所分配给他的东西；可是蒙乔依原来是作为长子给扶养大的，当然也有资格享受他父亲所能向他提供的一切。"

"你不能赡养这么个赌徒呗。"

"我不知道那是不是属于我的职责范围。蒙乔依是个赌徒这怪不了我,就像奥古斯塔斯是个畜生不能由我负责一样。他们本来就是赌徒和畜生嘛。再说,老先生会不达目的死不休。我只不过是他手中的工具——一把他用来砌砖块的泥刀罢了。当然,我得为他起草遗嘱,而且我会乐于这么做,因为这将会使奥古斯塔斯失去一些财物。"

接着,格雷先生上床睡觉去了,多丽也去睡了;但当她在自己床上睡了一小时之后又给召到他的睡榻边,她一点也不觉得意外。

"我想我得去特雷登庄园。"格雷先生说道。

"你曾经说过你永远不去那儿了。"

"我是说过。可那时候我不知道自己会逐渐地恨起奥古斯塔斯·斯卡伯勒来。"

"你去特雷登就为了害他吗?"他女儿问道。

"我一直在考虑这个问题,"格雷先生说,"我不知道自己去那儿是不是单单为了去害他;不过我认为我是去设法使事情得到公平而恰当地解决。"

"你不去特雷登也可以办到这一点。"

"我觉得大家一块儿合计合计,就能设法把事情办得更有效一些。咱们必须得做的事是怎么使这笔钱财不至于跑到赌台上去。我只想到一个办法。"

"什么办法?"

"财产得交给他妻子。"

"他没有妻子。"

"那就得交给他愿意娶的某个女人。咱们有三个目的:使那笔财产不落入奥古斯塔斯手中;让蒙乔依享受这笔财产;还有,防止蒙乔依拿这笔财产去赌博。我能想到的唯一解决办法是让他娶老婆。"

"是有个姑娘他想娶的。"多丽说。

"可她不想嫁给他,我怀疑让他娶任何别的女人他是不是肯。困难仍然一大堆啊。"

"哦,爸爸,我希望你别再去插手斯卡伯勒家的事了。"

"我必须先上特雷登庄园去,"他说,"好吧,亲爱的,你坐在这儿跟我谈话不起什么作用了。"于是,多丽微笑了一下便离开,回到她自己房里去了。

蒙乔依收到信的当儿正在维多利亚大街坐着吃早餐。这时快十二点了,他津津有味地在享受吃早餐的乐趣,吃罢了还点起一支雪茄烟,除此之外他无事可干。可是他知道今后他再也吃不到这样的饭了,于是这些舒适惬意的感觉稍微有点给破坏了。他得到外面去,在那些餐馆里觅顿饭吃。第二天早晨他将没有早饭可吃啦,如果他要在维多利亚大街多待些日子,那他就得直接违抗这座屋子主人的意愿了。那天早晨,他得到了让他离开的通知,还被告知说那顿早餐将是向他提供的最后一顿饭了。"但愿这顿早餐仍然美味可口。"蒙乔依说道。

"我看你这个人关心的就是吃和喝。"

"除此以外你几乎没有能为我提供什么嘛。"他们就这样分手了。

蒙乔依谨慎小心地让别人把信寄到他的好朋友鞋店掌柜家里;这会儿他正慢悠悠地倒出第一杯咖啡,心里想着自己很快就得喝最后一杯咖啡了,这时有人给他送来了他父亲的信。这封信给耽误了一天,因为他本人忘了让人去取。对他来说,目前无疑是一个难受的时刻。他是个总跟忧郁斗个明白的人,认为那是生活中难免的;像他这样的人,只要眼前有福可享,就一切满足了。今朝有酒今朝醉,明天还远在天边呢,谁顾得了那么些。然而,这种哲学对一个意志坚强的人来说是远远不能满足的。蒙乔依的意志有时会很消沉,于是情绪就显得十分低落。他从来没有挨过饿,货真价实地挨过饿,从来没有吃饭没个着落的情况;如果到了无法忍受的地步,为了不让自己再去苦苦地盼着一顿饭吃,他已经为自己准备好了手枪和子弹。

可这会儿,他面前放着一杯奶油色的、热气腾腾香气扑鼻的咖啡,一小碟起了卷的箬鳎鱼片,旁边还有三四只鸽蛋,正好摆满一碟;在桌子远处,还放着一瓶过嘴白兰地酒,那种酒的味儿之好他已非常熟悉了,而父亲给他的信就是在这一刻收到的。他起先没有把信打开,他一想到父亲就讨厌。接着他慢慢地把信封撕开,信中最后几行字的含义他花了好长时间才弄懂。他没有能立即看出"承他兄弟的好意干预"和"慷慨大度"使他蒙乔依成为一个财产接受人这些字句的挖苦味儿。然而他父亲决意为他做点好事。他逐渐明白过来,由于他兄弟和那帮债权人做了交易,他父亲才得以为他做成点好事。

接着,他才一一懂得桌子椅子呀,一两颗宝石呀,零零碎碎的书籍呀这些话的意思。一位父亲竟然这么来给一个儿子写信,还在信中这么来谈论另一个儿子,真是不可思议!但是他父亲是一个不可思议的人,他到现在才开始了解他的性格。他自忖道,真幸运,父亲对奥古斯塔斯怀恨起来了,因此打算把特雷登庄园和那份产业中所有表面的动产都给剥夺掉。

对,他想道,前面出现了这么个目标,他当然要去见格雷先生了。如果格雷先生也这么劝他,他就会去特雷登庄园。在这种事务上,他是同意去见父亲的。在现在这种时刻,他是不会想到有必要求助于手枪来满足自己的心愿的。他不能当天就去特雷登,因为他有必要先给父亲写封信。他兄弟要是听到他打算去特雷登也许会继续款待他两天,如果不行,也会借点钱供他目前急用;或者在目前情况下,他也许可以向格雷先生借点钱。他怀着几乎欣喜若狂的心情吃完了早饭,呷下了一杯过嘴酒,抽完了一支雪茄烟,便慢悠悠地站起身来,他可以上格雷先生的事务所去了。可是,这当儿奥古斯塔斯走了进来。他刚刚在自己的俱乐部里吃了早饭,在那儿用膳哪里比得上在家里舒适,不过他是为了避免跟他哥哥同桌进餐才这么做的。他现在回家来是为了敦促蒙乔依离开。

"奥古斯塔斯,我到底打算去特雷登庄园啦。"这位哥哥边把父亲的信折叠起来边说道。

"老头儿提出什么理由来让你去?"蒙乔依觉得还是不把所提理由的确切性质告诉他兄弟为妙,所以他把信放进了口袋。

"他想跟我谈谈财产的事儿。"蒙乔依说道。

于是,老乡绅的某种诡计多端的主意出现在奥古斯塔斯的脑际,他被原先就预感要临头的倒霉事给压得喘不过气来。他一下就明白父亲会干些什么,会给他带来什么损害;最最让他伤心的是——他立刻意识到,这一切都是他自己一手造成的。他相信有许多东西会不留给他,他还进一步觉得归根到底存在这么一种可能性:他哥哥私生子的故事是他父亲编造出来的,现在蒙乔依已还清了债,这样特雷登庄园及其所有财物现在就可能回到他手里去啦。只要有可能,他父亲准会这么干,对此他十分肯定。一个星期又一个星期,他焦急地等待着他老父归天,他很少或者干脆没有想到他父亲会动出那种脑筋来。"真是个傻瓜蛋!"他心里暗暗说道,这当儿他和蒙乔依面对面地坐着,蒙乔依利用这片刻的空闲又点起一支雪茄烟来。"真是个老顽固!"要是他把牌打得巧妙些,要是他对老人多抚慰点,多奉承点,多宠着他点,蒙乔依早就完蛋了。现在,他至多可以拿到特雷登庄园,但已是空荡荡,什么都给扒走了;最糟的情况是,连特雷登庄园都到不了他的手。"嗯,你打算怎么办呢?"他粗声粗气地说。

"我想我或许得去一下,就见见老头子。"

"这么说,你对你母亲的那些深厚感情都给抛到九霄云外去啦。"

"我对你母亲的感情一点没有给抛弃掉;可跟你谈论她的事是浪费精力。"

"我原来就不认识她,"奥古斯塔斯说,"我不知道她把我生到这个世界上来是对我做了大好事。你今天下午就去特雷登吗?"

"可能还走不成呢。"

"那明天去?"

"很可能明天。"蒙乔依说。

"因为我要用你的房间。"

"当然,今天我还无法动身。明天早晨我无论如何还得吃一顿早饭。"说到这儿,他停顿下来等回音,可是他兄弟一语不答。"去特雷登我还需要一点钱,我想你能暂时借给我一点。"

"一个先令都不借。"奥古斯塔斯没好气地说。

"我很快就会还你的。"

"一个先令都不借。我为你做尽好事,结果得到这种报答,我是不会为你再做什么好事了。"

"假如我一向认为你花的每一英镑都不是为了进一步施展你

的阴谋诡计,那我早就会对你感激不尽了。现在实际情况是,我知道咱们彼此谁也没有帮谁多少忙。"接着,他离开了屋子,坐进一辆马车,上林肯法学协会去了。

哈里·安斯利在巴斯顿收到斯卡伯勒先生的信,感到十分意外。那年冬天他一直过得很不愉快。他没有去见舅舅,尽管有关舅舅求婚的各种传说不断地传到他耳朵里来。他现在地位低微,默默无闻,对自己得去骑乔舒亚·索罗本的马感到羞耻,于是不久便不再去打猎了。他开始专心读书,但专心读书也读不下去;他为自己的处境痛苦万分。他拼命地读书,坚持了二至三个星期,在这期间他至少还是认为自己是体面的;可是在某个心情恶劣的时刻,他把自己这种想法给抛掉了,于是又苦闷起来。接着,他收到让他去特雷登庄园的邀请。"我收到一封信,是特雷登的斯卡伯勒先生寄来的。"

"斯卡伯勒先生说些什么?"

"他要我去他那儿。"

"你认识斯卡伯勒先生?我知道你跟他儿子闹翻了。"

"啊,对。我跟奥古斯塔斯吵了嘴,而且跟蒙乔依也不太友好地碰过一次面。不过那位父亲和蒙乔依之间似乎和解了。你可以看一下他的信。我反正要去那儿。"对此老安斯利先生没有提出异议。

第四十章　特雷登庄园的客人

　　被邀请去特雷登庄园的三位客人碰巧都同意在同一天去那儿。说真的,哈里没有什么理由要推迟他的访问,另外两位也同样没有理由要提前。格雷先生知道,那件事如果要干的话就应该立即行动;蒙乔依已经同意接受父亲的建议,但也不能过分性急地去接受父亲招待。"我就借给你二十英镑。"钱的问题被提起的时候格雷先生说道。"这点够吗?"蒙乔依回答说这点钱完全足够了,于是就回到他兄弟的寓所里,耐足了性子在那儿等着,后来他去了"大陆酒家",在那儿美餐了一顿。他开始觉得他在伦敦日子过得很苦,所以他怀着享受田园乐趣的期待心情向往着特雷登庄园的林荫道。

　　他和格雷先生乘同一趟车去。当格雷先生提议搭十点钟车子走时,蒙乔依把此行称做是"十足的苦差使"。哈里也接踵而来,为的是及时赶到特雷登庄园进晚餐。"请允许我冒昧向你建议,"格雷先生在火车上说,"换了我,在这件事上我会完全照父亲的要求去做。"蒙乔依听了皱了一下眉头。"他迫切希望为你预备些什么。"

　　"要是你指的是这个意思,那我一点也不感激父亲。"

　　"很难说你是不是应该感激他。不过从一开始他就竭尽所能地为你做好事。"

　　"你相信所有那些有关我母亲的说法?"

　　"我相信。"

"我不相信。分歧就在这儿。我认为奥古斯塔斯也不信。"

"那段经历无疑是千真万确的。"

"你得原谅我,我不相信。"

"无论怎么说,财产中你的那份跟你无缘了。"

"我的那份原来是全部财产。"

"只要你父亲一去世,"格雷先生说,"你的那份也就完了。"

"咱们没有必要讨论财产问题。他现在想让我去干什么?"

"他只不过想要你对他态度温和一点,还要你同意他所说的有关动产的事。据我了解,他心里的想法是把一切都留给你。"

"他心眼儿真好。"

"我也这么认为。"

"只是如果他没有在我长子继承权的问题上欺骗了我,那份财产本当完全属于我的。"

"不如说完全属于梯利特先生,还有哈特先生,斯派塞先生。"

"梯利特先生,哈特先生和斯派塞先生不可能把我的族姓给非法剥夺掉。让他们去利用债据来为所欲为,我说什么也该是特雷登庄园的斯卡伯勒。我的观点是我没有必要为母亲而感到脸红。他好像非要让我感到羞耻似的。我不能因为他给我一些桌子椅子就宽恕他。"

"它们值三万英镑哪。"格雷先生说。

"我不能宽恕他。"

蒙乔依·斯卡伯勒说这些话的当儿,脸色阴沉沉的,可是他脸色越是阴沉,格雷先生反而越喜欢他。如果一个青年是这样看待自己母亲——他之所以这样看待自己母亲,仅仅因为她是自己母亲——对这么个青年,要是能想点什么办法挽救他不使他毁灭,那是一件值得干的事。奥古斯塔斯就没有这种感情。他曾经对格雷先生说,就像他曾经对他哥哥说的那样,说他从来就不认识那位女士。当分财产的事让他知道时,他对那种损害他母亲名誉的说法满不在乎。那段经历是千真万确的。格雷先生心里也知道是真的;可是他一心想为蒙乔依·斯卡伯勒做点好事,所以决不会因为那段经历的真实性而去干出别的事来。他深情地伸出手来,放在另外那个人的膝盖上。"你父亲活不了多久了,斯卡伯勒上尉。"

"我看是活不了多久了。"

"所以他现在急于想尽自己能力来补偿。他能留下的一切可以带来大约一千五百英镑的年收入。没有他的遗嘱,你就不得不靠你兄弟的恩赐来过日子。"

"我敢起誓,我决不过那样的日子!"蒙乔依说道,心里想到了手枪和子弹。

"我看不出你能有什么别的选择。"

"我有,可是我不能给你说明白。"

"你不觉得一千五百英镑年收入比什么也没有强么,要是再娶个太太,比如说?"格雷先生说,他开始把那个他认为是成败所系的问题提了出来。

"娶个太太?"

"对,娶个太太。"

"娶什么样的太太? 娶个太太固然不错,可得看娶谁当太太。你有没有指哪个具体的人?"

"没有特别指哪个人。"这位律师自知理亏地说。

"哼! 我要娶老婆干吗? 你的意思是不是说,我父亲对你说他打算让我娶个老婆来给他那点遗产添个累赘? 除非我能自己挑选老婆,我是不会接受这份附带着累赘的遗产的。跟你老实说,我有了一个姑娘——"

"你表妹?"

"对,我表妹。当年我境况优裕的时候,别人让我相信我可以娶她。如果她能成为我的妻子,格雷先生,我一定彻底放弃赌博。假如我父亲能帮我办成这件事,我一定原谅他——或者说一定努力这么做。我一定将他所能给我的财产全部立契放在她的名下。我要努力改造自己,安分守己地过日子,这样就不会有什么灾难临到她的头上。如果这是你的意思,你就明说吧。"

"唔,不完全是那么回事。"

"跟任何别人结婚我都不会同意。我经历了多少紧张激动的瞬间和灰心绝望的时刻,可这始终是我毕生梦寐以求的。她母亲一直对我说,这件事是定了,以前她本人没有否定过这一点。现在你全清楚了。只要我父亲愿意让我成亲,那我就一定得娶弗洛伦丝·蒙乔依为妻。"接着,他往座位背上一靠,两人到达特雷登镇之前没有再交谈过一句话。

自从那位父亲把儿子的出生情况告诉儿子那天以来,父子俩还没有见过面呢。打那以后,蒙乔依失踪了。有几天时间,他父亲认为他被害了。可现在他们碰面了,其实要是在一星期以前他们相见的话,也完全会像现在那样。"哦,蒙乔依,你好哇?""你好,先生。"他们就这样互相寒暄着。别的话一句都没说。几分钟之后,那个儿子被允许去享受一下他所期待的田园乐趣,而那位律师却给留下来与老乡绅一起关起门来商谈。

格雷先生当即对自己的建议作了说明。把遗产交给几位托管人,他们看了货之后应该知道卖怎么个价钱,然后由他们来掌管那笔钱,付蒙乔依的生活开销。"除非蒙乔依同意成亲,"格雷先生说道,"不然就没有更好的办法啦。他好像很爱他表妹,他现在不愿意跟别人结婚。"

"他不可能跟她结婚。"老乡绅说。

"我不了解情况。"

"他不可能跟她结婚。她已经和一位即将来到这儿的年轻人订了婚。我曾经和你谈起过的,是吗?哈里·安斯利要来这儿。我儿子知道他今天要来。"

"安斯利先生跟上尉之间发生的事是人人皆知的。"

"他们要坐在一块儿就餐,我相信他们不会吵架。你所说的那位小姐和安斯利少爷已经订了婚,蒙乔依在这件事上没有希望了。"

"你认为没有希望?"

"一点希望都没有。你提出给他娶媳妇的办法如果行得通,那倒挺不错。我很乐意看到他成家。但要是他非娶弗洛伦丝·蒙乔依不可,那他就肯定要当光棍了。奥古斯塔斯在这件事上已插了手,咱们可不要再去干涉了。"然后,老乡绅就打算立的遗嘱问题给这位律师作了详尽的指示。格雷先生和布尔菲斯特先生将被指定为财产托管人,他们将遵照指示出卖所有在老乡绅合法权利范围内所能传给后代的财物。特雷登庄园和伦敦两处的书籍、珠宝、家具,还有金银餐具、牲口、农产品、墙上的画、地窖里的酒等等,都列在单子上。他还千方百计想说服格雷先生,让他同意把树木都砍下来,这样这些木材所值的钱就可以从弟弟的口袋里拿出来,放进哥哥的口袋里去。但是,对于这一点格雷先生不同意。"这种做法会让人觉得有点像迫害的味道,"他说,"千万不能这么干。"不过,为了蒙乔依的利益,将特雷登庄园来个总搜括,他打心眼里表示赞成。

"到现在为止,我还不能十分有把握地说,我跟奥古斯塔斯已断绝了关系,"老乡绅说,"我已下定决心不为琐碎的事情而发火,也尽量不让自己烦恼。我一直是这样来对待自己的子女的:虽然我一贯想为他们谋利益,但在不同时期,我似乎给他们各人都带来了损害。因此,我对他们都不期望什么。然而,我从奥古斯塔斯那儿得到的少于零。他可能会再次受到我的谴责。"格雷先生听了不作回答,不过他已接受他的指示去起草那份遗嘱。

哈里恰好在晚饭前乘火车赶到。一路上他浮想联翩,心头一片迷茫。他不太理解,斯卡伯勒先生为什么要请他去。他和奥古斯塔斯过去关系很密切,尽管那位老人对儿子的朋友一直怀有某种真挚的友情,但这充其量不过是人们期望一位以心地善良著称的人所具有的那种友情。哈里受到了极大的损害,他觉得他的访问肯定和他受到损害的事有点关系。他被再三告知,他尽管放心地去,他不会在特雷登庄园碰到奥古斯塔斯的。从这一点,也从其他迹象看,他差不多看出老乡绅和他儿子之间的不和。因此,他觉得老乡绅一定会谈起他在巴斯顿的处境问题。

如果说火车驶近特雷登镇的当儿,他对和老乡绅会面感到有点担心,那与上尉见面更使他忧心忡忡。读者一定记得他们俩最后一回见面时的详细情况。哈里受到蒙乔依的猛烈袭击,后来他把他给丢在铁围栏下面朝天躺在地上——第二天有人说他死了。他犯的唯一的罪是喝醉了酒。如果这位被剥夺了继承权的人愿意不咎既往,和他握手言和,他也愿意这么做。他对他没有私仇,但却有一个棘手的问题。

他乘着老乡绅本人的马车驶近大门时,蒙乔依在宅子前面站着。他也想到了那些棘手的问题,但他认为和他过去的仇敌见面不说几句表示和解的话,那也太不像话啦。"你身体好哇,安斯利先生。"另外那位跨下马车的当儿他伸出手来说道。"我最好还是立刻为我的所作所为向你道歉。也许你也听说过,那时我灰心极了。有人宣布我分文莫名,成为无足轻重的人。那条消息有点让我泄气,我精神反常了。"

"我很理解,非常理解这种情况,"安斯利边说边伸出手来,"看到你回来,回到你父亲家里,我很高兴。"接着,蒙乔依转过身去,把哈里交给男管家来照应,便径自穿过门厅去了。上尉觉得他已经做得很够了,大街上发生的那件事现在可以当作是一场梦了。哈里给带上楼去跟老人握了手,开饭时便下楼来吃晚饭,在餐桌上他和格雷先生与那位年轻大夫见了面。他们全都待他彬彬有礼,因此总的来说,他度过了一个愉快的夜晚。第二天中午光景,老乡绅请他去。吃早饭时,有人告诉他老乡绅打算在中午见他,所以他没有能参加蒙乔依的游猎会。

"坐吧,安斯利先生,"老人说道,"你收到我的邀请信一定感到意外,是吗?"

"啊,对;也许是吧。不过我认为这是您的好意。"

"我确是出于好意。不过,这仍然需要解释一下。你知道我是个上了年纪的病人,不能像别人那样招待客人。现在把你请来了,却不能陪你一块儿吃饭喝酒;为了和你谈几句话,我不得不让你在屋子里等着,直到大夫对我说我身体好点了,可以谈话了,才把你请来。"

"看到您比我上次来这儿时身体好多了,我很高兴。"

"我可不太清楚。我的病永远也不会出现'好多了'的情况的。我周围的人都非常关切地谈论我是不是还能活一个月,或者可能活二个月。说我能比那再多活些日子是绝对不可能的。"老乡绅乐意把自己的病情尽可能说得糟一些,这样和他谈话的人就会对他的精力感到惊奇。"好吧,咱们不谈我身体的事了。你和舅舅发生了口角,我想是真的吧。"

"他确实和我发生了口角。"

"我看关系更大的是:他打算尽一切可能剥夺你的限定继承权。"

"他想尽力阻止我得到那份财产。"

"我本人对限定继承权就没有当回事,"老乡绅说,"一个人要么没有财产,要有他就应该能爱传给谁就传给谁嘛。"

"我想,那是法律规定。"哈里说。

"一点儿不错;可是法律是个老太婆,她根本不懂怎么说话才得其要领。我可不允许让法律来束缚我的手脚。恐怕你知道那桩事情了。"

"是关于您的两个儿子,——还有财产的事吗?我想这件事家喻户晓了。"

"我看人们已稍稍谈论过这件事了,"老乡绅格格笑着说,"我的目的是想阻止法律把我的财产交到我儿子的债权人手中去,他们就是根据法律对财产提出欺骗性要求的。——我已干得相当顺利。在那一点上,我没有什么可后悔的。现在你舅舅打算使用其他手段。"

"对,他打算使用无论如何是合法的手段。"

"不过这种手段枯燥乏味,而且也许成功不了。他想生个儿子来当继承人。"

"我认为这就是他的目的。"哈里说。

"我没有理由说他不该这么干,不过他未必能干成,你知道。"

"他还没有结过婚。"

"对,他是没有结过婚。他还中断了一直在提供给你的津贴费。"哈里点头承认,"这些做法都太不像话了。"

"我也这么认为。"

"这位可怜的先生让人十足地给骗了。"

"他还不怎么老呢,"哈里说,"我想他还不到五十吧。"

"可他是个老傻瓜。我知道你会原谅我这么说他。奥古斯塔斯把他叫到伦敦去,往他耳朵里灌满了谎言。"

"这我清楚。"

"我也清楚。他对他谈了你对待蒙乔依的一些事儿,又把这事跟你年轻人的某种轻率行为加在一起——"

"那只是因为我不爱听他念训诫。"

"由于他手中有权可以来损害你,你不爱听他念训诫就是轻率行为么。大多数男子心眼里都爱来点专制,我就没有。"哈里听了只得点点头。"我听凭自己两个孩子想干什么就干什么,只是希望他们日子过得快活。我从来不强迫他们听训诫,甚至不强迫他们听长篇大论的训话。也许我错了。要是我过去对他们专制一点,他们就不会那样穷凶极恶待我了。现在我给你说说我打算做的事。我要给你舅舅写信,或者请牟顿先生帮我写;我要尽量向他说明我儿子奥古斯塔斯的阴险、狡诈和残忍——他的既野蛮又难以捉摸的残忍心,还有弄虚作假,造谣中伤和在一切事情上表现出来的卑鄙行为。我要对他说,奥古斯塔斯是我知道的人中最不可信任的。我要对他说,谁要是在事关重大的问题上被奥古斯塔斯·斯卡伯勒牵着鼻子走,那他准会被引入歧途。我想我们俩——牟顿和我——会炮制出一封有效验的信来。但我还要派蒙乔侬去见他,并亲口向他说明那天夜里你们争吵时的实际情况。要是这以后,普罗斯珀先生仍然坚持这么干,那在听训诫这件事上,他的报复心思肯定比我实际想象的要重。"接着,斯卡伯勒先生允许他离开,如果可能的话,他可以去园林某处找到那些猎手。

第四十一章　蒙乔依去巴斯顿

格雷先生接受了有关写遗嘱的新指示以后，仅仅耽搁了一夜便回伦敦去了。那份遗嘱得马上就写，再由巴里先生拿到这儿来让立嘱人签字。"难道我就不必通知奥古斯塔斯了吗？"格雷先生问道。

但这不符合斯卡伯勒先生的报复意图。"我看不必了。我会以诚实的原则来待他的；可是我从来没有对他说自己打算把什么都传给他。当然，他知道自己会得到那份地产。他对可怜的蒙乔依的未来财产着了迷。他刚刚把蒙乔依赶出家门，就因为蒙乔依没有服从他的命令到巴西去。因为我不愿马上去见上帝，所以只要有可能，他总是会把他赶出家门的。他也太专横跋扈了，俨然是奥古斯塔斯老爷了，给他点苦头尝尝对他有好处。我宁可你别跟他说。"接着，格雷先生没有答应下来便走了；不过他心里决定要按老乡绅的希望行事。奥古斯塔斯本性太坏了，激不起别人对他的慈悲心来。

哈里继续待了两三天和蒙乔依一块儿打猎，他又见过老乡绅一两回。"我和牟顿已设法把那封信写成了，"老乡绅说道，"我怕你舅舅会嫌信太长。他平时有耐心读长信吗？"

"他爱念长训诫。"

"假如有人愿意听他念的话。要是对一位你感激都唯恐不及的人，你连这一点小小的牺牲都不能作出，我认为你是有不少扪心有愧之处。因为你的那个罪过，他应该找老婆，而不应该提出另外借口来。我担心他找老婆的打算会遇到麻烦，这么一来咱们这封信或许可以打动他，而且蒙乔依也要去那儿启发他，让他看清真相。蒙乔依对此没有提出异议。"

"我会感到非常苦恼——"哈里说了一半停住了。

"别那么想。他应该去。在这些小事情上我爱按自己的方式来行事。他应该这样来补偿你,咱们可以看清,斯卡伯勒家的哪些成员最让你信赖。"

在那两天中,哈里在蒙乔依的陪伴下打了几只野兔,不过有关伦敦那段惊险经历彼此只字不提。弗洛伦丝·蒙乔依的名字也没有在这两位求婚者之间说起过。"我打算去巴斯顿,你可知道?"蒙乔依有一回问道。

"你父亲告诉我了。"

"你舅舅是怎么样的人?"

"是个绅士,但不怎么明智。"关于这个问题就没有继续谈下去,不过蒙乔依却长篇大论地谈起他自己兄弟和他父亲的遗嘱来。

"我父亲是你遇到过的最独特无二的人。"

"是的。"

"我不想为他说什么好话。我不愿让他觉得我说了他好话。为了保全那份家产,他诬陷了我母亲,穷凶极恶地把我和那帮债主骗得个晕头转向。我确信是这么回事,虽然格雷先生有不同的看法。我不能宽恕他——也不愿宽恕他,他对这一点很清楚。可是后来他想尽力为我做好事。他已经重新开始把我当儿子正正经经地给我津贴费。不过我只有待在特雷登庄园才会拿到这费用。当然,我一直爱赌牌。"

"我想是的。"

"这是肯定无疑的事。不过我有一个月没有碰一下纸牌了。接着,他打算把自己所有能传给后代的东西全给了我。他和我兄弟一起已经把我欠那些犹太人的钱给还清了。我一点也不感激弟弟。他在搞我不太懂的把戏，而我父亲是在为我谋利益，目的无非要刁难我兄弟。要是格雷先生同意的话，他准会把这儿的树木全砍下来。然而，为了将这份产业给奥古斯塔斯，父亲已干出了伤天害理的事。"

"我看，要是他不这么干的话，那些放债的早就大占便宜啦。"

"说得对。他们会把整个庄园全占为己有。他们已经把庄园的每一码土地都量过啦，他们让我签了字便充分地利用我的名字。现在他们的钱还清了。"

"那倒可以宽一宽心了。"

"天下没有可以宽一宽心的事儿。我知道人们说得对，只要钱一到我的手，明天准会不见的。我会马上去蒙特卡洛；当然那笔钱也会跟着另外那笔跑掉的。只有一件事可以挽救我。"

"什么事？"

"别去管它。咱们不谈这事。"接着他便默不作声，不过哈里·安斯利心里很清楚，他刚才指的是弗洛伦丝·蒙乔依。

后来哈里走开去，蒙乔依便和牟顿先生待在一起，还去享受了每天和父亲见一回面的快乐。他至少在态度上对老人还是有礼貌的，他没有像奥古斯塔斯那样老是对老人怒气冲冲地发表一通话。在今天的会面中，他有一回对父亲谈了自己对他的看法；然而，老乡绅却把他所谈的话看作是一种赞扬。

"我认为，你可知道，你对一切有关的人都干了极不公正的事。"

"我倒是喜欢干你称之为不公正的事。"

"你目无法纪。"

"啊，对，我觉得我是目无法纪。"

"根据我的想法，那件事全是假的。"

"你是说你母亲的事。我喜欢你坚持为可怜的母亲辩护。好吧,我现在给你五十英镑一个月;只要你待在特雷登庄园,你每星期差不多就可以拿到十二英镑加十个先令,你可以把任何你喜欢的人请来这儿,只要他们不带纸牌来。你想打猎,有的是马;如果这些马不够好,你可以去另外买几匹。要是你离开特雷登,这一切就中止了。一切从第二天开始中断。"

话虽这么说,他还是安排蒙乔依去巴斯顿镇,中途在伦敦待了两夜。"俱乐部他一个都去不了,"老乡绅安慰自己说,"那些犹太人谁也不会再借他一张五英镑的钞票。"

蒙乔依刚才说天下没有可以宽一宽心的事时,说的倒是实话。尽管在他父亲和特雷登庄园里他周围的人看来,似乎他已要什么有什么了,实际上他什么都没有——没有可以让他满足的东西。首先,他深为人们作出的对他抱敌意的决定感到苦恼,而这一点反而使他父亲感到十分宽慰。伦敦没有一家俱乐部愿意放他进去。当时,人们宣布他是个赖账的人,他参加的所有俱乐部都来信要他作出解释;由于他没有作解释,也没有回信,他就在这些俱乐部的名册上被除了名。他知道自己成了一个声名狼藉的人,逃离伦敦的当儿,他深信自己肯定永远不会再回来了。他最后的一着是手枪和子弹;可是,一笔不小的钱已等待着他——足以拯救他,让他可以不去求助于手枪和子弹。他兄弟为他提供了一小笔钱,而且他不时地遇到一点好运气,使他可以去赌博。虽然不能尽情地去赌,却也似乎让他觉得日子过得还可以忍受。然而,现在他回国了,却不能去赌博,连跟那些曾经和他一起厮混的老伙伴见一面都难以办到。他思念的不仅是那些牌桌,而且是那些牌友。尽管他知道自己被当作不诚实的人从所有那些俱乐部的名册上勾掉了名字,然而他明白,或者说他自以为明白,他的诚实决不比那些伙伴中品质最好的差多少。只要他能筹到多少钱,他就还多少钱,从来没有耍什么不正当的手法去把这些钱给赢回来。只要稍稍宽容他一些日子,他准把赌账都还清——现在在事实上都还清了。他知道按照这种机构的规则是不可能给予宽容期限的;不过,他仍然不认为自己是个不诚实的人。然而他已身败名裂,大白天简直不敢在伦敦街头行走。后来,当他发现自己孤单单地待在特雷登庄园时,心里突然产生了一种难以遏制的想赌博的念头。好像他喉咙干渴到了极点似的。他踱来踱去,心里直盘算着自己赌牌手气好,也许会时转运来;他越想越起劲,似乎领略到自己过去那种兴奋心情,这时他记起这一切全是空想,白费了劲。眼下他口袋里有钱,只要他愿意就可以奔到伦敦去;要是他真的去,他准能找到几家低级赌窟,他可以在那儿下赌注,直到把钱输个精光才罢休;然而,甲处,乙处,还有丙处的大门都会对他关上。于是他感到自己确已沉到了深渊的底层了。如果一旦他去了自己心里想去的地方赌了牌,他就无论如何不可能再上别处去赌了。可是,他去巴斯顿途经伦敦的日子一天天接近时,他确实想到自己上哪儿去找这些赌窟。他喉咙又觉得干渴了,而且干渴到了极点。纸牌就是他使用的武器。他玩过爱卡台①、皮克牌②、惠斯特,还有比九点③,偶尔某个晚

---

① 一种两人玩的纸牌戏。
② 十七世纪时兴的一种用七以上的三十二张牌供两人玩的纸牌戏。
③ 一种用三张牌拼凑九、十九、二十九点的纸牌戏。

上,他还可笑地玩起克利比奇①和二十一点牌②来呢。虽然他总是输,可是他总是和玩牌堂堂正正的人在赌牌。当然,在正正经经的赌牌中也大可来点儿诈。一个饭后能保持自己头脑清醒的人总是能骗过一个喝得醉醺醺的人。一个记忆力训练有素的人总是会赢一个连一张纸牌都记不住的人。头脑冷静的挫败性情鲁莽的;善于守口如瓶的少不了让饶舌的输钱;经验丰富而不露声色的人总是敌得过老是忍不住要吐舌头,因而每局要输一个点子的人。还有,精通赌牌之道的总比一窍不通的强。当然啰,头脑冷静的,镇定自若的,深谋远虑的,训练有素的,即所有那些把全部心思都花在研究牌戏上的人,打起牌来总是占足了优势;这种人足智多谋,是不会不看清这一点的。你瞧那个站在旁边望着赌台的人,他把自己全部的赌注都押在甲和乙一方,跟丙和丁成了对手,不管你对玩牌如何一窍不通,你准会一下就明白甲和乙精通牌戏,而丙和丁简直乳臭还未干呢。这就是公平交易的赌博,为大家所公认。可当你远离那种"两张大点子"的吆喝声,躺在自己果园的苹果树底下,保持一段距离来看待这种现象时,你准会怀疑自己用这种方式来挣钱是不是正大光明。

尽管如此,蒙乔依还是日思夜想,要过这种生涯——他虽渴望着去过这种日子,却不知道上哪儿去找。他毕竟是一位有身份的人,所以极其鄙夷那些设在酒店里的或者由小酒店伙计开设的赌

---

① 每人发牌六张,先凑足一百二十一分或六十一分者为胜家的玩法。
② 一种法国纸牌戏。

房,他在那儿准被洗劫一空——对此他并不觉得惊讶——不过他是因为与坏人为伍才被洗劫一空的。那天下午晚些时候,他就是怀着这些念头去伦敦,在城里度过了一个极其不安逸的夜晚。夜晚本身的活动倒绝没有什么可指责之处,不过他觉得过得糟透了。天微微地下起毛毛雨来了,他在自己住的旅馆吃过晚饭后,雨也不见小,他便出去逛街。他穿着大衣,撑着雨伞,人差不多全给遮盖了起来;他穿过波尔林荫道,到了圣詹姆斯街,又沿着皮加迪利大街走着,一路上他可以停下来,望一眼那熟悉的大门。他瞅见一些熟人走了进去,他知道不消五分钟他们就会在牌桌边坐下来。"昨天晚上我手气坏透了。"一个人走上台阶的当儿对另一个说道;蒙乔依听了很羡慕说话的人。接着,他折了回来,又去观看那些俱乐部。他干了什么错事,非得像佩莉①那样进不了这些"天堂"的大门? 他眼下口袋里有五十英镑。要是有人非常明确地告诉他,这五十英镑钱早晚会输掉,他也会走进任何一家"天堂"里去不惜输掉地押上他的钱。后来,他弯进了滑铁卢街后,瞅见一个男子站在这些豪华建筑物中一座的门庭里,他立刻意识到那个男子瞅见了他。此君是他最最不愿意碰见的人。他是个身量矮小,形容干瘪,五官倒还算端正的家伙,蓄着一嘴精心修饰的小胡子,由于年纪关系头顶的头发开始有点稀疏了。他靠赌牌为生,日子过得很不错。人们都叫他维格诺尔上尉,不过大家只知道他是个职业赌徒。他

---

① 指波斯神话中的仙子(Peri),传说她原来是个小精灵,是堕落了的天使的后代,因而被禁止进入天堂。

也许打牌从来不做手脚。在俱乐部里赌牌的很少有弄虚作假的。那么多精明厉害的对手准能发现他们搞鬼，一个赌徒如果被发现做手脚，他的一切也就完了。维格诺尔上尉从不弄虚作假；不过他发现自己遵守我上面提到过的那些小小的规则，不去做什么手脚，赢的钱也足够他过好日子了。据说，他没有固定收入，可大家知道以俱乐部里的水准来说，他过的生活也够阔气的了。

他立刻尾随着蒙乔依走进了大街，并招呼了他。"要是我没有看错的话，你准是斯卡伯勒上尉吧！"

"哟，维格诺尔，你好哇！"

"这么说，你重新回到人间啦。当时我非常同情你，想想他们待你真够厉害的。现在你已偿清了债，他们当然会让你进去。"蒙乔依稍稍回答了几句；然而，会面却是以他接受维格诺尔上尉邀请他隔天晚上去吃晚饭而告终。如果斯卡伯勒上尉能十一点钟去的话，维格诺尔上尉会请几个人来见见他，他们可以——打那么一小盘惠斯特。蒙乔依深知这个东道主的本性，也懂得那会导致什么结果。尽管如此，他在接受邀请的当儿，内心产生一阵连他自己也难以理解的喜悦。

第二天早晨，蒙乔依为了他很早就起身。他买了一张往返票，便上巴斯顿去了。他曾给普罗斯珀先生去了信，信中对他表示问候，并说他本人将荣幸地在某个时候前去拜访他。

在约定的时刻，他从邦廷福德火车站乘了一辆轻便马车驶往巴斯顿庄园。老管家马修告诉他说老爷在家，便请蒙乔依上尉进客厅稍等，他去通报普罗斯珀先生。蒙乔依照吩咐的做；半小时以后，他和普罗斯珀先生见了面。他开头便说："您已收到家父的信了。"

“一封很长的信。”这位巴斯顿庄园主人说。

“恐怕是很长;我没有看过信,说实话对信的内容也不十分了解。我真的不知道内容。”

“信涉及我外甥亨利·安斯利的事。”

“恐怕是的。我想跟您谈的也和亨利·安斯利先生有关。”

“多谢您的好意,十分谢谢。”

“我可不清楚是不是算好意;不过我完全是奉家父之命来的。我确实认为,为了公正起见,我应当把您外甥和我之间发生的事的真相告诉您。”

“您太好了;不过令尊大人的信里已经把他的情况——恐怕应该说是您的情况——对我说了。”

“我不清楚父亲已对您说了些什么,可我觉得您肯定希望听我亲口谈谈此事。有人把此事对您作了不真实的叙述。”

“我完全是从令弟那里听说的。”

“他所说的情况不真实。是本人袭击了您外甥。”

“您为什么要那么做呢?”乡绅问道。

“我袭击了他和那件事没有关系,可我确实那么做了。”

“我以前就对事情始末全了解。”

“可您不了解安斯利先生在所发生的事件中的行为无懈可击。”

“难道他事后没有说谎吗?”

“那肯定是我兄弟诱使他没有讲真话。”

“那就是说谎呗!”

“您想把这叫作说谎也可以。要是您认为奥古斯塔斯可以任意为所欲为,那我的看法和您截然不同。就事实而论,您外甥在整个事件中所做的事是任何一个普通人都可能干出来的。他实际上没有说谎。他仅仅干了任何人都应该干的事,您所听到的任何相反的说法都是假的,是造谣中伤。听说您听信了我兄弟的话,剥夺了您外甥的继承权——"

"没有的事。"

"那太好了。他无论如何不该受到这种对待;我觉得自己有责任来找您谈一下。"

接着,蒙乔依走了——普罗斯珀先生少不了表示一点缺乏热情的客套话——他先回到邦廷福德,又回到了伦敦。现在终于——整个一下午他心里老是对自己说——现在终于又可以享受一下他梦寐以求的快活了。

第四十二章　维格诺尔上尉款待朋友

　　蒙乔依到达维格诺尔上尉的寓所时明显地受到了极其冷淡的接待。"我当时没有认为你真会来。不过你喜欢在这儿待着,我可以给你弄点晚饭吃。今天上午我见到穆迪了,他说他打这儿经过的话会顺便进来看看的。好吧,坐下,给我说说自从你稀奇古怪地失踪以后你都在干些啥呀?"蒙乔依事先可没有想到会遇到这样的情况,不过他无可奈何,只能坐下,回答说他没有干什么特别的事。那天整个晚上,如果要找一个俱乐部的成员单独赌牌的话,那最不该找的就是维格诺尔上尉。这当儿蒙乔依回想起自己除了在俱乐部里之外从没有和维格诺尔单独在任何一间屋子里待过。维格诺尔简直把他看作是一个猎物,是偶然的机会把它抛到岸上来,让他吞食的。而那个不一会就会露面的穆迪,和他是一丘之貉,只是没有他那么贪得无厌而已。蒙乔依伸手按了一下上衣的胸袋,他知道那五十英镑钱在里面,他也知道这五十英镑钱马上就会化为乌有。他甚至似乎觉得还是站起身来立刻走的好。跟维格诺尔或者穆迪这号人面对面坐着赌皮克牌,对他说来会有什么乐趣可言呢?这儿既见不到金碧辉煌的厅堂,又听不到赌伴们悦耳的吆喝声,也感觉不到他与别人之间的平等关系。他埋怨自己运气不佳之时有谁会来同情他呢? 也不可能有机会跟像他本人一样天真而任性的人来争个高低。他环顾四周:那屋子又阴暗又不舒适。维格诺尔上尉瞅着他,担心他的猎物马上就要逃脱。"你不抽支雪茄吗?"蒙乔依拿起了一支雪茄,于是就觉得他无法立刻离开。"我猜想你去了摩纳哥。"

"我在那儿只呆了很短一段时间。"

"摩纳哥挺不错。虽然你上那儿去赌总不会占便宜,可是想到赌牌技巧在那儿会不起作用,真是妙不可言!我常常想自己应该什么牌都不玩,只玩'红与黑'①。"

"你!"

"对,我。我不否认我是咱们这些人中运气最好的一个。可我从来记不住牌。当然我精通本行,人人都精通自己干的那一行嘛。我懂的差不多比所有那些书本告诉你的还要多些呢。"

"那可真不少哩。"

"可让你跟那些真正精通赌博术的人来赌一下,那你就不行啦。瞧瞧格罗森格拉纳尔吧。我敢打赌,此人的赌术比伦敦什么人都高明。格罗森格拉纳尔能记住每一张牌。在整整一天的赌局中他对每一副牌的最大点子始终记得清清楚楚,我可不是瞎说,咱们可以赌一百英镑钱嘛。他把全部心思都花在上面,这是他的诀窍,可我就办不到。该死!我老是在动别的脑筋——比如打算吃点什么啦,诸如此类的事情。格罗森格拉纳尔总是目不转睛地瞧着牌,由于他全神贯注,十一盘牌中逢单他准赢。咱们来玩盘皮克牌怎么样?"

不管蒙乔依那天整天面对着自己的企盼和渴念,心里感受有

---

① 一种法国纸牌戏,玩时要发一组红牌,一组黑牌,玩牌者就哪一组更接近三十一点进行打赌。

多强烈,这当儿有那么一二分钟时间,他确实觉得自己可以站起身来走了。他父亲正要帮助他重新自立——只要他放弃赌博。然而,在他还没有当机立断时,维格诺尔却向他摊开了牌桌,桌子的几只角上放着几副整齐的纸牌,桌边放着椅子。"怎么个赌法呢?我看还是二英镑一盘的输赢吧。"可是,蒙乔依不愿意玩皮克牌,他提出打爱卡台,还要求只赌十个先令一盘。他有好几个月没有玩过爱卡台啦。"见鬼去吧!"维格诺尔手里仍旧拿着那副牌说道。经他这么一要求,蒙乔依软下来了,同意每盘押一英镑钱的赌注。他们赌了七盘,维格诺尔只赢了一英镑钱,便表示这种牌戏一点儿也不合他们的口味。"这让女学生们打打还可以。"他说。于是蒙乔依把椅子往后一推,似乎打算要走的样子;这当儿,房门开了,穆迪少校走进了屋子。"现在咱们打一盘明家①吧。"维格诺尔上尉说。

穆迪少校是位满头银发的老人,有六十岁光景,他打起牌来全神贯注,一句话也不说——不论在当时,还是在他一生的其他时期,他一贯如此。他是个少有的沉默寡言的人,他的牌友们对他一点儿不了解。有传闻说他家里有妻室,他用赢来的钱供他太太过着相当舒适的生活。他心里的唯一目标似乎是和那些大手大脚、傻乎乎的小青年赌牌,他们在一定数目之内输多少都不在乎。他对别人总是有求必应,颇得大家好感;他常常被人提起名字,是个

---

① 指桥牌、惠斯特等牌戏中在三缺一的情况下,牌叫定后由一方摊明牌的打法。

颇受人尊敬的人。他赌牌十分卖力——而且从不间断,当然从中得不到什么乐趣。人们除了在俱乐部里,从未在任何其他地方见到过他。他八点回家吃晚饭(为了他的爱妻,咱们但愿他这时候能回家),可到了十一点,他又回俱乐部去,在那儿一直呆到赌牌的人走完为止。他日子过得单调乏味,很不称心;要是他的朋友们能帮他在哪个账房找到个比较轻松的差使,那对他倒是挺不坏。然而,由于没有这种理想的乐土向他开放,少校就继续在俱乐部里拿小利润干重活了。至于他在哪个团里当过少校,没有谁知道,也没有谁乐意去打听。人们称呼他穆迪少校有二十多年了,二十年的时间够长了,足以使一个自称是少校的人成为既成事实的少校,也用不着去查什么陆军花名册了。

"你好哇,穆迪少校?"蒙乔依说道。

"马马虎虎。但愿你也不错,斯卡伯勒上尉。"除此之外他没有说一句客套话,也没有提到蒙乔依神奇地失踪的事儿。

"怎么个来法? 两英镑十先令怎么样?"维格诺尔上尉一边理牌放椅子一边说道。

"我不赌。"蒙乔依说,他显得异乎寻常地谨慎小心。

"什么? 你害怕了——从前你可是天不怕地不怕的呀。"

"倒并不是我不习惯了,"蒙乔依说道,"我有多少时候没有玩过惠斯特,自己也说不清。"

"打明家两英镑十先令输赢太多了。"穆迪少校说。

"我来当明家总行了吧。"维格诺尔说。穆迪只得朝他望着。

"咱们轮流当明家吧。"蒙乔依说。

"随你们便,"维格诺尔说,"我是这儿的东道主,自然愿意对你们提出的任何建议让步。那打多少呢,斯卡伯勒?"

"一英镑五先令吧。再多我就不赌了。"蒙乔依说出他所同意的赌注数时,忽而想起早先这个人一向称呼他斯卡伯勒上尉的,现在他把"上尉"两个字给省略掉了。当然,从那以来他地位下降了——可以说一落千丈。对任何一个过去和他同在一个俱乐部里待过,现在见了他很亲热地直呼其名跟他打招呼的人,他应该感激。然而,记忆中往日的称呼声又在他耳畔回响,他又想起在他父亲这样对待他以前,人们都称他为特雷登庄园的斯卡伯勒上尉。

　　"好吧,好吧,一英镑五就一英镑五吧,"维格诺尔说道,"总比一英镑一盘打爱卡台浪费时间好。当然,一个人要是老是钉着打一种牌总能赢点钱。不过只要多换几种花样,那就赢不到什么了。你先打明家,斯卡伯勒。你想坐哪儿? 取哪副牌? 我确实相信打惠斯特关键是取牌——要不就取决于搭配。我知道有人连赢了十一局牌,全因为搭配得好。人们嘲笑我,因为我相信运气。我走了运就说出口来;就么回事。你已翻出了一张大点子牌。一个人翻到一张大点子牌往往会连着翻出一连串大点子牌。这是我的看法。穆迪,我知道你玩这种牌很精,你去安排牌局吧,我会尽量和你配合的。当然,你可以逐渐地打小点子牌。"这句话是等到他的搭档手里一张牌打出了才说的。"可是当你的对于手里有 A,K,Q时,就没有小点子牌了。哈,咱们扭转败局了,正不出所料。要是我一开始就打王牌,咱们就完了。你不抽支雪茄吗,穆迪?"

　　"我打牌从来不抽烟。"

　　"在俱乐部里不抽那敢情好,可在这儿你不妨随便一点嘛。斯卡伯勒再抽一支吧。"不过,甚至连蒙乔依也太拘谨了。他没有去拿雪茄烟,可是他确实赢了那一盘。"今晚你在这儿运气不错。我非常肯定,好像钱原来就在你口袋里似的。"

蒙乔依虽然不想抽烟,可他却喝了酒。维格诺尔问大家想喝点什么酒。那儿有香槟、威士忌、白兰地。他说恐怕没有别种酒。他开了一瓶香槟,蒙乔依便端起给他斟满的一大杯。他自己总是喝搀水的威士忌。他就这么说的,之后便给自己倒了一杯,里面只倒了很少一点点含酒精的饮料。穆迪少校要一杯大麦茶。因为那儿没有大麦茶,他说他乐意啜一点阿波林纳利斯酒。

　　要是我这儿把那天晚上发生的事一一地写下来,准会让读者感到冗长乏味。总而言之,蒙乔依的五十英镑钱当然全输掉了。唉!他输掉的还远远不止那五十英镑。当初的劲头一下又出现在身上,他把父亲打算为他做的事全抛在脑后,也压根儿忘了他的两个对手是何许人,干的什么行当。少校固执地拒绝增加赌注,更糟糕的是他非要现钱输赢才愿意赌。"不过现钱输赢我从来不干。你们也许会觉得我这个人很怪,但这种事我从来不干。"这是整个夜晚他说的最长的一句话。维格诺尔提醒他说,事实上他在俱乐部里也赌过赊账。"那儿有理事会的人负责监督嘛。"他喃喃地说着摇起头来。接着,维格诺尔又主动要求做明家,这样穆迪和斯卡伯勒就不必成为对手,他还主动提出每两盘给他们俩加一个点,作为他占便宜的代价。不过穆迪口袋里已经有了三十英镑,那晚的赢钱已成了定局,所以不肯让步。"你的意思是想咱们散伙,"维格诺尔说,"这会让斯卡伯勒受不了的。"

　　"我要现钱输赢才愿意赌下去。"这位固执的少校说。

　　"我想你是不愿意打双明家来决个高低了,"维格诺尔对他的受害者说,"不过这么晚了,打双明家也太乏味了。"于是他把牌一推,表示这天晚上的娱乐活动到此结束。他也看到了穆迪拼命想回避的困境。他得知有关老乡绅如何为他大儿子打算的一些令人惊奇的说法,但他仅仅是从那个大儿子本人那儿听说的。毫无疑问,要是赌下去,他照样能赢。除非他碰到非常不顺手的牌,不然斯卡伯勒显然把规则都忘了,对他所打的那种牌的诀窍都一无所知,还会赢牌吗? 不过,他可能更愿意拿到现在已经属于他的二百三十英镑(或者说二百三十英镑左右)而不愿意要更多的钱。他已经把可怜的蒙乔依身边那另外二十英镑钱拿到手了。所以他便让那个牺牲品走了。穆迪先离开,接着维格诺尔要求举行一个小小的仪式。"就在那儿签上你的姓名。"维格诺尔说。那是一张手写的字据,写的是保证最迟不得超过一星期,一文不少地偿还维格诺尔上尉二百二十七英镑。"你可要准时还哪。"

"当然,会准时还你的。"蒙乔依虎着脸说。

"嗯,对;那还用说。不过曾经出现过差错。"

"跟你说我会还你的。你不信干吗要赢我钱?"

"我昨天见到你在那里徘徊,我完全出于好意。"

"你跟别人一样知道什么风险该冒一下,什么时候该住手。要是你跟我谈什么差错不差错,我将把这看作是对我的人身攻击。"

"我没有那个意思,斯卡伯勒,你不要误会。"

"斯卡伯勒,斯卡伯勒,去你的吧! 一个人跟另一个人谈什么差错,他话里有音。"说着他把帽子狠命地往头上一戴便离开了屋子。

一只香槟酒瓶里面还剩下一杯酒,维格诺尔把它倒空了。他手拿着那张字据坐了下来。"这家伙还是老样子!"他暗暗对自己说道;"傲慢、任性、愚蠢、霸道。大英银行在他手里也会给输掉的。但他不付账! 他这么做无所顾忌! 倘若我输了钱,我就得付账。对呀! 我这辈子哪里有输了哪怕一个先令不付账的事! 妈的,一个老老实实的人碰到这种不守信用的家伙,还能不去喝西北风?这种家伙真该死!不折不扣的社会渣滓。人们常常谈到那些赖账的。他们这种人比赖账的还可恶。对那种赖账的,你只要小心躲着他们,用不着和他们打交道。可是在赌牌时碰到不守信用的,你就没法子摆脱他。大家赌得堂堂正正不愧不怍的当儿,却来了这么个不守信用的家伙,这种人简直该千刀万剐!”

维格诺尔上尉坐在那儿,瞅着手中蒙乔依留下的那张靠不大住的字据时,心里就这么自言自语地在发牢骚。不付给他隔天上午就可以兑现的支票,却丢给他这么一张小纸条,他觉得自己实际上是让人给残酷地耍了。于是,他想到他自己的事业经历——他怎么现赌现付,怎么遵守赌博规则(我指的是防止别人做手脚的规则);他想到自己那双手干净得一尘不染(根据他本人的评价);他想到在干自己这一行时是何等孜孜不倦(他颇以此为荣);他想到自己通宵达旦地熬夜工作,想到自己一心一意地干着这种沉闷乏味的活儿;他想到自己经历了多少输钱的伤心时刻(这种时刻一旦遇上了他总是被逼得几乎发疯);他又想到自己通常能赢到一点数目不大的钱,但却没法儿积蓄起来防老;他还想到自己有时候差一点才没沾上盗用公款的边……想到这一切,他心里把自己称做是一位诚实、勤奋却受到世人特别冷酷对待的专业人士。

而穆迪少校却心满意足地揣着赢到手的三十英镑钱回家见老婆去了。

第四十三章　普罗斯珀先生
接受律师访问

　　普罗斯珀先生在蒙乔依来访时心境不佳。正如前面某一章里叙述的那样，不久以前他收到格雷先生的一封信，他也确切得知格雷先生向索姆士和辛普森两位先生所提的建议。为了诱使索罗本小姐嫁给普罗斯珀先生当太太，他们向她提出了这样的条件：小姐的年收入对半分，一半留给她本人，另一半给普罗斯珀先生；如果普罗斯珀先生去世的话，每年从庄园产业中拿出二百五十英镑作为这位小姐的年金。可是，索罗本小姐已经拒绝接受这些条件，并以最精确，最有条不紊的方式来处理她的钱财问题。既然普罗斯珀先生想要，她愿意把年收入的三分之一放弃给他，可是超过那个数目，她"宁可留给她本人和亲友也不愿放弃"。在协议中，鱼账和香槟酒账也必须从她偿付的项目中除掉。至于马匹、马具和马车，她是愿意提供的。马和马车是她幸福所系的东西。不过养马的开销得由普罗斯珀先生负担。至于寡妇抚恤年金，少于四百英镑，或在不提供房子的情况下少于五百英镑，她都不会同意接受的。她认为如果没有子女，七百五十英镑是可以勉强维持的，因为在那种情况下普罗斯珀先生不用去为继承人特别操心。然而，由于可能会有子女，索罗本小姐认为这个问题普罗斯珀先生是不会多加考虑的。在这件事情上，她自始至终保持镇定自若，还几次三番设法让普罗斯珀先生重访马默迪尤克别墅。她亲自给他写信，信中说她认为鉴于他们之间的联姻关系，他不来看望她是咄咄怪事。有一回她说,她曾听说他病了,便要求去巴斯顿庄园拜访他。

这一切对一位像普罗斯珀先生那样感情脆弱的人来说是极其感到沮丧的。至于有关钱的问题所提的方案,数不清的信件从索姆士—辛普森事务所,也从格雷—巴里事务所寄到巴斯顿庄园来。普罗斯珀先生拒绝与索姆士和辛普森发生任何私人接触。不过从邦廷福德法律代理人那儿每寄来一封信,伦敦的法律代理人也随即寄来一封内容更进一步的信,直到这种通信变得让人难以忍受为止。普罗斯珀先生意志不够坚强,没有能守住格雷先生和巴里先生为他建立起来的阵地。在某些问题上,他确实让了步,于是便出现了一些补充信件,几乎把他给逼疯了。索姆士和辛普森的当事人愿意在不提及房子问题的情况下,接受四百英镑作为寡妇抚恤年金,对此普罗斯珀先生屈服了。他对尚未出生的继承人不怎么关心,关于会不会有子女的问题,他绝对不像那位小姐那样蛮有把握。不过,为养马的问题他争得很厉害。他不能同意自己太太养马。这种事应该由他这个一家之主来负责。他觉得有两匹拉车的马供她使用已足够了。他一直有一辆马车,今后仍打算备着。她愿意的话可以把她的马带来,但如果他觉得还是放弃的好,他就会把它们卖掉。他发现自己越来越深地陷进了泥潭,后来他开始感到拿不准,他还能不能在没有成亲以前就从这个泥潭里脱出身来(如果他迫切想这么做的话)。索罗本小姐不停地写来一些柔情绵绵的小条子,询问他的健康状况,还给他推荐吃什么药,弄得他一本正经地考虑去开罗过残冬。

接着,在蒙乔依来访之后,巴里先生前来拜访了他。这时已是一月份,关于那门亲事的讨价还价已进行了两个多月。特雷登庄园主人给他的那封信打动了他;可是他对自己说,财产是他本人的,他有权爱怎么享用就怎么享用。不管那天半夜事件中哈里有几分错,他拒绝听训诫肯定是事实吧。普罗斯珀先生没有确切地对自己提到听训诫的事,不过他有这么一个感觉,他的继承人任性、倔强,其原因无疑是他不愿听训诫。他收到老乡绅的信时,心里还不太愿意原谅他外甥。他对自己的事感到越来越厌倦,不过依他看来,太太比外甥要好。虽然那次时机尚未成熟的拥抱把他弄得心神不宁,然而一种甜蜜的感觉至今仍在他的嘴唇上滞留不去。接着蒙乔依来了,他给了蒙乔依毫不妥协的回答。"说谎!"他叫道,"这难道不是说谎吗?"他问道,似乎一个青年一旦让自己说话脱离了刻板的事实就肯定完了。蒙乔依尽量找出各种借口,然而普罗斯珀先生不为所动。

蒙乔依来过以后的第二天,巴里先生来了。他的来访是事先安排的,所以普罗斯珀先生花了很多心思进行准备,以便和他会见。他穿着一件极其考究的晨衣,马修已经为他仔仔细细刮了脸。教区牧师住宅里的那几个姑娘说,她们的舅舅曾派人特地到邦廷福德镇去买了一壶润发膏。这消息传给了乔·索罗本,于是他就会传给他姑妈;毫无疑问,消息就像预期地那样传布着。可是,索罗本小姐根本没有把他搽了润发膏去接见伦敦来的律师这件事放在心上。只要巴斯顿庄园的地契还有效,人们是不大会因为他情人的缘故来讥笑她的。不过普罗斯珀先生却认为有必要尽量把自己打扮得俊俏一点,这样在这位律师眼里看来,他打算结婚是有道理的。

巴里先生给带进了巴斯顿庄园大宅的书房,普罗斯珀先生就在里边坐着,准备迎接他。这两位先生过去没有见过面,毫无疑问,普罗斯珀先生准摆出一副贵族大地主的架子。要是格雷先生本人,而不是他的合伙人来这儿,他就不会那么干。不过,巴里先生在目前这种场合有点低三下四,这可让这位当事人心里觉得有点儿得意。"很抱歉,劳您大驾光临,巴里先生,"他说,"但愿仆人带您去看过卧室了。"

"我今天就回伦敦,谢谢,普罗斯珀先生。我得见见这里的律师,等我得到您最后的指示后,我要回到邦廷福德镇去。"接着,普罗斯珀先生硬劝他留宿。他说,他原来就希望有幸让巴里先生同意在巴斯顿庄园至少耽搁一夜。可是巴里先生却说,他没有带睡衣,从而解决了问题。但普罗斯珀先生不在乎和没有带睡衣的客人同桌进餐。"好吧,"巴里先生继续说道,"要我们带去给索姆士和辛普森的最后指示是什么呢?"

"我不太瞧得起索姆士和辛普森先生。"

"我认为他们以开业诚实而著称。"

"恐怕是吧;我对这一点丝毫没有怀疑。可是我不希望把自己的私人事务让这种人知道。我认为索姆士和辛普森在那个郡里没有大的事务所。我不懂索罗本小姐怎么会把这桩事情交到他们手里去办的。"

"恰恰是这样,普罗斯珀先生。可我想她必须得雇人嘛。已经来往了很多信件了。"

"确实如此,巴里先生。"

"这不是咱们的过错,普罗斯珀先生。现在咱们必须决定的是:你打算提出的最后条件是什么?我觉得,先生,现在是该把最后条件提出来的时候啦。"

"一点不错。最后条件——应该是您所说的——最后一回提出的条件。也就是说,一旦提出了,你必须得——必须得——"

"必须得不折不扣地照办呗,普罗斯珀先生。"

"说得对,巴里先生。这就是我的想法。我最讨厌在金钱问题上这样讨价还价——尤其是和一位小姐。索罗本小姐是我最最尊敬的一位小姐。"

"那当然。"

"我再重复一遍,是我最最尊敬的一位小姐。不过,她的亲友们对金钱有他们自己的观点。邦廷福德镇的酿酒厂就是他们开的,他们都是些很体面的人。我想跟您说明一下,巴里先生,您是我的亲密顾问嘛,要是我在青年时期打算跟人建立婚姻关系,我也许不会想到让自己跟索罗本家族发生关系。我方才说过,他们是些很体面的人。不过他们还不完全属于当时我会从中挑选妻子的那类人。我可能会冒昧地去向当地某个大家闺秀求婚。然而,岁月在不知不觉中消逝,现在我人到中年,希望让自己得到婚姻生活的幸福和安适,我四处寻找,发现除了索罗本小姐之外谁也不太可能给予我这种幸福和安适。她的脾气好极了,模样也讨人喜欢。"普罗斯珀先生谈到这儿想起自己被她接吻的情况。"她心眼灵脑子快,总的来说我觉得她会成为一位理想的伴侣。她不会空着双手到这个家来的;然而有关她钱财的事您已经了解得很多,恐怕我不必再给您谈什么了。可是尽管我非常想娶这位小姐,而且我可以说很爱她,但在有些问题上我不能作出牺牲。好比马的问题——"

"我想我是了解马的问题的。她可能把它们带来试骑的。"

"我根本不打算养马。有两匹拉车的马也够了。让她慎重考虑一下,最好别把马带来。"他作出这个决定是因为心里有点儿怀疑自己对待哈里是否公正。

"现在定下给她四百英镑寡妇年金。"

"她自己的生活费应由她自己支付。"普罗斯珀先生说。

"那理所当然。"

"在这种情况下您觉得四百英镑够了吗?"

"很足够了,如果您让我回答。可是咱们得定下来。"

"那就四百英镑呗。"

"在您还健在的时候,让她用自己收入的三分之二来支付她自己的开销,对吗?"巴里先生问道。

"我不明白她自己干吗要花六百英镑一年;我真的不明白。我怕这样下去只会造成铺张浪费!"巴里先生显出失望的样子。"当然,我说出话决不食言。让她花费三分之二吧。可是,对马的问题,我主意已打定。巴斯顿庄园不准有小马驹。希望您能懂得这一点,巴里先生。"巴里先生确实懂得这一点;接着他把文件折叠了起来准备离开,暗自庆幸自己不必在巴斯顿庄园度过一个漫长的夜晚了。

可是他走之前,在门厅里刚刚把大衣穿上,普罗斯珀先生把他叫回去,又问了他一个问题。为此他小心翼翼地关上门,悄声悄气地说话。巴里先生可知道亨利·安斯利先生的生活情况和最近期间的冒险活动? 巴里先生一无所知;不过他认为他的合伙人格雷先生知道一些情况。他曾听到格雷先生提到亨利·安斯利的名字。接着,他穿着大衣站在那儿,他的马在寒风里站着,而普罗斯珀先生却给他谈了好多有关哈里·安斯利的事情,还要他劝格雷先生写信告诉他对哈里所作所为的看法。

第四十四章　普罗斯珀先生的烦恼

在和他的律师会晤的疲劳活动之后，普罗斯珀先生坐进安乐椅里想道，从全面考虑，哈里·安斯利是头忘恩负义的猪——他就是这么称呼他的——而索罗本小姐却有许多吸引人的地方。也许索罗本小姐跟他接吻是做对了，——虽说这种胆大妄为不是没有特殊风险的。他单独一人的时候常常想到这件事，两地相思使他更加如痴如醉，因而他渴望再经历一回那种尝试。或许她说的话是对的。他能有自己的宝贝孩子那自然是件大好事。索罗本小姐对此蛮有把握，如果他还抱怀疑，那是太傻了。接着，他想到一个金黄头发的漂亮小男孩跟那头忘恩负义的猪哈里·安斯利之间真是有天壤之别。他对自己说，他非常喜欢孩子。教区牧师住宅里的那几个女孩子可以为然，不过也许她们不了解他的个性吧。

当年哈里得到大学研究员的职位回家来的当儿，他舅舅曾经有好几个星期为他感到自豪——还宣布他永远不会让他去操业谋生，一开始就答应给他二百五十英镑一年。然而这种好意丝毫没有得到报答。哈里在庄园大宅里进进出出，好像这座庄园已经属于他似的——就像不少做父亲的乐意见到他们的长子所做的那样。可是这位舅舅却不喜欢看到这种情况。舅舅不同于父亲——特别是一位自己没有子女的舅舅。他需要的是依从，也就是他所说的尊敬；而哈里却从一开始就打算在平等的基础上无拘无束地对他表示亲热——也就是说，彼此在金钱问题和世俗利益方面是平等的，不过恐怕哈里有意让舅舅明白，他在学问方面是占优势的。普罗斯珀先生虽然是个无知无识的人,而且一点也不机灵,可也不至于蠢到连这一切都看不清楚的程度。后来便发生了坚持拒绝听训诫的事,于是普罗斯珀先生便伤心地对自己说,他的继承人是个令人失望的青年。当时,他没有想到要结婚,也没有想到要中断他的津贴费;不过他确实认为他的继承人使他失望。在另一方面,伦敦那桩夜间丑闻发生了,那位优秀的青年奥古斯塔斯·斯卡伯勒先生使他大大地看清了问题;接着,他便着手在自己周围寻找起来。后来,有关索罗本小姐的美貌和唾手可得的财富的念头隐隐约约地在他头脑里闪现了一下,他还一遍遍对自己提起帕弗尔小姐的前程和她无庸置疑的门第。帕弗尔小姐自己丢了丑,所以他就把巴斯顿庄园献于索罗本小姐的脚下。

可是现在,他听到了有关那位"优秀青年奥古斯塔斯·斯卡伯勒"的底细,他的信念动摇了。他曾经愤怒地大声说哈里·安斯利说了谎。"说谎!"他惊讶地发现,像斯卡伯勒上尉这么个在上流社会过惯的人竟然对此毫不在乎。加之,索罗本小姐在钱的问题上越来越斤斤计较,所以连他本人也越来越不把说谎的问题当回事了。或许,最后还是把财产给哈里的做法可取,不过他永远休想再受到宠爱了,也再也拿不到津贴费了。由于索罗本小姐重申要带小马驹来的要求,他开始感到那件说谎的事无论如何不会有损于巴斯顿庄园产业的名誉。不过听训诫的问题仍然存在,所以他永远也不愿再见到他外甥。他在翻来覆去考虑这一切的当儿,去开罗度残冬的念头又出现了。他要在开罗过冬,然后去意大利那些湖畔度过春天,再去瑞士消夏。之后,他可能回开罗。眼下,他不再觉得巴斯顿庄园和邦廷福德的街道有多可爱。他担心索罗本小姐在马的问题上不会让步;而他本人打定主意反对养马。

他就这么坐着，前面摊着一张地图，地图上面放着老乡绅的信，这当儿老管家马修开门说有客人来。刚才巴里先生一走，他便用一块羊排，一杯雪利酒来满足他身体的需要，吃剩的杂碎这会儿还在桌边上放着呢。他首先想到让马修立刻把酒杯、骨头、吃剩的土豆和面包皮拿走。让任何客人看到这些残羹剩菜都不好，而被这位客人看到更糟糕。中饭应该在餐厅吃嘛，在那儿羊排骨头、脏酒杯呀什么的可以有适当的地方放。但在他书房里出现这些东西是丢脸的事。可是当马修手忙脚乱地在收拾两只盘子和那只盐瓶时，他东家开始犹豫是不是应该接待这位客人。这位客人不是别人，正是索罗本小姐。

普罗斯珀先生为了给自己许久没有去拜访那位小姐找借口，曾公开说他身子不太舒服，而索罗本小姐对此举的反应是，主动提出要为她的恋人当看护。于是他就给她去信说，虽说他有点儿不舒服——"每年在这种寒冷季节，我胸口特别容易着凉"——但他只需要别人稍微照料一下，所以不必麻烦她来服侍了，不过对于她的好意他特别表示感激。就这样，他设法跟索罗本小姐保持一段距离。而现在，她和那两匹可恨的小马驹一起找上门来了。"马修，我认为自己不能见她。"他说，在这危难时刻，他把老管家当作了知己。

"你一定得见，老爷；真的一定得见她。"

"一定得见她？"

"对，恐怕是得这样。考虑到一切的一切，婚姻呀，等等，等等，俺觉得你一定得见她。"

"你知道，到目前为止，她还没有权利上这儿来呢。"读者一定会懂得，这当儿普罗斯珀先生心里乱作一团，所以会跟自己的仆人吐露这种心里话。"她无论如何没有必要来。"

"就在客厅见她,如果允许俺提建议的话,老爷。"

"把索罗本小姐带到客厅去。"他神情庄重地说。接着马修退了出去,这位巴斯顿老爷觉得自己也许需要五分钟时间镇定一下。那块羊排骨头也无需收拾了。

五分钟过后,他踱着缓缓的步子穿过当中那间弹子房,便慢慢地打开客厅门。他进去的当儿,她会不会扑到他怀里来,又来亲他?他衷心希望不存在这种企图;但如果真的出现这种企图,他已下定决心断然拒绝。如果她不明确宣布,同时没有她本人和她的律师亲笔写下的字据,说她同意不带马驹来巴斯顿庄园,那她休想干这种事。然而,她没有企图这么干。

"您好,普罗斯珀先生,"她在屋子中央站了起来大声说,"你干吗一直不来看我?我当你病得很厉害呢;梯格尔小姐也这么想。梯格尔小姐对你最最偏爱了。昨儿晚上吃晚饭,我们在品尝蟹肉的时候还谈起你呢。"她们每晚都把蟹肉当晚餐吗?普罗斯珀先生自忖道。这肯定成了一条他不打算娶她的重要理由。"我跟她说你感冒头疼。"

"是胸口痛。"普罗斯珀先生口气柔和地说。

"'感冒真讨厌,'梯格尔小姐说,'大家都交上朋友了,该互相来往才是啊。'这是梯格尔小姐亲口说的。"

这么说,他这位巴斯顿庄园的主人普罗斯珀先生跟什么女人都"交上朋友"了!他一时冲动,几乎铁下了心,现在他绝对不娶索罗本小姐当太太了。然而不幸的是,他本人已提出求婚,他所提的条件也交到他律师的手中了。要是索罗本小姐要他遵守诺言,他只得娶她。问题不在于他害怕自己违背诺言而受到起诉,而在于他是一位有身份的人,应该恪守诺言。然而,他无需娶梯格尔小姐。他提的条件没有牵涉到梯格尔小姐。他镇定自若,立刻作出决定:梯格尔小姐休想把巴斯顿庄园作为她永久栖身之地。"我十分感激梯格尔小姐。"他说。

"你干吗不过来融融洽洽地聊聊天呢?我想这全怪那些个蠢律师。我和你何必去把那些律师放在心上呢?他们干他们的,用不着来打扰咱们嘛,只是他们肯定会老是送账单来让咱们付钱。"

"今天上午林肯法学协会格雷—巴里事务所的巴里先生来过。"

"我知道他来过。我在索姆士—辛普森事务所见过这个小家伙,跟他谈了五分钟话之后,我便立刻赶着车来这儿。你听着,普罗斯珀先生,你一定得让我养这两匹马。"

这正是他打定主意不想干的事。两匹小马驹在他的想象中越长越大,变成两匹会消耗大量燕麦的巨型马。普罗斯珀先生虽然并不吝啬,可是他已发觉如果自己想脱身的话,那充分利用这两匹马驹的问题肯定最恰当不过了。他,在他以前是他父亲,一直养着两匹拉车的老马,他不想让一个酿酒商的千金来强迫他放弃家里的老传统。就在那天上午,他还指示他的律师为反对带马来而坚持到底。他觉得现在是他应该态度强硬的时候了。在目前情况下他必须坚定,不然这个女人——还有梯格尔小姐——就会成为自己一辈子的包袱。她一点都不给他考虑的时间,他对律师说的话刚出口,她就来找他了。然而,他要坚定不移。索罗本小姐立刻开门见山提到马的问题,而他也当即下决心要寸步不让。不过,她上这儿来这么逼他不是太不文雅了吗?他开始希望她在马的问题上也来个寸步不让,这样他们就有可能分手了。这时,他呆呆地站着,在这种情况下,沉默不会被当作是同意的表示。"好吧,就像好汉行善那样,就说同意我带马驹来吧,"她继续往下说道,"你知道,我可以拿自己的钱来养嘛,如果单单因为这一点的话。"他立刻觉察到这条建议意味着她作了某种让步,不过他不希望她再作让步了。"你现在就说同意吧,乖乖,亲爱的。"她走近了他,抓住了他的胳膊,仿佛打算重演上回的那出戏。然而,他充分地了解到出现的危险:如果他们之间亲了嘴,以后他就没有退路了,因为亲嘴的责任到头来会怪到他头上。当他想"脱身"的当儿,就无法申辩接吻全是出于她的主动。像普罗斯珀先生这种身份的人难就难在做人要非常谨慎小心。人言可畏哪,尤其是女人的那张嘴!他微微地惊了一下,可是他没有立刻把她挣脱掉。"你干吗反对我养马驹,亲爱的?"

"四匹马! 咱们养不起。"他不该说"咱们"。他发觉自己不该说"咱们",可为时已晚。

"我那两匹不是一般的马。"

"它们都要占用马厩,这不是一回事么?"

"可是,托老天的福,你有的是地方,我进来看过。我可以向你保证,斯塔勃斯大夫说它们对我健康有好处。不信你去问他。我就是爱驾马车。我只是最近才喜欢上这两匹小马驹的,我不能强迫自己放弃它们。你说呢,亲爱的? 你不会因为那两头牲畜把你的玛蒂尔达抛弃吧!"

她嘴里说出来的每句话都让他觉得刺耳。然而,他不能这么对她说;也不能因为这一点而拒绝她。他应该事先就考虑到她可能会说些什么话。她名字叫玛蒂尔达吗? 他当然知道。要是有人问他,他考虑两分钟之后准会说出名字叫玛蒂尔达。不过,这个名字在他耳中还没有熟悉呢,现在她却说出口来,仿佛打他们俩还是青梅竹马的时候起,他就唤她玛蒂尔达了。他还被称做"亲爱的!"如果让他先叫她十几声"亲爱的",那倒还比较合适。可现在从她口里说出来,听上去有点放肆——甚至几乎有点粗俗。现在他因为两头小牲口的事打算把她抛弃,他觉得这就是他的目的,因而为此感到脸红。他是位地地道道的正人君子,不愿违背自己的诺言。假如他必须得跟那两匹马驹一起过日子,他就得那么做。然而,到目前为止,他还没有在那两匹马驹的问题上屈服呢。他觉得这两匹马驹的问题是他唯一的希望所在。但是,他的身份所引起的麻烦,让他感到压力重重,他额上沁出了汗珠,她全看到了,也全明白了,便打定主意故意利用他的弱点。"我认为咱们之间没有其他分歧。咱们已解决了寡媳所得产问题——四百英镑一年。索姆士和辛普森说太少了,可你知道,我心肠软,而且又在恋爱之中。"说到这儿,她向他送去了秋波,他开始讨厌她。"你不该从我的收入里拿走三分之一,你知道。不过,你就要当一家之主了,你得按自己的意思行事。这样就一切解决了。"

"还有梯格尔小姐的问题。"他嗓门嘶哑地说。

"梯格尔小姐当然得来。你刚向我求婚的当儿就说过。"

"休想!"

"哦,彼得! 你怎么能说这种话?"听到别人唤他的教名,他明显地往后缩了一下。然而,她却决心要干到底。现在应该是她唤他彼得的时候了,干吗不立刻就开始这么做呢? 情人之间总是互相唤作彼得和玛蒂尔达的。她不想再忍着听那些废话了,如果他打算娶她,还要享用她财产里的一大部分钱,他就应该是她的彼得嘛。"你是说过,彼得。你知道你曾对我说你很喜欢她。"

"我没说过让她和你一块儿来。"

"哦,彼得!你怎么能这么冷酷无情呢?你是不是想说,你要剥夺我年轻时的朋友吗?"

"无论如何不能把马驹带进我的院子里来。"他知道自己说这句话的当儿等于在宣布,他放弃拒绝梯格尔小姐来这儿的主张。她刚才说他冷酷无情,他的良心告诉他,如果他接受索罗本小姐却拒梯格尔小姐于门外,他就是冷酷无情。梯格尔小姐说不定确实是她年轻时的朋友。无论怎么说,她们做伴儿有好些年了。因此,既然他还另有一块坚固的阵地,他就可以在梯格尔小姐的问题上让一下步。不过,他这么做的时候却想起梯格尔小姐曾指责他"交上朋友"的事,于是他对自己说,他决不和她生活在同一幢房子里。

"那么梯格尔小姐可以来喽。"索罗本小姐说。他本来以为很坚固的那块地盘,那块岩石——两匹小马驹的问题——是不是马上就会在他脚底下往下沉了呢?"你就说梯格尔小姐可以来。没有梯格尔小姐我一天也没法儿过。你不能那么铁石心肠。"

"在咱们没有解决马驹的问题前,讨论梯格尔小姐的事有什么用呢?你说你一定得养两匹马驹。老实告诉你,索罗本小姐,我不喜欢别人使用诸如'一定得要'这种字眼儿。我想到了许多事情。"

"想到些什么呢,宝贝儿?"

"我觉得你可能会很——放荡。"

"我,——放荡!"

"而我这个人很有节制,也许生活方式有点严肃。我考虑的仅仅是小家庭的幸福,而你却热中于社交生活。我担心你会到外面去寻欢作乐。"

"去法国还是德国?"

"我说的外面指的是出家门。也许咱们俩趣味不那么相投,这一点我本该及早觉察到才是。"

"没有那回事,"索罗本小姐说,"我很乐意在家里待着,不想到外面去,无论是去法国也罢,还是去英国其他的郡也罢。除了去伦敦待上一个月,我决不会提出什么其他要求的。"

这儿她占据了一块地盘,他也许可以在这上面建立他的地盘。"办不到。"普罗斯珀先生说。

"那就待半个月。"索罗本小姐说。

"我除了办事情从来不去伦敦。"

"我可以自己去嘛,你知道——跟梯格尔小姐一起去。我不想把你也拖了去。展览会开放季节我一直有在伦敦待上几个礼拜的习惯。"

"我不想让妻子撇下我。"

"当然,这一切咱们都是可以安排的。这些琐细的事情咱们不必事先样样都解决好,并把它们写进契约里去。咱们得付律师好大一笔钱呢。"

"咱们不妨互相谅解为好。"

"我认为该写进契约的问题已经差不多全解决了。我刚才见了巴里先生后就觉得自己还是来这儿跑一趟,把事情最后再完善一下。如果在梯格尔小姐和马驹的问题上你能妥协的话,亲爱的,在其他问题上我一定让步。肯定不会有比这更公平的做法了。"

他心里明白,自己在扮演一个表里不一的角色;他也清楚,对一个女子弄虚作假是和他这位正人君子的身份不相称的。他意识到,随着过去的每一分钟,说的每一句话,他对这门自己找的亲事的不满情绪在愈演愈烈。他知道诚实的态度是他应当把自己这种想法告诉她。他这样千方百计用所谓旁敲侧击的手段来摆脱她，决无诚实可言。然而，这正是他一直试图在干的事。但是，他如何去把真相告诉她呢？甚至连巴里先生也不了解他心里的想法。说实话，自从他见到巴里先生以来，他的想法已经改变了。在过去的半个钟点里，他听索罗本小姐说了好多话，她说的这些话证明了她根本不适合做他的妻子。他仓仓促促冒这样的险真是一场可怕的灾祸；但是作为一位正人君子，难道他没有义务向她说实话吗？"你就说允许我带吉米玛·梯格尔好吗？"这儿，她竟然更其可恶地用上了教名，这对他产生了进一步的作用。难道他命中注定在他的有生之年，要让"吉米玛"这几个字在他的那些屋子里和楼梯上哇里哇啦地让人称呼着吗？她已经放弃了马驹，现在正抓住梯格尔小姐的问题，对此他到头来肯定会让步。他现在意识到，他本当应该要求她拿出全部收入来，给她极少的寡孀年金，或者干脆不给。这么做会显得很贪婪、很荒谬，而且根本行不通；但是这么做却不失君子身分。这种在枝节问题上讨价还价是完全和他的情趣背道而驰的；这么做是徒劳的。他必须鼓起勇气来对她说，他不再要这门亲事了；不过这天上午他不能这么干。接着，某个大慈大悲的神保佑了他——为他解了那天上午的围。

马修走进屋来，悄悄跟他耳语说有位先生想见他。"哪位先生？"马修又悄悄说是他妹夫。"带他进来。"普罗斯珀先生顿时勇气十足地说。自从他和哈里之间真正发生争吵以来，他还没有见过安斯利先生呢。"我一定得养马驹。"索罗本小姐乘着间歇说。

"咱们现在被打扰了，恐怕余下的话得以后再谈。"谈话决不会再继续，但他可能不得不因而永远离开这个国家。关于这一点，他心里已拿定主意。接着，那位教区牧师给带进了屋子。

拘束的介绍场面让普罗斯珀先生觉得很难堪,但那位小姐倒丝毫没有感到尴尬。"安斯利先生和我挺熟的,我们是老朋友了。乔要跟他的大女儿结婚。莫莉可好啊?"这位牧师回答说莫莉很好。方才他离家的时候,把乔留在牧师住宅了。"你准发现现在他待在那儿的时候比在酿酒厂还多,"索罗本小姐说,"你知道我们打算做的事,安斯利先生。天下没有比老傻瓜再蠢的人了。"普罗斯珀先生的脸好比笼罩着一片乌云。这个女人竟敢把他称做傻瓜!"咱们刚才在合计我们未来安排中的一些事。关于钱的问题,我们已经在很融洽的气氛中解决好了,现在只剩下两匹马驹的问题。"

　　"我看咱们不必在这件事上打扰安斯利先生。"

　　"还有梯格尔小姐的问题!我想牧师准会赞成像梯格尔小姐和我这样的老朋友是不应该拆散的。他们之间不存在什么合不来的问题,因为他说过,他觉得梯格尔小姐很可爱。"

　　"梯格尔小姐见鬼去吧!"他说;听到这句话,牧师惊得瞠目结舌,索罗本小姐打地上跳起一尺来高。"我请那位小姐原谅,"普罗斯珀先生乞求道,"也请您索罗本小姐原谅——还有您安斯利先生。"这一下,似乎他性格中的一个鲜为人知的方面暴露出来了。除了马修,谁也没有听到这位巴斯顿老爷骂过人。在马修面前诅咒也是极其难得的,而一般骂的是他的某件衣服不合适,或者某样食品煮得没有平时称心。但是,现在他竟然指名道姓骂起一位女性,也就是他未婚妻的挚友来了。而且是当着他妹夫,一位教士,也就是他所在教区的教区牧师的面骂出口的。普罗斯珀先生觉得他从此名誉扫地了。要是半个钟点以后他能无意中听到他们在教区牧师住宅的客厅里嘲笑他大发雷霆,还几乎夸奖他厉害,他也许就不至于感到如此懊丧了。不过在当时,他的确觉得自己从此名誉扫地了。

"咱们下一回见面时再继续谈那个问题吧。"索罗本小姐说。

"很抱歉,我竟然忘了自己的身份,"普罗斯珀先生说,"不过——"

"没关系——至少对我来说。"说着她跟教区牧师稍微点了点头行了个屈膝礼。安斯利先生点头还了礼,似乎在表示他也觉得没多大关系。接着,她离开了屋子,马修扶她上了马车,这当儿她又沉着地考虑起小马驹的事儿来了,好像她的朋友根本没有挨过骂似的。

"哎哟,先生,"门一关上普罗斯珀先生说,"请原谅。可是出现了几件事让我耐不住了,逼得我大失常态。"

"别介意了。"

"我特别感到懊丧的是,我竟然不得不在我妹夫——一个教区牧师面前失了身份。不过,请你一定不要往心里去。"

"啊,当然。我要跟你说说我为什么来这儿。"

"我可以向你保证这决不是我的习性,"普罗斯珀先生继续说道,奇怪的是他把自己一反常态骂了人的事看得远比他妹夫的来访还重要,"一般来说,我这个人说起话来用词比谁都谨慎。我几乎说不清楚自己怎么会如此激动的。不过索罗本小姐说了某些话让我听了怎么也按捺不住了。"她把他称做"彼得","宝贝儿",还说他跟她"交上朋友"。他无法把所有那些肉麻、恶心的词儿对他妹夫再重复一遍;不过他觉得有必要暗示一下。

"我相信如果你娶了她会和他合得来的。"

"我说不上。我真的不知道。在我这年纪这是个事关重大的步骤;我不太清楚自己这么做是否明智。"

"为时还不晚嘛。"安斯利先生说。

"我不知道。我说不上。"接着,普罗斯珀先生挺了挺身子,想起和他继承人的父亲谈论自己的婚姻大事是不恰当的。

"我来这儿是想谈谈哈里的事。"安斯利先生说道。普罗斯珀先生又挺了挺身子。"你当然知道哈里现在跟我们一起过日子。"这时普罗斯珀先生点了一下头。"当然,由于情况起了变化,他总不能闲着不干事,可是他不想在没有让您知道以前就采取最后步骤。"这时普罗斯珀先生点了两下头。"有一位富翁要去美国办事,可能要四五年时间。我没有被允许提起他的姓名;不过他承担执行一件非常重要的政治计划。"普罗斯珀先生又点了一下头。"现在他想给哈里一个私人秘书的职位,条件是哈里必须同意整个期间都待在那儿。他会有三百英镑的年薪,旅费当然可以报销。要是他去的话,可怜的孩子,他就完全可能会留在他的新家,成为美国公民。在这种情况下,我想最好到这儿来把他的打算和和气气地给你说一下。"他把事情说完了,普罗斯珀先生又点了一下头。

教区牧师这一手非常巧妙。所说的那位美国富翁的美国计划和那份工资无疑都是真的。不过在其他方面不免有点添油加醋。牧师非常了解普罗斯珀先生对美国及其一切风俗习惯都怀有带宗教偏见的仇恨。在他看来,美国人都是些不学无术,没有礼貌,满口脏话,耍滑头的家伙,跟这种人结交是件不光彩的事情。假如能照他的心思办的话,他早就会立刻把美利坚合众国归作英国的一个殖民地了。如果他生不出另外的继承人就去世,巴斯顿就得成为哈里·安斯利的财产;他想到巴斯顿庄园将由一个美国公民来占有,觉得很可怕。安斯利先生发觉他的话产生了作用,便说:"提供的薪水非常优厚,让人舍不得放弃。"

"什么事情都在和我作对。"普罗斯珀先生叫道。

"好吧,这事儿我不谈了。我不是到这儿来讨论哈里或者他的罪过的,也不是来讨论他的美德。不过我觉得不和你通一下气就让他启程不太妥当。"说着他便告辞,走回教区牧师住宅去了。

第四十五章　一位果敢的姑娘

在哈里·安斯利接到那条去美国的建议之后，他觉得非常有必要再给弗洛伦丝写封信。他很清楚自己被禁止写信。打那条禁令向他宣布以来他写过一封信，可是他没有收到回信。他原来就没指望回信；不过，她的缄默还是让他感到难受。也许她生气了，真的生气了。就算有这种可能，他也不能连告诉都不告诉她一声就去美国待这么长一段时间呀。到了一月份，她和她母亲仍然在布鲁塞尔。据他了解，蒙乔依太太原来打算在那儿待一个月，可是三个月过去了，她仍旧待在那里。"我想要在这儿过冬，"蒙乔依太太曾这样对马格纳斯爵士说过，"不过我们愿意去租房子住。我看到有很舒适的公寓出租。"然而马格纳斯爵士不愿听这种话。他说，而且是真心实意地说，公使馆住宅很宽敞；最后他说出了真话。他弟媳在金钱问题上待他很宽容，自从到米以后只字没有提过这件麻烦事。蒙乔依太太有着英国贵妇所仍然具有的那种体谅人的涵养，宁肯穷得一贫如洗也不愿开口提这种事。实际上她也不穷，所以几乎就没有想到过这件事。但是，马格纳斯爵士却很感激，说如果她去找公寓，他就会去那儿对他们说那套公寓不要了。所以蒙乔依太太就留在原址，心里越发对马格纳斯爵士怀有善意。

弗洛伦丝的日子不好过。安德森很遵守诺言。他把自己发过誓的事对马格纳斯爵士和蒙乔依夫人说了，所以没有再进一步为自己分辩。他确实对其他两三个人谈起自己是骑士精神的牺牲品。这一段时间，他神情沮丧地在办他的公。不过，尽管他没有再为自己分辩,可他无法阻止别人去为他说话。马格纳斯爵士每天找机会给他侄女谈这件事。她母亲老是在向她发动攻势。然而蒙乔依夫人是三个人中最厉害的一个,被弗洛伦丝看作是不共戴天之敌。她们之间使用的语言很不客气。蒙乔依夫人称她"小姐",弗洛伦丝针锋相对,称她伯母为"我的夫人"。"你干吗叫我'我的夫人'?平时交谈是不大使用这种称呼的。""你干吗叫我'小姐'?只要你不再称我'小姐',我就不称你'我的夫人'。"然而,这位姑娘对英国公使夫人毫无尊敬之意。这是蒙乔依夫人特别感觉到的一点——正如她给自己的伴儿艾博特小姐解释的那样。接着,那年冬天突然又出现了一件麻烦事儿——这事儿下面要进一步叙述——结果让弗洛伦丝迫不及待地要她母亲带她回英国。

不过,咱们要回过头来谈谈哈里·安斯利,把他写给弗洛伦丝的信原封不动地抄录如下:

亲爱的弗洛伦丝:

不知你还想到我这个人不?还记得有我这个人存在不?可我知道你会想到我记得我的,我不可能就那样被人忘却。天下承认自己爱一位男子的姑娘中就数你的心最真诚。可是给你写信那么久了,我甚至没有得到你的片言只字说收到我的信了,每想到此就感到寒心。你曾不准我写信,可至今你没有表示原谅我违背了你的禁令。我不禁脑子里胡思乱想起来,不过只要你说一句话,这些个傻念头就会烟消云散。

然而,现在我又得给你写信,也顾不得什么禁令不禁令了。像你我这种处境的男女之间,有时会出现一些情况,使得这方或那方觉得非动笔写信不可。现在非常有必要让你了解一下我的打算,并让你知道促使我这么做的种种原因。由于我舅舅的愚蠢行为,我发觉自己已处于非常不幸的境地。为了达到剥夺我继承权的目的,他正在进行那桩愚不可及的婚事,同时还把他从我大学毕业时就开始提供给我的津贴费中断了。当然,我丝毫没有权利向他索取什么。但是我不理解,当年他本人阻止我去当律师,说是没有必要去工作,如今他这么做又如何自圆其说呢?

然而,这毕竟是事实,我只得自己各处去寻找工作。在我这个年龄,在哪个行业去找一份空缺的差使都是很难的。以前曾经对你说过,我打算去剑桥大学,设法收一些学生,依靠自己的研究员薪金,而不是依赖别人来过日子。不过我一直很讨厌去剑桥教书,除非万不得已,不然我是不会去干那种工作的。现在有一位比我大三四岁的我过去大学时代的熟人,提出要我当他的私人秘书,并带我一起去美国。他计划在那儿待三年。我自然不会答应待那么久;但我或许会这么干。他会支付我的一切开销,还给我三百英镑一年的薪水。也许这点钱积蓄不起来,但在目前总比没有收入好。从现在算起的一个月之后我就要动身了。

这下你全明白了吧,还有那个人的姓名还没告诉你。他叫威廉·克鲁克爵士,是个正派人,已经有了妻室,她也和他一起去。他是我所认识的最最勤奋的人,不过我们私下里说说,他不会有多大作为的。如果说要干点什么惊天动地的事,我倒认为还是我来干行。

我亲爱的,对于你,对于我自己——你未来的丈夫,我该说些什么呢?你愿意至少等三年吗?而且你得作好思想准备,或许三年之后还得让你等,你愿意吗?

我确实认为,由于我的地位发生了变化,我应该把你对我的忠贞爱情原璧奉还给你,并告诉你一切得回复到在阿米塔奇太太家举行舞会的那个幸福的夜晚以前的状态。我不知道自己是不是有明确的义务这么做。我几乎认为这是自己的义务。然而,我可以肯定——这是一件我无论如何办不到的事。我不认为一个人受人欺侮就该自我毁灭。至少我不会这么做。假如你说必须得这么做,那你尽管说吧。我想这不会把我命给送掉,但会对我产生极大的影响。

写到这儿,我还没有说过一句表达恋情的话,因为据我所知,这正是你要我保持沉默的问题。你命令我不准写信,我想你是指不让我写情书。所以你就把这封信当作是事务性的函件,这样我想你会表示收到了。于是我也就无论如何会读到你的亲笔信了。

爱你的

哈里·安斯利

哈里写这封信时自认为信写得既冷静又沉着,还带有哲理性。他不能不把自己的打算告诉她就去美国待三年;他也不能,像他所认为的那样,在提到自己的打算时不使用缺乏热情的语言。但是弗洛伦丝收到信后却不是这样来看待它的。她觉得这封信充满着爱,充满着用最最热情的语言所表达的爱。"威廉·克鲁克爵士!"她想道。"他要哈里在美国待三年干吗?我肯定他是个呆子。我会等吗?我当然会等。三年时间算得什么?为什么不该等呢?不过既然那样的话——"然后,她脑海里出现了一些念头,甚至连她内心都无法用语言来表达。威廉·克鲁克爵士有太太,那哈里为什么就不能也带太太呢?她不明白为什么私人秘书就不能是个有家室的人;至于钱么,照他们要过的生活方式来看也足够了。她不能直截了当地把这个问题提出来,可她认为如果哈里动身以前她能和他稍稍会一下面的话,那时他本人也说不定会提出这个问题来。

"让事情回复到原先那样,"她暗自叫道,"不行！事情不可能回复到原先那样。我知道他的义务是什么。他的义务是不准产生那种想法。问我记得有他这个人存在不。"她回过去读信开头的那几句话时说,"当然,他那是在开玩笑。我不清楚他是否知道我生活的每时每刻都挂念着他。当然,我是不准他写信。不过现在我可以告诉他,我每晚上床睡觉时总是把他的信放在枕头底下。"这些,还有更多的诸如此类的话,都是以内心独白的方式说出来的。不过这儿不必一一对读者重复了。

但是她得考虑自己先得采取什么步骤。她必须把哈里的打算告诉母亲。她一刻也不容许母亲觉得她的感情淡薄了,或者她的目的达不到了。她已经和哈里·安斯利订了婚,将来有一天她要嫁给他。她眼前生活中的目标是,务必使母亲对这一点非常明确。为了达到这个目的,她必须让母亲知道这封信所带来的消息。"妈妈,我有事要跟你说。"

"什么事,亲爱的?"

"哈里·安斯利打算去美国。"听到这句话蒙乔依太太觉得有点高兴。如果哈里·安斯利去美国,他也许会淹死,或者更可能的是从此不回来了。在她看来,美国千里迢迢,恋人们是不会去美国的,除非想疏远自己所爱的姑娘。这就是她的想法。她觉得现在给弗洛伦丝谈无论关于她表兄蒙乔依的事,还是安德森先生的事,会容易一些。布鲁塞尔又出现了一个追求者,他的情况以后咱们会给读者介绍的。要是她的这个哈里,这个十恶不赦的哈里去了美国,这三位先生的机会都会增加。现在蒙乔依太太愿意接受他们之中的任何一位,作为对哈里·安斯利的致命打击。蒙乔依又成了她的宠儿。她听说他回到了特雷登庄园,和他父亲一起和睦地生活着。她甚至听说了现在暂时给他的生活费——六百英镑一年的事。她还对弗洛伦丝说,这初步的收入已经是哈里被吊销的那二百五十英镑的两倍多——何况那二百五十英镑永远不会恢复了。这种论据没有多大价值,可是她仍然觉得不妨一用。上尉和他父亲在一起生活,她不信他的限定继承权被剥夺了。而哈里的舅舅跟哈里闹翻的事倒是千真万确的;她知道,巴斯顿庄园里出生的任何一个婴儿都会彻底地把哈里的机会给剥夺掉。还有,想想两份产业的差别吧!对这件事,她心里就这么争辩着。但是实际上,她早已给蒙乔依·斯卡伯勒许下了诺言,而且蒙乔依·斯卡伯勒一向是她所宠爱的。尽管她可以谈钱财的事,但打动她的心的倒并不是钱财。"好啊,他想去美国就让他去呗。一个青年上那儿去下场不会很妙,不过对他来说也许这么做是最恰当不过了。"

"当然,他打算要回来。"

"也许吧。"

"我不懂你说的下场不会很妙是什么意思,妈妈。我不觉得去那儿有什么下场不下场的问题。别人给了他一个好差使,要干一两年,他觉得最好接受下来。为此,我可能和他一块儿去。"

一个晴天霹雳落到了蒙乔依太太跟前!弗洛伦丝跟他一起去美国!这个小伙子的事让她受尽了煎熬,可从来没有像这个提议更伤她的心了。跟他一块儿去!那小子一个月后就要动身!接着,她开始考虑自己是否有办法阻止女儿。自己就这么个独生女儿,如今却要去美国和哈里·安斯利结婚,她在这个世界上还有什么希望呢?她和弗洛伦丝争吵绝不同于蒙乔依夫人和她女儿的争吵。蒙乔依夫人觉得这个姑娘傲慢无礼,还认为她很虚伪,所以很乐意把她给打发掉。然而,对她母亲来说,弗洛伦丝是她的掌上明珠。因为她认为蒙乔依·斯卡伯勒是一位了不起的人,而把哈里·安斯利看作十恶不赦,所以她才希望弗洛伦丝嫁给她表兄,而跟另外那位从此一刀两断。当她听说哈里要去美国,她很高兴——好像他将被送到布塔尼湾①去似的。她的这种观念十分陈旧。可是弗洛伦丝暗示打算和他一起去的当儿,她差点儿昏倒在地。

弗洛伦丝提这样的建议也自然太胡作非为了。她起先没有打算要提出;其实她连想都没有想过。可是,她母亲却谈起哈里的下场什么的,似乎某个可怕的灾难临到了他头上——她似乎在谈论一个可怜虫,在死刑缓期执行之后被判处了绞刑——这时,她怒从心起。她没有想说她打算去。哈里没有要求她去。"假如你谈到他的下场什么的,那我就准备和他患难与共。"这才是她所表达的意思。不过她母亲仿佛已经亲眼目睹她的独生女落到了那些美国野蛮人的手中。她往沙发上一倒,把脸埋在两只手里,哇的一声哭了起来。

"我没有说我要去,妈妈。"

"哦,我的心肝宝贝,我的孩了。"

"不过我也没有理由不该这么说,除非这不合他的意。我猜想至少这不合他的意。"

"他说过这话?"

"他没有谈到过我去的问题。"

---

① 澳大利亚东海岸的一个海湾,1788 年澳大利亚政府在那儿附近建立了一个罪犯劳役农场。

"谢天谢地！他没有打算夺去我的孩子。"

"可是,妈妈,我要做他的妻子。"

"不,不行,绝对不行!"

"我要你明白的就是这一点。你不了解他的性格;一点也不了解。"

"可我确实知道他厚颜无耻地说了谎。"

"不是那么回事！我决不承认。没有必要再争论那件事了,可是其中没有什么厚颜无耻的地方。他在美国得到一个职位,所以就想去那儿工作。他没有要求我和他一块儿去。这两件事也许不太相容。"听到这句话,蒙乔依太太从沙发上站了起来,把她女儿抱在怀里,仿佛从极端的痛苦中挣脱了出来。"可是,妈妈,你得记住:我已经对他立下山盟海誓,决不会经人劝说而违背自己的誓言。"听了这句话,她母亲举手掩面,又开始哭泣起来。"不管今天,还是明天,或者十年以后,只要他愿意等多少日子,我也愿意等——我们将结为夫妇。依我看,我们用不着等十年,甚至用不着等一两年。我的收入将足够我们花用了。"

"他提出依靠你生活?"

"他没有提过这样的事。他去美国就是因为不愿意提出这样的事。至少在目前,我也没有提出。"

"无论怎么说,这一点让我高兴。"

"听着,妈妈,你得尽快把我送回英国。"

"在他动身以后。"

"不,妈妈。我得在他动身前到那儿。我不能不见他一面就让他走。如果我只能待在这儿,那就让他上这儿来。"

"你伯父是绝对不会接待他的。"

"我会接待他的。"

这太可怕了——竟然当面顶起嘴来！她的话究竟意味着什么呢？她在哪儿接待他？"你怎么可以违背你所有家里人的意愿，甚至可以说是下命令，去接待一个小伙子呢？"

"我一点儿也不会觉得有什么丢人，妈妈。我是他选择作为妻子的女人，他是我选择作为丈夫的男人。如果他来的话，我就去伯父那儿，要求接待他。"

"你想想你伯母吧。"

"对，我是想到她了。伯母准会干出令人难堪的事儿来。总而言之，妈妈，我觉得你最好带我回英国。还有这儿的那位格拉斯库尔先生，也真够麻烦的。你可能清楚：我打算在哈里·安斯利启程去美国前见他一面。"

谈话就这样结束了，可是蒙乔依太太对自己最好该怎么办茫然不知所措。她肯定，要是安斯利到布鲁塞尔来，弗洛伦丝准会见他——不管她伯父、伯母，也不管安德森先生和格拉斯库尔先生怎么尽一切可能来阻挡她，她一定会见他。那个恶小子准会硬闯进使馆来，或者弗洛伦丝准会夺门而出。不管出现哪种情况，景象都十分可怕。而如果她把弗洛伦丝带回切尔顿讷姆镇的话，会面至少可以安排在阿米塔奇太太家里。她在前思后想的当儿，头脑里忽而出现了一个念头——当一位姑娘铁了心想嫁人时，那是怎么也没法儿阻挡的。

弗洛伦丝在同时间立刻给她情人写了封回信，全文如下：

亲爱的哈里：

你有事必须得让我知道时，当然可以写信。如果只是为了说你爱我,那你不再写信告诉我,我也很清楚。

　　去美国待三年! 这可是一个很严肃的问题。不过你当然知道怎么做最好,所以我不想干涉。对你我来说,三年时间算得个什么呢? 如果我们很富裕,那自然就不该等;可我们很穷,所以我们当然得像其他贫穷的人们那样行事。我每年有四百英镑的收入;得由你来说需要多少钱才够。假如你认为这点收入够生活了,你会发现我也不会要求更多的了。

　　不过你走以前我有一件事是必须要做的。我一定得见你一面。我们在这儿待着是绝对没有道理的——只是妈妈还没有打定主意呢。如果她同意在你动身以前回国,那最理想了。不然,得麻烦你来这儿——恐怕你在这儿不会被当作宾客来接待。我已经对妈妈说了,假如我不能在这儿以合适的方式见到你,那我就会走出大门,以不合适的方式和你在大街上相会。

　　　　　　　　　你亲爱的未婚妻

　　　　　　　　　　　　弗洛伦丝·蒙乔依

　　她把信拿到母亲那儿去,就在母亲的房间里大声地念给她听。蒙乔依太太只得苦苦哀求她是否不要寄出这封信,可是根本不起作用。

　　"信里可一句话也没有谈到爱情呀,"弗洛伦丝说,"只不过是封事务式的函件嘛,既然如此我一定要寄。我不信伯父会弄到打算把我给关起来的地步。我想他准会发现难以办到。"见到弗洛伦丝说这句话时的神态,她母亲怎么也不敢作声了。她觉得马格纳斯爵士不会同意把弗洛伦丝给关起来,不过她认为,要是他果真想这么干的话,他准会发觉这项使命非常棘手。

第四十六章　格拉斯库尔先生

　　格拉斯库尔先生是比利时人,约莫四十来岁,不过外表看上去似乎不到三十,只是他的头发开始有点儿斑白了。他在自己国家的政府机构里服务,受过良好教育,是位地道的绅士。像许多比利时人那样,如果人们不知道他国籍,准会把他当作是英国人。他照着英国的镜子来穿着打扮,又大半和英国人一起生活。他英语说得好极了,以致人们只能从他说英语吐字咬音太准了才知道他是个外国人。他脾气特别好,他的所作所为中似乎贯穿着一种并非出自本性而是得之于学识的骑士精神。他细察事物,看看它们是否出色,或者至少是否讨人喜欢,要是发现有这样的事物就拼命抓住不放,直至把它们占为己有为止。他至今还没有结婚,他的朋友们一般都把他看作是个独身主义者。可是,弗洛伦丝·蒙乔依却使他迷住了,于是他开始着手想法让她成为他的妻子。

　　他是马格纳斯爵士家的密友,所以不用说,他发觉安德森在干着同样的事。不过他也发觉安德森没有成功。他从一开头就暗自说,如果安德森取得了成功,他就不想去干了。一位对安德森感到称心如意的姑娘是几乎很难合他的意的。所以他不动声色,悄悄地等着,后来他发现安德森受了挫。这位年轻人立刻非常明显地过起一种一反常态的生活来。他变得不修边幅,连吊袜带都不用,活似普罗蒂厄斯爵士①。最近,他身上"表现出来一种落拓不羁的凄凉"。这一切格拉斯库尔先生都注意观察着;当他看清了这种情况,便觉得自己的时刻来到了。

首先,他找机会等待蒙乔依夫人。他深信那样着手比较恰当。他和蒙乔依夫妇都很熟,所以他知道自己的情况他们都了解。从钱财方面来说,他不娶马格纳斯爵士的侄女是没有道理的。他已经对弗洛伦丝表示了某种关心,虽然这没有在她头脑里引起什么疑问,却让她伯母发觉并心领神会了。而且安德森也看出来了。"这可恶的比利时人! 要是弄到结果她和他好了怎么办? 要是出现那种情况,我倒要找她谈谈我的想法呢。"

"你是说我侄女儿,格拉斯库尔先生?"

"对,我的夫人。"格拉斯库尔先生还没有能克服把蒙乔依夫人称做"我的夫人"的习惯。"这很冒昧,我知道。"

"没有什么。"

"我还没有跟她说呢。在事先没有向您或者她母亲提出请求以前,我不会这么做的。我能和蒙乔依太太谈一下吗?"

"啊,当然可以。我一点儿也不清楚姑娘怎么个想法。她在这儿和别处都让人爱慕,这也许冲昏了她的头脑。"

"我不这么看。"

"你的判断也许比较正确,格拉斯库尔先生。"

"我觉得蒙乔依小姐没有让别人的爱慕冲昏了头脑。她好像不是那种容易被冲昏头脑的姑娘。我想到的是她的心肠。"

谈话以蒙乔依夫人把这位比利时追求者移交给蒙乔依太太而

---

① 普罗蒂厄斯(Proteus):希腊神话中的海神,传说原来为主管地震、海洋和马的神波塞冬看管海豹,后来为了逃避被抓获,就不断地变换形状。

告终。

"弗洛伦丝!"蒙乔依太太说。

"对,蒙乔依太太;——我不胜荣幸来请求您允许。马格纳斯爵士和蒙乔依夫人跟我很熟,他们可以谈谈我的情况。我今年四十岁。"

"好啊,我看样样都很合意。只是我女儿对这种事有她自己的主张。"接着彼此停顿不语,格拉斯库尔先生得到他所期望的允诺后便打算离开屋子。这时蒙乔依太太觉得有必要把女儿的一些情况告诉他。"我应该告诉你,我女儿已经订过婚。"

"真的?"

"对——我简直不知道如何来解释这种情况。我应该说她已经许配给她表哥斯卡伯勒上尉;可是她不同意这门亲事。那以后她遇见了一位叫安斯利先生的人,她承认对他怀有恋情。我,还有她伯父伯母,都不愿意让安斯利先生当弗洛伦丝的丈夫。所以她现在已解除了婚约。如果你能赢得她的感情,你可以得到我的允许。"格拉斯库尔得到了这样的许诺就心满意足地离开了。

有两三天期间,他没有去见弗洛伦丝,他这样无疑是为了让她母亲和她伯母有时间和她讨论这件事。斯卡伯勒上尉,安斯利先生,或者甚至安德森先生的命运会怎样,对他来说无关紧要。说句老实话,他对自己的命运既不十分担忧,也不十分乐观。他对蒙乔依小姐怀有爱慕之心,认为能娶这么个拥有好大一笔年金收入的姑娘当妻子倒蛮不错。可是他不想"连吊袜带都不用",也不想呈现出"凄凉"的样子。如果她愿意嫁给他,那很好;如果她不愿意,——嘿,那也照样很好嘛。他的恋爱使他外表唯一改观的地方是:他把衣服刷得比平时更仔细,头发梳得比平时更整齐,靴子也比平时擦得更亮。

她母亲先和她谈。"亲爱的,格拉斯库尔先生是个极好的人。"

"是的,妈妈。"

"他还是你伯父和蒙乔依夫人的好朋友呢。"

"你说这干吗,妈妈?这跟我有什么关系?"

"亲爱的,格拉斯库尔先生希望你成——成——成为他的妻子。"

"哦,妈妈!你为什么不跟他说这不可能?"

"我怎么知道,亲爱的?"

"妈妈,我已和哈里·安斯利订了婚,除非他亲口说不行,否则任何劝说都不可能使我偏离那个目标。让巡街宣读布告的到城里各处去说好了。你一定知道事情就是这样。把格拉斯库尔先生或其他人派来见我有什么用呢?这只能给我,也给他带来痛苦而已。妈妈,我希望自己能使你理解这一点。"可是蒙乔依太太至今完全无法理解女儿的倔强性格。

弗洛伦丝从布鲁塞尔这两位求婚者身上得到了一条信息。他们俩,一先一后,都得到她母亲的赞同;要是母亲对蒙乔依上尉完全信任的话,就不会这样表示赞同。她似乎觉得,母亲好像愿意让她嫁谁都行,只要那个人不是哈里·安斯利。"竟会有这样的变化,真让人遗憾,"她心里暗暗说,"不过我们倒要看看,只要我意志坚定,能拿我怎么样?"

接着,蒙乔依夫人找她谈话。"你已经听说格拉斯库尔的事了,亲爱的?"

"对,我听说了,伯母。"

"他很荣幸地想请求你做他的妻子。"

"妈妈跟我说了。"

"我只想说,他在这儿极受人尊敬。他在皇宫里挺有点名气,而且在皇家舞会上也是个尽人皆知的人物。要是你能成为他的太太,布鲁塞尔整个上流社会都会拜倒在你脚下。"

"布鲁塞尔整个上流社会也对我不起作用。"

"也许是吧。"

"皇宫、皇家舞会也是如此。"

"我在跟你谈谈他的优点和生活状况,你却有意要显得很傲慢,那我也没有办法。"

"我并不想显得傲慢。"

"明明知道你伯父的地位,却那样来谈论皇家舞会和皇宫,这不是傲慢是什么?"

"完全不是这么回事。你是知道我的情况的。我已跟别人订了婚,所以不能和格拉斯库尔先生结婚。我告诉你我订婚了,如果你相信我的话,那为什么还要让他上我这儿来?"说着,她大踏步地走出了屋子,心里琢磨着自己如何来答复那位新出现的比利时追求者。

她被明确告知了那位比利时追求者到来的时间。在和她伯母谈话后的第三天,其他几位太太小姐都出去了,而弗洛伦丝却给留在家里,她觉得连听差都知道要发生什么事,这时格拉斯库尔先生给带进了客厅。他处理事情的方式直截了当——和哈里提出求婚时那种激动不已的状态有天壤之别。她简直想承认格拉斯库尔的办法也许最最聪明。不过,哈里的方式是他真情实意的流露,使她感到陶醉。格拉斯库尔丝毫不慌张,而可怜的哈里简直无法表达自己的思想。然而,哈里表达了他的思想也罢,没有表达也罢,这无关紧要;而格拉斯库尔先生尽管能说会道却没有给他带来什么好处。弗洛伦丝明白,哈里确实爱她;而她只知道格拉斯库尔先生想娶她做老婆。

"蒙乔依小姐,"他说,"见到您在这儿我心里高兴极了。请允许我补充一句,见到您一个人在这儿我心里高兴极了。"弗洛伦丝胸有成竹,只点了一下头。她不得不应付一下,而且她觉得自己能泰然自若地这么做。"不知您伯母和您母亲是否给您说起过我的姓名使我不胜荣幸?"

"她们都跟我说了。"

"我觉得她们最好有机会这么做。在我国这类事情一般是由小姐的朋友们来安排的。我知道贵国的习惯不同。也许一件涉及感情的事最好这么办。"

"对我来说都一样,我得自己拿主意。"

"那当然。我能不能侥幸地希望您最后作出的决定不至于对我不利?"格拉斯库尔先生说这句话的当儿尽量让自己显出心情激动的样子。"可我还没有谈一下自己的感情呢。"

"这没有必要。"

这句话可以有两种理解;不过这位先生还没有自视过高到这种地步,以致认为这位小姐是在向他表示她毫不怀疑他的爱情。"哦! 蒙乔依小姐,"他继续说道,"请允许我向您表白,自从您来到布鲁塞尔,我内心对您的爱与尊敬与日俱增。我的好朋友安德森先生在设法表达他的感情的当儿,我悄悄地在旁观察着。我曾对自己说我要耐心等待自己的时机。假如您能委身于他——哎,我会把自己内心的渴望之火熄灭掉。然而您没有那么做,虽然据我所知,我朋友马格纳斯爵士助了他一臂之力。我看在眼里,听在耳里,最后终于对自己说——现在可以轮到我啦。我爱得很深,但是我一直非常有耐心。可不可能我的机会最后终究会到来?"他提到了安德森先生,但是他觉得无论提到斯卡伯勒上尉还是提到安斯利先生都是不策略的。他对他们的了解和对安德森先生的了解差不多。他人很精明,所以能非常精确地把蒙乔依太太告诉他的事情归纳起来;他还亲耳听到一些其他的零星消息。

"格拉斯库尔先生,我觉得自己非常感激您的好意。我应该如此。"听到这话,他点了点头。"不过我唯一能表达自己感激的做法是对你说实话。"他又点了点头。"我爱上了另外一位男子。这是事实。"听到这句话,他稍微摇了摇头,似乎表示不赞成她的爱情,但决没有显出咄咄逼人的模样。"我还和他订了婚。"他又摇了摇头,不过这一回摇得厉害一些了。"我打定主意要嫁给他。"说这句话时她口气又大胆又肯定。"我的长辈们都知道这件事,他们不该让您到我这儿来。我已经对哈里·安斯利立下了誓言,所以只有他能让我放弃誓言。"她说话时嗓门虽然很低,但几乎用足了劲,因为当她谈到自己肯定要嫁给安斯利时,他又摇头作了回答。"即使他要我放弃誓言——他决不会这么做——对任何别人来说,我是依然故我。难道你不明白,一个姑娘倘若全心全意爱上一个男子,她决不会变心?"

"姑娘们有时候是要变的。"

"你也许见过这种姑娘;我可没见过——她们不是品格高尚的姑娘。"

"可是您家里人都反对怎么办呢?"

"他们能拿我怎么样?他们不可能强迫我去嫁给别人呀。他们尽可以阻挡我的幸福,可他们不能把我当作一包货物那样去交给别人呀。您是不是想说愿意接受这么一包货物?"

"对,——我会接受这样一包货物的!"

"你会接受一位到您跟前来说她爱的是另外一位男子的姑娘吗?我不信你会接受。"

"我知道自己的温存体贴会软化您的心。"

"我不会做出那样的事。这真可怕——简直让人不寒而栗。我会自杀——或者杀死你——要不就可能把两人都杀死。"

"您的反感如此强烈吗?"

"不,没有,现在没有。我很喜欢您。这是真的。我愿意为您做任何事情——在友谊的范围之内。我相信您是位真正的君子。"

"可是您刚才还说要杀死我。"

"是您迫使我谈论一种绝对不可能发生的情况。我说喜欢您,是就目前的情况而言。我丝毫没有想杀死您,或者自己,或者任何别人的意思。我要求把我送回英国去,在那儿被允许和哈里·安斯利结婚。这是我要达到的目的。我要和他保持婚约关系,这是我的决心。任何人,不论是男是女,都不能使我动摇。"他微笑了一下,又摇了摇头,她开始怀疑自己是否真的那么喜欢他。"现在我把自己的情况全跟您说了,"她边说边站了起来,"您信不信我的话,随您的便;不过我倒很信任您,所以把情况全给您摊了。"接着,她走出了屋子。

格拉斯库尔先生给一个人留下后,便立刻离开了那间屋子,又出了那幢房子,朝公园走去。他在那儿走了两圈,心里估量着自己的成败。因为实际上,对于所发生的一切他丝毫也没有感到泄气。弗洛伦丝在对付另外那个在比利时的追求者(也就是安德森先生)时,至少做到了让他觉得她说的事情都是千真万确的。他确实相信她对那个"叫哈里·安斯利的家伙"一往情深,不可自拔。他看到了她性格的坚毅,而格拉斯库尔却拒绝相信这一点。格拉斯库尔先生在公园的林荫小道上徘徊时,心里暗暗对自己说,像弗洛伦丝那种所谓爱情之类的事,在英国大家闺秀的生活中极其普通。他对自己说道:"她们是世界上最出色的女子,能成为最妩媚的妻子。不过她们受的教育使她们无法避免这么做。"他把这位小姐说话时所流露出来的激情仅仅归诸她的口才。一类姑娘会使用她那样的语言说话,她们机灵,能说会道,胆子也大;另一类姑娘支支吾吾,不是说"是",就是说"不",可说的却是一个意思。他并不怀疑她已和哈里·安斯利订了婚;他也不怀疑她给带到布鲁塞尔来是为了解除婚约;——而且他认为很可能她的亲属会占上风。在这种情况下,他为什么要失望呢;他是个从不自暴自弃的人,他为什么不能认为自己理所当然有成功的机会呢? 他必须得显示出自己专一、忠诚、不屈不挠的品格来。他可以肯定,她曾使用同样的语言让安德森默不作声。安德森先生相信了她的话;可是他对出自一位姑娘之口的话的价值太了解了,所以不会把这些话当真的。这次会面给他和弗洛伦丝之间带来了某种程度的亲密关系,这倒让他觉得很值得。她对他说她要杀死他——当然这是说着玩的;一个女孩子在这种场合会说笑话就非同寻常。比利时姑娘是不会这么说笑话的。从另一方面说,他迫切想和弗洛伦丝结婚,就因为弗洛伦丝是英国人。因此,他回到家里便吩咐说,他的靴子要继续保持高度的光亮。

"我想他不会再来了。"弗洛伦丝对母亲说。她对自己这位最近的追求者的性格,就像他对她的性格那样大大地误解了。但是,格拉斯库尔先生虽然没有立刻重新提出请求,却让人明白他根本没有退出竞赛。他从蒙乔依夫人那儿得到允许,他可以常来使馆做客;而且他甚至还从马格纳斯爵士那儿得到了表示支持的允诺。"你处的地位很不利呀,"马格纳斯爵士对他公使馆的秘书官说,"她显然不考虑你。"

"我已经决定弃权了。"可怜的安德森说道,说话的声气似乎坦白地表明他一切希望都成了泡影。

"我想她总得嫁人,我看不出格拉斯库尔先生干吗就不能跟别人有同样好的机会。"安德森傲然阔步地走开去,心情沮丧地想到自己所处的屈辱地位;他暗暗地对自己说,这个比利时人休想太太平平地把弗洛伦丝·蒙乔依娶到手。

可是,格拉斯库尔先生心不死,正是这种情况促使弗洛伦丝对母亲说,那个比利时人"真够麻烦",她应该回英国躲开他。

第四十七章　弗洛伦丝辞别她的追求者

"妈妈，你还是马上把我送回切尔顿讷姆去好，不是吗？"

"那个倒霉小伙子给你写信了？"

"对。你说他倒霉的那个小伙子来信了。当然，我不能同意你这么称呼他。说实话，我并不觉得他很倒霉。他有一位姑娘在真正爱着他，我觉得这是通向幸福的阶梯。"

弗洛伦丝说的这些话，字字句句似乎都有意在对她母亲挑衅；蒙乔依太太也确实感觉到了。而在这个目的的背后却是最终要让哈里被接受并成为她的夫婿的坚定不移的决心，所使用的手段也许可以说是最高明不过了。蒙乔依太太开始觉得她已山穷水尽，只得放弃这场斗争，向哈里敞开她慈母般的双臂了。马格纳斯爵士曾对她说，格拉斯库尔先生也许会成功。据说格拉斯库尔先生正是那种跟弗洛伦丝这样的姑娘打交道可能奏效的男子。这是马格纳斯爵士最后表示的看法。但是蒙乔依太太从中没有得到什么安慰。弗洛伦丝要按自己的主意行事，她母亲知道这是实际情况，所以心里很不高兴。不过，她照旧想继续一场软弱的、毫无效果的斗争。她说："他写信来是不礼貌的。"

"他要去美国待好些年呀！亲爱的妈妈，你倒设身处地想想。他怎么能不写信呢？"

"一个年轻人没有权利以那种方式渐渐地挤进一个家庭来。他知道自己不受欢迎，便写起信来了。"

"可是，妈妈，他知道自己是受欢迎的。要是他不给我写信就去美国——哦,这绝对不可能! 我准会去追赶他的!"

"不,不行,绝对不行!"

"我说这话是认真的,妈妈。不过去谈那些不可能发生的事有什么用呢?"

"我们本该阻止你收信和发信的。"这里蒙乔依太太触及了一个近三四十年——也许咱们可以说五六十年——英国社会中一个变化了的习俗问题。五十年前,姑娘家肯定是不准随便接受来信和写信的,也不准提出在没有长辈的监督下这么做。现在她们这样做已是司空见惯。一个姑娘在跟一个小伙子建立通信关系以前须让人知道一下,但她并不认为来往信件需要经过检查。她通常觉得对于别人的命令是否要服从得由她自己作出抉择。实际上她有权使用邮政设施。随着这种自主精神的发扬,咱们的年轻姑娘们的道德和风气肯定没有变坏。在美国,她们攥着大门钥匙,跟小伙子一起逛来逛去,就像小伙子跟小伙子在一起那样。美国姑娘和咱们的姑娘一样品行端正——也和欧洲大陆国家的姑娘一样品行端正,但欧洲国家里的姑娘仍然受到严厉管束,最后就成了新娘,嫁给陌生的男子当老婆。那种攥钥匙制度和自由通信制度,是不是就不会使鲜花失去咱们过去很乐意闻的清香,可能是个疑问;不过,是不是就不可能有某种从长远看会更有价值的东西来取代它,也是一个疑问。弗洛伦丝在母亲谈论她收信发信的权利时一直沉默不语,可是神态却十分坚定。她觉得用这种办法是难以使她不作声的。"如果我无法做到,至少马格纳斯爵士完全可能会这么做。"

"我认为你无法办到的事马格纳斯爵士也办不到。不过谈这没啥意思。你难道不想带我回英国以防止哈里被迫来这儿?"

"他干吗非得来呢？"

"因为我未婚夫要离开我到很远的地方去待很长一段时间，我想在他动身前见他一面。你难道一点也不同情我吗，妈妈？"

"你同情我吗？"

"因为有朝一日你希望我嫁给表哥斯卡伯勒，接下来是安德森，再接下来是格拉斯库尔先生吗？我怎么能因此而同情你呢？由于你毫无根据地把一位我认为十分高尚的人想象得很可恶，你才干出这一切的。他干扰了你的蒙乔依计划，于是你开始讨厌他。我永远也不会嫁给蒙乔依表兄。他和我趣味不合，他是个赌徒。可你却认为你可以对我任意摆布。"

"这一直都是为了你的幸福。"

"可这要由我来判断。这几个人我一点儿也不喜欢，让我和他们中间任何一位结合我怎么会幸福呢？要我嫁给他们中间任何一位是绝对办不到的。我已经把自己献给哈里·安斯利；而你，因为你是我的母亲，才能把我们分隔两地。你同情我不得不忍受的痛苦和烦恼吗？"

"我认为母亲总是同情子女的遭遇的。"

"而且只要有可能，她总是为子女消除这些痛苦的。妈妈，是让他来这儿呢，还是你带我回英国？"

这是蒙乔依太太觉得难以回答的问题。她立时立刻无法回答，因为她有必要先和马格纳斯爵士商量。马格纳斯爵士会同意把她女儿关在使馆里不让出去，而且在哈里·安斯利可能在布鲁塞尔的这段时间里，不让这个情人进大门吗？她在自己房里考虑着这件事，觉得事情非常棘手。整个布鲁塞尔城都会得知所发生的事。这姑娘会千方百计地冲出去，这时只能让仆人帮忙来制止她;而那个小伙子在拼命往里冲的当儿,就只好靠警察来阻挡了。她脑子里出现了到别处去旅行的隐隐约约的想法。可是无论上哪儿总是有邮局嘛,她知道她跑得再快那个小伙子也能把她追上。在这种紧急情况下,要是她可以有特权把女儿关进某个修道院,那该多好啊!然而,那必须是个基督教的修道院,因为一切带有罗马天主教色彩的东西都让她感到恶心。总而言之,她在考虑着自己的处境和她女儿的情况时,感到这世界全乱了套,心里很伤心。

"他要来,是吗?"马格纳斯爵士问道,"那他就得一无所获地回去呗。"

"你能关起大门不让他进来吗?"

"关起大门!当然能办到。只要我下令不准他进来,他就休想在这儿露面。安斯利是什么了不起的人,我想他在布鲁塞尔一个英国人都不会认识。"

"可她会走出去见他呀。"

"什么!在大街上?"马格纳斯爵士吓坏了。

"我担心她会这么干。"

"我的老天!她会那么干,准是个倔性子的妞儿。"接着,蒙乔依太太噙着眼泪,开始用许许多多的形容词儿说明她女儿是天底下最最好的女孩子。她是完全值得信任的。认识她的人都知道,世界上再也没有像她那样品行端正的姑娘了。她耿直、对神虔诚,有高度的原则性。"可是她所有的长辈都不准她出去和一个小伙子逛街,她却偏要这么干。难道这就是对神虔诚吗?"接着,蒙乔依太太声气稍带怒意地说,她要回英国,把女儿一起带走。"姑娘不听话我有什么办法呢,萨拉?我可以下命令给他吃闭门羹,还负责让命令得到执行。可是我不能下令把她关住不让出去呀。我岂不使她成了囚犯了，人人都会谈论这件事。所以你得自己给她下禁令——不过你说她不会照着做的。"

第二天，蒙乔依太太通知女儿说，她们要回切尔顿讷姆镇去。她没有说出立刻动身的日期，因为她觉得，那个讨厌的时刻愈往后拖延愈好。她也没有提出比较远的日期，因为如果她这么做就无法防止哈里·安斯利前来布鲁塞尔这种可怕的灾难。起先她希望不讲定日期，心想要是和哈里在路上错过了倒不坏。可是在这个问题上弗洛伦丝逼得她很厉害，最后日期到底还是定下来了。她们一星期以后就启程，然后走一段停一停，从从容容地回国。弗洛伦丝对这样的安排表示非常满意，当然便把她们可能到达的日期通知了哈里。

格拉斯库尔先生听说蒙乔依太太和她女儿突然要走了，自然以为他本人是引起这两位女士要离开的原因。即便如此，他也没有完全放弃一切希望。姑娘的母亲肯定站在他的一边，他还认为要是自己在英国露面，也许很可能会成功。不过如今他听说她马上要走，当然有必要特地去告别一下。有一天晚上，他在英国使馆吃晚饭，后来找机会单独和弗洛伦丝在一起。"这么说弗洛伦丝小姐，"他说，"您和令堂即将回英国了？""我们来这儿很久了，现在打算回去。"

"我好像觉得你们才来了几天似的。"格拉斯库尔先生神情十分恳切地说。

"我们是秋天来的，那时天气温和宜人。现在是一月中旬啦。"

"不错。但我仍然觉得时间过得太快了。不过感情是很难用时间来衡量的。"这明显是谈情说爱的语言，而且使用的是一位姑娘不可能假装不懂的字眼，所以弗洛伦丝有必要也用某种直截了当的方式来回答。她现在很生他的气。她已经告诉他自己和另一位男子相爱了。她这样做已经远超出实际情况要求她所做的事，她把原来要严守的秘密告诉了他，以为这样就满可以让他不作声。然而现在他却跟她谈什么感情不感情。她没有立刻回答他，只是板着脸对他皱眉表示不满。她清楚地意识到，在她把情况告诉他之后，他就没有权利和她谈自己的感情问题。"蒙乔依小姐，希望我去英国的时候能允许我有幸见到您。"

"不过我们不住在伦敦，也不住在伦敦附近。我们住乡下——在切尔顿讷姆。"

"路程远算不得什么。"

这太糟糕了，必须得制止，弗洛伦丝想道。"我想到那时候我结婚了。我不知道我们会在哪儿住，不过您光临的话，我会很乐意见您。"

这里她大胆地下了断语，可是格拉斯库尔先生却一点儿也不相信。他在谈论自己一个月或者六个星期之后可能会进行的访问，而这位小姐却对他说，到时候他会发现她已经结婚了！然而，他很清楚，她母亲，她伯父伯母都反对这门亲事。而她却毫无保留地冲口说了出来，连脸都没有红一下！时下的年轻姑娘非常解放，但是他认为她们一般不会解放到这种地步。"希望不会出现这种情况。"他说。

"我不懂你的心眼儿怎么会那么坏，竟然提出这样的希望。实际情况是，格拉斯库尔先生，你不相信我那天跟你说的话。也许作为一个姑娘，我不该提到这种事，可是我这么做是想彻底解决问题。当然，我说不上你什么时候可以来。要是你很快来的话，我还不会结婚呢。"

"不,不会结婚。"

"可我会像任何一位姑娘可能会做到的那样,尽量恪守婚约。我已经立下了誓言,在任何情况下决不违背它。我想你不会因为我的缘故才来的。"

"纯粹是因为你的缘故。"

"那你就在家里待着吧。我说的是认真话;——好吧,我告辞了。"

她走了,把他一个人给留在沙发上坐着。他立刻心里暗暗说道,她不像个女性。她在谈论她本人的事时口气生硬,他几乎想说这没有大家闺秀的味道。按他的想法,一个未出嫁的姑娘无论如何不能像蒙乔依小姐谈论安斯利先生那样来谈论自己所爱的人。话虽这么说,他宁可娶她也不会去娶他所遇到的别的姑娘来当老婆。他充满着真情实意的爱情得不到满足,他不由得感到沮丧。这个哈里·安斯利是何许人也,竟然让她爱得如此热烈?她母亲把哈里·安斯利说成是个十恶不赦的坏蛋,有关他和姑娘的表哥半夜在大街上吵架的丑闻也传到了他的耳中。他觉得那姑娘得不到母亲的同意是结不了婚的,因此他认为自己仍要去英国。在这个问题上他的想法丝毫没有动摇:如果他最后能娶成那姑娘,那她不会因为过去爱过哈里·安斯利就不能成为他的好妻子。一个姑娘一旦被禁止自行其是,她很快就会忘掉那种傻念头的。所以,他还是认为他要去英国。

但是,她还得忍耐着去跟安德森告辞,这必定是件更棘手的事。由于他放弃追求她,她受了他的恩惠,如今不能不说几句感激话就一走了之。假如他能做到对她敬而远之她本当会这么做,这是理所当然的;不过他未必会做到对她敬而远之也同样是理所当然的。"明天上午在你动身以前我想只见你五分钟。"最后一个晚上他表情哀伤地说。

他已经绝对地恪守了自己的诺言,惹人注目地过着神情痴呆心境凄凉的日子。他心境凄凉是人人皆知的事情,也让弗洛伦丝感到难受;然而,诺言是得到了遵守,她因之非常感激。"哦,如果你希望见我,当然可以。"她答道。

"我确实希望见你。"接着他约定了时间,她答应一定践约。

约会定在使馆的舞厅里见面,那是间挺大的厅堂,用于跳舞非常合适,每到夜晚总是显得富丽堂皇;不过在上午,这间大厅就和可怜的安德森本人一样荒凉。她进来的当儿,他正在这间长方形的大厅里徘徊;他在大厅的另一端,便大踏步向她走过来,说了他特地为这个场合所选择的话。"蒙乔依小姐,你在这儿看到的我是一个心情轻松而愉快的青年。"

"尽管发生过这么一件小小的事,我希望我离开你以后,不久也会像你一样。"

他没有说自己是个心灰意懒的人,因为他觉得这个词语很荒谬可笑;不过如果他有胆量的话,他准会用这个词语,因为那是最最确切表达他目前情况的了。

"一朵乌云在我头上飘过,它的阴影永远也不会消除。这自然是你的行动所带来的。"

"哦!安德森先生,我能说些什么呢?"

"我从前恋爱过——可从来没有像这一回那样。"

"你又来了。"

"不!我谈这件事时希望别人能尊重我的话。"他停顿不语,等待回答,可是她能说些什么呢?她一点也不尊重他谈论这件事的那些话,不过她对他的行动倒颇怀敬意。"是啊,我要求你相信我,我这样谈论我自己的时候,对我说来一切都过去啦。可是这件事对你来说无所谓。"

"对我来说也绝对不是轻松的。"

"我会继续过着闷闷不乐满怀愁绪的日子。我想我会留在这儿,因为我到哪儿还不都一样。我可能会调动到里斯本去;可那对我又有什么用处呢?你的形象会随着我去任何一个我可能会涉足的国都。但是有一件事你是能够做到的。"说到这儿,他表情起了变化,脸上露出了喜色。

"只要我能够办到,任何事情我都愿意做,安德森先生。"

"假——假——假如你改变主意的话。"

"我永远也不会改变主意。"她面带怒色地说。

"假如你改变主意的话,我想你会记得你逼着我许下的诺言,以及这个诺言是如何不折不扣地实行着的。"

"我记得。"

"然后我就会被允许再来碰 下运气。不管我人在何处,无论是在波斯王的宫殿里,还是在中国的京城里,我一定立刻前来。当时你要我许诺,我照办了。现在你愿对我许诺吗?"

"我不能许下任何诺言——绝对不可能。"

"这个诺言除了要求你通知我哈里·安斯利先生独自行动了,对你并没有其他约束。"但是她不得不给他解释,如果要她许的诺言是建筑在哈里·安斯利先生会抛弃她独自行动的话,她就不可能这么做。听了这话,他只得表示满意,由于实际情况所限,事情也只能做到这一步。于是他便离开了她,临走时还断言说,他现在和将来永远会是个心灰意懒的人,说话时的嗓门低得好像不想让人听清似的。

　　马车在大门口备好了，马格纳斯爵士心情愉快满面春风地下楼来走进了客厅，但蒙乔依夫人这时却在她自己房里给她的亲戚说最后一句道别话呢。"再见，亲爱的，但愿你能顺利地克服你所有的麻烦。"这是对蒙乔依太太说的。她转过身来又对弗洛伦丝说："你呢，亲爱的，如果能想法做到稍微少倔强一点，我想日子也就会好过一点。"

　　"我觉得我身上你称做倔强的东西，伯母，正是我的主要法宝。我的意思是拿来对付除妈妈以外的任何人的劝告的法宝。再见，伯母。"

　　"再见，弗洛伦丝。"这两人分手了，彼此恨之入骨，这是女性仇敌之间才会产生的一种怨恨。不过弗洛伦丝一坐进马车，便扑向她母亲，搂住脖子亲起她来了。

第四十八章　普罗斯珀先生改变主意

弗洛伦丝和她母亲一起到达切尔顿讷姆镇时,发现桌子上放着一封寄给她的信,感到很意外。信是哈里写来的,读来似乎让人觉得他写信的时候心情比先前好些了。不过信很简短。

> 最亲爱的弗洛伦丝:
>
> 　　我什么时候能来? 我必须得见你。我的全部计划可能要发生极不寻常的变化。
>
> 你亲爱的
> 哈·安
>
> 又:谁也不会说这是封情书吧。

弗洛伦丝当然把信拿给母亲看了,信的内容让她吓了一跳。"要是他来了,让我跟他说什么呢?"她叫道。

"如果你能好心见见他,千万不要说不客气的话。"

"不客气! 除了你称作不客气的话之外我还能说些什么呢? 我根本就不赞成他这个人。他是怀着把你从我这儿带走的特殊目的到这儿来的。"

"哦,不——不会马上带我走的。"

"可是总有一天——我相信这一天可能很遥远。当我觉得他是我的仇敌时,我怎么能客客气气地和他说话呢?"不过,问题最后还是解决了,因为弗洛伦丝答应她非要得到她母亲明确同意之后才会在三年以后跟她的恋人结婚。蒙乔依太太认为,三年时间是漫长的,在这期间很多事情都可能发生。她违情悖理地想象着哈里,认为说不定在那段时间里他会证明自己是个彻头彻尾为人所不齿的人。而蒙乔依·斯卡伯勒说不定又会在社会上获得地位。她最近听说蒙乔依又得到了他父亲真心实意的宠爱。那位老人由于在特雷登镇不断地兴建工厂,堆金积玉越来越富,蒙乔依太太认为再来多少个长子他也完全能够对付。关于限定继承权问题她头脑里一片糊涂;不过她很有把握,即便如此,蒙乔依·斯卡伯勒也会成为富翁。他并不指望弗洛伦丝会因此而改变主意。不过,她确实认为,一旦她得知哈里是个杀人犯,是个半夜三更的梁上君子,或者是个恶毒的阴谋家,她准会甩了他。所以,她同意如果他来蒙特佩利亚街的话,她会不露敌意地接待他。

但为了恰当地叙述故事,咱们得回过头来说说哈里·安斯利本人的情况。大家记得,他父亲曾拜访过普罗斯珀先生,通知他哈里打算去美国;蒙乔依·斯卡伯勒也访问了巴斯顿庄园;在这两人来访以前,斯卡伯勒老先生本人曾给他写了封长信,叙述了那场伦敦街头冲突的详细情况。这三件事对普罗斯珀先生的思想产生了强烈的影响;然而,这种影响还不如索罗本小姐、索姆士和辛普森两位先生的所作所为所产生的影响大。他从这两个人那儿收到的双方共同契约中清楚地看到,他只不过是"被人利用了",他们的目的无非要从他那里为那位小姐获得尽可能多的固定收入。那位小姐在寡孀年金上拿得比她应得的多得多还不满足,竟然在那次会面中还提出要为梯格尔小姐找个永久的栖身之处,还要为她自己养两匹小马驹。那次会面以后,他又收到一封从那两名律师那儿寄来的信。这可让他火冒三丈。世界上无论什么都休想劝他给索姆士和辛普森写回信。他也不想再就那两个邦廷福德律师信中提到的鸡毛蒜皮的事去给格雷和巴里两位先生写信了。对他来说，这些并不是鸡毛蒜皮的小事，但如果在给伦敦一家法律事务所写信谈这些事，那它肯定成为芝麻绿豆了。"我们的当事人特别关切的是她搬来巴斯顿庄园时是否被允许带梯格尔小姐。她已雇用梯格尔小姐多年，与之为伴乃为她幸福之所系。该当事人还希望明确一下，她是否被允许在那两匹拉车的马之外再养两匹小马驹，因为那两匹拉车马无疑主要是为您本人的用途而养。"这些就是索姆士和辛普森先生提出的要求，普罗斯珀先生觉得这些要求绝对办不到。他回想起梯格尔小姐的名字曾迫使他当着教区牧师的面大动肝火，他不愿为了梯格尔小姐的缘故再蒙受耻辱了。梯格尔小姐决不该成为他家里的一个居民，他的马厩也决不养什么马驹。马驹从本质上说是他所讨厌的一种动物。小马驹一副低贱相，巴斯顿庄园决不该容忍它的存在。"还有，"他最后心里暗暗说，"索罗本小姐本人也一副低贱相，这会给我带来不可弥补的损失。"

可是，他如何把自己的决定告诉那位小姐本人，如何能摆脱这门亲事而又不给自己的绅士品格留下污点呢？假如他可以给她一笔钱就解决问题的话，他早就立刻这么做了；不过他觉得那种做法缺乏绅士派头，等于坦白承认自己做了错事。

最后，他决定不去理会两位律师的来信，而要亲自给索罗本小姐写信。告诉她他们俩结婚的目的很不一致，所以他们俩想结为夫妇的念头必须慢慢打消。他仔细地推敲了那封信，觉得采取这一步骤的成败得取决于信的措词。不必急于马上解决问题，索罗本小姐暂时还不会重访巴斯顿来打扰他。在她来访以前，他早就逃到意大利去了。信必须写得彬彬有礼，语气要稍稍温和一些；但必须写得斩钉截铁，没有商量余地。决不能留下什么把柄使她又可以拿来和他纠缠不清；也决不能留下什么空子使她得以钻进巴斯顿庄园来！这封信应该是从从容容写出来的东西。他愿花一个星期乃至十天的时间来写它。然后信一寄出，他便去意大利。

不过他动身之前必须把外甥的事解决好，现在他觉得自己对这件事问心有愧。他确实认为自己以前亏待了这位年轻人。斯卡伯勒先生曾经用非常严厉的语言对他这么说过，而特雷登庄园的主人斯卡伯勒先生是一位有万贯家产、在社会上颇有点名气的人。人们谈论了许多有关斯卡伯勒先生的离奇古怪的事，但它们全有助于使普罗斯珀先生相信他是一个名人。最近，他也听说了有关斯卡伯勒先生的小儿子（或者按照新的说法，是斯卡伯勒先生唯一的儿子）的消息，这些消息对这个小伙子的名声很不利。关于他自己外甥干坏事的那些传说，他是从奥古斯塔斯那儿听来的。所以，他的信念动摇了；是不是能有别人来继承他们那份家产他还茫无头绪呢。索罗本小姐已被证明她自己完全不适合领受他打算给予她的崇高荣誉。帕弗尔小姐已和佃户塔兹尔赫斯特的儿子私奔了。普罗斯珀先生觉得他没有足够的精力再去找第三位可能在诸方面都适合做他太太的女子。除此之外，现在又添了一件不幸的事。他外甥宣布他打算移民去美国，成为美国公民。他因为经济极度拮据才被迫这么干的，这种说法也许有道理。他，普罗斯珀先生，中断了给他外甥的津贴费；而且是在阻止他去从事一行他本当可以聊以为生的职业之后采取这一步骤的。他查了一下法律，据他所知，即使他外甥成了美国公民，巴斯顿庄园也必然成为他外甥的财产。他想到这种情况会带来的祸害，想到他自己的名声会蒙受的耻辱，他受到自己良心的责备。所以他给外甥写了下面这封信，装在一只大信封里，用烙着巴斯顿家族纹章的火漆小心地封好口,在信封的角上清清楚楚地写着"彼得·普罗斯珀"几个字。

> 我亲爱的外甥亨利·安斯利:

> 我想,在目前情况下你收到我的亲笔信一定会感到意外,但是出现了一些事情使我非得给你写信不可。

> 我得知你即将去美国——一个我承认自己对之十分抱反感的国家。他们不是一个正大光明的民族,我倾向于认为他们做买卖一般极不老实。他们的总统出身低微,他们的政治观点全是讼棍式的诡辩。据说他们的太太小姐们也都俗不可耐,虽然我还从未有幸结识她们之中的任何一位。他们是一个漠视宗教的国家,对公认的英国国教及其主教毫无尊敬之意。很遗憾,我的继承人要去成为他们中间的一员。

> 关于中断我至今一直提供你的津贴费一事,这是我根据别人的忠告所采取的一个步骤,我不容许别人认为我有法律义务继续支付这笔费用。但是现在我愿意继续提供这笔钱,条件是你立即彻底放弃去美计划。

> 然而,作为我的继承人,你必须彻底地,详尽地向我解释一个问题:去年六月三日深夜你在什么情况下在街上打了斯卡伯勒上尉?你怎么会把他丢在那儿流着血,无声无息一动不动地躺着的?

> 鉴于我即将继续支付我至今允许供给的那笔钱,我认为我要求你亲笔写信给我作解释是颇为恰当的。

> > 你亲爱的舅舅

> > > 彼得·普罗斯珀

> 附言:你也许听说过有关我打算与一位来自你妹妹即将与之联姻的那个家族的小姐结亲的传闻。我有必要告诉你这个传闻不确实。

这封信远比给索罗本小姐的那封容易写,可惜寄出的当儿另外那封还差一点没写好。原来打算再花一天时间写完。可是给索罗本小姐的那封信由于困难重重,比原来计划又拖延了一些时候。

令人伤心的是,这封信到达教区牧师住宅时,把大家给乐坏了,简直让大家哈哈大笑了一场。跟往常一样,乔·索罗本少不了在场,把信藏起来不让他看办不到。那段附言把他们大家惊得目瞪口呆,那位小姐的侄子对这则消息比谁都欢迎,乐得直嚷嚷。"这么说邦廷福德酿酒厂的孩子要坐上普罗斯珀家族的宝座从此没有希望啦。"乔就是这么说的。

"他干吗就不该坐上那个宝座呢?"波莉说,"不管怎么说,一个索罗本跟一个普罗斯珀不是半斤八两么。"但是这句话没有当着安斯利太太的面说,在这个问题上她和女儿的观点截然不同。

"我不懂他对英国国教究竟怎么看,"安斯利先生说,"难道他认为坎特伯雷大主教在美国的一切宗教事务中也有至高无上的权力么?"

"他连一个美国女人都没见过,怎么知道她们全都俗不可耐,真是怪事!"哈里说。

"还说他们做买卖不老实!"乔说,"我看他是从那些激进党的报纸上看来的。"因为乔和那些酿酒商一样,是个坚定的保守党员。

"他们的总统和那些太太小姐一样粗俗!"安斯利先生说,"这是一位受过教育的英国人的看法,他不羞于承认自己当真对整个一个国家抱有反感。"

但是,他们在教区牧师住宅很快就回过头来比较认真地考虑起这件事来了。普罗斯珀舅舅真的打算完全饶恕那个罪人了吗?他是不是认为自己受了骗,还是由于在另一个继承人的问题上面临不寻常的困难才被迫这么做的？无论怎么说,他们全都同意,哈里必须迁就一下他舅舅,按要求给他"彻底地,详尽地解释一下"。"流着血,无声无息,一动不动!"哈里说,"我不能否认他是在流血;他也肯定无声无息;有那么一会儿他也许是一动不动。这让我怎么说呢?"不过那样的信并不难写,当天就被送到庄园去了。那儿,普罗斯珀先生花了一天时间研究那封信;这一天他本当应该用来对自己给索罗本小姐的信作最后润色的。他最后发觉外甥的信不需要答复。

但是,哈里倒是有许多事情要做。首先,他得去见他的好朋友,向他解释由于他本人无法加以控制的原因,他不能去美国了。"当然,你知道,我不能公开抗拒我舅舅。以前我打算去是因为他想剥夺我的继承权;可是他发现放任我不管会给他带来更多的麻烦,所以我一定得留下。你瞧,他是怎么来说那些美国人的。"这位先生对咱们在大西洋彼岸的朋友们的看法和普罗斯珀先生大相径庭,因而就这个问题争论了老半天。不过最后他还是不得不让他的伙伴留下不走了。

接下来是有必要给弗洛伦丝·蒙乔依解释有关他的整个计划变更的情况,为此他写了那封在本章开头就抄录的短信,之后他便亲自去了切尔顿讷姆镇。"妈妈,哈里来了。"弗洛伦丝对她母亲说。

"唔,亲爱的! 我没有请他来。"

"可我怎么跟他说呢?"

"我怎么知道? 你干吗问我?"

"当然他得来见我,"弗洛伦丝说,"他已经送了一张小条子来,说他十分钟就到。"

"哎呀！哎呀!"蒙乔依太太叫道。

"你打算到场吗，妈妈？这就是我想知道的。"然而，这正是眼下蒙乔依太太无法回答的问题。她曾经保证说，她不会待他不客气的，条件是三年内他们不能结婚。可是，她不能一开始就客客气气，不然的话她宁可被迫立即放弃那个条件。"妈妈，也许你还是不见他好受一点吧。"

"不过不准他再来了。"

"不来，我想现在不会再来了。"

"只准他来一回，"蒙乔依太太严厉地说，"原来因为他打算去美国才让他来的。可现在他计划全变了。这不公平，弗洛伦丝。"

"我有什么办法呢？我总不能因为你认为他该去美国而把他送到美国去。我原来也以为他要去；他也以为自己要去嘛。我不清楚什么事情使他改变了主意；但是让他写信说因为他计划改变了，所以不来了，这不可能。当然，他很想见我；我也很想见他，非常想。他来了!"

门铃拉响了，蒙乔依太太得立刻决定自己该怎么办。

"你们不准超过一刻钟。要超过了一刻钟——至多二十分钟——我就不允许你们在一块儿。"蒙乔依太太说着便匆匆离开了屋子，一二分钟之后弗洛伦丝发现自己在哈里·安斯利的怀中了。

到哈里想到要走的时候，二十分钟早已变成四十分钟了，虽然他已被告诫了足足有十几回，要他务必立刻就离开。接着，那丫头敲了门，捎话说"太太想见弗洛伦丝小姐，要小姐到她房里去"。

"好吧，哈里，你必须得走。你一定得走，不然我就走了。听到你告诉我的消息我非常非常高兴。"

"可要等三年!"

"对,除非妈妈同意。"

"那绝对不行。我从来没有听说过这么荒唐的事。"

"你必须得让妈妈同意。我已经答应她等三年了,你得明白我一定会遵守诺言的。哈里,我一向遵守诺言的,不是吗？假如她同意了,我一定也同意。好吧,先生,我一定得去。"接着有一个小小的告别仪式,这里不必细表,然后弗洛伦丝上楼到她母亲那儿去了。

第四十九章　维格诺尔上尉拿到了钱

　　咱们上次离开斯卡伯勒上尉的时候,他除了输掉了前一天刚拿到手的作为他新津贴的第一笔五十英镑钱之外,刚刚输给了维格诺尔上尉另一笔二百二十七英镑的钱。他父亲重新为他在准备一笔财产,以期望他过一种新的生活,如今这个开端可真糟糕。他写了一张保证一星期内偿清那笔钱的字据,还对维格诺尔上尉非常恼火,因为这位先生在当时那种情况下也逼人太甚了。他这么干自然也不稀奇,因为斯卡伯勒上尉由于无法偿还赌账已被人从不止一个俱乐部里给撵了出来。他回到自己住处的路上,维格诺尔上尉的香槟酒让他觉得头重脚轻,他颇有那天夜里攻击哈里·安斯利时的那种感觉。不过,他没有遇到任何可以当作冤家的人,因此就让自己上了床,呼噜一觉,酒也醒了。

　　他原打算那天就回特雷登庄园;可是他醒来时,觉得自己回特雷登以前得设法对周末要还的那笔钱作某些安排。他已经向格雷先生借了二十英镑钱,本来打算抽他父亲给他的那笔钱来还的。可是,那笔钱也已荡然无存,如今他几乎又身无分文了。在这种紧急情况下,他无计可施,只得再上格雷先生那儿去。

　　他被带上楼到那位律师的办公室的当儿,心里着实感到惭愧。格雷先生对他的经历了若指掌,所以现在有必要把他最近的这次冒险经历告诉他。他拖着沉重的步子上楼梯,心里暗暗说道,像他这样的人是无法挽救了。"我还是回去从纪念塔①上跳下来算了。"他说。然而,他认为如果弗洛伦丝·蒙乔依仍然是他的,他也

492

许还有希望向好的方向发展。

格雷先生一开头就说,看到斯卡伯勒在城里他颇为惊讶。"啊,对,我进城来了。我干吗进城这无关紧要,这儿是我常来之地嘛。这回我是遵父命而来;不过这无关紧要。"

"你在城里怎么消磨时间的呢?"这位律师问道。有一种消磨上尉总是流连忘返;不过自从他被人从他那些俱乐部撵出来之后,格雷先生觉得那种消磨去处不可能对他开放。

"老花样。"

"你是说你又去赌了?"

"对;昨晚碰到了一个朋友,他让我到他的住处去。"

"他把纸牌都准备好了。"

"那还用说。除此之外,别人能为我准备些什么呢?"

"他把你向我借的二十英镑用剩的余款赢走了,所以你想再借二十英镑。"上尉听了摇摇头。"那你到底想要什么呢?"

"我碰到的这种人,"上尉说,"是不会满足于那二十英镑钱用剩的余款的。我曾从父亲那儿拿到了五十英镑,本来想来这儿把钱还你。"

"那些钱也输光了。"

"对,是这样。除此之外,我还给了他一张二百二十七英镑的借据,我得在一周之内还清这笔钱。不然我又得失踪了——这一回可是永远一去不复返了。"

---

① 指建于 1666 年的伦敦大火纪念塔。

"是个无底洞。"律师说。斯卡伯勒上尉默默地坐着,嘴角上似乎稍稍挂着点笑容,可是内心肯定没有一点儿笑意。"一个无底洞。"律师重复道。上尉听了皱了一下眉头。"你希望要我为你做点什么?我手里没有你父亲的钱,有了我也不能给你。"

"我想是不能给。我得回到他那儿去,把这种情况告诉他。"现在轮到律师默默无言了;他在考虑整个儿的问题,后来斯卡伯勒上尉打椅子上站起来准备走了。"我不再麻烦你了,格雷先生。"他说。

"坐下。"格雷先生说。可是上尉仍旧站着。"坐下。当然,我可以拿出自己的支票簿,写一张这笔款数的支票。没有比这更简单了。如果趁你父亲还健在时,我能把事情给他解释清楚,他会付还我钱的。再说,看在老朋友的情分上,不管他付还还是不付还给我,我都不会因为这点钱而耿耿于怀。不过问题是,我这么做是不是明智?对你来说明智吗?"

"我看为我做任何事都不会是明智的——除非你割断我的喉管。"

"可是谁的前程都不可能是一帆风顺的。你父亲的一生是我所知道的最最不同寻常的——"

"你知道,我永远也不会相信那些有关我母亲的事。"

"现在别去管它了。咱们暂时不谈这件事。他剥夺了你的继承权。"

"这是今后让律师来解决的问题——如果我还活着的话。"

"可是现在的情况是他有可能留给你另一份财产。他对你兄弟感到很恼火,对此我也有同感。他要为了你的缘故把特雷登庄园剥得像我手掌那么光秃秃的。你一直是他所宠爱的,所以尽管

494

发生了这些事情,你仍然是他所宠爱的儿子。他们对我说他活不了六个月啦。"

"我确确实实不希望他死。"

"可是他认为你兄弟盼他死。他觉得奥古斯塔斯·斯卡伯勒不愿意让他多活几个月,所以很生气。既然现在债都还清了,如果他能重新使你成为继承人的话,他一定会这么做的。"这时上尉摇了摇头。"不过实际上,他要留给你的钱甚至足够对付让你过奢侈日子的各种开销。这是他的遗嘱,我今天就打算把它送去让他最后签字生效。我的高级办事员将把它送去,你会在那儿碰到他。这就很足够你过日子的了。不过要是你一夜之间或者一月之间就把它全输给那伙流氓的话,这一切又有什么用呢?"

"如果他们算作是流氓,我也就是他们中间的一个。"

"你输钱。你受了他们的骗。我完全相信你从来没有赢过钱。受骗的输钱,流氓们赢钱。事情必然如此。"

"你不了解情况,格雷先生。"

"最近赢了你钱的那个人   难道他不是以此为生吗?为什么他就该赢,你就该输?"

"我运气不好。"

"运气不好!世界上没有什么运气不运气的事儿。你让右手跟左手掷钱币来赌输赢,来上整整一个小时,结果会是平局。如果你不是赌一个小时而是六个小时的牌,平均下来,你的牌跟别人的也差不多。"

"别人有技巧呗。"蒙乔依说。

"他用它来对付没有技巧的,就可以以此为生了。这跟诈骗有什么两样?可是说这些话有什么用呢?你以前肯定也想到这些事。"

"对,确实想到过。"

"你想想,你还要一意孤行地干下去。你喝了酒就昏了头,情绪容易冲动,倒不是轻率;你觉得来劲,就决意在一场你没有赢的机会的竞赛中孤注一掷;你自己也承认,唯一自然的结果是你被迫自己毁灭自己。"

"恐怕是的。"上尉说。

"你要让我取出多少钱?"律师一边拿出他的支票簿一边问道。"受款人让我写谁呢? 我想我可以就写今天这个日期,这样那个骗子拿到这张支票会以为他还有许多钱好弄到手呢。"

"你是说你打算借我这笔钱?"

"嗯,对。"

"那你让我怎么还呢?"

"我看我得等你从你那些朋友那儿赢回来还我。要是你对我说,你不想用那种方式来弄到这笔钱,那我将肯定你会在短期内合法地付还给我。二百二十英镑不会把你给毁掉的,除非你决意自己毁了自己。"格雷先生边说边写支票。"这里提供给你一大笔钱,"他手按着那份遗嘱说道,"你可以毫无困难地从这笔钱中抽钱来还我。现在得由你来说你是否会做到。"

"我一定做到。"

"你不必这样说。这太容易了。你应该在赌瘾袭来的时候,在没有旁人在听的时候,在你下了决心说到就要做到的时候,才说这句话。那时你就说——我还欠着老格雷那笔钱呢,我一定得还他;但如果我上那儿去的话,我知道会有什么结果;本来应该到他的金库里去的钱就会变成那些贪婪的豺狼的一部分捕食物了。这儿是二百二十七英镑的支票。我把款数开得很精确,这样你就可以把支票联单寄给你的朋友。他会猜想我是某个答应满足你需要的放债人,而你重新获得的财产也就得以保住了。对你父亲说他明天准会拿到遗嘱。我看今天我无法派斯密斯去办这件事。"

这样斯卡伯勒就只得走了;不过他得说几句感激话走才恰当。"我想你一定收得回这笔钱的,格雷先生。"

"也许吧。"

"我想你一定会的。可能出现的情况是,为了还你钱,我会非得暂时不去赌。"

"你不想做得更好些吗?"

"我是个倒霉人,格雷先生。只有一样东西可以把我给治好,不过那东西可望而不可即。"

"女人?"

"唔,是一个女人。为了她生活过得舒适,我觉得我会保住自己的钱的。不过别去管它吧。格雷先生,再见。我想我会记得你对我的好处的。"接着他走了,把那张支票联单寄给了维格诺尔上尉,还附了一封极其简短、极其不客气的信。

先生:

寄上你的钱。把借据寄还。

蒙·斯卡伯勒

"我原来几乎没料到,"那上尉把支票装进口袋时暗自说道,"至少没料到那么快。不入虎穴,焉得虎子,冒一下险还是值得的。那个穆迪真是个呆头呆脑的家伙,甭想干出点啥来。我本以为他有一段时间手里不会有什么钱呢。"接着,这位上尉满脸是一个勤奋的专门人才那种踌躇满志的神态,回忆起那天晚上的业绩来了。

然而,格雷先生却对自己不太满意;他决定暂时不对多丽提起他冒险借出肯定难以收回的那二百二十七英镑。可是他上床睡觉以前感到忧心忡忡,他觉得不把事情全说出来他心里是不会安宁的。整个傍晚,多丽一个劲儿地在给他谈卡罗尔家里的麻烦事——爱米丽亚怎么因为恋人受了伤不愿和她父母说话,碰面时多丽对她也极其无礼;索菲亚怎么宣称诺言必须遵守,爱米丽亚应该出嫁;还有卡罗尔太太又如何悄悄对她说,老卡罗尔前一夜归来时比以往更加烂醉如泥,行为极其可恨。可是格雷先生对这些事几乎没有注意去听,因为他心里惦记着他借出钱的秘密。

所以,多丽没有吹灭她房里的蜡烛,套着她半夜三更起床去父亲那儿常穿的那身衣服上了床。她已经看出父亲有某桩他必须得说出来的心事。不一会,她给叫去了;她在父亲的床沿上坐下就开始谈话。"我早就知道,今晚你会叫我。"

"为什么呢?"

"因为你有事要说嘛。是关于巴里先生的。"

"不,没有的事。"

"那好。就现在这会儿,我似乎对巴里先生比其他哪件麻烦事都关心。不过我怕他已把我全给忘了,这可不太好啊。"

"巴里先生在适当的时候会来的,"她父亲说,"关于巴里先生我现在没有什么好谈的,所以要是你失恋的话,你最好去睡吧。"

"太好啦。假如我真失恋了,我会去睡的。好吧,你想给我说些什么呢?"

"我借给某人一大笔钱——二百二十七英镑。"

"你老是把大笔钱借给别人。"

"一般说我能把钱重新收回来。"

"比如说，你从卡罗尔先生那儿收回钱来了——当时他借钱说要买裤子，却拿钱去买搀水的杜松子酒喝。"

"我从来没有借给他一个先令。他是个刺球，甩都甩不掉，你借他钱还不行，要当礼物送他钱才太平呢。现在想到要防止可怜的卡罗尔这种姻亲关系为时已晚矣。"

"谁借了这笔钱?"

"一个赌徒，从来赢不了一个子儿，老是输得还不了账。不过我认为他将来会还我的。"

"是斯卡伯勒上尉，"多丽说，"我知道他父亲是个大阔佬，依我看，他给你好处不多麻烦倒一大堆，我不懂你干吗非得借一大笔钱给他儿子。"

"因为他需要呗。"

"哎哟!"

"他非常需要。过去他赌钱，结果身败名裂地出走，如今他回来了，别人正要打算帮助他重新自立的当儿，我不能眼看他缺少这么一笔钱而重新堕落。这么做很蠢。"

"也许有点儿草率，爸爸。"

"我现在把事情跟你说了，咱们就谈到这儿为止吧。不过我还想告诉你，多丽——我敢打赌他会在他父亲去世后的一个月内还我钱。"接着多丽被允许离开去睡觉。

当天，蒙乔依·斯卡伯勒去了特雷登庄园，立刻和他父亲单独关起门来商谈。斯卡伯勒先生要问一些有关普罗斯珀先生的问题，他急于想知道他儿子的任务完成得怎么样。可是，不久话题就从普罗斯珀先生转到了维格诺尔上尉和格雷先生。蒙乔依刚从格雷先生那儿拿到支票那会儿,曾下决心不跟父亲谈这件事。他把事情告诉了格雷先生,为的是他就不必跟他父亲提起——如果这笔钱有着落的话。然而,他在父亲房里还没有呆足五分钟就急忙提起那件事。"你又和那些啄尸鹰厮混在一起啦。"他父亲说。

"只有一只——或者至多两只。一只大的,一只小的。"

"你输了多少?"然后上尉就报了确切数字。"格雷把这笔钱借给你了?"上尉点点头。"于是你得乘车来特雷登,赶上今晚的邮班,把支票寄去还他钱了。在那么短短的时间里,你竟然能找到一位乐意诈骗你的人!我看你是没救了,不是吗?"

"我可说不上。"

"完全不可救药。"

"让我说什么呢,先生? 如果我作出保证,这种保证也靠不住。"

"完全靠不住。"

"那么让我作保证有什么用呢?"

"你倒挺有逻辑性的,看问题倒完全合乎情理。你常常把自己搞得身败名裂,还尽量把和你有关系的人弄得倾家荡产,还有什么希望可言呢? 关于我留给你的那笔钱,除非我把它全赠送给一家医院,不然我不知道再能说些什么好。还是你拿去输给那些赌徒吧,也总比落入奥古斯塔斯手中好。而且,你现在要求的数目不大。毫无疑问,这仅仅是个开头,好戏还在后头呢。"

于是,他掏出了支票簿,让蒙乔依自己写了一张包括所借的两笔钱款数的支票。他还口授了一封给格雷先生的信。

亲爱的格雷:

寄上蒙乔依向你借的两笔钱——一笔是二百二十七英镑，另一笔是二十英镑。我认为自己这么做是对的。你是我认识的人中用钱最最不得当的傻瓜。怎么能把钱借给像我儿子蒙乔依这种不可救药的人呢？不过，你也是我所遇到过的最和蔼可亲、最高尚的君子。现在你拿到了自己的钱，比你原来期望和应当拿到的要多得多。不过，这一回算你运气。

　　　　　　　你忠实的

　　　　　　　　约翰·斯卡伯勒

　　这封信是他儿子被迫亲笔写下来的，尽管其中谈的全是有关他欠债的事；不过，正如这个儿子暗暗对自己说的那样，他倒并不后悔写这封信，因为这封信会告诉格雷先生，他本人也同时认识到了自己的罪过。这位父亲对他儿子唯一进一步的惩罚是，要他在吃晚饭前亲自骑马去特雷登镇上寄出那封信。

　　"我收到钱啦。"格雷先生说。他边挥舞着那张支票边走进穿衣间，多丽紧跟在他后面。

　　"是谁还的钱？"

　　"老斯卡伯勒，他让蒙乔依亲自写了这封信，说我借钱给他是个老傻瓜。我认为我并不傻。不过我拿到钱啦，你赌输啦，这事儿就别再提了。"

第五十章　索罗本小姐的最后纪事

普罗斯珀先生还没有完成给索罗本小姐的那封庄重的函件，就以他特有的那股子劲头先寄出了给哈里·安斯利的那封比较容易写的信，信的附言中提到了那门亲事的暗淡前景。给索罗本小姐的那封信需要慎重考虑。他必须煞费苦心地斟字酌句，反复修改。他担心自己会因为误用了某个形容词而受到约束。他甚至连用副词都感到十分害怕。他发觉用句号表达感情太激烈，他因为句号后面那个首字母写得太大而第五回重写了那封信。这种长期拖延的结果是，索罗本小姐在这封信从合法的渠道到达她手中之前就从酿酒厂听到了消息。普罗斯珀先生写那段附言纯然是心血来潮，写的时候他忘记了他妹夫一家和邦廷福德那些人之间的亲密关系。他清楚地知道那门计划中的亲事；可是，他这个人一心不能两用，所以就犯了错误。

也许对他说来事情还是那样的好；那场灾祸来得非常迅速，这比原来打算采取较缓慢的步骤之后才遭受灾祸要好受得多。他实际上因为那个感情色彩浓烈的句号用得不当而正在写第五遍信，这当儿马修走了进来，宣布说索罗本小姐人已在客厅里了。"已经到屋子里了！"普罗斯珀先生叫道。

"她要走进走廊来，那俺能让她待哪儿呢？"

"马修·派克，我不让你替我管家了。"马修和他东家相处的这些漫长的岁月里，这句话大概每三个月要说一回。

"好吧，老爷，当然俺把这当作是一个月以后要把俺解雇的预先通知。"马修心里十分明白,这只不过是他东家说的埋怨话。他非常关心他东家的幸福,所以他知道现在应该立刻就索罗本小姐的问题作出决定,而不应该为了他个人的小争执去浪费时间,这样才得体。"她在等着呢,您知道,老爷;她看上去在发火,这很少见。还有一位小姐在外头马车里待着呢。"

"梯格尔小姐! 千万别让她进来。她进来了更糟。哎哟,那可怎么办? 我的外套、背心呢? 还有背带呢? 我还没有梳过头呢。穿着这双拖鞋不行。她事先不说一声,这个时候来干吗?"马修立刻忙起来,尽快地把他东家给穿戴得体体面面。"归根到底,我不想见她,"普罗斯珀先生说,"我干吗非要见她?"

"她知道您在家,老爷。"

"她怎么知道我在家? 这是你的不是。你不该让她知道我是不是在家。哎,天哪! 天哪!"最后那几声呼叫是由于他刚刚回想起他给哈里的信的附言内容和乔·索罗本与他外甥女的婚约而发出的。他立刻决定——或者说他认为自己已经决定——只要他活着,哈里·安斯利就休想拿到一个先令。"我气都喘不过来,现在不能见她。你去给那位小姐弄点蛋糕和酒,对她说你发现我很不舒服。我想你得告诉她我今天身体欠佳无法接待她。"

"忘掉这事儿吧,老爷,把它了结算了。"

"说得倒轻巧,了结算了! 我永远也了结不了这件事。你今天让她进来了,她会认为她什么时候都可以想来就来。老天! 她上了楼了! 把我的拖鞋收拾好。"接着,门打开了,索罗本小姐自己走进了屋子。这是楼上的一间小房间,大家管它叫"普罗斯珀先生的屋子",那个小房间有一扇门通他的卧室。他怎么也弄不清索罗本小姐是怎么认识路走进这间屋里来的。可是她上楼梯那模样似乎让人觉得她从儿时起就熟悉这座房子错综复杂的布局了。

"普罗斯珀先生，"她说，"但愿你今天早上身体很好；——但愿我也没有打扰你梳洗打扮。"她为什么说这话原因显而易见——她瞅见马修提着晨衣和拖鞋走进卧室去。

"我不怎么舒服，谢谢。"普罗斯珀先生从椅子里站起身来，把手伸给她，用非常冷淡的口气致意说。

"知道你身子不舒服我很难过——非常难过。但愿你不是因为身体不适才没有来看我的。自从索姆士写出最后那封信以后，我天天都在等你。哦，彼得，彼得！再装模作样没有什么意思了。"她就这样唤他的教名，把他给惊得张口结舌，连一个字都说不出来。他本该先告诉她，不管她过去用什么借口来唤他教名，现在可不能再这么做了。然而，诸如此类的话他没有说出口。"唔，你就没有话可对我说吗？"她接下去说道，"你却能给别人写那种轻率无礼的信，还油嘴滑舌地把我给取笑了一顿。"

"我没有干过这样的事。"

"你没有给乔·索罗本写信说你已彻底放弃娶我的念头了吗？"

"乔！"他叫道。当下他大吃了一惊，只说出了那个小伙子的教名，便哑口无言了。

"对，乔，乔·索罗本，我侄子，也是你未来的侄子。你写信告诉他一切都结束了？"

"我这辈子从没给索罗本少爷写过信。我做梦也不会想到和他通信谈这么个问题。"

"唔，他说你写了。如果你没写给乔本人，你写给别的什么人了。"

"我当然完全可能给别人写信。"

"你对他们说你不打算和我再打什么交道了?"那个叛徒哈里现在犯了一个比深更半夜把人打翻在地,让他在那儿流着血,无声无息一动不动地躺着;比他在这件事情上说了谎;甚至比拒绝听他舅舅念训诫更加严重的罪行。哈里犯了这样的罪,今后一个先令的津贴都不会给他了。甚至在这当儿,普罗斯珀先生脑子里闪过一个念头:除开帕弗尔小姐和索罗本小姐之外,英国可能还有某个未婚的女性。"彼得·普罗斯珀,你为什么不像男子汉大丈夫那样回答我的问题,老老实实把真相告诉我?"他这辈子过去从来没有人直呼他彼得·普罗斯珀。

"也许你最好让我写信给你说吧。"他说。这当儿那封快要写完的信正在他前面的桌上放着,甚至她眼睛也看得到。他立刻慌慌张张地把它遮了起来。

"也许就是这封信花了你那么长时间。"她说。

"正是这封信。"

"那把它给我,省掉你几个便士的邮资。"他在慌乱之中把信交给了她。在她读信的时候,他一屁股坐进了沙发。"你措词倒很讲究呀,普罗斯珀先生。'本人认为向您开诚布公讲清整个事实真相实为恰当之举。'当然,普罗斯珀先生,当然。整个事实真相真是件妙不可言的玩意儿——仅次于整桶啤酒,照我哥哥的说法。""庸俗透顶的女人!"普罗斯珀先生心里喊道。"'关于那位和蔼可亲的女士梯格尔小姐,双方似乎误解殊深。'一点没有误解。你说过你喜欢她,我看你当时是喜欢她。我与一位连一件衣服都买不起的女伴一起生活了二十年,可是她从我这儿得到了什么呢? 难道我为了嫁人就把她给撺出去吗?"

"可以安排给她一笔年金嘛,索罗本小姐。"

"什么年金不年金!你就这么来考虑感情问题吗?你想要人来照料你自己才让她去过孤单凄凉的日子吗?还有那两匹倒霉的马驹的事儿。我告诉你,彼得·普罗斯珀,不管让我嫁给谁,我都要驾上两匹小马驹,我可以用自己的钱来养它们。马驹的问题呀什么的,好一个借口!你丧失了勇气。你结识了一位有气魄的女人,现在你担心自己今后会对付不了她。这封信尽管没有寄出,还是由我来保存吧。"

"请便,索罗本小姐。"

"对,我当然要保存它,我要把它交给索姆士和辛普森两位先生。他们俩都是极有绅士气派的人,他们得知巴斯顿庄园的老爷竟然干出这种事来,准会大吃一惊。当然,这封信会在一些报纸上给登出来。毫无疑问,这对于我来说是很难受的;可是我即使让咱们女性蒙受一点耻辱也要惩罚你一下。到时候整个郡都在谈论你对一位小姐的所作所为,说普通人也不可能干出这种事来,更不用说一位绅士先生了,于是你就会尝到受惩罚的滋味了。梯格尔小姐呀!两匹小马驹呀!你光想要我的钱,自己却一毛不拔。哦,你这个小气鬼!"

她准知道自己说的每句话都像一把匕首。她说出来的每句谴责话都表明她对他的具体性格进行过仔细的剖析。最最伤害他感情的是她居然拿他来和索姆士与辛普森相比较。索罗本小姐刚才说他们都是绅士! ——"全邦廷福德郡最最庸俗之辈!"他心里说道,还时刻准备把这些尖刻话说出口来呢——而他不像个男子汉,是个小气鬼,根本不配称为绅士。他知道自己是世袭了好几个世纪普罗斯珀祖先的巴斯顿庄园主人普罗斯珀老爷;而索姆士是税务员的儿子,辛普森是打伦敦来的,原来是伦敦城里一家律师事务所的小办事员。然而,人们确会像索罗本小姐那样谈论他。他的冷酷无情会成为太太小姐们的话题。再有,他在小马驹问题上表现出来的吝啬准会让郡里的人风言风语地说上一年。如今他已弄清楚索罗本小姐是什么样的人,而他本人原先竟然想娶她当太太,所以心里越发觉得这是个奇耻大辱。

但是,他没看出这位小姐的眼睛里始终闪烁着一种嘲弄的目光;这种嘲弄的目光即使让他看出来了,也未必能理解。她的满腔怒火仅仅是装出来的。她原先也认为如果自己在某种情况下能嫁给普罗斯珀先生的话,倒也不坏;可是她十分明白这种情况也许不会出现。"我看这件事不行了,亲爱的,"她曾对梯格尔小姐说,"当然,像他那样的老光棍是不会收留你的。"

"请你暂时不必考虑我。"梯格尔小姐神情严肃地回答道。

"讨厌!你干吗不说实话?我没有想抛弃你的意思,要是我真的这么做,你当然就无家可归了。我不会因为普罗斯珀先生的缘故去伤自己心的。我知道如果自己嫁给他就是干了件大蠢事,而他想要娶我是干了更大的蠢事。不过我确实以为他不至于因为马驹的事而光起火来。"后来索姆士和辛普森写去最后一封信之后一直没有回音,她又在酿酒厂听到消息说,普罗斯珀先生打算罢休,她却一点儿不感到意外。不过,她觉得消息传到她那儿的方式太不体面了,所以决意要惩罚一下那位先生。于是她就去了巴斯顿庄园,把他唤作彼得·普罗斯珀。可是,咱们也许会怀疑,她是否意识到她的鞭笞会在他身上留下多么深的伤痕啊。

"亏你想得出通过那些年轻人把消息传到我这儿来——你写那件事就像在开玩笑。"

"我决没有把它写来开玩笑。"普罗斯珀先生说,几乎要哭出来了。

"我现在记起来啦。信是写给你外甥的,教区牧师住宅里的人自然都看到了。当然,他们全都在嘲笑你。"现在有一件事已登入灾祸之册,就像世界末日注定要到来那么肯定。哈里·安斯利休想再从他那儿拿到一个先令的津贴了。他将去国外。他边想心里边这么说;他还说要是他在哪儿能找到一位体魄健全的年轻女子,他准会娶她——他宁可牺牲自己的幸福,也要对他外甥进行报复。不过,这仅仅是一时的感情冲动。自从他和索罗本小姐熟悉以来,他对婚姻已完全感到厌恶,所以要以那种方式来求得解脱是根本不可能的。"你打算对我提出什么修正案吗?"索罗本小姐问道。

"钱?"他说。

"对,钱!为什么你就不该付我钱?我想养三匹小马驹,还想把梯格尔小姐的妹子带来跟我一块儿住呢。"

"我不知道你说的是不是正经话,索罗本小姐。"

"非常正经,彼得·普罗斯珀。不过也许我还是把这件事交给索姆士和辛普森去办理。这两位都颇有绅士派头,他们肯定会让你知道该付多少钱。考虑到我感情受到伤害,一万英镑也不算多。"这时索罗本小姐拿手绢捂住自己的眼睛。

他无话可说。她是在嘲笑他(他认为这种可能性最大)还是她所提的要求中有几分是真的?他发觉这两个问题都无法回答。他无话可说,也不能干脆把她给撵出屋子。不过,又继续了十分钟这样的寒暄之后,他终于弄明白她纯粹在嘲笑他,于是他开始觉得自己也许可以逃走,把她一个人丢在那间屋子里。

"请原谅,索罗本小姐,我想回房里去。"他说着打沙发上站了起来。

"玩笑可真的把你给赶出自己的窝啦。"她笑道。

"在这种严肃的问题上,我不喜欢这样你一言我一语彼此说俏皮话。"

"彼此?依我看哪儿有什么你一言我一语。你根本就没有说过一句打趣话嘛。男人们所说的彼此算什么彼此!"

"凭你这么粗鲁我也得逃走。"

"听着,彼得·普罗斯珀,你走之前让我问你一个问题。咱们两人中间谁比谁粗鲁来着?你上我那儿向我求婚,可一发觉我在钱的问题上自有主张,便想打退堂鼓了。现在我不过稍稍报复一下,你就骂我粗鲁。我把你唤作彼得·普罗斯珀,你就受不了啦。你就没有那种魄力回敬我。叫我玛蒂·索罗本嘛。好吧,再见,普罗斯珀先生——我永远不会再叫你彼得啦。至于我刚才对你所说的钱的事,当然全是胡扯。我会付清索姆士的账单的,决不会来打扰你。还有你的这封信,连个落款都没有,哪儿有什么效力,是一封傻乎乎的信。你想要写得自然,就不该誊清嘛。再见,普罗斯珀先生——永远不再叫你彼得了。"接着她站起身来,走出屋子。

普罗斯珀先生一个人给丢在那儿发呆了好半天。他竟然会打算娶这个女人当老婆!这是他第一个念头。接着,他觉得自己已摆脱了她,实际上比原来预料的要容易些。尽管她又庸俗又无礼,她身上还是表现出了某些长处。无论如何她不想再来找他麻烦了。他从此不会再听到她扯着大嗓门唤他彼得了。但是,对教区牧师住宅里的那一家子,他感到怒不可遏。他们竟敢嘲笑他,他知道自己在他们眼里已变得十分可笑。他想象得出这一切——他们取笑他,拿他计划中的婚事打趣时的神态。他原来并没有有意想让自己在他们眼里出丑。然而,他一直是作为他们一位威严的尊长来履行自己的职责的,而且他觉得如今他设法宽恕他外甥完全出于自己的慷慨大度,而这个外甥竟然和他曾打算娶为妻子的女人的侄子串通一气来拿他开玩笑,真是是可忍,孰不可忍?不,一个先令再也不会给哈里·安斯利了。如果出现什么情况变化,事情可以作出这样的安排——他甚至仍然可能成为自己一家人的父亲。

第五十一章　普罗斯珀先生病了

　　大约在二月头上，哈里·安斯利打切尔顿讷姆镇回来的当儿，心里高兴得不得了。说实话，他心里这份高兴得意的劲儿实在是世间凡人所不该有的——一个人今天快活，说不定明天就会倒霉，福兮祸所伏嘛。哈里一路春风得意地走着，但他既没有在走路姿态上，也没有故意露出一副趾高气扬的样子，来显示他的高兴劲儿；他只是在心里明白，在切尔顿讷姆发生的事几乎让他失去了凡人的特性，变成天上的一颗明星了。别人谁都不会有他这种心情——这是一种对天堂般幸福的信念，而且他对这种幸福在任何情况下都永远非他莫属这一点深信不疑。他就是这样在思量着他自己和他所遇到的事。他成功地让一位年轻女子吻了他。

　　哈里·安斯利确确实实为弗洛伦丝感到自豪，他对她十分信任。他因为弗洛伦丝爱他而觉得很幸运——他可没有那种自认为是情场高手而觉得了不起的花花公子所怀的庸俗的自我陶醉心理；但他就是因为赢得了这位姑娘的心而认为自己比原来想象的要幸运。在切尔顿讷姆镇逗留的半个钟点里，她跟他谈了话，用她自己特有的恰到好处的方式表达了自己的感情，使他明白天下唯独他才能成为她的郎君。"如果我不一往情深地爱她，不折不扣遵照教规来待她，至死不渝，那就让上帝以同样的方式，而且可以更严厉地来对待我吧。"他出了切尔顿讷姆镇蒙乔依太太的寓所的大门走出去的当儿，心里就是这么自言自语地在谈论她的。

　　他打那儿回到了巴斯顿，兴高采烈地进了他父亲的住宅，内心像笼罩着一圈幸福的光环。他对那件事没有多说，不过他母亲和几个妹妹却感到他变了一个人；一两天之后，他母亲对他说，她们之中谁也不认识他的弗洛伦丝，真是"非常遗憾"，这时他才懂得她们的心情。

"可你们今后肯定会认识她——熟悉她的。"

"那还用说；不过现在咱们还不能把她当作熟人和你谈起她，真是遗憾极了。"于是他觉得她们已承认弗洛伦丝目前的身份了。

有消息传到教区牧师住宅，说他舅舅和索罗本小姐在庄园大宅会过面了。是乔把第一手情况带给他们的；接着两家的仆人又透露了不少细节。马修是个谨慎小心的人，但是就连马修也准会漏出一两句来。首先，有消息说普罗斯珀先生对他外甥的恼怒情绪愈演愈烈。"哈里少爷准是闯了什么祸了。"这是马修深表遗憾地对教区牧师住宅的管家娘子或者男总管断言的话。接着乔宣布说，普罗斯珀先生婚事中出现的种种祸害都是哈里这颗灾星带来的。起先大家把这种说法看作是开玩笑。乔所叙说的事情充满着笑料；毫无疑问，这些笑料是索罗本小姐直接告诉他的，要不就是通过邦廷福德镇的太太小姐们传到他耳中的。"你姑妈好像确实比他厉害。"这是莫莉说的，而且是当着乔·索罗本和哈里的面说的。

"啊，说的是，"乔说，"她完全把他给控制在手里；既然把他给制服了，要抽他几鞭子还不容易。"乔脑子里出现这个念头时联想起人们用鞭子狂抽一条不驯服的猎狗时的情景。"他好像提出要给她钱。"

"我不太相信。"哈里为舅舅辩护说。

"这是她亲口说的，还说她提出至少给一万英镑。当然她是在嘲弄他。"

"普罗斯珀舅舅一向不愿让人嘲弄。"莫莉说道。

"可是她没有放过他。"乔说。然后他姑妈原原本本地把事情经过说了出来：她如何直呼他彼得，他听到这个称呼又怎么火冒三丈。

"除了妈妈谁都不叫他彼得。"哈里说。

"我连做梦都不会想到叫他彼得舅舅，"莫莉说，"你是说索罗本小姐管他叫彼得？她怎么会这么胆大包天的？"乔听了答道，他认为他姑妈天不怕地不怕，什么事都干得出来。"我觉得她不该叫他彼得，"莫莉接着说，"自然，这么一来这门亲事算是完了。"

"我不明白干吗不能叫他彼得，"乔说，"我叫你莫莉，你不照样嫁给我吗？"

"我叫你乔，你照样娶我；可是咱们情况不同嘛。"

"巴斯顿庄园的这位乡绅认为自己是巴斯顿老爷呗，"乔说，"我想天后娘娘至少跟朱庇特成亲几百年之后才称他做乔弗①的。"

"说得妙，乔！"哈里说。

"他还会当大学研究员呢。"莫莉说。

"要是你别来管我，我准会当大学研究员的，"乔说，"玛蒂姑姑硬闯进你们舅舅房里的当儿，他连拖鞋、晨衣都没有来得及收拾好呢，你们想象一下当时的景象吧。要是能让我去亲眼看一下亲耳听一下，我出五英镑钱都愿意。"

---

① 天后，即罗马神话中主神朱庇特的妻子朱诺；乔弗是朱庇特的昵称。

"我宁可出两英镑钱也不愿看到这种情景。他给我写了封信，我把它看作是对我一切过错的彻底宽恕。他向我保证说他没有打算结婚的想法，还提出要恢复我的津贴费。现在我听说他听了你那个天真活泼的老姑妈说了一些和我有关的轻率话，又跟我闹翻了。我但愿你那位天真活泼的老姑妈待在邦廷福德没有去就好。"

"咱们也但愿你那位天真活泼的老舅舅待在巴斯顿没有上马默迪尤克别墅来谈情说爱就好。"

"他原来就是个老傻瓜，咱们家里人一直都这么认为的，"莫莉说，这时她认为在这场争论中自己义不容辞要站在索罗本家族，而不是普罗斯珀家族这一边。

不过，说实话，这场巴斯顿庄园大宅与教区牧师住宅之间重新出现的争吵很可能对哈里·安斯利的利益带来极大的害处。因为他的幸福非但有赖于他是舅舅假定的继承人这个事实，以及那二百五十英镑随时可能被吊销的津贴费，而且还有赖于已为外界所知的，即在跟蒙乔依·斯卡伯勒那场街头冲突以前就为外界所共知的事实——哈里是他舅舅的继承人。他的地位就等于长子，事实上就等于是一位庄园主、教区乡绅的独子。他满有希望地认为自己会重新恢复这个地位，就在这当儿他口袋里正藏着一张六十二英镑十先令的支票，这是他舅舅的代理人寄给他作为原来中断了的这一季度的津贴费。然而第二天，他又接到一封信，告诉他不用指望再得到什么津贴费了。事到如今，他该怎么办呢？

他想到了两三件事情。可是，他最后还是决定把那张支票保留几周不去兑现，然后等他舅舅怒气消了，再写信给他表示要交还支票。他舅舅无疑是个非常傻的人；但是，他这个人每当暗自承认自己干了件不公正的事，心里就不好受。眼下他怒火正旺，自然不会感到后悔。他的耳畔还回响着教区牧师住宅里拿他来当作话题的谈笑声。不过这种声音在几个星期内可能会消失,接着这可怜人的头脑里又会出现要公正行事的想法。这就是哈里决定要等上几周希望出现的事态。

然而,这时又从庄园传来消息说,普罗斯珀先生病了。索罗本小姐来访后,他有三四天待在家里足不出户。这种情况并没有引起别人什么特别的议论。因为众所周知,普罗斯珀先生是一个易为自己情绪所左右的人。他一恼火,就要花好长时间才能克服这种情绪;在这期间他总是默默无言,独来独往。毫无疑问,索罗本小姐惹他恼火到了极点。马修知道这时候最好不要去询问他什么事。他会把每天的报纸送到他东家那儿去,问一下有关这一天正餐的事就不作声了。普罗斯珀先生在心情比较愉快的时候,每天上午会下厨房来看看厨娘,会跟她聊聊鸡啦鸭啦怎么烤怎么煮才鲜美,布丁啦馅饼啦怎么做才好吃。他口味之特别是人所共知的,那位厨娘只要向他建议一种和她心里所想的相反的烹饪法,她就可以老是按她自己的心思来烧,因为对于普罗斯珀先生来说,是不是什么事都让底下人说了算是一件体面攸关的事情。不过在这段时期,他只是说:"给我准备饭,别来打扰我。"这样的情况继续了两三天,没有在教区牧师住宅引起多大的议论。可是当这种情况超过两三天时,人们就猜测普罗斯珀先生病了。

到了周末,人们还没有看到他出门,于是大家就开始感到惊慌了。广泛流传着的一个说法是他打算去意大利,普遍认为他即将启程。可是,没有迹象表明他计划中的行动开始了。有关这件事他从此没有再对马修提起过一个字。他命令马修,除了从格雷—巴里法律事务所里来的人之外,什么客人都不准进入他的家。自从他把索罗本小姐甩掉的那一刻起,他一直提心吊胆地惟恐她又会上门来。或者她本人不来的话,他认为她也许会派索姆士和辛普森,或者酿酒厂里的哪个人前来。他知道不但全巴斯顿镇,而且全邦廷福德镇都晓得他想干的事。他觉得,他碰巧遇见的每个人都会在议论他,所以他害怕被男男女女或者孩子们瞅见。他完全被一种羞怯的心理左右着。那个他以往常常与之争论怎么煮鸡的厨娘现在成了他的冤家,一个家庭内部的冤家,原因是他确信她在厨房里谈论了他计划中的那门亲事。他也不愿见到他的车夫或马夫,因为有关那一对小马驹的某些消息准已传到了他们耳中。结果他便干脆把自己关在房里不出来,于是由于他的自我禁闭,人们便认为他的病情愈来愈糟了。

就这样,有关这位可怜的乡绅老爷健康状况的消息便一天也不间断地,或者不妨更恰当地说,一个钟点也不间断地传到教区牧师住宅里来。马修是唯一被允许和他东家自由接触的人,现在也变得闷闷不乐。普罗斯珀先生的情绪肯定是闷闷不乐,这种情绪有传染性。"俺认为他神经错乱了;俺确实是这么想的。"他悄悄地对厨娘说。这席谈话的结果是:马修去了教区牧师住宅,要求牧师帮忙出出主意;牧师本人要去拜访庄园大宅。他又和他太太商量,他太太建议他设法去见见她哥哥。"当然,咱们只是从乔那儿或仆人那儿听说他生气的事儿。假如他真是在生气,那有什么要紧?"

"对我说来一点儿不要紧,"牧师说,"只是我不太想去打扰他。"

"我想去的,"牧师太太说,"只是我知道他想要我同意他对哈里的处理。当然,我不会同意的。"

接着教区牧师就步行去了庄园大宅,让马修捎上话去说他到了,假如普罗斯珀先生有空的话,他很乐意见见他。可是隔了一刻钟,马修只拿着一张便条回来。"我身体不适,目前不便见客。但我妹子明天十二时来的话,我倒很乐意见她。我想我最好见见什么人,而她现在是我最亲的人。——彼·普。"于是,这张便条的含义在教区牧师住宅引起了热烈的讨论。"她现在是我最亲的人!"要是给他瞧病的大夫对他说他活不多久了,那他也许会写出这句话来。她当然是他最亲的人。那"现在"两个字是什么意思?难道这不是意味着哈里过去曾经是他的继承人,所以也就是最亲的人;而现在他已经被废黜了? 不过大家当然还是决定让安斯利太太次日在约定的时间去庄园大宅。

"啊,不错;我是在楼上待着;我还能去哪儿呢? 难道你希望我卧病在床不成?"他妹子一到就询问他的身体情况,他就这么来回答。

"卧病在床,不! 别人怎么会希望你卧病在床呢,彼得?"

"不准再这么叫我的教名。"他说着从椅子上站了起来,伸出一只胳膊直挺挺地站着。她叫他彼得纯粹出于习惯,他们兄妹俩在同一个教区已生活了将近五十年。所以,她只能干瞪着眼瞧着在她面前站着的他,面对着他的忧伤情绪而发呆。"不过,当然,我是疯了,居然不准你唤我的教名! 我教父教母给我取了彼得这个教名,咱们的父亲叫彼得,祖父也叫彼得·普罗斯珀。可是,那个女人把这个名字变成了我耳朵所讨厌听到的声音。"

"你是说索罗本小姐?"

"她上我这儿来,就在我自己的家里这么彼得彼得地唤我——而且还在楼上这间屋子里这么唤——当时我几乎给弄得晕头转向。"

"她说些什么我是不会计较的。他们都知道她有点儿疯疯癫癫。"

"没有人跟我说起过这种情况。你干吗事先不告诉我她疯疯癫癫？我原来还以为她是位值得娶的女人呢。"

"你想想，彼得——"他听了明显地打了个哆嗦，"请原谅，我不再这么称呼你了。可你怪我们没有把索罗本小姐的情况告诉你，也太不讲道理了。"

"当然是不讲道理，我这个人就是不讲道理，我知道。"

"但愿这一切现在全过去了。"

"你就是用车索来拽着我去教堂圣坛结婚我也不干——至少我不会跟那个女人结婚。"

"你把我给叫来，彼得——请原谅。知道你要我来我高兴极了。要不是我怕你会恼火，我早就来了。你有啥事要我们帮忙吗？"

"恐怕你们帮不了忙。"

"有人告诉我们你曾经想去国外。"他听了摇了摇头。"我想是哈里说的。"这时他又摇了摇头，皱起眉头来。"难道你没有打算过去国外吗？"

"这种想法全取消了。"他一本正经地说。

"这会有助于你克服自己的失望情绪，使你好受一点。"

"我确实心里不好受，但不完全是失望。我认为自己从一场灾难中解脱了出来，不然那场灾难准会把我逼疯。那个女人的声音天天在我耳朵里作响，除了把我逼疯还会产生什么后果呢？我无论如何已经从这件事中解脱出来啦。"

"那么还有什么事让你烦恼呢?"

"人人都知道那件事是我自己打算要做的。全郡的人哪个不晓得。难道是我动机不良吗? 一位绅士先生想把自己的财产传给他自己的儿子,为什么他就不该结婚?"

"当然他应该趁早结婚。"

"在我自己的阶层以外,我上哪儿去找一位小姐结婚呢? 曾经有位帕弗尔小姐。我确实考虑过她。可是那当儿她和小塔兹尔赫斯特私奔了。这是另一场灾难。帕弗尔小姐为什么在我正想考虑她的时候竟然堕落到这种地步呢? 我总不能娶个小姐。我怎么能指望这么个妙龄姑娘和我一起住在巴斯顿这么个死气沉沉的地方呢? 我在周围寻找,就只发现了那个可恶的索罗本小姐。你倒不妨朝周围看一下,告诉我是不是有别的什么人。当然,我的圈子很狭小。我和人交往一向很谨慎,不随便让人成为自己的知心朋友,结果我几乎什么人都不认识。我可以这么说,当时我是被迫向索罗本小姐求婚的。"

"但要是心里没意中人,干吗非要结婚呢?"

"哦!"

"干吗非要结婚呢? 我说。你为什么打算这么做,我很清楚,所以我才这么问。"

"那你干吗要问呢?"他怒气冲冲地说。

"因为要和你谈哈里的事很不容易。当然,我不禁认为你坑害了他。"

"是他坑害了我。是他把我推入这个境地的。你难道不知道自从和那个可恶的女人的事情开始进行以来,你们都在教区牧师住宅里嘲笑我?"他停顿不语等待回答,可安斯利太太却坐着不吭声。"你知道这是事实。他和莫莉要嫁的那个人,其他几个女孩子,她们的父亲,还有你,全都在嘲笑我。"

"我可从来没有嘲笑过你。"

"可其他人呢?"他又等着回答。不过回答不回答还不是一样。事实是他受到讥笑,讥笑他的不是别人,正是他慷慨地打算供养的那个年轻人。大家不可能对他说,一个让自己显得如此荒唐的人少不了要让自己的小辈们耻笑。眼下他脑子里有一个想法:哈里欠他的恩情太多了;不过他还有另一种念头:他本人在有些地方有愧于他。他心里甚至出现了一种高尚的情感——他应该把自己受到的一切侮辱性待遇忍受下来,同时仍旧要表示出慷慨大度。不过,他曾暗暗对自己发誓,也对马修发过誓,他永远也饶恕不了他外甥。"当然,你们都希望我滚蛋,不是么?"

"你干吗说这种话?"

"因为这是事实。要是我死了,哈里就住在这儿代替我,你们都会高兴得要命。"

"你是这样想的吗?"

"对,我是这样想的。当然,你们都会来哀悼我,你们会满脸哀伤地度过那么几个礼拜,可这种哀伤不久就会变成欢乐。我活不多久了,接着他得意的日子到来了。你听着!你可以对他说,尽管他对我百般讥笑,他的津贴费我照旧继续给。我让你来就是为了告诉你这件事。现在你知道了,你可以走了,可以离开我了。"于是安斯利太太便走了,她从庄园大宅带回去的这些最新消息把教区牧师住宅里的人个个乐得眉开眼笑。不过现在他们的心情是:他们如何来对可怜的普罗斯珀舅舅表达他们的感激与好意呢?

第五十二章　巴里先生又来了

"巴里先生告诉我,他打算明天来这儿。"这是格雷先生对女儿说的话。

"他要来干吗?"

"我想你知道他干吗要来,不是吗?"接着这位父亲便不作声了,多丽也沉默了好一会。"他是来请求你同意嫁给他做妻子的。"

"你干吗要让他来,爸爸?"

"首先,我不能阻止他来。再说,我也不想阻止他来。"

"哎呀,爸爸!"

"我不想阻止他来。我也不希望你现在立刻表达要怎么做。"

"我只能把态度表明白。"

"我和你谈话时你至少可以听听嘛。"他神态严肃,几乎把她吓坏了,所以她只得走到他跟前来,挨着他坐下,握住了他的手。"我希望你听一下我要跟你说的话,现在不要回答,经过充分考虑之后,明天你可以给他一个答复。首先,他这个人老实,忠厚,决不会亏待你的。"

"这样就够了么?"

"男人能这样就挺不错了。我只要确信自己把你交到一个天性温和深情的人手中,也就心满意足了。"

"这算是长处,可单这一点不够。"

"再说,他是个精打细算的人,肯定不会让你过匮乏的日子;他也很精明,很善于处世——你父亲从来就远不能和他相比。"听了这句话,她只是把他的手紧握了一下。"他这个人没有什么短处可说,只是你以前一下子就觉察说他不是个绅士。依你我的观点来看,他是够不上一个绅士,可咱们俩都太挑剔啦。"

"在这一点上咱们必须得为自己的趣味付出代价。"

"你现在顾虑重重就是在付出代价嘛。不过你想克服这种心理现在还为时未晚。尽管我承认他够不上一个绅士,但他无论如何也不是相反的人。你倒是位地道的淑女。"

"但愿如此。"

"可是你长得不特别漂亮。"

"爸爸,你说起我坏话来啦。"

"亲爱的,我不是有意这么做的。在我心目中,你的脸蛋实际上是天底下最可爱的。"

"哎,爸爸——亲爱的爸爸!"她一把搂住了父亲的脖子亲起他来了。

"不过你和我生活了那么久,就获得了我的习惯、我的思想,还学会了不修边幅,忽略了外表美。"

"我体面、整洁,有女人的特性。"

"这还不足以吸引住一般的男子。而他看问题比大部分男子来得深刻。"

"你是说在看待营业价值方面?"她问道。

"不,多丽。我不是指的那方面。那种做法不怀好意,所以我相信不是这么回事。我觉得除非巴里先生爱上某位姑娘,不然他是不会因为营业额的缘故去娶她的。"

"这是胡扯,爸爸。巴里先生怎么会爱上我呢?他和我之间连五分钟的无拘无束的交谈都没有过。"

"除非他有意要那么做,不然爱情总是尽可能有的放矢的;他知道自己能做到这一点。你在他的手中一定会很安全。"

"安全,爸爸!"

"你的事就谈到这儿,下面我得谈谈自己。为了我的缘故,你没有义务非要嫁给他或者别的什么人;但我认为你一定得记住,要是我寿终正寝之日把你孤零零地一个人留在这世上,那我的心情会怎么样呢?从金钱方面来说,你完全会感到满足的;可那是你唯一拥有的东西啊。你已成了我的全心全意的朋友,所以你在这世界上几乎没有其他真正的朋友。"

"这是我的性格。"

"不错,可是我一定要消除你这种性格给你带来的不良后果。我知道如果出现一位你真正心爱的男子,你准会成为世界上最温柔的妻子。"

"嗳,爸爸,瞧你说的! 这样的男子不会出现,这事就别谈了。"

"巴里先生不是来了吗? 按常情来说,他是值得你考虑的。我劝你接受他吧。现在你有二十四小时的时间来考虑我的建议,考虑你自己未来的境况。要是你孤单单地给留在这座屋子里生活,日子怎么过啊?"

"干吗这么说话,好像咱们俩明天就要永别似的。"

"明天,也许后天,"他神情严肃地说,"这个日子肯定不久就会到来。巴里先生也许完全不像你所想象的那样。"

"肯定是这样。"

"他有好些会让你的理性感到赞赏的优秀品质,考虑一下吧,亲爱的。现在咱们不谈巴里先生的事了,等他来这里为自己申辩之后再谈吧。"于是他们就没有再谈起这个话题,第二天早晨,格雷先生照常去律师事务所上班。

虽然在上面所说的那场交谈中,她自始至终和她父亲针锋相对,但是随着谈话的进行,她决定按照他的要求去做——说实话,他倒不是要她就嫁给这位求婚者,而是要求她仔细考虑一下,看看她有没有可能嫁给他。上一回见面的时候,她把他打发走了,自那以后她压根儿没有想到过他,即使想到了也仅把他看作是自己已经得以摆脱的一个讨厌人物。现在这个讨厌人物又来了,她想设法弄清楚,她在多大程度上能习惯于这个讨厌的人永久地待在自己面前,而不招致自己永久的痛苦。可是咱们不得不承认,她并不是在一种心平气和的思想状态中开始进行这种探究的。她暗暗对自己说,她要不抱偏见地把这件事考虑一整夜,外加一上午,这样如果她觉得可能的话,也许就会接受他。然而,在同时,她面前出现了一堵高高的、黑漆漆的石墙,在墙的一边站着她本人,巴里先生在另一边。她觉得他们两人谁都不可能翻越那堵墙,虽然她同时也承认,说不定会出现奇迹,那堵墙给搬掉了。

她开始考虑问题,还运用了她父亲所有的论点。巴里先生老实、忠厚,不会亏待她。她对他一点不了解,但这话是她父亲说的,所以她也就认为理所当然是对的,好像这是圣书中的话似的。接着,她想到有关她本人的一个事实:她长得一点不漂亮——这意味着别的男子不大会看上她。然后她又记起父亲的话——"在我心目中,你的脸蛋是天底下最可爱的。"这话她确实相信。在这一点上,她相貌丑没有给她带来什么不利,她为何要夺去父亲心目中天底下最可爱的东西呢? 而在她心里,父亲是她所认识的唯一品格高尚的人,她为何要让自己失去他,使他不能天天和自己在一起呢? 接着她对自己说——正如她跟他说的那样——她这辈子还没跟巴里先生无拘无束地交谈过五分钟呢。那自然不能作为不能进行无拘无束交谈的理由。不过,她不相信巴里先生这种人能做到无拘无束地交谈。即使她嫁了他二十年,也决不会出现那种无拘无束的谈话。他说不定也会谈他的业务;但像对善啦恶啦这些构成她和父亲谈话的核心,他是不会去考虑的。他的谈话干巴巴的,和他交谈这些问题是不可能的。从整个感情上来说,她会觉得好比嫁给了一段木头,或者说得更确切些,一头牲畜。得给他多少钱?父亲没有和她说起打算给他多少钱。这个问题到目前为止还没有提到过呢。

　　接着,她想到自己命中注定要跟巴里先生一起过的那种闺房生活。她坐在那儿想到这一点时,脸色便阴沉起来。"不,"她终于说道,"不,绝对不行。他不知道这是不可能的,真蠢。"这当儿她所说的"他"指的是她父亲,不是巴里先生。"如果我不得不孤零零地活在世上,我不会是第一个。在我以前有多少人早就被孤零零地丢下了。"于是,那堵墙变得比原先更高,颜色也更加黑糊糊了。也不会出现什么奇迹把它给搬走。她比以往任何时候都清楚,他们两人谁都爬不上那堵墙。她暗暗对自己说:"归根到底,你得知道你丈夫不是一位绅士!这还不够?当然一个女人太挑剔了就得付出代价。像别的奢侈一样,爱挑剔的代价是很高的。可在另一方面,就和其他奢侈一样,你不能弃之一边。"因此,那天上午还没有过完,她已经打定了主意,巴里先生决不该成为她的一家之主。

　　她如何能最有效地让他了解她的想法,这样她就可以尽快摆脱他呢?早餐后,她考虑了一小时,随即就出现了这个念头。她保证他不会听到答复就轻易地离开。他会因为受到她父亲的事先关照而锲而不舍——她父亲倒不至于会具体关照他怎么做,但他说话的语气会达到那个效果。她父亲完全可能让他知道她仍然在犹豫，所以也许有可能被说服。她必须立刻尽量让他明白，这不是她的性格，她已打定主意不给他任何机会。她有一个几乎与她这个人很不相称的弱点，使她感到愧疚。在那个时刻到来时，她换了衣服，穿上了一件破旧的上衣，她去卡罗尔家时总是穿这件衣服。她最漂亮的衣服都是穿给父亲看的——也许因为这个缘故，她父亲才有这种看法：在他心目中，她的脸蛋是天底下最可爱的。她坐在那儿等待巴里先生的当儿，看上去肯定比她实际年龄大十岁。

说实话，格雷先生和多丽似乎都没有把巴里先生的性格看准。他身上的读书人气息和长处要比他们俩对他赞许的要多。他对事务所的营业收入确实很关心，而且或许他向多丽求婚的第一个念头就是：他本人因此可能获得事务所的全部收益。不过，在想到钱财的同时，他还需要某些应当与钱财相匹配的美好的东西。卓越的才智（比他本人的才智稍稍优越，因为他并不认为自己的才智差劲），他得以仿效的谈锋，还有他满以为只要自己能和一位绅士的女儿生活在一起也许就能获得的细腻的思想——这些就是巴里先生希望通过和多萝西·格雷结婚所能获得的珍宝。在他眼里，她相貌的某些方面还不那么令人讨厌。他没有像她父亲那样，认为她的脸蛋是天底下最可爱的；可是他从她脸上看到了他本人也渴望得到的书卷气。至于她的衣服，当然全得换掉。他想象自己轻而易举地成了他妻子的家主公，要她穿上漂亮的衣服还不容易。然而，他不了解多丽·格雷。

他仔细研究了自己对她的进攻方式。开初他会显得很谦卑，可是等一会儿，不管接受还是不接受，他的谦卑态度必须中止。他心里很清楚，当丈夫的是不宜低声下气的；对一个情人来说，他觉得谦卑仅仅是谈情说爱的装饰品而已。上一回他已经够谦卑的了，现在他会照样用那种口气开始说话。可是过一会儿，他会鼓起劲儿来，摆出一副男子汉大丈夫的架势。"格雷小姐，"他们两人单独在一块儿的时候他就说道，"你看，我说话是算数的，说好要再来现在来了。"他刚才已瞅见了她穿着的那件旧上衣，她头发梳的式样，所以已经猜到实际情况如何了。

"我早就知道你要来，巴里先生。"

"是你父亲告诉你的吧。"

"对。"

"他还为我美言几句，是吗？"

"是的，他说了。"

"我相信他的话会很有效力。"

"一点儿也没有效力。他一直知道这是我唯一不能接受他劝告的事情。我愿意为父亲而赴汤蹈火，可我不会由于他的提议而答应去同某个人结婚。这纯然是我个人的事情——除非来了某个跟那些可能提出求婚的截然不同的人。"

巴里先生觉得她的话有点刺耳，不过他还没有到完全抛开他的谦卑的时候呢。"我承认这种珍贵的价值。"他说。

"巴里先生，咱们之间不必说什么废话了。说价值也仅仅是对我本人，对其他人却毫无价值。不过我本人打算维护这种价值。我遵照父亲的建议已认真考虑了你求婚的事，尽管我原来认为自己不太可能会去认真思考。"

"这话不是恭维吧。"他说。

"咱们双方谁都没有必要恭维另一方。你最好还是把这当作既定原则吧。承蒙您出于某种原因希望我成为您的妻子。"

"很普通的原因——因为我爱你。"

"但我无法以同样的感情回报你,所以我不希望你成为我的丈夫。我这话有点失礼。"

"的确如此。"

"不过我说这话是想让你确切了解真实情况。一个女子不可能出于对一个男子的不胜敬仰而爱上他,然而在没有敬仰心理的情况下她却常常会爱上一个男子。我父亲对我谈起过你,听了他所谈的我确实很敬重你;可是这种敬重没有能打动我的心,所以我不能嫁给你。"

巴里先生觉得现在是他应该表明自己观点的时候了。"格雷小姐,"他说,"你今后生活道路也许长得很呢。"

"长也罢,短也罢,这无关紧要。"

"如果我对你没有了解错的话,你是个爱离群索居过孤独生活的人。"

"就我和父亲两人。"

"他一年年在变老。"

"我也如此嘛。咱们都在一年年变老。"

"你是否关心过自己,想一想你父亲去世入土以后,你的家会成为什么样子?"他住了口,而她也缄默不语,不过脸上呈现出这么一种神色:只要他逼她一下,她就会说出一句让他听了很不好受的话来。"他去世以后你没有丈夫不觉得孤单吗?"

"不错,我会觉得孤单的。"

"如果有一个据他自己对你说还算配得上你的人上门来找你,你最好还是接受他,对吗?"

"不管他如何配得上我,我还是宁可一个人过日子。"

"格雷小姐,你倒是蛮喜欢说让人不痛快的话的。"

"我还要说句让人更加不痛快的话呢。我能忍受孤独——甚至死亡,可我不能忍受这种婚姻。你逼我把真实思想和盘托出,因为吞吞吐吐说一半起不了作用。"

"我无论如何对你是以礼相待的。"他说。

"我尽量直言不讳,给你省麻烦。"他又沉吟不语,不安地在椅子里坐着,可是看上去没有打算要走的样子。"要是你能相信我的话,与这件事一刀两断,那该多好!"他照旧一动不动。"我想有些年轻小姐喜欢这种事;可我年纪大了,见到这类事情就讨厌。我在这方面没有多少经验,可是我对这种事很反感。让我正襟危坐听一位先生说他要娶我为妻,而我本人非常肯定不想要他做我丈夫,我再也想不出比这更令人讨厌的事了。"

"好吧,格雷小姐,"他蓦地打椅子上站起来说,"我告辞了。"

"再见,巴里先生。"

"再见,格雷小姐。别了!"他就这样走了。

她发觉自己单独和父亲待在一起的时候便说:"哎呀,爸爸,咱们两人刚才的场面真来劲!"

"你没有接受他?"

"接受他! 天哪,怎么可能! 我保证他这会儿光在想要是能把我逮住的话,怎么来割断我的喉管。"

"那你准是惹得他非常生气。"

"差点给气死了! 我刚才千方百计用话来气他。不过要是我不这么做,他现在准还在这儿待着呢。我没其他的办法摆脱他——说确切些,让他相信我说的是正经话。"

"很遗憾,你竟然会这么不礼貌。"

"我当然不会有礼貌。可当你打算让一个男子明白你头脑里的真实思想,你怎么能耐着性子跟他来什么客套呢? 这事全怪你,爸爸。你早该知道,让我嫁给巴里先生是绝对不可能的。"

第五十三章　开始使出最后一招

斯卡伯勒先生开好支票并把它寄给格雷先生之后,他没有就赌博的事再说一句话。他给儿子开出另一张六十英镑的支票作为他第一期津贴费时说:"咱们重新开始吧。"

"我不想拿这钱。"儿子说。

"我觉得你现在不必跟我拘束。"这时大约上午十点钟,他们第一回见面。那天晚些时候,斯卡伯勒先生又见了他儿子,这一回他把他留在房里好些时候。"我看我活不了多久了。"他说。

"你嗓门还是跟以前一样响亮。"

"但可惜我的躯体比不上我的嗓门。按牟顿的说法,我想我最多只能活一个月。"

"我不懂牟顿怎么知道。"

"牟顿是个好人,可能的话,你代我为他做点什么吧。"

"我一定做到。"停顿片刻后,他又补充道:"要是事情像咱们期望的那样,奥古斯塔斯能比我为他做更多的事。你干吗不留给他一笔钱呢?"

这当儿,斯卡伯勒小姐进了屋子,围着她哥哥直忙——喂东西给他吃,还恳求他安静下来;可待她一走,他又谈起那件事来了。"我给你说一下原因吧,蒙乔依。我不想在遗嘱里再添加什么内容了,这样大家也许能看到,在我生命的最后时刻我心中唯一关切的是你。当然,我已经严重损害了你。"

"我认为你是严重损害了我。"

"你这么对我说了，我更加喜欢你。说起奥古斯塔斯——不过我现在不想在临终前诅咒自己的儿子从而给自己心灵带来负担。"

"他不值得你这么做。"

"对，他不值得我这么做。他真愚蠢，没有能更深刻地了解我这个人！你呢，还不及他一半精明。"

"恐怕是的。"

"我看你从来不读书，不是吗？"

"我从不装模作样地读书，可他就是那个样。"

"这我可不清楚——不过他完全没有能了解我。我一直毫不吝啬地把大量的钱花在你们两人身上。"

"就我来说，这是千真万确的，先生。"

"而且从来就不在乎那么做。直到你陷入了不可救药的境地我才停止；要不是出现那种情况，我会照做不误。当时的事态使我义不容辞地采取某些措施来保全财产。"

"这些倒霉的家伙现在算是输定啦。"蒙乔依说。

"对。奥古斯塔斯生性多疑，使咱们得以办成这件事。归根到底他的怀疑还是颇有道理的。"

"你这话是什么意思，先生？"

"唔，——他不信任我是很自然的。我也觉得也许他看出点毛病来了，而老格雷却没有看出。但他真是愚不可及，竟然在剩下的为数不多的几个月里无法让自己跟我和睦相处。还有，他没有说上一句话征求我同意便把琼斯那畜生弄到我这儿来。他一直待在这儿，很少来见我，可天天在等我断气。他是个冷酷无情只顾自己的畜生。他肯定不像父亲，也不像母亲。尽管如此，也许他仍然会发现，在事情全部了结前我还是会与他和睦相处的。"

"我会试图跟他和睦相处的,先生。我一开始就这么对你说的;现在我有了这笔钱就能办到了。你应该知道我会把这笔钱用于什么目的。"

"那一切就解决了,"这位父亲说,"那份文件已签署定当让那个办事员给捎回去了。如果我这一刻就去世的话,你就会发现这座宅邸里面的一切全属于你;——还有宅邸外面除了那一片光秃秃的土地之外的一切也属于你。银行里还存放着许多我近年来不需要用的金银餐具。还有不少小件饰物——这些玩意儿我过去挺喜爱,不过近来我不像以前那样关心它们了。有几幅画也挺值钱。不过,最有价值的是那些书——只是你不喜欢书。"

"我没有书房来放这些书呀。"

"这也难说。奥古斯塔斯是个多么愚蠢、痴呆、瞎了眼不知好歹的人呀!"

"他没有书籍也没有房子,你会感到遗憾吗,先生?"

"我遗憾的是自己儿子竟然会如此愚蠢!我原来就没有指望他爱戴我。我甚至没有想要他待我亲热一点。只要他离开我远些,不声不响地待着,那我就满足了。可是他来这儿寻欢作乐,在庄园里东张西望,认为这庄园已是他的了;他还侮辱我,因为我不愿立刻死去把这庄园传给他。后来他愚蠢到了极点,重新给了你机会;他没有看到一旦把你的债主给摆脱掉,他又一次把你放在得以与他竞争的地位上。我不知道自己是痛恨他心肠冷酷无情呢,还是鄙视他头脑冥顽不灵。"

在谈话进行中,斯卡伯勒小姐有一两回进屋子来,要她哥哥吃一点她端上来的点心,还要他好好静下来休息。可是他拒绝让他妹子支配他,照样谈他的话,直到精疲力竭才罢休。这当儿她第三回进屋子来,谈话也就告终了,蒙乔依被告知去干他自己的事——打鸟、猎狐,干他天性喜爱干的事儿。那是十二月间一个天气阴沉的午后,时间已三点钟,要去打鸟已太晚了;要去猎狐么,附近又弄不到猎犬。所以他决定在屋子里走走,去看看所有那些即将属于他的财产。他随即踱进了藏书室。这是间狭长、光线阴暗的屋子,差不多藏有一万册书,其中大部分是蒙乔依童年时他父亲亲自收集的。这些书籍都用现代方法装订,所以尽管屋子本身暗淡无光,那些书橱都是亮锃锃的。他把书一本本地取出来看,颇为伤心地暗暗对自己说,这些书对他说来都是"阳春白雪"。然后他提醒自己,他还不满三十岁呢,肯定还来得及把这些书变成自己的伴侣。他随手拿起一本书,发觉是克莱伦敦①所著的《叛乱史》。他随便挑了一句数一下有十六行的句子,刚开始读就觉得稀里糊涂,完全无法理解。所以他就把那本书放下,走到屋子的另一部分,取下了威蒂尔版本的《哈利路亚》②。他看了一点也摸不着头脑。书里的一段标题告诉他,某一首诗歌应该当作"十诫"③来诵唱。他诵唱不来,就把书放了回去。接着他对自己说,这样找书找下去是徒劳

---

① 即克莱伦敦伯爵一世爱德华·海德(1609—1674),英国政治家兼历史学家,1660 年起草《布列达宣言》后成为查尔斯二世王的首席大臣。

② 哈利路亚(Hallelujah):希伯来语,意为"赞美神",基督教和犹太教用作欢呼语。这里是一种著名的圣歌书书名。

③ "十诫"(the ten commandments):也叫《十条诫命》,犹太教和基督教的戒条。内容是:不许拜别神;不许制造和敬拜偶像;不许妄称耶和华名;须守安息日为圣日;须孝父母;不许杀人;不许奸淫;不许偷盗;不许作假见证;不许贪恋他人财物。

的。他把藏书室四周环顾了一下,设法把这些书估出个价钱来,便暗自说这些书只消他在俱乐部里呆上三四天也许就会全部化为乌有。接着他漫步走进了客厅,那是一间他好几年都没有去过的屋子,他发觉室内的家具摆设都小心翼翼地用东西覆盖着。这些东西除了可以拿去变卖了供他在俱乐部里派短时期的用场之外,对他还有什么用处呢?

　　然而,他想离开那间客厅,所以就在壁炉前的地毯上站立了片刻,朝一面竖立在那儿的大镜子里瞧着。如果这几垛墙和上面的装饰品能属于他,如果弗洛伦丝·蒙乔依能来这儿当这个家的女主人,他觉得这些东西全都可以用于比他所设想的更恰当的目的。早先,两三年之前(他似乎觉得这日子已十分遥远),他曾经把弗洛伦丝看作是他的,因此就要求和她成亲。他门第显赫,风流倜傥,自以为了不得,所以没有考虑到她的感情,对她态度蛮横无礼。他满心自责暗自认识到情况确实如此。在这几个月孤苦伶仃流浪的期间,他无论如何学会了责备自己。现在他对自己说,如果她还能来这儿,他也许仍然可以把那首老式诗歌当作"十诫"来诵唱①。至少她要求他唱的话,他一定设法做到。他继续往前走,穿过所有的卧室;他进入这些卧室的时候,头脑里对它们仅仅有个模模糊糊的记忆而已。"哦!弗洛伦丝!我的弗洛伦丝!"他边说边朝前走。他自己干出这一切来,从而给自己带来了无穷无尽的灾难;可为了什么呢?他几乎从来没有赢过钱,却永远失去了特雷登庄园。可

---

　　① 指蒙乔依要悔改,按"十诫"要求来做人。

要是他能从此放弃赌博，也许仍旧有机会。

接着屋子里光线渐渐暗下来，他便走了出去，穿过马厩，在花园里徘徊，直到黄昏来临，夜色笼罩。两年前他就知道自己是这一切的继承人，尽管那时候他已嗜赌成癖，以致认为他对这笔财产的占有期是短暂的。不过他当时也常常对自己说，一旦他结婚成家，情况将会发生重大变化。他终于没有结成婚，第二年他便倒了霉。只要那份财产继承权肯定是他的，他确有把握能筹集到钱，但要付出一定代价。他很清楚那份家产的价值在不断增长，要钱总是唾手可得——但要作出巨大的牺牲。他暗自辩解说，他是因为婚事耽搁才变得胡作非为的；可是每一回他们重新见面时，他本性难移，照旧待她蛮横无理。接着那最后完蛋的日子临头，那份财产几几乎付之东流。然而，真正完蛋的日子在以后才到来，那是在他父亲刚刚得知特雷登庄园的未来命运之后；他发现自己成了一个蒙受了奇耻大辱的母亲的私生儿——在世人眼里成了一个微不足道的人。而且，他同时得知哈里·安斯利成了弗洛伦丝·蒙乔依真正的情人。接着发生的事情前面已经叙述过了——也许已说得太多，这儿不再赘述了。

然而这时夜色深沉，他站在宅邸的门廊下宽阔的台阶上挥动着手杖的当儿，心里着实感到悔恨。一俟奥古斯塔斯正式以长子的身份出现，他就准备立即诉诸法律；尽管如此，他确实承认父亲长期以来受了不少苦，为了维护他的利益，父亲已为他做了许多事。他明白，不管他打官司的结果会怎样，他父亲唯一的目的是为了他们两人中间的一个保全财产。事实上，他会得到价值可能达三万英镑的动产遗赠物。他会把这笔钱全花在打官司上——如果他能找到律师承办他的诉讼的话。他对他兄弟满腔怒火，其激烈程度不亚于对他父亲。当时，他因为街头冲突和无法偿还俱乐部里的赌账这两件事而被迫销声匿迹；在这种倒霉时刻，他向奥古斯塔斯屈服了。从那一刻起，奥古斯塔斯便成了他最残酷无情的暴君。这种暴虐待遇随着他彻底从兄弟家里被赶出来而告终。虽然在最失意潦倒的时候他逆来顺受，但他毕竟不是一个甘心忍受这种暴虐待遇的人。"我可以宽恕父亲，"他说，"但奥古斯塔斯我决不宽恕。"接着，他进了屋子，不一会便和那位年轻大夫兼秘书牟顿一块儿吃晚饭了。斯卡伯勒小姐很少在这种时刻来用餐，她总是待在楼上靠近她哥哥的一间小房间里，这样她哥哥需要使唤她时，她可以听得见。"总的来说，牟顿，你觉得我父亲怎么样？"他说。那位大夫耸了耸肩膀。"会活下去还是会死去？"

"当然会死去。"

"别跟我开玩笑。不过我知道在这种问题上你不会开玩笑的。我问的不仅仅是他的身体情况。你对他这个人总的印象如何？你能称他是个正人君子吗？"

"让我怎么回答呢？"

"就说实话呗。"

"如果你一定要我回答，我认为他不是个正人君子。有关你兄弟的那些说法真真假假难以分辨。不论是真是假，人们无法把他看作是个正人君子。"

"说得对。"

"但我觉得他身上有一种爱的本能，一种无私的感情，几乎可以抵销他的不诚实。他对习俗和法律怀有一种奇特的反感情绪，正是这种反感情绪十分有趣地使这两方面保持平衡。我一直把你父亲看作是一位不可多得的好人；但他极端地不诚实。他会抢劫任何一个人——可是目的经常是为了保住他想要赠送给别人的东西。所以在我看来,他是个非常富有浪漫色彩的人。"

"他的健康状况呢?"

"噢,关于他的健康状况我无法给你十分明确的回答。他从来不照我的话去做。"

"你的意思是说你能延长他的生命?"

"我想我肯定能。今天上午他还拼命在消耗精力呢;而我嘱咐他别消耗精力。他完全可以这样来嘱咐他自己,他只要按这种嘱咐去做,不违背它,准能活得长一些。这事不难办到,所以我没有必要自我吹嘘说,我的嘱咐也许一直对他很有帮助。"

"他还能活多久?"

"谁能说得准呢? 在伦敦动那次可怕的手术时,威廉·布劳德里克爵士曾经认为过一个月他就完了。那是八个月以前的事,可他现在比那时候精力更充沛。以我个人看,他活不了一个月了。"

那天傍晚较晚的时候,蒙乔依·斯卡伯勒又开始谈话。"父亲认为你待他好极了。"

"我是给雇来干这些事的。"

"可他没有在遗嘱里给你留下点什么。"

"我实在没有指望得到什么,而且他没有理由非得留给我点什么。"

"近来他有个想法:他希望尽可能重新分点财产给我。所以,正如他所说,他不想在遗嘱上再添加什么遗赠项目了。他在遗嘱中给我姑妈立了条款,不过她原来就有自己的私产。他要我照管你的利益。"

"那完全没有必要。"牟顿先生说。

"你要是想发脾气,请便吧。我想建议咱们就确定某个数目,在他去世时这笔钱就归你——就当是他留给你的。说真的,他会亲自确定这笔款数。"牟顿自然说没有必要这么做。不过那天夜里蒙乔依·斯卡伯勒就是怀着这种念头上床睡觉的。

第二天上午他父亲很早就把他叫了去,说:"关于这件事我反复考虑了一下,我改变主意了。"

"是关于遗嘱吗?"

"不,不是遗嘱的事。遗嘱还是照旧。我觉得自己没有精力再立一份遗嘱了,我也不希望这么做。"

"你是说关于牟顿的事?"

"也不是牟顿的事。给他五百英镑,他该会满意了。这事比牟顿先生重要——甚至比遗嘱还重要。"

"那是什么呢?"蒙乔依口气惊讶地说。

"我觉得现在不能跟你说。不过你得知道今天清早牟顿遵照我的指示给格雷先生写了信,请他再来特雷登一次。好吧,我现在不能说比这更多的话。"接着他照例在睡椅上转过身子去,谁也没法儿拿他怎么样了。

第五十四章　拉梅尔斯堡

斯卡伯勒先生又请格雷先生去他那儿,可是格雷先生却挨了两个星期才去。起初他拒绝去,说要他做的事情如果办事员干得了的话,他会派他的办事员去。那个办事员真的去了,而且还很派用场呢。但是斯卡伯勒先生坚持要劳格雷的驾,所用的理由让格雷先生最后觉得无法加以回绝。他已奄奄一息,谢世的日子就在眼前。这是他所用的最强有力的理由。接着他又提出肯定需要一位资历深的律师,而且他斯卡伯勒先生无论如何不能将他本人的事务交托给一个不明情况的人来办。接下来他提到了老交情。最后老乡绅宣称打算公布有关他家庭的一些其他秘密,斯卡伯勒先生认为格雷先生准会赞同此举的。这些"其他秘密"会是什么呢?结果格雷先生不顾他女儿的劝告,同意到特雷登庄园去一次。"我不想再跟他和他的那些秘密发生任何关系。"多丽说道。

"你不了解他。"

"一个女子对一个不熟悉的男子能有多少了解,我对他就有多少了解;都是从你本人那儿得知的。你几次三番说他是个无赖。"

"不是无赖。我想我没有说过他是个无赖。"

"我相信你用过那个词儿。"

"那我收回。无赖总是有点卑鄙。朱尼伯才是个无赖。"

"他说话从不算数。"

"确实如此——凡牵涉到法律问题。"

"他还往自己太太脸上抹黑。"

"这是很多年以前干的事。"

"为了达到一个特定的目的,而不是出于感情上的原因,"多丽继续说道,"他是个地地道道的坏蛋。你帮他写了遗嘱,我现在不想跟他打什么交道。"听了这话以后,格雷先生便第二次拒绝去特雷登。然而,他到底给说服了。

到达的那天傍晚,他和蒙乔依、牟顿一起进晚餐,这一回斯卡伯勒小姐也跟他们一块儿用膳。当然人家对他再度来访的原因作了种种猜测。牟顿声称由于他本人是病人的私人秘书,他有义务严守自己所知道的秘密。他仅仅对自己认为的真实情况作了些推测,但到底怎样他说不上。斯卡伯勒小姐则全然摸不着头脑。她,唯有她,总是怀着敬意谈起她哥哥,不过对于那件事,她一无所知。

"我说不上是什么样的事情,"蒙乔依说道,"不过我怀疑似乎是一件对我有利而让奥古斯塔斯彻底垮台的事。"这时斯卡伯勒小姐已退席。"如果事情可能是那样的话,我认为他打算宣布他以前所说的事全是假的。"然而,这句话格雷先生听都不愿听。他断然否定了对他们一起作出的决议作任何逆向变动的可能性。根据法律,奥古斯塔斯无庸置疑是他父亲的长子。他亲眼见到了巴里先生去欧洲大陆搞来的婚姻登记册副本。在那本本子里,斯卡伯勒的妻子按照所在国的规矩签下了她未婚前的姓名。这签字仪式是在一位牧师和一位绅士面前举行的;那位绅士是一位居住在当地的德国人,在调查时他说,那次婚礼从各方面来说都是一场正规的婚礼。他后来去世了,但是当时为他们证婚的那位牧师仍然健在。在婚后十二个月之后,斯卡伯勒先生和他的新娘回到了英国,奥古斯塔斯诞生了。"就这些绝对无可争辩的证据完全足以证明那个事实,而你因之而受到极大的委屈,"他对蒙乔依说,"当你父亲对我说,由于那份财产不幸落入那些犹太人手中,所以不存在什么使你受委屈的问题时,我对他说从法律上来讲,我对那些犹太人和你是一样看待的。我确实认为除了这些非常确凿的事实外,什么东西都不会让我信服。这种事实真相一旦搞清楚之后是不容变更的。如果你父亲想要什么花招抢劫奥古斯塔斯,他将发现我会成为奥古斯塔斯坚定可靠的朋友,就像我以前是你的坚定可靠的朋友一样。"他说了这些话以后,他们就道了晚安分手了。他的那些话分量很重,蒙乔依受到了很大的触动。如果他父亲的意图果真那样的话,那他必定要另使一些花招才能设法让他的意图得以实现;可是他对父亲所要的花招是怎么也不会相信的。

不过后来他跟牟顿讨论这件事一直谈到深夜,他谈出了自己的想法。"我既不信任格雷也不信任我父亲,因为我不像格雷那样对这桩婚姻故事信以为真。我父亲千方百计想使他的财产摆脱法律支配,他的手法十分精明,十分果断,我认为这一切全是他本人亲自策划的。不是巴里先生受了贿,就是那位德国牧师或者那位外国绅士受了贿,更可能的是他们全受了贿。据我所知,格雷先生本人也可能会受贿——尽管他是我遇到过的心地最善良的先生。依我看,什么事情都有可能,就是我不是父亲的长子这一点不可能。"听了这席话,牟顿先生没有说什么,不过他肯定有他自己的看法。

第二天早晨,这三位先生,加上格雷先生的办事员,神情严肃闷声不响地坐着进早餐。那个办事员特别被要求不准吐露他所知道的情况,所以没有受到他雇主的盘问。不过,他花时间挑选并抄录了那些和这件事有关但却丝毫不透露一点真实情况的信件,所以实际上他所知甚少。眼下再作种种猜测已毫无必要,因为十一点钟时,格雷先生和牟顿先生要一起去老乡绅的房间。那办事员就留在旁边等候吩咐,但是蒙乔依用不着去。"我看我还是去睡觉的好,"他说,"或者去伦敦或别的什么地方。"格雷先生语气庄重地劝他无论如何不要去伦敦。

时间到了,格雷先生与牟顿,还有那位办事员,一起上了楼不见了。是斯卡伯勒小姐来叫他们去的,这位小姐似乎觉得这次会见情势严重非同小可。"我肯定这一回他要干出某种极其可怕的事来。"她悄悄地跟格雷先生耳语说,格雷先生本人好像心里有点畏惧,没有回答她的话。

两点钟的时候,他们又一起碰头用午餐,格雷先生一语不发,说实话他满肚子不高兴。牟顿和那个办事员也默默无言——还有斯卡伯勒小姐,更是死一样的沉寂。她确实对事情一无所知,不过其他三位也仅仅知道斯卡伯勒能够或者愿意告诉他们的那些情况。蒙乔依也在场,饭吃到一半他忽而发作地叫道:"你们在搞什么鬼,为什么不把我父亲跟你们说的事告诉我?"

"因为我根本就不相信他说的事。"格雷先生说。

"哎呀,格雷先生!"斯卡伯勒小姐喊道。

"我压根儿就不信他说的事,"格雷先生重复说,"你父亲老谋深算,但却毫无道德原则,任何旨在违背他自己国家公认的法律的阴谋诡计,他认为自己都使得出来。他现在的那段故事是虚构出来的东西。"

"你怎么看,牟顿?"蒙乔依问道。

"我似乎觉得是真的,"牟顿说,"不过我不是律师。"

"你们干吗不告诉我究竟是怎么回事?"蒙乔依说。

"尽管他委托我告诉你,"格雷说,"但我不能这么做。让格林伍德跟你说吧。"格林伍德是那个办事员的姓。"不过我劝你把他带到你房里去。还有牟顿先生跟你们一块儿去。至于我本人,如果我亲口说出来,那不就等于给那个我连一个字都不信的故事投了信任票了吗?这我可干不得。"

"也不让我知道吗?"斯卡伯勒小姐语气伤心地说。

"你侄子会告诉你的,"格雷先生说,"如果斯卡伯勒先生允许的话,牟顿先生或者格林伍德先生都可以告诉你。我宁可对谁都不说。这个故事对我来说不可想象。"他说着便站起身来走开了。

"好吧,牟顿,就这么办吧。"蒙乔依边说边从椅子上站起来。

"哎,我简直不知道怎么办。"牟顿说。

"你得到我房里来,把这个奇迹般的故事告诉我。我猜想它在某种程度上肯定对我的利益有影响。"

"对你的利益有很大影响。"

"那么我想我可以说,我准会相信它。我父亲现在不希望损害我。你一定得告诉我,好,跟我来吧。格林伍德最好也来吧。"接着他离开了那间屋子,另外两个人跟随着他走了出去。他们去了吸烟室,把格雷先生丢在那儿和斯卡伯勒小姐在一起。

"难道一点不让我知道这件事吗?"斯卡伯勒小姐说。

"我不能跟你说,斯卡伯勒小姐。你能理解我不能把这件事告诉你,因为其中每一句话我都得给你解释,我对你哥哥完全不相信。我非常生他的气,他也非常激动,这样对他的身体不利。"

"哎哟,你们会把他命给送掉的!"

"他自作自受。不过你最好到他身边去。我今晚得回城去。"

"你留下来吃晚饭好吗?"

"不行,我不能留下来吃晚饭了。我无法跟蒙乔依坐在一起用

餐,因为我觉得自己完全是背着他的利益在行事——他毕竟一点
儿也没有过错。我宁可离开这座房子。"他说着果真离开了那座房
子,搭那天下午的火车回伦敦去了。

那天上午会面的气氛非常紧张,这儿无法一一细表。老乡绅
刚把自己的意图说出口,那位律师立即表示不相信他所说的话。
起先,斯卡伯勒先生非常和颜悦色地对待他的反应,可是格雷先生
固执地坚持己见到这种地步,以致后来老乡绅光起火来,牟顿先生
不得不出来干预。"他说我每一件事情上都在说谎,叫我怎么安静
得下来呢?"老乡绅说。

"你是在说谎!"格雷先生说,他完全无法控制自己了。

"你不应该说这种话,格雷先生。"牟顿说。

"一个快死了的人还千方百计想为自己的孩子尽本分,他就不
应该为难他嘛。"此人就这样宣布自己命在旦夕。

"我要走了,"格雷先生站起身来说,"他违背我的意愿强迫
我到这儿来,他知道——肯定知道——我会怎么想就怎么说的。
即使一个人快要死了,别人也不能在这种事情上他说什么就信
什么,除非别人确信他的话是真的。我必须对他说,我相信或者
不相信他的话。我对这段故事整个儿表示怀疑,所以我不会根
据它来行事,好像我已经对它深信不疑似的。"但是,尽管发生了
这场争吵,会见还是继续下去,因为格雷先生同意坐在那儿把话
听完。

咱们读者也许已经明白了斯卡伯勒先生那段故事的含义。斯
卡伯勒先生眼下的打算是让人们知道,旨在剥夺蒙乔依继承权的
那套计策从头至尾都是假的,采取这种做法的目的不是为了损害
蒙乔依,而是为了拯救那份家产,使它不至于落入那些犹太人的手

中。蒙乔依不会因之而失去什么，因为如果斯卡伯勒先生当时就去世，而蒙乔依是合法继承人的话，那笔财产早就全部落到那帮犹太人手中了。他宣称目前他并不急于想就那个问题为自己的行为辩护。他不久就要离开人间，他想让世人来对他作出评判；当人们发现他甚至已经偿清了那些犹太人实际付出的全部借款，他们就可以更公正地对他作出评判。然而，目前情况又发生了变化，他有责任重新恢复事情的正确顺序。

"不行！"格雷先生喊道。

"必须恢复事情的正确顺序。"他又说道。他宣布，蒙乔依·斯卡伯勒是无庸置疑的婚生子。接着他让牟顿和那个办事员出示所有的证明文件——仿佛他从来就没有拿出过其他文件向格雷先生证明另外那则声明是正确的。他确实指望格雷先生相信这些文件。格雷先生干脆用手把它们推回去，以此来表明他的态度。斯卡伯勒先生举行过两次婚礼仪式，目的纯粹为了将来有朝一日，在似乎对他有利的时刻，得以彻底地推翻法律。

"还有你太太！"格雷先生大声说道。

"是个可爱的女人！我让她做什么她准会去做——除非我要她做的是件极端错误的事。"

"难道这还不算是错事？"

"唔，你明白我的意思。她是一位最纯洁、品格最高尚的女子。"接着他继续往下叙述他的故事。他举行过两次婚礼。现在他拿出了前一次婚礼的全部证件。那次婚礼是在普鲁士北部的一个偏远的乡镇举行的，是她母亲带她去那儿和他相会的。这两位贵妇都早已去世了。他借口腿不好在那个普鲁士小镇上卧了床。现在他毫不顾忌地说，当时所谓腿不好是假装出来的，是他计策的一部分。他认为,那条法律①竭力想支配他的财产——本当理应属于他自己的财产——真是可恶,逼得一个明智的人如此用尽心计。他早就着手策划这件事。要不是他腿患病的话,那位老夫人是决不会把女儿带到波美拉尼亚②的拉梅尔斯堡这么一个冷僻的去处来成亲的。他已跑了许多地方,发现拉梅尔斯堡特别适合于他的冒险精神。那儿有一位待人非常和气的路德会③老牧师,这个人得到他特殊的好感。现在,他已能证明在拉梅尔斯堡登记的证件副本是真的,丝毫没有可引起怀疑的漏洞。不过他一直认为,只要他本人打算对这件事守口如瓶,谁也不会问起这桩三十年前在拉梅尔斯堡发生的事。"如今要把拉梅尔斯堡婚礼的事公诸社会,让人人都知道,不会有任何困难。"他说。

"我看会——会非常困难。"格雷先生说。

"一点儿也不困难。不过当年蒙乔依在意大利的尼斯城生下以后,我得在光天化日下举行婚礼,那时确是困难不少。婚礼得公开举行,而那位在保姆照料下的小旅客却跟我们待在一起。当时的尼斯在意人利境内④,我确实有必要安一点手段。事情就这么办成了,我身边一直藏着两套证件。由于客观形势的要求,我不得不把有关拉梅尔斯堡的事瞒过格雷先生。这很不容易,可是我办

---

① 指限定继承法。
② 十九世纪普鲁士北部一个省。
③ 十六世纪德国宗教改革运动倡导者、基督教新教路德宗的创始人马丁·路德创导的教会。
④ 尼斯原为意大利撒丁岛自治区的一个港城,1860 年割让给法国。

成了。"

格雷先生被这种无法无天的行为几乎给逼疯是理所当然的。不过他宁可相信拉梅尔斯堡婚礼而不是尼斯婚礼是虚构的。"那整个一年中你太太以什么身份跟你一块儿旅行?"

"当然是以斯卡伯勒太太的身份喽。不过我们很少在社会上露面,外界似乎对有关我本人的所有不正确的情况都信以为真。然而现在出现了拉梅尔斯堡婚礼;如果你派人去拉梅尔斯堡,你会发现那次婚礼确有其事;那是在一座尖顶弯曲的白色小教堂里举行的。老牧师肯定去世了,但我认为他们会保存着登记册的。"接着,他解释了他是如何带着那两套证件周游历国的,又如何为了达到把奥古斯塔斯变成长子的目的,把第二套证件公布于众的。接着他找到了许多记得起尼斯婚礼一些情况的人,他们还回忆得起当年他们了解的有关那位太太的一些秘闻。但有关拉梅尔斯堡婚礼的情况却一直隐瞒着。现在有必要充分地阐明拉梅尔斯堡婚礼的绝对合法性。

他声称自己曾不止一次地下决心要销毁这些拉梅尔斯堡文件,可是总是被下面这种考虑所阻止:它们一旦被销毁便永远失去了。"我一直有这么个打算,"他说,"我临死前要做的最后一件事便是烧毁这些文件。但由于我了解到奥古斯塔斯的品格,我就打算让人确实无疑地把这些文件封存在一个包里,外面写上姓名和地址。这样万一我意外地死亡,这些文件就可以落到恰当的人手中。不过我现在意识到那种做法太恶毒了,所以我把它们交给格雷先生。"

格雷先生当然拒绝接受,甚至连碰都不愿碰一下这只拉梅尔斯堡文件包。接着他准备离开屋子,公开宣布说如果奥古斯塔斯乐意接受他帮助的话,他有义务为奥古斯塔斯尽职。但是斯卡伯勒先生几乎流着眼泪请求他改变主意。"你为什么要使他们两兄弟成为冤家对头呢?"听了这句话,格雷先生只是怀疑地摇了摇头。"为什么要白白地毁掉这份家产呢?"

"这份家产会自行毁灭。"

"如果你能恰当地处理问题,它不会毁灭。但要是你执意要驱使一个兄弟去仇视另一个,挑起毫无必要的讼争来,当然那些律师会大获其利。"接着格雷先生义愤填膺地离开了屋子,因为尽管他有着法律知识和想要主持公道的决心,竟然遭遇了如此严重的挫折。这时斯卡伯勒先生力气也用尽了,疲软地躺了下来。

第五十五章　格雷先生的悔恨

格雷先生基本上是怀着一种自我谴责的心情回到家里的,原因是尽管他坚持不相信自己听到的那段故事,但实际上他心里确实相信了。他对斯卡伯勒先生无论如何是信任的。斯卡伯勒先生全然不顾这个国家公认的法律,随心所欲地将那份家产忽而这么处理忽而又那么处理,以前达到了目的,现在也会达到目的的。他的目标是把他的家产从那些贪得无厌的畜生——那些放债人手中拯救出来。从他本人来说,他完全可以把家产给保住。他实际上迫使那些放债人在没有利息,没有押金的情况下借出了钱款,然后迫使他们同意接受归还给他们本金。谁也不能不说他办成这件事是立了大功。然而,此君在办这件事的过程中是钻了法律的空子——而法律对格雷先生来说就是《圣经》;他在钻法律空子时好比驾着一辆大马车,但却迫使格雷先生坐在车夫的座位上赶车。格雷先生一向自认为是个精明人——至少是个受到良好教育的人,而斯卡伯勒先生竟然把他捏在手里任意摆布,随心所欲地忽而要他朝东忽而要他朝西。

格雷先生在气头上揭穿了斯卡伯勒先生的谎言,不过当时他无疑心里怎么认为就怎么说。那种新的说法肯定听上去像谎言,原因是别人已硬逼着他把一条十足的谎言当作千真万确的事实来接受。他曾经调查了尼斯婚礼的所有情况,相信了这次婚礼的真实性。他曾派他的合伙人上那儿去,收集到了许多附带的证据。斯卡伯勒先生和奥古斯塔斯的母亲是在尼斯举行结婚典礼这一事实是千真万确的。他曾往前追溯斯卡伯勒先生的行踪，但无法弄清那位后来成为他妻子的女士是在什么地方跟他相会的。不过他已经弄清楚，她是使用他的姓跟他一起旅行的。然而巴里先生在维也纳得知斯卡伯勒先生用那位女士娘家的姓来称呼她。他也可能已弄明白，斯卡伯勒先生在其他地方也经常这么称呼她；不过这一切都是为他策划的花招作准备的，就像其他许许多多本书没有加以叙述的小把戏所起的作用一样。斯卡伯勒先生整个一生就是在布骗局耍花招以使法律失效之中度过的。他这样煞费心计使法律碰不到他一根毫毛，还觉得无上光荣呢。蒙乔依已公开说他受到了欺骗。那些个债主骂声不绝，说他们上了这个人的大当。奥古斯塔斯毫无疑问也会这么大声谩骂。不过，他们谁都没有像格雷先生听到最近宣布的那件事情后离开老乡绅房间时骂得那么凶。可是，大家都无法惩罚老乡绅。放债人手中没有他的亲笔字据。他在没有举行婚礼的情况下生下蒙乔依果然十分恶劣，但法律无法因此而对他施行报复。假如你用假情况欺骗了你的法律代理人，他是无法将你推上法庭的。奥古斯塔斯受害最大；然而，做儿子的虽然可以控告自己父亲犯重婚罪，但是他无法因为父亲跟自己母亲举行过两次婚礼而把他传唤到法官那儿去。这些就是斯卡伯勒先生临终前取得的成就；然而这些成就却使格雷先生感到极大的苦恼。

在回城的路上，他比较冷静地思考了那些事实，这当儿他开始担心自己稍稍看出了真情。到达伦敦以前，他几乎认为蒙乔依肯定是继承人了。他完全拒绝碰一下给他看的那些文件，所以连一张小纸片都没有带走。他当然也不愿再受雇于斯卡伯勒先生，做他的财产代理人或遗嘱执行人。他已威胁说他要尽力为奥古斯塔斯辩护,而且觉得自己有义务要这么做,因为当时他确实认为在诉讼时理在奥古斯塔斯这一边。但他现在彻底摒弃了那种想法,所以他越来越讨厌奥古斯塔斯和他的事了。归根到底他应该希望蒙乔依成为长子——即便他是个不思改悔的赌徒也罢。过去的既定安排居然会改弦更张,格雷先生觉得受不了;而且照奥古斯塔斯的性格来看,他是不会甘心于这种变更的。

不过他乘上公共马车去富勒姆的当儿,心情非常郁郁不欢。要是他听了女儿的劝告,这次坚决不去特雷登,那事情就好办多了!他将不得不向自己女儿承认斯卡伯勒先生已把他给斗垮了,他不得不如此承认自己的失败真不是滋味,他郁郁不欢的心情部分是由于这一点引起的。不过当他回到"采邑别墅"时,他女儿一见到他就谈起她自己的消息,所以这件事也就暂时搁置起来。"啊,爸爸,你回来了我真高兴。"他曾给她打电报说他就要来。"就在接到你电报的时候,我吓坏了。你猜谁来了?"

"我怎么猜得着呢,亲爱的?"

"朱尼伯先生。"

"哪个朱尼伯?"他问道,"噢,我记起来了,是爱米丽亚的情人。"

"你说你刚才忘了朱尼伯先生是谁了? 我永远不会忘记他。这人可怕极了。"

"我以前从来没有见到过朱尼伯先生。他来干吗?"

"他说你把他给彻底毁了。他两点钟的时候来的,发觉我在花园里干活。他穿过敞开着的花园门,尽管一个用人跟他说家里没有人也没法挡住他。他瞅见了我,我当然没办法赶他走。"

"他说些什么来着? 态度无礼吗?"

"他没有侮辱我,如果你指的是这个意思的话,可是他待着不走这一点本身就是无礼嘛;我无法赶他走,一直让他待了一个钟点。他说你双重地毁了他。"

"这话怎么说?"

"你不愿让爱米丽亚得到你答应给她的钱,我认为他现在要达到的目的是,不通过那姑娘拿到这笔钱。他还说他曾经借给你的斯卡伯勒上尉五百英镑钱。"

"斯卡伯勒上尉不是我的。"

"还说你在了结上尉债务的时候,他是唯一你没有全部偿清的人。"

"他是个无赖——一个十十足足的无赖。"

"可是他说他手里有上尉签字的五百英镑借据,既然上尉跟他父亲握手言和了,他打算在这几天来要回这笔钱。总而言之,他要千方百计拿到这五百英镑钱,他觉得你应该让他拿到这笔钱。"

"他会拿到的,或者说拿到大部分。如果他有上尉的亲笔字据,他准会拿到这笔钱的。假如我记清楚上尉确实给他写过那笔数目的字据的话。如果坚持要,准会拿到钱的。"

"你的意思说斯卡伯勒上尉会偿还全部欠债?"

"那笔债原来没有列入清单,他不付不行。你猜猜看现在出现什么新情况了?"

"又出现新阴谋?"

"不折不扣的阴谋——卑鄙无耻弄虚作假的阴谋,我跟这宗阴谋有瓜葛将永远成为我名誉上的污点。"

"哦,爸爸!"

"是这样,永远成为我名誉上的污点。他现在对我说,蒙乔依是他真正的合法婚生的长子。他还宣布说过去八个月来我一直深信不疑的故事全是假的,纯粹为了达到他自己的目的而亲自编造出来的。为了使自己能让那些债权人受骗上当,他耍了一个早就策划好的花招,大胆宣布奥古斯塔斯是他的继承人。他迫使我相信那是事实;正因为我相信那是真的,连那些贪婪成性的家伙(他们是不会放弃任何一丁点儿猎物来拯救这一家人的)也信以为真了。现在,他在即将咽气的时候泰然自若地对我说,这个故事从头至尾是他亲自策划的花招。"

"你现在相信他了?"

"我气极了,说那是谎话。当时我确实认为是谎话。我确实自以为在涉及我自己业务的问题上,我有义务照管别人的利益,所以他不能这么来诓骗我。但现在我觉得自己像孩子——甚至像婴儿那样让他任意摆布了。"

"那么你现在相信他的话了?"

"恐怕是的。如果我能避开他的话,我永远不想再见到他。人家对待冤家对头也没有像他对待我那样;何况我还是他的一位忠实朋友呢。他肯定因为我过去对他的话深信不疑而拼命嘲笑我。谁会想到一个人会搞如此深谋远虑的花招——布置了二十年的骗局到今天才加以实施!差不多有三十年时间,他脑子一直忙于策划这个阴谋,而且还肯定策划了其他一些花招,只是他一直认为没有必要付诸实施罢了。在实施这些个阴谋的过程中,他简直把我当作一部机器来使用,我怎么也饶恕不了他。"

"这事儿会怎么收场呢?"她问道。

"谁也没个准儿。不过有一点很清楚——他彻底败坏了我作为一名律师的名誉。"

"不，没有那回事。"

"就他本人而言，如果他没有这么做那是最好不过了。当人们听说这些出尔反尔都是在我帮助下得逞的，你想想难道他们会歇下手来把事情弄个水落石出，然后发觉我仅仅是个傻瓜而不是个坏蛋吗？我能说得清楚我最近一回去那儿纯粹是因为他的迫切恳求而无可奈何的吗？"

"爸爸，你去是对的。他是你老朋友，快死了。"

就连这句话也让他听了高兴。"谁会像你那样来评价我呢？你还劝过我不该去呢。你看看别人会怎么来利用我的名字。他迫使我成为他两出骗局的参与者。他剥夺了蒙乔依的继承权，还逼着我相信他拿出的证据。然后，在蒙乔依成为一个微不足道的人之后，他又通过我的帮助部分地偿清了那些债权人的钱。"

"他们应该得到的全部偿还了。"

"没有。后来是法律判他们无权得到他们债据上所写的全部款子。不过这些人虽然流氓成性，还是用现金预付了一大笔借款，当时我竭力希望他们重新拿到各自已付的现款。然而，除非蒙乔依是非婚所生（这样他就什么也继承不了），他们早就要上当——现在他们真的上了当。我怎么可能使他们或其他人相信我和这件事没有牵连呢？再说奥古斯塔斯准会惊得瞠目结舌，他会说我些什么坏话呢？那人诡计多端的脑袋灵机一动，我就得跟着他团团转。我不在乎把自己的实际想法告诉你。"

"尽管告诉我吧。"

"我职业生涯的准则是热爱法律。只要我微力所及，我一直希望维护法律，不使它受到损害。我深信法律和公正是可以做到完全一致的。我十分为自己的国家自豪，所以我把那作为我生活的准绳。一个偶然的机会让我接受一位其处世态度与我截然相反的当事人。谁会不说一位律师接受了像特雷登庄园主人斯卡伯勒先生这样一位当事人是件无上光荣的事呢？但是我发现他这个人非但爱欺人瞒世，而且精明狡猾得让我无法对付。我身不由己地被他牵着鼻子走了。"

"他可从来没有引诱你去干坏事呀。"

"'自己没有意识到①。'对一个头脑简单的人来说，应该是完全可以了。但对我来说是不够的。对一个想当别人法律代理人的人来说是不够的。对于这一点大家肯定都和我一样清楚。你是知道这一点的，可我总不能只当你一个人的法律代理人。可是也有一些人正好相反；他们找另外一种活儿来干。我从来没有挂起招牌干不择手段的勾当。打这件事情以后，我似乎成了专门适合干这些最最不择手段的勾当的人。这不是金钱的问题。我退休了也足以供养你我俩。如果能在人们的赞扬声中退休，我感到快乐。可是现在即使我退休，人们也会说我口袋里塞满了打特雷登庄园抢来的赃物。"

"人们不会这么说的。"

"如果我把整个事件公布于众——我囿于名誉不会这么做——把事情真相原原本本解释清楚，人们只会说我千方百计把罪责往死去的同伙身上推。他为什么挑中我这个待他如此忠诚的人来派这种用场？"

---

① 原文为拉丁语：Nil conscire sibi。

格雷先生发牢骚的语气中几乎可以听出某种软弱甚至带女子气的东西,可在多丽听来却既不软弱也没有女子气。她觉得父亲的伤心是真实的,是有充分根据的;然而从她内心来说,倒因此而感到有点高兴。如果这些不择手段的勾当真的是他干的,而且干得挺顺利,那她会怎么样呢? 要是她得知父亲策划了这些个卑鄙的花招,心里会是个什么滋味呢? 或者说,假如她父亲要她对耍这种花招睁一眼闭一眼,听之任之,那她的处境又会怎样呢? 无论对他还是对她来说,只要自己品格高尚从不去干那些勾当,难道不就万事大吉了吗? 她能保证真相最后不会被发现吗? 如果真相在这儿不会被发现,难道它就不会在另外比这儿更有利的环境里大白于天下吗? 多丽就是这样在安慰着自己。

　　接下来的两天里,格雷去他的法律事务所上班,回来时没有谈起任何有关斯卡伯勒先生及其事务的新情况。一天,他却带回来一些有关朱尼伯的消息。"朱尼伯因为一匹马的事跟人吵了架,恐怕现在已进了监狱,"他说,"不过他仍旧会拿到他的五百英镑;如果让他知道这一点,他在那儿会好受些。"

　　"我无法告诉他,爸爸。我不知道他住哪儿。"

　　"也许卡罗尔可以办到。"

　　"我从来不跟卡罗尔先生说话,我不愿意对我姑妈或哪个女孩子提起朱尼伯这个姓。还是让朱尼伯照旧去吵他的架好了。"

　　"我完全同意。"格雷先生说。于是谈话就结束了。

　　次日上午,也就是格雷先生打特雷登回来后第四天的上午,他收到蒙乔依·斯卡伯勒一封信。他在信中说他父亲自从他走后身体一直非常虚弱,他肯定格雷先生听到这个消息一定感到难过。他父亲现在每次跟他(蒙乔依)会面的时间连超过两三分钟都不行。他担心父亲的生命马上就要结束了,可是他和老乡绅周围的人都非常惊讶,因为他们发现他心情非常愉快。蒙乔依写道:"似乎无论对于今生还是对于来世,他都没有什么好遗憾的了。他没有悔恨,自然也没有忧虑。我看他什么火气都没有了,除非你在他面前提起'忏悔'这个词儿。他对我和他妹妹异乎寻常的亲热,可是自从你离开这座房子以后,他没有提起过奥古斯塔斯的名字。"接着他谈到正题:"他去世后我怎么办?很自然我会上你这儿来听听你的意见。我不想赌咒发誓自己要怎么怎么,但我相信自己不会再回到赌台边去。如果我有这份财产可使唤的话,我就能待在这儿不去伦敦。可是我会得到这份财产吗?如果要得到它,我该采取些什么步骤?当然,我肯定会遭到反对,不过我觉得你决不会是那些反对我的人中的一个。我想我会给留在这儿享有这份财产的,这是人们常说的十拿九稳的事儿。按常情,我看我应该干脆什么都不必去做,只要等着拿财产就是了。关于那两次婚礼的两种说法现在已无足轻重啦。我应该就当作他从来没有策划过这个花招。不过他确实这么干过,人们都知道这一点。我看那些债权人是无能为力的。债据全在你的手里,他们会骂你咒你,但我认为他们奈何你不得。他们是否有一丁点儿打官司的依据,我表示怀疑;不管我是长子也罢,奥古斯塔斯是长子也罢,他们的要求已全部满足了。但是我想奥古斯塔斯是不会罢休的。我该怎么对付他呢?根据目前情况,他连一个先令都拿不到手。我担心父亲已病入膏肓,无法再立遗嘱了。不过他无论如何不会立对奥古斯塔斯有利的遗嘱的。请告诉我该怎么办。请让我知道,一旦父亲死了,你能不能派个人来帮助我。"

"我决不再介入跟斯卡伯勒这个姓氏有牵连的任何事务中去

了。"这是格雷先生收到蒙乔依的信后下的第一个断言。他会写信告诉他,经过所有这些事情以后,他和他父亲的产业之间不可能再发生什么业务关系了。他也无法就所提的问题作任何建议。他要彻底跟那件事割断关系。然而,他回家的时候反复考虑了这个问题,他对自己说他不可能就这样与那个姓氏完全断绝关系。他不会再代表奥古斯塔斯去进行什么法律诉讼,但是他得回蒙乔依的信,向他提供一点建议。

那天夜里,他长时间地跟女儿讨论了整个问题。讨论的结果是,他将不再插手这件事务,而让巴里先生去处理。巴里先生可以愿意代理哪一方就代理哪一方。

第五十六章　斯卡伯勒的报复

　　所有这些在特雷登庄园进行的事，奥古斯塔斯·斯卡伯勒全都知道。有关立遗嘱的消息传到了他耳中，这时他才意识到自己帮助偿清那些债权人的钱是害了自己。要是他哥哥彻底破了产，那些犹太人完全可能把他到手的钱全拿走，那他父亲也就不会立一份对他有利的遗嘱了。所有这一切现在奥古斯塔斯都清楚了。他父亲居然要把屋子里的家具，把家产中的全部动产，剥夺个精光，这是他事先所没有料到的。他认为父亲不太在乎别人冒犯他，所以他就一直待他很不客气。他发觉自己做错了事，因此对自己很恼火。不过他仍然觉得自己那样对付债权人没有错。如果让这些债主手里握有未偿付的债据，这些债据就会成为障碍，使他占有不了那份财产。这么说来，他还是做对的，他想道。问题是他父亲活得太久了。尽管如此，财产总会传给他奥古斯塔斯，他打定主意把其他东西从蒙乔依手中买下来。他无论如何总得提供蒙乔依的生活费，他还要留神在收买那些动产时别让它们从别人那儿转手。他就这样安慰着自己，后来一些更糟糕的谣言传到了他耳中。

　　这些谣言是怎么传到他耳中的，很难说清楚。格雷先生又一次去庄园时，说不定有某个仆人看到了老乡绅正在打算做的事的细微迹象；或者斯卡伯勒小姐有某个知己朋友；也可能格雷先生的办事员不谨慎。那些支离破碎的消息确实传到了奥古斯塔斯耳中，把他惊得傻了眼。他对他父亲说他哥哥是私生子一事一直疑心重重难以相信。后来当那些债权人拿到了钱（这些钱不到他们有权要求偿还所欠债款的三分之一)时，他几乎完全相信了那种说法。那些债主已证明他们相信了，他们这种人没有根据是不可能对那种说法信以为真的。然而，他父亲竟然会回复到第一种说法从而使自己成了一个双料的骗子、无赖，他认为无论如何是不可能的。

但如果情况果真如此，他该怎么办呢？这样一来他不就给彻底毁了吗？如今他不可能再去就业，那他不就成了一名身无分文的冒险家了吗？他所筹集的为数不大的钱已经为了蒙乔依的缘故花光了——本以为这是吃小亏占大便宜。根据目前的消息说，全部财产都传给了蒙乔依。他对自己父亲实在不够了解；他父亲因为他为人刻薄而对他深恶痛疾。谁能想到一个人在那种情况下还会活那么久？还会有如此坚强的意志？他连做梦也没有想到父亲对自己有如此刻骨的仇恨。

他也从特雷登得到消息说，现在他父亲看来活不了多久了。

"可能还好活一个星期，医生说，但再活一个月几乎是不可能的。"这是他自己安在特雷登庄园的耳目给他传来的消息。目下情势紧迫，他该怎么办好呢？

他只有一个可能有效的步骤可采取。他当然可以默不作声，等他父亲一死就接受命运可能给他安排的一切。不过他也可以立刻去特雷登，要求和那个垂死的人见一次面。他认为父亲在临终以前是不会拒绝见他的。他父亲是个勇气非凡的人，但他觉得他也可以依赖自己的勇气嘛。无论怎么说，他决定马上就去特雷登庄园碰碰运气。他在中午时分到达那座宅邸，立即就让人给他父亲传话说他到了。斯卡伯勒小姐正坐在她哥哥的床边，不时地给他念上几句。"奥古斯塔斯！"那仆人一离开屋子他便说，"奥古斯塔斯要见我干吗？上一回他见到我的时候说，如果我希望补偿自己给他带来的损害的话，他但愿我马上就上西天。"

"现在别去想那些话了，约翰。"他妹子说。

"因为上帝才是我的最高审判者，所以我至死不会忘记那些话。一个做儿子的竟然对自己父亲说出这种话来，是得让人稍稍想一想的。如果我对你说我不想，难道你不认为我言不由衷吗？"

"你不必提起那些话，约翰。"

"是不必提，除非我在世的最后一刻他还来这儿折磨我。我曾经竭尽全力为他做了许许多多好事——我得到了什么报答，你是知道的。蒙乔依无论如何是诚实而坦率的，从全面来看也没有对我不孝。我至少会乐意让奥古斯塔斯了解我的想法。"

"让我跟他怎么说？"他妹子问道。

"你告诉他最好回伦敦去。尽管很少有儿子受到父亲的考验，但是我对他们俩都考验过了，现在我对他们俩都了解。你对他说，我请他最好不要来见我。咱们之间已经是话不投机半句多。我没有什么令他感兴趣的话要对他说。"

但在夜幕降临之前，老乡绅被人说服，同意见见他儿子。"要让我见见他还不容易，"他说，"可我无法想象他能从中得到点什么。他要来就让他来呗。"

奥古斯塔斯在这段间歇时间里大半是在跟他姑妈商量那件事。可是他对蒙乔依只字不谈那个问题，他和他在用晚餐时相遇，整个傍晚他是跟蒙乔依和牟顿先生一起度过的。晚饭后的两个钟点过得也太令人沮丧了。三个人都去了吸烟室，就在那儿干坐，彼此几乎没有谈什么话。曾经聊了几句有关打猎的事，不过蒙乔依这个冬天没有去打过猎。也谈到了关于猎场这个更令人感兴趣的话题。那块猎场当然仍旧还是那位老人的财产，而且在早先几个月里，对它也没有多少话好说，那猎场竟成了奥古斯塔斯朝思暮想的那种生活方式的附属品了；不过最近蒙乔依已接过了控制权。

"看来，你在这儿打了不少山鸡啊，"奥古斯塔斯说。

"唔，是啊。打得不太多。我没有花心思去打。见到山鸡，我就打呗。你知道我心情一直不太好。"

"又去赌了，我听说。"

"那倒没有怎么让我烦心。牟顿可以告诉你咱们这座房子里有人病着。"

"对，说真的，"牟顿说，"这些日子似乎不是让人可以老是想到山鸡的时候。"

"我不懂这是为什么，"奥古斯塔斯说。他对那位大夫话音中的谴责味道决不示弱。这以后，他们谁都没有再说过一句话，后来他们各自回自己房里去了。

"别去反驳他，"第二天他姑妈对他说，"如果他谴责了你，你就应该认错。"

"我没有什么错，真让我难以忍受。"

"可是很大程度上取决于你能否这么做了，你父亲这个人很严厉。当然，我但愿你们两人都好。假如你们能互相不闹意见，那就很不错了，确实不错了。"

"但他对我也太不公正了。他现在宣布蒙乔依是长子，真的吗？"

"我相信是这样。我不了解，但我相信是这样。"

"你想想他对待我的所作所为。而你却对我说，我得认错。我到底错在哪儿？"

"他是你父亲,我想你对他说了不少冷酷无情的话。"

"他采取欺骗手段使我处于小儿子的地位这么些年,我因此而谴责他没有?难道我没有宽恕他那种不公正行为吗?"

"可是他说你是小儿子。"

"他最后那一招仅仅是为了惩罚我,"他情绪激动地说,"原因是我不愿仅仅因为他宣布我出生的真相而对他感恩戴德。咱们俩不可能都是长子嘛。"

"当然不会两人都是。"

"他毕竟曾经宣布我是他的继承人。要是我确实对他说过冷酷无情的话,难道他不该让人这样说吗?"

"你不该对父亲说这样的话,"斯卡伯勒小姐摇着头说。

"这是你的看法吗?我怎么能默不作声呢?你想想他是怎么对待我的。他骗了我一辈子,还企图抢劫我。"

"可他说他曾经想为你准备好一笔财产。"

"为我准备!本来就是我的嘛。按照他过去所说的,那份财产是属于我的。他从我身上剥夺了去,把它给了蒙乔依。现在他又打算来剥夺我了,目的为了让蒙乔依占有财产。他施诡计耍花招,自己去了却留下这乱七八糟的尾巴,在特雷登庄园咱们俩谁都占不了上风。"

然后,他去了老乡绅那儿。尽管他跟姑妈谈了不少话,他还是认真地考虑了自己过去对待父亲的行为,也考虑了他现在要采取怎样的态度去对待他。他意识到他过去的行为不是坏(坏,他倒认为没有什么),而是非常不明智。他发现自己是特雷登庄园继承人时,自以为差不多就是财产的主人了,于是就自然而然忘乎所以起来。他看在父子面上宽恕了那个人,但却对他非常傲慢无礼,把他当作一个快断气的老头儿那样几乎不屑一顾,他认为这是当时形势要求他这么做的。至于那段故事是真是假,还不是一码事。他到底渐渐相信那段故事是真的,因此行动也就更加果断;不过,不管是真还是假,既然老头使出这一招,他就得遵守诺言不得反悔么。直到他从特雷登得到那则消息以前,他怎么也想不到他父亲会仍然有能耐重新处理那份财产。然而,他对这位老人的能耐,他层出不穷的心计和所怀敌意的程度都不甚了解。"你干了那种事就不该继续活着来打扰我们。"有一回他父亲开玩笑地提到自己的死时,他说道。他当即就后悔了,觉得身为儿子说出这种话来是大逆不道。不过他父亲当时却没有流露出十分怀恨的样子,他讽刺了几句,可是奥古斯塔斯没有听出其中的挖苦味来。不过他一直记得这件事,所以对父亲凭借自己的能耐来损害他一点现在他倒也并不感到意外。

但是,他真有这种能耐吗?他知道格雷先生站在自己一边,而格雷先生是位名不虚传的律师。社会上的人也站在自己一边,因为经过向他们提供了事实真相,他们都认为并相信斯卡伯勒先生是在蒙乔依出生后才结婚的。人们原来都已经十分意外,如今不愿再碰到大吃一惊的事了。他应该去父亲房里表示彻底改悔呢,还是理直气壮地去为自己辩护?

他前思后想,发觉有一件事他也许看清楚了。现在他再表示改悔也帮不了他忙。事到如今,他无论如何对父亲的性格有了足够的了解,他肯定他决不会饶恕他的大逆不道。陋习恶癖,挥霍无度,几乎任何个人作风上的疏忽都是完全可以原谅的。"他是我养大的,如果有什么错处,也是我的责任。"这位父亲会这样说。但这个儿子蓄意地表示希望他老子一命呜呼,而且是当面对他这样说。

565

他不仅仅是表现出礼数不周——人们可能由于关系疏远而产生此类情况，而且或许不完全是存心的；可是他说的那些话是心怀恶意的，因而无论现在还是今后都不会得到宽恕。奥古斯塔斯穿过走廊向父亲房里走去的当儿，心里打定主意无论如何不能去表示改悔。

"唔，先生，身体觉得怎么样？"他步履轻快地走进了屋子，边向父亲伸出手来边说道。老人慢吞吞地伸出手来，只是微笑了一下。"我听说你的情况，不过不是从你本人那儿得知的，他们告诉我你近来身体不怎么好。"

"我马上就不会继续活着来打扰你们了。"老乡绅说，他装出衰弱不堪的样子，几乎是用耳语的声气说话，用的正是奥古斯塔斯曾经说过的话。

"先生，咱们之间不幸曾有过一些不愉快的时刻。"

"但我已尽了努力使你感到这些时刻是愉快的。我本该想到给你整个特雷登产业对你会大有用处。"

奥古斯塔斯又上当了。他父亲说话时那种可怜的如怨如诉的声调又一次让他受了骗。他没有想到老人会气愤到这种地步。他没有想到在这种时刻这种气愤能达到沸腾的程度；他也全然不知道眼下这种猫似的平静是为最后猛扑上来作准备的。哥儿俩中蒙乔依天资差多了，可他对父亲的性格倒有比较确切的了解。

"你是为我做了不少事，或者说得确切些，我觉得是机缘为我做了不少事。"

"机缘！"

"我是指蒙乔依和我本人出生的事实。"

"我不是老是让实际的机缘来左右自己的。"

"如果我有什么忽略表达自己合乎体统的感情之处,我感到遗憾。"

"我不知道存在这种情况。什么是合乎体统的感情?至少没有口是心非嘛。"

"你有时候有点让人受不了,先生。"

"我希望我死后你不会有这种感觉。"

"我不知道自己说了些什么让你生气了,可是我完全可能不得已才说了一些言不由衷的话。"

"肯定没有对我说过。"

"我不是来请求宽恕自己的什么特别过错的,因为我不知道自己受到什么指责。"

"你没有受到什么指责,一点也没有。"

"我也不清楚要怎么来惩罚我。我听说你把庄园里全部家具留给了蒙乔依。"

"是这样,给了那个可怜的孩子!当我发现你把他赶出家门,我就这么做了。"

"我没把他赶出家门——在你敞开你宅邸的大门之前我没有这么做过。"

"你总不会要他进贫民院吧。"

"我尽力帮助了他,是我在没有人给他一文钱时供养了他。"

"他一定吃了不少苦,"这位父亲说,"希望这对他有好处。"

"我觉得我就像一位长子应该做的那样对待他。他没有因此而特别感激我,但这不是我的过错。"

"我还是认为最好把屋子里的家具留给他。既然他将得到这份家产,那家具也应该属于他。"说这句话时,他设法转过身来正面瞅着他的脸。这是何等不寻常的眼光啊！它闪耀着胜利的喜悦，成功的自豪和切齿之恨。"换了你也不愿把这两者拆开的，不是吗？"

"我听说又故伎重演了。"

"这不过是让事情该怎么办就怎么办的寻常做法嘛。格雷先生是个好心肠的人，他说服了我。谁都不应该与法律相抵触。谁企图这么干，必然导致犯罪。蒙乔依是长子，你知道。"

"这事儿我一无所知。"

"唉，不，不会有问题。我和你母亲结婚的日期肯定没有问题。咱们在拉梅尔斯堡简简单单地举行了婚礼。当我想保住这份家产，不使它落入那些贪婪鬼手中时，真没想到自己居然轻而易举地办到了。格雷在这件事情上头脑有点儿不够灵活；他是个老好人，可就是太轻信了，所以当不好律师。"

"我一点儿也不相信。"

"等我不再继续活着打扰你们的时候，你准会发现事情全会尽量恢复本来的面目。不过我倒要说你一句好话。"

"你这话是什么意思？"

"要是你当时不同意偿还债权人的钱，我就怎么也办不成这件事。说实话，我该说这件事主要是你自己一手造成的。你刚提出的当儿，我便看出你在打算为哥哥干件好事。打那以后，我曾想到事情就到此为止了，这样我死的时候就不必让你了解全部真相。我确实认为当时我这么安排的目的是为了让你得到这份家产。蒙乔依对他母亲怀有某种憨直的感情，而且他又有一股子牛脾气，完全会在这个问题上斗个明白；不过我计划得很周密，你完全会得到这份家产的。我已把有关拉梅尔斯堡婚姻的全部文件都封存了起来,并在包封上写上了你的姓名和地址。再没有比这么做更保险的了,不是吗?"

"我不明白你的意思。"

"你完全可以把用来证明你哥哥婚生子地位的任何一小点证据都销毁掉。要是由我来把这些文件烧了,我就做不到完全不让可怜的蒙乔依得到它们。现在它们都很安全地保存在格雷先生的事务所里;当时是他的办事员来把它们拿走的。我不想把它们放在这儿由蒙乔依来保管,因为——让我怎么说好呢?——你说不定会来,他说不定会被谋害。"

"你认为自己已尽了本分了,"奥古斯塔斯说。

"什么尽不尽本分,我才不当回事儿呢,老弟。"这时斯卡伯勒先生稍稍抬起了身子,使劲地拉着嗓门说话,尽管这样会对他身体极其有害。"或者说得确切些,我不是按照世间的陈规旧俗来尽自己的本分。我认为你的行为太可恶,所以我惩罚了你。蒙乔依有恶习,他因此而毁了,所以我曾设法提拔你。当你认为财产转让手续齐全时,便立刻和我翻了脸,还盼我死,盼我进坟墓。你心也太急了点,渴望马上就成为特雷登庄园的主人。我活下来了,时间长得足以再制造出些麻烦来。这一下你就不会说我'不适宜处理事务',无法立遗嘱了吧。你会发现,根据我的遗嘱,一个铜板,一丁点儿家产都不会属于你的。我相信蒙乔依会照料你的。他肯定恨你,但会承认你是他兄弟。我可没有这样好的心肠,我不会承认你是我儿子。现在你可以走了。"说到这里,他转过身去对着墙,说什么也不想再说话了。奥古斯塔斯开了腔,可是刚说了第二句话,老人就打铃了。"玛丽,"他对他妹子说,"麻烦你把奥古斯塔斯带走行吗?我很虚弱,要是他待在这儿会要我的命。他立刻把我害死也得不到什么东西，太迟啦。"

接着奥古斯塔斯就离开了屋子，在天黑以前又离开了特雷登镇。他认为在那儿他已无事可干了。他对蒙乔依说了这么句话："你会明白的，蒙乔依，父亲死后特雷登不会成为你的财产。"

蒙乔依答道："我看不见得，不过我想格雷先生会告诉我怎么办的。"

第五十七章 普罗斯珀先生 显出善良本性

斯卡伯勒先生为了使财产得到恰当处置,正在作种种安排(在这过程中,他得到的结论是无需与法律条文相抵触,这一点令他感到高兴)——这一切在特雷登庄园进行时,普罗斯珀先生却在巴斯顿患重病,他躺在病床上在竭力说服自己按照限定继承法的要求行事。除了哈里·安斯利,他不可能有其他继承人。他想到自己所认识的那些未婚女子,发现除了帕弗尔小姐和玛蒂尔达·索罗本小姐之外就没有跟他相配的人了。其余的不是年纪太轻就是太老,或者基本上穷得没有什么钱。要不是那个佃户的儿子半途插足进来,帕弗尔小姐倒是最最门当户对的了。

他独自一人躺在自己房里的当儿总是有点儿浮想联翩,于是他会把管家马修叫来,跟他推心置腹地商量一番。"俺一直就觉得索罗本小姐不配做太太,老爷。"马修说。

"为什么不配呢?"

"唔,老爷。俗话说——不过你得原谅俺。"

"说下去,马修。"

"俗话说,朽木雕不成美器。"

"这话我听说过。"

"一点不错,老爷。索罗本小姐是位很可爱的女子。"

"我一点儿不觉得她可爱。"

"不过——当然俺这么说不恰当,俺是个底下人,决不愿意说主子的坏话。"

"说下去,马修。"

"索罗本小姐就——"

"说下去,马修。"

"好吧。她就是块朽木。你说呢? 这儿的仆人从来就没有把她当作美器。"

"是吗?"

"对,从来没有。她的举止很特别,好像什么美器不美器她根本不当回事儿似的。依俺看,老爷,她也不在乎。可是她想当头儿;如果她进这个门的话,准会这么说的。"

"这绝对不可能。谢天谢地,绝对不可能。"

"啊,对呀。酿酒商就是酿酒商呗,哪能成为别的什么! 那位乔少爷——当然,他挺不错。"

"我可惜不认识他。"

"他要娶莫莉小姐。不过莫莉小姐不会当那个家的头吧,你说呢,老爷?"乡绅听了摇摇头。"你才是这个家里的头呢,老爷。"

"我想是吧。"

"还有——原谅俺说这话没规矩。"

"说吧,马修。"

"索罗本小姐待在巴斯顿庄园里有点儿不太配。说到帕弗尔小姐么——"

"帕弗尔小姐是位有身份的女子——或者说曾经是位有身份的女子。"

"那还用说,老爷。据说,帕弗尔家族不能跟普罗斯珀家族相比。不过帕弗尔家的人都是有身份的小姐——和先生。楼下的仆人们都悄悄说他们才是货真价实的大户人家呢。可是——"

"唔!"

"她大失身份去跟塔兹尔赫斯特那小子相好。他们都说这跟她其他好些事情有关。"

"他们指的什么事情?"

"她有好些粗野的习惯——那些坏习惯巴斯顿庄园是决不会容忍的。老是骂呀咒呀的——"

"你是说帕弗尔小姐!"

"不是她本人。我没有那么说;不过要是你亲耳听到那些话也就够了。可是那些听凭别人那么骂天咒地的人自己也几乎是在这么做了。那些纵容别人大清老早酗酒的人也差不多等于在往自己肚里灌酒。"

"天哪!"普罗斯珀先生叫道,庆幸自己到底逃避了这个人。

"老爷,要是您房里也出现了一瓶杜松子酒,您准会讨厌吧。"这时普罗斯珀先生把脸藏在被单底下。"玉石也不一定就能雕成美器呗。"

在求偶成亲之中出现了普罗斯珀先生以前所没有料到的麻烦。他脑子里立刻想象出一位新娘把一瓶酒藏在枕头底下的画面,便浑身不断地打起哆嗦来,后来马修几乎认为他得了疟疾呢。

"我无论如何要放弃这门婚事。"他停顿片刻说道。

"当然您还年轻,老爷。"

"不,我年纪不轻了。"

"那就是说,您不是个地道的小伙子了。"

"你是个老笨蛋,对我说这种谎。"

"当然,俺是个老笨蛋,可是俺尽量想说实话。俺从来不拿您一个先令,也不拿您值一个先令的东西,俺伺候您这么些年,还不了解您,老爷?"

"这跟那有什么关系?我年纪不轻了。"

"让俺说些啥呢,老爷?俺可以说您是个中年人吗?"

"实际上我筋疲力衰了,马修。"

"那么俺觉得您就不该成亲。"

"那些个烦恼事也真够我受的。我觉得我给生到这个世界上来不是为了忍受烦恼。"

"人生在世难免要遇到烦恼。"马修说。

"我想是的。可是有些人就是比别人倒霉。我的烦恼也太多了,我觉得自己正在这些烦恼的重压下下沉。现在考虑结婚成亲是徒劳无益的。"

"刚才俺正好想说这句话,您就说俺是个老笨蛋。当然,俺是个老笨蛋。"

"我确实完全抛弃结婚成家的念头啦。哈里少爷一直没有从我这儿受到应有的待遇。"

"他是位挺帅的少爷。"

"长得帅跟那有什么关系呢?"

"长相丑的人总是更容易不声不响在家里待着嘛。您怎么能指望像他那么帅的人老待在巴斯顿庄园听你念训诫呢?"

"我可没有想到他半夜三更在大街上打人嘛。"

"不是这么回事,老爷。"

"我说就是这么回事。"

"不错,老爷。只是咱们在楼下都听说不是哈里少爷先动的手。都是因为一位小姐而引起的。"

"这事儿我清楚。"

"一位真正的小姐。"这句话是针对爱喝杜松子酒的帕弗尔小姐和出身于酿酒商家庭的索罗本小姐而说的,所以触到了普罗斯珀先生的痛处。不过,由于他开始考虑到普罗斯珀家族得靠哈里的婚姻来传宗接代,现在既然有人在夸普罗斯珀家未来的家主母,他自己因此而受到一点贬低也就不去计较了。"一位少爷相中了一位小姐,你再夸他他也不会放弃的。"

"斯卡伯勒上尉先认识她。"

"在谈情说爱这类事情上并不总是谁先到就先招待的。哈里少爷是凯旋的英雄。'俺来了,俺见到了,俺胜利了。'①"

"喔唷唷,马修!"

"一位年轻少爷赢得一位年轻小姐的心时,就该这么说的。俺猜想大概正是这句话把上尉气得火冒三丈。俺知道事情是怎么起的,好像俺亲眼见到似的。"

"可他自管自走了——把他丢在那儿无声无息地淌着血。"

"俺猜想,他准是胖了他,让他从此说不了'俺来了,俺见到了,俺胜利了'。我觉得,普罗斯珀先生,你应该饶了他。"普罗斯珀先生也曾经这么想过,可是他第二回火气发作之后,几乎不知道如何表达自己的想法。不过眼下他病得身体很虚弱,很想有一个比管

---

① 即古罗马战将恺撒向元老院报告胜利的文字"我来了,我见到了,我胜利了"。原文为拉丁语"Veni;vidi;vici",马修是个没有文化的管家,把拉丁原文说成了"Weni;widi;wici",故译文作了相应处理。

家马修更像美器的人呆在身边。"您是不是要让人去把他叫来，老爷。"

"他不愿意来。"

"您别管他愿不愿意来。他们跟俺说的，老爷——"

"谁跟你说来着?"

"咦，教区牧师住宅里的底下人呗，老爷。当然啰，老爷，两家人关系那么亲，底下人也就彼此挺熟的。这是很自然的事。他们跟俺讲，自从您在津贴费的问题上表示了好意，他们对您的看法就全变啦。"于是这位乡绅又怒从心起。因为直到他重新给津贴费，他们才停止说他坏话。现在他们又能得到些什么就会对他彬彬有礼了。他们对他本人毫无爱戴可言——老人么，总是渴望受到这种爱戴；一个病人会因此而伤心欲绝。不过老人和病人要想从年轻人和健康人那儿得到什么爱戴难于登天。实际上老人口袋里得有点钱，不然就没有什么吸引力。他年老力衰，又丑又脏，往往嘴馋贪吃，还老爱挑挑剔剔发牢骚。尽管他本人可能对别人怀有爱心，但这对于别人有何价值呢？如果一个人有义务把自己的枕头理理平整，有人就这么做了——把它当作自己的本分。但是老人却会产生此一时彼一时的想法，他会回忆起当年曾经有一个人和他一起分担这个责任。从年岁来说，普罗斯珀先生还不算是个老人；许多人一生中有一段时期总是让自己小辈当作他们最好的游戏伙伴，他还没有过了那段时期呢。但他身体衰弱，生性怕羞又好妒忌。他出于好心为自己规定了一套慷慨大度的行为准则，可就是缺乏坚持把这些准则贯彻到底的意志。他外甥一直让他感到头疼，因为他觉得自己是一家之主，应该期望得到外甥的某种崇敬之意。他待别人一片善心，因此别人也就应该以一片善心来待他。

哈里曾暗自说,他舅舅不是他父亲,所以他成了舅舅的继承人这件事怪不得他。他又没有向舅舅要过津贴费。他在长大成人的过程中一直觉得巴斯顿庄园是属于他的,没有把舅舅看作是恩人。他父亲拖着这么个大家庭,从来不曾强求他点什么——并不需要他特别照料。他父亲尚且不这么来要求他,那他舅舅为什么非得如此呢?然而,他漫不经心的态度,他对受到特殊待遇而不知感激的作风,让普罗斯珀先生伤透了心。正是这种情况才促使他使出最后一招——娶索罗本小姐为妻,但索罗本小姐却唤他彼得。于是他又一下想到要娶帕弗尔小姐,可是帕弗尔小姐跟佃户的儿子私奔了,而且现在他又听说,这位小姐还爱喝酒。所以,他翻个身面对着墙壁,准备一命呜呼了。

次日,他又把马修叫去。马修一般总是在上午先去那儿,但在这个时刻很少和他谈话。中午的时候,他给他送一碗汤去,这时他设法从床上爬起来,穿上晨衣,坐进他那张安乐椅里。接着,他慢悠悠地把汤喝完便打铃,于是谈话就开始了。"我一直在考虑自己昨天说的话,马修。"马修只是点头表示同意,不过他心里明白,他东家一直在考虑他本人说的话。

"哈里少爷在教区牧师住宅吗?"

"嗯,对,他现在在那儿。他要等到听到你身体情况好一些的消息以后,才会离开教区牧师住宅出去走动呢。"

"他干吗不去走动?莫非他的意思是说我快要死了。也许我是快死了。我很虚弱,可他怎么知道的?"

马修觉得自己说漏了嘴,得尽可能加以弥补。"他没有那么想,不过你是闭门不出嘛,老爷。这他自然知道。"

"我没有告诉过他。"

"他老是问长问短没个完——天天如此。"

"他上这儿来了？"

"他不敢，因为他知道你不让他来。"

"我干吗不该让他来？他要来是天经地义的事嘛。"

"可是这些日子里你们之间有那么一点儿——，俺肯定哈里少爷不想来打扰。如果你让俺去告诉他你要他来，他准会马上就过来。"接着，普罗斯珀先生迂回曲折地说了半天才让人弄明白，他乐意让他外甥穿过庄园园林到他家里来问候他一下身体情况。他对于这件使命的进行方式作了仔仔细细的布置。哈里不能以为他可以照老样子那样闯进屋子里来。"哎哟，舅舅，你身体不舒服吗？希望我下一回来的时候你会强壮些！我下一班火车就得走。"接着他会匆匆地走了，一个礼拜都听不到他的音讯。然而，现在要传达的信息包含了一种颇迷惑人的好意，它可能很有吸引力，而且一点没有心怀敌意的迹象。不过这个信息不能太肯定，它仅表明可能会发生什么事情。如果哈里少爷碰巧朝这个方向走过来的话，他舅舅说不定会乐意见见他。他身边没有比马修更适合当使者的人了，于是马修就被任命负责处理这件事务。普罗斯珀先生向他建议道："你最好能找一下威克斯太太，让她通过他母亲去说。"接着马修眨了眨眼睛，便出发去执行任务了。

约莫两个小时之后，后门有人打铃，普罗斯珀先生对这个铃声非常熟悉。索罗本小姐不经常来这儿，但他已经分辨得出她本人跟她仆人打的铃声。先前——这日子还不算十分遥远——哈里从来就不习惯于打铃。但他舅舅知道是他打的铃，而不是那位可能会上门来的大夫——或者是那位他无时无刻不担心着要到来的索姆士先生。"带他上来吧。"他对马修说，边使劲地打开门，边试图从楼上和这个仆人说话。不管怎样,哈里给带上楼来了,两分钟之后便站在他舅舅的病榻前。"我最近身体不太好。"他针对询问回答道。

"听说你病了,我们都很难过,先生。"

"我想你们早听说了。"

"我们确实听说你心情不太好。"

"心情不太好!我不明白你们说我什么心情不太好来着。我将近一个月没有走出过这间屋子。我妹妹来看望过我一回,她是我见到的最后一个基督徒。"

"如果母亲觉得你乐意的话,她会每天过来看望你。"

"她有自己的事情要做,我不想麻烦她。"

"普罗斯珀舅舅,实际情形是我们都觉得这个时期以来我们得不到你的好感;由于我们认为自己不该受到这种对待,所以关系也就有点儿冷淡。"

"我曾经对你母亲说,我愿意宽恕你。"

"宽恕我什么呢?一个人没有做什么错事是不在乎宽恕不宽恕的。但要是你仅仅想说,过去的事情就让它永远过去吧,那我倒是同意的。"他不能这么随随便便放弃自己家族之主的地位——何况他是一位受到损害的家族之主呢。然而,他迫切希望过去的事情应该让它永远过去——只要这个年轻人不像现在那样在他安乐椅旁边洋洋得意地站着。"只要你说出这句话,几个女孩子也会像以往那样来这儿看望你。"这当儿,普罗斯珀先生想起其中一个女孩子要嫁给乔·索罗本,所以他不想见她。"至于我本人,如果有什么行为失检的地方,我只能说自己并不是存心这么做的。我不想多说了,因为这让人觉得好像我在问你要钱。"

"我不明白为什么你就不该问我要。"

"一个男子汉是不愿意这么做的。不过我想把事情全告诉你，如果你允许的话。"

"你想告诉我什么?"普罗斯珀舅舅说，心里却很清楚，他就要告诉他那段爱情故事啦。

"我已经让自己和一位年轻女子订婚了。"

"一位年轻女子!"

"对，是一位年轻女子。不过她还是一位有身份的年轻小姐。你准知道她的姓名。她叫弗洛伦丝·蒙乔依。"

"我听说过这位年轻小姐。难道没有另外某位先生钟情于她吗?"

"有——她表哥蒙乔依·斯卡伯勒。"

"他父亲给我来过信。"

"他父亲是我遇到过的最不择手段的人了。"

"蒙乔依本人到我这儿来过。他们都在帮你忙。"

"非常感激他们。为了那位小姐，我甚至还跟他发生了冲突。"

接着，哈里不得不以他自己的方式重复了他的"我来了，我见到了，我胜利了"。"咱们自然成了情敌。这是谁都没有办法的事。咱们俩都痴情地爱着同一个姑娘，所以她就不得不作出决定。"

"她作出了对你有利的决定。"

"我想是的。至少我作出了对她有利的决定，而且我一定要得到她。"

接着普罗斯珀先生说了蒙乔依小姐各种各样的好话，对他表示祝贺，他觉得他十分通情达理。"我觉得你会喜欢她的，普罗斯珀舅舅。"普罗斯珀先生不怀疑自己会"让那位出庭律师安静下来"。他也听说了一些有关蒙乔依小姐的话,这些话大半都是"赞扬那位小姐"的。接着,他就结婚的日期提了几个问题。这时哈里迫不得已地承认结婚存在着一些困难。蒙乔依小姐已答应没有她母亲的同意她三年之内不结婚。"三年!"普罗斯珀先生说,"那时候我准进坟墓了。"哈里没有对舅舅说,在那种情况下困难也许就消失了,因为老天爷在夺去他可怜的舅舅生命的同时,会使他成为巴斯顿庄园的主人。到那时,说不定蒙乔依太太会让步。

"可是为什么这位小姐得三年不让结婚?难道她希望这样吗?"

哈里说他并不认为蒙乔依小姐本人会真的希望两人分开这么久。"问题在于,先生,蒙乔依太太对我不太友善。而她那个侄子蒙乔依·斯卡伯勒却一直是她所宠爱的人。"

"可他是个赌徒,老输钱。"

"现在看来他要得到整个特雷登产业了。"

"那位小姐怎么说呢?"

"整个特雷登庄园的产业也不会使她动心。我一点儿也不担心。她对我发过誓,那足以使我放心的了。她母亲怎么会认为那件事有可能——这我就不明白了。"

"这三年时间就这么定死了。"

"我没有那个意思。"

"可是一位姑娘忠诚于你,也会忠诚于她母亲嘛。"哈里摇了摇头。他很乐意保证说弗洛伦丝会恪守对他所发的誓言,但他认为她对母亲所许的诺言不必拿来相提并论。"我将很乐意看到你能想出其他办法来解决这个问题。三年时间太长啦。"

"这么做很荒谬,你知道。"哈里激动起来说。

"她是怎么定出三年时间的呢?"

"我不清楚她们之间是怎么商定出来的。蒙乔依太太说不定以为这样可以给她侄子一点时间。对他来说,即使给他十年时间也是一回事。弗洛伦丝是这么一位姑娘,她说爱上谁,就真心诚意地爱他。你不见得以为我真打算等三年吧?"

"你打算怎么办呢?"

"想等一下看看情况。"接着有好大一会儿,哈里沉吟不语,站在那儿捻弄着手指头。他已没有什么好说的了,可是他认为舅舅可以说些什么。"明天要我再来吗,普罗斯珀舅舅?"他说。

"我有个打算。"普罗斯珀舅舅说。

"什么打算,舅舅?"

"我不知道这么做会不会带来好结果。当然,如果那姑娘愿意等三年的话,这打算就毫无用处。"

"我觉得她一点儿也不着急。"哈里说。

"你差不多可以立刻就结婚。"

"那太好了。"

"到这儿来住。"

"在这所房子里?"

"怎么不可以呢? 我是个无足轻重的人。你很快会发现我是个无足轻重的人。"

"别胡说,普罗斯珀舅舅。你当然是你自己家里的至高无上的人。"

"今年你也许能先熬它六个月。"

哈里想到了听训诫的事,但决心立刻勇敢地面对它。"我只是想你是多么宽宏大量呀。"

"这正是我想做到的。我不认识那姑娘,也许她会不乐意跟一位老人一起住。在另外那六个月里,我会把二百五十英镑增加到五百英镑。她觉得合适的话,就应该先上这儿来让我见见她。她和她母亲可以一起来。"接着他停顿了一下。"我不知道自己是不是经受得了——真的不知道。不过让她们一块儿来吧。"

又拖了一会儿时间,这个决定终于作出了。哈里离开的时候心里高兴到了极点,同时对舅舅十分感激。普罗斯珀先生给一个人留在那儿琢磨着自己所采取的这个可怕步骤。

第五十八章　斯卡伯勒先生去世

　　巴里先生听到来自特雷登镇的最后消息时,便开始觉得他的合伙人并非像他一向认为的那样"头脑清醒",这是件令人伤心的事。随着时光的流逝,关系密切的老一代和年轻一代之间往往会出现这样的结局。十年前,巴里先生对格雷先生满怀崇敬,十分信赖。格雷先生说的话自然句句是真理,而在巴里先生当时看来,他的话还字字是智慧呢。这种看法渐渐发生了变化;如今巴里先生虽然仍然相信上面所说的事实,却不怎么把它当回事了。不过,他确实始终对格雷先生的智慧抱怀疑。作为副手的巴里先生在事务所里处事之精明就和格雷先生大不一样。巴里先生渐渐懂得有时候讲讲诚实话也许是件好事,但要是认为别人谁都会这么做,那就太蠢了。他一直认为,格雷先生对斯卡伯勒老先生开始的那段说法相信得有点儿过于快了。"可是你亲自去了尼斯,发现那种说法是确实的。"格雷先生会这么说。巴里先生会摇着头说,在不得已和斯卡伯勒先生这么个老谋深算的人打交道时,你休想把事情调查个水落石出。

　　但是,毫无疑问,事务所里的业务还是按老样子进行着。任何重大问题最后当然应该由格雷先生这位合伙人来定夺;尽管巴里先生被派往尼斯,但斯卡伯勒财产案还是专门由格雷先生主管的那个部门经办的。他曾公开谈论他当事人的恶劣行为,可是却干脆认为那种恶劣行为已既成事实;事务所里的职员对他的明智与远见素来敬佩,所以全都赞成他的看法。况且,格雷先生也不是个能轻易被人动摇其权威的人。大家都对他十分敬仰；他的地位比自己的合伙人和职员们高出一大截，不可能一下子就失去威望。不过，巴里先生听到最新的那段故事时，朝他自己的一个亲信办事员瞅了一眼，还几乎眨了一下眼睛；后来跟格雷先生商量这件事的当儿，他甚至连装模作样立即表示一下同意格雷先生的看法都不愿意。"一个人在一桩事情上很精明就可能在另一件事情上也很精明嘛。"这是他提出的论点。格雷先生只是回答说，你不可能让一个上了年岁的人两次上当受骗嘛。然而，巴里先生在和自己的亲信办事员谈论这件事时似乎觉得，人越是上了年岁越容易上当受骗。

这些日子格雷先生心情非常闷闷不乐——原因倒不只是因为他当事人的恶劣行为，而是他看出了自己的那位合伙人的业务能力。他开始对巴里先生疑心重重。巴里先生越来越变得不择手段。他开始渐渐地喜爱起他的当事人来了——不是怀着一位法律代理人所应有的像对待自己的子女那样的感情来喜爱他们，而是把他们看作是可以让人剪取羊毛的羊群。对格雷先生来说，账单①开出以后，别人肯定就付账，这些钱就以某种方式进了格雷先生的口袋。不过，他从来不把这两件事联系起来看。巴里先生似乎在与每个当事人的一来一往中想到的是羊毛。格雷先生在想到这些情况的当儿，开始觉得他本人的业务作风正在逐渐被废弃。他曾对女儿说了不少巴里先生的好话，然而也正是在这一段期间，

---

① 指律师从当事人那里收取报酬的账单。

他对自己和对他合伙人的信念开始动摇。他的合伙人越来越精明强干得让他受不了，而他却感到自己越来越年老力衰。此一时，彼一时；他本人也不像以往那样热爱自己的业务了。他现在老是爱幻想，他也知道自己老是爱幻想，而爱幻想是当律师的大忌。他看出了巴里先生对来自特雷登的那则新消息的看法，觉得多丽是对的。他认为多丽不适合嫁给巴里先生当妻子。她完全可以成为像他本人那样的人的妻子——如果他的合伙人是这样的人的话。但是哪个合伙人都不太可能像他一样。"老的时代一去不复返了，老的作风也不见了。"他自言自语道。接着，他决定把自己的屋子整理一下之后就离开事务所。一个人要永远放弃自己的职业总是会有点儿伤心的。

　　不过，现在还得让人去一下拉梅尔斯堡，看看可以打听到什么情况。格雷先生在被告知那段新的故事的当儿曾发誓说，他不想和那种新的说法有什么瓜葛；可是不久，他显然觉得他不可能不跟它发生关系。一俟老先生咽了气，有人准会来占据特雷登庄园，蒙乔依会被留在庄园宅邸里。按照格雷先生的意见，庄园产业理应属奥古斯塔斯所有。除非事先就有了使双方都满意的解决办法，不然奥古斯塔斯肯定会去特雷登行使所有权。格雷先生认为出现这种双方满意的解决办法的希望微乎其微；不过他本人或他的事务所当然有责任尽可能寻求解决办法。"这种事情竟然要我去办。"他暗暗说道。不过最后他们商定由巴里先生去拉梅尔斯堡。他在尼斯作过调查，还是继续由他去拉梅尔斯堡调查比较适宜。巴里先生和圣约翰学院毕业的奎弗代尔一起出发，他就是哈里·安斯利曾与之商量为报纸撰稿来维持生计的可能性的那位先生。据认为奎弗代尔先生是位德国学者，所以他的出差费用都是可以报销的,还会因为占用他时间而给他一笔额外津贴呢。

巴里先生和奎弗代尔先生之间在回程时途中有一席谈话。由于再没有比这席话更能确切地描述他们调查的结果,所以我要在下面把谈话内容写出来。这场调查的完成有赖于巴里先生的聪慧才智,但和奎弗代尔先生对语言的广博知识也有莫大关系,所以咱们不妨可以说,这两位先生回国的时候,对斯卡伯勒先生的财产事务都相当熟悉。

"老板哪儿是他的对手。"巴里说。巴里所说的老板指的是格雷先生。

"我似乎觉得这位斯卡伯勒先生很可能比大部分人都精明。"

"无论是在搞欺骗,还是干其他任何行当,他是我碰到过的最厉害的人。假如他想让谁继承财产,他准会拿出点什么东西来证明限定继承法本身不过是一纸空文而已。"

"不过他在尼斯重新结婚的当儿,还不可能跟他大儿子发生什么争吵。孩子那时候还不满四五个月呢。"这话是奎弗代尔说的。

"根据我的印象,"巴里说,"他当时就有了把财产一分为二的打算,他这么干是为了表示对长子继承权的抗议。接着,他发觉这么干不成——要是他以后把事情始末给他两个儿子作解释,他们不会依从他接受所分得的财产。从我对他们两人了解的情况来看,他们都不好惹,不可能那样被牵着鼻子走。后来蒙乔依可怕地落到了那帮放债人手中,当时为了欺骗他们,就有必要让奥古斯塔斯来继承整个家产。"

"他们一定把他看作是位刁钻促狭的老头儿。"奎弗代尔说。

"那还用说!不过他们没法儿到他跟前去把自己的想法告诉他。接下来他又非常狡猾地把小儿子给掌握在手中。那份家产处于这么一种情况：当时有足够的钱来偿还那些犹太人实际上已付出的债款。奥古斯塔斯对父亲不怎么了解，他觉得缴掉那些犹太人的械是上策，于是就同意偿清他们的债款，并收回全部借据。可是他对老乡绅很无礼——说了要他越早死越好之类的话——于是老乡绅立刻改变主意，突然对我们宣布了这桩拉梅尔斯堡婚事，把庄园里的每一件东西都留给了蒙乔依。田地、马匹、家具、书籍——全都归蒙乔依所有。"

"而这一切准会在一年之内被伦敦城里的赌徒们瓜分掉。"奎弗代尔说。

"这就跟咱们不相干。如果一个人确实有教训要记取的话，他已经有了。要是他愿意接受教训，天下就没有谁会像他那样奇迹般地得救了。不过约翰·斯卡伯勒和爱达·施耐德在拉梅尔斯堡结婚是毫无疑问的，要说他没有举行过婚礼是办不到的。"

"那位女士的母亲，施耐德老太太当时在场。"奎弗代尔说。

"这一点毋庸置疑，——而且弗利茨·多依奇曼也在场。我几乎认为咱们应该把他带走。这会花上几百英镑，可那份产业负担得起这笔钱。如果真需要的话，咱们可以让人去把他请来。"接着，巴里先生就这个话题又说了不少诸如此类的话，后来他继续谈他本人的看法。"其实，老斯卡伯勒计划中的唯一缺点是——拉梅尔斯堡婚姻迟早会暴露出来。"

"你是这样想的吗？弗利茨·多依奇曼是当年在场的人中唯一健在的，他不太可能听说过特雷登庄园的事。"

"这种事情总是会暴露出来的。不过现在已经没有什么关系了。人们会得知老斯卡伯勒这个人是何等道德败坏罪孽深重；然而，这不会影响蒙乔依婚生地位的合法性。而且，人们早就知道这个老头儿胆大包天,既不畏神也不怕人。根据另外那种说法,他竟然把奥古斯塔斯给蒙在鼓里那么久,还打定主意通过耍花招搞骗局把财产全部传给一个私生子。社会上已把那种说法看作是既成事实。现在整个事情一下子又颠倒过来,人们简直给逗乐了。由于人们普遍对奥古斯塔斯·斯卡伯勒没有好感,而对蒙乔依却怀有某种善意的同情,所以那第一次婚礼的事会很容易为人们所接受。"

"恐怕他们会打官司。"奎弗代尔说。

"我看他们没有任何理由可以这么做。老人一死,财产准会完全按原计划处理。人们会把后来搞的那场对奥古斯塔斯有利的骗局看成是老斯卡伯勒演的一出滑稽戏。真正受害的倒是那帮犹太人。"

"奥古斯塔斯呢?"

"他不会失去任何法律规定属于他的东西。他父亲当然可以爱怎么立遗嘱就怎么立。奥古斯塔斯如果待父亲无礼,他父亲当然可以改动遗嘱。人们对这一切都会理解的,但是他们一定会说,那些倒霉的放债人算是上了大当了。"

"人们不会同情他们的。"

"这也难说。支配这么一大帮子人,迫使他们在没有收押金、没有利息的情况下贷给你十万英镑钱,这可不容易哪。可是实际情况就是这样。"

"他们无法再拿到什么了。"

"一个先令都拿不到了。奇怪的是,他们本该拿到十万英镑。除非老乡绅愿意为蒙乔依铺平道路让他东山再起,否则他们就永远拿不到这十万镑钱。后来,他让奥古斯塔斯为他效劳办这件事!

依我看，他这个人太聪明乖巧了，所以他的卑劣行为应该受到宽恕。而且，你也没法儿惩罚他，连一点惩罚的可能性都没有。他所干的一切没有触犯法律，法律是无法去碰他一下的。他打算欺骗别人，但在还没有把他们给骗成的时候，他也许就去世了。那些放债的准会大上其当，可是他们没有丝毫理由对他进行实质性的指控。'你们是什么人？'他曾说过，'我不认识你们。'他们坚持说曾借钱给他大儿子。'这是你们的想法，'他回答道，'我可没有义务告诉你们有关我的婚姻所引起的种种家庭内部的安排！'要是你从全面看，这件事真是干得漂亮极啦。"

巴里先生回来后发现事务所里的人普遍认为那件事干得很棒。大家都乐意承认斯卡伯勒先生把事情处理得天衣无缝，——尽管他动了几次外科手术，受尽了皮肉之苦，眼下正奄奄一息地躺在那儿等死。实际上他在这么忙忙碌碌的整个时期里，生命在逐渐趋向垂危。和这件事有关的人似乎都很钦佩斯卡伯勒先生；格雷先生是个例外，大家对斯卡伯勒先生钦佩的心情与日俱增的当儿，他无论对自己还是对他的当事人的恼怒情绪却在愈演愈烈。

人们去问了两位精通法律的大律师的意见，他们的看法是：就给他们过目的证据来看，蒙乔依的合法婚生地位是毋庸置疑的。斯卡伯勒先生为了让法律受他的支配，曾宣布说蒙乔依出生的时候他尚未结婚，于是就产生那段离奇的故事；但这以前，人们没有一丁点儿理由可以怀疑蒙乔依的婚生子地位。他们继而说，待老乡绅一死，拉梅尔斯堡婚姻当然会被发现；还表示看法说，老乡绅原来没有想到自己会给大儿子，也给小儿子带来极大损害。他们认为，老乡绅矢口否认自己欺骗了那些放债的，而实际上却把他们骗得晕头转向。他们觉得颇为惊奇，梯利特先生居然会如此窝囊；

不过由此可见，在这世界上，一个精明人要是遇上一个比他更精明的人，会变得多么呆里呆气呀！

奥古斯塔斯通过一位代表他自己的法律代理人去请教了另外两位大律师，——这两位大律师当时没有立刻发表一致意见，不过这儿我还是把它叙述一下为好。他们宣称奥古斯塔斯遭受了自己父亲给他带来的不可弥补的损害，所以他们认为可以提出诉讼要求赔偿损失。他因为听信了父亲的前一则故事才改变了自己整个的生活道路的，他放弃了自己的职业，甚至从自己口袋中掏出大笔的钱供养他哥哥。要是陪审团乘他父亲还活着的时候能把他给抓到手的话，说不定会判给奥古斯塔斯相当可观的一笔钱呢。毫无疑问，家具和其他财产会留下来，由于目前这位财产的主人行使权利不当，这些东西也许可以拿来作为赔偿。不过这两位精通法律的大律师认为，在特雷登庄园成为那个大儿子的财产以后，再就他的那些桌子椅子跟他打官司，就不可能有成功的希望了。这两位法学精深的律师得知斯卡伯勒老先生眼下差不多处于垂死挣扎状态，鉴于情况特殊，让奥古斯塔斯向他哥哥提出这种赔偿要求不是更恰当吗？然而，奥古斯塔斯直到他父亲去世后才听说这种主张，因而所提的两条建议中的第一条已不起作用了。

"我看咱们最好和斯卡伯勒先生通一下信。"巴里先生回国后对他的合伙人说。

"不能以我的名义，"格雷先生答道，"我估计斯卡伯勒先生目前的情况已不允许他再看任何事务性的函件了。威廉·布劳德里克爵士现在在那儿。"不过他们给蒙乔依和奥古斯塔斯两人写了信。蒙乔依无计可施；他的案子全由巴里先生在经办，就是到头来别人想法把他给撵出特雷登庄园他也无法采取任何步骤来阻止这种事态发生。然而,奥古斯塔斯却立刻开始行动,他请了一位精通法律的辩护律师。

"我想你会为可怜的古斯①做点什么的,不是吗?"一天上午,老人对他大儿子说。这是他命中注定活在世上的最后一个上午,威廉爵士和牟顿先生都对他说事情也许是如此了。不过,他对死亡并不觉得可怕。过去的几周里,生活对他来说太痛苦了,所以他企待着早日得到解脱。可是,生活中的各种事情一直压得他难以喘息,他觉得自己无法说清楚到底完成了哪些任务。他认为诸如特雷登庄园这样的财产调整事务需要他本人亲自出场,所以他以坚韧不拔的毅力硬挺着活了下来,直到把财产调整完毕为止。现在蒙乔依的欠债都还清了,这样他死后蒙乔依就可以稍稍快活一点。如今做好了这么些事,他欣然觉得自己也许可以说完成任务了。然而,近来他心头出现了一个同样强烈的要求——他应该惩罚一下奥古斯塔斯以解心头之恨。如果奥古斯塔斯单单因为让他蒙在鼓里那么久而骂他,他早就耐心地忍受下来了。这是他预料中的事。可是他儿子奚落他,嘲笑他,不把他放在眼里,最后还要他死了干净。在死以前,他无论如何要出这口气。

这个仇他也报了,而且还报得挺刻毒呢。应该让奥古斯塔斯觉得,他在这世上最后的一些日子里是没有什么可以让人奚落、嘲笑之处。他使自己的儿子破了产,而且是无可挽回地破了产,他儿子将分文莫名地活在世上。然而,在他最后奄奄一息的时刻,在他

---

① 奥古斯塔斯的昵称。

弥留之际,他心里忽而产生一种怜悯的感情,在谈到他这个儿子时,他再一次把他唤作"古斯"。

"我不清楚这一切会如何安排,先生;但如果这份财产留给我的话——"

"会留给你的;肯定属于你。"

"那我会以他乐意接受的方式帮助他的。"

"可不能让他挨饿啊,不能让他不得不自己挣钱糊口啊。"

"你希望我怎么做你就说吧,先生,只要我力所能及,一定办到。"

"主动提出给他一份收入,而且要把它固定下来。现在立刻就办好这件事。"老人说这句话的当儿,也许想到了一种极大的危险:整个特雷登的产业可能不用多久就会化为乌有。"还有,蒙乔依——"

"先生。"

"你去赌场寻欢作乐,赌得也够过瘾了。如今你手里有那么一份产业,再去赌钱问题就严重啦。"

这是老人说的最后的,而且是明白无误的话。他死了,左手仍然搂着儿子的脖子,边上站着他妹子和牟顿。这样的临终场面给人以教益,在一个想象中的旁观者看来,还颇有某种魅力呢。在场的那几位似乎都十分爱戴他,他们也理应如此。

尽管他干了一些严重的错事,但毕竟成功地让他周围的人的心目中对他产生了敬意,而这种敬意本身就带有很大的爱的成分。他待人接物之中有某种东西显示了他对别人的爱。他属于这样的一类人:怀起恨来可以恨到疯狂的地步,任何血缘关系都无法减缓他的仇恨。他要伤害谁,就不达目的誓不罢休。然而在他一生的每个阶段,他对别人的爱支配着他的一切。他从不自私,想到的总是别人,而不是他自己。对于周围人们对他的看法,他置若罔闻,一点儿也不在乎,但他从来不违背自己的良心。他极端地蔑视法律成规,但他这样做是为了把与他自己有关的一些事情处理得公正些。在他一生最后的岁月里,他所做的一切是否成功,读者不妨作出判断。不过围在他临终的床跟前的三个人确实非常尊敬他,而且因为他的所作所为也很爱戴他。

次日上午,牟顿给他朋友亨利·安斯利写了封信,谈到了这幕场面。"可怜的老人终于去世了。尽管他做过这样那样的错事,我似乎还是感到自己失去了一位老朋友。他待我十分和气,要不是我听说他犯了那些过失,我准会说他始终对人真诚而宽厚。格雷先生谴责他,社会上的人肯定也都指责他。谁也无法为他辩护,除非他准备把真理、道德全都抛到九霄云外去。不过,假如你能为自己设想出一种既不必考虑真理,也不必考虑道德的场合,那斯卡伯勒老先生会成为你的英雄。他是我认识的最勇敢的人。他勇于面对逆境,并时刻准备战胜它。他做的每一件事都旨在为别人完成他所认为的正义的使命。他与他的上帝之间谁是谁非我难以判别;不过他信奉一位全能的神,所以他肯定心中毫无畏惧地去见他了。"

第五十九章　乔·索罗本的婚礼

有人离开尘世,有人却在结为伉俪。特雷登庄园里出殡哀乐齐鸣的当儿,邦廷福德和巴斯顿两处却敲响了新婚燕尔的欢钟。这时,乔·索罗本穿戴得漂漂亮亮,正打算在他老家乡镇安家,在打打猎酿酿酒过悠闲的日子以前,带莫莉·安斯利去罗马玩一下。索罗本小姐给安斯利太太写信道贺。她哥哥会到场吗?她觉得也许普罗斯珀先生不愿见到她。她真想在信中写上"彼得"两字来代替普罗斯珀先生,但终于没有这么做。在这种情况下,她只得放弃"亲眼目睹乔完婚"的荣幸。于是,一个使团被派往巴斯顿庄园。两位年纪较小的女孩子此行是去邀请普罗斯珀舅舅的——但她们心底里却希望普罗斯珀舅舅不来。"我想邦廷福德的那个家庭会派代表到场吧?"普罗斯珀舅舅问道。"我看会派某个人来的。"范妮说。接着,普罗斯珀舅舅让她们带去一只漂亮的钻戒,并说他要待在自己屋里。他健康情况不太好,不允许他出席,不然对他有害处。所以,大家决定让索罗本小姐来参加,但人人都觉得她即使不在婚礼仪式上,也会在接着举行的喜宴上惹是生非。

要是普罗斯珀先生对整个情况有所了解的话,就会发现索罗本小姐还不是唯一的障碍呢。小索姆士,也就是普罗斯珀先生无可奈何不得不与之打交道的那个法律代理人的儿子,将做乔的傧相。普罗斯珀先生可能是从马修那儿听说这件事的,可是他对那一家子从未说起过。在他看来,索姆士家的任何一个成员跟普罗斯珀家族发生如此的瓜葛,是一种让人痛心的耻辱。小阿尔吉·

索姆士本人倒是个挺讨人喜欢的小青年,凡是遇到可以不去他父亲事务所上班的日子,他喜欢打上一整天的猎;他最糟糕的毛病是爱戴颜色过分鲜艳的领带。然而,他却是普罗斯珀先生的眼中钉,——尽管普罗斯珀先生从来就没有见到过他。事实上,这一天小索姆士表现得非常得体。

"很遗憾,咱们不能同时间举行两场婚礼,"打毗邻教区来的一位爱逗笑打趣的教堂职员克雷布特里先生说,"你不这么认为吗,安斯利太太?"安斯利太太就站在边上(索罗本小姐也站在边上),不过她对他的问话没有作答。懂得内情的人知道,安斯利太太对别人提到这件事不会感到高兴。可是,克雷布特里先生对内情一无所知。

"老年人总不像年轻人那么容易成双作对嘛。"索罗本小姐说道。

"老年! 谁说老啦?"克雷布特里先生说,"我的朋友普罗斯珀还是小青年呢。大好时光还在后头,我希望你还要让一下步,索罗本小姐。"

接着,他们列队上教堂去。要把新娘,或者几个女傧相的穿着打扮描写一番,远不是我力所能及的事。几个女傧相是新娘的几个妹妹,还有男方的两个妹妹。曾经有打算让弗洛伦丝·蒙乔依也前来参加,但这件事没有办成功。在切尔顿讷姆镇,事态已发展到这样的地步:蒙乔依太太被迫同意,只要弗洛伦丝遵照她的计划行事三年不变,她就可以被允许和哈里·安斯利结婚。不过在作出这一许诺时,还附有许多荒唐的限制。弗洛伦丝至少在头一年里不能见他。但要是蒙乔依·斯卡伯勒来切尔顿讷姆的话,她就得见他。弗洛伦丝说这办不到,但眼下正当巴斯顿婚礼举行之际,她却一点儿也没有办法按照自己的意思行事。乔和阿尔吉·索姆士一块儿坐马车去教堂,尽管整个冬天里他几乎每天都去教区牧师住宅,但是人们觉得那天上午他进入那座住宅是一种失策。"我宣布他到了,"索罗本小姐拉大嗓门说道,"我从来没料到他在这关键时刻会拿出这样的勇气来。"

"我不知道某先生在他的关键时刻到来时会有怎么个感觉。"克雷布特里先生说。

安斯利太太开始伤心地哭起来,这似乎大可不必,因为自从这门亲事开初定下的时候起,她就一个劲儿地暗自庆幸;她还感到十分欣慰,因为她那窝为数众多的下一代中有一个已经"进入安全的避风港"啦。

"哦,亲爱的安斯利太太,"克雷布特里太太安慰她说孩子离开她不远,"你站在教堂塔楼上几乎可以瞧见酿酒厂的那几根烟囱嘛。"熟悉这两位太太的人知道,提到酿酒厂烟囱的时候往往带有某种贬义。克雷布特里太太的女儿嫁给雷金纳德·拉特尔佩特爵士的第三个儿子。拉特尔佩特家不富裕,而那个三少爷不想挣钱谋生。

"感谢上帝,说得对呀!"安斯利太太眼泪汪汪地说道,"每当我瞅见这些个烟囱,我就知道那儿冒出来的不但是烟,还有收益。"

两个男孩子为了参加婚礼都打学校回家来了。"莫莉,乔在你后面跟着哪。"年龄大的那个男孩说。

"现在他亲你嘴你就不用假装不愿意啦。"另外那个男孩说。

"亲爱的,我的孩子,你马上就要成为别人家的人了。"父亲说着朝教堂的祭服室走去,他要在那儿换上白袍。

"亲爱的爸爸!"新娘走进教堂大门,在一群姑娘的簇拥下准备向教堂中殿走去的当儿就说了这么句话。他们在圣坛前站着的当儿都显得喜气洋洋，不过其中最最耀眼夺目的要算是阿尔吉·索姆士的那条蓝莹莹的领带了。这时乔却显得神情十分沮丧，他丝毫没有想到最近那回他大出风头的情景；不过话得说回来，他还是像一个男子汉、一个酒厂掌柜那样昂着头。

"你别伤心，"索罗本小姐在最后一刻对安斯利太太说道，"他会让她有吃有喝的，决不会伤害她的。"乔正巧听到了这句话，心里巴不得他姑妈这会儿在马默迪尤克别墅的床上睡着呢。

接着婚礼完毕，大家列队走进教堂祭服室里去在一本簿子上签到。"现在你脱不了身啦，"克雷布特里太太对乔说。

"我不想脱身。我娶了咱们当地最漂亮的姑娘做妻子，我还认为她是位最无懈可击的女子。"他说这句话时的神态让克雷布特里太太疑心他言不由衷，可是阿尔吉·索姆士听到后却躲在他的蓝领带后面对他好朋友羡慕得了不得。这话也让几位姑娘中的一个听了去，后来她在卧房里边流着高兴的眼泪边和她姐姐说起这件事。"哦，他多值得我爱啊！"莫莉也抽抽搭搭地说道。就因为那句话，乔的形象在她们心目中高了一小截。

接下来是喜宴。再没有比这一时刻再枯燥乏味让人难受的了。到上午十二点钟光景才让你十十足足地吃上一顿饭无论如何是件讨厌事儿。除非你家里办喜事，否则这种令人厌恶的事情应该绝对避免。但说到吃喜酒，那真是比吃什么饭都糟糕。在日光下让人看了炫目的时髦服装和裸露着的肩膀，那种把人在席间扶进搀出的忙乱景象，那由鸡呀，甜饼呀，甜羹呀搭配在一起让人吃起来够呛的食物，那大量的但在这种场合往往质地挺差劲的香槟酒，——还有那些个发言！这种差使往往轮到一些人到中年的绅士先生头上,他们似乎总是因为不善辞令才被选中的。不过,还有更糟糕的事呢——明明看到满桌丰盛的食物,你却一反常态地狼吞虎咽,于是这一天你吃晚饭的胃口给彻底倒尽,而且今后吃东西永远不会有什么好滋味了。

除了乔本人讲话之外,克雷布特里先生和两个家庭的父亲发了言。乔的父亲没有什么口才。毫无疑问,他能酿出上乘的含有纯正的麦芽和蛇麻子味儿的啤酒来。当地酿的啤酒数他的最好。可是他不善当众讲话。他穿着一件宽大的白背心,脸色红得跟他儿子穿的那件猎装差不离,他站起来说他但愿自己的孩子会成为一位好丈夫。别的事他不清楚,他只是想说儿子谈情说爱妨碍了他好好尽职于酿酒业。也许莫莉住到靠邦廷福德镇更近的地方之后,乔就不会花那么多时间在路上来来往往了。也许乔少爷不再需要她对他关怀备至。这是他讲话中的要点,大家听了都没有什么异议,但那位新娘却悄悄跟乔耳语说,假如他希望自己会从早到晚守在那些酿酒缸边上,那他准会发现自己错了。安斯利先生发言中说了一两句带有感情色彩的话(在女方的父亲讲话时,这种情况司空见惯),但似乎谁也没有对那些话感兴趣。克雷布特里先生过去二十年来在这郡里是有婚礼必到的,所以不出所料,他像往常那样说了一些婚礼上的俏皮话,引大家笑了一通。几位老太太笑得前仰后合,有人听到克雷布特里太太说,好得克雷布特里先生"成功地应付过去",不然整个喜宴准会太平淡无奇了。不过说实话,当乔站起来说话的当儿,这一天最有趣的场面才真正开始呢,因为索罗本小姐尽管坐在椅子上,竟说了和他侄子一样多的话。"对你们几位刚才的发言,我确实非常感激。"

"你应该感激嘛,先生,你刚才听到别人说你的好话比你今后一辈子听到的还多呢。"

"那我更要感激你了。我家里人谈起我花费不少时间在路上——"

"那是你在酿酒厂里自己跟他们说的。谁也不清楚你上哪儿去来着。"

"让莫莉给你们说个明白吧。"

"我不想说话。"莫莉轻声轻气地说。

"可这种事一个人一辈子就碰到一回嘛,"乔继续往下说,"要是咱们能知道父亲像我这样年纪时的情况的话——这我可记不清了——我看他跟别人一样痴情。"

"在他成亲以前的六个月里我仅仅见到他一回。"索罗本太太声气哀切地说。

"这些年来他已经补偿了这一点。"索罗本小姐说。

"有这么一位年轻小姐到这个家里来,把她的命运和我联系在一起,我的确感到非常自豪,"乔继续说道,"我会比谁都更加关心妻子娘家的人。"

"还有巴斯顿家族所有的人。"他姑妈说。

"对,还有巴斯顿家族所有的人。"

"我肯定大家都感到遗憾,新娘的那位巴斯顿庄园的舅舅今天没有能到场。乔,你应该提到这件事。"

"好吧,我说。我觉得很遗憾,普罗斯珀先生没有能够出席。"

"索罗本小姐是不是能给咱们谈谈他的情况。"克雷布特里先生说。

"我!我不知道他什么特别情况。上回见到他的时候,他身体蛮好的。我没有对他怎么样,他卧床不起跟我没有关系。克雷布特里太太好像觉得你舅舅是由我照料着似的。莫莉,我抱歉地说,我可不负这个责任。"

得承认,在这种无拘无束的交谈之中,乔是很难发挥他的演说才能的。不过他也无心想当演说家,因此这种半途插话也许正合他的心意。但是话得说回来,索罗本小姐说的那些打趣话也确实给这顿喜宴泼了点冷水。这位小姐受到过损害要报复一下,大家也许原来也料得到。这是她仅此一回实行的报复。她认为自己受到了亏待,但她没有让普罗斯珀先生花费过一文钱。她心里有这么个感觉:这位舅舅为了维护现在正坐在她对面的那个小伙子的利益,在最后一刻被迫拒绝她所提出的要带梯格尔小姐和两匹小马驹来的小小要求,巴斯顿庄园的种种好处总的来说是让安斯利一家子占去了,根本没有她的份。她倒并不为此而感到遗憾,她这个人不爱耿耿于怀;尽管如此,她还是因为自己刚才三言两语提到普罗斯珀先生而感到高兴,当然安斯利一家听了是觉得刺耳的。那么,我倒要说,她根本就不该上安斯利先生家的餐厅里来赴宴。这和一个人的情趣有关,也许索罗本小姐的情趣根本就谈不上高雅。

乔的讲话结束了,他姑妈接着又插了一通话。她离开屋子的当儿跟安斯利太太说了几句话。"别以为我在生气,我一点也没有生气,肯定一点儿也没有生你和哈里的气。只要有可能,有朝一日我还会为他效劳呢——正因为如此,我也会为他舅舅效劳的。不过你不能指望一个女人肚里有气不发泄出来嘛。"可是,安斯利太太听了这话觉得奇怪,一个女人在这种境况下竟然会发牢骚。

接着大家终于告辞了。莫莉给带上楼到她母亲房里去,让母亲对着她最后哭一通。"我知道自己这么做很蠢。"

"哦,妈妈,别哭了,亲爱的妈妈!"

"上帝给一个姑娘送来了一位好夫婿是赐予她的最大恩惠,我觉得他好得无懈可击了。"

"是的,妈妈,他是好极了。这我清楚。"

"那个女人谈起酿酒厂的烟囱的时候,我心里明白,有了这么些烟囱,又离咱们这么近,那可真让人感到放心哪。酿酒厂的烟囱总比一个连他本人和孩子都养不起的无所事事的饭桶强嘛。每当我瞅见乔穿着桃红的猎装去赴狩猎会的当儿,我就感谢上帝,因为我的莫莉找到了一位小伙子,他勤奋,能有自己的马骑,跟那些全是好样儿的人一起去打猎。"

"哦!妈妈,我真想见到他。他模样真帅。"

"我不愿意改变现状。可是——可是——唉,孩子,你要离开啦。"

"正如克雷布特里太太所说,我不会离开你很远。"

"不,不行!你不再是完全属于我的了。将来有一天你也会这样想到你女儿的。你干什么事我都看到,都知道,都为你操过心;你穿的每一条裙子都让我感到亲切;你向神的宝座发出的每一句祈祷我都亲耳倾听。我但愿他也有祈祷的习惯。"

"我肯定他有这个习惯。"莫莉或多或少满怀信心地说。

"你走吧,别管我。我真蠢,就是忍不住要掉眼泪。要是那女人再来跟我提起烟囱的事,我倒要把自己的想法说点给她听听。"

接着,莫莉走了,她戴了顶风帽,模样比整个上午的婚礼仪式举行那会儿显得漂亮多了。我想,一个女孩子家出嫁,头一回完全成为别人家的人了,娘家总得把新娘打扮得天仙一般去见夫婿嘛。现在莫莉看上去十分标致,乔觉得很得意。他同时感到颇为得意的是,尽管他觉得自己仍然无法摆脱"索罗"呀,"本"呀这样的姓,但到底跟一个让他社会地位可望有所提高的家庭结了亲。

他们走了之后,接着就按规矩开始抛米饭,可这回不是抛给伦敦城里的乞丐,而是抛给教区牧师住宅里的家禽,让它们去啄上一个钟点;大家还大扔其旧鞋子,直扔得天昏地黑。在伦敦城里,人们扔白缎质料的软底鞋最时兴了。可是巴斯顿和邦廷福德两处合起来也添置不起足够的那种质料的抛掷物;于是,那些男孩子就拣起乌黑的皮鞋,还有靴子来乱扔一气。"瞧我这双顶呱呱的靴子,"马车开走的当儿,其中一个男孩说道,"让它们丢在那儿干吗呢?"接着有人去把那双靴子捡回来,拿到卧室里去了。

莫莉走了,于是哈里的事情就成为巴斯顿的头等大事了。尽管邦廷福德的那些烟囱比起庄园田产来,可能会带来更丰厚的收入,但哈里毕竟比莫莉更加举足轻重。哈里要成为当地未来的普罗斯珀老爷,在将来某个时候要姓这个家族的姓;教区牧师宅子里的人无疑都有这么个感觉——哈里·安斯利·普罗斯珀在未来的岁月里将赫然成为教区里史无前例的大乡绅。他得到过大学研究员的职位,这是以往哪个普罗斯珀都没有过的;他的风度,他的谈吐,都是长期住在伦敦城里的人才具备的,而一般来说,这些正是普罗斯珀家族的人从来所缺乏的。如今他还要娶一位拥有一笔可观财产的太太,而且这位太太还是一位众所周知具有非凡魅力的女子。过去六个月来,哈里似乎有点郁郁不乐,可现在他不但驱除了那种心情,还显得比以往更喜气洋洋。连普罗斯珀舅舅都少了他不成。那个吓人的索罗本小姐给巴斯顿庄园笼罩上了阴影,这位乡绅本人觉得,这块阴影只有随着原来继承人的到来才得以消除。哈里成了必不可少的人物,所以谁也不再把他看作是累赘了。

这时正是三月末。斯卡伯勒老先生死了,葬了;蒙乔依正住在特雷登庄园里,谁都没有听到过什么他上伦敦来的消息。也没有人说起过他又急忙奔到那些赌台边去。在不少圈子里,人们谈到他和奥古斯塔斯之间将会打一场可怕的两败俱伤的官司,然而巴斯顿教区牧师住宅里的人都还没有听说过。有一天,哈里去了切尔顿讷姆镇,还被允许跟他的情人在一起待了一个钟点之中最可贵的一段时间;不过这个允诺是以他不再来访为条件的,而且从那时起到现在,他已有一个月时间没有再去了。接着,他舅舅向他提出了建议,根据那条慷慨的建议,哈里可以把妻子带到巴斯顿庄园来,在那儿先住上半年,然后在第二个半年里,他可以拿到增加了的津贴费。他想到自己的经济收入状况,觉得他们俩几乎很富有了。她会有四百英镑的年收入,他也会有差不多数目的一笔钱;而且他们还会有一个现成的家。他已经写信把所有这些好消息告诉了弗洛伦丝,然而自从那条建议提出之后他还没有跟她见过面呢。她的回答没有像预料的那么吉利,所以他绝对有必要去一次切尔顿讷姆镇,把事情处理一下。在他的想象中,那三年时间已不花力气地减少到一年,而即使这一年时间他也仍然觉得等不及。他又渐渐地设想这一年又减少到六个月,现在又减到了三个月,结果他觉得他们也许六月初就能顺顺当当地结婚,这样他们就可以有整整一个夏天时间去蜜月旅行了。"妈妈,"他说,"我明天就去。"

"去切尔顿讷姆?"

"对,去切尔顿讷姆。光干等着有啥用呢?我觉得女孩子家会过分顺从自己的母亲。"

"这是一种高尚的情操,你会因为记得她具有这种情操而感到高兴。"

"假定你也说过莫莉不该嫁给乔·索罗本呢?"

"莫莉有父亲。"安斯利太太说。

"假定她没有。"

"我不能假定这么可怕的事。"

"假定你和父亲一起来阻止莫莉。"

"可是我们没有这么干呀。"

"我觉得女孩子做事会做得过分,"哈里说,"蒙乔依太太已经对蒙乔依·斯卡伯勒作出了保证,她不会食言的。他现在又出场了,从一个破产的人一下子成了拥有特雷登镇的阔人。那个母亲当然会仍旧抓住他不放手。"

"你认为弗洛伦丝不会变心吗?"

"决不会。对于蒙乔依·斯卡伯勒其人和他所拥有的财产,我是一点儿也不担心。但是我可以想象她也许会给弄得心烦意乱,我应该去把她从中解救出来。"

"你能做些什么呢,哈里?"

"去她那儿,照实对她说。使她明白她应该立刻把自己交到我的手里,我能保护她。"

"强行把她从她母亲那儿带走!"安斯利太太大吃一惊地说。

"一旦她结婚,她母亲也就不会再去考虑这件事了。我不信蒙乔依太太对我有什么特别的反感。她是想到自己的侄子;只要弗洛伦丝还是姓蒙乔依这个姓,她就仍然有机会。我知道蒙乔依没有机会;我觉得我不该把她丢在那儿没完没了地受人欺侮。你想想,要三年时间——让一个女孩子三年不准见她的心上人,这受得了吗?这种做法真荒唐得令人厌恶!我明天就去,看看是不是能制止它。"母亲对此没有提异议,虽然对于不经弗洛伦丝母亲的同意就让她结婚的计划她不能表示赞成。

第六十章 斯卡伯勒先生下葬

斯卡伯勒先生去世下葬以后,他儿子蒙乔依就给孤零零地给留在特雷登庄园,过着十分凄凉的日子。牟顿(那位大夫)和他姑妈斯卡伯勒小姐一直和他一起待到葬礼那天。可是当老乡绅葬进坟墓以后,他们都离开了。斯卡伯勒小姐见到她侄子怕,而且她觉得住在偌大一座宅子里并不舒适;牟顿大夫有日常工作在身,是留不住的。"你不妨再待一个星期。"蒙乔依曾对他说。但是,牟顿认为他不能待在特雷登而不去履行自己的特殊职责,所以他也走了。

那场葬礼十分不同寻常。奥古斯塔斯拒绝到场在父亲的墓边守灵。"从各方面考虑,我还是不去的好。"他给蒙乔依的信中写道。除了佃户之外,没有邀请其他来宾。那些佃户成群结队地到来,因为老乡绅在他们中间以开明的庄园主著称。可是大批的佃户来送葬无论如何构成不了家族的哀悼场面,而这种场面对斯卡伯勒先生这样的人的葬礼是必不可少的。蒙乔依在场,可是在整个仪式进行之中他默默无言地站在那儿,几乎绷着脸。他和牟顿一起跟着队伍去了教堂,接着他又默默无言地离开了墓地。不过在葬礼中,他看到了某种引起他满肚子不快的事物。塞缪尔·哈特先生在场,还有梯利特先生。还有一个在他记忆里跟埃文斯-克鲁克两个姓有关系的人,加上斯派塞先生,再加上理查德·朱尼伯先生。他们围着墓站着;他心里明白,这伙人不是正正派派派出殡队伍的组成部分,而是偶然闯入墓地的陌生人。他瞅着他们,他们也瞅着他;他禁不住感到他们是来追讨利息的——也就是通过欺人瞒世的手段已偿还给他们那笔钱的为数不小的利息。他知道他们手里已没有借据了。可是他也知道，要是他们没有受骗，认为他蒙乔依·斯卡伯勒当时不是，而且永远也不会成为特雷登庄园的斯卡伯勒老爷，他现在所有的一切几乎都会成为他们的。他们一声不吭地站着，丝毫没有打扰葬礼；可是他们站在那儿时，眼睛直盯着蒙乔依，他们的眼光把他瞅得窘迫到了极点。

他原来就说定他打算走回宅邸去（因为那宅邸离墓地不到两英里路），所以葬礼结束时没有马车来接他。可是他知道他走回去的当儿，那些人会跟踪而来。他刚刚走进庄园所属的地区就发现了他们。可是，梯利特先生却独自行动，他走上前来说道："斯卡伯勒上尉，对于咱们的权利你打算咋办？"

"我不知道你们有什么权利，"他粗声粗气地说。

"哎哟，斯卡伯勒上尉，有权利，咱们当然有权利。你最近福星高照又露面啦；我本人对此没意见；可是我有权利提出要求——我和另外这些先生们，咱们大家都有权利提出要求。你会不得不承认这一点。"

"拿证明文件来。巴里先生是我的律师；他是格雷先生的合伙人，现在事务所里数他股权最大。"

"我熟识巴里先生，是个非常精明的人。"

"在现在这种时刻我不想和你谈话。"

"咱们打扰你了，很抱歉；可是咱们利息的事非常要紧。斯卡伯勒上尉，你打算咋办，问题在这儿。"

"对呀，你打算怎么处理那份田产。"塞缪尔·哈特先生走上前来加入他们的谈话。这伙人当中，蒙乔依最讨厌这个塞缪尔·哈特了。他上一回是在摩纳哥见到他这个犹太迫害者的，他觉得自己当时受了他极大的侮辱。"你在打——打算怎么办,上尉?"蒙乔依不回答,可是哈特往前跨了一两步,踮起脚跟向四周的园林张望。"当时有人对咱们说他是个一文不值的私生子,那这地方挺干净,住住倒不错,你说对吗,梯利特?"

"这些事与我无关,"蒙乔依说,"当时你和梯利特先生硬要我接受好几笔钱。我相信,这些钱全部还清了。"

"没有,还没有呢;没有全部还清。你知道这些钱没有还清。"哈特先生说着走到前面去,站在路中央,面朝着蒙乔依。"你怎么有——有脸说咱们的钱全还——还清了? 你明知道不是这么回事。"

"埃文斯——克鲁克的钱到今天还没有还呢。"后面一个声音说。

"斯派塞还有多得多的钱没有还呢。"另一个声音说。

"斯卡伯勒上尉,我的钱没有全还清呢。"朱尼伯走上前来说。"你总不见得想对我说,我的五百英镑已经付清了。你毁了我啦,斯卡伯勒上尉。我本当要跟一位有大笔财产的年轻小姐结婚的——就是你们格雷先生的外甥女——就因为你这么恶劣地对待我,那件事全吹啦。你真打算硬说我的钱全还清了?"

"假如你有什么证件就拿到巴里先生那儿去。"

"不,我不会这么做,我不会把它拿给任何律师的。我要直接拿到法庭上去揭露你。我姓朱尼伯,我从来没有让你签过字的那张小纸片脱过手。"

"那么,毫无疑问,你会拿到钱的。"上尉说。

"我看,先生们,现在还是让我来当大家的代言人吧,"梯利特先生说。"大家一起向上尉开火,肯定大家都得不到好处。瞧,斯卡伯勒上尉，咱们不想对你失礼。"

"什么失礼不失礼!"哈特先生说，"我要拿到自己的钱，不拿到手决——决不罢休。你要为咱们大家说话我没意见;要是别人不说，我自个儿来说。咱们是自个儿解决问题还是去打官司?"

"我只能让你们去找巴里先生。"蒙乔依说着快步地往前走去。他想他一到家就进门去，把他们丢在外面;他还想到，如果他让他们忙着赶路，就可以阻止他们七嘴八舌地来攻击他。埃文斯-克鲁克已经掉在后面，斯派塞先生显出上气不接下气。连哈特(他比其他人年轻，但长得又胖又矮)话说得多时，也非得要停下来不可。

"巴里见——见——见他!"哈里叫道。

"你清楚是怎么回事，斯卡伯勒上尉，"梯利特说道，"你父亲是位十分不寻常的人，他刚下了葬，巴望有朝一日可以快乐地复活升天。"

"是我听说过的最穷凶极恶的骗子。"哈特说。

"我不想说什么无礼的话，"梯利特先生又说，"不过他有他自己的观点。他曾经说你是私生子——你说他到底说过没有?"

"我只能让你们去找巴里先生。"蒙乔依说。

"他还说奥古斯塔斯先生将得到全部家产;还拿出证据来证实他的话。你说他到底这么做了没有?接着他证明在那种情况下咱们手里的那些借据不过是一纸空文。难道我说的情况不是事实吗?然后，为了防止自己破产，咱们就收下了他愿意给咱们的那些数目不大的钱，这时他却出来说你是完完全全的合法继承人，你将得到全部家产。他竟然又拿出证据来证明这种说法!那要咱们怎么来看待这事儿呢?"

蒙乔依·斯卡伯勒无计可施，只得加快步伐。哈特先生一再挡住上尉的去路,想以此来阻止大家再往前走,但他每一次停下步来,只能做到让自己用形形色色的感叹词来表示自己的憎恶而已。

"啊呀,天哪! 他——他这种骗子居然也配下葬。"

"哈特先生,漫骂是解决不了问题的。"梯利特说。

"他到底打——打算怎么办?"斯派塞冲口叫道。

"斯派塞先生,"蒙乔依说,"我打算一切由巴里先生来处理;请相信,一路追迫着我穿过这座园林是得不到什么好处的。"

"你到底是,还是不是私——私生子?"哈特喊道。

"不,我不是私生子,哈特先生。"

"那你就把欠——欠的钱还我们。你总不——不见得说你没有欠——欠我们的钱吧。"

"梯利特先生,"上尉说,"哈特先生在发火,我回答他话也没有用。"

"发——发火! 不错,我是——是在发火! 我真想把那个老——老流氓的尸骨从坟墓里拖——拖出来!"

"可是我可以对你说,关于我要怎么来维护自己的财产这一点巴里先生会说得比我更清楚。"

"斯卡伯勒上尉,"梯利特先生口气温和地说,"咱们有你的签字,你知道。咱们的确有你的签字。"

"可我父亲把债据赎回来了。"

"哎唷! 他还把自己称做正——正人君子呢!"

"先生们,我跟你们没有什么好谈的了,我只能让你们去找巴里先生。"这时,他们走的那条小路已把他们带到了一垛花园围墙的角上,墙上有一扇门敞开着通花园。这当儿,幸而蒙乔依忽然想起门的另一边有一根门闩;于是他迅速地进了门,把门闩上了。梯利特先生被关在门外头,他的那些气喘吁吁的伙伴也尽快地赶到了。"真糟糕!"哈特先生用手杖柄狠命地敲着门说道。

"咱们一齐向他开火,他没办法,只得丢开咱们走了,"梯利特先生说,"要是你们让我来办,他准会告诉我他打算怎么办。你哈特已拿到了相当大的一笔利息,有什么理由再来发火。"接着哈特先生跟梯利特先生翻了脸,一路上不停地辱骂他,直骂到他们回到客店才罢休。不过,看到这些按常规做买卖的先生们,不是因为他们个人受到损失,而主要针对像斯卡伯勒一家子,老子也罢,儿子也罢,他们那种过去和今后做买卖不讲道德的行为表示了强烈的愤慨,倒也很有趣。

蒙乔依回到现在除了仆人之外他是唯一的居住者的宅邸里,在餐厅里背靠着炉火站了一个小时,他在考虑自己的处境。他要考虑的事情很多。首先是那些刚才还在用刻毒的语言攻击他的假冒的债权人。为了自我安慰,他拼命对自己说,他们肯定都是冒充的债权人,他一个便士都不欠他们。巴里先生可以对付他们。然而,他的良心提醒他,这些人实际上受了骗——他父亲为了他的利益而诓骗了他们。他们原来要求拿三四英镑,而现在他们拿到手的却是一个英镑。毫无疑问,这些人是骗了他。可是,他现在如何来估量他父亲和他那些债权人之间谁的欺骗行为更严重呢?虽说他抵制这帮犹太人的恶劣行为的做法是正确的,但他感到完全凭借他父亲的骗局来逃脱这些人的威胁是不恰当的。不管他的廉耻感丧失到何种地步,他的内心确实仍然存在着"贵人行高"的观念。可是他没有办法使自己扪心无愧。由于最近那次拍卖所得的钱正好勉强还清了他父亲愿意还给那些先生们的债,那份家产的收入几乎很明确了。可是,他真的有把握得到它吗?现在他刚刚大胆地宣称自己是那份财产的合法继承人。但他真的知道自己是合法继承人吗？他信得了他父亲吗？格雷先生不是说他不接受那份最后的证据吗？难道他认为奥古斯塔斯就不会来对他起诉？难道他不知道在法律裁决之前什么东西都不能算作是他的吗？如果案子判下来对他不利，那只有很好对付这些吸血鬼；这样也就根本不存在"贵人行高"的观念可能要求他怎么做的问题了。他眼下无法对他们立即采取什么步骤，所以他暂时把那件烦心事从头脑里排除出去。

可是，他自己今后的前途怎么办呢？他再也忍受不了像今天上午那样倒霉地让那帮讨厌的家伙来迫害他，辱骂他。他能做得到人仍待在英国而闭门不见塞缪尔·哈特先生吗？还有，如果那些个俱乐部大发慈悲心又重新让他成为会员，他能对付吗？当他觉察自己即使在此刻他的心也正向往重返赌场，他心情不快地颦起了眉头。他能做到不逃到摩纳哥去跟那些赌徒厮混过快活日子吗？哈特肯定不会再尾随着他去那儿，他也不再受到那个双重身份的坏蛋——他弟弟的仆人和他父亲的探子——的监视了。

但是，他对自己说，难道这一切归根到底不是取决于他可能从弗洛伦丝·蒙乔依得到什么回答吗？假如能劝使弗洛伦丝满足他的愿望，他觉得自己仍然可以过快乐而体面的日子，而且这样他这个姓氏还可能后继有人而不至于断子绝孙。假如弗洛伦丝同意来特雷登庄园住，他能待在那儿不离开吗？他背对着炉火站在那儿想了一会儿，接着心里自言自语地说，要是弗洛伦丝来住，在第一年里让他待在庄园，那是可以做到的；可是过了第一个年头，他就无法再强制自己那么做了。他了解自己——他说道；他还为自己以往过堕落的生活作了种种开脱，把一切都归罪于弗洛伦丝对待他太冷酷。他并不了解自己,这种断言是毫无根据的。可是,他就是在这种断言怂恿下得出结论:他未来的命运必定掌握在她手中,因此她的一句话举足轻重,能拯救他也能毁灭他。

就这样对自己的未来前思后想之后,他决定立刻去切尔顿讷姆镇,把他自己和他所拥有的特雷登产业献于那姑娘的脚下。在这么做之前,他无法忍受再在特雷登庄园待上一夜啦。他立刻动了身,很晚才到了格劳斯特①,在那儿过了夜。第二天上午十一点钟的时候,他人已到了切尔顿讷姆镇,正在向蒙特佩利亚街走去。他立刻要求见弗洛伦丝,但结果却发现自己先跟她母亲关门悄悄商谈起来了。蒙乔依太太见到他很高兴,但很意外。"我可怜的哥哥,"她说,"他才昨天下的葬呀!"蒙乔依对此尽量作了解释。不一会,他便让她了解了他的想法的全部要点。"不错,特雷登庄园属于他了;至少他认为如此。关于他今后的生活,他无法说什么。一切得取决于弗洛伦丝。他认为如果她愿意立即嫁给他,他就不再去赌博了。他觉得自己必须前来把这些想法告诉她。"

蒙乔依太太看到他着一身黑色丧服,神情严肃,吓坏了,所以没有对他说半句不同意的话。"待她温和些。"她领路去弗洛伦丝呆着的那间屋子的当儿说道。"你表哥来看你啦,"她说,"葬礼刚结束他就立刻来啦。我希望你待他客气些。"接着她关上了门,他们两人就单独在一起了。

---

① 格劳斯特(Gloucester):英格兰西部格劳斯特郡的首府。

"弗洛伦丝。"他说。

"蒙乔依！我们没有想到你这么快就上这儿来了。"

"心儿往哪儿游荡，身子也就跟着来了。在见到你以前，我不想跟别人说话，不想干任何事情，也不想希望和祈求什么。"

"你可不能这样依赖于我。"她答道。

"我的确完完全全依赖于你。天下没有谁会这样依赖于另一个人。我前来献给你的不是我的财产，也不是单纯的爱情，而确确实实是我的心灵。"

"蒙乔依，你这样做很缺德。"

"那就让它缺德吧。我说的是实话。由于情况发生了离奇的变化，特雷登庄园全属于我了，它不再是债务的抵押品了。无论怎么说，我和别人都相信是这么回事。"

"特雷登庄园全属于你也对我没有影响。"

"我刚才对你说，我不是来向你献上我的财产的。"他几乎竖眉瞪眼地说这句话。"你很清楚我素来干的什么行当；但是你也许不清楚是什么驱使我干这种事的。难道你愿意让我重新回去过同样的日子，把特雷登庄园全葬送掉吗？除非你把我和特雷登庄园掌握在你手里，不然事情就会这么发展的。"

"这不可能。"

"哦，弗洛伦丝！在你说出决定我命运的话之前，要慎重考虑啊。"

"这不可能。你是我表哥，我很爱戴你；因为你的缘故，我也对特雷登庄园怀有感情。我愿意忍受莫大的痛苦来救助你，如果我忍受痛苦对你有帮助的话。但是我不能以那种方式来做到这一点。"接着他又怒容满面地和她说话。"蒙乔依，你那种凶相让我觉得害怕,不过即使你杀了我也休想让我改变想法。我已经立下了誓言要成为哈里·安斯利的妻子。为了他的名誉,我请求你别再为这件事申辩了。"正巧在这当儿,有人打铃敲门,声音又猛又急,弗洛伦丝吃惊地跳了起来,她知道哈里·安斯利来了。

第六十一章　哈里·安斯利被接受了

她知道是哈里·安斯利在敲门。他已来信说他一定要再来，但没有把来的日期定下来。她想到他要来心里很高兴，不过对于他说要来还是多多少少责备了他几句。可是，尽管他很少来，她已辨认得出他到来时的声息。一个姑娘真的恋上了她的意中人时，只要凭周围的气氛就能知道他的所在。当她表哥蒙乔依给带来见她时，她差不多敛气屏息地正期待着哈里的到来；她母亲也在等待哈里·安斯利，因为她曾被告知说他有事打算要来。可是，现在这两个冤家对头在弗洛伦丝面前相逢了。这是最先出现在她脑子里的念头。她肯定哈里会显得很得体。一位得意的情人在这种场合怎么会不得体呢？可是蒙乔依跟他的敌手见面时会干出什么事来呢？弗洛伦丝在考虑这件事的当儿，想起了他们俩上一回碰面时曾大吵了一架。当时肇事的是蒙乔依，而受惩罚的却是哈里。

哈里被告知说蒙乔依小姐在家，便立刻进屋来，径自打开了楼下前厅的门。他发现弗洛伦丝和蒙乔依·斯卡伯勒在里面。这当儿，蒙乔依太太仍然在楼上她自己的房里待着，她想到这两个水火不相容的情人之间会大动肝火的情形，吓得直哆嗦。她相信，这两个人中间，哈里最像一头吼叫的狮子，因她听人说上一回他就是这么吓人地吼叫的。然而，她没有立刻下楼去，因为她由于一味害怕而步履迟疑，同时她必须拿定主意，下去以后自己该持什么样的态度。

哈里进门时，在门口站停了片刻，接着便急促地穿过屋子，向斯卡伯勒伸出手来。"听说你父亲去世,不胜惋惜,"他说,"不过你父亲的身体状况也确实让人难以指望他再延年益寿了。"蒙乔依嗫嗫嚅嚅地说了些什么,可是正如弗洛伦丝所注意到的,他这么做仅仅出于礼节。于是两人互相握了手;这一来,他们不太可能当着她的面互相卡起脖子来了。接着,哈里转向弗洛伦丝,握住了她的手。"除了你写信骂我一顿之外,我一直没有收到你的片言只字,"他放声笑道,"我看我还是到你跟前来倒可以让你少骂几句;所以我来了。"

"你老是出坏主意,我当然要骂你。一个姑娘家就得不停地骂直到出嫁为止,这以后就轮到她来挨骂了。"

"怪不得你谈起三年时间来那么轻松自在;我真想早点轮到自己来骂你。"

这一切都是当着蒙乔依的面说的,这当儿他默默地在边上站着,脸色阴沉,一肚子不高兴。让他倾听这对情人之间卿卿我我的情话,他的处境十分尴尬。不过,他们俩得当着他的面谈情说爱,也够别扭的了。两人都不得不装出自然的样子,可是那几句情话也实在说得有点装腔作势。要是他不在场,他们不早就拥抱在一起了么?她不早就亲吻他,使他成为全英国最值得自豪的男子汉了吗?"你进来的时候,我正在请求蒙乔依小姐做我的妻子。"斯卡伯勒眼睛直盯着哈里大声地说出这句话。

"这不可能,"弗洛伦丝说,"我刚才对你说过,"她将手搂住哈里的胳膊说,"为了他的名誉,我不能再听到别人提出这种请求。"

"这种请求得再一次提出来。"他说。

"再提也徒劳。"哈里说。

"你肯定认为这样。"斯卡伯勒上尉说。

"你可以问她本人。"哈里说。

"那还用说,再提也徒劳,"弗洛伦丝说,"难道他认为一个姑娘在这种选择爱人的问题上可以临时变来变去吗?难道他认为她可以对甲说行对乙说不行,一会儿又对乙说行对甲说不行吗?这不可能。哈里·安斯利选择了我,我对他的选择感到无比的幸福。"这时哈里想用手搂住她的腰,可是她瞅见表哥眼睛里的怒火越烧越旺,就没有让哈里这么做。"我希望他将成为我的丈夫。我已经对他说过我爱他——我也把这一点告诉了你。我对他信守誓言,要是我把它收回,那我就是对他发了假誓,骗了他,同时也就是毁了自己,彻底地毁了自己。我这辈子的幸福全寄托在他身上。在这世界上,他是属于我的,他是我绝对的夫婿,我已经把整个儿都献给了他。即使他今后抛弃了我,我也不会再委身于别人。"

"我的弗洛伦丝!亲爱的!"哈里叫道。

"给你说了那么多,你还能要求你表妹违背她的誓言,违背她的感情吗?既然你表妹的心完全属于了他,你还能要求她做你妻子吗?蒙乔依,这不可能。"

"那我怎么办?"他问道。

"振作起精神来,去爱上另外某个姑娘,和她结婚,这样对你自己有益,对你家产也有益。"

"你谈到你自己的感情,但却命令我以这种方式来对待我的感情。"他说。

"男子的感情是能变的,女人就不这样。男子的爱情只是许多爱好中的一种。"

"是唯一的一种。"哈里说。接着门开了,蒙乔依太太走了进来。

"哎呀,你们两位都在啊。"她说。

"对,我们两人都在这儿。"哈里说。

他说这句话的当儿脸上呈现一种不祥的笑容,这让蒙乔依·斯卡伯勒非常恼火。这两人都长得很俊,比起你在夏日常见到的那种相貌堂堂的男子来毫不逊色。蒙乔依面庞黝黑,留着满脸络腮胡须和两撇色泽漆黑的小胡子,一双充满怒色的眼睛炯炯有光,五官长得精巧而端正。可是他一脸不称心不高兴的样子。哈里长着一头淡发,下巴上蓄着又长又柔软的胡须,一双眸子明亮有神;他脸上常常挂着微笑,让人见了舒服。他那张脸虽不像另外那个人的脸那么坚毅,但却是兴冲冲的,给人以性情温和的感觉。但是他们有一点很相像——两人谁都没有依赖于自己的仪表。蒙乔依曾试图通过大发雷霆来取得支配地位,但他失败了;而哈里根本没有打算飞扬跋扈,他在她吻了自己以后才对成功有了把握,在这以前他一直疑虑重重,然而他却胜利了。现在他为自己的成功而感到十分自豪;不过他是为她,而不是为他自己而感到自豪。

"你上这儿来,在我面前夸耀你所做的事,"蒙乔依·斯卡伯勒说。

"她对我说她爱我,我怎么能不显出自豪呢?"哈里说。

"看在上帝面上,别在这儿吵嘴,"蒙乔依太太说。

"他们不该吵嘴,"弗洛伦丝说,"没有什么理由好吵嘴的。一个姑娘已经许身于人,事情就该告一段落了。凡知道她已这么做的人就不应该再对她提什么爱情的事。我现在要离开了;可是哈里——你得再来一次,我要对你说你不应该随心所欲自行其是,先生。"接着她伸手让他吻别,又走到蒙乔依跟前,也把手伸给了他。"你是我表哥,现在又是我母亲家族的一家之主了。我乐意听到你对我说一句慈爱的话,祝福我'一切顺利'。"

他瞅着她,但没有握住她的手。"我不能这么做,"他说,"我不能祝福你'一切顺利'。你蹂躏了我,毁了我,消灭了我。我并不生他的气,"他手指了一下屋子那一头的哈里·安斯利。"也不生你的气;我只是生自己的气。"接着,他连一句话都没有对他姑妈说,就大步地走出了屋子,离开了那座宅子,把大门关得震天价响,可见他气到了何种程度。

"他走了。"蒙乔依太太声调极其悲切地说。

"走了最好。"弗洛伦丝说。

"一个人在这种性质的竞争中必定怀着侥幸的心理,"哈里说,"归根到底,我还是喜欢蒙乔依·斯卡伯勒这个人的某些方面。我对奥古斯塔斯没有好感;蒙乔依尽管有某些缺点,他还是个好人。"

"他现在是咱们家族的一家之主了,"蒙乔依太太说,"是特雷登庄园的主人。"

"那跟这件事没有关系。"弗洛伦丝说。

"大有关系,"她母亲说,"而你说什么也不听我的话。我早就打定主意要办成这件事,可你却铁了心要阻挠我。可是,曾几何时你自己也宁肯要他,不要别人。"

"没有的事。"弗洛伦丝使劲地说。

"有这回事;你宁肯要他——那是在这位安斯利先生插进来以前。"

"那无论如何是在我来以前的事。"哈里说。

"那时候我还小,不愿违抗而已。可是我从来没有爱过他,我从来没有对他说我爱他。现在更不用说啦。"

"他从此不会再回来了。"蒙乔依太太伤心地说。

“当我和弗洛伦丝结为夫妇的时候,我倒很乐意再能见到他来。我不在乎尽早跟他见面。”

“不,他决不会再来啦,”弗洛伦丝说道,“要来也不会像今天那样子。这件烦恼事总算过去啦,妈妈。”

“我的烦恼才开始呢。”

“现在居然还有烦恼? 哈里不会给你带来烦恼的,你说呢,哈里?”

“我希望决不会。”哈里说。

“他理解不了,”蒙乔依太太说,“他不了解我生活中的愿望和抱负。我曾经把自己孩子许给他,现在我对他食言了。”

“妈妈,他今后会明白的,你当时不能代表我向他许诺。现在你走吧,哈里,因为我们给弄得心神不宁。你允许我请他今晚来这儿跟我们一起喝茶吗?”她用温柔而恳切的语气对母亲说这句话。蒙乔依太太勉强地让了步,于是哈里离开了。

弗洛伦丝觉得那天上午的会面收获不小。甚至在她本人看来,让哈里等上二年也开始显得没有必要。她曾谈起过延长自己逆来顺受的时间,谈起过要维护主宰自己命运的权利。但是在那个问题上,她的实际愿望大家都是十分清楚的。她迫切希望要归顺于一个新主人,眼下她觉得正是时候。她母亲已作了很大让步,蒙乔依也屈服了。就在这当儿,哈里正好心里暗自在说,蒙乔依扔掉海绵啦①。弗洛伦丝也在说同样的话自慰,不过没有使用带体

---

① 原系拳击用语,扔掉擦身的海绵表示打败认输。

育味的词语而已；而且，更让她觉得非同小可的是，她母亲也几乎扔掉了海绵。在她最艰难的日子里，任何一位求婚者都受到她母亲的欢迎，因为他会把她的孩子从那头咆哮的狮子——哈里·安斯利的凶爪下拯救出来。安德森先生受到了热情的接待，甚至格拉斯库尔先生也一样。蒙乔依太太接着头脑里出现这么个想法：这些日子在周围走动的所有狮子中间，要数哈里这头狮子吼声最响了。他把可怜的蒙乔依无声无息一动不动地丢在人行道上，这种十恶不赦的行为把她吓得六神无主。然而，弗洛伦丝现在却认为这一切都结束了。不但蒙乔依走了，而且也许安德森或格拉斯库尔的名字也从此不会提起了。弗洛伦丝在为那天晚上的茶会穿着打扮的当儿，她为了那位凯旋英雄的到来而独自哼了一会儿歌。"一个人在这种性质的竞争中必定怀着侥幸心理的。"她对自己重复着自己情人说过的话。

"你不能指望我心情会很愉快。"哈里到来之前她母亲对她说。

这句话中也有某种让步的迹象；不过，弗洛伦丝这会儿心里正乐着呢，她不想让母亲伤心。"妈妈，为什么不愉快呢？难道你不清楚哈里挺好吗？"

"我不清楚。我怎么知道他的情况呢？他说不定穷得一文钱都没有。"

"可是他舅舅已提出让我们去他家里住，还给我们一笔年金呢。普罗斯珀先生已彻底放弃结婚的念头啦。"

"他任何一天都会结婚的。你自己家里可以住，为什么要住到别人家里去呢？特雷登庄园为你准备着；这是咱们郡里最好的一座宅邸。"蒙乔依太太这句话有点言过其实，不过一位贵妇在事出必要时说话夸张一点也是允许的。

"妈妈,你知道我不能住在特雷登庄园。"

"这是我诞生的房子呀。"

"那能意味着什么呢?这类事情总是让人们用来作为称心如意的附加理由。可是我总不能因为你诞生在某一座房子里而嫁给你侄儿吧。这一切现在全过去啦,你知道蒙乔依不会再回来啦。"

"他会回来的。"母亲叫道,好像又产生了新希望似的。

"啊,妈妈!你怎么能说这种话呢?我要嫁给哈里·安斯利。你知道我说话是算数的。为什么不接受他让你自己亲生女儿高兴呢?"接着蒙乔依太太离开了屋子,回到她自己房里去了。她在那儿哭了一场,据我看哭得不怎么厉害,但时间却挺长的。她的闺女将成为巴斯顿庄园主人的太太,而这位庄园主人归根到底也不算是个孬神。他无论如何不会去赌钱。赌钱总归是件坏事。再说,他还是自己大学里的研究员,她会从中寻找,而且说不定会找到失去特雷登庄园的某种补偿。所以,她下楼来喝茶的当儿,已经能迎接哈里了,虽然不是喜气洋洋地,但至少没有抵触情绪了。

起先,两人的谈话有点儿平淡。要是能让老太太在楼上待着,哈里觉得也许那个夜晚会过得更称心些。可是事实上他发现自己无法取得进展。他立即开始使用一些巧妙的词语,把弗洛伦丝称作是他无庸置疑的未婚妻;她也没有按捺不住一下就表明自己的意图(就像她跟表哥谈论那件事时那样),而是以相应的方式回答了他;她就这样谈着,渐渐让人觉得好像这件事已完全定了。后来,他们终于讨论起未来的那个日期来了,仿佛当时就得决定下来似的。

"三年!"蒙乔依太太冲口喊道,看来她还想抓住最后一线希望,不打算屈服呢。

在当时情形下,弗洛伦丝听了妈妈这句话没有作声。要是提出十年的话,她也许会劝说母亲。然而,姑娘家总是怕羞的,能保证在三年内结婚,她也肯定显得心满意足了。但哈里却不然。"天哪!到那时我们人都死啦,蒙乔依太太。"他叫出声来。

蒙乔依太太听了脸上呈现极为吃惊的表情。"哎呀,哈里!"弗洛伦丝说,"我希望我们俩三年以后都不会死。"

"到时候我还活着的话也老得不能结婚啦。你是说三个月吧。那将是一年之中最适当的时候,这倒挺不错。而且一般认为三个月时间也足够让一个姑娘添置新衣服了。"

"这种事你不懂,哈里。"弗洛伦丝说。事情就这样讨论着,结果那天夜里哈里走的时候,真有点想唱支歌来歌颂自己这位凯旋英雄哩。"亲爱的妈妈。"弗洛伦丝唤道,她又用往年那股亲昵劲儿亲吻着母亲。这颇令人高兴,然而蒙乔依太太回自己房里去的当儿情绪依然很低落。

她在火炉前坐了片刻,然后拉开了书桌的抽斗。她吃了败仗,彻底地吃了败仗,她有必要给某人写信承认这种情况。所以,她就写了下面这封信:

亲爱的蒙乔依:
　　事情到底没有能像我所希望的那样发展。人们常说:"谋事在人,成事在天"。要不是安斯利先生赢得了她的感情,我现在早就把她许给你了,而且相信你准会待她很好。她和你一样,很任性,我无法让她屈服。我心里一直渴望你们俩能在特雷登庄园一起生活。然而,据我看,此类愿望并不好,很少会实现。

我给你写这封短信是想告诉你，这件事完全定了。我态度不够强硬，以致无法防止这个结局。他说起等三个月。可是那又有多大关系呢？三个月，三年，对你来说还不是一回事；对我来说也几乎一样。

你亲爱的姑妈
萨拉·蒙乔依

附言：请允许我作为你亲爱的姑妈，向你提一个发自肺腑的请求。现在特雷登的产业全属于你了，因此特雷登庄园的名声也完全由你掌握着。千万别再回到那些倒霉的桌子边去了！

蒙乔依·斯卡伯勒接到这封信时倒没有觉得怎么伤心，因为他对自己的伤心处境早已清楚了。不过他心里反复地思考了那封信，似乎想考虑在目前情况下，哪一条是展现在他面前的最佳生活道路。他确实想到自己还是回到他姑妈所警告他的那些桌子边去，在那儿一直待到特雷登的产业彻底化为泡影为止。他似乎没有更好的选择了。眼下他连在英国这块乡土上都待不了啦。他进不了那些俱乐部，而在别处塞缪尔·哈特会紧紧钉住他。还有，他弟弟要和他打官司——尽管在那件事上已经向他提出了一个妥协办法。奥古斯塔斯通过他的律师提出要分享特雷登产业。他决不与别人分享特雷登。他可以给弟弟留一份年金，但是他要把特雷登庄园掌握在自己手中——只要那些赌台还允许他这么做。

那天夜里，他到底下了决心，打铃把他仆人从被窝里叫起来，吩咐他把一切准备妥当，说他马上要动身——他着实成了丧家之犬。他要在第二天，或者再下一天离开特雷登镇，打算立刻去国外。"他要去靠近意大利的那个地方①,那儿有赌场。"第二天早上他的贴身男仆宣布他东家的打算时,那管家对他这么说。

"准是那样,斯托克斯先生,"那男仆说,"我听说那是个挺美的国家,我自己也想去那儿稍稍开开眼界。"呜呼! 从那时起的一个星期之内,人们也许就会瞅见斯卡伯勒上尉坐在蒙特卡洛的那间厅里,边上再也不会有像塞缪尔·哈特那种朋友来钉他梢监视他了。

---

① 指赌城蒙特卡洛。

第六十二章　格雷先生的最后纪事

六月上旬的一天,格雷先生回家时说:"我今天是在林肯法学协会的老办公室里最后一回露面啦。"

"爸爸,你说的不是真话吧,"多丽说。

"我是说的真话。今天不走总有一天要走,不是吗? 我已下决心这么做了。这事儿我一直考虑了六个星期,现在到底办成啦。"

"可是你从来没跟我说起过。"

"唔,不错;有必要告诉你的事我都跟你说了。这事来得有点突然;如此而已。"

"你永远不再回去了?"

"嗯,我说不定会去看看。巴里先生将成为那儿的主人啦。"

"他无论如何做不了我的主人。"多丽说,从她说话的声调来看,自从前面叙述过的那席谈话以来,他们又讨论过那件事,最后问题解决得让父亲满意了。

"对呀——你至少会和我待在一起了。不过,实际情况是我不能再和斯卡伯勒先生的事务打什么交道了。那个死去的老头真让我受够了。我虽然叫他老头儿,可是他比我年纪轻多了。巴里说他是他所认识的最优秀的律师。据现在情况看,一个人如果不留点心眼儿,那就活该被人看作是个傻瓜。巴里没有亲口说我是个傻瓜,可是他肚里显然是这么认为的。"

"巴里先生怎么想怎么说你在乎?"

"对,我很在乎——特别是和我所干的职业有关的事情。他就相信蒙乔依·斯卡伯勒是他父亲婚生的长子,他认为那位老先生只是为了急于想少花钱了结那些债务才把他替换掉的。"

"我看当时情况确实是这样。"

"可是我该怎么来看这种人呢?巴里先生提起他来简直肉麻。我怎么能跟巴里先生这种人再相处下去呢?"

"他本人倒还诚实。"

"唔,不错,我相信是这样。可是对我们自己当事人的彻头彻尾的无赖行为他却不痛恨。而且,事情还不止于此。当拉梅尔斯堡婚礼的真相公开出来时,我连一个字都不信,还斩钉截铁地这么说过。我开头就不相信没有举行过这个婚礼的说法,我曾对斯卡伯勒先生发誓说,我将维护蒙乔依和蒙乔依债权人的利益,使之不受预谋策划的阴谋的损害。接着我信服了。一切有关尼斯婚礼的详尽证据都放在我面前。显然,那位女士被迫同意公开地并一切按通常仪式举行婚礼,而当时她怀里却抱着一个婴儿。我还获得了所有的具体日期。如果认为那个婚礼确有其事,那蒙乔依明显地就是私生子了,我就这样被迫承认了这一点。于是,我便为奥古斯塔斯的利益进行斗争。奥古斯塔斯是个彻头彻尾的坏家伙——又专横又霸道;可是他却成了长子。接着出现了还债的问题。我认为那些债务能按所建议的方式偿清倒是件挺好的事。那些人都可以得到他们实际借出的款数,当时似乎再没有比这更好的解决办法了。我觉得这事办得很对,所以就助了一臂之力。可是,这是个骗局,我是被迫去帮了忙的。当然,要是拉梅尔斯堡婚礼是确实的话,这就是一个骗局嘛。那些债主们认为我是参与其事的。接着我发誓说,我不相信拉梅尔斯堡婚礼的真实性。可是,巴里和其他几个人只是摇着头哈哈大笑,还对我说斯卡伯勒先生是咱们之中最顶呱呱的律师!"

"这有什么呢?这句话怎么会刺痛你呢?"多丽问道。

"就是刺痛了我。这是事实。我干这一行年代够长的了。现在出现了另一种与我格格不入的秩序。我觉得他们都可以拿我来取笑。这可能因为我是个傻瓜,我的诚实的观点错了。"

"决不是那样!"多丽叫道。

"前几天我听人说起一位过去曾经很穷的美国富翁,有人问他怎么会突然发迹的。'我找到了一个合伙人,'这个美国人说,'咱们就合伙做生意。他有资本,我有经验。咱们就互换了一下。现在他取得了经验,而我却有了资本。'我听了这故事就想去把这个坏蛋的外衣给扒下来;可是,巴里先生却送他一件优质毛皮大氅以表达他的敬意。当我发现那些个狡猾的流氓受到尊敬,我觉得现在该是自己彻底放弃工作的时候啦。"

就这样,由于斯卡伯勒先生的不道德行为,或者说确切些,由于他耍的种种欺骗手段,格雷先生被迫提早退休,离开了格雷—巴里法律事务所。当奥古斯塔斯在父亲咽气之后,着手从他哥哥手中争夺那份财产,或者说争夺其中尽可能大的一部分时,格雷先生断然拒绝和这桩案子发生任何关系。巴里先生解释道,不说别的,单从那幢宅子本身来说,也绝对不可能和对财产问题的全盘考虑割裂开来。财产传给蒙乔依了,而且根据他们眼下所取得的所有证据来看,蒙乔依是真正的主人。当然,他会需要一位律师,而且正如巴里先生所说,他有足够的钱去付他所要得到的一切。事务所有必要保护自己不受梯利特和塞缪尔·哈特两位先生的蓄意报复。如果这家事务所不这么做,就会使自己处于受到形形色色恶意诽谤的境地。事务所受雇于斯卡伯勒家已有好多年了,现在老乡绅死了,它就得等到这最后的问题得到解决之后才能完全撒手不管。正如巴里先生所说,他们必须办好这件事。在这些讨论之中,巴里先生一反常态成了主要发言人。后来,格雷先生对他说,他可以自己去办——巴里先生听了倒也颇合心意。巴里先生在跟后来他拉来当合伙人的办事员谈到此事时,表达了他的看法:"可怜的老格雷精神完全失常啦。"在那天以前,巴里先生总是称呼他格雷先生,从来没有叫他"老格雷"过;而那办事员觉察到这一点之后,让格雷先生打了三四分钟铃也没有去理会他。格雷先生虽说不太愿意自动退休,可是他把这一切看得很明白,那天下午他在事务所里把他们狠狠地骂了一顿,态度严厉得异乎寻常。那天傍晚回家来时他没有提起这件事;然而第二天是他最后一回坐进他那张熟悉的椅子。

"爸爸,你自己怎么办?"次日上午多丽问他。

"我自己怎么办?"

"你今后干点什么呢?人要生活总得考虑这一点嘛。要是你想去务农,我们得住到乡下去。"

"我决不会去务农。我绝对没有必要把积蓄起来的钱去扔掉。"

"那么你是不是喜欢打猎什么的?"

"你很清楚,我这辈子从来没有打过一只鸟,也几乎没有骑过马。"

"可是你喜欢园艺。"

"我这儿不是有个够大的花圃吗?"

"照你看来是相当大的了;可是你一辈子搞搞园艺就够了吗?"

"我可以读点书。"

"我似乎觉得，"她说，"除非你养成了读书的习惯，不然单单把读书当作一种消遣会让人感到厌倦的。"

"难道要让我像你一样忙碌吗？"

"女人家的情况很不一样。缝缝补补就可以忙个没完。一身内衣裤就会让我忙上两个礼拜。把大女孩穿的外套改成小女孩的童装就足够花我一个月的心血。我还要看着那几个女仆，不让她们跟人谈情说爱。我要准备一日三餐，还要留意厨娘是不是把零零碎碎的食品送给警察了。我从小就干这些事，习惯成自然，它们成了我的日常的本分工作。你不得不面对斯卡伯勒先生那些反复无常的行为，我可从来没有羡慕过你；可是我知道它们足以使你有事可干。"

"它们已足以让我弄到如今无事可干的地步，"他说。

"你不该让自己弄到这个地步。你必须找点事情干干。"接着，他们俩默默无言地坐了一会儿，这当儿格雷先生自管自忙着清理得移交给巴里先生的大批文件。"好吧，"多丽说，"卡罗尔先生要出去，我想上博尔索弗街去一次。我每天得去看望她们，卡罗尔先生很知趣，为了给我让出空来，他总是到弹子房去玩。"

"她们拿那个人怎么办呢？"格雷先生问道。

"那个情人吗？我看朱尼伯先生这个人讨厌极了，他老是骂你，骂我，还骂可怜的姑娘和所有的女孩子，骂个没完。我想他自己拿到一笔钱了。"

"斯卡伯勒上尉付了他钱；可我想这应该让他高兴而不是相反嘛。"

"我看，他只是在想得到什么东西的时候才高兴。好吧，我这就得走了，要不卡罗尔姑夫的规定离家时间就要过了。"

格雷先生给单独留下之后,立即放下手中正在清理的文件,往椅背上一靠,开始考虑起刚才自己口气很轻松地和女儿谈起的未来生活。他自己该怎么办?他觉得自己每天能做到读两个钟点的书;然而,就连这一点他也没有把握。他非常怀疑自己过去这许多年来在家里用于看书的时间平均每天是否达到一个小时。他觉得他可以在花园里干上两个钟点;不过,一遇到下雪下雨,冰雹霜冻或者赤日炎炎的天气,他就不干了。吃和喝对他说来固然重要,但要是吃吃喝喝成了他生活中的乐趣,那到头来他免不了会产生自我谴责的情绪。接着,他想到多丽的生活——和他相比,她的生活是多么纯洁、高尚、美好啊!她谈到自己每天的寻常工作时口气又随便又轻蔑,可她用了多少时间在为别人服务啊!他很清楚,她不喜欢卡罗尔一家子。她谈起自己讨厌他们就好比谈起自己犯了弥天大罪一般,为此她得彻底改悔为自己赎罪才是。然而她为这家子干了多少事啊!把旧外套改成新上衣,仿佛把这些衣服穿旧的和将要把这些衣服穿上身的女孩子都是她最亲的亲人似的。她每天上她们家去,一心想帮助她们干点什么;这就是她要求自己彻底改悔所能做的事。他能像她一样这么干吗?他又不会为明妮或者布伦达织补袜子,不过他也许可以干点什么,从而使那些孩子能更加不辜负她们表姐的关怀。他不可能和他妹夫打什么交道,因为他知道卡罗尔先生不会容忍跟他来往;可是他也许甚至可以花点力气想办法改造这个可厌的人。在多丽回到他跟前来之前,他已经得出这样的结论:既然他自己这辈子的事业已告终,他只能通过为别人效劳来把他自己的余生从萧索停滞的威胁中解脱出来。

"唔,多丽,"她一进屋子他就说,"你听说有关朱尼伯的近况吗?"

"你一直在这儿没有走动过吗,爸爸?"

"是啊，没有走动过。我过去在事务所一坐就是六七个钟点，几乎不从椅子上站起来。"

　　"你还忙着整理那些讨厌的文件吗？"

　　"你离开屋子后我就不再看它们了。"

　　"那你准是在睡觉。"

　　"没有，我真的没有睡觉。你留给我思考的问题太多了，我怎么睡得着呢？除了吃吃喝喝之外我是不是还能干些什么？这样在我尚未入土的这段时期就不至于会整天睡大觉了。"

　　"对于像你这样一个真心要干点事情的人来说，爸爸，那就会有二十件——三十件，五十件事情可干。"她试图通过这句话来安慰他。

　　"我一定设法在这五十件事情中找它那么一二件来干。"接着他又去整理他的文件，那天他确实干得很起劲。

　　第二天上午，他很早就上博尔索弗街去，开始执行责骂卡罗尔家庭的使命，他的打算事先对多丽一个字都没有提起过。他发觉这个使命很棘手；出发的当儿，他心里盘算着怎么可以最有效地完成这个使命。他没有多加考虑就把一本祈祷书放进口袋；不过，他还没有敲门心里就肯定那本祈祷书不会有什么用处。他不知道怎么着手使用它，他觉得它会受到嘲笑。他得把祈祷书留给多丽或者牧师去用。他可以和几个女孩子聊聊天；可是她们不会愿意听事务所里的事情；而且说实话，他不清楚她们想听些什么。他跟多丽聊天总是很亲切，而且她愿跟他待多久，他们就聊多久。不过他是亲手把多丽抚养大的，所以他确实认为多丽所具有的天资卡罗尔家几个女孩是没有福气具备的。"她们都想出嫁，"他暗暗对自己说，"那无论如何也是个合法的愿望。"

想到这里他敲了门。索菲亚开门的当儿,他发现一位戴着黑色棉手套、系着一条很差劲的白围巾的上了年纪的绅士正打算告辞。爱米丽亚在那儿,正把他的帽子递给他,表情又纯洁又正经,好像她从未让契塔科夫亲王丢过眼波似的。接着那位母亲打客厅走到过道里来。"哎哟,约翰!你能来看我们真太好了。马特森先生,请允许我把您介绍给我哥哥格雷先生。约翰,这是马特森牧师,他是爱米丽亚的一位非常知己的朋友。"

"我的朋友!妈妈,干吗特别提到我?"

"唔,亲爱的,事实如此嘛。我看这是因为马特森先生最喜欢你呀。"

"啊呀,妈妈,你可别胡说。"马特森先生看来非常腼腆,他迫不及待地想从门厅里逃走。然而,格雷先生记起来了,先前朱尼伯先生没有出场的时候,他听说有过一位担任神职的爱慕者。他曾被告知说,那位先生姓马特森,他既不年轻,也不富有,有五六个孩子;他只有当做妻子的能带来每年一百英镑的收入才娶得起她。当时他没有考虑马特森先生,所以这家人也就没有直接向他提什么要求。那以后朱尼伯先生出场了,后来朱尼伯先生又压根儿给否定了。不过,格雷先生认为马特森先生无论如何要比朱尼伯先生强;他干的可是有身份的职业。而且,他自己也渴望干点好事情使他晚年过得合自己心意些,这也许是他干好事的开端。

"我很高兴认识马特森先生。"他说道,这当儿那位上了年纪的先生正急急忙忙走出大门去。

接着,他妹子挽住他的胳膊,立刻把他带进了客厅。"爱米丽亚,你不妨来一下,听听我要说些什么。"于是,这个女儿便随着他们进了客厅。"约翰,他是你所认识的人中最值得受人称道的先生。"卡罗尔太太开口道。

"是位传教士吧,我看。"

"嗯,对！他正式担任神职,是位牧师,"卡罗尔太太说,她尽量想把马特森先生说得好些,"他在波特尼①主持一个教堂。"

"听到这一点我很高兴。"格雷先生说。

"是啊,是令人高兴;尽管他拿的是副牧师的一百五十英镑薪俸,收入不算怎么好。对,他确实有那一百五十英镑收入,此外牧师主持婚丧喜事也有点收入。"

"我相信这也有一百英镑之多,"爱米丽亚说。

"没有那么多,亲爱的,不过数目也不算小哩。"

"他是个有子女的鳏夫吧,"格雷先生说。

"是有子女——一共五个;都是长得眉清目秀逗人喜爱的小家伙。最大的才十三岁左右。"这儿卡罗尔太太扯了个小谎,因为她知道最大的男孩子十六岁了;可这又有多大关系呢？"爱米丽亚见了他们喜欢得了不得。"

"这么说这事已经定了。"

"大家希望如此。但还说不上完全定了,因为总是存在着一些经济问题。可怜的马特森先生得给自己收入增加些才成得起亲呢。"

"哦,是这样。"

"舅舅,你曾经说起过给五百英镑的事。"爱米丽亚说。

"是四百五十英镑,亲爱的。"格雷先生说。

---

① 伦敦的一个地名。

"哎呀,我忘了。我的确说过我希望有五百英镑。"

"那就五百英镑吧,"格雷先生说,他记起他曾暗自考虑过给卡罗尔家庭的一个成员做好事,那现在正是时候,"由于马特森先生是位牧师,我听到别人尽说他好,所以就给五百英镑吧。"其实,关于马特森先生其人,他好话坏话都没有听说过。

接着,他要爱米丽亚陪他走回家,认为现在该是时候跟她稍稍进行一下有益的交谈,也许会取得一点效果。同时,他头脑里又出现一个念头:他在晚年能跟一位住在附近的牧师熟识对他也许是有益的。于是,爱米丽亚戴上帽子和他一块儿步行回家。

"亲爱的,他讲起道来挺有口才吗?"可是爱米丽亚从来没有听他讲过道。"我想你在新家准有许多事情要干。"

"我不想让人当作牺牲品,如果你指的那方面的话,舅舅。"

"可是他有五个孩子!"

"有个用人专门照料他们。当然,马特森先生本人的事我应该管,可是我已告诉他,我不能给他们做牛做马。三个大的得送到别处去;这一点彼此讲定了。他有个未出嫁的妹子,完全可以照管他们。"接着,她解释了自己同意这门亲事的一些原因。"爸爸越来越不像话了,索菲却处处宠着他。"

可怜的格雷先生待他外甥女掉转身走回家去时想道,就这个女孩子和她未来的家庭来说,几乎没有什么可以让他效劳的余地。马特森先生需要的是位高级女仆,她非但不需要工钱,还会带点钱来。他不禁觉得,这位可怜的牧师会发现自己把一位很差劲的但却十分费钱的高级女仆带进家门来了。

"不要紧,爸爸,"多丽说,"我们一定得继续坚持不懈,只要我们一心一意干好事,总会有好结果的。"

第六十三章　奥古斯塔斯·斯卡伯勒的最后纪事

　　斯卡伯勒老先生去世并下葬了一些日子之后，奥古斯塔斯正式向格雷和巴里两位先生提交了申请书。他是通过他自己雇的一位法律代理人提交那份申请的，现在他通过同一位法律代理人之手收到了巴里先生的回信。那份申请书的大意是这样的：奥古斯塔斯·斯卡伯勒先生曾被置于长子的地位；他本人丝毫不怀疑这是他的真实地位；当时曾进行过严密的调查，包括格雷先生和巴里先生在内的一些律师们对斯卡伯勒老先生当时所作的声明表示同意；为了家庭的名声，他本人便着手偿还他哥哥欠下的债务，而且都还清了，用的钱部分是从他口袋里直接拿出来的，部分是动用了家产（也等于是他本人的财产）；在他哥哥的“所有权未定”期间，他提供了他的生活开销，而且在他哥哥回来后，他又让他待在自己家里；接着他父亲死了，于是便出现那种令人难以置信的新的说法。奥古斯塔斯·斯卡伯勒先生丝毫没有想责备其父亲记忆力的意思，但他被迫重申，他深信自己是父亲的长子，而且根据目前的契约法，他实际上是当时特雷登庄园合法的所有者。他无意对父亲所立的遗嘱提出争议，尽管由于他父亲在立遗嘱时的智力与身体状况，他也许有可能顺利地做到这一点。那份遗嘱可以被允许通过生效，但长子身份所应该享受的权益应该是神圣不可侵犯的。

　　然而，为了彻底维护他母亲死后的名誉，他实在不愿把家庭的往事公布于众。为了母亲的缘故，他愿意妥协。他建议整个家产

（包括限定继承的部分和打算按遗嘱馈赠的部分）应该估一下价，然后把得出的总数在他们两人之间平分。如果他哥哥想要老家那座宅子，那就该让他得到。奥古斯塔斯·斯卡伯勒无意把自己置于其兄长之上。但是，如果这个建议无法被接受，他必定立即诉诸法律，并提供证据证明尼斯婚礼实际上是他父母正式结为夫妇所举行的唯一一次婚礼。那个建议还有一个附加条款：由于家产估值和分配颇需时日，在此事办妥之前，每月应向奥古斯塔斯提供二百英镑的津贴费。这就是奥古斯塔斯授权他自己的律师所提出的建议。

在设法让蒙乔依同意作出答复时出现了一些耽搁。巴里先生收到那份建议以前，蒙乔依由于有了父亲去世后留下的那笔现存财富，已经去了蒙特卡洛。他每下一次赌注（或者至少他每输一回），他便对自己说这一切全是弗洛伦丝·蒙乔依的所作所为所导致的。不过，他还是返回了英国，并同意作出答复。他是长子，为了母亲，也为了他自己，他决意要维护这个地位。至于他父亲所立的那份对他有所偏袒的遗嘱，他肯定他兄弟决无胆量提出争议。一个人肉体上遭受痛苦不会成为他立遗嘱的障碍；他从未听说别人指责他父亲智力不全，现在他自己儿子却这样指责他。然而，他清楚地意识到，这种情况还是避免为好。对于他兄弟把自己为他所做的一切提出来作理由，他简直不屑答复。他回忆起他兄弟把他赶出自己的寓所那天再稍前一些的日子。

尽管如此，他还是有许多原因不希望让他兄弟落到分文莫名的田地，下面这层原因是在巴里先生提议下才加以考虑的。要是他兄弟愿意不提出任何法律诉讼，并协作尽速解决这桩家庭事务，那他可以以弟弟的身份得到一千英镑的年金或总数为二万五千英镑的一笔款子。对于这个提议,他兄弟必须立即作出答复,这样也就不必提供临时津贴费了。

这时正是六月上旬,奥古斯塔斯坐在维多利亚大街他租用的那套豪华的公寓里反复考虑着那个答复。他自己的律师劝他接受这个建议,可是他自从父亲去世以来已对自己说过十几回:在这桩家产争端中他要破釜沉舟背水一战。而那位律师和他没有什么交情,有关这件案子,他只了解他被告知的那些事实,其余的情况他一概不清楚,对他当事人肚里打的什么算盘他一无所知。奥古斯塔斯找他也仅仅是为了解决这件事务中的法律问题,这位律师曾宣称,从法律上看他当事人的地位非常不利。"你父亲过去所说的有关尼斯婚礼的一切将全部作废。人们会发现他早怀有目的。"

"但是,当时确实举行过这么一个婚礼。"

"一点不错,是举行过某种结婚仪式——这么干是有目的的。第二次婚礼是无法使第一次婚礼无效的,而它本身倒可能会完全无效。拉梅尔斯堡婚礼现在是,而且将来也将是一个既成事实,你哥哥毫无疑问是拉梅尔斯堡婚礼之后所生的子女。你就接受所提的那份收入吧。当然,咱们可以就数字问题再提条件;从你哥哥的性格来看,他完全可能会增加那个数字。"这就是他律师的意见,奥古斯塔斯坐在自己的寓所里在考虑着这条意见。

他郁郁寡欢地坐着。起初他手头还有一些钱,他大半因为支付蒙乔依和他跟差的大量旅费才欠了债。当时他认为,通过这样大量花钱就肯定可以使特雷登庄园成为他本人的财产。他不了解哥哥的性格,以为采取那种手段就可以把他控制在自己手中,让他过潦倒的日子。他哥哥也许会喝上酒——他会在蒙特卡洛或其他诸如此类的地方酗起酒来——以后说不定就这样死去。他或者肯定会赌钱,更加堕落到不可收拾的地步。不管怎么说,他不会成为他的障碍,奥古斯塔斯很得意,觉得他哥哥现在完全掌握在自己手中了。后来,那笔债务偿清了——其目的在于阻止那些债权人就那份家产来打官司。那是他犯的一个大错误。他也不了解父亲——或者说得确切些,他不了解父亲的狡诈,父亲的威力。人人都肯定他父亲命在旦夕,那他为何不死呢?他回想一下,记起偿还债权人的想法最初是他父亲提出来——当时他只是隐隐约约地出了这么个主意。他父亲真是个诡计多端的流氓!接着,他由于自己得意忘形居然侮辱父亲,还说出希望父亲早死的话来!就从那时起,父亲就动脑筋想法让他彻底完蛋。这一切现在他都看得清清楚楚。

他仍然想孤注一掷拼它一下;然而他发觉,——他发觉自己到头来准以失败告终。要是有谁来助他一臂之力,他仍然会坚持下去。他认为如果有一位真正对他的案子感兴趣的律师,他完全可能会坚持到底。如果能让蒙乔依酗酒——他就会因此而送命!那他本人仍旧是限定继承法的第二受益者;假如他哥哥死的时候没有立遗嘱,他就成了哥哥的继承人。但是,他只有收下那二万五千英镑才会成为继承人。然而,接受那么可怜巴巴的一小笔钱是和他的愿望绝对相违背的。他似乎觉得,如果自己接受了那份收入,他就会使他哥哥重新长时期地过体面的日子。他就得彻底放弃对他说来很宝贵的优越感。"这家伙,见他妈——"他暗自骂道。"要是他受雇于那个家伙,我也不会感到奇怪。"这儿前面所说的"家伙"指的是那个律师,后面的"家伙"是说他哥哥。

他独自在那儿坐了半个钟点,拿不定主意。他自己的债务一还清,那他剩下的钱就不到二万五千英镑了。他父亲为了替他哥哥还债,确实从他那儿掏走了五千英镑钱。当时,这笔钱要得很急。加上从拍卖得来的那笔钱,父子俩必须各出五千英镑去还那些犹太人的钱。当时就是这么给他说的,所以他父亲是借了他的钱去达到自己目的的。天下还有谁曾受到这样的欺骗,这样无情的对待呢? 这一情况也许可以解释清楚,那二万五千英镑也许会再增加五千镑。虽然这种解释是必不可少的,而他的自尊心却无论如何不允许他去这么做。回想那天夜里,他恰巧遇见了他哥哥,他正流着血,半醉半醒地走进他的寓所来,当时他是多么容易地听凭他随心所欲地摆布啊! 如今却是他来施舍给我这么可怜巴巴的一点钱! 于是他嘴里咕咕哝哝地骂起他父亲、他哥哥、格雷、巴里,还有他自己的律师来了。

这时,门打开了,他的知己朋友塞普蒂默斯·琼斯走进屋子来。无论怎么说,这位朋友是他最最知心的人了。他实在是个没有朋友的人。没有人了解他思想深处的愿望,他心灵中隐藏着的渴念。世界上这种人为数不少,他们从不向人泄露自己内心隐蔽着的愿望。这种人怎么会有朋友来帮他想想办法出出主意呢? 不过,一位坦诚的人也很少会有这样的朋友,因为他很难找到一个会信任他的人。奥古斯塔斯并不想有这种朋友,他倒是希望有一位表面上像是这种类型的朋友,而实际上对他唯命是从的人。他想要一位听他话并把他的话当作真理句句照办的朋友。塞普蒂默斯·琼斯先生就是他所选中的人,可是他半点儿也不信任塞普蒂默斯·琼斯先生。"那个人怎么说?"琼斯问道。"那个人"指的是律师,这当儿正巧奥古斯塔斯把律师看作是个十恶不赦的人。

"那家伙得千刀——!"奥古斯塔斯说。

"完全应该。可是他到底说了些什么? 你是付他钱让他去说话的,我得听一下他说了些什么。"

塞普蒂默斯·琼斯说话的口气中一下就让人感到他没有往常那样恭敬了。至少在奥古斯塔斯听来有这么个味道。他现在不再是特雷登庄园确定无疑的继承人了,由此他意识到自己的黄金美梦破灭了。他觉得要是自己连这个塞普蒂默斯·琼斯都无法加以控制,那真是件怪事。"我不知道该听他的还是该听你的。"

"那随你的便。"

"当然该随我的便。"接着,他想起自己仍旧得利用这个人当信差,如果在其他方面他毫无用处的话。"当然,他想妥协。律师嘛总少不了提出个妥协方案来,这样他可以不被打倒,对他来说保险些。"

"你同意那个方案了。"

"可是该提什么样的条件?那才是问题所在。我提出对分,一半一半。再想不出比那更公平合理的了——除非我坚持要得到全部财产。"

"那你哥哥怎么说呢?"

要是不把某些事实真相告诉他这位朋友,连把他当信差来使用都办不到了。"我一想到这种不公道的做法就难以自持。他提出给我二万五千英镑。"

"二万五千英镑!全部包括在内?"

"对,全包括在内。你以为我想说多少?好吧,你听我说。"接着,他把自己认为应该说的给他说了。他大概提了一下他花在哥哥身上的所有款项,以及一切他想说出来的已经花费掉的钱。天花乱坠地描绘了尼斯婚礼本该给他带来的地位。他对那些债权人既愤慨又同情。他对自己受到如此对待几乎痛苦地撕扯起自己的头发来。

"我想换了我，我会接受这二万五千英镑的。"

"我决不接受。宁可喝西北风。"

"要是你跟我说的全是事实的话，那你差不多只能那样了。"他说话时又出现了那种不太顺从的口气。"换了我，鬼才会放弃这笔钱呢。"接着他停顿了一下。"难道你就不能先收下那笔钱，然后再去和他打官司吗？换了你父亲，他准会那么干。"这话说对了。可是，奥古斯塔斯不得不承认，他哪有他父亲那么精明。

最后，他给了琼斯一笔佣金。琼斯将去见他哥哥并向他说明，在根据妥协方案解决有关钱款数字的问题提出来之前，他必须给奥古斯塔斯一万英镑，以补偿他掏口袋所花费的钱。然后，琼斯得装作根据他自己的想法说出：他认为奥古斯塔斯能接受的也许是五万英镑，而不是二万五千英镑。这样，给蒙乔依留下的财产仍然是大部分，但蒙乔依必须懂得，这些棘手的问题都是他父亲的行为所造成的。可是，第二天，琼斯不得不回来告知说，蒙乔依又去了国外，并授全权让巴里先生处理他的事务。

琼斯被派去见巴里先生，但一无所获。巴里先生愿意和律师讨论这件事，或者如果奥古斯塔斯乐意的话，他也愿和他本人讨论这件事；但是他肯定，跟琼斯先生谈是谈不出什么结果来的。一个月过去了。两个月又过去了。没有出现丝毫成果。"斯卡伯勒先生，你来这儿是徒劳的，"最后巴里先生不太礼貌地对他说道。"咱们对所掌握的根据确信不疑。一个先令都不该归你——一个先令都不该。要是你愿意在某些文件上签字——我劝你得在自己的律师在场的情况下签——那你就可以拿到二万五千英镑钱。除非你接受你哥哥的慷慨馈赠，不然我得告诉你我不能再和你见面谈这件事了,请原谅。"

眼下奥古斯塔斯手头很拮据,那些借他钱的人因为他还钱渐渐地变得不那么干脆,也就越来越对他催得紧——这也是人之常情嘛。可是,他这位曾几何时差一点成了特雷登的斯卡伯勒老爷的人,如今却让一名律师——一名被他看作是老格雷手下小伙计的人——这么来说一通,心里着实觉得不是滋味。他曾经由于尼斯婚礼而得意洋洋,他曾经在众人眼里被捧上了天,如今当然是垂头丧气到了极点。他和自己的律师吵了嘴,还跟塞普蒂默斯·琼斯吵了嘴。他没有一个人可以与之商量这件事,或者说得干脆些,谁也不愿意根据他所提的条件来和他商量这件事。所以,最后他接受了那笔钱;他每天进城去,想使那笔钱增长起来。他后来在城里的情况就不属于咱们这本记事录所要叙述的范围了。

第六十四章　弗洛伦丝·蒙乔依的最后纪事

　　最后，在这一章里，我得尽量交代一下弗洛伦丝·蒙乔依的最后命运——如果在咱们这类书中能交代得清楚的话。弗洛伦丝坚持不轻易废弃盟约，让那些曾经认为自己能赢得她爱情的人一往情深地恋着她，这无论如何是她的独特之处。前面我已试图告诉读者，哈里·安斯利的感情是多么坚定而矢志不移；她对他吐露那句话时，他又是多么深信不疑。她甚至用点头的方式来回答他提出希望她嫁给他的要求，当时他似乎觉得，有关她的心意的一切担心都烟消云散了。在时间问题上，也许还有没完没了的烦恼——十年呀，三年呀，甚至一年；还有，为了劝使她答应即使母亲反对她也要嫁给他，也烦了他不少心；然而，他确信她决不会嫁给别人做妻子。至于，他最后如何成功地使她母亲的反对态度有所缓和，以致他觉得拖延三年，甚至一年都根本无法办到，读者都知道了。关于最后他如何设法做到一切按他的意志行事，结果弗洛伦丝对他说自己简直成了他手中的一只皮球了，这一切读者马上可以在下文中得知。不过，自从她在阿米塔奇家的舞会上对他点头示意那个时刻以来，他对自己的最后胜利，思想上从未有过半点怀疑。尽管赢得这位姑娘的爱情是件非同小可的事，可是他从那一刻起就蛮有把握地认为姑娘会永远爱他。

　　对蒙乔依·斯卡伯勒来说，从来就不存在这么一个时刻——也不可能存在；然而他也一直信心十足，满以为这种时刻准会到来。他从不在她面前掩饰自己的态度，所以他对她表白了自己的信心。他怎么也不会成功的，但他决不该因之而减弱自己对她诚心的爱。他父亲去世后的几天里，当他得考虑自己今后怎么办的时刻来临时，他又来到她跟前，把她看作是自己获救的一个希望所在。只要弗洛伦丝表妹对他好，也许一切都会变好。后来，他又渐渐失去了信心。正如前面屡次提到，他发现哈里是他的情敌。对他说来，哈里是一个令人讨厌的障碍。她对别人是否忠诚，他不甚了了；而哈里却非常清楚她对自己的真情实意。特雷登庄园也许有吸引力，它确实常常具有吸引力。姑娘的母亲就一直站在他一边。所以，他便上切尔顿讷姆去重新碰一下运气——这就像指南针的针总是指着地极那样是理所当然的事。他去了切尔顿讷姆镇，在那儿碰到了哈里·安斯利。他的一切希望就此破灭，于是他立即去了摩纳哥，或者像他暗自说的那样——上魔鬼那儿去。

在弗洛伦丝的许多追求者中，也许大家还记得可怜的休·安德森。他对弗洛伦丝的感情也非常真挚。自从他最初出现自己若能娶她为妻是何等幸福的念头那一刻起，他对她的依恋之情与日俱增。他不怎么理解自己为什么对她如此一往情深——然而情况确实如此。他想象着一位休·安德森夫人乘着一辆双马拉的马车在林荫道上兜风，这幅图景着实令人陶醉。接着，如前所说，弗洛伦丝对休·安德森采取了开导的办法，让他按要求作出了保证。天哪！他是在多么倒霉的情况下这么做的呀！这是他自己的想法。因为虽然他知道自己对她爱得有多深，可是他无法弄清楚她对其他人的感情如何。他曾对公使馆的三秘说："一个男子不该让人要求作出那样的保证。"于是，他当机立断，决定尾随着她回英国，再去碰一下运气。

这时,弗洛伦丝刚刚对哈里说明儿见——或者确切些说,下礼拜见。现在她已顾不得使用什么柔情绵绵的语句了。"听着,哈里——你别这么不讲道理好吗?我还不是和你一样等得很心焦吗?两个礼拜后的今天你再来。到时候就——"

"到时候就可以平安无事了,对吗?不过你别忘了每天给我写信。"于是,哈里就这样立即让人带出了屋子,满怀喜悦的心情离开了切尔顿讷姆镇,乘火车去了伦敦。第二天上午,休·安德森到达了切尔顿讷姆,出现在蒙特佩利亚街。

"我女儿当然在家。"蒙乔依太太说。她说话的声气似乎让这位年轻人立刻意识到,他还是回布鲁塞尔去为妙。曾几何时,他也是蒙乔依太太的宠人。当时他提出求婚的当儿,可怜的蒙乔依下落不明,还被宣布不再是特雷登庄园的继承人;而哈里本人却成了——一个极其可恶的家伙。布鲁塞尔的蒙乔依夫妇向蒙乔依太太担保说,她最好待可怜的安德森亲热些,这样就可以把那个坏家伙彻底赶跑。于是,她便按他们的意思宠爱他起来—— 不过效果非常差劲。现在,他是来看看是不是还可能有什么效果。蒙乔依太太觉得他还是回布鲁塞尔去的好。

"我可以见见她吗?"安德森问。

"啊,可以,你可以见见她。"

"蒙乔依太太,我要把一切都跟你说——我就把你当作是我母亲一样。我一直爱着你女儿——唉!我不知道如何来形容我爱她有多深!只要她愿意和我做两年夫妻,我死也甘心!"

"哦,安德森先生!"

"死也甘心。她占据了我整个心灵,我从来没听说过哪个姑娘像她那样占据了一个男子的心。"

"你的意思莫非是说我女儿行为轻佻?"

"啊,不是的! 她决不是行为轻佻。这不是她的本性。不过她能把人迷得神——神魂颠倒。说到我自己,自从头一回见到她以来,连自己的职责都无法履行啦。我跟上司去骑马兜风时,我和他一句话都不说。"然而,蒙乔依太太听了他这句话却离开了屋子,但答应她会把弗洛伦丝叫下楼来接替她。她知道那也不会有什么结果;不过,对一位像安德森先生那么彬彬有礼的青年,他这点要求是难以加以拒绝的。"我又来啦。"他说,模样活像童话剧里的潘趣①。

"啊,安德森先生,您好!"

一个求婚者如果急于想说服一位小姐接受他的爱情,就该始终把头抬着。对于这一点,凡是写小说的,或者撰写有关人性文章的人,谁个不知? 然而,一个在恋爱的人,一个真正堕入情网的人,是绝不会把头高高扬着的。一个不在恋爱的人才会这样干。然而,有时确实出现这样的情况:一位情真意切的求婚者得到了报答。在现在这件事上,情况看来并非如此。不过安德森先生倒对自己的命运很有把握,所以他没有勇气试图把头抬起来。"我又一次来见你啦,"他说。

"我想你的到来准会使妈妈感到高兴。"

"蒙乔依太太待我很好。可是我不是为她而来。说实话,要是

---

① 英国木偶剧《潘趣与裘迪》(*Punch and Judy*)里的主角,背驼,鼻长而钩,他的妻子裘迪常和他吵架。

不和你再见上一面,我在这个世界上就不可能活得安逸。"

"你想让我说什么呢,安德森先生?"

"我想把情况全给你说一下。你知道我的前程如何吧。"她记不太清了,不过她还是朝他点了下头。"你一定知道,因为我亲口对你说过。我没有隐瞒任何情况。"她又点了下头。"我去堪察加①不可能是出于家庭的原因。"

"堪察加!"

"对,是这样。F. O. 需要——"他所说的 F. O. 总是指的是外交部②。"F. O. 需要派一位非常可靠的青年去堪察加。薪水相当优厚,不过薪水对我毫无吸引力。"

"那你干吗非得去呢?"

"这得由你来决定。对,你能把我给留住。假如我去了那片荒凉、寸草不长的沙漠,那纯然是自己企求的流亡,因为在地球的这一隅你和我无法一起生活,白头偕老。我忍受不了这结局。在堪察加——唉,很难说什么厄运会临到我头上。"

"可是我已经订了婚,要嫁给安斯利先生。"

"以前你跟我说起过这件事。"

"可是一切都定了。妈妈会把情况告诉你。那是在两个星期后的今天。如果你愿意留下,作为我们的一位朋友来参加,那太好了。"不用说,一个姑娘所能提的建议再没有比这一条更冷酷了。

---

① 见 63 页注①。
② 英语为 Foreign Office,简称 F. O.。

然而,咱们相信提出这类建议的情况为数还不少呢。现在这条建议没有得到答复。

安德森先生拿起帽子,急匆匆地向门口走去。接着,他回过身来站了片刻。"愿上帝保佑你,蒙乔依小姐,"他说,"尽管你提出了这条残酷的建议,我还得求上帝赐福于你。"说罢,他便走了。

约莫一个星期之后,格拉斯库尔先生抱着完全相同的目的出现了。他的脑海中也存留着那位姑娘及其妩媚动人栩栩如生的记忆。他听说斯卡伯勒上尉继承了特雷登的产业,还被告知说弗洛伦丝·蒙乔依小姐不太可能嫁给她表兄。他有点搞糊涂了,觉得要是他在这当儿重新出场,或许仍有成功的希望。天下的情人中间要算格拉斯库尔先生和安德森先生的性格相去最远了。甚至为了弗洛伦丝·蒙乔依本人,为了顺从她的意志,他也不会去堪察加;要是不让他再见到她,他就干脆回布鲁塞尔。然而,他却深深地爱着她;要是她能成为他妻子,他准会殷勤地待她。他已全面地考虑过这件事,看不出有什么不能娶她为妻的理由。他像一位坚韧不拔的人那样仍然坚持着;可是他在这么做的当儿却从未受到要去堪察加之类的念头的干扰。

但是蒙乔依太太却把女儿从这另一桩麻烦中解救出来。格拉斯库尔先生直接去见了蒙乔依太太,并在那儿宣布了自己的来意。他是被派来处理有关贸易文件问题的,所以就趁这个机会冒昧地前来切尔顿讷姆镇。他希望此行本身就能表明他感情的真挚。他在发表那段小小的演说的当儿,蒙乔依太太注意到他的帽子掸得一尘不染。她也曾经注意到可怜的安德森先生的帽子那种邋里邋遢的样子,以至她几乎想亲手去给他整整平。"要是你看不惯我的帽子,那你就该亲手帮我刷一下。"她曾经听到哈里对弗洛伦丝说,于是弗洛伦丝就拿起帽子,用手指小心翼翼地掸拂起来。

"格拉斯库尔先生,我可以向您保证,她确实订婚了。"蒙乔依太太说。格拉斯库尔先生欠了欠身子,叹了口气。"她下个礼拜的今天就要结婚。"

"真的?"

"和哈里·安斯利先生结婚。"

"噢——!我记起这位先生的名字啦。我本来以为——"

"唔,不错;曾经出现过反对意见,不过谢天谢地,这些反对意见都消除了。"虽然到目前为止蒙乔依太太不过是表面高兴肚里伤心,对女儿欢天喜地的情绪表露了有限的欣喜,但是她现在对哈里·安斯利已一片忠心,所以不愿再说他一句坏话了。

"我本不该来打扰您,可是——"

"这一点我知道,格拉斯库尔先生;承蒙您看重,我们母女俩都非常感激。我清楚地知道您给弗洛伦丝带来的不寻常的荣誉;她也会懂得这一点的。可是您瞧,事情都定了,只有一个礼拜时间了。"他被告知说这会儿弗洛伦丝不在家,而实际上弗洛伦丝却在楼上,正打量着从手帕店送来的四打上面印着"F. A.①"两个字母的新手帕。她宁愿瞧着那些手帕,也不想去听格拉斯库尔先生说恭维话。

"妈妈,毫无疑问,他确实是个挺好的人;或许比哈里还好多了。"不过,这不是她的真实思想。"可是一个人总不能跟所有的好

---

① 弗洛伦丝嫁给安斯利,就成了弗洛伦丝·安斯利,英文简称为"F. A."。

人结婚呀。"

尽管哈里已说定在切尔顿讷姆举行婚礼,然而在巴斯顿,张罗哈里的婚事几乎比张罗他妹妹的还费劲。只有哈里的父亲和一个当女傧相的妹妹说好了要来帮忙。他父亲将做他们的证婚人。她母亲最后同意推迟跟弗伦洛丝见面,要等三个月以后新娘旅行回来,才能享受这份快乐。然而,尽管如此,还是出现了兴师动众的情况,尤其在巴斯顿庄园。自从普罗斯珀先生承担起为巴斯顿庄园找一位女主人的责任以来,他的心情相对地变得愉快一些了;让一位未来的母亲为巴斯顿庄园生下后嗣的责任已从他肩上卸下,放到他外甥的肩上去了。他越是回想起当时自己求婚的日子,就越是觉得自己的决断几乎是老天爷的旨意。要是让索罗本小姐在巴斯顿庄园站稳脚跟,那他会落到何等地步呢? 他总是闭起眼睛,轻轻地举起左手伸向天空,对自己说这场灾难已经过去了。

不过,这场灾难确实过去了,而且人们期待着在巴斯顿举行某种性质的午餐会。尽管普罗斯珀先生拼命打听弗洛伦丝的情况,可他听到的却是一片赞美声,所以他要以最热忱的态度去欢迎她。有一点比什么都让他心烦意乱。他决定把客厅和打算给弗洛伦丝睡觉的卧室修葺一新。他神情严肃地对他妹子说,他已最后完全打定主意了,这件事非做不可。她知道这对他说来是件非同小可的事。"两间中央的屋子哩!"他几乎用伤心的声调说道。接着,第二天他又把她叫来,对她说他再三考虑之下,决定再添上一间梳妆间。

整个教区都感到震动。教区里的人倒并没有因为所提出的庞大开支感到震惊,因为人们知道这位乡绅老爷这些年来没有把他全部的年收入花光;大家觉得出乎意料的是,他居然为一个他近年来如此迫切想剥夺其继承权的外甥作出如此大的退让。邦廷福德镇上曾经出现有关这位乡绅在接受自己的女东家以后打算做些什么的谣传——当然,这类谣传后来也就烟消云散不了了之。邦廷福德方面被明确告知说,客厅里肯定会铺上新地毯,挂上新窗帘。据悉,索罗本小姐在酿酒厂宣称,一切都会在女主人来到那儿以后的十二个月之内完成。

"他准会全部放弃才罢休。"索罗本小姐说。关于这一点,她跟她哥哥还打了一个小小的赌,她哥哥认为普罗斯珀先生是个脾气固执的人。接着,乔把打赌的事传到教区牧师住宅去了,在那儿引起了对此事热烈的争论。如今,最好的那间屋子被包括进去,后来又加上了梳妆间,连马修都大吃一惊。"那会花上多达五百英镑钱哪!"他悄悄地对安斯利太太耳语说。马修似乎觉得现在是该有个人来管一下他东家的时候了。"嗨,夫人,俺清清楚楚记得,咱们家那张牌桌是新添的,才没几天呐!"马修在这儿已干了二十多年了。安斯利太太提醒他说,时兴的式样不断地在变,因此也就需要其他款式的桌子,他听了只管摇头。

不过,有一个问题比开支本身更举足轻重。怎么挑选新家具?最初的想法是邀请弗洛伦丝来她未来的家待上一个礼拜,然后跟安斯利太太或者她舅舅到伦敦城里去走一趟,由她亲自来挑选家具。然而,对这个做法存在着一些不赞同的理由。普罗斯珀先生希望使她出其不意地得知他为她所做的一切慷慨事。某件东西如果今天稍许惹眼,明天在更明亮的光线下会显得平淡无奇。普罗斯珀先生虽然打算表示出慷慨大方,但他仍然有点怕别人把这一切看作是理所当然而不当回事,或者这一切会看作是哈里的功劳。显然,那样是不公正的。"我觉得我还是自己来办这件事吧。"他对妹子说。

"也许我能帮你点忙,彼得。"他听了不寒而栗;不过这是因为他回想起自己当时听到索罗本小姐脱口说出"彼得"两字而感到十分恼火的情形。"我愿意和你一起上伦敦去。"他还需要点时间来考虑这件事,于是便摇了摇头。要是他接受了妹妹的意见,那他就因之而受到约束。他穿过园林往家里走去的当儿心里无限伤心地对自己说:"这将是我买的最后一块客厅地毯了。"

接着是另外一个大问题:他去不去切尔顿讷姆镇。哈里曾亲切地对他说,要是他不出席,婚礼就不成其为婚礼了。这话使他大受感动。大家都非常希望那场婚礼决不能办成仅仅是法律上双方结合的仪式。应该让社会上知道,巴斯顿庄园的继承人是在巴斯顿乡绅老爷亲自出席的情况下结婚的。不过,这段旅程倒是极其麻烦。要是他可以直接从巴斯顿到切尔顿讷姆,那相对来说就容易些。可是,他必须穿过伦敦城,为此他不得不走从北火车站到西火车站整个那段路。而且,那两班火车时间衔接不上。他花了整整一上午研究他那本布雷德肖[①],发现两班火车衔接不上。"让我上哪儿去消磨这一个小时又一刻钟呢?"他神情沮丧地问他妹子。"来呀去的,得走四段路程——四段互不相接的路程呀!"而且没完没了地乘私家马车和出租马车还不算在内呢。经过这番折腾,他

----

① 即英国布雷德肖出版社出版的《布雷德肖铁路运行时刻表》一书。布雷德肖(G. Bradshaw,1801—1853):英国印刷出版商,专门出版地图册及交通时刻表。

是绝对不可能活着到场参加切尔顿讷姆喜庆了。他独自一个人留在家里，花三个月（七月、八月、九月）时间购置家具，可是家具最后还是由安斯利先生采办的。

就婚礼仪式来说，这门喜事没有乔和莫莉他们办得那么妙趣横生。那儿没有克雷布特里先生，也没有索罗本小姐。蒙乔依太太虽然尽力想把婚事办好，但她仍然仅仅表示出有限的欣喜。某种不快情绪依旧在她心里盘桓不去。这些年来，她一直把自己侄子看作是女儿命中注定的郎君，因而至今仍无法表露出对哈里·安斯利的赏识。"我毫不怀疑我们会真正友好相处的，安斯利先生。"她对他说。

"别称呼我安斯利先生。"

"你以后再来时，我对你习惯了，就不会那样称呼你了。可是眼下总还有那么一点儿——"

"也许有那么一点儿遗憾吧。"

"唔，不完全是遗憾。我是个守旧的人，一下改变不了自己的习惯。你知道我原来期望的是什么。"

"啊，知道。可是弗洛伦丝当时真蠢，竟然会有不同看法。"

"当然，我现在挺高兴。她的幸福对我来说比什么都重要。再说，情况已经发生了变化。"

"确实如此。普罗斯珀先生把这桩结婚成家的要务移交给我，那我就要像一个男子汉大丈夫那样把它完成。只是你应该叫我哈里。"她答应这么做了，还在她房里的隐蔽处亲了他一下。尽管如此，她的欣喜程度还是有限的，所以她的来客的欢闹声也是有节制的。阿米塔奇太太卖尽了力气，几个女傧相也穿戴得很漂亮——完全按照女傧相的要求穿戴的。接着，他父亲的马车终于来到了，于是他们俩就给载往格罗斯特去,在那儿又被交托给一种普通的却更为舒适的交通工具——火车,听凭它去摆布了。咱们将在那儿跟他们分手,不过在他们漫游了整整一天之后,回伯尔尼阿尔卑斯山①中一家偏僻但却颇舒适的旅店去的路上,咱们又遇见了他们,但只是一会儿时间。弗洛伦丝骑着一匹小马驹,尽管她本人说步行一整天没有问题,可是哈里还是坚持给她租了马。天气很热,所以她还是乐于骑马的。他们各自手中执着一根铁头登山杖,她马鞍的前桥上挂着他的轻便上衣,他原来是穿着它出发的,可是这件轻便上衣并不轻,所以他乐于脱下来为自己减轻一点负担。那个导游落在后面慢吞吞地跟着,他们俩靠得很近。"唔,老太婆!"他说道,"现在你对这一切有何感想?"

"我没有比你娶我的时候老多少呀,亲爱的。"

"哎,你是老啦。你半辈子已过掉了;你已经安顿下来过婚后日子,开始操心思尽本分啦。在我娶你的那会儿,这些你连想都没有想过呢。"

"没有想过!自从我们在阿米塔奇家度过的那个夜晚以来,我无时无刻不想到这一点。"

"你只是把这些想得富有浪漫色彩,因而是不切合实际的。从那以后你一直把我看作是身穿硬邦邦的高领白衬衣,脚登擦得锃亮的皮靴的人物。"

"别自我夸耀啦,我从没瞧过你的皮靴一眼。"

---

① 阿尔卑斯山脉在瑞士境内的四个峰群之一。

"你知道这是一个堕入情网的人穿的皮靴和衣服,不是吗?我本人一般对穿鞋不怎么讲究。我永远也不会去操心弄一双新鞋。可是我应该珍惜这一双。任何可能稍稍帮我一点忙的东西我都珍惜。"

"当时你并不需要什么东西呀;那时一切都定啦,哈里。"

"我的乖乖!不过当时要是穿一双布满钉子的沉甸甸的有祥大皮靴,就不会有这样的效验。你说不定会悄悄对自己说,我想我是爱他的,可是这人也太不雅观了。"

"在阿米塔奇太太家那会儿,我们的关系早已超过那个阶段了。"

"可是现在你得把照管我的大皮靴当作自己应尽的一部分本分了。"

"那你呢?"

"一个男子爱上了一个女子,他对一切属于她的东西都怀有恋情。你不穿有祥皮靴。所有特别属于你本人的东西都会使我产生好感和美感。"

"但愿,但愿如此。"

"那是绝对不成问题的。不过,在现在这种情况下,我是前来为你当苦力的。所以你必须得接受我。"她小心翼翼地朝那导游望了一眼,看看他是不是瞧着他们俩,可是这个导游拉在后面,连人都看不见了。因为这当儿她骑在马上,搂住他的脖子,还吻了他。"还有许多事情呢,"他继续说道,"我想我睡觉不打鼾。"

"对,你是不打鼾。你总是一点声息都没有,有时候我会瞅你一下,看看你是不是还活着。"

"可要是我真的打鼾,你就得忍受一下。这也是你做妻子应尽的本分。当时我穿着那双漂亮的靴子时,你是绝对不会想到这一点的。"

"我当然没有想到过。你怎么说出这种废话来?"

"我不知道这算不算废话。这类事情肯定会沉重地临到女人家头上。假如我今后会揍你。"

"揍我!"

"对,用这根手杖敲你的头。"

"我肯定你不会那么做的。"

"我也这么想。可是,假如我揍你。你母亲过去不是常谈起我曾把那个可怜的人扔在那儿无声无息地淌着血吗?要是我当时的那种老毛病又犯了怎么办?小心,亲爱的,不然这畜生会把你给摔下来。"那匹马在一块石头上绊了一下时,他说了这句话。

"你不太可能干出这种事来的。一个人活在世界上总要冒点风险,不过他总是尽量少冒风险。我知道他们不会把一匹会摔跤的马给我骑。而且我知道自己曾让你去检查过,看看他们是否给了我好马。你挑中了这匹马,可我必须得挑选你。对于马的事我可不太懂,可是对于挑选郎君我确实懂一点;我知道自己挑选了一个让我称心如意的人。"